MUJERCITAS

BIOGRAFÍA

Louisa May Alcott (Germantown, Pensilvania, 1832 - Boston, Massachusetts, 1888) recibió de su padre buena parte de su educación y estuvo en contacto con algunas personalidades destacadas, como Emerson, Thoreau o Theodore Parker. Desempeñó diversos trabajos para sobrellevar las dificultades económicas de su familia, formada por cuatro hermanas y los padres de Louisa, y decidió trabajar como enfermera voluntaria durante la guerra de Secesión, experiencia que recogió en el libro *Escenas de hospital* (1863). No obstante, pronto hubo de abandonar esa ocupación porque contrajo el tifus. A partir de entonces pudo dedicarse por completo a la escritura y entre los libros que publicó se cuentan algunos relatos escabrosos que aparecieron bajo pseudónimo. Sin embargo, fue gracias a la publicación de *Mujercitas* (1868-1869) como Louisa May Alcott se convirtió en una escritora verdaderamente popular. El éxito fue rotundo e inmediato, y a esta la siguieron otras novelas, como *Una muchacha anticuada* (1870), *Hombrecitos* (1871), *Trabajo. Un relato de vivencias* (1873), *Ocho primos* (1875) o *Rosa en flor* (1876).

MUJERCITAS

LOUISA MAY ALCOTT

TRADUCCIÓN
GLORIA MÉNDEZ SEIJIDO

ILUSTRACIONES
FRANK THAYER MERRILL

Planeta

Título original: *Little Women*

Avda. Diagonal, 662-664, 08034 Barcelona (España)
www.planetadelibros.com

Diseño de la colección: Austral / Área Editorial Grupo Planeta
Ilustraciones de la cubierta: Shutterstock
Primera edición en Austral: octubre de 2019
Primera edición en esta presentación: febrero de 2026

Depósito legal: B. 22.769-2025
ISBN: 978-84-08-31515-5
Composición: Realización Planeta
Impreso en España

Nota del editor

Esta traducción reproduce el texto íntegro de la primera edición de *Mujercitas*, publicada en dos entregas por la editorial Roberts Brothers de Boston entre 1868 y 1869. Más tarde, la novela apareció en un solo volumen (Roberts Brothers, 1880), pero los editores habían sometido el libro a una revisión severa que incluía numerosos cambios y supresiones con el objetivo de suavizar la obra y hacerla más accesible, además de acercar los personajes a los estereotipos de género que la época imponía. Desgraciadamente, esa fue la edición vigente durante muchos años.

Gracias a la traducción de Gloria Méndez el lector español ya puede acceder a la versión íntegra de la primera edición de *Mujercitas*. No obstante, se ha tenido a bien incluir en este volumen de la colección Austral Singular algunas de las casi doscientas ilustraciones del artista Frank T. Merrill que acompañaban el texto de 1880.

MUJERCITAS

Primera parte

1
El juego de los peregrinos

—Sin regalos, la Navidad no será lo mismo —refunfuñó Jo, tendida sobre la alfombra.

—¡Ser pobre es horrible! —suspiró Meg contemplando su viejo vestido.

—No me parece justo que unas niñas tengan muchas cosas bonitas mientras que otras no tenemos nada —añadió la pequeña Amy con aire ofendido.

—Tenemos a papá y a mamá, y además nos tenemos las unas a las otras —apuntó Beth tratando de animarlas desde su rincón.

Al oír aquellas palabras de aliento, los rostros de las cuatro jóvenes, reunidas en torno a la chimenea, se iluminaron un instante, pero se ensombrecieron de inmediato cuando Jo dijo apesadumbrada:

—Papá no está con nosotras y eso no va a cambiar por una buena temporada. —No se atrevió a decir que tal vez no volviesen a verle nunca más, pero todas lo pensaron al recordar a su padre, que estaba tan lejos, en el campo de batalla.

Guardaron silencio y, al cabo de unos minutos, Meg añadió visiblemente emocionada:

—Ya sabéis que mamá propuso no comprar regalos estas Navidades porque este invierno será duro para todos y porque cree que no deberíamos gastar dinero en caprichos cuando los soldados están sufriendo en la guerra. No podemos hacer mucho por ayudar, solo un pequeño sacrificio, y deberíamos hacerlo de buen grado, pero me temo que yo no puedo. —Meg meneó la cabeza pensando en todas las cosas hermosas que le apetecía tener.

—Yo no creo que lo poco que podemos gastar sirviera de mucho. Solo tenemos un dólar cada una, y en poco ayudaríamos al ejército si se lo entregáramos. Me parece bien que no nos hagamos regalos las unas a las otras, pero me niego a renunciar a mi ejemplar de *Undine y Sintram.* Hace mucho que deseo conseguirlo... —dijo Jo, que era un verdadero ratón de biblioteca.

—Yo pensaba comprar algo de música —apuntó Beth, y dejó escapar un suspiro tan discreto que ni las paredes lo oyeron.

—Yo quiero una buena caja de lápices de colores Faber. Los necesito de veras —anunció Amy con decisión.

—Mamá no ha dicho nada de nuestro dinero. No creo que pretenda que renunciemos a todo. Que cada una se compre lo que más le apetezca y disfrutemos un poco. Al fin y al cabo, hemos luchado mucho por ganarlo —propuso Jo mirándose los tacones de las botas como suelen hacerlo los caballeros.

—Desde luego, yo sí; en lugar de estar en casa, tranquila, me paso el día dando clases a niños horribles —se quejó Meg.

—Lo mío es mucho peor —aseguró Jo—. ¿Qué te parecería estar encerrada durante horas con una anciana histérica y tiquismiquis, que no te deja descansar ni un minuto, que nunca está contenta y que te da tanto la lata que al final te entran ganas de abofetearla o de escapar por la ventana?

—Sé que no está bien quejarse, pero no hay peor trabajo que fregar los platos y limpiar la casa. Me desespera y, además, las manos se me quedan tan rígidas que luego no puedo tocar el piano. —Beth miró sus manos ásperas y lanzó un suspiro que esta vez todas oyeron.

—Dudo mucho que ninguna sufra más que yo —sentenció Amy—, que tengo que ir a una escuela de niñas impertinentes que me chinchan cuando no me sé la lección, se ríen de mis vestidos, se mofan de mi nariz y acreditan a papá por no ser rico.

—Querrás decir «desacreditan» —la corrigió Jo entre risas—. «Acreditar» significa justo lo contrario...

—Bueno, yo sé lo que quiero decir. No es necesario que te pongas *sarjástica*. Trato de usar palabras nuevas para aumentar mi *vocabilario* —añadió Amy con aire digno.

—Dejad de pelear. ¿No te gustaría tener ahora el dinero que papá perdió cuando éramos pequeñas, Jo? Madre mía, qué felices y buenas seríamos si no tuviéramos preocupaciones —dijo Meg, que por su edad recordaba tiempos mejores.

—El otro día dijiste que estabas segura de que éramos más felices que los hijos de los King porque ellos se pelean y se enfadan todo el tiempo a pesar del dinero que tienen.

—Tienes razón, Beth. Aunque tengamos que trabajar, nos divertimos y, como diría Jo, somos una *troupe* de lo más alegre.

—Jo dice muchas palabras vulgares —observó Amy lanzando una mirada reprobatoria a la joven, que seguía tendida sobre la alfombra. Jo se incorporó de inmediato, metió las manos en los bolsillos y empezó a silbar—. ¡No hagas eso, Jo! ¡Pareces un chico!

—Precisamente por eso lo hago.

—¡No soporto a las jovencitas maleducadas y poco femeninas!

—Pues a mí me sacan de quicio las niñas cursis y resabidas.

—Que reine la paz en el hogar —cantó Beth, siempre apaciguadora, con una cara tan graciosa que ambas jóvenes dejaron de discutir para echarse a reír.

—La verdad, chicas, es que hay motivos para censuraros a las dos —apuntó Meg dando inicio a un sermón de hermana mayor—. Josephine, ya va siendo hora de que dejes de imitar a los chicos y te comportes mejor. Cuando eras pequeña no tenía importancia, pero ahora has crecido, llevas el cabello recogido y debes actuar como una dama.

—No lo soy, y si recogerme el cabello me obliga a ser una dama usaré trenzas hasta los veinte años —protestó Jo mientras soltaba su abundante melena castaña—. Detesto tener que crecer, convertirme en la señorita March, vestir de largo y ser una remilgada. Ya me parece bastante malo ser una chica cuando lo que me gusta son los juegos, los trabajos y la forma de comportarse de los muchachos. Me parece una pena no haber nacido hombre, sobre todo en momentos como este, en el que preferiría acompañar a papá y luchar a su lado en lugar de quedarme en casa tejiendo como una vieja. —Jo agitó en el aire el calcetín azul marino que estaba tricotando, hasta que las agujas chocaron entre sí como castañuelas y la madeja de lana fue a parar al otro extremo de la sala.

—Pobre Jo, ¡qué mala suerte! Pero la cosa no tiene remedio, de modo que tendrás que conformarte con acortar tu nombre para que suene más masculino y actuar como si fueses nuestro hermano en lugar de nuestra hermana —comentó Beth acariciando la cabeza de Jo con una mano a la que el jabón y las tareas domésticas no habían arrebatado la suavidad.

—En lo que a ti respecta, Amy —prosiguió Meg—, eres demasiado quisquillosa y remilgada. Los aires que te das hacen gracia ahora, pero si no cambias de mayor serás tan estirada como un pavo real. Me parece bien que tengas buenos modales y trates de hablar con propiedad, cuando no intentas dártelas de elegante, pero usar términos absurdos no es mejor que emplear palabras vulgares como hace Jo.

—Si Jo es demasiado masculina y Amy una niña cursi, ¿podrías decirme qué soy yo, por favor? —preguntó Beth, dispuesta a pasar el mismo examen.

—Tú eres un encanto, querida, ni más ni menos —contestó Meg con cariño y nadie la contradijo, porque todos adoraban a la pequeña Beth, el ratoncito, la mascota de la familia.

Dado que a los jóvenes lectores les gusta saber cómo son los personajes, haremos un inciso para describir a las cuatro hermanas, que tejen en la penumbra de una tarde de diciembre, mientras fuera la nieve cae mansa y en el interior crepita alegremente el fuego del hogar. La sala de estar era acogedora, a pesar de la alfombra de colores desvaídos y el sencillo mobiliario, pues las paredes estaban decoradas con unos cuantos cuadros de calidad, los estantes rebosaban de libros, en las ventanas asomaban crisantemos y eléboros y se respiraba un ambiente de paz hogareña.

Margaret, la mayor de las cuatro, contaba dieciséis años, era una joven muy hermosa, rolliza, de piel clara y ojos grandes, con una larga cabellera castaña, sonrisa dulce y manos blanquísimas de las que estaba muy orgullosa. A sus quince años, Jo era muy alta, delgada y morena, y tenía un aspecto desgarbado que recordaba al de un potrillo, como si no supiese qué hacer con sus largos brazos y piernas. Su boca reflejaba un carácter decidido, su nariz resultaba cómica y sus ojos grises, perspicaces, no se perdían un solo detalle y lanzaban miradas unas veces fieras, otras divertidas y, en ocasiones, meditabundas. Su cabello, largo y abundante, era su principal atractivo, pero solía llevarlo recogido con una redecilla para que no le molestase. De hombros redondeados y manos y pies grandes, Jo acostumbraba a llevar ropas holgadas y tenía el aspecto de una jovencita que se volvía mujer a su pesar y no se sentía cómoda en su nuevo papel. Elizabeth —o Beth, como todos la llamaban— era una muchachita de trece años, de mejillas sonrosadas, cabello suave y ojos vivos, carácter tímido, voz tenue y semblante sereno, que casi nunca perdía la compostura. Su padre la había apodado «señorita Tranquilidad» con justa razón. Se diría que Beth vivía en un mundo propio, feliz, del que solo se aventuraba a salir para comunicarse con las pocas personas a las que quería y en quienes confiaba. Amy, a pesar de ser la menor, era uno de los miembros más importantes de la familia, o al menos eso pensaba ella. Era una niña de tez clara, ojos azules y cabello rubio que caía en tirabuzones sobre sus hombros. Pálida y delgada, se comportaba siempre como una damita atenta a sus modales. En cuanto al carácter de las cuatro hermanas, dejaremos que el lector lo vaya descubriendo por sí mismo.

El reloj dio las seis y, tras barrer el hogar, Beth acercó a él un par de zapatillas viejas para que se calentaran. Aquello tuvo un efecto tranquilizador en las muchachas, pues sabían que significaba que su madre no tardaría en volver. Se prepararon para recibirla. Meg dejó de sermonear a sus hermanas y encendió la lamparita, Amy se levantó de la butaca sin que se lo pidieran y Jo se olvidó de lo cansada que estaba y se incorporó para sostener las zapatillas cerca de las llamas.

—Ya están muy gastadas, mamá necesita unas nuevas.

—Pensaba comprarle unas con mi dólar —comentó Beth.

—¡No, yo lo haré! —exclamó Amy.

—Como hermana mayor que soy... —comenzó Meg, pero Jo la interrumpió para decir, muy decidida:

—Ahora que papá no está, yo soy el hombre de la casa, y seré yo quien le compre las zapatillas, porque papá me encargó encarecidamente que, en su ausencia, cuidase de mamá.

—Ya sé qué podemos hacer —medió Beth—. En lugar de que cada una se compre algo para sí, ¿por qué no invertimos el dinero en regalos de Navidad para mamá?

—Es una idea excelente y muy propia de ti —exclamó Jo—. ¿Qué podemos regalarle?

Meditaron unos minutos, muy serias.

—Yo le compraré unos guantes —anunció Meg mirándose las manos, muy bonitas, como si estas le hubiesen inspirado—. Le regalaré un hermoso par de guantes.

—Y yo unas buenas zapatillas, las mejores que haya —apuntó Jo.

—Y yo unos pañuelos bordados —dijo Beth.

—Yo le regalaré un frasquito de colonia; le gusta y no resulta demasiado caro. Con lo que sobre me compraré algo para mí —terció Amy.

—¿Cómo le daremos los regalos? —preguntó Meg.

—Podemos dejarlos sobre la mesa, ir a buscarla y ver cómo los abre, como solíamos hacer el día de nuestro cumpleaños, ¿recordáis? —contestó Jo.

—Claro. Cuando me llegaba el turno de sentarme en la butaca, con la corona puesta, y os veía entrar en fila para darme los regalos y un beso, estaba asustada. Me encantaba la parte de los regalos y los besos, pero no soportaba veros ahí sentadas mirándome mientras abría los paquetes —comentó Beth, que estaba tostando pan para la cena y, de paso, se tostaba también el rostro.

—Dejaremos que Marmee piense que vamos a comprarnos algo para nosotras y así le daremos una buena sorpresa. Tendremos que hacer las compras mañana por la tarde, Meg; todavía hay mucho que preparar para la representación de Nochebuena —dijo Jo mientras caminaba de un extremo a otro de la sala con las manos en la espalda, mirando hacia el techo.

—Este será el último año que actúe con vosotras, ya soy demasiado mayor para estas cosas —observó Meg, que seguía tan entusiasmada como siempre ante la idea de disfrazarse.

—Mientras puedas lucir un traje largo blanco, llevar la melena suelta y joyas de papel dorado, no lo dejarás. Te conozco. Eres la mejor actriz que tenemos, y si te retiras de los escenarios será el fin de todo esto —concluyó Jo—. Esta noche tenemos que ensayar. Amy, acércate. Repasemos la escena del desmayo porque no la haces con naturalidad, estás más rígida que un palo.

—No lo puedo evitar; nunca he visto a nadie desmayarse de verdad. No quiero tirarme de golpe al suelo como haces tú y acabar llena de moretones. Si puedo caer con suavidad, lo haré; si no, me desplomaré elegantemente sobre una silla, por mucho que Hugo me esté apuntando con una pistola —explicó Amy, a la que no habían elegido por sus dotes de actriz, sino porque era lo bastante menuda para que el villano de la obra la pudiese llevar en brazos.

—Mira, hazlo así. Junta las manos y corre por la habitación gritando frenéticamente: «¡Rodrigo, sálvame, sálvame!» —dijo Jo, quien, acto seguido, representó la escena y lanzó un grito auténticamente estremecedor.

Amy trató de seguir sus indicaciones, pero agitó las manos ante sí con un movimiento rígido y empezó a andar a trompicones, como si la accionara una máquina. En cuanto al grito, más que el de una persona presa del pánico y la angustia, parecía el de alguien que se acaba de pinchar con una aguja. Jo gruñó con desesperación, Meg rio sin disimulo y a Beth se le quemó el pan porque se entretuvo mirando la cómica escena.

—¡Es inútil! Cuando llegue el momento, hazlo lo mejor que puedas, pero si el público te abuchea no me eches a mí la culpa. Ven acá, Meg.

A partir de ese momento, el ensayo fue sobre ruedas. Don Pedro desafió al mundo en un monólogo de dos páginas sin una sola interrupción, la bruja Hagar pronunció un terrible conjuro, encorvada sobre un caldero en el que hervían sapos, en una escena sobrecogedora, Rodrigo se liberó de las cadenas con brío viril y Hugo murió envenenado con arsénico y atormentado por los remordimientos lanzando un salvaje «Ah, ah».

—Esta es la vez que nos ha quedado mejor —dijo Meg en cuanto el villano muerto se incorporó y se frotó los codos.

—No entiendo cómo puedes escribir y actuar tan bien, Jo. ¡Estás hecha un Shakespeare! —exclamó Beth, que consideraba que sus hermanas tenían un don especial para todo.

—No llego a tanto —repuso Jo con modestia—. *La maldición de la bruja*, una tragedia operística, está bien, pero preferiría representar *Macbeth*; el problema es que no tenemos trampilla para Banquo. Siempre he querido hacer la escena del asesinato. «Eso que veo ante mí, ¿es acaso una daga?» —masculló poniendo los ojos en blanco y asiendo el aire como había visto hacer a un famoso actor de teatro.

—No, es la horquilla de tostar el pan con las zapatillas de mamá colgadas de ella. ¡Una aportación de Beth a la escena! —apuntó Meg. Todas rieron y dieron por terminado el ensayo.

—Me alegro de veros tan contentas, hijas mías —dijo una voz risueña desde la puerta, y actrices y público corrieron a recibir a una señora robusta y maternal; todo en ella parecía decir: «¿Puedo ayudarle en algo?», lo que le daba un aspecto encantador. No era especialmente bella, pero los hijos siempre consideran agraciadas a sus madres y, para aquellas jóvenes, la mujer con el gorro pasado de moda y el abrigo gris era la más espléndida del mundo—. Queridas, contadme qué tal os ha ido el día. No he podido venir a comer con vosotras porque tenía que dejar listas las cajas para mañana, entre otras muchas cosas. ¿Ha venido alguien, Beth? ¿Qué tal el constipado, Meg? Jo, pareces muerta de cansancio. Ven a darme un beso, querida.

Mientras formulaba aquellas preguntas maternales, la señora March se quitó las prendas mojadas, se puso las zapatillas calientes, se acomodó en la butaca, con Amy sentada en sus rodillas, y se dispuso a disfrutar del mejor momento de su ajetreado día. Las jóvenes, por su parte, se afanaron para que su madre pudiese descansar un rato. Meg puso la mesa para la cena; Jo trajo leña y colocó las sillas en su sitio, sin dejar de tirar y volcar primero todo lo que pasaba por sus manos; Beth iba y venía de la cocina a la sala, muy seria y hacendosa, y Amy daba instrucciones a todas, sentada y cruzada de brazos.

Una vez reunidas en torno a la mesa, la señora March anunció con particular alegría:

—Tengo una sorpresa para vosotras, después de la cena.

Una sonrisa iluminó el rostro de las jóvenes como un repentino rayo de sol. Beth aplaudió sin recordar que tenía una galleta caliente en la mano y Jo agitó en el aire la servilleta al tiempo que exclamaba: «¡Carta! ¡Carta! ¡Tres hurras por papá!».

—Sí, una carta muy larga. Está bien y confía en pasar el invierno mejor de lo que temíamos. Nos envía toda clase de parabienes para la Navidad y un mensaje especial para vosotras, chicas —añadió la señora March dando unos golpecitos a su bolsillo como si guardase un gran tesoro en él.

—Pues démonos prisa, acabemos de cenar. Amy, haz

el favor de no perder tiempo levantando el meñique para sostener con más elegancia la taza —espetó Jo, que casi se atraganta con el té y, en su prisa por terminar, dejó caer un trozo de pan con mantequilla sobre la alfombra.

Beth ya no comió más y se fue a sentar en su rincón para pensar en la alegría que vendría a continuación mientras aguardaba a que las demás estuviesen listas.

—Me parece extraordinario que papá decidiera ir a la guerra como capellán cuando era demasiado mayor para alistarse y no demasiado fuerte para ser soldado —comentó emocionada Meg.

—¡Cómo me hubiera gustado ir como tamborilero, *vivan...* ¿cómo se dice?, o como enfermera! Así, hubiese podido estar cerca de él y ayudarle —exclamó Jo.

—Debe de ser muy desagradable dormir en una tienda, comer cosas repugnantes y beber agua en un cazo de hojalata —dijo Amy con un suspiro.

—Mamá, ¿cuándo va a volver a casa? —preguntó Beth con un leve temblor en la voz.

—Si no enferma, pasará aún varios meses fuera, querida. Se quedará y cumplirá lealmente con su deber, y no le pediremos que vuelva ni un minuto antes. Venid, escuchad lo que dice la carta.

Se reunieron en torno a la chimenea. La madre se sentó en la butaca, Beth se colocó a sus pies, Meg y Amy, a los lados, y Jo, detrás, para que nadie pudiese ver la emoción en su rostro si la carta le conmovía. Y en una época tan dura como aquella, rara era la carta que no emocionaba, sobre todo cuando la enviaba un padre a los suyos. La misiva apenas hablaba de las penalidades, los peligros afrontados o la añoranza que había que vencer. Era una carta alegre, llena de esperanza, con unas descripciones de la vida en el campamento, las marchas y las noticias militares, y solo al final el corazón de su autor se henchía de amor paterno y del deseo de volver a estar con sus hijas en el hogar.

«Dales muchos besos y diles que las quiero. Pienso en ellas todo el día, rezo por ellas por la noche y encuentro el mayor consuelo en su cariño en todo momento. Un año parece un plazo muy largo de espera antes de verlas, pero recuérdales que mientras tanto hemos de trabajar duro para que este tiempo no pase en balde. Sé que no habrán olvidado lo que les dije antes de marchar, que se mostrarán cariñosas contigo, cumplirán con su deber, combatirán a sus propios demonios y saldrán adelante, de modo que cuando vuelva estaré más orgulloso que nunca de mis mujercitas.»

Llegados a ese punto, ninguna pudo contener el llanto. A Jo ya no le daba vergüenza que vieran el grueso lagrimón que tenía en la punta de la nariz, y Amy ocultó el rostro en el hombro de su madre, sin importarle que se le estropeara el peinado, y dijo entre sollozos:

—¡Soy una egoísta! Pero me voy a esforzar por mejorar para que papá no se sienta defraudado cuando vuelva.

—Todas lo haremos —exclamó Meg—. Yo me preocupo demasiado por mi aspecto y no me gusta trabajar, pero voy a cambiar.

—Yo intentaré ser lo que él llama una «mujercita», y procuraré no ser tan tosca e indomable y cumpliré con mis obligaciones en casa en lugar de querer estar siempre en otra parte —explicó Jo, convencida de que dominar su temperamento era una misión mucho más ardua que la de mantener a raya a unos cuantos rebeldes sureños.

Beth no dijo nada. Se enjugó las lágrimas con el calcetín azul marino que estaba haciendo y empezó a tejer con ahínco; poniendo manos a la obra se afanó en la tarea que tenía más cerca, mientras prometía para sí que sería todo aquello que su padre esperaba encontrar cuando, al cabo de un año, llegase el momento feliz de su regreso.

La señora March rompió el silencio que había seguido a las palabras de Jo diciendo con su habitual tono alegre:

—¿Recordáis que de pequeñas solíais jugar al *Progreso del peregrino*? Nada os gustaba tanto como que os atara hatillos a la espalda, os diera sombreros, bastones y rollos de papel y os dejara recorrer la casa desde la bodega, que era la Ciudad de Destrucción, hasta la buhardilla, donde creabais vuestra Ciudad Celestial con todo lo que habíais recogido.

—¡Sí, era muy divertido! Sobre todo cuando luchábamos contra los leones, nos enfrentábamos a Apolión y atravesábamos el valle donde vivían los duendes —recordó Jo.

—A mí me gustaba el momento en el que se nos caían los fardos y rodaban escaleras abajo —apuntó Meg.

—Para mí, lo mejor era cuando llegábamos a la azotea, donde estaban las flores, el cenador y todas aquellas cosas hermosas, y cantábamos llenas de alegría a pleno sol —recordó Beth con una sonrisa, como si reviviera el momento.

—Yo no recuerdo mucho, pero sí que la bodega y la entrada oscura me daban miedo, y me encantaban el pastel y el vaso de leche que nos tomábamos al llegar arriba. Me animaría a volver a jugar si no fuese porque ya soy muy mayor para eso —dijo Amy, que empezaba a hablar de renunciar a las cosas infantiles a la madura edad de doce años.

—Nunca se es demasiado mayor para algo así, querida, porque se trata de un juego en el que, de un modo u otro, estamos inmersos siempre. Todos llevamos cargas, tenemos un camino por recorrer y nuestro anhelo de hacer el bien y alcanzar la felicidad nos guía para superar los contratiempos y los errores que nos separan de la paz que impera en la Ciudad Celestial. Ahora, mis pequeñas peregrinas, imaginad que el proceso ha vuelto a empezar, no como juego sino de verdad, y veamos hasta dónde sois capaces de progresar en el tiempo que vuestro padre pasará fuera de casa.

—¿Hablas en serio, mamá? ¿Cuáles son nuestras cargas? —preguntó Amy, que se lo tomaba todo en sentido muy literal.

—Acabáis de nombrarlas vosotras mismas hace unos instantes, excepción hecha de Beth. Creo que ella no tiene ninguna —explicó la madre.

—Claro que tengo; la mía es limpiar el polvo, lavar los platos, envidiar a las jóvenes que tienen un piano y tener miedo de la gente.

La carga de Beth les pareció a todas tan graciosa que tenían ganas de reír, pero no lo hicieron por no herir sus sentimientos.

—Hagámoslo —propuso Meg, pensativa—. A fin de cuentas, de lo que se trata es de intentar ser buenas y el juego puede ayudarnos porque, aunque todas queremos serlo, no siempre resulta fácil, y a veces se nos olvida y no nos esforzamos lo suficiente.

—Esta tarde estábamos en el Pantano del Desaliento y mamá nos sacó como el personaje de Auxilio lo hace en la obra. Deberíamos tener una guía, como Cristiano. ¿Qué podemos hacer al respecto? —preguntó Jo, entusiasmada con la idea de añadir un poco de ficción a su monótona vida cotidiana.

—Mañana, al levantarte, mira bajo tu almohada y encontrarás la guía que pides —contestó la señora March.

Mientras la vieja Hannah recogía la mesa, comentaron el plan. Luego, las cuatro se sentaron junto a sus costureros y cosieron sábanas para la tía March. Era un trabajo que les solía parecer tedioso, pero en esa ocasión nadie protestó. Siguiendo la propuesta de Jo, dividieron en cuatro partes las largas costuras y les asignaron nombres como Europa, Asia, África y América, y de ese modo lo pasaron muy bien, sobre todo cuando hablaban de los países por los que las llevaban sus puntadas.

A las nueve, dejaron la labor y, como tenían por costumbre, cantaron un poco antes de acostarse. Solo Beth era capaz de lograr que el viejo piano sonara bien. Ella sabía cómo acariciar las teclas amarillentas y crear un acompañamiento agradable para las sencillas canciones que entonaban. La voz de Meg sonaba como una dulce flauta y, junto con su madre, se encargaba de dirigir el coro. Amy desafinaba como un grillo y Jo se perdía en ensoñaciones y estropeaba las melodías intercalando una corchea o un silencio donde no debía. Cantaban antes de acostarse desde que aprendieron a balbucear la canción infantil *Brilla, brilla, estrellita*, y se había convertido en una costumbre familiar. La señora March tenía muy buena voz. Lo primero que oían al despertar era a su madre cantar por toda la casa, como una alondra, y el último sonido de la noche era su cálida voz entonando la misma canción, pues para ella, sus hijas nunca serían lo bastante mayores para dejar de disfrutar de esa entrañable canción de cuna.

2
Feliz Navidad

Aquella gris mañana de Navidad, Jo fue la primera en despertar. No había calcetines colgados en la chimenea y por un instante sintió la misma decepción que la había invadido tiempo atrás, cuando su calcetín se descolgó por el peso de los muchos regalos que contenía. Enseguida recordó la promesa de su madre, metió la mano bajo la almohada y extrajo un librito con tapas de color carmesí. Lo conocía bien, era una vieja y querida historia que narraba la vida más bella del mundo, y Jo se dijo que no había guía mejor para un peregrino embarcado en el largo viaje de la existencia. Despertó a Meg con un «Feliz Navidad» y le mandó que mirase debajo de su almohada. Apareció un libro con tapas verdes pero con la misma ilustración en la cubierta, y en el interior una dedicatoria de su madre que hacía el regalo mucho más valioso a sus ojos. Beth y Amy se despertaron poco después, rebuscaron y encontraron sus respectivos libros, uno de color gris rosado, el otro, azul, y todas se reunieron a mirar y comentar los regalos mientras el alba teñía de rosa el cielo.

A pesar de ser un tanto vanidosa, Margaret tenía un carácter dulce y piadoso que inconscientemente influía en sus hermanas, sobre todo en Jo, que la adoraba tiernamente y seguía siempre sus consejos por la dulzura con que los daba.

—Chicas —dijo Meg dirigiéndose tanto a Jo, que estaba tumbada junto a ella, como a sus otras dos hermanas, aún en pijama y en su habitación—, mamá espera que leamos estos libros y los cuidemos con esmero; sugiero que empecemos enseguida. Antes éramos fieles lectoras, pero desde la partida de papá, con todo el desconcierto que provoca la guerra, hemos desatendido demasiadas cosas. Vosotras haced lo que queráis, pero yo pienso dejar el libro en la mesilla y leer un poco cada mañana, nada más despertarme, porque sé que me hará bien y me ayudará a lo largo del día.

Dicho esto, abrió el libro y empezó la lectura. Jo le rodeó los hombros con un brazo, acercó la mejilla a la suya y leyó con ella, con una expresión serena poco habitual en un rostro inquieto como el suyo.

—¡Qué buena es Meg! Ven, Amy, hagamos como ellas. Si no conoces alguna palabra o no entiendes alguna idea, yo te lo explicaré —susurró Beth, muy impresionada por la belleza de los libros y por la ejemplar actitud de sus hermanas.

—Me alegro de que el mío sea azul —apuntó Amy, y en ambas habitaciones se impuso una calma apenas rota por un discreto pasar de hojas, mientras la luz del sol invernal entraba poco a poco y acariciaba las melenas brillantes y los rostros serios como si quisiese felicitar la Navidad a las muchachas.

—¿Dónde está mamá? —preguntó Meg, que junto a Jo corría escaleras abajo para agradecerle los regalos, aunque con media hora de retraso.

—¡Dios sabrá! Ha venido una pobre criatura a pedir limosna y vuestra madre ha salido de inmediato a ver qué necesitaba. No he conocido a nadie más dispuesto a dar alimentos y agua, ropa y calor —contestó Hannah, que vivía con la familia desde que nació Meg y era más una amiga que una criada.

—No creo que tarde; será mejor que prepares los pasteles y procuremos tenerlo todo listo —propuso Meg lanzando una mirada al cesto con los regalos que estaba escondido bajo el sofá, a punto para sacarlo en el momento oportuno—. ¿Dónde está el frasco de colonia de Amy? —preguntó al no encontrarlo.

—Lo ha cogido hace apenas un minuto y ha salido corriendo para ponerle un lazo o algo así —explicó Jo, que bailaba por la habitación con las zapatillas puestas para quitarles la rigidez propia del calzado nuevo.

—¿No os parece que mis pañuelos son preciosos? Hannah me ha hecho el favor de lavarlos y plancharlos y yo misma los he bordado —comentó Beth contemplando orgullosa las letras desiguales que tanto trabajo le habían dado.

—Bendita niña, has puesto «mamá» en lugar de «M. March». ¡Qué gracia! —exclamó Jo cogiendo uno.

—¿Acaso no está bien? Me pareció que era mejor así porque las iniciales de Meg son «M. M.» y no quiero que nadie use los pañuelos de Marmee —explicó Beth, turbada.

—Está bien, querida, es una buena idea, y muy sensata, porque así nadie se podrá equivocar. Le va a encantar, estoy segura —intervino Meg frunciéndole el entrecejo a Jo y sonriendo a Beth.

—Ahí viene mamá, ¡corre, esconde el cesto! —exclamó Jo cuando se abrió la puerta de la entrada y se oyeron unos pasos en el vestíbulo.

Amy irrumpió apresuradamente y se avergonzó al observar que sus hermanas la estaban esperando.

—¿Dónde estabas y qué ocultas ahí detrás? —preguntó Meg, perpleja al ver, por el abrigo y el gorro, que su perezosa hermana menor había salido a la calle tan temprano.

—No te rías de mí, Jo. No quería que nadie lo supiese antes de tiempo. He ido a cambiar el frasco de colonia por otro mayor. Me he gastado todo mi dinero porque trato de dejar de ser egoísta.

Al decir esto, Amy mostró el hermoso frasco que sustituía el anterior, más barato. Su esfuerzo por ser humilde y olvidarse de sí misma enterneció a Meg, que se acercó a darle un abrazo; Jo dijo estar impresionada y Beth corrió hacia la ventana y cogió una de sus mejores rosas para adornar el imponente frasco.

—Veréis, esta mañana, después de leer y comentar que debíamos ser buenas, me he avergonzado de mi regalo, de modo que he decidido correr a la tienda y cambiarlo de inmediato. Y estoy encantada, porque ahora mi regalo es el mejor de todos.

Un segundo portazo mandó de nuevo el cesto bajo el sofá y las muchachas se sentaron a la mesa, ansiosas por desayunar.

—¡Feliz Navidad, Marmee! Gracias por los libros, hemos empezado a leerlos y les dedicaremos un rato cada día —exclamaron al unísono.

—¡Feliz Navidad, queridas hijas! Me alegra que hayáis iniciado la lectura y confío en que seréis perseverantes. Pero antes de sentarme a la mesa os quiero contar algo. Cerca de aquí hay una pobre mujer con un recién nacido. Sus seis hijos duermen acurrucados en una cama para no morir congelados, porque no tienen leña con la que calentarse. No tienen nada que llevarse a la boca y el hijo mayor ha venido a contarme que se mueren de hambre y de frío. Niñas, ¿os importaría darles vuestro desayuno como regalo de Navidad?

Todas tenían mucha hambre porque llevaban más de una hora esperando el desayuno, y al principio ninguna dijo nada. Pero, al cabo de un minuto, Jo exclamó impetuosamente:

—¡Me alegro de que hayas llegado antes de que empezásemos a comer!

—¿Puedo ir contigo a darles las cosas a los niños pobres? —inquirió Beth con entusiasmo.

—Yo llevaré los panecillos y la mantequilla —añadió Amy, que ofrecía heroicamente sus alimentos favoritos.

Meg ya estaba cubriendo el pastel y colocando los bollos en una bandeja.

—Estaba segura de que lo haríais —exclamó la señora March sonriendo satisfecha—. Acompañadme todas y, cuando volvamos, comeremos pan con leche. Prometo compensaros a la hora de la cena.

Enseguida lo tuvieron todo listo y salieron en procesión. Por fortuna, era temprano y fueron por calles secundarias, por lo que pocas personas las vieron, y nadie se rio del divertido espectáculo que daban.

Encontraron una habitación pobre, vacía y miserable, con los cristales de las ventanas rotos, sin fuego en la chimenea. Una madre enferma, un recién nacido que lloraba y un grupo de niños pálidos y hambrientos que buscaban cobijo bajo unas sábanas andrajosas y una colcha vieja, en un intento de protegerse del frío. Al ver entrar a las jóvenes, abrieron de par en par sus grandes ojos y esbozaron una sonrisa con sus labios amoratados.

—¡Oh, *mein Gott*! ¡Dios nos ha enviado a sus ángeles! —exclamó la pobre mujer llorando de alegría.

—Menudos ángeles, ¡con gorros y mitones! —apuntó Jo, y todos se echaron a reír.

Transcurridos unos minutos, daba realmente la sensación de que los buenos espíritus se habían puesto a trabajar. Hannah, que había llevado leña, encendió la lumbre y tapó los huecos de los cristales con unos sombreros viejos y su propio chal. La señora March sirvió a la madre té con gachas y la consoló y le prometió ayuda mientras cambiaba al bebé con tanta ternura como si fuese suyo. Las chicas, entretanto, pusieron la mesa, colocaron a los niños junto al fuego y les dieron de comer como a pajarillos hambrientos, riendo, charlando y tratando de entender su divertido chapurreo.

—*Das ist gute! Der angel-kinder!* —exclamaban las pobres criaturitas al tiempo que comían y acercaban sus manos púrpuras de frío al calor del hogar. Las muchachas no estaban acostumbradas a que las llamaran «ángeles», y les pareció muy agradable, especialmente a Jo, a la que todos consideraban un verdadero «Sancho» desde que nació. Aquel fue un feliz desayuno, aunque ellas no probaran bocado, y cuando se marcharon, después de dar consuelo a la pobre familia, no creo que hubiera en la ciudad unas muchachas más dichosas que las cuatro hambrientas jovencitas que habían regalado su desayuno y se conformaron con el pan con leche que comieron al volver a casa, aquella mañana de Navidad.

—Esto es amar al prójimo más que a uno mismo y me ha encantado —afirmó Meg mientras preparaban los regalos para su madre, que estaba en el piso de arriba, buscando ropa para los pobres Hummel.

Los regalos no eran muy lujosos, pero los habían adquirido con mucho amor y estaban dispuestos en pequeños grupos sobre la mesa, alrededor de un elegante jarrón con rosas rojas, crisantemos blancos y hojas de vid.

—¡Ya viene! Beth, ¡empieza a tocar! Amy, ¡abre la puerta! ¡Tres hurras por Marmee! —exclamó Jo dando saltos por toda la habitación mientras Meg salía para acompañar a su madre hasta el sitio de honor.

Beth tocó una alegre marcha, Amy abrió la puerta de par en par y Meg actuó de escolta con gran dignidad. La señora March estaba emocionada y sorprendida; sonrió satisfecha mientras repasaba con la mirada los regalos y leía las pequeñas notas que los acompañaban. Las zapatillas le entraron a la primera, se guardó un pañuelo en el bolsillo, se perfumó con la colonia de Amy, se colocó la rosa en el pecho y aseguró que los guantes le quedaban perfectos.

Rieron, se besaron y charlaron con la sencillez y calidez que hacen que los encuentros familiares sean tan gratos en su momento y se recuerden con cariño mucho tiempo después. Luego volvieron a ponerse manos a la obra.

Transcurrida la mañana entre obras de caridad y ceremonias de entrega de regalos, dedicaron el resto del día a preparar la función de la noche. Debido a su juventud, no habían acudido demasiado al teatro y, además, no disponían de medios económicos para hacerse con accesorios caros para sus representaciones, pero la necesidad es la madre de la invención e improvisaban cuanto era preciso para sus funciones. Algunas de sus creaciones eran especialmente ingeniosas, como una guitarra de cartón, unas lámparas de estilo antiguo fabricadas con viejos recipientes de mantequilla cubiertos con papel de aluminio, majestuosos ropajes confeccionados con telas viejas, lentejuelas y restos de metal procedentes de una fábrica de conservas y una armadura fabricada con los restos de las planchas de metal de las que se cortaban las tapas de las latas. Los muebles ya estaban acostumbrados a que los pusieran patas arriba y la gran sala ya había sido escenario de varias de sus inocentes representaciones.

Como no podían intervenir hombres, Jo representaba encantada los papeles masculinos y se calzaba con inmensa satisfacción un par de botas de cuero rojo que le había regalado un amigo que conocía a una dama que conocía a un actor. Las botas eran, junto a un florete antiguo y un jubón acuchillado que una vez un artista usó para una foto, los tesoros de Jo y salían a escena en todas las ocasiones. El escaso número de integrantes de la compañía obligaba a las dos actrices principales a representar varios papeles, y era digno de admirar el esfuerzo que suponía aprender diálogos de tres o cuatro personajes distintos y el trajín de entrar y salir para cambiarse de ropa sin desatender la escena. Era un ejercicio excelente para su memoria y una diversión inofensiva, en la que invertían muchas horas que, de otro modo, hubiesen podido ser tediosas, solitarias o emplearse en una vida social menos provechosa.

Aquella Nochebuena, una docena de jovencitas se apiñó primero sobre la cama, convertida en palco, y se sentaron después frente a unas cortinas de cretona azul y amarilla que hacían las veces de telón, entusiasmadas y expectantes. Tras las cortinas había mucho movimiento por los preparativos de última hora, del escenario salían cuchicheos, asomaba un resto de humo de una lámpara y se oía alguna que otra risita de Amy, que siempre se ponía histérica por la emoción del momento. Sonó una campanilla, el telón se abrió y la *Tragedia operística* dio comienzo.

El «bosque tenebroso», según se describía en las acotaciones de la obra, estaba representado por unas pocas macetas con plantas, una tela verde en el suelo y una cueva improvisada al fondo. En el interior de la cueva, que tenía un tendedero plegable por techo y un par de burós por paredes, había un pequeño fuego encendido con una marmita negra sobre la que se inclinaba una vieja bruja. El escenario estaba a oscuras y el resplandor de la hoguera producía un efecto muy realista, reforzado por el hecho de que, al destapar la bruja la olla, saliese vapor de verdad. Esperaron unos segundos para que el público se calmase y, acto seguido, Hugo, el villano, apareció en el escenario con una brillante espada en un costado, un sombrero flexible, una barba oscura, una capa misteriosa y las citadas botas. Tras pasearse de arriba abajo, visiblemente inquieto, se golpeó la frente y entonó un desgarrado canto en el que proclamaba su odio hacia Rodrigo y su amor por Zara, y anunciaba su firme decisión de matar al primero para conseguir a la segunda. La voz ronca de Hugo, junto con algún que otro grito cuando la emoción se tornaba excesiva, resultaba conmovedora y el público aplaudió en cuanto hizo una pausa para tomar aliento. Hugo se inclinó como si estuviera acostumbrado al éxito y, después, avanzó con paso firme hacia la cueva y ordenó a Hagar que saliera con un imperativo: «¡Bruja, sal, te necesito!».

Entonces hizo su aparición Meg, con unas greñas grises de crines de caballo sobre el rostro, un vestido negro y rojo, un bordón y una capa con símbolos cabalísticos. Hugo pidió una poción para conseguir que Zara le adorase y otra para destruir a Rodrigo. Hagar prometió prepararlas ambas, e invocó al espíritu encargado de los filtros amorosos cantando en tono dulce y dramático:

Acércate, acércate desde tu morada,
oh, etéreo espíritu, responde a mi llamada.
Nacido de rosas, con rocío alimentado,
tú, que sabes destilar pócimas y crear encantamientos,
hazme llegar sin demora
el aromático filtro que requiero.
Haz que sea dulce, rápido y poderoso.
Espíritu, ¡responde ahora a mi petición!

Sonaron unos acordes dulces y del fondo de la cueva surgió una pequeña figura vestida de blanco, etérea, con alas brillantes, cabellos dorados y una corona de rosas ceñida a la cabeza. Agitó una varita y entonó el siguiente canto:

Aquí me tienes,
he venido de mi etéreo hogar,
en la lejana luna plateada,
para traerte este filtro mágico.
Úsalo bien
o perderá, enseguida, su poder.

Dicho esto, dejó caer un frasco dorado a los pies de la bruja y se desvaneció. Con otro canto, Hagar hizo aparecer un segundo espíritu, nada hermoso esta vez, un diablillo feo y negro que surgió en medio de un estruendo, gruñó una respuesta incomprensible, arrojó un frasco oscuro a los pies de Hugo y se esfumó con una carcajada burlona. Cuando Hugo hubo cantado su agradecimiento, guardado las pociones en sus botas y abandonado el escenario, Hagar informó al público de que le había maldecido por haber matado a algunas de sus amigas en el pasado y que tenía previsto desbaratar sus planes para vengarse de él. El telón cayó y los asistentes descansaron y comieron dulces mientras comentaban los méritos de la obra.

Antes de que el telón se alzara de nuevo, sonaron martillazos durante un buen rato, pero, cuando el público comprobó que habían preparado una obra de arte, a nadie se le ocurrió quejarse del tiempo de espera. ¡Era una verdadera maravilla! Una torre se elevaba hasta el techo y, a media altura, había una ventana con una lamparilla encendida y una cortina blanca, tras la que surgió Zara, que, ataviada con un precioso vestido azul y plateado, esperaba a Rodrigo. Este se acercó, magnífico con un sombrero de plumas, una capa roja, unos mechones castaños, una guitarra y, por supuesto, las famosas botas. Se arrodilló al pie de la torre y cantó una serenata enternecedora. Zara respondió y, tras un diálogo musical, convino en huir con él. Entonces llegó uno de los mejores momentos de la obra. Rodrigo sacó una escala con cinco peldaños, se la lanzó a Zara y la invitó a bajar. La joven descendió tímidamente desde la ventana con celosía, apoyó su mano en el hombro de Rodrigo y se dispuso a dar un último salto grácil pero, desgraciadamente —«¡Pobre, pobre Zara!»—, no tuvo en cuenta el largo de su cola y esta se enganchó en la ventana haciendo caer la torre, que se desplomó con estruendo y enterró en sus ruinas a los infelices amantes.

Un grito general recorrió la sala, las botas rojas se agitaban como si saludasen desde los cascotes y una cabecita rubia emergió exclamando: «¡Te lo advertí! ¡Te lo advertí!». Con gran presencia de ánimo, Don Pedro, el padre despiadado, apareció presuroso, sacó a su hija de los escombros y le dijo en un aparte: «No te rías, haz como si no hubiese pasado nada». Luego ordenó a Rodrigo que se levantase y le desterró del reino con enojo y desprecio. A pesar de lo conmocionado que estaba tras haber recibido el peso de la torre sobre él, Rodrigo desafió al anciano caballero y se negó a partir. Su valeroso ejemplo inspiró a Zara, que también plantó cara a su padre, el cual ordenó que ambos fuesen encerrados en las mazmorras del castillo. Entró en escena un sirviente pequeño y fuerte, los encadenó y se los llevó. Parecía más asustado de lo debido y era evidente que había olvidado su parlamento.

El tercer acto tenía lugar en el salón del castillo. Hagar hace su aparición, dispuesta a liberar a los amantes y destruir a Hugo. Le oye acercarse y se oculta; desde su escondite, ve cómo sirve las pociones en dos copas de vino y ordena al siempre tímido criado: «Llévaselas a los cautivos a sus celdas y diles que iré pronto». El criado toma a Hugo del brazo, lo aleja para contarle algo y Hagar aprovecha la ocasión para cambiar las copas por otras sin filtro. Fernando, el criado, las lleva como le han ordenado, y Hagar deja a la vista la copa con el veneno destinado a Rodrigo. Hugo, tras un largo canto de venganza, siente sed, bebe de la copa y pierde el conocimiento. Ya en el suelo, muere, no sin antes convulsionarse y retorcerse mientras Hagar le explica lo que ha hecho con una canción melodiosa y llena de fuerza.

La escena era de una gran tensión dramática, aunque algunos de los asistentes consideraron que la súbita aparición de una larga cabellera restaba espectacularidad a la muerte del villano. Los aplausos del público le hicieron salir a saludar y apareció de la mano de Hagar, cuyo canto alabaron todos como lo mejor de la representación.

En el cuarto acto, Rodrigo está desesperado hasta el punto de querer suicidarse clavándose su puñal en el pecho porque le han dicho que Zara le ha abandonado. En el instante en que se dispone a hacerlo, oye una dulce canción bajo su ventana en la que se le informa de que Zara le es fiel pero se encuentra en peligro y que él puede salvarla si quiere. Le lanzan una llave con la que abre la puerta de su mazmorra, y en un arrebato de emoción se libera de sus cadenas y corre al rescate de su amada.

El quinto acto arranca con una tormentosa discusión entre Zara y Don Pedro. Él pretende encerrarla en un convento; ella se niega a cumplir el deseo de su padre y, tras unas conmovedoras palabras de súplica, parece a punto de perder el conocimiento, pero en ese momento llega Rodrigo a pedir su mano. Don Pedro alega que no es rico y no se la concede. Ambos gritan y hacen grandes aspavientos, no consiguen llegar a un acuerdo, y cuando Rodrigo se dispone a llevarse a la exhausta Zara, el criado tímido entra para entregarle una carta y un saco de parte de Hagar, que ha desaparecido misteriosamente. En la misiva, la bruja explica que lega a la pareja su inmensa fortuna y advierte a Don Pedro que, si se opone a su felicidad, le espera un destino atroz. Abren el saco y cae sobre el escenario una lluvia de monedas doradas que llenan de resplandor el suelo. La visión del oro ablanda al «severo padre», que finalmente da su consentimiento. Todos cantan a coro, los amantes se arrodillan para recibir la bendición de Don Pedro y, en medio de esa escena romántica llena de gracia, cae el telón.

Los entusiastas aplausos se vieron truncados al poco de empezar cuando la cama plegable que hacía de palco se cerró de improviso y se tragó a parte del apasionado público. Rodrigo y Don Pedro corrieron en su auxilio y todas las muchachas fueron rescatadas ilesas aunque algunas se reían tanto que no podían hablar. El entusiasmo no había disminuido cuando Hannah se acercó y anunció:

—La señora March me manda a felicitarlas y les ruega que bajen a merendar.

Las actrices se llevaron una gran sorpresa. Cuando vieron la mesa puesta, se miraron estupefactas. Esperaban que Marmee hubiera preparado algo especial, pero no imaginaban que verían algo así en aquellos tiempos de escasez. Ante ellas había dos bandejas de helados —uno rosa y otro blanco—, pasteles, fruta, unos tentadores bombones franceses y ¡cuatro ramos de flores de invernadero!

Las jóvenes se quedaron sin aliento y miraban incrédulas hacia la mesa y, luego, a su madre, quien parecía disfrutar de lo lindo la escena.

—¿Lo han hecho unas hadas? —preguntó Amy.

—Ha sido Papá Noel —apuntó Beth.

—Es cosa de mamá —explicó Meg con su más dulce sonrisa, a pesar de llevar todavía la barba cana y las cejas blancas.

—¡La tía March ha tenido un arranque de bondad y nos ha mandado comida! —exclamó Jo, a quien acababa de ocurrírsele la idea.

—Os equivocáis todas —intervino la señora March—. Todo esto lo ha enviado el señor Laurence.

—¡El abuelo del joven Laurence! ¿Cómo se le habrá ocurrido algo así? Ni siquiera le conocemos —exclamó Meg.

—Hannah ha comentado a su criada lo que ha sucedido esta mañana, con el desayuno. Es un anciano de buen corazón y la historia le ha conmovido. Conoció a mi padre años atrás y esta tarde me ha enviado una nota muy educada en la que me pedía que le permitiese mostrar su aprecio por vosotras haciéndonos llegar unas golosinas en razón del día. No podía negarme, y aquí tenéis este festín que os compensará por el pan con leche de esta mañana.

—Esto es cosa del joven, ¡seguro que la idea ha sido suya! Es un muchacho extraordinario y me encantaría conocerle mejor. Parece que quiere que nos acerquemos a él, pero es muy tímido y Meg, que es una remilgada, no me deja saludarle cuando nos cruzamos con él —expuso Jo mientras el helado, que empezaba a derretirse en las bandejas, pasaba de mano en mano y era recibido con exclamaciones de satisfacción.

—Os referís a los vecinos de la casa grande, ¿verdad? —preguntó una de las jóvenes—. Mi madre conoce al viejo señor Laurence y dice que es muy orgulloso y que no le gusta relacionarse con sus vecinos. Mantiene a su nieto alejado del mundo y solo le deja salir para montar a caballo o dar un paseo con su tutor. El pobre no para de estudiar. Le invitamos a una fiesta, pero no fue. Mi madre dice que es un joven muy agradable pero que nunca le ha visto hablar con ninguna chica.

—En una ocasión, nuestra gata se escapó y él vino a devolverla. Nos pusimos a charlar junto a la valla, nos lo estábamos pasando muy bien hablando sobre críquet, hasta que vio llegar a Meg y desapareció. Quiero ser su amiga, porque necesita divertirse, estoy segura —afirmó Jo con resolución.

—Me gustan sus modales y parece un joven de bien, así que no tengo inconveniente en que le conozcáis mejor si surge la ocasión. Las flores las ha traído él en persona y, de no ser por el lío que teníais organizado arriba, le habría pedido que nos acompañara. Parecía triste cuando se ha marchado, como si oír vuestro alboroto y vuestras risas le hiciese recordar la excesiva seriedad de su vida.

—Me alegro de que no le hayas invitado en esta ocasión, mamá —exclamó Jo mirándose las botas—. Pero organizaremos otra representación a la que sí podrá venir. Tal vez incluso quiera actuar; eso sería fantástico, ¿no os parece?

—Es la primera vez que alguien me regala flores, ¡qué hermosas son! —exclamó Meg observando el ramo con gran interés.

—Sí, son preciosas pero para mí no hay nada como las rosas de Beth —afirmó la señora March mientras olía la flor medio marchita que llevaba puesta desde la mañana.

Beth abrazó a su madre y murmuró tiernamente:

—¡Ojalá pudiera enviarle un ramo a papá! Me temo que él no estará pasando una Navidad tan feliz como nosotras.

3
El joven Laurence

—¡Jo! ¡Jo! ¿Dónde estás? —gritó Meg al pie de la escalera que conducía al desván.

—¡Aquí estoy! —contestó una voz ronca desde lo alto.

Meg subió corriendo y encontró a su hermana comiendo manzanas mientras leía *The Heir of Redcliffe* con lágrimas en los ojos, envuelta en una bufanda de lana y acurrucada en un viejo sillón de tres patas junto a una ventana por la que entraba el sol. Era el refugio preferido de Jo; el lugar al que acudía con media docena de manzanas rojas y un buen libro para disfrutar de un rato de tranquilidad en compañía de un ratoncito que vivía allí y no se asustaba al verla. Al aparecer Meg, *Scrabble*, el ratoncito, corrió a esconderse en su agujero. Jo se secó las lágrimas con la mano y miró a su hermana dispuesta a escuchar lo que tuviese que decirle.

—¡Mira! ¡Qué emoción! ¡Una invitación de la señora Gardiner para la fiesta de mañana por la noche! —exclamó Meg, quien blandió la preciada nota y luego procedió a leerla en voz alta con alegría infantil—: «La señora Gardiner se complace en invitar a las señoritas Margaret y

Josephine March al baile que ofrecerá en la noche de Fin de Año.» A Marmee le parece estupendo que vayamos. Pero ¿qué nos pondremos?

—¿A qué viene la pregunta cuando sabes que llevaremos un vestido de popelina porque no tenemos otro? —contestó Jo con la boca llena.

—¡Ojalá tuviese uno de seda! —Meg suspiró—. Mamá dice que tal vez cuando cumpla los dieciocho años pueda tener uno; pero dos años de espera me parecen una eternidad.

—Nuestros vestidos de popelina no tienen nada que envidiar a los de seda, no necesitamos más. Aunque, ahora que recuerdo, el tuyo está como nuevo, pero el mío tiene un zurcido y una quemadura. No sé cómo arreglarlo. La quemadura se nota mucho y no tengo ningún traje más.

—Permanece sentada siempre que puedas, así no se verá la parte trasera de la falda; por delante el vestido está bien. Yo estrenaré una cinta para el pelo y llevaré un broche de perlas de Marmee; tengo unos zapatos nuevos estupendos y unos guantes que, aunque no son tan bonitos como quisiera, no quedarán mal.

—Los míos están manchados de limonada y no tengo dinero para comprar unos nuevos, así que iré sin ellos —explicó Jo, a la que el atuendo no le preocupaba demasiado.

—Tienes que llevar guantes, de lo contrario, no iré a la fiesta —sentenció Meg—. Los guantes son fundamentales, no debes bailar sin ellos y, si tú no bailas, yo pasaré el rato mortificada.

—Entonces me quedaré sentada. Los bailes de sociedad no me interesan demasiado; no le veo la gracia a dar vueltas por una sala, prefiero correr y hacer cabriolas.

—No le puedes pedir a mamá unos guantes nuevos; son muy caros y tú, demasiado descuidada. Recuerdo que cuando estropeaste los anteriores te advirtió de que no te compraría ningún par más este invierno. ¿Estás segura de que no puedes arreglarlos? —inquirió Meg, ansiosa.

—Podría llevarlos en la mano, sin ponérmelos, así nadie notará que están sucios; no veo otra solución. ¡Espera! Se me ocurre algo; ¿por qué no compartimos los tuyos? Podemos llevar puesto el guante en buen estado y sujetar el estropeado. ¿Qué te parece?

—Tienes las manos más grandes que yo y, si te presto uno, lo darás de sí —respondió Meg, para quien los guantes eran un asunto muy delicado.

—Entonces, iré sin ellos. Me da igual lo que opinen los demás —afirmó Jo, que volvió a coger el libro.

—¡Está bien! ¡Te lo prestaré! Pero no lo manches y compórtate como una señorita; no escondas las manos en la espalda, no mires fijamente a nadie ni digas «¡Por Cristóbal Colón!», ¿de acuerdo?

—No te preocupes por mí; estaré más tiesa que un palo y procuraré no meterme en líos. Bien, ahora ve a contestar la invitación y déjame acabar de leer esta espléndida historia.

Meg se retiró para «aceptar muy agradecida» la invitación, revisar su vestido y canturrear alegremente mientras planchaba el cuello de encaje. Entretanto, Jo terminó de leer el libro, comió las cuatro manzanas que le quedaban y correteó varias veces detrás de *Scrabble*.

En la noche de Fin de Año, el salón de la casa estaba desierto, pues las dos hermanas menores se divertían fingiendo ser ayudas de cámara y las dos mayores estaban enfrascadas en la importante misión de prepararse para la fiesta. Aunque los arreglos eran sencillos, hubo idas y venidas, risas y conversaciones. En un momento dado, un fuerte olor a cabello chamuscado se extendió por la casa. Meg quería que algunos rizos le cayeran sobre la cara y Jo se prestó a aplicar las tenacillas calientes sobre los mechones previamente envueltos en papel.

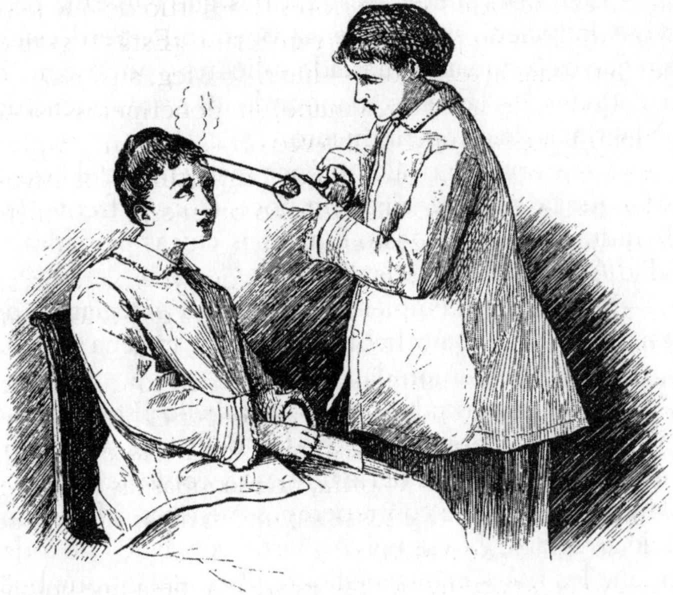

—¿Es normal que salga tanto humo? —preguntó Beth, encaramada en lo alto de la cama.

—Eso ocurre porque el cabello está húmedo y con el calor se seca muy rápido —contestó Jo.

—¡Qué olor tan desagradable! ¡Huele a plumas quemadas! —observó Amy, que se acariciaba los hermosos rizos con aire de superioridad.

—Ya está. Ahora retiraré los papeles y aparecerá una nube de hermosos bucles —dijo Jo dejando las tenacillas.

Retiró los papeles pero, en lugar de los anunciados bucles, encontraron cabello quemado adherido al papel; la horrorizada peluquera dejó los restos chamuscados sobre el tocador frente a la víctima.

—¡Oh! ¿Qué has hecho? ¡Qué desastre! ¡Ya no podré ir al baile! ¡Mi cabello, mi cabello! —gimió Meg mirando desesperada los rizos desiguales que le caían sobre la frente.

—¡Qué mala suerte! No tendrías que haberme pedido que lo hiciera, siempre lo estropeo todo. Perdóname, las tenacillas estaban demasiado calientes y por eso me ha quedado fatal —lamentó Jo mirando los restos quemados con lágrimas de arrepentimiento.

—Tiene arreglo; rízalo un poco más y ponte el lazo de modo que las puntas caigan un poco sobre la frente. Irás a la última moda. He visto a muchas chicas peinadas así —dijo Amy para animarlas.

—Me está bien empleado por querer arreglarme demasiado. ¡Por qué no habré dejado mi melena en paz! —gritó Meg malhumorada.

—Estoy de acuerdo, tenías un cabello liso precioso. Pero pronto volverá a crecer —dijo Beth, que se acercó a la oveja esquilada para darle un beso y confortarla.

Tras una serie de contratiempos menores, Meg terminó de arreglarse y Jo se peinó y vistió con ayuda de todas. Aunque los trajes eran sencillos, ambas tenían muy buen aspecto. Meg vestía de color gris plata, con un cintillo de terciopelo azul, cuello de encaje y el broche de perlas; Jo iba de granate, con un cuello de lino almidonado de estilo masculino y un par de crisantemos blancos por todo adorno. Se pusieron el guante limpio y sostuvieron en la mano el otro; a todas les pareció una solución sencilla y adecuada. A Meg, los zapatos de tacón le quedaban pequeños y le hacían daño, pero era incapaz de reconocerlo, y Jo sentía que las diecinueve horquillas de su recogido se le clavaban en la cabeza, lo que, lógicamente, no resultaba nada cómodo; pero, ya se sabe, para estar elegante hay que sufrir.

—Pasadlo bien, queridas —dijo la señora March mientras sus hijas recorrían con paso elegante el camino hacia la calle—. No comáis demasiado y volved a las once, cuando envíe a Hannah a buscaros.

Al cerrarse la puerta, una voz exclamó desde una ventana:

—¡Chicas, chicas! ¿Lleváis unos pañuelos bonitos?

—Sí, sí los llevamos, y el de Meg está perfumado —contestó Jo a gritos, sin detenerse. A continuación añadió entre risas—: Creo que Marmee nos preguntaría eso mismo aunque estuviésemos escapando de un terremoto.

—Es propio de sus modales aristocráticos. A mí me parece muy bien, porque a una verdadera dama se la reconoce por su calzado, siempre limpio, los guantes y el pañuelo —afirmó Meg, que compartía con su madre muchos de esos «modales aristocráticos».

—Bueno, Jo, no olvides ocultar la quemadura de tu falda. ¿Llevo bien puesto el cinturón? Y el cabello, ¿tiene muy mal aspecto? —preguntó Meg, que dio la espalda al espejo del tocador de la señora Gardiner después de un largo rato de retoques.

—Mucho me temo que se me olvidará. Si ves que hago algo inconveniente, hazme un guiño, ¿de acuerdo? —respondió Jo mientras se colocaba bien el cuello del vestido y daba un retoque rápido a su peinado.

—No, una dama no debe guiñar el ojo; si haces algo mal, arquearé las cejas y, si lo haces bien, asentiré con un gesto. Ahora, endereza la espalda, camina con pasos cortos y si te presentan a alguien no le estreches la mano, no resulta nada apropiado.

—¿Cómo sabes tanto sobre lo que es o no es apropiado? Yo no tengo ni idea. ¡Qué música tan alegre!

Se dirigieron a la sala un tanto intimidadas, porque no solían acudir a fiestas y, por informal que fuese aquella reunión, para ellas era todo un acontecimiento. La señora Gardiner, una anciana muy elegante, las saludó afectuosamente y las dejó en compañía de la mayor de sus seis hijas. Meg ya conocía a Sallie y se sintió a gusto enseguida; pero Jo, a la que no le interesaban demasiado las chicas ni los cotilleos, permaneció quieta, con la espalda pegada a la pared, sintiéndose tan fuera de lugar como un potro en un jardín con flores. En otra parte de la sala, media docena de muchachos joviales charlaban sobre patines, y a ella le hubiese encantado sumarse a la conversación porque el patinaje era una de sus pasiones. Cuando comunicó a Meg su deseo, esta arqueó las cejas con tal vehemencia que la joven no osó moverse. Nadie iba a hablar con Jo, y las jóvenes que estaban a su lado se alejaron de ella poco a poco, hasta que se quedó totalmente sola. Como no podía ir a dar una vuelta por la sala para entretenerse sin que la quemadura de su vestido quedase al descubierto, se conformó con contemplar a los asistentes con cierta melancolía hasta que el baile dio comienzo. A Meg la invitaron a bailar enseguida; se movía con tal gracia a pesar de lo ajustado de sus zapatos que nadie hubiese sospechado el dolor que ocultaba su sonrisa. Jo vio que un joven alto y pelirrojo se acercaba a ella y, temerosa de que le pidiese un baile, se ocultó tras unas cortinas con la intención de observar la fiesta desde su escondite, a solas y en paz. Por desgracia, alguien igualmente tímido había escogido el mismo refugio antes, por lo que, al descorrer la cortina, se dio de bruces con el joven Laurence.

—¡Dios mío, no sabía que hubiese alguien aquí! —exclamó Jo, dispuesta a salir tan rápido como había entrado.

Aunque su sorpresa era evidente, el joven sonrió y dijo en tono afable:

—No se preocupe por mí; puede quedarse si lo desea.

—¿No le molestaré?

—En absoluto. Me he escondido porque no conozco a casi nadie y no me siento cómodo entre desconocidos.

—A mí me ocurre lo mismo. Por favor, si no pensaba irse, no lo haga por mí.

El joven volvió a sentarse y bajó la mirada al suelo, hasta que Jo, en un intento de mostrarse amable y educada, reanudó la conversación:

—Creo que he tenido el placer de verle antes, vive cerca de nuestra casa, ¿verdad?

—Somos vecinos. —El joven levantó los ojos y rio abiertamente al ver el aire remilgado que Jo había adoptado, pues recordaba la vez que habían hablado sobre críquet cuando él le llevó el gato perdido a casa.

Su reacción tranquilizó a Jo, que se echó a reír también y dijo con todo el corazón:

—Pasamos una tarde estupenda gracias a su regalo de Navidad.

—Fue mi abuelo quien lo envió.

—Pero seguro que usted se lo propuso, ¿no es así?

—¿Qué tal está su gato, señorita March? —preguntó el joven tratando de ponerse serio, mientras el brillo de sus ojos negros delataba lo bien que lo estaba pasando.

—Muy bien, señor Laurence, gracias. Pero le ruego que no me llame señorita March, soy Jo —dijo la joven.

—Y yo no soy el señor Laurence, soy simplemente Laurie.

—Laurie Laurence, vaya nombre más raro.

—Me llamo Theodore, pero, como mis compañeros me llamaban Dora y no me gustaba, decidí usar Laurie.

—Yo también detesto mi nombre, es muy romanticón. Me encantaría que todos me llamasen Jo en lugar de Josephine. ¿Cómo convenció a los muchachos de que dejasen de llamarle Dora?

—Dándoles una paliza.

—No puedo dar una paliza a mi tía March, así que supongo que tendré que aguantarme —dijo Jo, resignada, con un suspiro.

—¿No le gusta bailar, señorita Jo? —preguntó Laurie, que pensaba que el nombre iba perfectamente con ella.

—Me gusta cuando hay espacio de sobra y la gente está animada. En un lugar como este, seguro que chocaría con algo, le pisaría el pie a alguien o haría algo terrible, así que para evitar un mal mayor, dejo que Meg se luzca. ¿Usted no baila?

—A veces. Verá, he vivido en el extranjero bastantes años y todavía no estoy muy hecho a las costumbres de aquí.

—¡En el extranjero! —exclamó Jo—. ¡Por favor, cuénteme! Me encanta oír relatos de viajes.

Laurie no parecía saber por dónde empezar, pero las ávidas preguntas de Jo le pusieron de inmediato sobre la pista. Así, el joven le contó que había estudiado en una escuela de Vevey en la que los niños no usaban sombrero, que contaba con una flota de barcos atracados en el lago y que, en vacaciones, organizaban excursiones por Suiza con sus profesores.

—¡Cómo me hubiese gustado estar ahí! —exclamó Jo—. ¿Conoce París?

—Estuve allí el invierno pasado.

—¿Habla francés?

—En Vevey no se puede hablar otra cosa.

—Dígame algo en francés. Yo lo entiendo si lo veo escrito, pero mi pronunciación es muy mala.

—*Quel nom a la jeune demoiselle en jolies pantoufles?* —dijo Laurie de buen grado.

—¡Qué bien suena! Déjeme pensar... Ha dicho «¿Cómo se llama la joven de los zapatos bonitos?», ¿verdad?

—*Oui, mademoiselle.*

—Es mi hermana Margaret, pero ¡eso ya lo sabía! ¿Le parece guapa?

—Sí, me recuerda a las jóvenes alemanas. Su aspecto es juvenil y sereno, y baila como una dama.

Jo resplandecía de felicidad al oír a un joven alabar de ese modo a su hermana y trató de memorizar cada palabra para transmitírselas a Meg. Desde su escondite, contemplaron la fiesta, hicieron comentarios y críticas y charlaron como dos viejos amigos. Laurie no tardó en superar su timidez, porque la actitud masculina de Jo le divertía y le hacía sentirse cómodo, y ella volvía a ser la alegre criatura de siempre ahora que se había olvidado de su vestido y nadie le arqueaba las cejas. El joven Laurence le caía cada vez mejor. Lo estudió bien para poder describírselo a sus hermanas; como no tenían ningún hermano, y muy pocos primos, los muchachos eran criaturas prácticamente desconocidas para ellas.

Cabello negro y rizado, piel canela, ojos grandes y negros, nariz larga, buena dentadura, manos y pies pequeños, tan alto como yo; muy amable para ser un chico y realmente divertido. ¿Qué edad tendrá?

Jo tenía la pregunta en la punta de la lengua, pero se contuvo a tiempo y con un tacto poco habitual en ella optó por buscar la respuesta de forma indirecta.

—Supongo que no tardará en ir a la universidad. Ya le veo empollando los libros... Quiero decir estudiando mucho. —Jo se ruborizó por el vulgar «empollar» que se le había escapado.

Laurie sonrió, no pareció escandalizado, y respondió encogiéndose de hombros:

—Todavía faltan dos o tres años; en cualquier caso, no iré antes de cumplir los diecisiete.

—¿No tiene más que quince años? —inquirió Jo mirando al joven alto, al que echaba unos diecisiete.

—Cumpliré dieciséis el mes que viene.

—¡Cómo me gustaría ir a la universidad! En cambio a usted no parece que le haga mucha ilusión.

—¡Detesto la idea! En la universidad todo son burlas y travesuras, y no me gusta cómo los jóvenes de este país hacen estas cosas.

—¿Qué le gustaría?

—Vivir en Italia y pasarlo bien a mi manera.

Jo sintió el deseo de preguntarle qué manera era esa, pero al observar que el joven fruncía el entrecejo, decidió cambiar de tema y, siguiendo el compás con el pie, comentó:

—Esta polca es espléndida. ¿Por qué no va a bailar?

—Si me acompaña, lo haré —contestó él haciendo una pequeña reverencia al estilo francés.

—Imposible; he prometido a Meg que no me movería porque... —Se interrumpió de pronto sin saber si contárselo o reír.

—¿Porque qué? —siguió Laurie con curiosidad.

—¿No lo imagina?

—No tengo ni idea.

—Bueno, tengo la mala costumbre de ponerme muy cerca de la chimenea, por lo que suelo acabar con la falda chamuscada, y este vestido no es una excepción. Aunque está bien remendado, se nota, y Meg me ha dicho que no me moviera para que nadie se diese cuenta. Puede reírse si quiere, sé que es gracioso.

Sin embargo, Laurie no se rio; bajó la vista un minuto y después, con una expresión en el rostro que desconcertó a Jo, dijo con suma amabilidad:

—No se preocupe, tengo una idea; ahí fuera hay un gran vestíbulo en el que podremos bailar de maravilla sin que nadie nos vea. Por favor, venga conmigo.

Jo le dio las gracias y le siguió encantada pero, al apreciar la pulcritud de los guantes color perla de su acompañante, deseó que los que ella llevaba estuviesen a la altura. En el vestíbulo no había nadie y bailaron una magnífica polca, porque Laurie resultó ser un excelente bailarín, y le enseñó un paso alemán con el que Jo disfrutó porque había que girar y saltar. Cuando la pieza terminó, se sentaron en la escalera para recuperar el aliento. Laurie estaba hablando de una fiesta de estudiantes en Heidelberg cuando Meg apareció en busca de su hermana. Le hizo una seña y Jo la siguió a regañadientes hasta una sala contigua. Meg se dejó caer en un sofá y se llevó la mano al pie, pálida.

—Me he torcido el tobillo. El estúpido tacón se ha doblado y he notado un fuerte tirón. Me duele tanto que apenas puedo estar de pie. No sé cómo voy a regresar a casa —explicó la joven meciéndose de dolor.

—Sabía que esos estúpidos zapatos te harían daño. Lo siento, pero no se me ocurre qué hacer, salvo pedir un carruaje o pasar aquí la noche —dijo Jo mientras le frotaba dulcemente el tobillo.

—Un carruaje saldría demasiado caro, y mucho me temo que además sería imposible conseguir uno, ya que la mayoría de los asistentes han venido por sus propios medios; la caballeriza queda muy lejos y no tenemos a quién mandar a buscar un coche.

—Iré yo.

—Ni hablar; son más de las diez y está muy oscuro fuera. Tampoco me puedo quedar aquí porque no hay sitio; Sallie tiene invitadas. Descansaré hasta que Hannah venga a buscarnos y, entonces, haré un esfuerzo.

—Le pediré a Laurie que vaya —propuso Jo, que sintió un alivio inmediato ante esa idea.

—¡Por favor, no lo hagas! No pidas ayuda ni a él ni a nadie. Tráeme mis botas y guarda los zapatos con nuestras cosas. Ya no puedo seguir bailando. Ve a cenar y, cuando termines, espera a que llegue Hannah y ven a avisarme enseguida.

—La cena va a empezar ahora. Prefiero quedarme aquí, contigo.

—No, querida; ve y tráeme un café. Estoy tan cansada que no puedo ni moverme.

Meg se recostó, cuidando de que las botas permaneciesen ocultas, y dando tumbos Jo se dirigió al comedor, al que llegó después de haberse metido, por error, en el cuarto donde guardaban la vajilla y haber abierto la puerta de la sala en la que el anciano señor Gardiner tomaba un refrigerio en privado. Una vez en el comedor se abalanzó sobre la mesa y se hizo con un café que, en cuestión de segundos, derramó sobre su vestido, con lo que el delantero de la falda quedó tan poco presentable como la parte de atrás.

—¡Dios mío! ¡Qué desmañada soy! —exclamó Jo al tiempo que ensuciaba el guante de Meg, pues trataba de limpiar con él la mancha del vestido.

—¿Necesita ayuda? —preguntó una voz amiga. Laurie se había acercado con una taza de café en una mano y un plato con helado en la otra.

—Me disponía a llevarle algo a Meg, que está muy cansada, pero alguien me ha dado un empujón y ahora estoy hecha un desastre —dijo Jo, que miraba desesperada la mancha del vestido y el borrón de café del guante.

—¡Qué mala suerte! Buscaba a alguien a quien ofrecer este café. ¿Le parece bien si se lo acerco a su hermana?

—¡Oh, gracias! Le indicaré dónde se encuentra. No me ofrezco a llevarlo yo misma porque a buen seguro cometería otro estropicio.

Jo le indicó el camino, y Laurie, dando muestras de saber cómo tratar a una dama, acercó una mesita, trajo una segunda taza de café y más helado para Jo y se mostró tan solícito que hasta la quisquillosa Meg hubo de reconocer que parecía un «buen muchacho». Lo pasaron de maravilla comiendo bombones y contando chistes, y estaban jugando tranquilamente a los disparates con dos o tres jóvenes que también se habían escabullido de la fiesta cuando Hannah llegó. Meg, que se había olvidado de su tobillo, se levantó de golpe y tuvo que apoyarse en Jo al tiempo que soltaba un grito de dolor.

—No hables —rogó en un susurro y luego, en voz alta, añadió—: No es nada, una pequeña torcedura de tobillo. —Y subió la escalera cojeando para recoger sus cosas.

Hannah la regañó, Meg se echó a llorar y Jo no sabía

qué hacer, hasta que decidió buscar una solución por su cuenta. Corrió escalera abajo y pidió a un criado que le consiguiese un carruaje. Por desgracia, el criado había sido contratado solo para la fiesta y no conocía el barrio. Jo seguía buscando ayuda cuando Laurie, que había oído su petición, se acercó y puso a su disposición el carruaje de su abuelo, que, según explicó, acababa de ir a buscarle.

—Es demasiado temprano, no puedo creer que se quiera ir ya... —repuso Jo, que se sentía aliviada pero no sabía si debía aceptar el ofrecimiento.

—Yo siempre me retiro pronto. De veras. Por favor, permítame que las acompañe a su casa; como sabe, me pilla de camino y, además, creo que está lloviendo.

Ese argumento terminó de convencer a la joven. Jo dijo que Meg no se encontraba bien, agradeció la ayuda y corrió a buscar a su hermana y a Hannah. Esta última detestaba la lluvia tanto como los gatos, de modo que no puso ninguna pega, y las tres abandonaron la fiesta en un lujoso carruaje, felices y sintiéndose importantes. Como Laurie se había instalado en el pescante, Meg puso el pie en alto y las jóvenes comentaron cómo les había ido en la fiesta con total libertad.

—Yo lo he pasado de maravilla, ¿y tú? —preguntó Jo, mientras se deshacía el peinado y se ponía cómoda.

—Yo también, hasta que me torcí el tobillo. Le he caído muy bien a Annie Moffat, la amiga de Sallie, y me ha pedido que vaya con Sallie a pasar una semana a su casa, en primavera, cuando empiece la temporada de ópera. Sería estupendo que mamá me dejase ir —contó Meg, entusiasmada ante la idea.

—Te he visto bailar con el joven pelirrojo del que yo había huido, ¿es agradable?

—¡Oh, mucho! Y tiene el cabello castaño cobrizo, no rojo; es un joven muy educado y he bailado una magnífica redova con él.

—Pues parecía un saltamontes histérico cuando daba esos pasos. Laurie y yo no parábamos de reír; ¿se nos oía?

—No, pero me parece muy desconsiderado. Además, ¿qué hacíais tanto rato escondidos?

Jo contó sus aventuras y, cuando acabó, ya habían llegado a casa. Se despidieron de Laurie tras darle varias veces las gracias y entraron sigilosas para no despertar a nadie; pero, en cuanto abrieron la puerta de su habitación, asomaron dos cabecillas con gorro de dormir y dos vocecillas, adormiladas pero impacientes, exclamaron:

—¡Habladnos de la fiesta! ¡Queremos saberlo todo!

Con lo que Meg había calificado de «una falta absoluta de modales», Jo había guardado unos bombones para sus hermanas pequeñas, que dieron cuenta de ellos mientras oían el relato de los acontecimientos más emocionantes de la velada.

—Ahora sé lo que siente una joven de clase alta que vuelve a casa en carruaje y espera sentada en su tocador a que su criada la sirva —dijo Meg mientras Jo le daba unas friegas de árnica en el tobillo y le cepillaba el cabello.

—No creo que las jóvenes de la alta sociedad lo pasen mejor que nosotras, a pesar del cabello chamuscado, los vestidos viejos, los guantes desparejados y los zapatos pequeños que hacen que las que son tan tontas como para ponérselos se tuerzan el tobillo.

Y a mí me parece que Jo tenía toda la razón.

4
Cargas

—¡Oh, querida! ¡Qué duro resulta retomar nuestras obligaciones y seguir adelante! —dijo Meg con un suspiro, la mañana siguiente de la fiesta. Las vacaciones habían acabado y aquella semana de felicidad no le había aportado energía suficiente para ocuparse de tareas que no eran de su agrado.

—Ojalá todos los días fuesen Navidad o Año Nuevo. ¡Sería estupendo! —comentó Jo en tono melancólico y entre bostezos.

—Entonces no disfrutaríamos de esos días especiales ni la mitad que ahora. De todos modos, debe de ser maravilloso que te inviten a cenar y te regalen ramos de flores, ir a fiestas, volver a casa en carruaje y, al llegar, leer un rato y descansar, sin tener que pensar en trabajar. Algunas jóvenes llevan esa vida, y yo las envidio. ¡El lujo me atrae tanto! —comentó Meg mientras trataba de decidir cuál de los dos vestidos desgastados que tenía ante sí lo estaba menos.

—Bueno, eso no está a nuestro alcance, así que, en lugar de lamentarnos, arrimemos el hombro y cumplamos con nuestras obligaciones con alegría, como hace Marmee. Para mí, la tía March es como el viejo de *Simbad el Marino*, pero imagino que cuando aprenda a soportarla sin protestar me quitaré esa carga de encima o me resultará tan ligera que ni pensaré en ella.

La idea puso de buen humor a Jo, pero no alegró a Meg, porque su carga, cuatro niños malcriados, le parecía más pesada que nunca. No tenía ánimo para ponerse guapa como solía hacer, con un lazo azul en el cuello y un peinado favorecedor.

—¿Qué sentido tiene arreglarse cuando los únicos que me van a ver son unos mocosos malhumorados y a nadie le importa si estoy guapa o no? —musitó cerrando de golpe el cajón de la cómoda—. Me pasaré la vida trabajando y penando, divirtiéndome solo en contadas ocasiones, y me convertiré en una vieja fea y amargada; todo porque soy pobre y no me puedo permitir disfrutar de la vida como hacen las demás. ¡Qué desgracia!

Meg bajó con aire compungido y se mantuvo en ese estado de ánimo durante todo el desayuno. De hecho, todas estaban de mal humor y quejumbrosas. A Beth le dolía la cabeza y se había tumbado en el sofá con la gata y los tres gatitos en busca de consuelo; Amy estaba muy preocupada porque no se sabía bien la lección y no encontraba sus útiles. Jo no dejaba de silbar y de armar ruido mientras se preparaba para salir; la señora March intentaba terminar de escribir una carta que tenía que enviar de inmediato, y Hannah estaba muy gruñona porque no le sentaba bien acostarse tarde.

—¡No creo que haya una familia de peor humor! —exclamó Jo, que perdió los estribos después de volcar un tintero, romper los cordones de sus zapatos y aplastar su sombrero sentándose encima de él.

—¡Pues tú eres la más cascarrabias de la familia! —replicó Amy, cuyas lágrimas cayeron sobre su pizarra y borraron la suma, llena de errores, que acababa de hacer.

—Beth, si no bajas estos horribles gatos a la bodega, acabaré ahogándolos —exclamó Meg, muy enfadada, mientras trataba de librarse de uno de los gatitos, que se había encaramado a su espalda y se mantenía clavado a ella, como si de un erizo se tratara, fuera de su alcance.

Jo reía, Meg protestaba, Beth imploraba y Amy se lamentaba porque no recordaba cuánto era nueve por doce.

—¡Niñas! ¡Niñas! Callad un minuto. Debo enviar esta carta con el correo de la mañana y, con tantas quejas, no me puedo concentrar —exclamó la señora March al tachar por tercera vez una frase de la carta.

Se produjo un momento de calma que tocó a su fin después de que Hannah entrara con dos empanadas recién hechas, las dejara sobre la mesa y se marchara. Aquellas empanadas eran toda una institución; las jóvenes las llamaban «manguitos» porque, a falta de estos, resultaba muy agradable sentir en las manos el calor de la pasta recién horneada en las mañanas frías. Hannah nunca dejaba de prepararlas, por muy ocupada o malhumorada que estuviera, porque sabía que la jornada sería larga y dura; las pobres criaturas no comían nada más hasta volver a casa, y rara vez regresaban antes de las tres.

—Beth, acurrúcate con tus gatos; espero que se te pase el dolor de cabeza. Marmee, adiós; esta mañana nos hemos portado como una banda de granujas, pero volveremos a casa hechas unos auténticos angelitos. Meg, vamos. —Y Jo echó a andar pensando que los peregrinos no estaban haciéndolo todo lo bien que debían.

Siempre volvían la cabeza antes de doblar la esquina, pues sabían que su madre estaría en la ventana para hacerles un gesto, sonreír y decirles adiós con la mano. En cierto modo, eso parecía darles fuerzas para hacer frente al día porque, estuvieran del humor que estuviesen, esa última imagen del rostro de su madre tenía sobre ellas el efecto de un rayo de sol.

—Si Marmee nos amenazara con el puño en lugar de mandarnos besos con la mano nos estaría bien empleado, porque nos hemos comportado como unas brujas —comentó Jo, que, en su arrepentimiento, consideraba que el lodo del camino y el fuerte viento eran una merecida penitencia.

—No uses expresiones vulgares —se quejó Meg, oculta tras el chal con que se había cubierto como una monja harta del mundo.

—No veo nada malo en emplear palabras fuertes cuando su significado es el adecuado —repuso Jo sujetándose el sombrero cuando dio un salto sobre su cabeza, dispuesto a salir volando.

—Puedes dedicarte todos los insultos que quieras, pero yo no soy ni una granuja ni una bruja.

—Está claro que hoy no tienes un buen día y, además, estás frustrada por no poder vivir rodeada de lujos. ¡Pobrecita! Espera a que yo me haga rica; entonces, podrás disfrutar de todos los carruajes, helados, zapatos de tacón y ramilletes que quieras y bailarás con todos los jóvenes pelirrojos que te apetezca.

—¡No seas ridícula, Jo! —exclamó Meg, que no obstante se rio de la ocurrencia y se sintió mejor a su pesar.

—Da gracias de que lo sea. Si adoptase ese aire abatido y me dejase vencer por el desaliento como tú, estaríamos apañadas. Afortunadamente, siempre encuentro algo divertido para animarme. Deja de quejarte y haz el favor de volver a casa de buen humor.

Cuando llegó el momento de separarse, Jo dio una palmada de ánimo a su hermana y cada una siguió su camino, con la empanada caliente en las manos, intentando poner buena cara al mal tiempo, al trabajo duro y al hecho de no poder satisfacer sus sueños adolescentes de bienestar.

Cuando el señor March perdió su fortuna en un intento de ayudar a un amigo caído en desgracia, las dos hijas mayores rogaron que se les permitiese colaborar en el sustento familiar. Sus padres, convencidos de que nunca era demasiado pronto para conocer el valor del esfuerzo, el trabajo y la independencia, accedieron y ambas se pusieron a trabajar henchidas de amor y buena voluntad, seguras de que, a pesar de los obstáculos, saldrían adelante.

Margaret encontró un puesto como institutriz y se sintió rica con su pequeño sueldo. Como ella misma reconocía, «le encantaba el lujo», y su principal preocupación era la pobreza en que vivían. A ella le resultaba más difícil de sobrellevar que a las demás porque recordaba la época en la que gozaban de un hogar hermoso y confortable en el que no faltaba nada. Trataba de no dejarse vencer por la envidia ni el descontento, pero era natural que una joven anhelase tener cosas bonitas, divertirse con sus amigos y llevar una vida feliz sin frustraciones. En casa de los King veía a diario todo aquello que deseaba, porque las hermanas de los niños que cuidaba salían con asiduidad y Meg las veía pasar con frecuencia con espectaculares vestidos de fiesta y ramilletes de flores, las oía comentar con entusiasmo obras de teatro, conciertos, fiestas y celebraciones de toda índole, y las veía gastar en fruslerías un dinero que a ella la hubiese sacado de un apuro. La pobre Meg no solía quejarse, pero en ocasiones se sentía amargada por aquella injusticia, y es que todavía no había aprendido a apreciar lo rica que era en la clase de bendiciones que, en verdad, garantizan una vida feliz.

En cuanto a Jo, resultó ser la ayuda perfecta para la tía March, que estaba inválida y necesitaba a alguien que la cuidase. La anciana, que no tenía hijos, se ofreció a adoptar a una de las jóvenes cuando la familia perdió su fortuna y se sintió muy ofendida cuando los padres rehusaron su oferta. Los amigos advirtieron a los March que con aquella decisión habían perdido toda posibilidad de figurar en el testamento de la rica anciana, a lo que el matrimonio, nada materialista, contestaba: «Ni una fortuna doce veces mayor podría compensar el perder a una de nuestras hijas. Ricos o pobres, permaneceremos unidos y felices».

La anciana les retiró la palabra durante un tiempo, hasta que un día, en casa de una amiga, conoció a Jo, que la cautivó con sus dotes cómicas y su franqueza, hasta el punto de que le ofreció trabajo como dama de compañía. A Jo no le entusiasmó la propuesta pero, en vista de que no surgía nada mejor, aceptó el puesto y, para sorpresa de muchos, se ganó el favor de su irascible parienta. Tenían sus más y sus menos, y en una ocasión Jo se había marchado a casa espetando que no aguantaba ni un segundo más, pero la tía March, a quien enseguida se le pasaban los enfados, la reclamó con tal urgencia que la joven no tuvo corazón para negarse, y es que en el fondo había cogido cariño a aquella vieja cascarrabias.

Yo sospecho que lo que en verdad le gustaba de aquel trabajo era la enorme y bien surtida biblioteca, que era pasto del polvo y las arañas desde la muerte del tío March. Jo recordaba bien al anciano y amable señor que le prestaba sus grandes diccionarios para que construyese puentes y raíles de ferrocarril, le contaba historias sobre curiosas ilustraciones de libros escritos en latín y le compraba panecillos de jengibre cuando coincidía con ella en la calle. La estancia, oscura y llena de polvo, con bustos que miraban fijamente desde las altas estanterías, cómodas butacas, globos terráqueos y, lo mejor de todo, una selva de libros en que perderse a su gusto, resultaba para la joven un paraíso terrenal. En cuanto la tía March dormía la siesta o atendía una visita, Jo corría a aquel tranquilo refugio para, acurrucada en una butaca, devorar poesía, novelas de amor, de historia o de aventuras, o contemplar ilustraciones, como un auténtico ratón de biblioteca. Pero, como suele ocurrir, la felicidad no dura eternamente y, así, cuando estaba en lo mejor de una historia, en el verso más dulce de un poema o en el punto álgido de un relato de aventuras, una voz chillona la reclamaba, «Josephine, Josephine», y se veía forzada a abandonar su paraíso para devanar un ovillo de hilo, bañar al perro o leer en voz alta ensayos de Belsham durante horas.

Jo sentía que estaba llamada a realizar algo portentoso y, aunque no sabía en qué podía consistir, confiaba en que lo descubriría con el tiempo. Mientras tanto, su principal frustración era no poder leer, correr y montar a caballo tanto como quisiera. Su carácter fuerte, su lengua afilada y su espíritu incansable la llevaban a meterse en líos una y mil veces, con lo que su vida era una sucesión de altibajos que podían resultar tanto cómicos como patéticos. El aprendizaje que recibía en casa de la tía March era justo lo que necesitaba, y la idea de colaborar a su propio sustento la hacía feliz, a pesar del constante «Josephine».

Beth era demasiado tímida para ir a la escuela. Lo habían intentado, pero la pobre lo pasaba tan mal que habían optado porque estudiase en casa, con su padre. Cuando él marchó al frente y la madre se vio impelida a volcar su energía y su tiempo en tareas de ayuda a los soldados, Beth siguió estudiando por su cuenta y se esforzó al máximo. Como era una joven muy hogareña, disfrutaba ayudando a Hannah a mantener la casa limpia y a punto para cuando las demás volviesen del trabajo, y no anhelaba más reconocimiento que el amor de sus seres queridos. Aun en las jornadas más largas y tranquilas, nunca se sentía sola ni permanecía ociosa, puesto que su mundo interior estaba poblado de amigos imaginarios y era, por naturaleza, laboriosa como una abeja. Por las mañanas, se divertía jugando con seis muñecas a las que despertaba y vestía con amor, pues todavía era una niña. No había ni una sola que estuviese entera y ninguna era bonita; habían permanecido en un rincón hasta que ella las rescató del olvido. Cuando sus hermanas fueron demasiado mayores para jugar con ellas, Beth las tomó a su cargo, pues Amy no consentía tener nada viejo o feo. Precisamente por eso, Beth se había entregado a su tierno cuidado y hasta había puesto en pie un hospital para muñecas enfermas. Nunca clavaba alfileres en sus cuerpos de algodón, no les gritaba ni las golpeaba, y no desatendía a ninguna por repulsiva que fuera. Las alimentaba, vestía, cuidaba y acariciaba a todas con idéntico afecto y devoción. Incluso había rescatado a una muñeca desmembrada que había pertenecido a Jo y que, tras una vida tempestuosa, había ido a pasar al saco de los trapos. Como tenía la cabeza descosida, le puso un bonito gorro, y para disimular la falta de brazos y piernas, la envolvió en una manta y le consagró la mejor cama de su hospital, como enferma crónica que era. No creo que nadie, viendo el amor que Beth prodigaba a aquella muñeca, pudiese dejar de emocionarse, por mucho que tal entrega le provocase risa. Le llevaba flores, le leía cuentos, la sacaba a que le diese el aire, oculta en su abrigo, le cantaba nanas y no se acostaba sin besar su sucia carita y susurrarle con dulzura: «Que pases una buena noche, querida».

Como el resto, Beth también tenía sus penas y, puesto que no era un ángel sino una niña muy humana, también ella «dejaba escapar unas lagrimitas», decía Jo, por no poder tomar lecciones de música y no contar con un buen piano. Amaba tanto la música, se esforzaba tanto por aprender y practicaba tan pacientemente en el viejo y desafinado instrumento de la familia, que parecía obligado que alguien (por no decir la tía March) acudiese en su ayuda. Nadie lo hizo, sin embargo, y nadie la vio nunca secar las lágrimas que caían sobre las teclas amarillentas y desafinadas cuando ensayaba sola. Mientras trabajaba, cantaba como una pequeña alondra, nunca estaba cansada si se trataba de tocar para Marmee y sus hermanas. Todos los días se decía esperanzada: «Algún día, si soy buena, conseguiré tocar mi música».

El mundo está lleno de mujeres como Beth, tímidas y tranquilas, que aguardan sentadas en un rincón hasta que alguien las necesita, que se entregan a los demás con tanta alegría que nadie ve su sacrificio hasta que el pequeño grillo del hogar cesa de chirriar y la dulce y soleada presencia desaparece para dejar tras de sí silencio y oscuridad.

Si alguien hubiese preguntado a Amy cuál era su principal quebradero de cabeza, ella hubiese contestado sin dudar: «Mi nariz». Cuando era pequeña, Jo la había dejado caer accidentalmente en un capacho de carbón y Amy sostenía que eso había afeado su nariz sin remedio. No era grande ni estaba siempre roja como la de la pobre Petrea; era más bien chata y, por mucho que la levantase, nunca le daría el aire aristocrático que anhelaba. A nadie le preocupaba el asunto salvo a ella y, de hecho, su nariz seguía creciendo, pero Amy deseaba tanto un perfil griego que, para consolarse, llenaba hojas enteras con dibujos de narices perfectas.

«El pequeño Rafael», como la llamaban sus hermanas, poseía un notable talento para el dibujo y era sumamente feliz copiando flores, pintando hadas o ilustrando cuentos con curiosas muestras de arte. Sus profesores se quejaban de que, en lugar de hacer las sumas, llenaba su pizarra de dibujos de animales; aprovechaba las páginas en blanco del atlas para copiar mapas y sus libros estaban llenos de caricaturas cómicas que aparecían en los momentos más inoportunos. Se aplicaba al estudio lo mejor que podía y su comportamiento modélico la había salvado de más de una reprimenda. Era muy querida entre sus compañeras por su buen carácter y poseía el don de granjearse el cariño de todos sin esfuerzo. Su afectación y sus modales exquisitos despertaban admiración, al igual que sus numerosas aptitudes, y es que, además de dibujar, era capaz de tocar doce melodías, hacer ganchillo y leer en francés sin pronunciar mal más de dos tercios de las palabras. El tono quejumbroso con el que acostumbraba a explicar: «Cuando papá era rico, hacíamos tal o cual cosa» resultaba conmovedor y su tendencia a usar palabras complicadas era considerada «muy elegante» por las demás.

Amy iba camino de convertirse en una niña malcriada. Todo el mundo la consentía y su vanidad y su egoísmo iban en aumento. Sin embargo, había algo que mantenía a raya su vanidad: verse obligada a usar los vestidos de su prima. La madre de Florence no destacaba, precisamente, por su buen gusto y, para Amy, llevar un sombrero rojo en lugar de uno azul, vestidos poco favorecedores y delantales chillones que no eran de su talla le parecía un suplicio. La ropa era de calidad, tenía buena hechura y estaba casi nueva, pero hería el gusto estético de Amy, sobre todo en aquel invierno, en el que tenía que ir a la escuela con un vestido de un morado apagado, con topos amarillos y sin nada que lo adornara.

«Mi único consuelo —le había contado a Meg, con lágrimas en los ojos— es que mamá no me mete el dobladillo de la falda cada vez que hago una travesura, como hace la madre de Maria Parks. Es un verdadero horror; a veces, se porta tan mal que el vestido apenas le cubre las rodillas y no puede ir al colegio. Cuando pienso en la *degradadación* que sufre, el hecho de tener la nariz chata y un vestido morado con topos amarillos me parece una nimiedad.»

Meg era la confidente y guía de Amy y, curiosamente, Jo lo era de Beth, tal vez porque los opuestos se atraen. La tímida muchachita solo se abría con su atolondrada hermana mayor, sobre la que, sin darse cuenta, ejercía más influencia que ningún otro miembro de la familia. Las dos hermanas mayores se llevaban muy bien, pero cada una de ellas había tomado a su cargo a una de las menores, y las protegían a su manera. Era su peculiar manera de jugar a «mamás», poniendo a sus hermanas en lugar de las muñecas que ya habían desechado, y lo hacían con el instinto maternal propio de unas mujercitas.

—¿Alguien tiene algo interesante que contar? Ha sido un día tan deprimente que necesito algo de entretenimiento —comentó Meg cuando se sentaron a coser juntas aquella tarde.

—Hoy me ha ocurrido una cosa curiosa en casa de la tía y, puesto que todo ha salido bien, os la contaré —empezó Jo, a la que le encantaba contar historias—. Estaba leyendo en voz alta ese interminable libro de Belsham, con el tono monocorde de siempre, para que la tía se quede dormida lo antes posible y yo pueda disfrutar de un buen libro hasta que se despierte. Esta vez lo que he conseguido es que me entrara sueño y, antes de que ella empezara a cabecear, se me ha escapado un bostezo enorme. La tía me ha preguntado si abría tanto la boca para devorar el libro de golpe. «¡Ojalá pudiese hacerlo y terminar de una vez!», he respondido sin pretender ser impertinente.

»Entonces, me ha echado un largo responso sobre mis pecados, me ha pedido que me sentara y reflexionara acerca de lo que habíamos hablado mientras ella "daba una cabezadita". Como sé que la "cabezadita" suele durar bastante, en cuanto ha cerrado los ojos he sacado del bolsillo *El vicario de Wakefield* y me he puesto a leer con un ojo mientras que con el otro vigilaba a la tía. Cuando he llegado al punto en el que todos se caen al agua, me he olvidado de dónde estaba y he soltado una carcajada. La tía se ha despertado, descansada y de buen humor, y me ha pedido que leyera en voz alta un poco de ese libro frívolo que prefería al edificante y serio Belsham. Me he esforzado al máximo y le ha gustado, aunque se ha limitado a comentar: "No comprendo bien de qué trata; léelo desde el principio, querida".

»Así lo he hecho, procurando que los Primrose resultasen más entretenidos que nunca. En un momento dado, cuando el texto estaba en un punto emocionante, he tenido la picardía de interrumpir la lectura y le he preguntado mansamente: "Tía, me temo que la estoy aburriendo. ¿Quiere que lo deje aquí?".

»Ha retomado la calceta que había dejado caer, me ha lanzado una mirada airada desde detrás de sus gafas y ha contestado tajante: "Jovencita, acaba de leer el capítulo y no seas impertinente".

—¿Ha reconocido que le estaba gustando? —preguntó Meg.

—¡Por Dios, no! Pero ha dejado al viejo Belsham a un lado, y por la tarde, cuando he vuelto a buscar los guantes que había dejado olvidados, la he sorprendido tan embebida en la lectura de *El vicario* que ni me ha oído reír y bailar de alegría en el vestíbulo, por los buenos tiempos que vendrán. Qué agradable podría ser su vida si eligiese ser feliz. A pesar de lo rica que es, no la envidio. Al fin y al cabo, imagino que los ricos tienen tantas preocupaciones como los pobres —añadió Jo.

—Eso me recuerda —dijo Meg— que yo también tengo algo que contar. No es tan divertido como la anécdota de Jo, pero he estado dándole muchas vueltas mientras venía de camino. Hoy, en casa de los King, todo el mundo estaba muy inquieto y uno de los niños me ha contado que su hermano mayor había hecho algo horrible y que su padre lo había echado de casa. He oído llorar a la señora King y gritar al señor King, y Grace y Ellen han vuelto la cabeza cuando he pasado junto a ellas para que no viese que tenían los ojos enrojecidos. Por supuesto, no he preguntado nada a nadie; pero he sentido lástima por ellos y me he alegrado de no tener ningún hermano rebelde que pudiera deshonrar a la familia.

—Yo creo que recibir un castigo en la escuela es mucho *peorible* que tener un hermano rebelde —intervino Amy meneando la cabeza, como si tuviera una honda experiencia de la vida—. Hoy Susie Perkins ha venido al colegio con una sortija de cornalina roja preciosa. Me ha gustado tanto que he deseado con toda el alma ser como ella. Bueno, el caso es que ha dibujado una caricatura del señor Davis con una nariz monstruosa y una joroba, y ha escrito las palabras «¡Señoritas, no les quito ojo!» saliendo de su boca. Nos hemos reído del dibujo, hasta que hemos descubierto que, en efecto, el señor Davis no nos quitaba ojo, y ha ordenado a Susie que le mostrase su pizarra. Ella se ha quedado *patrificada* del susto, pero se la ha enseñado y... ¿qué creéis que ha hecho él? La ha cogido por la oreja. ¡Por la oreja! ¡Figuraos qué horror! La ha obligado a subir al estrado y la ha tenido allí plantada, una hora y media, sujetando la pizarra para que todas la viéramos.

—¿Y las demás no se han reído al ver la caricatura? —preguntó Jo, a la que le encantaba aquel lío.

—¿Reírse? En absoluto, hemos estado todas bien quietas y Susie ha llorado a mares. Eso es lo que ha pasado. Yo ya no sentía envidia de ella, porque me he dicho que ni un millón de sortijas de cornalina me hubiesen hecho feliz después de algo así. Yo nunca me hubiese repuesto de semejante humillación. —Y dicho esto, Amy retomó su labor, orgullosa de su virtud y de haber pronunciado dos palabras largas sin que se le trabara la lengua.

—Esta mañana he visto algo que me ha gustado y que pensaba contar a la hora de la cena, pero se me ha olvidado —explicó Beth al tiempo que ordenaba el enmarañado cesto de labores de Jo—. He salido a comprar unas ostras por encargo de Hannah y he encontrado al señor Laurence en la pescadería, aunque no me ha visto porque me he escondido detrás de un barril y él estaba hablando con el señor Cutter, el pescadero. En eso, ha entrado una mujer pobre con un cubo y una fregona y se ha ofrecido a limpiar el local a cambio de un poco de pescado porque no tenía nada que darles de cenar a sus hijos y le habían escatimado un jornal. El señor Cutter, que estaba algo atareado, le ha contestado que no sin pensarlo, bastante molesto. La mujer, que parecía muerta de hambre, se ha dado la vuelta para salir con aire afligido, y entonces el señor Laurence ha pinchado un pescado grande con la punta de su bastón y se lo ha ofrecido. Ella lo ha cogido sorprendida pero encantada y le ha dado las gracias varias veces. Él le ha dicho: «Vaya y guíselo», y ella se ha marchado a toda prisa la mar de contenta. Qué detalle tan enternecedor, ¿no os parece? ¡Era tan gracioso verla abrazada a aquel pescado enorme y diciéndole al señor Laurence que esperaba que Dios le guardase una cama cómoda en el cielo!

Todas rieron, y luego pidieron a su madre que les contase también algo. La mujer guardó silencio unos instantes y, después, dijo muy seria:

—Hoy, mientras cortaba tela para unas chaquetas de franela azul, me he acordado de vuestro padre y he pensado en lo sola y desamparada que me sentiría si le ocurriese algo. Sé que no debería pensar en ello, pero no he podido evitarlo, hasta que un hombre mayor ha entrado para hacer un pedido. Se ha sentado cerca de mí y me he puesto a hablar con él, porque parecía pobre, cansado y nervioso. «¿Tiene hijos en el ejército?», le he preguntado al ver que traía una nota que no era para mí. «Sí, señora; tenía cuatro, pero dos han muerto; uno está prisionero y voy a visitar al otro, que está hospitalizado en Washington, muy enfermo», ha contestado en voz baja.

»"Ha hecho usted mucho por su país, señor", le he dicho sintiendo respeto en lugar de la piedad inicial. "Todo lo que está en mi mano, señora. De haber servido yo, hubiese ido en persona, pero, como no es así, he entregado a mis hijos de corazón."

»Hablaba tan animosamente, se mostraba tan sincero y parecía tan complacido de entregar cuanto tenía que me he sentido avergonzada. Yo había ofrecido a un marido y me parecía un precio excesivo, mientras que él había dejado marchar a cuatro hijos sin quejarse; yo tenía a mis niñas para animarme al volver a casa, y a él solo le quedaba un hijo, que le esperaba a kilómetros de distancia, tal vez para darle un último adiós. Me he sentido tan rica, tan afortunada y tan llena de bendiciones que le he preparado un buen paquete, le he dado algo de dinero y le he agradecido de corazón la lección que me había enseñado.

—Mamá, cuéntanos otra historia, otra con moraleja, como esta. Cuando son cosas que han pasado de verdad y no suenan a sermón, me dan mucho que pensar —dijo Jo, tras un minuto de silencio.

La señora March sonrió y empezó enseguida. Llevaba muchos años contando historias a aquel pequeño público y sabía muy bien cómo complacerlas.

—Había una vez cuatro niñas que tenían lo bastante para comer, beber y vestir; bastantes comodidades y caprichos, buenos amigos y unos padres que las querían mucho, y sin embargo no estaban satisfechas. —En este punto, las jóvenes se miraron de reojo y empezaron a coser diligentemente—. Esas muchachas ansiaban ser buenas y se hacían magníficos propósitos que, por una razón u otra, nunca mantenían, y no dejaban de decir: «Si tuviéramos tal cosa», o «Si pudiéramos hacer esto o aquello», olvidando lo mucho que en realidad tenían y las numerosas cosas agradables que estaban a su alcance. Así pues, preguntaron a una anciana a qué hechizo podían recurrir para ser felices y ella les contestó: «Cuando os sintáis descontentas, pensad en las bendiciones que habéis recibido y dad gracias por ellas». —Al oír esto, Jo levantó la vista un segundo, como si fuese a decir algo, pero cambió de idea al entender que el cuento no había terminado.

»Como eran unas jovencitas muy inteligentes, decidieron seguir el consejo y pronto se sorprendieron al comprobar lo afortunadas que eran. Una descubrió que el dinero no podía evitar que la vergüenza y la pena entrasen en una casa, por rica que esta fuese; otra, que se creía pobre, entendió que gracias a su juventud, su buen humor y su salud era más feliz que cierta anciana cascarrabias que no sabía gozar de su posición; una tercera comprendió que, por desagradable que resultase tener que preparar la cena, era mucho peor tener que mendigar para poder cocinarla, y la cuarta comprobó que ser buena valía más que tener una sortija de cornalina. Así pues, convinieron en no volver a quejarse, disfrutar de las bendiciones que habían recibido y procurar ser merecedoras de ellas pues, en lugar de crecer, podrían muy bien desaparecer. Y creo que nunca se arrepintieron ni se sintieron decepcionadas por seguir el consejo de la anciana.

—Marmee, qué ingeniosa. Has dado la vuelta a nuestras historias y las has aprovechado para darnos un sermón —exclamó Meg.

—Me gusta esta clase de sermones. Me recuerda los que nos solía dar papá —observó Beth, pensativa, mientras enderezaba las agujas en el acerico de Jo.

—Yo no me suelo quejar tanto como las demás pero, después de ver lo que le ha ocurrido a Susie, lo haré mucho menos —afirmó Amy, muy seria.

—Necesitábamos esta lección y no la olvidaremos. Si lo hacemos, solo tienes que repetirnos lo que la vieja Cloe le decía al tío Tom: «Pensad en vuestras *bendisiones*, niñas, pensad en vuestras *bendisiones*» —intervino Jo, que no podía resistirse a sacarle punta al sermón, aunque el mensaje le había llegado tan hondo como a las demás.

5
Una buena vecina

—Y ahora, ¿qué estás tramando, Jo? —preguntó Meg, en una tarde de nieve, al ver a su hermana cruzar el vestíbulo con botas de lluvia, un abrigo viejo con capucha y una escoba en una mano y una pala en la otra.

—Voy a salir a hacer ejercicio —contestó Jo, con un brillo pícaro en la mirada.

—¿Acaso no te basta con los dos largos paseos que has dado esta mañana? Fuera hace frío y está nublado. Te aconsejo que te quedes en casa, junto al fuego, caliente y seca, como pienso hacer yo —repuso Meg, que sintió un escalofrío.

—Ya sabes que no suelo seguir consejos de nadie; no puedo pasar un día entero sin hacer nada y no me gusta dormitar junto a la chimenea. Tengo ganas de aventura y voy a salir en busca de alguna.

Meg volvió al comedor para calentarse los pies y leer *Ivanhoe* y Jo se dedicó a despejar la nieve del camino con mucha energía. La nieve era muy ligera y la joven no tardó en abrir paso alrededor del jardín para que Beth pudiese salir a dar un paseo, cuando el sol asomase; sus muñecas impedidas necesitaban tomar el aire. El jardín lindaba con la propiedad del señor Laurence; las casas estaban situadas en un barrio de las afueras que recordaba mucho el campo, con alamedas y espacios con césped, amplios jardines y calles tranquilas. Un seto bajo servía de límite entre ambas propiedades. A un lado se alzaba una casa vieja de color marrón oscuro, que tenía un aspecto algo abandonado, desprovista de la parra que la embellecía en verano y de las flores que solían rodearla. Al otro lado había la casa señorial de piedra, que mostraba claramente lo holgado de la posición de sus habitantes, pues contaban con toda clase de comodidades, desde una gran cochera hasta unos paseos bien cuidados que conducían hasta el invernadero, sin olvidar un sinfín de cosas hermosas que se atisbaban entre los pesados cortinajes de las ventanas. Sin embargo, la casa parecía solitaria y sin vida; no había niños jugando en el césped, ni se veía el rostro de una madre saludar desde sus ventanas, y no entraba ni salía nadie salvo el anciano y su nieto.

Jo imaginaba la casa como una especie de castillo encantado, repleto de maravillas y comodidades de las que nadie disfrutaba. Hacía tiempo que deseaba descubrir aquellas maravillas ocultas y saludar al joven Laurence, que parecía deseoso de darse a conocer, aunque no supiera por dónde empezar. Desde el baile, el interés de la joven por su vecino no había hecho sino aumentar, y había imaginado varias estrategias para entablar conversación con él. Pero hacía mucho que nadie le veía y Jo empezó a temer que se hubiese marchado, hasta que un día vio, en una de las ventanas de la planta superior, un rostro que miraba con curiosidad hacia el jardín de su casa, donde Beth y Amy habían organizado una guerra de bolas de nieve.

Este joven necesita compañía y diversión, se dijo. Su abuelo no sabe lo que le conviene y lo mantiene encerrado, aislado del mundo. Necesita jugar con muchachos alegres o estar con una persona joven y animada. Me dan ganas de ir y decírselo al anciano señor.

La idea le pareció divertida. Le encantaba hacer cosas osadas y siempre escandalizaba a Meg con sus salidas de tono. Jo no olvidó su plan de ir a la casa y aquella tarde de nieve decidió intentar llevarlo a cabo. Cuando vio salir al señor Laurence, empezó a abrir un camino en la nieve en dirección al seto, donde se detuvo para estudiar la situación. Todo estaba en calma. En las ventanas de la planta baja, las cortinas estaban corridas. No había ningún criado a la vista y la única forma humana que se distinguía era la de una cabeza de cabello oscuro y rizado apoyada sobre una mano en una ventana de la planta alta.

Ahí está, pensó Jo. ¡Pobre muchacho! ¡Solo y enfermo en un día tan sombrío! ¡Qué pena! Le arrojaré una bola de nieve a la ventana para que me mire y, entonces, le diré algo amable.

Dicho y hecho. Jo lanzó una bola de nieve y la cabeza que se veía por la ventana se volvió de inmediato. El rostro perdió su expresión lánguida al instante, los ojos se iluminaron y los labios esbozaron una sonrisa. Jo asintió, se echó a reír y, blandiendo la escoba, preguntó:

—¿Qué tal se encuentra? ¿Está enfermo?

Laurie abrió la ventana y su voz sonó ronca como el graznido de un cuervo cuando respondió:

—Estoy mucho mejor, gracias. He tenido un fuerte catarro y no he podido salir en toda la semana.

—Lo lamento. ¿Con qué se distrae usted?

—Con nada. Esto es tan aburrido como una tumba.

—¿No lee?

—Casi nada, no me lo permiten.

—¿Y no puede alguien leerle en voz alta?

—Mi abuelo lo hace a veces, pero mis libros no le interesan, y no me gusta tener que pedirle siempre a Brooke que me lea.

—Entonces, invite a alguien para que le haga compañía.

—No me apetece ver a nadie. Los muchachos alborotan demasiado y a mí me duele la cabeza.

—¿No conoce a ninguna muchacha amable dispuesta a leer en voz alta y conversar un rato? Las mujeres somos más tranquilas y, por lo general, nos gusta hacer de enfermeras.

—No conozco a ninguna.

—¿Qué hay de mí? —Jo se echó a reír, pero paró de inmediato.

—¡Claro, es cierto! ¿Me haría el favor de venir a hacerme compañía? —preguntó Laurie.

—No me considero un ejemplo de muchacha tranquila y amable pero, si mi madre lo aprueba, iré a visitarle. Voy a pedirle permiso. Ahora, pórtese bien, cierre la ventana y espere a que vuelva.

Dicho esto, Jo se colocó la escoba sobre el hombro y entró en su casa preguntándose qué dirían todas. Laurie, emocionado ante la perspectiva de recibir una visita, corrió a arreglarse. En palabras de la señora March, él era un «joven caballero», y qué menos que ponerse un cuello limpio, peinarse y recoger un poco la habitación que, a pesar de la media docena de criados a su servicio, no estaba demasiado presentable. Al poco tiempo, oyó el timbre de la entrada, luego una voz decidida que preguntaba por el «señor Laurie», y una sorprendida criada acudió a anunciarle la visita de una jovencita.

—Está bien, hágala pasar. Es la señorita Jo —explicó Laurie al tiempo que se dirigía a una salita para recibir a Jo, quien tenía un aspecto saludable y sereno y parecía sentirse a sus anchas. La joven llevaba un plato tapado en una mano y los tres gatitos de Beth en la otra.

—Aquí estoy, con todo el equipaje —dijo sin pensar—. Mi madre le manda saludos y está encantada de que podamos hacer algo por usted. Meg me ha pedido que le traiga un poco de su pudin blanco, que es estupendo, y Beth ha pensado que los tres gatitos le animarían. Sé que más que nada serán una molestia, pero la pobre tenía tantas ganas de colaborar que no me he podido negar.

Lo cierto es que el divertido préstamo de Beth fue de lo más acertado, porque los gatitos hicieron reír a Laurie, que olvidó su timidez y se mostró más comunicativo de lo habitual.

—Esto es demasiado bonito para comerlo —exclamó con una sonrisa cuando Jo destapó el plato en el que estaba el pudin blanco, rodeado por una guirlanda de hojas verdes y flores rojas del geranio preferido de Amy.

—No es gran cosa, pero todas le estamos muy agradecidas y esta es nuestra forma de mostrárselo. Pídale a la criada que se lo guarde para la hora del té. Es un plato muy sencillo, lo puede comer sin problemas. Es muy suave y no le dolerá la garganta al tragarlo. ¡Qué habitación más agradable!

—Lo sería si estuviese más ordenada, pero las criadas son perezosas y no sé qué hacer para que muestren un poco más de interés. A decir verdad, el asunto me tiene algo preocupado.

—Quedará estupenda en un par de minutos. Solo hay que limpiar un poco el hogar de la chimenea, así... Ordenar los adornos de la repisa, así... Dejar los libros aquí y las botellas allá, orientar el sofá hacia la luz y ahuecar un poco los cojines. Bueno, ya está listo.

Y, en efecto, lo estaba. Mientras reía y hablaba, Jo había ido colocando cada cosa en su sitio y había dado un aire nuevo a la habitación. Laurie la había contemplado en silencio, con respeto, y, cuando la joven le indicó que se sentara en el sofá, dejó escapar un suspiro de satisfacción y dijo, muy agradecido:

—¡Qué amable es usted! Es cierto, esto era lo que

necesitaba. Ahora, siéntese en esta butaca y deje que entretenga a mi visita.

—No, yo he venido para entretenerle a usted. ¿Le apetece que le lea algo? —Jo miraba con interés un grupo de libros que le parecieron especialmente atractivos.

—Gracias, pero ya los he leído todos. Si no le importa, preferiría conversar —respondió Laurie.

—No me importa. Pero, si no me frena, soy capaz de hablar todo el día. Beth dice que no sé cuándo parar.

—¿Beth es la joven de tez sonrosada que pasa mucho tiempo en casa y sale de vez en cuando con una cestita? —preguntó Laurie con interés.

—Sí, esa es Beth; es mi hermana favorita, y muy buena.

—La joven guapa se llama Meg y la del cabello rizado es Amy, ¿verdad?

—¿Cómo sabe todo eso?

Laurie se puso colorado pero contestó con franqueza:

—Bueno, verá, a menudo las oigo llamarse las unas a las otras y cuando estoy aquí, solo, no puedo evitar mirar hacia su casa. Parece que siempre se lo pasan en grande. Le ruego que disculpe mi mala educación, pero a veces olvidan correr las cortinas de la ventana en la que están las flores y, cuando encienden las luces y veo el fuego de la chimenea y a todas sentadas alrededor de la mesa, me parece estar contemplando un cuadro. Su madre queda justo enfrente y tiene un aspecto tan dulce con las flores de fondo que no puedo evitar mirarla. Yo no tengo madre, sabe usted. —Laurie atizó el fuego para ocultar el temblor de sus labios, que no podía controlar.

A Jo, la soledad y la tristeza que reflejaban los ojos del muchacho le llegaron al alma. La joven había recibido una educación tan sana que no tenía prejuicio alguno y, a pesar de sus quince años, era tan inocente y sincera como una niña. Laurie estaba enfermo y se sentía solo y, consciente de ser rica en afecto y felicidad, se propuso compartirlos con él. Así pues, con una expresión amable en su rostro moreno y una dulzura desacostumbrada en la voz, dijo:

—Entonces, no correremos nunca la cortina para que pueda mirar cuanto quiera. Sin embargo, en vez de limitarse a mirarnos desde lejos, ¿por qué no viene a visitarnos? Mi madre es muy amable y le acogerá encantada, y Beth cantará para usted si yo se lo pido, y Amy bailará algo. Meg y yo le haremos reír contándole anécdotas de nuestras representaciones teatrales y lo pasaremos bien. ¿Cree que su abuelo le dejará?

—Creo que lo haría si su madre se lo pidiera. Aunque no lo parezca, es un hombre muy amable y me deja hacer cuanto quiero. Lo que no quiere es que sea una molestia para unos desconocidos —explicó Laurie, cada vez más animado.

—Nosotras no somos «unos desconocidos», somos sus vecinas, y está claro que usted no será ninguna molestia. Queremos conocerle mejor y hace mucho que trato de entablar amistad con usted. No llevamos mucho tiempo viviendo en este barrio, pero tenemos una buena relación con todos los vecinos, a excepción de ustedes.

—Verá, mi abuelo vive entregado a sus libros y no le preocupa lo que ocurra en el mundo. Mi tutor, el señor Brooke, no vive con nosotros y, como no tengo con quién salir, me quedo en casa y me las arreglo como puedo.

—Eso no está bien. Debe usted animarse y salir, aceptar todas las invitaciones que le hagan. Así tendrá muchos amigos y lugares agradables a los que ir. No se preocupe si al principio se siente tímido, con el tiempo lo superará.

Laurie se puso rojo, pero no le molestó que la joven mencionara su timidez, porque Jo tenía tan buena voluntad que era imposible no tomarse bien sus francas palabras.

—¿Le gusta su colegio? —preguntó el joven después de una breve pausa en que él estuvo contemplando el fuego del hogar y Jo se felicitó por su intervención.

—No voy al colegio; soy un trabajador, quiero decir, una trabajadora. Cuido a mi tía, que es una vieja gruñona —contestó Jo.

Laurie parecía dispuesto a hacer otra pregunta, pero recordó que no estaba bien curiosear en las vidas ajenas y se retuvo, visiblemente turbado. Jo apreció su delicadeza pero, como no le importaba burlarse de la tía March, le ofreció una divertida descripción de la anciana impaciente, el perro obeso, el loro parlanchín y la biblioteca que hacía sus delicias. Laurie la escuchaba embelesado, y cuando le contó cómo un caballero viejo y presumido había ido a hacer la corte a la tía y el loro le había arrancado la peluca en plena declaración, rio hasta que las lágrimas rodaron por sus mejillas y una criada se asomó para ver qué pasaba.

—Esto me sienta muy bien, por favor, siga —pidió, separando el rostro del cojín, rojo y resplandeciente de alegría.

Satisfecha por la buena aceptación, Jo siguió hablando de sus representaciones y sus proyectos, del miedo y la esperanza con que vivían la ausencia de su padre, y de los acontecimientos más interesantes del pequeño mundo que compartía con sus hermanas. Después charlaron de libros y Jo descubrió complacida que a Laurie le entusiasmaban también y que había leído incluso más obras que ella.

—Puesto que le gustan tanto los libros, venga conmigo abajo y eche un vistazo a nuestra biblioteca. Mi abuelo ha salido, así que no tiene nada que temer —propuso Laurie, levantándose.

—A mí no me asusta nada —repuso Jo meneando la cabeza.

—¡La creo! —afirmó el joven mirándola con admiración, aunque para sus adentros se decía que había motivos para temer al anciano, sobre todo cuando estaba de mal humor.

En la casa había un ambiente estival. Laurie la condujo por varias habitaciones deteniéndose para que la joven observase aquello que le llamaba la atención, hasta que al fin llegaron a la biblioteca, donde Jo aplaudió encantada y dio unos saltitos, como solía hacer siempre que algo la entusiasmaba. Estaba repleta de libros, había cuadros, esculturas y unos armarios llenos de monedas y curiosidades; butacas, mesitas curiosas y figuras de bronce, pero lo mejor de todo era la chimenea, con el hogar abierto, rodeado de hermosos azulejos.

—¡Qué riqueza! —Jo se dejó caer con un suspiro en una gran butaca tapizada de terciopelo y miró maravillada alrededor—. Theodore Laurence, debería sentirse el joven más afortunado del mundo —añadió muy impresionada.

—Un hombre no vive solo de libros —repuso Laurie, meneando la cabeza, mientras se sentaba en una mesa frente a ella.

Antes de que pudiese agregar algo más, sonó el timbre. Jo se levantó asustada y exclamó:

—¡Dios mío, debe de ser su abuelo!

—¿Y qué si lo es? Usted no teme nada, ¿no lo recuerda? —repuso el joven con aire pícaro.

—Me asusta un poco su abuelo, aunque no sé por qué. Marmee me dio permiso para venir y no creo que mi visita haya empeorado su estado —dijo Jo tratando de recuperar la compostura, pero sin dejar de mirar hacia la puerta.

—Al contrario, me encuentro mucho mejor y le doy las gracias por ello; pero temo que se haya cansado demasiado hablando conmigo. La conversación ha sido tan agradable que no quería que acabara —afirmó Laurie, muy agradecido.

—Es el médico, señor; quiere verle —explicó una criada haciendo una seña.

—¿Le importaría que la dejase sola un minuto? Supongo que debo verle —dijo Laurie.

—No se preocupe por mí. Aquí estaré feliz como una perdiz —contestó Jo.

Laurie salió y su visita se entretuvo a su manera. Jo estaba mirando un retrato del dueño de la casa cuando oyó que la puerta de la habitación se abría y, sin volverse, anunció:

—Ahora estoy convencida de que no debo temerle. Tiene ojos de buena persona, aunque su gesto es bastante severo y parece la clase de persona que siempre se sale con la suya. No es tan guapo como mi abuelo, pero me cae bien.

—Gracias, señorita —dijo una voz ronca a sus espaldas.

Para consternación de Jo, allí estaba el anciano señor Laurence.

La pobre Jo se ruborizó y el corazón le empezó a latir demasiado rápido mientras recordaba qué había dicho. Por unos segundos, sintió un irrefrenable deseo de salir corriendo. Pero eso hubiese sido cobardía y sus hermanas se hubiesen mofado de ella, por lo que decidió quedarse y salir del aprieto de la mejor manera posible. Al mirar de nuevo al anciano observó que sus ojos, bajo unas cejas pobladas, brillaban y parecían aún más benévolos que los del retrato y tenían una expresión pícara que hizo que gran parte de su miedo se esfumara. La voz del caballero sonó más ronca que nunca cuando preguntó de pronto, tras el terrible silencio:

—Así pues, dice que no me tiene miedo, ¿verdad?

—Así es, señor.

—Y no me encuentra tan guapo como a su abuelo.

—En efecto, señor.

—Y parece que siempre me salgo con la mía.

—Era una opinión, señor.

—Y, a pesar de todo eso, le caigo bien.

—Sí, señor, así es.

Las respuestas de Jo fueron del agrado del anciano caballero, que se echó a reír, le estrechó la mano, y la tomó de la barbilla para levantarle el rostro, lo observó con expresión seria y, tras retirar la mano, meneó la cabeza.

—Tiene usted el carácter de su abuelo, aunque no se parece físicamente a él. Era un buen hombre, querida, pero, por encima de todo, era valiente y honrado. Me enorgullezco de haber sido amigo suyo.

—Gracias, señor —repuso Jo, que ahora se sentía a gusto después de oír un comentario tan agradable.

—¿Qué le ha hecho a mi nieto? —preguntó a continuación el anciano con tono severo.

—Solo intentaba ser una buena vecina, señor —respondió Jo, y le explicó el propósito de su visita.

—¿Cree que necesita distraerse un poco?

—Sí, señor, parece algo solitario y tal vez la compañía de otros jóvenes le haría bien. En casa somos todas mujeres, pero estaríamos encantadas de ayudar, si está en nuestra mano. Nunca olvidaremos el magnífico regalo de Navidad que nos hizo llegar —dijo Jo, emocionada.

—Eso fue cosa de mi nieto. ¿Cómo está aquella pobre mujer?

—Está mejor, señor —contestó Jo, que a continuación, hablando muy rápido, le explicó todo cuanto sabía sobre los Hummel, a los que, por mediación de su madre, ahora ayudaban unos amigos más ricos que ellas.

—Así era como hacía el bien su abuelo, señorita. Pasaré a visitar a su madre un día de estos. Coménteselo. El sonido de esa campanilla anuncia la hora del té; lo tomamos temprano por el muchacho. Baje conmigo y siga comportándose como una buena vecina.

—Si así lo quiere, señor —repuso Jo.

—De no ser así, no se lo pediría. —Y el señor Laurence le ofreció el brazo, a la antigua usanza.

¿Qué diría Meg si me viera?, pensó Jo, mientras caminaba del brazo del señor Laurence y los ojos le bailaban de alegría al imaginarse contándoselo a sus hermanas.

—¡Eh!, ¿qué demonios le pasa a este joven? —exclamó el anciano al ver que Laurie bajaba corriendo por las escaleras y se paraba perplejo al encontrar a Jo del brazo de su temible abuelo.

—No sabía que ya estaba en casa, señor —dijo Laurie mientras Jo le lanzaba una mirada de triunfo.

—Eso está claro por el estruendo que has armado al bajar por las escaleras. Ven a tomar el té y compórtate como un caballero. —Y tras dar un cariñoso tirón de pelo a su nieto, el anciano caballero continuó caminando, mientras, a sus espaldas, Laurie le hacía mofa con unos gestos tan cómicos que a Jo le costó contener la risa.

El anciano bebió cuatro tazas de té sin apenas pronunciar palabra. Se dedicó a observar a los dos jóvenes, que no tardaron en charlar con la confianza de dos viejos amigos, y no pudo por menos de reparar en el cambio que había experimentado su nieto. Su rostro tenía color, luz y vida, sus gestos eran más vivaces y su risa reflejaba una alegría sincera.

Tiene razón, el muchacho se siente solo. Veré qué pueden hacer estas jovencitas por él, pensó el señor Laurence mientras escuchaba y observaba a la pareja. Jo le había caído en gracia, le gustaba su carácter, extravagante y directo, y parecía entender a su nieto tan bien como si ella misma fuese un muchacho.

Si los Laurence hubieran sido lo que Jo llamaba «tiesos y remilgados», no habría simpatizado con ellos, porque esa clase de personas la hacían sentirse inhibida e incómoda. Pero, como eran sencillos y naturales, se comportó tal cual era y causó una buena impresión. Al levantarse de la mesa, Jo anunció que se marchaba, pero Laurie dijo que tenía algo más que mostrarle y la llevó al invernadero, que estaba iluminado en su honor. A Jo le pareció estar en el país de las hadas mientras recorría los caminos bordeados de flores, en aquella luz suave, el ambiente húmedo y dulce, entre magníficos árboles y enredaderas. Su nuevo amigo cortó flores hasta que ya no le cupieron en las manos. Luego las ató en un ramillete y dijo con ese semblante alegre que tanto gustaba a Jo:

—Por favor, déselas a su madre y dígale que me ha gustado mucho la medicina que me ha enviado.

Encontraron al señor Laurence de pie junto al fuego, en el salón grande, pero lo que llamó la atención de Jo fue un magnífico piano de cola abierto.

—¿Toca usted el piano? —preguntó volviéndose hacia Laurie con una expresión respetuosa en el rostro.

—En ocasiones —contestó él con modestia.

—Por favor, toque algo. Me gustaría oírle para poder contárselo a Beth.

—¿No prefiere tocar usted primero?

—Yo no sé tocar; soy demasiado torpe para aprender, pero me encanta la música.

Laurie tocó para ella y Jo escuchó, embriagada por el olor de los heliotropos y las rosas. Su respeto y aprecio por el joven Laurence aumentaron al ver que tocaba bien y sin presunción. Deseó que Beth pudiese oírle, pero no lo dijo; elogió su arte hasta que el chico se ruborizó y el abuelo acudió en su rescate.

—Es suficiente, suficiente, señorita; no le conviene recibir tantos cumplidos. No toca mal, pero confío en que pueda hacer cosas más importantes. ¿Se va ya? Muchas gracias por su visita. Vuelva pronto y salude a su madre de mi parte. Buenas noches, doctora Jo.

El anciano le estrechó la mano cordialmente, pero parecía contrariado. Cuando se dirigían al vestíbulo, Jo preguntó a Laurie si había dicho algo inconveniente. El joven negó con la cabeza.

—No, ha sido por mí. No le gusta verme tocar.

—¿Por qué?

—Se lo contaré en otra ocasión. Como yo no puedo acompañarla a casa, John irá con usted.

—No es necesario. No soy una niña y, además, vivo a un paso. Cuídese mucho, ¿de acuerdo?

—Lo haré, pero espero que vuelva pronto. ¿Lo hará?

—Si promete devolvernos la visita en cuanto esté recuperado.

—Así lo haré.

—Buenas noches, Laurie.

—Buenas noches, Jo, buenas noches.

Cuando Jo terminó de relatar las aventuras de la tarde, todos los miembros de la familia sintieron ganas de visitar al muchacho. Aquella casa tenía un atractivo distinto para cada una. La señora March quería hablar de su padre con el anciano señor que todavía le recordaba, Meg soñaba con pasear por el invernadero, Beth suspiraba por el gran piano y Amy estaba ansiosa por ver las esculturas y los cuadros.

—Mamá, ¿por qué crees que al señor Laurence le ha molestado oír tocar a su nieto? —preguntó Jo, que sentía mucha curiosidad.

—No estoy segura, pero creo que tiene que ver con su hijo, el padre de Laurie. Se casó con una joven italiana, músico, que no era del agrado del padre, que es un hombre muy orgulloso. La joven era buena y agradable, pero a él no le gustaba y, por eso, no volvió a ver a su hijo después de la boda. Los padres de Laurie murieron cuando él era un niño y su abuelo lo acogió en su casa. Creo que el niño, que nació en Italia, es algo enclenque y el anciano teme perderle a él también; por eso lo cuida tanto. El amor de Laurie por la música le viene de su madre, a la que se parece mucho. Supongo que su abuelo teme que quiera ser músico. En cualquier caso, su talento le recuerda a la mujer a la que no aceptó, y supongo que por eso se ha puesto «mohíno», como dice Jo.

—¡Qué historia tan romántica! —exclamó Meg.

—Qué disparate —protestó Jo—. Debería dejarle ser músico si es eso lo que quiere el chico, en lugar de obligarle a ir a la universidad, cuando no le apetece en absoluto.

—Eso explica que tenga tan buenos modales y unos ojos negros tan bonitos. Los italianos son encantadores —afirmó Meg, que era algo sentimental.

—¿Qué sabes tú de sus ojos y de sus modales? Apenas has hablado con él —espetó Jo, que no era nada sentimental.

—Le vi en la fiesta y lo que has contado demuestra que sabe cómo comportarse. Es muy bonito lo que ha dicho sobre la medicina que mamá le ha mandado.

—Supongo que se refería al pudin.

—Qué tonta eres, niña. Se refería a ti, claro está.

—¿En serio? —Jo abrió los ojos como platos, pues tal idea no le había pasado por la cabeza.

—¡Nunca he conocido a una chica como tú! Te hacen un cumplido y ni siquiera te das cuenta —dijo Meg, con aire de una dama experta en la materia.

—Todo esto no son más que tonterías y te agradecería que no aguases la fiesta con tus estupideces. Laurie es un buen chico, me cae bien, y entre nosotros no caben ni cumplidos ni estupideces por el estilo. Todas nos portaremos bien con él porque no tiene madre y podrá venir a vernos siempre que quiera. ¿No es cierto, mamá?

—Claro, Jo, tu amigo siempre será bienvenido y espero que Meg no olvide que las niñas no deben tener prisa por crecer.

—Yo no me considero una niña y aún no soy adolescente —comentó Amy—. ¿Qué opinas tú, Beth?

—Estaba pensando en *El progreso del peregrino* —respondió Beth, que no había escuchado ni una sola palabra—. Salimos del Pantano del Desaliento y cruzamos la Puerta Angosta cuando decidimos ser buenas, y emprendemos el ascenso por la empinada colina sin dejar de intentarlo. Tal vez la casa que encontremos en lo alto, llena de sorpresas maravillosas, será nuestro Palacio Hermoso.

—Pero antes tenemos que pasar junto a los leones —comentó Jo, como si la idea le resultase atractiva.

6
Beth encuentra el palacio hermoso

La casa grande resultó ser el Palacio Hermoso, aunque tardaron algún tiempo en entrar en él y a Beth le costó mucho pasar junto a los leones. El anciano señor Laurence era el león más temido. Sin embargo, una vez que las hubo visitado, hecho comentarios divertidos o amables a cada una de ellas y charlado sobre los viejos tiempos con la madre, casi ninguna le tenía miedo, salvo la tímida Beth. Otro de los leones era el hecho de que ellas fueran pobres y Laurie, rico, porque las avergonzaba aceptar regalos a los que no podían corresponder. Sin embargo, transcurrido un tiempo, comprendieron que Laurie las consideraba sus benefactoras y que todo le parecía poco para mostrar su gratitud a la señora March por acogerle como una madre y a las niñas por permitirle disfrutar de su compañía y por hacerle pasar tan buenos ratos en su humilde hogar. Así pues, no tardaron en olvidar su orgullo y aceptaron el intercambio de atenciones sin medir cuál era mayor.

En aquella época, ocurrieron muchas cosas agradables mientras la nueva amistad crecía como la hierba en primavera. Todas apreciaban a Laurie y él, por su parte, confesó a su tutor, en privado, que «las hermanas March eran unas chicas estupendas». Con su entusiasmo juvenil, consiguieron que el muchacho solitario se sintiese uno más de la familia y disfrutase del encantador e inocente compañerismo de aquellas sencillas muchachas de corazón puro. Como no tenía ni madre ni hermanas, enseguida notó la influencia que ejercían sobre él. Al verlas trabajar llenas de vida, se avergonzó de llevar una existencia indolente. Los libros dejaron de interesarle y empezó a considerar más interesantes las personas, lo que le valió varios informes negativos de su tutor, el señor Brooke, ya que Laurie hacía novillos y se escapaba a casa de las hermanas March.

«No se preocupe, deje que se tome unas vacaciones, ya lo recuperará más adelante —había dicho el anciano señor—. Mi buena vecina cree que mi nieto estudia demasiado y necesita la compañía de otros jóvenes, diversión y ejercicio. Sospecho que está en lo cierto y que he criado al muchacho entre algodones como lo hubiese hecho su abuela. Dejemos que haga lo que le apetezca con tal de que sea feliz; no podrá hacer ninguna diablura en ese pequeño convento y la señora March está haciendo por él más que nosotros.»

Lo cierto es que lo pasaban en grande. Organizaban representaciones teatrales, carreras de trineos, concursos de patinaje. Veladas maravillosas en la vieja sala y, de vez en cuando, fiestas en la casa grande. Meg podía ir al invernadero siempre que quisiera y disfrutar haciendo ramos de flores; Jo devoraba libros de la estupenda biblioteca y el anciano se desternillaba con sus comentarios; Amy copiaba cuadros y gozaba de tanta belleza, y Laurie actuaba como el señor de la casa haciendo gala de sus exquisitos modales.

En cambio Beth, a pesar de lo mucho que anhelaba tocar el gran piano, no conseguía reunir el valor suficiente para acudir a la «casa de las bendiciones», como la había bautizado Meg. En una ocasión fue en compañía de Jo, pero el anciano, ignorante de su timidez, la había mirado fijamente, con las pobladas cejas fruncidas, y había lanzado un «ah» tan fuerte que a la joven le entró un tembleque que «hizo vibrar el suelo bajo sus pies», según comentó a su madre; salió corriendo, muerta de miedo, y prometió que no volvería allí, ni siquiera por el preciado piano. No había forma de convencerla de que intentase superar su temor, hasta que el asunto llegó a oídos del señor Laurence, de manera algo misteriosa, y este decidió resolver el problema. En una de sus breves visitas, dirigió hábilmente la conversación hacia la música. Habló de los cantantes famosos a los que había visto actuar, los órganos maravillosos que había oído tocar y compartió anécdotas tan interesantes que a Beth no le quedó más remedio que abandonar su rincón y acercarse a él, fascinada por su relato. Plantada detrás del anciano, escuchó muy atenta, con sus grandes ojos abiertos como platos y las mejillas rojas de emoción. El señor Laurence no reaccionó ante su presencia, como si fuese una simple mosca, y siguió hablando de las clases y los maestros de Laurie hasta que, de pronto, como si acabase de ocurrírsele una idea, dijo a la señora March:

—Ahora el chico está descuidando sus clases de música y me alegro, porque estaba demasiado volcado en ellas. Pero el piano se resiente si nadie lo toca; ¿podría ir alguna de sus hijas a tocar de vez en cuando para mantenerlo afinado?

Beth dio un paso al frente y juntó las manos para no aplaudir. La tentación era irresistible, y solo de pensar en poder tocar aquel magnífico instrumento se quedó sin aliento. Antes de que la señora March pudiese decir algo, el señor Laurence hizo un extraño gesto de asentimiento y siguió hablando:

—No tienen por qué ver o hablar con nadie, pueden entrar en cualquier momento, porque yo estoy siempre encerrado en mi estudio, en la otra punta de la casa. Laurie pasa mucho tiempo fuera y las criadas nunca se acercan al salón pasadas las nueve. —Dicho esto, se levantó como si fuese a despedirse y Beth se decidió a hablar, puesto que este último comentario había vencido sus últimas resistencias—. Por favor, dígaselo a sus hijas y, si no les interesa venir, no se preocupe.

En ese momento, una manita se deslizó en la suya y Beth le miró llena de gratitud mientras decía con su habitual timidez y dulzura:

—Sí, señor, ¡les interesa muchísimo!

—¿Es usted la jovencita a la que le gusta la música? —preguntó él, sin sobresaltarla esta vez con un «ah», al tiempo que la miraba con ternura.

—Soy Beth: me encantaría ir a su casa, siempre y cuando me garantice que nadie me oirá ni me interrumpirá —añadió ella, temerosa de resultar descortés y asombrada de su propio atrevimiento.

—No habrá ni un alma, querida; la casa está vacía la mayor parte del día, así que puedes venir y hacer todo el ruido que quieras. Estaré en deuda contigo.

—¡Qué amable es usted, señor!

Beth se ruborizó bajo la amable mirada del anciano, pero ya no tenía miedo y le estrechó la mano para darle las gracias, incapaz de agradecerle con palabras la preciada oportunidad que le brindaba. El anciano caballero le retiró con dulzura el pelo de la frente, se inclinó hacia ella, le dio un beso y dijo en un tono poco habitual en él:

—Yo tuve una vez una niña que tenía unos ojos como los tuyos; Dios te bendiga, querida. Buenos días, señora. —Y se fue precipitadamente.

Beth abrazó a su madre y luego corrió a dar la magnífica noticia a su familia de muñecas inválidas, ya que sus hermanas todavía no habían vuelto a casa. ¡Con qué alegría cantó aquella tarde y cómo se rieron todas cuando, en mitad de la noche, despertó a Amy moviendo en sueños los dedos sobre su rostro como si fuera un piano! Al día siguiente, después de ver salir al abuelo y al nieto de la casa, y tras dos o tres intentos fallidos, Beth se deslizó por la puerta lateral y se encaminó tan sigilosa como un ratón hacia el salón donde se encontraba su idolatrado instrumento. Por casualidad, claro está, había algunas partituras de piezas fáciles de tocar sobre el piano. Con dedos temblorosos y frecuentes pausas para comprobar que nadie la miraba ni oía, Beth logró por fin tocar el estupendo piano. Enseguida se olvidó del miedo, de sí misma y de todo lo que la rodeaba y se perdió en el indescriptible embrujo de la música, que era, para ella, como la voz de una queridísima amiga.

Permaneció allí hasta que Hannah fue a avisarla de que era hora de cenar. Sin embargo, Beth no tenía apetito y se limitó a acompañar a sus hermanas, sonriendo con aire embelesado.

A partir de entonces, una pequeña capucha marrón cruzaba el seto cada día y un espíritu melodioso, que entraba y salía sin que nadie lo viera, se adueñaba del gran salón. Beth no sabía que a menudo el anciano señor Laurence abría la puerta de su estudio para escuchar complacido aquellas tonadas antiguas que tanto le gustaban. No vio nunca a Laurie apostado en el vestíbulo para impedir que las criadas se acercasen al salón. Tampoco sospechó nunca que los libros de ejercicios y las partituras sencillas que aparecían sobre el piano tenían por único fin ayudarla en su aprendizaje, y cuando Laurie hablaba con ella de música, se decía que el joven era muy amable al explicarle cosas que tan útiles le resultaban. Beth se sentía feliz al ver que su sueño se hacía realidad, algo que no siempre sucede. Tal vez por sentirse tan agradecida por el regalo recibido, recibió otro mayor; de todas formas, la jovencita merecía ambos.

—Mamá, le voy a hacer unas zapatillas al señor Laurence. Es muy bueno conmigo y quiero darle las gracias. No se me ocurre mejor manera que esta. ¿Te parece bien? —preguntó Beth, semanas después de la famosa visita del anciano a la casa.

—Claro, querida. Seguro que le gusta mucho y me parece una buena manera de agradecerle su ayuda. Tus hermanas te ayudarán y yo pagaré el material —contestó la señora March, encantada de poder complacer a Beth, porque esta rara vez pedía nada para sí.

Tras numerosas y serias deliberaciones con Meg y Jo, eligieron un diseño, compraron el material y empezaron a confeccionar las zapatillas. Decidieron bordar unos pequeños y discretos ramilletes de pensamientos sobre un fondo púrpura intenso, y Beth se entregó a la tarea, día y noche, con alguna que otra ayuda en las partes más difíciles. Como estaba dotada para la costura, las zapatillas estuvieron listas antes de que nadie se pudiera aburrir de la labor. A continuación escribió una nota breve y sencilla, y Laurie se encargó de dejar las zapatillas en el estudio de su abuelo, bajo la mesa, antes de que este se despertara.

Superada la primera emoción, la niña esperó con impaciencia la reacción del anciano. Al ver que pasaba todo un día y parte de otro sin noticias, empezó a temer que el regalo no hubiese sido del agrado de su quisquilloso amigo. En la tarde del segundo día, salió a dar una vuelta para que Joanna, la pobre muñeca inválida, hiciese sus ejercicios diarios. Al volver a casa vio desde la calle tres, no, cuatro cabezas que aparecían y desaparecían en la ventana de la sala. En cuanto estuvo más cerca, oyó voces alegres que la llamaban y manos que se agitaban.

—Ha llegado una carta del señor Laurence. ¡Date prisa y léela!

—Oh, Beth, te ha enviado... —comenzó Amy, que gesticulaba con una energía poco habitual en ella, pero no pudo decir más porque Jo cerró la ventana.

Beth apretó el paso, nerviosa por el suspense; sus hermanas salieron a recibirla a la puerta y, en procesión triunfal, la escoltaron hasta la sala repitiendo al unísono: «¡Mira, mira!». Beth miró y palideció de alegría y de sorpresa. Tenía ante sí un piano vertical con una carta sobre su brillante tapa en la que se leía, como si se tratase de un cartel: «Señorita Elizabeth March».

—¿Es para mí? —preguntó Beth, que se apoyó en Jo porque temía desmayarse, tan grande era la emoción.

—¡Claro que es para ti, preciosa! ¿No te parece un gesto espléndido? Creo que es el anciano más bondadoso del mundo. En la carta está la llave; no la hemos abierto, pero nos morimos de ganas de saber qué dice —exclamó Jo, que abrazó a su hermana y le tendió la carta.

—Léela tú, yo no puedo, estoy demasiado nerviosa. ¡Oh, es maravilloso! —Beth escondió el rostro en el delantal de Jo, conmovida por el regalo.

Jo abrió el sobre y rio al ver el encabezamiento:

> Señorita March:
> Distinguida señorita,

—¡Qué bien suena! Me encantaría que algún día alguien me mandase algo así —comentó Amy, que encontraba aquel arranque anticuado muy elegante.

> ... he tenido muchos pares de zapatillas en mi vida, pero ninguno me ha quedado tan bien como este. Las flores que ha bordado son mis favoritas y, al verlas, siempre recordaré a la dulce persona que me las ha regalado. Me gusta pagar mis deudas, por lo que confío en que permita que este anciano caballero le haga llegar algo que en otro momento

perteneció a una nietecita que perdió. Reciba mi más sincero agradecimiento y mis mejores deseos.

Su amigo y humilde servidor,

James Laurence

—Beth, ¡es un gran honor del que debes estar orgullosa! Laurie me ha contado lo mucho que el señor Laurence quería a la nieta que perdió y con qué celo conserva todas sus cosas. Y fíjate, ¡te ha regalado su piano! Todo por tener los ojos azules y ser aficionada a la música —dijo Jo tratando de calmar a Beth, que temblaba y estaba más nerviosa que nunca.

—Mira qué candelabros tan bonitos, y la seda verde, con una rosa dorada en el centro, es preciosa, y qué hermoso es el taburete. No le falta de nada —intervino Meg, que abrió el instrumento para mostrar su belleza.

—«Su amigo y humilde servidor, James Laurence», y te lo ha escrito a ti. Cuando se lo cuente a mis amigas, no me van a creer —apuntó Amy, que seguía impresionada por la carta.

—¡Pruébalo, querida! Veamos cómo suena el piano de mi niñita —rogó Hannah, que compartía con la familia penas y alegrías.

Beth tocó y todas convinieron en que nunca habían oído un piano que sonase mejor. Era evidente que lo acababan de afinar y restaurar pero, por perfecto que fuera, el encanto de la escena estaba en los rostros radiantes de felicidad que rodeaban a Beth mientras esta tocaba las hermosas teclas blancas y negras y accionaba los brillantes pedales.

—Tienes que ir a darle las gracias —dijo Jo en broma, porque no creía que su hermana pequeña fuese capaz de hacerlo.

—Sí, ya lo había pensado. Supongo que será mejor ir ahora, antes de que tenga tiempo de pensar y me entre el miedo. —Y para asombro de toda la familia, Beth salió al jardín, cruzó el seto y llamó a la puerta del señor Laurence.

—¡Que me muera ahora mismo si esto no es lo más increíble que he visto en mi vida! El piano la ha trastornado. En su sano juicio, nunca se hubiese atrevido —exclamó Hannah, sin quitar ojo a la niña, mientras las demás parecían haber enmudecido de asombro ante semejante milagro.

De haber visto lo que Beth hizo a continuación, se hubiesen sorprendido aún más. Lo creáis o no, fue hasta el estudio y llamó a la puerta sin darse tiempo para pensar. Cuando una voz ronca dijo «Adelante», entró y se acercó al señor Laurence, que parecía tan perplejo como la propia familia de Beth. La niña le tendió la mano y dijo con voz trémula:

—He venido a darle las gracias, señor, por... —No pudo terminar la frase porque la mirada del anciano le resultó tan entrañable que olvidó el discurso que había preparado; lo único que podía recordar era que el caballero había perdido a una nieta muy querida, por lo que se abrazó a su cuello y le dio un beso.

Si el tejado de la casa hubiese salido volando en ese instante, el anciano no habría sentido un asombro mayor. Pero le gustaba. ¡Oh, sí! ¡Le gustaba muchísimo! Aquel beso, dado con toda confianza, le enterneció tanto que, por unos instantes, olvidó su carácter arisco; sentó a la pequeña sobre sus rodillas y juntó su rugosa mejilla a la de ella, rosada, y sintió que volvía a estar con su nieta. Desde ese día, Beth no volvió a tener miedo del anciano y solía sentarse a charlar con él, con total confianza, como si le conociese de toda la vida. El amor expulsa al miedo y la gratitud doblega al orgullo. El anciano la acompañó hasta la puerta de su casa, le estrechó la mano cordialmente y se tocó el sombrero antes de regresar a la suya, muy erguido y con paso majestuoso, como el caballero elegante y de porte marcial que era.

Al ver la escena, Jo bailó y brincó como muestra de satisfacción; Amy casi se cae de la ventana de puro asombro, y Meg se llevó las manos a la cabeza y exclamó:

—¡Parece que el mundo se ha vuelto loco!

7
El valle de la humillación de Amy

—Este muchacho es un auténtico cíclope, ¿no? —dijo Amy, un día, al ver a Laurie a lomos de un caballo. El joven agitó el látigo a modo de saludo al pasar.

—¿Cómo te atreves a decir eso cuando tiene dos ojos? Y bien bonitos, por cierto —protestó Jo, que saltaba en cuanto se hacía un comentario negativo de su amigo.

—No he dicho nada de sus ojos, y no veo por qué tienes que alterarte cuando simplemente alababa su forma de montar.

—¡Ay, Dios! Qué tonta eres. Le has llamado cíclope queriendo decir centauro —dijo Jo soltando una sonora carcajada.

—Bueno, no es necesario que seas tan desagradable. Como dice el señor Davis, ha sido un *lapsus lingui* —explicó Amy acabando de matar de risa a Jo con su latín—. Me gustaría tener algo del dinero que Laurie gasta en su caballo —añadió, como si hablara para sí, pero con la esperanza de que sus hermanas la oyeran.

—¿Por qué? —preguntó Meg con tono amable al ver que Jo seguía riéndose de la segunda metedura de pata de Amy.

—¡Me hace mucha falta! Tengo un montón de deudas y hasta dentro de un mes no recibiré mi asignación.

—¿A qué deudas te refieres, Amy? —preguntó Meg, muy seria.

—Debo por lo menos una docena de limas confitadas y no podré pagarlas hasta que tenga dinero, y mamá me ha prohibido comprar nada a cuenta en la tienda.

—Explícame eso. ¿Ahora se han puesto de moda las limas? Antes nos peleábamos por conseguir trozos de goma para fabricar pelotas. —Meg intentaba mantener la compostura, porque Amy había adoptado una actitud muy solemne y seria.

—Bueno, todas las niñas las compran y, si no quieres que te tomen por tacaña, tienes que hacer lo mismo. Es como si no hubiese nada más, todas las niñas las chupan en sus pupitres y las cambian a la hora del patio por lápices, sortijas de vidrio, muñecas de papel o cualquier otra cosa. Si una niña te cae bien, le regalas una lima; si estás enfadada con ella, te comes una delante de sus narices y no le ofreces probarla. Nos invitamos unas a otras. Yo he recibido muchas invitaciones pero no he podido corresponder y debo hacerlo porque son deudas de honor, ¿sabéis?

—¿Cuánto necesitas para pagar tus deudas y recuperar tu buen nombre? —preguntó Meg sacando su monedero.

—Con un cuarto de dólar tendría suficiente y aún me quedarían unos centavos para invitaros a vosotras. ¿Os gustan las limas?

—No demasiado; puedes quedarte con mi parte. Toma el dinero y aprovéchalo bien porque no nos sobra, ya lo sabes.

—¡Oh, gracias! Debe de ser maravilloso tener dinero para gastos. Me daré un festín porque llevo toda la semana sin probar una sola lima. Me daba vergüenza pedir que me invitaran porque no podía devolver el favor, y ahora me muero por comer una.

Al día siguiente, Amy llegó bastante tarde a la escuela, a pesar de lo cual no pudo resistir la tentación de mostrar, con disculpable orgullo, el paquete de papel marrón húmedo que llevaba antes de guardarlo en el fondo del pupitre. En los siguientes minutos, corrió el rumor de que Amy March tenía veinticuatro limas deliciosas (ya había comido una por el camino) e iba a compartirlas; sus amigas respondieron colmándola de atenciones exageradas. Katy Brown la invitó allí mismo a su próxima fiesta; Mary Kingsley insistió en prestarle su reloj hasta la hora del patio, y Jenny Snow, la sarcástica jovencita que tanto se había mofado de Amy por su falta de limas, enterró el hacha de guerra y se ofreció a ayudarla a hacer algunas sumas especialmente complicadas. Pero Amy tenía muy presentes los mordaces comentarios de la señorita Snow sobre «ciertas personas que, a pesar de tener la nariz chata, huelen las limas ajenas y, a pesar de ser engreídas, olvidan su orgullo para pedirlas» y destruyó su esperanza con un mensaje telegráfico desalentador: «No te esfuerces en ser amable, no te voy a dar ninguna».

Coincidió que aquella mañana el colegio recibió la visita de un personaje distinguido que alabó los mapas de Amy, por lo bien dibujados que estaban. La señorita Snow se enfureció al ver que su enemiga recibía tal honor, y la señorita March se mostró más ufana que un joven pavo real. Pero, por desgracia, tras el orgullo viene la caída, y la vengativa señorita Snow consiguió volver las tornas y dar pie al desastre. En cuanto la visita se hubo despedido, tras los acostumbrados elogios, Jenny, con la excusa de querer hacer una pregunta, comunicó al profesor, el señor Davis, que Amy March tenía limas confitadas en su pupitre.

El señor Davis había declarado ilegales las limas y había anunciado que utilizaría públicamente la férula con la primera persona que descubriera contraviniendo la ley. Hombre tenaz, había logrado, tras una encarnizada guerra, desterrar la goma de mascar, había hecho una hoguera con las novelas y los periódicos confiscados a las alumnas, había desarticulado un servicio de correos privado, había prohibido las muecas, los motes y las caricaturas y había hecho todo lo que estaba en su mano por mantener a cincuenta niñas rebeldes a raya. Es cierto que los niños ponen a prueba la paciencia de los adultos, pero las niñas son infinitamente más difíciles, sobre todo para un hombre nervioso, de carácter tiránico y con menos dotes pedagógicas que el doctor Blimber. El señor Davis tenía amplios conocimientos de latín, griego, álgebra y demás ciencias, por lo que se le consideraba un buen profesor; los modales, la moralidad, los sentimientos y el ejemplo no se consideraban relevantes. Aquel era un pésimo momento para denunciar a Amy y Jenny lo sabía. Estaba claro que el señor Davis había tomado un café demasiado cargado aquella mañana, soplaba un viento de levante que empeoraba su habitual dolor de cabeza y sus alumnas no le habían dejado en tan buen lugar como esperaba. En resumen, se podría decir, con más claridad que elegancia, que el señor Davis estaba de un humor de perros. El término *limas* fue la chispa que encendió la mecha. Se puso rojo de ira y golpeó la mesa con tal saña que Jenny volvió a su asiento con una rapidez inusitada.

Jovencitas, presten atención, por favor.

El tono severo de la orden hizo que los murmullos cesaran y cincuenta pares de ojos azules, negros, grises y marrones miraron obedientes a aquel rostro terrible.

—Señorita March, acérquese a mi mesa.

Amy se levantó con aparente calma, pero secretamente aterrada, con el peso de las limas sobre su conciencia.

—Traiga las limas que guarda en su pupitre —añadió

el profesor. La orden la pilló tan desprevenida que se detuvo en seco.

—No se las lleves todas —susurró su compañera, una jovencita con gran presencia de ánimo.

Amy dejó seis limas en el pupitre y llevó las restantes a la mesa del señor Davis, convencida de que si aquel hombre tenía alma no podría resistirse a su dulce aroma. Por desgracia, el señor Davis no soportaba el olor de la fruta confitada, por lo que la repugnancia se sumó a la ira.

—¿Es esto todo?

—No exactamente —balbució Amy.

—Traiga el resto de inmediato.

La niña lanzó una mirada de impotencia a sus compañeras y obedeció.

—¿Seguro que no quedan más?

—Yo nunca miento, señor.

—Ya veo. Ahora coja estos dulces asquerosos, de dos en dos, y tírelos por la ventana.

Todas las alumnas suspiraron, con lo que se creó una especie de suave brisa en el aula, al ver volar sus esperanzas de saborear un manjar que habían imaginado en sus labios. Roja de vergüenza y rabia, Amy repitió doce veces aquel gesto terrible, y cada vez que un jugoso y apetecible par de limas caía de sus manos, se oían gritos de júbilo en la calle, lo que no hacía sino empeorar la angustia de las muchachas, que sabían que los niños irlandeses, sus enemigos declarados, disfrutarían de aquel festín. Aquello era demasiado; las alumnas miraban indignadas y deprimidas al inexorable Davis e incluso una, especialmente aficionada a las limas, se echó a llorar.

Cuando Amy hubo arrojado el último par, el señor Davis se aclaró la garganta y dijo en tono solemne:

—Señoritas, recuerden lo que dije la semana pasada. Lamento este incidente, pero no tolero que nadie infrinja mis normas y jamás falto a mi palabra. Señorita March, extienda la mano.

Amy abrió los ojos sobresaltada y, tras esconder las manos en la espalda, lanzó una mirada de súplica a su profesor, mucho más elocuente que cualquier discurso. El «viejo Davis», como le llamaban, la apreciaba mucho, y sospecho que hubiese roto su palabra encantado de no haber sido porque otra alumna, indignada, no pudo reprimir un silbido de protesta. El silbido, aunque discreto, irritó al irascible caballero y sentenció a la culpable.

—¡La mano, señorita March! —dijo en respuesta a su muda petición de clemencia.

Como era demasiado orgullosa para llorar o implorar perdón, Amy apretó los dientes, echó hacia atrás la cabeza con aire desafiante y soportó estoicamente los golpes en la palma de la mano. No fueron muchos ni demasiado fuertes, pero eso carecía de importancia. Nadie le había pegado nunca hasta entonces y, a sus ojos, la humillación era tan grave como si la hubiesen arrojado al suelo de un manotazo.

—Permanecerá de pie en el estrado hasta la hora del recreo —añadió el señor Davis, resuelto a seguir hasta el final lo que había iniciado.

Aquello era espantoso; volver a su pupitre y ver la cara de pena de sus amigas, y la expresión satisfecha de sus pocas enemigas, hubiese sido suficiente castigo; pero quedar expuesta a los ojos de toda el aula, marcada por la vergüenza, era tremendo. Por un segundo pensó en dejarse caer allí mismo y llorar a lágrima viva, pero la amarga sensación de que eso no estaría bien y el recuerdo de Jenny Snow la ayudaron a mantener la compostura. Se situó en el lugar de ignominia, con la mirada fija en la estufa, por encima de lo que parecía un mar de caras, y permaneció tan inmóvil y pálida que a sus compañeras les resultó muy difícil estudiar en presencia de aquella pequeña figura conmovedora.

En los quince minutos que siguieron, la orgullosa y sensible niña sintió una vergüenza y una pena que nunca olvidaría. Tal vez otras hubiesen considerado irrisorio e intrascendente el episodio pero para ella era un duro trance. En sus doce años de vida solo había conocido amor y mimos, nunca había recibido un golpe semejante. Sin embargo, olvidó la quemazón que sentía en la mano y el dolor de su corazón cuando la aguijoneó un pensamiento. Tendré que contarlo todo en casa y les daré un gran disgusto, se dijo.

Los quince minutos se le antojaron una hora, pero por fin terminaron. Nunca se había alegrado tanto de oír anunciar el recreo.

El profesor tardaría en olvidar la mirada acusadora que Amy le lanzó cuando salió de la clase en dirección al vestíbulo para recoger sus pertenencias, sin dirigir la palabra a nadie y prometiéndose que jamás volvería a pisar ese lugar. Llegó a casa triste y cuando, más tarde, llegaron las demás, tuvo lugar una reunión donde se dio rienda suelta a la indignación. La señora March apenas habló pero dio muestras de consternación y consoló a su hija pequeña con la mayor ternura. Meg vertió glicerina y lágrimas sobre la mano injuriada; Beth se dijo que ni siquiera sus gatitos podrían aplacar tanto dolor; Jo, colérica, propuso denunciar al señor Davis de inmediato, y Hannah amenazó con el puño cerrado al «villano» y, al preparar el puré de patatas para la cena, imaginó que a quien aplastaba era al profesor.

Nadie se dio cuenta de la ausencia de Amy, salvo sus compañeras más cercanas, pero las sagaces señoritas observaron que, por la tarde, el señor Davis se mostraba más benigno y parecía nervioso, algo poco habitual en él. Jo apareció en la escuela poco antes de que acabaran las clases. Se dirigió hacia la mesa del profesor con expresión severa y le entregó una carta de parte de su madre. Después recogió los útiles de Amy y se marchó, no sin antes limpiarse el barro de las botas en la estera de la entrada, como si quisiera sacudirse el polvo del lugar.

—Sí, puedes estar un tiempo sin ir a la escuela, pero quiero que cada día estudies un rato con Beth —dijo la señora March aquella noche—. No apruebo los castigos corporales, y menos aún cuando se trata de niñas. Me desagradan los métodos de enseñanza del señor Davis y no creo que las jovencitas con las que te has estado relacionando hayan sido una buena influencia, así que, antes de enviarte a otro lugar, pediré consejo a tu padre.

—¡Qué bien! ¡Ojalá todas las alumnas le dejaran plantado y su vieja escuela cerrara! Cuando me acuerdo de aquellas deliciosas limas, creo enloquecer. —Amy lanzó un suspiro con aire de mártir.

—No me parece mal que te las quitara, infringiste una norma y merecías un castigo por tu desobediencia.

Amy, que no esperaba más que comprensión, se sintió decepcionada por el severo comentario.

—¿Quieres decir que te alegras de que me hayan humillado ante toda la clase? —gritó.

—Yo no hubiera escogido ese sistema para enmendar tu falta —contestó la madre—, pero no sé hasta qué punto un método más suave hubiese tenido el mismo efecto. Te estás volviendo demasiado presumida y pretenciosa, y ya va siendo hora de que intentes corregirte. Posees talento y muchas virtudes, pero no hay necesidad de que los exhibas. La vanidad echa a perder las mejores cualidades. El talento y la bondad nunca pasan inadvertidos y, aunque así fuera, la conciencia de tenerlos y hacer buen uso de ellos debería bastar. Las virtudes quedan ensalzadas por la modestia.

—Así es —intervino Laurie, que jugaba una partida de ajedrez con Jo en un rincón—. Una vez conocí a una niña que tenía un gran don para la música pero no lo sabía. No sospechaba cuán maravillosas eran las composiciones que creaba cuando estaba sola y, de habérselo dicho alguien, no lo hubiera creído.

—Me hubiese encantado conocer a esa niña, tal vez ella podría ayudarme. Yo soy demasiado torpe —comentó Beth, que estaba a su lado y había escuchado con interés sus palabras.

—La conoces y te ayuda más de lo que crees —repuso Laurie, cuyos risueños ojos negros la miraron con tal intención que la joven se ruborizó y ocultó su rostro con un cojín del sofá, abrumada por aquel inesperado descubrimiento.

Jo dejó que Laurie ganara la partida para agradecerle el elogio que había hecho de su Beth, que, después de aquel piropo, no se atrevió a tocar para ellos, por mucho que insistieron. De modo que Laurie se esforzó y cantó, y lo hizo muy bien. Estaba de excelente humor, ya que en compañía de las hermanas March rara vez mostraba la parte más melancólica de su carácter. Una vez que se hubo marchado, Amy, que había estado pensativa toda la velada, preguntó de repente, como si acabase de tener una idea luminosa:

—¿Laurie es un chico culto?

—Sí, ha recibido una excelente educación y tiene mucho talento. Será un hombre de provecho si no le malcrían con tantos mimos y atenciones —contestó su madre.

—Y no es engreído, ¿verdad? —continuó Amy.

—En absoluto, por eso resulta tan entrañable y le queremos tanto.

—Comprendo. Tener talento y ser elegante es bueno, lo que está mal es darse importancia o vanagloriarse de ello —apuntó Amy, pensativa.

—Esas cosas se traslucen en los modales y en la forma de hablar si la persona actúa con humildad; no es necesario hacer gala de ellas —afirmó la señora March.

—Pasa lo mismo que con la ropa. Una no se pone todos los vestidos, sombreros y lazos a la vez para que los demás vean que los tienes —añadió Jo, y la reunión terminó entre risas.

8
Jo conoce a Apolión

—Chicas, ¿adónde vais? —preguntó Amy, tras entrar en el dormitorio de sus hermanas mayores una tarde de sábado y encontrarlas arregladas y en una actitud misteriosa que avivó su curiosidad.

—No es asunto tuyo; las niñas pequeñas no deben hacer esa clase de preguntas —respondió Jo, cortante.

Si algo mortifica a una niña es que le recuerden que lo es, y que la despidan con un «vete, querida» resulta aún peor. Ofendida por lo que consideró un insulto, Amy se dijo que descubriría su secreto, aunque tuviese que importunarlas durante una hora. Se volvió hacia Meg, que no era capaz de negarle nada durante demasiado tiempo, y dijo en tono mimoso:

—¡Cuéntamelo! Además, deberíais llevarme con vosotras, porque Beth está entretenida con sus muñecas y yo no tengo nada que hacer. Me siento muy sola.

—No podemos, querida, porque no te han invitado —empezó Meg.

Jo la interrumpió, impaciente:

—Meg, no digas nada o lo echarás todo a perder. Amy,

no puedes venir; no te comportes como una niña ni empieces a quejarte.

—Vais a alguna parte con Laurie, estoy segura. Ayer por la noche estuvisteis cuchicheando y riendo en el sofá, y en cuanto me acerqué guardasteis silencio. Vais con él, ¿verdad?

—Sí, así es. Ahora estate calladita y deja de dar la lata.

Amy dejó descansar la lengua, pero no los ojos, y observó que Meg se guardaba un abanico en el bolsillo.

—¡Ya lo tengo! ¡Lo sé! ¡Vais al teatro a ver *Los siete castillos*! —exclamó, y añadió con resolución—: Iré con vosotras, porque mamá dijo que no podía perdérmela. Tengo dinero ahorrado. Teníais que haberme avisado con tiempo.

—Escucha un momento y compórtate —dijo Meg con tono tranquilizador—. Mamá prefiere que no vayas esta semana porque aún tienes irritados los ojos y la iluminación de la obra te podría molestar. Irás con Beth y Hannah la semana que viene y lo pasaréis muy bien.

—Me apetece mucho más ir con vosotras y con Laurie. Por favor, dejadme ir. Llevo demasiado tiempo con este resfriado, encerrada en casa; me muero por un poco de diversión. Meg, ¡por favor! Me portaré mejor que nunca —rogó Amy con el semblante más lastimero que pudo adoptar.

—Podríamos llevarla. No creo que a mamá le importe si va bien abrigada —comentó Meg.

—Si ella va, yo me quedo, y si yo no voy, Laurie no querrá ir. Además, después de que nos haya invitado a las dos, sería de muy mala educación aparecer con Amy. Pensaba que no le gustaba meterse donde no la llaman —apuntó Jo, irritada ante la perspectiva de tener que vigilar a una niña inquieta cuando lo que quería era pasar un buen rato.

El tono y las maneras de Jo enfurecieron a Amy, que empezó a ponerse las botas e insistió con su actitud más impertinente:

—¡Pienso ir! Meg ha dicho que puedo acompañaros. Si pago mi entrada, Laurie no tendrá ningún inconveniente.

—No podrás sentarte con nosotros porque ya hemos reservado nuestras butacas, de modo que Laurie, por no dejarte sola, te cederá su asiento, con lo que nos aguarás la fiesta. O tendrá que conseguir otra butaca para ti, lo que no me parece adecuado puesto que no te ha invitado. No seas desobediente y quédate en casa —espetó Jo, más enfadada que nunca porque, con las prisas, se había pinchado en un dedo.

Sentada en el suelo, con una bota puesta, Amy empezó a llorar. Meg intentaba hacerla entrar en razón cuando Laurie llamó a la puerta, y las dos jóvenes bajaron corriendo, mientras su hermana menor seguía gimoteando, porque de vez en cuando olvidaba su actitud de persona mayor y actuaba como una niña caprichosa. Cuando el grupo se disponía a salir, Amy se acercó a la escalera y gritó en tono amenazador:

—¡Te arrepentirás de esto, Jo March!

—¡Tonterías! —replicó Jo antes de dar un portazo.

Disfrutaron de la función, porque *Los siete castillos y el lago Diamante* era una obra tan brillante y maravillosa como habían imaginado. No obstante, a pesar de los cómicos diablillos rojos, los luminosos duendes y los magníficos príncipes y princesas, algo ensombrecía la felicidad de Jo. El cabello rizado y rubio de la reina de las hadas le hacía pensar en Amy, en los entreactos se entretenía imaginando qué podría hacer su hermana para que se «arrepintiera». Amy y ella se habían enzarzado en más de una trifulca en el curso de sus vidas porque ambas tenían un carácter fuerte y perdían los estribos con facilidad. Amy pinchaba a Jo, esta molestaba a su hermana menor y, de vez en cuando, los ánimos se encendían, de lo que ambas se avergonzaban después. A pesar de ser la mayor, Jo tenía menos control de sí misma y sufría tratando de poner freno a su temperamento, que tantos sinsabores le ocasionaba; los enfados no le duraban demasiado y, después de confesar humildemente su falta, su arrepentimiento era sincero e intentaba superar sus fallos. Sus hermanas solían decir que les encantaba enfurecerla porque, una vez calmada, se convertía en un auténtico ángel. La pobre Jo se esforzaba muchísimo por ser buena, pero su enemigo íntimo estaba siempre dispuesto a aflorar y derrotarla, y ella llevaba años de paciente lucha tratando de someterlo.

Al llegar a casa, encontraron a Amy leyendo en la sala. Cuando entraron, la pequeña adoptó un aire ofendido y no levantó la vista del libro ni hizo pregunta alguna. Es posible que la curiosidad hubiese superado al rencor de no haber sido por Beth, que sí acudió a pedir información sobre la obra y recibió una detallada descripción. Al subir a guardar el que era su mejor sombrero, Jo echó un vistazo a su cómoda; en su última pelea, Amy había desahogado su frustración volcando el contenido del primer cajón en el suelo. Sin embargo, todo parecía en su lugar; tras una rápida inspección a sus armarios, bolsas y cajas, Jo supuso que Amy había olvidado y perdonado lo ocurrido.

Jo no estaba en lo cierto, y al día siguiente descubrió algo que desató una verdadera tormenta. Era media tarde y Meg, Beth y Amy estaban sentadas en la sala cuando Jo irrumpió, visiblemente inquieta, y preguntó, sin aliento:

—¿Alguien ha cogido el libro que estoy escribiendo?

—No —contestaron Meg y Beth al unísono, con expresión sorprendida.

Amy atizó el fuego sin pronunciar palabra. Jo se puso colorada y se abalanzó sobre ella de inmediato.

—Amy, ¡lo tienes tú!

—No, yo no lo tengo.

—¡Entonces, sabes dónde está!

—No, no lo sé.

—¡Es mentira! —exclamó Jo sujetándola por los hombros y clavándole una mirada capaz de asustar a una niña mucho más valiente que Amy.

—No lo es. No lo tengo, no sé dónde está y, además, me trae sin cuidado.

—Sí lo sabes, y será mejor que empieces a hablar antes de que te obligue —replicó Jo zarandeándola suavemente.

—Por mucho que grites, no volverás a ver tu viejo y estúpido libro —exclamó Amy, que empezaba a alterarse.

—¿Por qué?

—Lo he quemado.

—¿Cómo? ¿Has quemado el libro del que tan orgullosa estaba, en el que tanto había trabajado para que estuviese terminado a la vuelta de papá? ¿De verdad lo has quemado? —preguntó Jo, que seguía agarrando con fuerza a Amy, nerviosa, con el semblante pálido y los ojos encendidos de rabia.

—¡Sí, lo he hecho! Ayer te advertí que pagarías por haber sido tan desagradable conmigo, y me he encargado de que así sea...

Amy no pudo seguir porque Jo, presa de su temperamento iracundo, la zarandeó hasta que a la pequeña le castañetearon los dientes, y en un arranque de pena y rabia dijo entre sollozos:

—¡Eres mala, mala! He perdido mis escritos. ¡No te perdonaré mientras viva!

Meg acudió a rescatar a Amy y Beth trató de calmar a Jo, pero esta estaba fuera de sí; propinó una bofetada de despedida a su hermana y salió de la sala, para buscar refugio y consuelo en la butaca del desván.

En la planta de abajo, la tormenta amainó con la llegada de la señora March. Una vez informada de lo ocurrido, hizo comprender a Amy la gravedad del daño causado. El libro de Jo no solo tenía valor para ella, toda la familia lo veía como un proyecto literario prometedor. Contenía apenas media docena de cuentos, pero Jo había trabajado con dedicación y paciencia en ellos y había puesto el alma en cada uno, con la esperanza de que algún día llegasen a publicarse. Los había copiado con sumo cuidado y había destruido los borradores, por lo que, con el fuego, Amy había destruido años de entregada labor. A los demás podía parecerles una pérdida menor, pero para Jo era una auténtica calamidad que no creía posible reparar. Beth estaba tan apenada como si hubiera muerto uno de sus gatitos, y Meg no salió en defensa de su protegida. La señora March se mostraba seria y abatida, y Amy se dijo que nadie la volvería a querer hasta que hubiese pedido perdón a su hermana por aquella acción, que ahora le pesaba más que a nadie.

Cuando sonó la campanilla que anunciaba la hora del

té, Jo apareció con una expresión tan severa y distante que Amy tuvo que hacer acopio de valor para decir con tono sumiso:

—Por favor, Jo, discúlpame. Lo lamento muchísimo.

—No te perdonaré jamás —replicó con dureza Jo, que a partir de ese momento hizo caso omiso de Amy.

Nadie comentó nada sobre el incidente —ni siquiera la señora March— porque sabían por experiencia que, cuando Jo no estaba de humor, las palabras sobraban y lo más inteligente era esperar a que algún suceso casual, o su propia naturaleza bondadosa, suavizase su resentimiento y curase la herida. No fue una velada feliz; porque aunque cosieron como tenían por costumbre mientras la madre leía en voz alta obras de Bremer, Scott y Edgeworth, todas tenían la impresión de que faltaba algo y la paz del hogar se había visto turbada. Este sentimiento se intensificó aún más cuando llegó la hora de cantar; Beth solo pudo tocar, Jo estuvo callada como una tumba y Amy se echó a llorar, de modo que las únicas que cantaron fueron Meg y su madre. Pero, a pesar de sus esfuerzos por emular a las alegres alondras, sus aflautadas voces no concertaban y desafinaban un poco.

Cuando se acercó a dar el beso de buenas noches a Jo, la señora March le susurró al oído, con dulzura:

—Querida, no te vayas a dormir enfadada; perdonaos la una a la otra, ayudaos y, mañana, volved a empezar.

Jo sintió el impulso de descansar la cabeza en el regazo de su madre y llorar toda la rabia y la pena; pero el llanto era una debilidad impropia de un carácter masculino como el suyo y, además, se sentía demasiado herida para perdonar tan pronto. Así pues, parpadeó para contener las lágrimas, meneó la cabeza y dijo en un tono hosco dedicado a Amy, que sabía estaría escuchando:

—Ha sido una acción abominable y no merece mi perdón.

Dicho esto, subió a acostarse y aquella noche no hubo ni charlas entretenidas ni confidencias.

Amy, ofendida al ver rechazado su intento de hacer las paces, deseó no haberse humillado y, sintiéndose más dolida que nunca, adoptó un aire de superioridad exasperante. Al día siguiente, Jo seguía con su expresión sombría y todo le salió mal. La mañana fue especialmente gélida y se le cayó la empanada caliente en un desagüe. La tía March se mostró muy quisquillosa, Meg estuvo pensativa y, al volver a casa, hasta Beth parecía ofendida y triste, mientras Amy no cesaba de hacer comentarios sobre las personas que siempre hablaban de su deseo de ser buenas y ni siquiera se molestaban en intentarlo, cuando tenían delante a otras que eran un ejemplo de virtud.

Están todas insoportables. Propondré a Laurie ir a patinar. Él es amable y está siempre de buen humor. Su compañía me animará, estoy segura, se dijo Jo, y a los pocos minutos se marchó.

Amy oyó el ruido de los patines, miró hacia fuera y exclamó irritada:

—¡Vaya! Había prometido llevarme con ella la próxima vez que saliese a patinar porque podría ser la última ocasión en este invierno. Pero cualquiera le recuerda su promesa a esa gruñona.

—No hables así; lo que hiciste estuvo muy mal y le costará perdonar la pérdida de su preciado libro, pero tal vez hoy lo haga, si buscas un buen momento —apuntó Meg—. Ve tras ellos, no digas nada hasta que veas que la compañía de Laurie ha puesto a Jo de mejor humor. Entonces acércate a ella y dale un beso o ten algún gesto de cariño por el estilo. Estoy segura de que se reconciliará contigo y lo hará de corazón.

—Lo intentaré —dijo Amy, a la que el consejo le venía de perlas. Se preparó a toda prisa y siguió los pasos de los dos amigos, que habían llegado a lo alto de la colina y acababan de desaparecer de la vista.

El río no estaba lejos, pero cuando Amy llegó la pareja ya estaba preparada para patinar. Jo la vio acercarse y le dio la espalda; Laurie no la vio porque estaba patinando, prudentemente, por la orilla, probando la solidez del hielo porque antes de la helada había habido unos días de calor.

—Antes de que empecemos la carrera, iré hasta la primera curva para asegurarme de que todo esté bien —le oyó Amy anunciar al tiempo que se alejaba. Parecía un joven ruso, con su gorro de piel y su chaqueta forrada.

Jo oyó que Amy jadeaba después de haber corrido para darles alcance, pateaba el suelo para que los pies le entraran en calor y se soplaba los dedos mientras intentaba ponerse los patines. Sin embargo, no se volvió y se deslizó zigzagueando por el río, embargada por la agridulce satisfacción que le producía saber que su hermana estaba en apuros. Había alimentado su rabia y esta había seguido creciendo, como hacen todos los pensamientos y sentimientos negativos si no se eliminan de inmediato. Laurie se dio la vuelta al llegar a la curva y gritó:

—Mantente cerca de la orilla, el centro no es seguro.

Jo lo oyó, pero no Amy, que tenía toda su atención puesta en sus pies. Jo volvió la cabeza hacia ella y el diablillo que habitaba en su interior le susurró al oído: «No importa si lo ha oído o no, deja que cuide de sí misma».

Laurie había desaparecido tras el recodo y Jo se disponía a doblarlo cuando Amy, que iba muy por detrás de ellos, se desvió hacia el centro del río, donde la capa de hielo era más fina. Jo se detuvo un instante, con un extraño sentimiento en el corazón; luego decidió seguir, pero algo la retuvo y la obligó a volverse, justo a tiempo de ver cómo su hermana levantaba las manos y caía cuando la capa de hielo se quebró bajo sus pies. El ruido del agua y el grito le helaron el corazón y la llenaron de miedo. Quiso avisar a Laurie, pero la voz le fallaba; intentó correr hacia su hermana, pero sus pies no se movían; se quedó inmóvil un instante, aterrorizada, con la mirada fija en el gorrito azul que flotaba en las oscuras aguas. Algo pasó a toda prisa a su lado y oyó a Laurie gritar:

—¡Arranca una tabla de la valla! ¡Rápido, rápido!

Sin saber cómo, se encontró luchando con la valla, como poseída, siguiendo al pie de la letra las instrucciones de Laurie, que mantenía la calma. El joven se tendió boca abajo sobre el hielo y Amy se sujetó a su brazo y su palo de hockey, hasta que Jo se acercó con la tabla de la valla y, entre ambos, rescataron a la niña, que estaba más asustada que herida.

—Tenemos que llevarla a casa lo antes posible. Cúbrela con nuestros abrigos mientras le quito los malditos patines —dijo Laurie, y tras tapar a Amy con su abrigo empezó a desatar los cordones, tarea que nunca le había resultado tan difícil.

Amy llegó a casa empapada, tiritando y llorando a lágrima viva; y tras tantas emociones, enseguida cayó rendida, envuelta en mantas, delante de la chimenea encendida. Jo apenas habló mientras atendían a su hermana, pero no dejó de correr de un sitio a otro, pálida y agitada, con el vestido desgarrado y las manos llenas de cortes y arañazos, fruto de su lucha con el hielo, la valla y las obstinadas hebillas de sus patines. Una vez que Amy se hubo dormido y la casa estuvo en calma, la señora March se sentó en la cama y llamó a Jo para vendarle las heridas.

—¿Estás segura de que está bien? —murmuró Jo mientras miraba con remordimientos la cabecita de cabellos dorados, que podía haberse perdido para siempre bajo aquel hielo traicionero.

—Está bien, querida, no está herida y no creo que se resfríe siquiera porque tuvisteis la feliz idea de taparla bien y traerla a casa enseguida —contestó la madre para animarla.

—Fue cosa de Laurie. Yo la dejé sola. Madre, si le pasase algo, sería por mi culpa. —Jo se dejó caer junto a la cama y, con lágrimas de arrepentimiento, relató a su madre lo ocurrido, censuró la dureza de su corazón y, entre sollozos, expresó su gratitud por no tener que lamentar un mal mayor—. ¡Todo es culpa de mi mal carácter! Intento superarlo pero, cuando creo que lo he logrado, reaparece con más fuerza que nunca. ¡Oh, mamá! ¿Qué debo hacer? ¿Qué debo hacer? —se lamentaba la pobre Jo, desesperada.

—Contrólate y reza, querida. Vuelve a intentarlo sin descanso. No pienses nunca que tienes un defecto incurable —explicó la señora March, que acercó a su hombro la alborotada cabeza y besó con tal ternura sus mejillas empapadas que Jo lloró aún con más fuerza.

—Tú no sabes lo que es, ¡no imaginas lo difícil que resulta! Cuando monto en cólera, soy incapaz de dominarme. Estoy tan fuera de mí que podría hacer daño a cualquiera y disfrutar con ello. Me asusta que algún día pueda cometer un acto terrible que destroce mi vida y haga que todo el mundo me odie. ¡Oh, mamá, por favor, ayúdame!

—Lo haré, hija mía, lo haré. En lugar de llorar, recuerda lo ocurrido en el día de hoy y hazte el propósito de no permitir que algo así vuelva a suceder. Jo, querida, todos tenemos tentaciones, algunas más fuertes que nosotros, y a menudo hace falta toda una vida para lograr superarlas. Piensas que tu carácter es el peor del mundo, pero yo tenía el mismo pronto que tú.

—¿Tú, mamá? ¡Pero si nunca te enfadas! —Jo se quedó tan sorprendida que olvidó por unos instantes su remordimiento.

—Llevo cuarenta años tratando de curar mi mal carácter y solo he logrado controlarlo. No pasa un día sin que me enfade, Jo, pero he aprendido a no mostrar mi mal humor y no pierdo la esperanza de llegar a no sentirlo, aunque tal vez tarde otros cuarenta años en conseguirlo.

La paciencia y la humildad que reflejaba el rostro amado eran la lección que Jo necesitaba, más eficaz que el sermón más sabio o la reprimenda más dura. Encontró consuelo en la confidencia que le había hecho su madre y en su comprensión. Saber que su madre tenía un defecto similar al suyo y se esforzaba por corregirlo hacía más soportable su dolor y la animaba a tratar de curarse, aunque, para una joven de quince años, cuarenta años de rezos y propósitos de enmienda le parecía un plazo demasiado largo.

—Mamá, cuando aprietas los labios y sales de la habitación porque la tía March se queja o alguien te molesta, ¿es que estás enfadada? —preguntó Jo, que se sentía más próxima a su madre que nunca.

—Sí. He aprendido a reprimir las palabras desagradables que acuden a mis labios y, cuando la tentación es demasiado fuerte, me alejo unos segundos para recordarme que no debo ser tan débil y cruel —contestó la señora March con una sonrisa y un suspiro mientras alisaba y peinaba con los dedos el revuelto cabello de Jo.

—¿Cómo aprendiste a guardar la calma? Es lo que más me cuesta. Las palabras hirientes escapan de mi boca antes de que me dé cuenta y, cuanto más digo, más me altero, hasta el punto de que me satisface decir cosas horribles y herir los sentimientos de los demás. Querida mamá, dime cómo lo haces.

—Mi madre solía ayudarme...

—Tanto como tú a nosotras —la interrumpió Jo, y le dio un beso.

—Pero la perdí cuando era poco mayor que tú y, durante años, hube de luchar sola porque era demasiado orgullosa para confesar mi debilidad a nadie más. Lo pasé muy mal, Jo, y derramé muchas lágrimas por mis fracasos; porque, a pesar de mi voluntad, parecía que nunca lo conseguiría. Entonces, conocí a tu padre y me sentí tan feliz que ser buena me resultó muy sencillo. Sin embargo, con el tiempo, cuando me vi con cuatro niñas a mi cargo, y pobre, el viejo fantasma resurgió. No soy paciente por naturaleza, y no poder dar a mis hijas lo que necesitaban me hacía sufrir.

—¡Pobre mamá! ¿Qué te ayudó entonces?

—Tu padre, Jo. Él jamás pierde los nervios, nunca duda ni se queja, siempre se muestra esperanzado y trabaja de firme, de modo que me daba vergüenza no estar a su altura. Me ayudaba y me daba ánimos y me mostraba lo importante que es ser un ejemplo de virtud si queremos que nuestros hijos nos imiten. Para mí, era más fácil esforzarme pensando en vuestro bien que en el mío. Una mirada de asombro de una de vosotras al verme responder con dureza me ayudaba a recapacitar más que cualquier sermón. Y vuestro amor, respeto y confianza eran la mejor recompensa a mis esfuerzos por ser la clase de mujer capaz de servir de ejemplo.

—¡Mamá, ojalá algún día lograra ser la mitad de buena que tú! Me bastaría con eso —declaró Jo, conmovida.

—Espero que logres ser mucho mejor, querida, pero debes vigilar al enemigo que anida en tu pecho, como papá le llama. De lo contrario, te llenará de congoja e incluso podría echar a perder tu vida. Lo de hoy ha sido un aviso. Tenlo presente y esfuérzate de corazón por controlar tu mal genio para que no tengas que sentir un dolor y un remordimiento mayores que los de hoy.

—Lo intentaré, mamá, de veras, pero no dejes de ayudarme y llamarme al orden antes de que salte. Recuerdo que, a veces, papá se llevaba el dedo a los labios y te miraba con mucha dulzura, y tú apretabas los labios o te ibas. ¿Era esa su forma de ayudarte?

—Sí, yo le pedí que lo hiciera y él nunca lo olvidaba. Con ese gesto discreto y una mirada amable impedía que dijera cosas desagradables.

Jo vio que las lágrimas asomaban a los ojos de su madre y que sus labios temblaban al hablar. Temiendo haber ido demasiado lejos, preguntó angustiada:

—Mamá, ¿te parece mal que os observara o que haya sacado el tema ahora? No quería ser irrespetuosa. Es que me siento tan feliz y a gusto hablando contigo de todo lo que me preocupa.

—Mi querida Jo, soy tu madre y puedes decirme lo que sea. Que mis hijas confíen en mí y sepan lo mucho que las quiero me llena de felicidad y de orgullo.

—Temía haberte entristecido.

—No, querida, pero al hablar de tu padre he recordado cuánto le echo de menos, lo mucho que le debo y cuánto me he de esmerar para que sus pequeñas estén a salvo y bien para cuando él vuelva.

—Sin embargo, no le pediste que no fuera a la guerra ni lloraste cuando se marchó. Y nunca te he oído quejarte, como si no necesitases nada —apuntó Jo, maravillada.

—Entregué a mi país, al que amo, lo mejor de mi vida y contuve el llanto hasta que él se marchó. ¿Por qué habría de quejarme cuando no hacíamos más que cumplir con nuestro deber y, al fin, eso nos haría más felices? Si doy la impresión de no necesitar ayuda es porque cuento con el apoyo de alguien más importante que vuestro padre que me alienta y me ayuda. Hija mía, tus problemas y tentaciones no han hecho más que empezar y pueden ser muchos, pero lograrás superarlos y vencerlos si aprendes a sentir la fuerza y el amor de tu Padre Celestial como sientes los de tu padre terrenal. Cuanto más le ames y confíes en Él, más unida te sentirás a Él y menos dependerás del poder y la sabiduría humanos. Él nunca se cansa de amarnos y cuidarnos, nada le aleja de nosotros y nos proporciona la paz, la felicidad y la fuerza que necesitamos en nuestra vida. Has de creer en esto y confiar a Dios todas tus cuitas y esperanzas, tus errores y penas, del mismo modo que los compartes con tu madre.

Por toda respuesta, Jo la abrazó y, en el silencio que siguió, elevó desde su corazón la plegaria más sincera de su vida. Y es que, en esa hora triste y al mismo tiempo feliz, había conocido no solo el amargo sabor del arrepentimiento y la desesperación, sino también la dulzura de la abnegación y del dominio de sí misma. Y, de la mano de su madre, se había acercado al Amigo que brinda a los niños un amor más fuerte que el de cualquier padre, más tierno que el de cualquier madre.

Amy se removió y suspiró en sueños. Ávida de enmendar lo antes posible su error, Jo la miró con una expresión desconocida en el rostro.

—Cuando el sol se puso, estaba enfadada y pensaba que no la perdonaría jamás; hoy, de no haber sido por Laurie, ¡hubiese sido demasiado tarde! ¿Cómo he podido ser tan ruin? —dijo Jo a media voz, inclinada hacia su hermana para acariciarle el cabello, desparramado sobre la almohada y aún húmedo.

Como si la hubiese oído, Amy abrió los ojos y tendió los brazos con una sonrisa que a Jo le llegó al alma. Sin pronunciar palabra, se abrazaron por encima de las mantas y todo quedó perdonado y olvidado con un beso sincero.

9
Meg visita la feria de las vanidades

—Qué suerte que los niños hayan contraído el sarampión justo ahora —exclamó Meg un día de abril. Estaba en su dormitorio, preparando el baúl de viaje, rodeada de sus hermanas.

—Y qué bien que Annie Moffat no haya olvidado su promesa. Qué delicia contar con quince días de diversión —apuntó Jo, que parecía un molino de viento cada vez que doblaba una falda con sus largos brazos.

—¡Y hace muy buen tiempo! ¡Qué alegría! —añadió Beth, que separaba los lazos para el cuello de las cintas del pelo y los guardaba en su mejor estuche, que había prestado a su hermana mayor para la ocasión.

—Me encantaría ir contigo para divertirme y ponerme esta ropa tan bonita —dijo Amy, que tenía entre los labios un buen número de alfileres que iba clavando artísticamente en el acerico de su hermana.

—Me gustaría que fuésemos todas pero, como no es posible, prometo contároslo todo a mi vuelta. Es lo menos que puedo hacer después de que hayáis tenido la amabilidad de prestarme cosas y ayudarme a prepararme

—dijo Meg echando una mirada a su equipaje, sencillo pero, a sus ojos, casi perfecto.

—¿Qué te dio mamá de la caja de los tesoros? —preguntó Amy, que no había estado presente cuando la señora March abrió el baúl de cedro, lleno de reliquias de un pasado lleno de esplendor, al que recurría cuando deseaba obsequiar algo especial a sus hijas.

—Un par de medias de seda, este precioso abanico tallado y una faja azul muy bonita. Yo quería usar el vestido violeta pero, como no daba tiempo a arreglarlo, llevaré mi viejo vestido de tarlatana.

—Estarás muy bien con mi falda de muselina nueva y la faja le dará el toque final. ¡Ojalá no se me hubiese roto la pulsera de coral! Te la hubiese dejado —dijo Jo, que adoraba dar y prestar sus cosas, aunque, dado que las cuidaba tan mal, estas eran prácticamente inservibles.

—En la caja de los tesoros hay un collar de perlas antiguo, pero mamá opina que las flores frescas son el adorno idóneo para una joven y Laurie ha prometido enviarme cuantas quiera —explicó Meg—. Bien, veamos, aquí está el vestido gris nuevo. Beth, ¿podrías peinar la pluma de mi sombrero? También llevo el traje de popelina para los domingos y las fiestas informales... aunque abriga demasiado para la primavera, ¿no? ¡Qué bien me hubiera venido el vestido de seda violeta! En fin...

—No te preocupes, tienes el de tarlatana para las fiestas formales y, vestida de blanco, pareces un ángel —afirmó Amy, a la que estar rodeada de tanta ropa de gala le alegraba el corazón.

—Sí, pero no es escotado ni tiene suficiente vuelo. En fin, tendrá que servir. Al vestido azul le hemos subido el dobladillo y ha quedado como nuevo. Mi chaqueta de seda no es de las que están de moda ahora y el sombrero no tiene ni punto de comparación con los de Sallie, y qué decir de la sombrilla, ¡menudo chasco! Le pedí a mamá que me comprara una negra con mango blanco, pero se olvidó y me trajo esta, verde y con un horrendo mango amarillo. No está mal, es fuerte y pulcra, pero Annie tiene una preciosa, de seda, con la punta de oro, y me va a dar mucha vergüenza abrir la mía a su lado. —Meg suspiró mirando con disgusto la pequeña sombrilla.

—Cámbiala —aconsejó Jo.

—Sería una estupidez y podría herir los sentimientos de mamá, que se ha esforzado tanto en conseguir todo esto. Prefiero no darle más importancia de la que tiene, no es más que una apreciación personal. Me consuelo pensando en las medias de seda y en los magníficos dos pares de guantes que llevo. ¡Qué detalle por tu parte haberme dejado los tuyos, Jo! Me siento tan rica y elegante con un par nuevo, y el viejo, limpio. —Para animarse, Meg miró de nuevo el estuche de los guantes—. Annie Moffat adorna con lazos rosas o azules sus sombreros de noche. ¿Me puedes coser uno en el mío? —preguntó a Beth, que llegaba con una pila de blancas muselinas recién lavadas que Hannah acababa de entregarle.

—No lo hagas. Un sombrero de noche demasiado engalanado no quedará bien con un vestido sencillo y sin encaje como el tuyo. Las muchachas pobres no deben adornarse demasiado —apuntó Jo con convicción.

—Me pregunto si alguna vez tendré la suerte de lucir un vestido con encaje y un sombrero con cintas —comentó Meg con impaciencia.

—El otro día dijiste que estarías contenta si simplemente pudieras ir a casa de Annie Moffat —le recordó Beth con su habitual calma.

—¡Tienes razón! Está bien, estoy contenta y no me quejaré más. Parece que cuanto más nos dan, más queremos, ¿no? Bueno, ya está todo listo y guardado, salvo el vestido de fiesta, que lo reservo para mamá —observó Meg, que, más animada, miró el baúl medio vacío y el vestido de tarlatana blanco, infinitas veces planchado y cosido, al que se refería como «vestido de fiesta» con aire importante.

Al día siguiente hizo buen tiempo y Meg partió, radiante, a vivir dos semanas de novedades y placeres. La señora March había dudado si dejarla ir, porque temía que Margaret volviese a casa todavía más inconforme con la suerte de la familia. Sin embargo, la joven había insistido mucho y Sallie se había comprometido a cuidar bien de ella. Además, después de trabajar todo el invierno, era justo que disfrutase un poco. Así pues, la madre cedió y Meg se dispuso a conocer de primera mano el sabor de una vida acomodada.

Los Moffat eran una familia muy acomodada y, de

entrada, la humilde Meg se sintió algo intimidada por el esplendor de la casa y la elegancia de sus ocupantes. Pero eran muy amables, a pesar de llevar una vida muy frívola, y sabían cómo lograr que sus huéspedes se sintiesen a gusto. A Meg no le parecieron ni excesivamente cultos ni demasiado inteligentes y, sin saber bien por qué, se dijo que, a pesar del brillo de su fortuna, no podían disimular que estaban hechos de una materia bastante corriente. Por supuesto, era un placer disfrutar del lujo, desplazarse en un carruaje elegante, vestir sus mejores trajes a diario y no hacer nada salvo divertirse. Era lo que había soñado. No tardó en imitar los modales y la forma de hablar de sus anfitriones, adoptar un aire pomposo, intercalar frases en francés, rizarse el cabello, ceñirse la cintura y hablar de moda a todas horas. Cuanto más veía las cosas bonitas de Annie Moffat, más la envidiaba y más suspiraba por ser rica. Su casa le parecía un lugar desnudo y triste, su trabajo, más duro que nunca, y se sentía como una joven indigente, muy desgraciada, a pesar de sus guantes nuevos y sus medias de seda.

Sin embargo, no disponía de mucho tiempo para compadecerse de sí misma, puesto que las tres amigas se dedicaban en cuerpo y alma a divertirse. Salían de compras, paseaban, montaban a caballo y hacían visitas durante todo el día; iban al teatro y a la ópera y ofrecían fiestas en casa, ya que Annie contaba con muchos amigos a los que le gustaba recibir y entretener. Sus hermanas mayores eran unas damiselas muy elegantes y una de ellas estaba comprometida, lo que a Meg le parecía muy romántico e interesante. El señor Moffat era un anciano caballero regordete y alegre, que conocía al padre de Meg, y su esposa, una señora igualmente regordeta y alegre, que se encariñó con Meg tanto como lo había hecho su hija. Todo el mundo la cuidaba tanto que «Daisy», como habían dado en llamarla, estaba a un paso de perder la cabeza.

La noche de la fiesta informal, Meg descubrió que su traje de popelina era del todo inapropiado porque las demás jóvenes lucían ropa más ligera e iban muy arregladas. Así pues, rescató el traje de tarlatana, que parecía más viejo, soso y gastado que nunca al lado del flamante vestido de Sallie. Meg notó que las demás observaban su atuendo y, luego, se miraban entre sí, y se ruborizó; y es que, a pesar de su carácter dulce, ella era muy orgullosa. Nadie comentó nada al respecto, pero Sallie se ofreció a peinarla, Annie, a anudar su faja y Belle, la hermana prometida, alabó la blancura de sus brazos. Sin embargo, Meg sintió que le dispensaban tales atenciones porque se apiadaban de ella por ser pobre. Se quedó aparte, viendo con tristeza cómo las demás reían y charlaban, se acicalaban y revoloteaban como vaporosas mariposas. Su malestar y su amargura rozaban la cota más alta cuando uno de los sirvientes les llevó una caja de flores. Annie la abrió antes de que nadie pudiera decir nada y se oyeron exclamaciones de admiración por la belleza de las rosas, el brezo y los helechos que contenía.

—Deben de ser para Belle. George siempre le envía flores, pero estas son francamente preciosas —afirmó Annie con un suspiro.

—Son para la señorita March —aclaró el sirviente—. Venían con esta nota —añadió tendiendo la tarjeta a Meg.

—¡Qué gracia! ¿De quién pueden ser? No sabíamos que tuvieses un enamorado —exclamaron las muchachas revoloteando alrededor de Meg, sorprendidas y muertas de curiosidad.

—La tarjeta es de mi madre y las flores las envía Laurie —se limitó a explicar Meg, feliz al ver que su vecino se había acordado de ella.

—¡Vaya! —exclamó Annie con una expresión divertida, mientras Meg se guardaba la nota en el bolsillo, como un talismán contra la envidia, la vanidad y el falso orgullo; las escasas pero cariñosas palabras que su madre le había hecho llegar la habían animado mucho, y la belleza de las flores le había devuelto el buen humor.

Nuevamente feliz, o casi, separó unos helechos y unas rosas y, con el resto, preparó delicados ramilletes y se los ofreció a sus amigas para que se adornasen el escote, el cabello o la falda. Clara, la hermana mayor de Annie, dijo que era «la joven más dulce que había visto nunca», y todas se mostraron encantadas con su pequeña atención. De algún modo, aquella muestra de amabilidad marcó el final de su abatimiento, y cuando las demás fueron a que la señora Moffat les diese el visto bueno, Meg vio unos ojos brillantes y risueños en el espejo mientras se adornaba el cabello rizado con helechos y prendía rosas en su vestido, que ya no le parecía tan gastado.

Aquella noche, se divirtió mucho porque bailó cuanto quiso; todos fueron muy amables con ella y recibió tres cumplidos. Annie la obligó a cantar y alguien comentó que tenía una voz prodigiosa; el mayor Lincoln preguntó quién era «aquella muchacha lozana de ojos bellos», y el señor Moffat insistió en bailar con ella porque, como comentó divertido, «se movía con gracia, como si tuviese un muelle». Así pues, lo pasó muy bien, hasta que llegó a sus oídos parte de una conversación que la perturbó sobremanera. Estaba sentada en el invernadero, aguardando a su pareja de baile, que había ido a buscarle un helado, cuando oyó una voz al otro lado del seto de flores preguntar:

—¿Cuántos años tiene?

—Yo diría que dieciséis o diecisiete —contestó otra voz.

—Qué magnífico partido para una de esas chicas, ¿no te parece? Según Sallie, se han hecho muy amigos y el viejo las adora.

—Supongo que la señora March tendrá planes al respecto y sabrá jugar sus cartas, aunque aún es pronto. Es evidente que la muchacha ni siquiera ha pensado en eso —afirmó la señora Moffat.

—Mintió sobre la nota de su madre, como si se diera cuenta de lo que pasaba, y se ruborizó al ver las flores. ¡Pobrecilla! Si vistiese con más elegancia sería preciosa. ¿Crees que se ofendería si le prestásemos un vestido para el jueves? —preguntó una tercera voz.

—Es orgullosa, pero no creo que le importe porque ese anticuado vestido de tarlatana es todo lo que tiene. Puede que esta noche se le rasgue un poco. De ser así, tendríamos la excusa perfecta para ofrecerle otro más adecuado.

—Veremos qué ocurre. Invitaré al tal Laurence, en atención a ella, y así podremos divertirnos un poco.

En ese momento apareció la pareja de Meg, que la encontró colorada y bastante inquieta. La joven se valió de su orgullo para ocultar la vergüenza, la rabia y el disgusto que la conversación había despertado en ella; y es que, por inocente y confiada que fuese, había entendido perfectamente el sentido de los cotilleos de sus amigas. Intentó olvidar el incidente, pero no fue capaz, ya que las frases «supongo que la señora March tendrá planes al respecto», «mintió sobre la nota de su madre» y «anticuado vestido de tarlatana» le venían constantemente a la memoria, hasta el punto de que sintió el impulso de llorar y volver corriendo a casa para contar su problema y pedir consejo. Puesto que eso no era posible, optó por simular una falsa alegría y, como estaba muy alterada, lo hizo tan bien que nadie sospechó lo mucho que se esforzaba. Se alegró de que la fiesta terminara y de poder, al fin, meterse en la cama para pensar hasta que le doliese la cabeza, hacerse preguntas, enfadarse y refrescar con lágrimas sus ardientes mejillas. Aquellas palabras, disparatadas pero bienintencionadas, le habían descubierto un mundo nuevo y habían roto la paz que reinaba en el anterior, en el que, hasta ese momento, había vivido feliz como una niña. Su inocente amistad con Laurie se veía manchada por las necias teorías que había oído sin querer; su fe en su madre flaqueaba un poco por culpa de los planes que le había atribuido la señora Moffat, que pensaba que todo el mundo era como ella, y su sensata decisión de contentarse con el sencillo vestuario que podía permitirse la hija de un hombre pobre había perdido fuerza por la innecesaria piedad de unas jóvenes que pensaban que un vestido anticuado era la mayor calamidad que podía sufrir alguien.

Aquella noche, la pobre Meg no descansó nada y, cuando se levantó, muy triste y con los ojos hinchados, se sentía irritada con sus amigas y avergonzada por no haber hablado con franqueza y aclarado las cosas. Todo el mundo estaba adormilado aquella mañana y, hasta las doce, las muchachas no tuvieron fuerzas para sacar sus labores de aguja. Meg notó enseguida algo que le extrañó; sus amigas la trataban con más respeto, pensó, se interesaban por lo que decía y la miraban de una forma que dejaba traslucir su curiosidad. Su actitud la sorprendió y halagó, pero no entendió a qué se debía hasta que la señorita Belle, que estaba escribiendo, levantó la vista del papel y dijo con tono sentimental:

—Daisy, querida, le hemos enviado una invitación a tu amigo, el señor Laurence, para la fiesta del jueves. Queríamos conocerle y tener un detalle contigo.

Meg se sonrojó pero, movida por el deseo malicioso de burlarse de aquellas muchachas, dijo con timidez:

—Sois muy amables, pero no creo que venga.

—¿Por qué no, *chérie*? —preguntó Belle.

—Es demasiado viejo.

—Querida niña, ¿qué quieres decir? ¿Cuántos años tiene? —inquirió la señorita Clara.

—Cerca de setenta, creo —contestó Meg, con la mirada clavada en las puntadas que daba para ocultar su regocijo.

—¡Qué pícara eres! Nos referimos al joven señor Laurence, claro está —exclamó la señorita Belle entre risas.

—No hay tal. Que yo sepa, en la casa solo está Laurie, que es un niño. —Meg se echó a reír también al ver las miradas de extrañeza que intercambiaron las hermanas cuando describió a su supuesto amante.

—Debe de tener tu edad —dijo Nan.

—Más bien la de mi hermana Jo. Yo cumpliré diecisiete en agosto —afirmó Meg meneando la cabeza.

—¡Qué amable por su parte mandarte flores! ¿No te parece? —apuntó Annie haciéndose la entendida.

—Sí, suele enviarnos flores a todas; su jardín está siempre lleno y sabe que nos gustan mucho. Mi madre y el viejo señor Laurence son amigos, así que es bastante natural que nosotros, siendo niños, juguemos juntos. —Meg esperaba que no añadieran nada más.

—Es evidente que Daisy no está por la labor todavía —comentó la señorita Clara a Belle con un gesto.

—Tiene una visión bucólica e inocente de la situación —repuso Belle encogiéndose de hombros.

—Voy a salir a hacer algunas compras para las niñas; ¿necesitáis algo, jovencitas? —preguntó la señora Moffat, que entró en la sala caminando pesadamente, como un elefante, envuelta en seda y encajes.

—No, gracias, señora —respondió Sallie—. He traído un vestido de seda rosa nuevo para la fiesta del jueves y no me hace falta nada.

—A mí tampoco... —Meg se interrumpió de pronto porque había varias cosas que necesitaba y no podía permitirse comprar.

—¿Qué te pondrás el jueves? —preguntó Sallie.

—Mi viejo vestido blanco, si puedo remendarlo para que quede presentable; por desgracia, la otra noche se me rasgó —dijo Meg, que trató de resultar natural aunque se sentía muy incómoda.

—¿Por qué no le pides a tu madre que te envíe otro? —propuso Sallie, que no era una joven muy observadora.

—No tengo más. —A Meg le costó un gran esfuerzo decirlo, pero Sallie no se dio ni cuenta y exclamó, sorprendida pero con tono amable:

—¿Solo tienes ese? Qué raro...

No terminó la frase, porque Belle la miró meneando la cabeza y observó con dulzura:

—Yo no lo veo raro; ¿por qué iba a tener muchos vestidos si apenas sale? Aunque tuvieras media docena más, Daisy, no habría necesidad de pedir que te los trajeran. Yo tengo uno de seda azul que me queda pequeño y me encantaría que te lo pusieras. ¿Me harás ese favor, querida?

—Eres muy amable, pero no me importa usar un vestido viejo, si a ti no te importa; creo que es suficiente para una niña como yo —dijo Meg.

—No, por favor, me apetece mucho verte elegante. Te ayudaré encantada y, con unos pequeños retoques aquí y allá, estarás espectacular. No dejaré que te vea nadie hasta que hayamos terminado y, entonces, entraremos en el baile como Cenicienta y su hada madrina —propuso Belle en un tono muy persuasivo.

Meg no podía rechazar una oferta tan bondadosa. El deseo de ver si en verdad podía convertirse en una joven atractiva la decidió a aceptar, y olvidó su antiguo malestar con los Moffat.

La tarde del jueves, Belle y su criada se encerraron junto con Meg para convertir a esta en toda una dama. Le rizaron el cabello, le pusieron talco perfumado en el cuello y los brazos, le aplicaron en los labios pomada de coralina, para que quedasen más rojos, y Hortense hubiese añadido un «*soupçon* de carmín» pero Meg se negó en redondo. La embutieron en un vestido azul cielo tan ceñido que apenas podía respirar y con un escote tan bajo que se ruborizó al verse en el espejo. Le prestaron también un juego de pulsera, collar, broche y pendientes de plata, que Hortense ató con un hilo de seda rosa prácticamente invisible. Adornaron su pecho con un ramillete de capullos de rosas, un *ruche* hizo que la idea de lucir sus blancos y hermosos hombros fuera más llevadera para Meg, y un par de botas de tacón de seda azul le parecieron un sueño hecho realidad. Un pañuelo de encaje, un abanico de plumas y un ramillete con un soporte de plata completaron el atuendo. Belle la contempló con la misma satisfacción que experimenta una niña cuando acaba de vestir a su muñeca.

—Mademoiselle está *charmante*, *très jolie*, ¿verdad? —exclamó Hortense aplaudiendo con una irrefrenable emoción.

—Vayamos a que te vean las demás —propuso Belle, y la condujo hasta la sala en la que esperaban sus amigas.

Cuando Meg salió tras ella, arrastrando su larga falda, con los pendientes tintineando, los bucles ondeando y el corazón acelerado, se dijo que, al fin, le había llegado el momento de pasar un buen rato. Al verse en el espejo, había observado que, en efecto, parecía una hermosa damita. Sus amigas repitieron esa misma expresión con entusiasmo y, por un instante, como la grajilla de la fábula, disfrutó de las plumas prestadas mientras las demás cotorreaban como urracas.

—Nan, mientras me visto, explícale cómo moverse con la falda y los tacones para que no tropiece. Clara, prende tu mariposa de plata en esa cinta blanca para el cuello y esconde ese tirabuzón que asoma por la izquierda, pero con cuidado de no estropear mi hermosa obra —indicó Belle antes de marcharse a toda prisa, muy complacida con el éxito obtenido.

—No me atrevo a bajar. Me siento muy extraña y tiesa, medio desnuda —confesó Meg a Sallie cuando sonó la campanilla que indicaba el inicio del baile y la señora Moffat las mandó llamar.

—No pareces tú, pero estás preciosa. A tu lado, ni se me ve. Belle tiene un gusto exquisito y te ha vestido a la última, pareces una auténtica francesa, te lo garantizo. Deja el ramillete un poco más suelto, no estés tan pendiente de las flores y procura no tropezar —dijo Sallie, esforzándose por no sentirse mal porque Meg estuviese más guapa que ella.

Margaret bajó con cuidado por las escaleras, recordando en todo momento la advertencia de su amiga, y entró en la sala de estar, en la que la familia Moffat estaba reunida con los primeros invitados. No tardó en descubrir que la ropa elegante ayuda a atraer a cierta clase de personas y granjea respeto. Varias jovencitas que no le habían hecho el menor caso antes se mostraron súbitamente interesadas por su persona; algunos jóvenes que, en la otra fiesta, se habían contentado con mirarla de reojo pidieron que se la presentaran y no cesaron de piropearla, y varias damas mayores que, sentadas en los sofás, se dedicaban a criticar a los demás preguntaron quién era con cierto interés. Oyó que la señora Moffat contestaba a una de ellas:

—Es Daisy March, su padre es coronel del ejército. Una muy buena familia, aunque han sufrido un revés de la fortuna, ya sabe. Son grandes amigos de los Laurence. Es una gran muchacha, se lo aseguro. Mi hijo Ned la adora.

—¡Caramba! —exclamó otra dama poniéndose las gafas para estudiar mejor a Meg, que trataba de actuar con naturalidad, como si no hubiese oído nada, a pesar de lo que le habían impresionado las mentirijillas de la señora Moffat.

En ningún momento dejó de sentirse rara, pero se dijo que estaba representando el papel de dama en una obra y salió airosa del trance, a pesar de que el vestido le apreta-

ba demasiado y hacía que tuviera flato, la cola de la falda se le enredaba en los pies y temía perder o romper uno de aquellos pendientes que parecían siempre a punto de caerse. Estaba abanicándose y celebrando los chistes malos de un joven que pretendía mostrarse ocurrente cuando de repente dejó de reír, desconcertada, al ver frente a ella a Laurie. Este la miraba con evidente sorpresa y aire de desaprobación, o eso le pareció. Aunque el joven hizo una reverencia y sonrió, había algo en su franca mirada que la hizo sentirse incómoda y deseó llevar puesto su viejo vestido. Su perplejidad fue aún mayor cuando vio que Belle hacía señas a Annie y ambas se los quedaban mirando. Aunque se alegró mucho de ver a Laurie, este le pareció más tímido e infantil que nunca.

¡Qué tontas son! ¡Y qué estupideces pretenden meterme en la cabeza! No les haré caso ni permitiré que me cambien en absoluto, pensó Meg al tiempo que cruzaba la sala para estrechar la mano de su amigo.

—Me alegra que hayas venido, temía que no te presentaras —dijo tratando de conducirse como una adulta.

—Jo me pidió que viniese para contarle qué aspecto tenías y aquí estoy —dijo Laurie sin mirarla, aunque su tono maternal le hizo sonreír.

—¿Y qué le vas a contar? —preguntó Meg, curiosa por conocer su opinión, a pesar de que, por primera vez, se sentía incómoda hablando con él.

—Le diré que no te conocí, que me pareciste tan mayor y distinta que me diste miedo —explicó Laurie jugueteando con su guante.

—¡No seas tonto! Las chicas me han vestido así para divertirse, y a mí me gusta bastante. ¿No crees que Jo no me quitaría ojo si estuviese aquí? —preguntó Meg, que quería averiguar si la encontraba favorecida.

—Sí, eso creo —contestó Laurie en tono grave.

—¿No te gusta? —preguntó Meg.

—No —dijo el muchacho abiertamente.

—¿Por qué no? —inquirió ella con un deje de angustia.

El joven observó su cabello rizado, sus hombros al descubierto y el estupendo vestido con una expresión que la dejó más abatida aún que la respuesta, en la que la habitual cortesía de Laurie brillaba por su ausencia.

—Me desagradan tantos adornos y plumas.

Aquello era demasiado en boca de un jovencito mucho menor que ella, de modo que Meg se retiró diciendo malhumorada:

—Eres el chico más descortés que he visto nunca.

Muy molesta, se acercó a una ventana, para que el aire le refrescase las mejillas, que le ardían por culpa de lo apretado de su vestido. El mayor Lincoln pasó a su lado y, segundos después, Meg oyó que le decía a su madre:

—Se están burlando de aquella muchachita. Quería presentártela, pero la han echado a perder. Esta noche, parece una muñeca.

¡Dios mío!, se dijo Meg con un suspiro. Ojalá hubiese tenido suficiente sentido común para usar mi ropa. Así no habría incomodado a nadie ni me sentiría tan rara y avergonzada.

Apoyó la frente sobre el frío cristal y permaneció allí, medio oculta tras la cortina, sin importarle que estuviese sonando su vals favorito, hasta que notó que alguien se acercaba. Se trataba de Laurie, que parecía arrepentido. Hizo una reverencia completa y le tendió la mano al tiempo que ofrecía una disculpa:

—Perdona mi rudeza. ¿Me concedes este baile?

—Temo resultar excesivamente desagradable para ti —contestó Meg intentando mostrarse ofendida, pero sin conseguirlo.

—Al contrario, lo estoy deseando. Ven, lo pasaremos bien. No me gusta tu vestido, pero creo que tú... ¡estás espléndida! —E hizo un gesto como si las palabras no le pareciesen suficientemente elocuentes para mostrar su admiración.

Meg sonrió, se ablandó y murmuró mientras se preparaban para bailar:

—Ten cuidado de no tropezar con mi falda; es un auténtico fastidio, ponérmela ha sido la peor idea que he tenido en años.

—Échatela al cuello, y así servirá para algo —propuso Laurie mirando las botas azules, que, a todas luces, eran de su agrado.

Comenzaron a bailar con ligereza y elegancia, porque habían practicado mucho en casa y estaban muy compenetrados. Daba gusto ver cómo giraban felices, sintiéndose más amigos que nunca tras su pequeña trifulca.

—Laurie, ¿me harías un favor? —preguntó Meg

mientras su compañero la abanicaba porque se había quedado sin aliento enseguida, aunque no entendía el porqué.

—¡Claro! —exclamó Laurie con entusiasmo.

—Por favor, no le hables a nadie de mi vestido en casa. Mis hermanas no lo entenderían y mi madre podría preocuparse.

«Entonces, ¿por qué te has vestido así?», pareció decir Laurie con la mirada, con tal claridad que Meg se apresuró a añadir:

—Se lo contaré todo y le explicaré a mamá lo tonta que he sido. Prefiero hacerlo yo misma; por eso te pido que no digas nada. ¿Lo harás?

—No diré nada, tienes mi palabra. Pero ¿qué he de contestar cuando me pregunten por ti?

—Di que estaba guapa y me lo pasaba muy bien.

—Lo primero, lo diré de corazón, pero ¿qué hay de lo demás? No parece que te estés divirtiendo, ¿me equivoco?

La forma en que Laurie la miró hizo que Meg respondiera, en un susurro:

—No, en estos momentos no. No pienses que soy mala; solo quería divertirme un poco, pero ahora entiendo que todo esto no merecía la pena y estoy algo aburrida.

—Mira, Ned Moffat viene hacia aquí. ¿Qué querrá? —preguntó Laurie juntando sus oscuras cejas, como si el joven no fuese de su agrado.

—Le he prometido tres bailes y supongo que viene a reclamarlos. ¡Menudo fastidio! —dijo Meg con un aire lánguido que hizo mucha gracia a Laurie.

No volvió a hablar con ella hasta la hora de la cena, cuando la encontró bebiendo champán con Ned y su amigo Fisher, que se comportaban «como un par de idiotas», según pensó Laurie, que se creía en el deber fraternal de defender a las March y acudir en su rescate siempre que lo necesitasen.

—Si bebes demasiado, mañana te dolerá la cabeza.

No bebas más, Meg, sabes que a tu madre no le gustaría —murmuró inclinándose hacia la silla en la que estaba Meg, aprovechando un momento en el que Ned se alejó para ir a buscar otra copa y Fisher se agachó para recoger su abanico.

—Esta noche, no soy Meg, sino una muñeca que se comporta como una idiota. Mañana, me despediré de los adornos y las plumas y volveré a ser desesperadamente buena —repuso ella con una risita afectada.

—Ojalá ya fuese mañana —musitó Laurie, y se alejó muy disgustado por el cambio de actitud de la joven.

Meg bailó, coqueteó, charló y rio como el resto de las chicas; después de la cena, al tratar de bailar una pieza de estilo alemán, estuvo muy torpe, se enredó con su larga falda y casi hizo caer a su pareja, para después brincar hasta el punto de escandalizar a Laurie, que no perdía detalle y se decía que la joven merecía una reprimenda. Sin embargo, no tuvo oportunidad de reprenderla porque Meg se mantuvo a distancia hasta la hora de despedirse.

—¡Recuerda tu promesa! —dijo ella intentando sonreír a pesar del dolor de cabeza que empezaba a sentir.

—*Silence jusqu'à la mort* —repuso Laurie haciendo un gesto melodramático.

Ese breve diálogo avivó la curiosidad de Annie, pero Meg estaba demasiado cansada para cotilleos y se fue a la cama con la impresión de haber participado en un baile de disfraces y no haberse divertido tanto como esperaba. Al día siguiente se sintió enferma y el sábado regresó a casa, agotada tras quince días de diversión y con la sensación de que había tenido suficiente lujo por una temporada.

—¡Qué agradable resulta poder estar tranquila y no tener que estar cuidando siempre los modales! Nuestro hogar es estupendo, aunque sea sencillo —comentó Meg mientras contemplaba la estancia con aire plácido, sentada con su madre y Jo la tarde del domingo.

—Me alegro de oírte decir eso porque temía que la casa te pareciese demasiado triste y pobre después de ver tanta grandeza —dijo la madre, que había observado a su hija con inquietud todo el día; y es que una madre nota antes que nadie los cambios que puedan sufrir sus hijos.

Meg había relatado animadamente sus aventuras y no paraba de decir que lo había pasado en grande. Sin embargo, algo parecía empañar su ánimo y, cuando las pequeñas se fueron a dormir, se sentó junto a la chimenea, con la mirada perdida en el fuego, pensativa y sin decir palabra, como si estuviese preocupada por algo. Cuando dieron las nueve y Jo propuso que se fueran a acostar, Meg se levantó de la silla, se sentó en el taburete de Beth, apoyó los codos en las rodillas de su madre y dijo, decidida:

—Mamá, quiero confesar algo.

—Lo suponía. ¿De qué se trata, querida?

—¿Quieres que me vaya? —preguntó Jo por ser discreta.

—No, claro que no; ¿acaso no te cuento siempre todo? No quería decir nada delante de las niñas, pero necesito contaros las cosas horribles que he hecho en casa de los Moffat.

—Te escuchamos —dijo la señora March con una sonrisa, pero algo preocupada.

—Os he contado que me vistieron a su gusto, pero no os he dicho que me empolvaron, me pusieron un corsé apretado, me rizaron el cabello y me dejaron hecha un figurín. A Laurie no le pareció bien, lo sé, pero no dijo nada y un hombre me llamó «muñeca». Yo sabía que aquello no estaba bien, pero todos me dedicaban elogios, me decían que estaba muy guapa y otras tonterías que no vienen a cuento. Así que dejé que me pusieran en ridículo.

—¿Eso es todo? —preguntó Jo, mientras la señora

March miraba en silencio el rostro abatido de su preciosa hija sin verse con ánimos de reñirla por su insensatez.

—No. También bebí champán, salté, estuve coqueteando y me comporté fatal —añadió Meg en tono acusador.

—Sospecho que hay algo más —dijo la señora March acariciándole la mejilla.

Meg se sonrojó y dijo enseguida:

—Sí, lo hay. Es una tontería, pero quiero contártelo porque detesto que la gente diga o piense cosas así sobre Laurie y nosotras.

A continuación, relató los cotilleos oídos en casa de los Moffat. Jo observó que su madre apretaba los labios al escucharla, como si le molestase sobremanera que alguien pusiese en la mente de su inocente hija tales ideas.

—Bueno, ¡en la vida he oído mayor insensatez! —exclamó Jo, indignada—. ¿Por qué no saltaste y se lo dijiste en el acto?

—No podía, me resultaba demasiado embarazoso. Al principio, no pude evitar oírlas y, luego, estaba tan furiosa y avergonzada que no pensé en alejarme.

—Espera a que vea a Annie Moffat. Te enseñaré cómo poner fin a chismes ridículos. ¿De modo que piensan que tenemos un plan y somos amables con Laurie porque es rico y podría casarse con una de nosotras? ¡Lo que se va a reír en cuanto le explique lo que esas tontas dicen de nosotros! —Jo se echó a reír como si, bien mirado, todo aquello fuese un chiste de lo más ocurrente.

—¡Si se lo cuentas a Laurie, no te perdonaré jamás! Mamá, ¿verdad que no debe hacerlo bajo ningún concepto? —dijo Meg, visiblemente alterada.

—Claro que no. No repitáis nunca ese necio comentario y olvidad el asunto lo antes posible —declaró la señora March, muy seria—. No fue muy inteligente por mi parte dejarte ir a casa de personas que conozco tan poco. Seguro que son amables pero, por lo que veo, son afectadas, maleducadas y tienen toda suerte de ideas vulgares acerca de la juventud. No sé cómo expresar lo mucho que lamento el daño que te haya podido provocar esta visita, Meg.

—No lo lamentes, mamá, no dejaré que esto me afecte. Olvidaré lo malo y recordaré lo bueno. De hecho, pasé muy buenos ratos y te agradezco que me dejaras ir. No me pondré melancólica ni me mostraré insatisfecha, mamá. Sé que soy una jovencita boba y me quedaré a tu lado hasta que sea capaz de cuidar de mí misma. Sin embargo, es muy agradable que te dediquen elogios y te admiren. Mentiría si dijera lo contrario —afirmó Meg, que se sintió algo avergonzada por sus palabras.

—Eso es natural y totalmente inofensivo, siempre y cuando no permitas que tu inclinación se convierta en necesidad y cometas estupideces y actos impropios de una dama. Aprende a reconocer y valorar los elogios que mereces y busca la admiración de personas que valgan la pena siendo modesta además de bonita, Meg.

Margaret se quedó pensativa, mientras Jo, de pie y con las manos en la espalda, la observaba con interés y cierta perplejidad. Era toda una novedad ver a Meg ruborizarse y hablar con pasión sobre pretendientes y asuntos de ese tipo. Jo tenía la impresión de que, en aquellos quince días, su hermana se había hecho mayor y se había distanciado de su mundo para adentrarse en otro al que no la podía acompañar.

—Mamá, ¿tienes algún plan para nosotras, como dice la señora Moffat? —inquirió Meg con timidez.

—Sí, querida, tengo muchos, como todas las madres, pero me temo que no son los que cree la señora Moffat. Te desvelaré algunos porque creo que va siendo hora de poner un poquito de sensatez en esa romántica cabecita tuya y en tu corazón. Aún eres joven, Meg, pero no tanto como para no entender lo que tengo que decirte. Creo que esta es la clase de conversación que una joven debe tener con su madre. A ti te llegará el turno pronto, Jo, así que escuchad «mis planes» y, si os parecen adecuados, ayudadme a lograrlos.

Jo se sentó en el brazo de la butaca y adoptó el aire de quien ha sido invitado a participar en un acto solemne. La señora March dio una mano a cada una y contempló pensativa sus jóvenes rostros antes de empezar a hablar, a un tiempo seria y animada:

—Quiero que mis hijas sean hermosas, buenas y educadas, que las admiren, aprecien y respeten. Que tengan una juventud dichosa, que se casen con un buen hombre, que lleven una existencia útil y feliz y que Dios les ahorre penas y preocupaciones. Lo mejor que le puede ocurrir a una mujer es encontrar a un buen hombre que la ame y la elija, y confío en que mis hijas conozcan esa dicha. Meg, es normal que pienses en ello; tienes derecho a albergar esperanzas y a desearlo, pero debes prepararte para que, cuando ese momento afortunado llegue, sepas cumplir con tus obligaciones y disfrutes de la experiencia. Queridas niñas, tengo planes ambiciosos para vosotras, pero no tienen que ver con que lleguéis a tener un puesto importante u os caséis con un hombre rico por el mero hecho de serlo o porque tenga una casa estupenda, sobre todo si en esa casa falta el amor y no es un verdadero hogar. El dinero es un bien necesario y valioso y, si se hace buen uso de él, se convierte en algo noble, pero no quiero que creáis que es lo más importante o aquello a lo que debéis aspirar. Prefiero veros convertidas en esposas de hombres pobres pero felices, amadas y satisfechas, a que seáis reinas en su trono, carentes de respeto y de paz.

—Belle dijo que las muchachas pobres no tienen posibilidad de encontrar un buen marido si no hacen por llamar la atención —dijo Meg con un suspiro.

—Entonces, nos quedaremos solteras —sentenció Jo.

—Muy bien, Jo. Más vale ser una solterona feliz que una esposa desgraciada o una jovencita desvergonzada ávida por encontrar marido —dijo la señora March con decisión—. Meg, no te preocupes; la pobreza rara vez aleja al verdadero amor. Algunas de las damas más distinguidas que conozco fueron muchachas pobres pero tan merecedoras de amor que la vida no permitió que se quedasen solteras. Da tiempo al tiempo. Esforzaos para que este sea un hogar feliz; de ese modo estaréis preparadas para formar el vuestro cuando llegue el momento y, si no llega, os sentiréis a gusto en esta casa. Recordad, hijas mías, que vuestra madre está siempre dispuesta a escuchar vuestras confidencias; que vuestro padre es vuestro mejor amigo, y que ambos confiamos y esperamos que nuestras hijas, casadas o solteras, nos hagan sentir orgullosos.

—¡Lo haremos, Marmee, lo haremos! —exclamaron ambas con todo el corazón antes de que su madre les diera las buenas noches.

10
El Club Pickwick y el buzón de correos

Con la primavera llegaron nuevas formas de diversión y, al prolongarse las horas de luz, las muchachas contaban con tardes más largas para trabajar o entretenerse con toda clase de juegos. El jardín necesitaba un repaso, y cada hermana disponía de un cuarto del pequeño terreno para arreglarlo a su gusto. Hannah solía decir: «Podría decir quién se encarga de cada parcela aunque viera el jardín desde China». Y a buen seguro podría, puesto que el gusto de las hermanas difería tanto como sus caracteres. Meg solía plantar rosas y heliotropos, mirto y un pequeño naranjo. La parcela de Jo nunca estaba igual dos temporadas seguidas porque no dejaba de hacer experimentos; ese año tenía previsto plantar girasoles con idea de que las semillas alimentasen a la *Tía Cockle-top* y a sus polluelos. A Beth le gustaban las flores fragantes: guisante de olor y reseda, espuela de caballero, clavelinas, pensamientos y artemisa, junto con alpiste para el pájaro y hierba gatera para los mininos. Amy tenía un emparrado —bastante pequeño y desigual, pero muy bonito—, del que colgaban madreselvas e ipomeas de colores, además de azucenas, elegantes helechos y varias plantas brillantes y pintorescas que se adaptaban a las condiciones del jardín.

Dedicaban los días de buen tiempo a cuidar el jardín, pasear, remar en el río y recoger flores silvestres, y los días lluviosos recurrían a entretenimientos caseros más o menos originales. El CP era uno de sus favoritos. Como en esa época las sociedades secretas estaban muy de moda, las muchachas decidieron crear una y, puesto que todas admiraban la obra de Dickens, la llamaron el Club Pickwick. Las sesiones duraban ya un año, aunque había habido varios períodos de abandono, y tenían lugar el sábado por la tarde, en el desván, siguiendo un protocolo bastante rígido. Colocaban tres sillas ante una mesa sobre la que había una lámpara, cuatro distintivos con las siglas CP escritas en diferentes colores y una publicación semanal llamada *The Pickwick Portfolio*, en cuya confección colaboraban todas y de la que Jo, a la que le gustaban las plumas y la tinta, era editora. A las siete en punto, los cuatro miembros subían a la sala de reuniones, se colocaban los distintivos y tomaban asiento con aire solemne. Como Meg era la mayor, hacía las veces de Samuel Pickwick; por su afición literaria, Jo era Augustus Snodgrass; Beth era Tracy Tupman por su aspecto, y Amy era Nathaniel Winkle porque siempre trataba de hacer lo que no estaba en su mano. El presidente, el señor Pickwick, leía el periódico, en el que aparecían cuentos, poesías y noticias locales, anuncios divertidos y consejos que eran simpáticos recordatorios de faltas que debían superar.

En aquella ocasión, el señor Pickwick se colocó unos anteojos sin cristales, golpeó la mesa, carraspeó y, después de lanzar una mirada severa al señor Snodgrass, que estaba repantigado en su silla y se colocó bien de inmediato, empezó la lectura.

The Pickwick Portfolio

20 de mayo de 18—

El rincón del poeta

ODA DE ANIVERSARIO

Una vez más, nos reunimos
para celebrar,
con este rito, solemne y
solidario,
en una sede que no podemos
más que alabar,
nuestro quincuagésimo
segundo aniversario.

Nadie nuestro pequeño club
ha abandonado,
volvemos a vernos felices las
caras;
hallándonos todas en perfecto
estado,
nos estrechamos las manos
entusiasmadas.

A nuestro querido Pickwick,
siempre atento,
le damos la bienvenida con
sumo respeto.
Él se pone las gafas y ocupa su
puesto
y lee nuestro boletín con
contento.

Aunque está resfriado y
estornuda,
somos felices al escuchar tan
sabia lectura.
La tos intenta volver su voz
muda,
pero él siempre está a la altura.

El bueno de Snodgrass, alto y
desgarbado,
con gracia elefantina en la sala
saluda a su equipo, tan
entregado,
con una alegría que en el alma
cala.

El fuego poético ilumina su
mirada
y, aunque lucha por resistir,
lleva la ambición en la frente
marcada
¡Y en su nariz, una mancha
nos va a divertir!

Entra el tranquilo Tupman a
continuación,

tan sonrosado, gordete y
almibarado.
De risas llena la habitación
y de la silla cae al suelo
azorado.

El remilgado de Winkle
también acude a la reunión
Es un modelo de buena
educación
y acude bien peinado y listo
para la actuación
aunque lavarse la cara cada día
le parece un tostón.

Ha pasado un año y seguimos
funcionando,
y mientras recorremos el
camino literario,
que gloria aporta a quienes lo
van caminando,
reímos, leemos y compartimos
escenario.

Larga vida tenga nuestro club
amado,
que nada enturbie su existencia plácida
y que los años por venir sean
un dechado
de bienaventuranzas y alegría
compartida.

A. Snodgrass

EL MATRIMONIO ENMASCARADO

Un cuento veneciano

Las góndolas iban llegando, una tras otra, a la escalinata de mármol, y sus elegantes pasajeros se sumaban a la brillante multitud congregada en los suntuosos salones de la residencia del conde de Adelon. Caballeros y damas, elfos y pajes, monjes y jovencitas, todos se mezclaban alegremente en el baile. Dulces voces y armoniosas melodías flotaban en el ambiente y, entre los mirtos y la música, el baile de máscaras continuaba.

—¿Ha visto Su Excelencia a lady Viola esta noche? —preguntó un galante trovador a la reina de las hadas, que atravesaba el salón cogida de su brazo.

—Sí. Está preciosa aunque parece triste. Ha elegido muy bien su vestido. Dentro de una semana, se casará con el conde Antonio, al que detesta con toda su alma.

—¡Por Dios, cómo envidio a ese hombre! Aquí viene, vestido de novio y con una máscara negra. Cuando se la quite, podremos ver cómo mira a la elegante dama cuyo corazón no puede conquistar, aunque su estricto padre le haya concedido la mano —comentó el trovador.

—Se rumorea que ella ama a un joven artista inglés que también la pretende y al que el viejo conde desprecia —apuntó la dama cuando se unieron al baile.

La fiesta estaba en su máximo apogeo cuando llegó un cura que, tras conducir a la pareja aun nicho cubierto de terciopelo púrpura, les pidió que se arrodillaran. La animada multitud guardó silencio de inmediato. No se oía nada, excepto el rumor de las fuentes y el ronquido de los recolectores de naranjas que dormían al fresco, cuando el conde Adelon habló de este modo:

—Queridas damas y caballeros, disculpen que les haya convocado por medio de un engaño para celebrar la boda de mi hija. Padre, puede empezar con el servicio.

Todas las miradas se dirigieron a la pareja de novios y un murmullo de sorpresa se elevó de los invitados al observar que ni el novio ni la novia se quitaban las máscaras. La curiosidad se apoderó de todos, pero nadie dijo nada por respeto hasta que el rito sagrado hubo terminado. Entonces, algunos de los presentes más curiosos se reunieron en torno al conde y le pidieron una explicación.

—Os la daría con gusto, si pudiera; pero solo sé que este es el deseo de mi querida y tímida hija Viola, al que me he plegado. Ahora, queridos míos, quitaos las máscaras para recibir mi bendición.

Sin embargo, la pareja no se arrodilló. El novio se quitó la máscara para dejar al descubierto el noble rostro de Ferdinand Devereux, el amante artista, contra cuyo pecho, en el que ahora resplandecía la estrella de un conde inglés, se apoyaba la adorable Viola, bellísima y radiante de felicidad. El joven habló en un tono que dejó perpleja a la concurrencia:

—Mi señor, me negó la mano de su hija aun cuando podía jactarme de poseer tan buen nombre y una fortuna tan vasta como el conde Antonio. Aún puedo hacer más. Estoy seguro de que su ambicioso corazón no podrá rechazar la oferta del conde de Devereux y De Vere, que está dispuesto a renunciar a su antiguo nombre y a su inmensa riqueza a cambio de la mano de su amada, ahora convertida en su esposa.

El conde se quedó de una pieza. Ferdinand se volvió hacia los asistentes, que estaban pasmados, y añadió:

—En cuanto a ustedes, mis galantes amigos, deseo que vuestros compromisos matrimoniales prosperen como el mío y que conquistéis una novia tan hermosa como la que yo he conseguido en este baile de máscaras.

S. Pickwick

¿Por qué el Club Pickwick parece la torre de Babel? Está lleno de miembros rebeldes.

HISTORIA DE UNA CALABAZA

Había una vez un granjero que plantó una pequeña semilla en su jardín. Al cabo de un tiempo, creció y dio muchas calabazas. Un día de octubre, cuando ya estaban maduras, escogió una y la llevó al mercado. Un comerciante la adquirió y la puso a la venta en su tienda de comestibles. Aquella misma mañana, una niñita vestida de azul, con sombrero marrón, rostro redondo y nariz respingona, fue a la tienda y compró la calabaza para su madre. La llevó a casa, la cortó en trocitos y la puso a hervir en una olla grande. Luego majó una parte y la aderezó con un poco de mantequilla y sal, para la cena; y añadió al resto medio tazón de leche, dos huevos, cuatro cucharadas de azúcar, nuez moscada y algunas galletas saladas. Puso la masa en una fuente y la horneó hasta que estuvo bien dorada, y al día siguiente una familia llamada March se lo comió.

T. Tupman

Señor Pickwick

Señor:

Me dirijo a usted en referencia a un pecado, el pecador es un hombre llamado Winkle que causa problemas en su club porque se burla y a veces no escribe los artículos en un papel adecuado bueno confío en que le perdonará sus maldades y le permitirá enviar una fábula francesa porque no es capaz de inventar nada ya que tiene que estudiar mucho y no dispone de suficiente inteligencia para ello pero en un futuro me encargaré de que coja el toro por los cuernos y envíe una contribución *comme il fo* que para quien no lo sepa significa «como es debido» en francés he de despedirme porque es casi la hora de ir al colegio.

Atentamente,

N. WINKLE

[Lo que precede es un valiente y hermoso reconocimiento de errores pasados. Pero sería de agradecer que nuestra joven amiga repasase las normas de puntuación.]

UN TRISTE ACCIDENTE

El viernes pasado, un estruendo seguido de gritos de angustia procedentes del sótano nos sorprendió a todos. Acudimos a la carrera y encontramos a nuestro querido presidente postrado en el suelo, tras haber resbalado y caído mientras recogía leña para la casa. La escena que presenciaron nuestros ojos era terrible, puesto que en su caída, el señor Pickwick había metido la cabeza y los hombros en una tina de agua, se había derramado un paquete de jabón por encima y tenía varios desgarrones en su indumentaria. Una vez rescatado de tan peligrosa situación, comprobamos que no había sufrido daños de importancia, aunque sí algunos rasguños, y nos alegramos de añadir que ahora se encuentra bien.

LA EDITORA

ANUNCIO DE DUELO

Es nuestro doloroso deber informar de la repentina y misteriosa desaparición de nuestra querida amiga la señorita *Snowball Pat Paw*. La adorable y amada gata contaba con un amplio y entregado círculo de amigos; su belleza atraía todas las miradas, sus gracias y virtudes cautivaban todos los corazones y el barrio entero lamenta profundamente su pérdida.

La última vez que la vieron estaba sentada junto a la verja, observando el carro del carnicero, y se teme que algún malvado, tentado por sus encantos, haya tenido la vileza de robarla. Han transcurrido varias semanas sin que tengamos noticias de ella, por lo que, perdida ya toda esperanza, hemos atado un lazo negro en su canasto, guardado su plato y llorado por ella como si nos hubiera dejado para siempre.

Un admirador ha enviado la siguiente joya:

EN MEMORIA
DE *S. B. PAT PAW*

Lloramos la desaparición de
nuestra gatita, a la que un
amargo destino impide volver a descansar ante la chimenea o jugar en el jardín,
junto a la vieja verja verde.

La pequeña tumba en la que
reposan sus crías se encuentra junto al castaño. Pero no
podemos llorar sobre su
tumba porque no sabemos
dónde puede estar.

Ya no verá nunca más su lecho,
ahora vacío, ni su pelota.
No oiremos más su amoroso ronroneo ni dará golpes
en la puerta del salón para
que la dejemos entrar.

Ahora, otra gata persigue al que
era su ratón. Una gata con la
cara sucia que ni caza con la
gracia con la que lo hacía
nuestra querida mascota ni
juega con la misma agilidad.

Sus sigilosas patas dejan marcado el suelo donde *Snowball*
acostumbraba a jugar y,
cuando ve un perro, le bufa
en lugar de retirarse con
elegancia como hacía nuestra mascota.

Es un gata útil y buena, que se
esfuerza por mejorar, pero
no podemos cederle el lugar
que la anterior ocupaba en
nuestros corazones ni adorarla como a aquella.

A. S.

ANUNCIOS

LA SEÑORITA ORANTHY BLUGGAGE, la inteligente y reconocida conferenciante, ofrecerá su célebre charla «LAS MUJERES Y SU POSICIÓN» en la sala Pickwick, el próximo sábado por la tarde, después de las representaciones habituales.

La cocina del palacio organiza unas sesiones semanales de cocina para muchachas. Dirige el curso Hannah Brown. Estáis todas invitadas.

La sociedad antisuciedad se reunirá el próximo miércoles y organizará un desfile en la planta alta de la sede del club. Los miembros deben acudir vestidos con el uniforme y con la escoba al hombro. La cita es a las nueve en punto.

La señora Beth Bouncer abrirá una nueva sombrerería para muñecas la semana que viene con lo último en moda parisina. Se aceptan encargos.

El teatro Barnville pondrá en escena, dentro de un par de semanas, una nueva obra que superará todo lo visto hasta ahora en los escenarios norteamericanos. El título de la emocionante obra es *El esclavo griego o Constantino el vengador.*

COMENTARIOS

Si S. P. no pasase tanto rato enjabonándose las manos, no llegaría siempre tarde al desayuno. Rogamos a A. S. que no silbe en la calle. T. T., por favor, no olvides la servilleta de Amy. N. W. no debería sentirse incómoda porque su vestido no lleve nueve pinzas.

INFORME SEMANAL

Meg: bien.
Jo: mal.
Beth: muy bien.
Amy: regular.

Al terminar la lectura (doy fe de que el ejemplar recogido en estas páginas es una copia fiel de uno que las muchachas escribieron en su momento), el presidente recibió una ovación, tras lo cual el señor Snodgrass se levantó para hacer una propuesta:

—Señor presidente, caballeros —comenzó adoptando el tono y la actitud de un parlamento ario—, deseo proponer la admisión de un nuevo miembro, alguien que merece tan alto honor, lo agradecería con toda el alma, aumentaría el interés de nuestro club, mejoraría la calidad literaria del periódico y aportaría alegría y buenos modales. Propongo que el señor Theodore Laurence sea miembro honorario del CP. Venga, ¡admitámosle!

El repentino cambio de tono de Jo hizo reír a las muchachas, pero todas se mostraron nerviosas y nadie se atrevió a comentar nada mientras Snodgrass volvía a tomar asiento.

—Lo someteremos a votación —anunció el presidente—. Quienes estén a favor que digan «sí».

Snodgrass pronunció un sonoro «sí», al que siguió, para sorpresa de todas, otro más tímido de Beth.

—Los que estén en contra que digan «no».

Meg y Amy estaban en contra, y el señor Winkle se levantó y dijo con suma elegancia:

—No queremos muchachos; solo saben burlarse y molestar. Este es un club de damas y queremos que siga siéndolo.

—Mucho me temo que se reiría de nuestro periódico y se burlaría de nosotras —apuntó Pickwick estirando el bucle que le caía sobre la frente como hacía siempre que se sentía indecisa.

Snodgrass se puso en pie y afirmó con vehemencia:

—Señor presidente, le doy mi palabra de honor de que Laurie no hará tal cosa. Le gusta escribir y mejorará la calidad de nuestra publicación, además de ayudarnos a no ser tan sentimentales. ¿No lo veis? Él hace tanto por nosotras, y nosotras, tan poco por él, que creo que al menos podemos ofrecerle un lugar en nuestro club y darle la bienvenida si acepta.

La mención a la ayuda recibida convenció a Tupman, que se levantó y dijo:

—Es verdad, se lo debemos, aunque nos asuste. Yo digo que Laurie puede venir y, si quiere, también su abuelo.

El repentino arranque de generosidad de Beth dejó a las demás boquiabiertas y Jo se levantó para aplaudir.

—Está bien, votemos de nuevo. Recordad que se trata de nuestro Laurie. Decid «sí» bien alto —invitó Snodgrass muy animado.

Sonaron tres síes al unísono.

—¡Estupendo! ¡Dios os bendiga! Ahora, sin más dilación o, como dice Winkle, «cogiendo el toro por los cuernos», dejad que os presente a nuestro nuevo miembro. —Y para asombro de los demás miembros del club, Jo abrió la puerta del armario, donde apareció Laurie, sentado sobre un saco de trapos, colorado y tratando de contener la risa.

—¡Tramposa! ¡Traidora! ¡Jo! ¿Cómo has podido? —gritaron las tres muchachas mientras Snodgrass conducía triunfalmente a su amigo hacia el centro de la estancia; acercó una silla y le dio un distintivo que le hacía miembro de pleno derecho.

—Vuestra osadía no tiene parangón, par de granujas —dijo el señor Pickwick, que intentaba adoptar una expresión ceñuda y solo consiguió esbozar una amigable sonrisa de reprobación.

El nuevo miembro, que supo estar a la altura de las circunstancias, se levantó, saludó graciosamente al presidente y dijo con su tono más encantador:

—Señor presidente, queridas damas, perdón, caballeros... Permítanme que me presente. Soy Sam Weller, su humilde servidor.

—¡Bien, bien! —exclamó Jo golpeando la mesa con el mango de un viejo calentador de camas en el que se apoyaba.

—Mi fiel amigo y noble patrocinador —prosiguió

Laurie tras hacer un gesto con la mano—, cuya presentación me halaga, no merece reprobación alguna por la estrategia utilizada esta noche. Yo la ideé y ella solo accedió después de mucho rogarle.

—Venga, no te eches toda la culpa ahora; sabes que fui yo quien propuso lo del armario —le interrumpió Snodgrass, que había disfrutado mucho con la broma.

—No le hagan caso, yo soy el impresentable, señor —dijo el nuevo miembro al tiempo que inclinaba la cabeza ante el presidente en un gesto acorde con su papel—. No obstante, juro por mi honor no volver a cometer una acción semejante y, a partir de ahora, prometo trabajar por el bien de este club inmortal.

—¡Eso! ¡Eso! —vitoreó Jo mientras hacía sonar la tapa del calentador como si fuera un platillo.

—Prosiga —pidieron Winkle y Tupman, y el presidente asintió con la cabeza.

—Solo quiero decir que, como muestra de mi gratitud por el honor concedido, y con vistas a mejorar las relaciones con las naciones vecinas, he instalado un buzón de correos en el extremo inferior del jardín. Se trata de un espacio amplio y agradable, con candados en las puertas, totalmente acondicionado para el particular. Se trata de una antigua pajarera. He abierto el techo para que quepan toda clase de objetos y nos permita ahorrar nuestro valioso tiempo. Se pueden dejar cartas, manuscritos, libros y paquetes y, puesto que cada nación tendrá una llave, creo que nos será muy útil, o eso espero. Esta es la llave del club. Ahora tomaré asiento, no sin antes agradecerles una vez más el honor que me conceden.

Se oyó un fuerte aplauso cuando el señor Weller dejó la llave sobre la mesa, el calentador sonó varias veces descontroladamente y hubo de pasar un buen rato hasta que al fin se restableció el orden. Siguió después una larga conversación en la que todos participaron con sumo interés. La reunión resultó más animada que de costumbre y terminó bastante tarde, tras tres fuertes vítores en honor del nuevo miembro.

Nadie se arrepintió de haber aceptado a Sam Weller, que resultó ser un miembro educado y jovial. Sin duda, su presencia animó las reuniones, y mejoró la calidad del periódico porque tenía el don de elaborar frases impactantes y redactar textos interesantes sobre temas patrióticos, clásicos, cómicos o dramáticos, pero nunca sentimentales. Jo lo consideraba una especie de Bacon, Milton o Shakespeare, y se sintió impulsada a mejorar sus propios escritos, con buenos resultados, o eso pensaba.

El buzón de correos se convirtió en una pequeña institución que funcionó a las mil maravillas, ya que recibía tantas cosas como una verdadera estafeta de correos. Tragedias y corbatas, poesías y fruta confitada, semillas para el jardín y largas cartas, música y pan de jengibre, gomas, invitaciones, reprimendas y cachorros. El viejo señor Laurence celebró la idea y se divertía enviando paquetes raros, mensajes misteriosos y telegramas graciosos. Y el jardinero, que estaba enamorado de Hannah, le mandó una auténtica carta de amor por mediación de Jo. ¡Cómo se rieron todas cuando se descubrió el secreto, sin sospechar las muchas cartas de amor que aquel buzón estaba destinado a recibir en años venideros!

11
El experimento

—¡Ya es 1 de junio! ¡Mañana los King se irán a la costa y quedaré libre! ¡Tres meses de vacaciones! ¡Cómo voy a disfrutarlas! —exclamó Meg, al volver a casa, un día de calor. Jo estaba tumbada en el sofá y parecía exhausta, algo poco habitual en ella, mientras Beth le quitaba las botas llenas de polvo y Amy preparaba limonada para todas.

—La tía March se ha ido hoy. ¡Alegraos por mí! —informó Jo—. Temía que me pidiera que la acompañara, porque, de haberlo hecho, me hubiese sentido obligada. Plumfield es tan divertido como un cementerio, así que prefiero ahorrarme la visita. No hemos parado ni un momento hasta que lo hemos tenido todo preparado, y a mí me daba un vuelco el corazón cada vez que me dirigía la palabra, porque en mi ansia por tenerlo todo listo lo antes posible me he mostrado tan dulce y encantadora que he llegado a pensar que no se vería con ánimos de separarse de mí. Estaba temblando hasta que la he visto subida al carruaje, y me ha dado un último susto de muerte cuando, ya en marcha, ha asomado la cabeza por la ventanilla y ha preguntado: «Josephine, ¿no podrías...?». No he oído el final de la frase porque he dado media vuelta y he puesto pies en polvorosa. He echado a correr y no he parado hasta que he doblado la esquina y me he sentido a salvo.

—¡Pobre Jo! Ha entrado en casa como alma que lleva el diablo —explicó Beth abrazando maternalmente los pies de su hermana.

—La tía March es una auténtico «zafiro», ¿verdad? —observó Amy tras probar la limonada con aire crítico.

—Supongo que quieres decir «vampiro», no que sea una joya. En todo caso, no importa, hace demasiado calor para discutir cuestiones lingüísticas —murmuró Jo.

—¿Qué vais a hacer durante las vacaciones? —preguntó Amy, cambiando de tema prudentemente.

—Yo me levantaré tarde y no haré nada —contestó Meg, sentada en la mecedora—. He estado madrugando todo el invierno y he dedicado mis días a trabajar para otros; ahora me apetece descansar y pasarlo en grande.

—¡Vaya! —dijo Jo—. Pues yo no pienso pasarme el día amodorrada. He conseguido una buena pila de libros y disfrutaré del sol leyéndolos encaramada en mi manzano preferido, cuando no esté con Laurie de j...

—Por Dios, no digas «juerga» —imploró Amy, para devolverle el desaire que le había hecho con la corrección de «zafiro».

—Bien, entonces diré «cultivándome»; de hecho, el término es muy adecuado porque Laurie es un caballero muy culto...

—Beth, ¿por qué no dejamos de estudiar un tiempo y nos dedicamos a jugar y descansar, como ellas? —propuso Amy.

—Si a mamá no le importa, yo no tengo inconveniente. Quiero aprender algunas canciones nuevas y arreglar a mis niñas para el verano; están en muy mal estado y necesitan ropa nueva.

—¿Nos das permiso, mamá? —preguntó Meg volviéndose hacia la señora March, que estaba cosiendo, sentada, en el que todas llamaban «el rincón de Marmee».

—Podéis probar durante una semana y ver qué pasa. Creo que el sábado por la noche habréis llegado a la conclusión de que solo jugar es tan malo como solo trabajar.

—¡Oh, no! Estoy segura de que a mí me parecerá una delicia —dijo Meg, encantada.

—Bien, propongo un brindis. Como dice la buena de Sairy Gamp, «¡Más alegría y menos tonterías!» —exclamó Jo, que se puso en pie y alzó el vaso mientras servían otra ronda de limonada.

Todas bebieron satisfechas y, para comenzar el experimento, pasaron el resto del día descansando. A la mañana siguiente, Meg no se despertó hasta las diez; desayunar sola no fue de su agrado y el comedor, además de estar vacío, tenía un aspecto descuidado, porque Jo no había llenado los floreros, Beth no había limpiado el polvo y Amy había dejado sus libros esparcidos por doquier. Lo único que seguía pulcro y agradable era el «rincón de Marmee», que conservaba el aspecto de siempre. Meg se sentó allí para leer y descansar aunque, en realidad, se dedicó a bostezar y pensar en los bonitos vestidos que compraría con su sueldo. Jo pasó la mañana con Laurie, en el río, y por la tarde leyó con lágrimas en los ojos *Un ancho, ancho mundo*, encaramada en el manzano. Beth empezó a ordenar el contenido del armario grande, donde vivía la familia de muñecas, pero pronto se cansó y lo dejó todo manga por hombro para irse a tocar el piano, feliz de no tener que lavar ningún plato. Amy arregló su emparrado, se vistió con su mejor traje blanco y se sentó bajo la madreselva a dibujar, con la esperanza de que alguien la viese y se preguntase quién era aquella joven artista. Como no se acercó nadie, salvo una araña curiosa que examinó con interés su obra, se fue a dar un paseo, le sorprendió un chaparrón y volvió a casa calada hasta los huesos.

A la hora del té, intercambiaron impresiones y todas estuvieron de acuerdo en que había sido un día delicioso, aunque se les había hecho más largo de lo habitual. Meg, que había salido de compras por la tarde y regresado con una muselina azul fantástica, descubrió, tras cortar la tela, que no se podía lavar, lo que la contrarió bastante. Jo se había quemado la piel de la nariz mientras remaba en el río y, de tanto leer, ahora le dolía la cabeza. Beth estaba preocupada por el desorden del armario y por lo mucho que le estaba costando aprender tres o cuatro canciones a la vez. Amy, por su parte, lamentaba que el chaparrón le hubiese estropeado el vestido, porque la habían invitado a una fiesta en casa de Katy Brown al día siguiente y ahora, al igual que Flora McFlimsy, no tenía nada que ponerse. Pero todo eso no eran más que nimiedades y las muchachas aseguraron a su madre que el experimento iba estupendamente. Ella sonreía, no decía nada y, con la ayuda de Hannah, hacía el trabajo que ellas habían desatendido para que fuese un lugar acogedor y todo funcionase como era debido. Resultaba desconcertante la situación, incómoda y peculiar, a que estaba dando lugar su voluntad de «descansar y disfrutar». Cada día parecía más largo que el anterior y el tiempo era más inestable que de costumbre, al igual que el carácter de las muchachas, que se sentían inquietas. Satán encontró un terreno abonado para sembrar malentendidos. Meg dejó de coser y, al sobrarle tiempo, se aburrió tanto que empezó a estropear sus vestidos en su afán de renovarlos al estilo Moffat. Jo leía hasta que se le cansaba la vista y empezaba a estar harta de libros; eso le agrió tanto el carácter que ni siquiera el bueno de Laurie pudo evitar discutir con ella, lo que sumió a la joven en un estado de desánimo tan grande que llegó a arrepentirse de no haberse ido con la tía March. Beth lo llevaba mejor porque, de vez en cuando, olvidaba la consigna de «todo juego y nada de trabajo» y retomaba alguna de sus tareas habituales. Sin embargo, el ambiente que se respiraba en la casa acabó por afectarle, su calma se vio perturbada en más de una ocasión, hasta el punto de que un día llegó a zarandear a su querida muñeca Joanna y llamarla «espantajo». Amy lo pasaba peor que ninguna porque contaba con menos recursos propios. Cuando sus hermanas la dejaron a sus anchas y hubo de jugar sola y cuidar de sí misma, descubrió que su propia afectación era una pesada carga. No le gustaban las muñecas, los cuentos de hadas le parecían demasiado infantiles y no podía pasarse el día dibujando, por mucho que le gustara. Las fiestas y los pícnics ya no despertaban su interés, a menos que estuvieran muy bien organizados.

—Si viviese en una casa llena de compañeras estupendas o pudiese viajar, el verano sería fantástico; pero quedarme en casa con tres hermanas egoístas es muy duro y pone a prueba mi paciencia —se quejó la señorita Malaprop tras varios días consagrados al ocio, la despreocupación y el *ennui*.

Ninguna quería reconocer que estaba cansada del experimento pero, el viernes por la noche, todas suspiraron aliviadas en secreto, pensando que la semana estaba a punto de terminar. La señora March, que estaba de muy buen humor, decidió llevar la lección al extremo y rematar el experimento con un final adecuado. Así pues, concedió el día libre a Hannah para que las chicas conocieran el resultado de un sistema de vida basado en el entretenimiento.

Cuando las muchachas se levantaron el sábado por la mañana, no había fuego encendido en la cocina, ni desayuno sobre la mesa del comedor, ni rastro de su madre.

—¡Válgame el cielo! ¿Qué habrá ocurrido? —exclamó Jo mirando alrededor con espanto.

Meg corrió escaleras arriba y bajó de nuevo enseguida, más tranquila pero también perpleja e incluso algo avergonzada.

—Mamá no está enferma, sino muy cansada. Dice que se va a quedar todo el día en su habitación, reposando y que hagamos lo que podamos. Todo esto es muy raro, esta actitud no es propia de mamá. Dice que ha tenido una semana muy difícil y me ha pedido que nos ocupemos de nosotras en lugar de quejamos.

—Es fácil y me gusta la idea. Me muero de ganas de hacer algo..., quiero decir, de buscar un nuevo entretenimiento... Ya me entendéis —se apresuró a añadir Jo.

De hecho, todas se sintieron muy aliviadas ante la perspectiva de poder ocuparse en algo útil y se pusieron manos a la obra llenas de buena voluntad. Sin embargo, no tardaron en comprobar que Hannah tenía razón cuando afirmaba que «las labores del hogar no son ninguna broma». La despensa estaba llena de comida y, mientras Beth y Amy ponían la mesa, Meg y Jo prepararon el desayuno, maravilladas de que las sirvientas considerasen duro el trabajo.

—Aunque mamá me ha dicho que no nos preocupemos por ella, le subiré algo de desayuno —dijo Meg, que se sentó presidiendo la mesa y se sentía muy maternal detrás de la tetera.

Prepararon una bandeja y se la subieron a su madre antes de empezar a desayunar, con los mejores deseos de la cocinera. El té estaba amargo, la tortilla francesa, quemada, y las galletas tenían grumos de bicarbonato, pero la señora March agradeció la comida y no rio con ganas hasta que Jo se hubo retirado.

¡Pobrecillas, mucho me temo que van a pasar un mal día! Pero no les hará ningún daño y les vendrá bien, se dijo, y se dispuso a comer unos manjares más apropiados que había preparado ella misma con antelación, después de vaciar los platos del horrendo desayuno. No quería herir los sentimientos de sus hijas mostrando su desaprobación.

En la planta de abajo se oyeron muchas quejas y se criticó con dureza a la cocinera.

—No importa, yo prepararé la comida y haré de criada. Tú puedes ser la señora de la casa, mantendrás tus manos cuidadas, vigilarás a los demás y darás instrucciones —dijo Jo, que sabía todavía menos que Meg de asuntos culinarios.

Meg aceptó agradecida la amable oferta y se retiró a la sala, que medio adecentó escondiendo los papeles bajo el sofá y cerrando las persianas para que no se viese el polvo. Jo, con una gran fe en sus capacidades, y deseosa de borrar los efectos de su discusión, dejó una nota en el buzón para invitar a Laurie a comer.

—Sería conveniente que miraras qué puedes preparar para comer antes de invitar a nadie —advirtió Meg al enterarse del amable pero impulsivo gesto de Jo.

—Oh, tenemos carne en conserva y patatas de sobra; iré a comprar espárragos y una langosta para darnos un «capricho», como dice Hannah. También hay lechuga, de modo que prepararé una ensalada. No tengo idea de cómo hacerla, pero seguiré la receta. De postre comeremos pudin blanco con fresas. Y, por último, café. Creo que eso quedará muy elegante.

—Jo, no te compliques demasiado porque, que yo sepa, aparte del pan de jengibre y el almíbar, nunca has hecho nada que se pueda comer. Yo me lavo las manos con respecto a la comida y, puesto que has decidido invitar a Laurie sin consultar con nadie, creo que es justo que tú te encargues de atenderle.

—Solo te pido que seas amable con él y me eches una mano con el pudin blanco. Si no sé hacer algo me ayudarás, ¿verdad? —preguntó Jo bastante dolida.

—Sí, claro, pero yo tampoco sé demasiado. Solo sé hacer pan y alguna tontería más. Y más vale que le pidas permiso a mamá antes de comprar nada —dijo Meg, prudente.

—Por supuesto. ¡Ya pensaba hacerlo, no soy tonta! —Y Jo se marchó, molesta por las dudas que su hermana albergaba con respecto a su capacidad.

—Compra lo que necesites y no me molestes; voy a comer fuera y no me puedo encargar de nada de la casa —explicó la señora March cuando Jo fue a hablar con ella—. Las tareas domésticas no son de mi agrado y he decidido tomarme el día libre para leer, escribir, visitar a amigos y distraerme un poco.

La inusitada visión de su activa madre cómodamente sentada en la mecedora hizo que Jo se sintiera como si se hubiera producido un fenómeno de la naturaleza; de haber habido un eclipse, un terremoto o una erupción volcánica no se habría sentido tan extrañada.

Todo esto es muy raro, se dijo mientras bajaba por las escaleras. Oigo a Beth llorar; eso es señal inequívoca de que algo anda mal en la familia. Si Amy la está molestando, la voy a sacudir.

Malhumorada, echó a correr hacia la sala, donde encontró a Beth llorando por su canario *Pip*, que yacía muerto en la jaula, con las patas lastimosamente extendidas como si implorase la comida cuya falta le había provocado la muerte.

—Es culpa mía... Me olvidé de él... No tenía ni agua ni comida... ¡Oh, *Pip*! ¡*Pip*! ¿Cómo he podido ser tan cruel contigo? —se lamentó Beth, que colocó al pobre animal sobre la palma de su mano como si esperase que reviviese.

Jo examinó sus ojos entrecerrados, puso un dedo sobre su corazón y, viendo que estaba frío y tieso, meneó la cabeza y ofreció su caja de dominó como ataúd.

—Ponlo en el horno; tal vez con el calor reviva —apuntó Amy, esperanzada.

—Lo he matado de hambre y ahora no pienso cocerlo. Le haré una mortaja y lo enterraré. Jamás volveré a tener pájaros. ¡Oh, mi *Pip*! No merezco su compañía, soy demasiado mala —murmuró Beth, sentada en el suelo, con el pajarito entre las manos.

—Oficiaremos el funeral esta tarde y asistiremos todas. Vamos, Betty, no llores más. Es una pena, pero esta semana todo ha salido del revés. *Pip* se ha llevado la peor parte del experimento. Prepara la mortaja y ponlo en mi caja; después de comer le organizaremos un bonito entierro —propuso Jo, sintiéndose como un empleado de pompas fúnebres.

Mientras sus hermanas consolaban a Beth, Jo se dirigió a la cocina, confusa y descorazonada. Se puso un gran delantal y se dispuso a trabajar. Cuando había apilado los platos para lavarlos, recordó que el fuego estaba apagado.

—¡Menudo panorama! —musitó mientras abría la puerta del fogón para remover las cenizas.

Una vez encendido el fuego, puso agua a hervir y decidió ir al mercado. El paseo le devolvió el buen humor; regresó a casa satisfecha por haber obtenido buenos precios, después de comprar una langosta pequeña, unos espárragos viejos y dos cajas de fresas verdes. Cuando llegó, el fogón estaba al rojo vivo. Hannah había dejado masa de pan reposando, Meg la había puesto a fermentar y se había olvidado de vigilarla. Meg estaba en la sala, charlando con Sallie Gardiner, cuando la puerta se abrió y apareció una figura manchada de harina, con el rostro encendido y el cabello alborotado, que preguntó con tono áspero:

—Dime, ¿cuando el pan se sale del recipiente quiere decir que ya ha fermentado lo suficiente?

Sallie se echó a reír; Meg asintió con la cabeza y arqueó las cejas cuanto pudo, lo que hizo que aquella aparición se desvaneciese y se fuera a poner la masa a hornear sin más dilación. La señora March echó un vistazo aquí y allá y se fue a la calle, no sin antes consolar a Beth, quien cosía la mortaja para su canario, que reposaba en el interior de la caja de dominó. Al ver cómo el gorro gris de su madre desaparecía tras la esquina, a las muchachas les invadió una extraña sensación de desamparo, que se convirtió en desesperación cuando, minutos después, la señorita Crocker se invitó espontáneamente a comer. Era una dama solterona, delgada, de tez amarillenta, nariz aguileña y mirada inquisitiva, que se fijaba en todo y cotilleaba sobre todo cuanto veía. A las muchachas no les caía bien, pero les habían enseñado a ser amables con ella porque era pobre y vieja y tenía pocos amigos. Así pues, Meg le cedió la butaca e hizo lo que pudo por distraerla, mientras la anciana se dedicaba a hacer preguntas, lo criticaba todo y contaba chismes sobre sus conocidos.

No encuentro palabras para describir la angustia, las peripecias y los esfuerzos de Jo aquella mañana y, aun así, la comida quedó fatal. No atreviéndose a pedir consejos, hizo cuanto pudo por sí misma y descubrió que para cocinar hace falta algo más que energía y buena voluntad. Coció los espárragos durante una hora larga y observó contrariada que las puntas habían quedado demasiado blandas y los troncos, duros. El pan se quemó porque preparar el aliño de la ensalada la puso tan nerviosa que desatendió todo lo demás, y al final no logró que quedara bien. La langosta era un misterio escarlata para ella, pero la golpeó hasta que pudo quitarle la cáscara y, tras extraer la poca carne que tenía, la sirvió mezclada con una cantidad desproporcionada de lechuga entre la que pasaba inadvertida. Tuvo que darse prisa con las patatas para poder preparar los espárragos y, al final, no quedaron bien hechas. El pudin blanco estaba lleno de grumos, y las fresas, bastante menos maduras de lo que aparentaban, porque el frutero había colocado las que tenían buen aspecto encima y rellenado el resto con fresas verdes.

Bueno, si tienen hambre, que coman carne en conserva y pan con mantequilla. Lo que lamento es haber desperdiciado la mañana para nada, pensó Jo mientras hacía sonar la campanilla de la comida un cuarto de hora más tarde de lo habitual, acalorada, cansada y desanimada ante la visión del banquete que iba a servir a Laurie, acostumbrado a comidas elegantes, y a la señorita Crocker, que no se perdería detalle del fracaso y se lo contaría a todo el mundo.

A la pobre Jo le hubiese encantado esconderse bajo la mesa cada vez que los comensales probaban un plato y lo desechaban. Amy soltaba risitas tontas, Meg parecía contrariada, la señorita Crocker apretaba los labios y Laurie hablaba y reía con ganas para dar un tono más festivo a la escena. Jo había depositado sus esperanzas en el postre, porque había endulzado la fruta y tenía un gran bote de nata para acompañarla. Así pues, cuando hubo servido a cada uno un plato de cristal y los comensales miraron con expresión benevolente los islotes rosados que flotaban en un mar de nata, respiró hondo y sus mejillas recuperaron el color. La primera en probarlo fue la señorita Crocker, que hizo una mueca de disgusto y se apresuró a beber un trago de agua. Jo, que no se había servido temiendo que no hubiera suficiente para todos, pues había desechado muchas fresas en mal estado, miró a Laurie, que comía sin poder disimular su desagrado ni levantar la vista del plato. Amy, que se enorgullecía de sus buenas maneras, tomó una cucharada, se atragantó, escondió la cara en la servilleta y se levantó precipitadamente de la mesa.

—¿Qué ocurre? —preguntó Jo temblando.

—Le has puesto sal en lugar de azúcar y la nata está agria —contestó Meg con un gesto trágico.

Jo lanzó un gemido y se derrumbó sobre su silla. Recordaba haber espolvoreado las fresas con el contenido de una de las dos cajas que encontró sobre la mesa de la cocina y había olvidado meter la nata en la nevera. Se puso roja como un tomate y estaba a punto de echarse a llorar cuando su mirada se cruzó con la de Laurie, que no podía contener la risa a pesar de sus esfuerzos.

De pronto Jo vio el lado cómico de la situación y rio hasta que las lágrimas le corrieron por las mejillas. Todos se unieron a ella, hasta la señorita «Croacker», como la llamaban las muchachas, y el desgraciado banquete acabó alegremente, con pan y mantequilla, aceitunas y bromas.

—No tengo fuerzas para recoger todo esto ahora. Hagamos primero el funeral —propuso Jo cuando se levantaron de la mesa y la señorita Crocker se disponía a marcharse, ansiosa por ir con el chisme a la mesa de otra amiga.

Por respeto a Beth, se pusieron todos serios. Laurie cavó una tumba en el jardín, bajo los helechos, colocaron al pequeño *Pip* en su interior, acompañado por las lágrimas de su enternecida dueña, lo cubrieron con musgo y pusieron una guirnalda de violetas y pamplina sobre la lápida de piedra en la que habían escrito un epitafio, que Jo había compuesto mientras se peleaba con la comida:

> *Aquí yace* Pip March*,*
> *muerto el 7 de junio.*
> *Le queríamos y lamentamos su pérdida,*
> *y nunca le olvidaremos.*

Al terminar la ceremonia, Beth se retiró a su habitación porque se sentía mal, en parte por la emoción, y en parte por la langosta. Sin embargo, no pudo descansar porque las camas no estaban hechas, así que tuvo que calmar su dolor sacudiendo almohadas y ordenándolo todo. Meg ayudó a Jo a quitar la mesa y a fregar los platos; acabaron a media tarde, y tan exhaustas que convinieron en cenar simplemente té y tostadas. Laurie se llevó a Amy a dar un paseo en carruaje para que se le pasara el mal humor que le había producido la nata agria. La señora March volvió a casa bien avanzada la tarde. Encontró a las tres hermanas mayores trabajando y le bastó echar una ojeada para comprender que el experimento había funcionado, por lo menos en parte.

Antes de que las amas de casa pudieran descansar, se presentaron varias visitas, y hubieron de arreglarse para recibirlas, con el consiguiente lío. Después llegó la hora del té y de hacer recados, y hubo que coser un par de cosas que no podían esperar más. Al caer la noche, con la humedad del rocío y la calma, las jóvenes se reunieron en el porche, junto a las rosas de junio, que estaban en flor, y se sentaron entre lamentos y suspiros, como si estuvieran agotadas o enfadadas.

—¡Qué día más terrible! —comentó Jo, que solía ser la primera en hablar.

—Se me ha hecho más corto que de costumbre, pero ha sido muy desagradable —dijo Meg.

—No parecía nuestra casa —añadió Amy.

—Sin mamá y sin *Pip*, no puede ser lo mismo —suspiró Beth mientras miraba con tristeza la jaula vacía.

—Bueno, mamá ya está aquí y, si quieres, mañana tendrás otro pajarillo —dijo la señora March, que se había acercado mientras hablaban y se sentó entre ellas. No parecía que sus vacaciones hubieran ido mucho mejor que las de sus hijas—. Niñas, ¿estáis satisfechas con el experimento? ¿Queréis seguir una semana más? —preguntó mientras Beth se acurrucaba en su regazo y las demás volvían la cabeza hacia ella, con el rostro resplandeciente, como flores que se giran hacia el sol.

—¡Yo no! —exclamó Jo con rotundidad.

—¡Yo tampoco! —dijeron las demás al unísono.

—Entonces, ¿creéis que es mejor tener alguna obligación y hacer algo pensando en los demás?

—Holgazanear no compensa —observó Jo meneando la cabeza—. Yo estoy cansada de perder el tiempo y pienso hacer algo útil de inmediato.

—¿Qué te parece aprender a guisar platos sencillos? Es algo útil que toda mujer debe conocer —comentó la señora March, que rio con ganas al recordar los detalles del banquete de Jo, que conocía gracias a que se había encontrado a la señorita Crocker antes de volver a casa.

—Mamá, ¿nos has dejado solas para ver cómo nos las arreglábamos? —exclamó Meg, que llevaba todo el día sopesando la idea.

—Sí, querida. Quería que comprendieseis hasta qué punto la comodidad de todas depende de que cada una haga su parte como Dios manda. Mientras Hannah y yo hacíamos vuestro trabajo, todo iba bastante bien, aunque no parecíais muy felices ni estabais demasiado amables. Así pues, pensé que necesitabais recibir una pequeña lección: ver qué ocurre cuando todo el mundo piensa solo en sí mismo. ¿No creéis que es más agradable ayudar a los demás, tener obligaciones diarias que os permitan disfrutar más del tiempo de ocio cuando este llega y hacer lo necesario para que la casa resulte acogedora y bonita?

—¡Sí, mamá, sí! —exclamaron todas.

—Entonces, os aconsejo que retoméis vuestras pequeñas cargas, puesto que, aunque a ratos parezcan muy pesadas, os benefician y, además, se tornarán más livianas en la medida en que aprendáis a llevarlas. El trabajo es muy sano, y hay para todas. Nos mantiene a salvo del *ennui* y de las travesuras; es bueno para la salud y para el alma, y otorga una sensación de poder e independencia que ni el dinero ni la moda pueden dar.

—Trabajaremos como abejas, mamá, y lo haremos de buen grado. ¡Ya lo verás! —dijo Jo—. Yo aprenderé a cocinar durante las vacaciones y la próxima comida que organice será un éxito.

—Yo coseré camisas para papá en lugar de esperar a que tú lo hagas, Marmee. Puedo y quiero hacerlo, aunque no me gusta demasiado la costura. Será mejor que andar retocando y estropeando mis vestidos, que están bien como están —apuntó Meg.

—Yo estudiaré un poco cada día y dedicaré menos tiempo a la música y las muñecas. Soy tonta y debería estudiar más y jugar menos —dijo Beth con resolución.

Amy siguió su ejemplo y, como si lo que se proponía fuese una heroicidad, anunció:

—Yo aprenderé a hacer ojales y prestaré más atención a la gramática.

—¡Muy bien! Entonces, estoy contenta con el experimento y supongo que no será preciso repetirlo; pero tampoco caigáis en el extremo contrario y trabajéis como esclavas. Dedicad unas horas al trabajo, y otras al descanso y la diversión. Demostrad que conocéis el valor del tiempo y sabéis emplearlo adecuadamente. Así, disfrutaréis de la juventud, no tendréis nada de que arrepentiros en la vejez y comprenderéis que la vida puede ser un verdadero éxito aun siendo pobres.

—Lo tendremos presente, mamá. —Y así fue.

12
El campamento Laurence

Como era la que más tiempo pasaba en casa, nombraron a Beth encargada del correo. La joven disfrutaba yendo cada día al buzón, abriendo el candado que cerraba la portezuela y repartiendo la correspondencia. Un día de julio, volvió a casa con las manos llenas y entregó tantas cartas y paquetes que parecía una auténtica cartera.

—Mamá, ¡aquí tienes tus flores! Laurie no se olvida nunca —comentó al tiempo que las colocaba en un jarrón que había en el «rincón de Marmee», cuyo contenido el afectuoso joven renovaba a diario—. Señorita Meg March, tengo una carta y un guante para usted —prosiguió Beth. Entregó ambos artículos a su hermana, que estaba sentada detrás de su madre, dando unas puntadas a unos puños.

—No entiendo. ¿Me dejé un par y solo vuelve uno? —inquirió Meg observando su guante gris de algodón—. ¿No se te habrá caído el otro en el jardín?

—No. En el buzón no había más que uno. Estoy segura.

—No soporto tener guantes desparejados. En fin, espero que el otro aparezca. La carta no es más que la traducción de una canción alemana que quería. Supongo que la habrá hecho el señor Brooke, porque esta no es la letra de Laurie.

La señora March miró a Meg, que estaba muy guapa con un sencillo vestido de guinga. Los rizos le caían sobre la frente y, sentada junto a un costurero lleno de ordenados rollos blancos, tenía un aspecto muy femenino. Ajena a los pensamientos de su madre, la joven cosía y cantaba; sus dedos se movían con destreza y en su mente bullían ilusiones juveniles, tan frescas e inocentes como las flores que decoraban su cinturón. La señora March sonrió de satisfacción.

—La doctora Jo tiene dos cartas, un libro y un sombrero viejo muy curioso que llenaba todo el buzón y hasta sobresalía un poco —explicó Beth entre risas antes de dirigirse hacia el estudio, donde Jo estaba escribiendo.

—¡Qué bromista es Laurie! Le comenté que me encantaría que se pusieran de moda los sombreros de ala ancha porque, en los días de mucho sol, se me quema la cara. Y él dijo: «¿Qué importa la moda? Si has de sentirte más cómoda, ponte un sombrero grande». Le dije que lo haría si lo tuviese y, ahora, me manda este para burlarse de mí. Pues me lo pondré para divertirme y le demostraré que, en efecto, no me preocupa ir a la moda. —Jo dejó el sombrero sobre un busto de Platón y leyó las cartas.

Una de ellas era de su madre y, al leerla, se le encendieron las mejillas y los ojos se le inundaron de lágrimas. La carta decía lo siguiente:

> Querida:
>
> Te escribo estas pocas líneas para decirte lo mucho que me satisfacen tus esfuerzos por controlar tu mal genio. Nunca dices nada de tu lucha, tus éxitos y tus fracasos, y puede que creas que nadie los ve, excepción hecha del Amigo, al que supongo pides ayuda cada día, a juzgar por

lo gastadas que están las tapas de tu libro de oraciones. Quiero que sepas que yo también los veo y aprecio mucho tu sincero deseo de mejorar, que comienza a dar frutos. Sigue adelante, querida, con paciencia y con coraje, y recuerda que nadie te quiere tan tiernamente ni te comprende mejor que yo.

MAMÁ

¡Cómo me anima esto, mamá!, se dijo Jo. Tus palabras son más valiosas que una montaña de dinero o de alabanzas. ¡Oh, mamá, no sabes cómo me esfuerzo! Seguiré esforzándome sin desfallecer gracias a tu apoyo.

Recostó la cabeza sobre los brazos y derramó unas lágrimas de felicidad que cayeron sobre el cuento que estaba escribiendo. Había pensado que, en efecto, nadie reparaba en sus esfuerzos por mejorar y por eso el mensaje de su madre era doblemente valioso y motivador, porque era inesperado y provenía de la persona que más respeto le inspiraba. Sintiéndose más fuerte que nunca para vencer a su Apolión particular, prendió la nota en el forro de su vestido, a modo de escudo protector y recordatorio de que no debía bajar la guardia. Luego procedió a abrir la segunda carta, preparada para encajar tanto buenas como malas noticias. Era de Laurie y, en letra elegante, se leía:

Querida Jo:

Mañana vendrá a casa un grupo de amigos y amigas ingleses con los que espero pasar un buen rato. Si hace buen tiempo, montaré una tienda de campaña en Longmeadow, remaremos en el río, comeremos y jugaremos al cróquet. Encenderemos una hoguera para preparar la comida, como si estuviésemos en un campamento gitano, y estaremos de jarana. Son gente estupenda y les encanta esta clase de fiestas. Brooke también vendrá, para vigilar que nos portamos bien, y Kate Vaughn hará lo propio con las chicas. Quiero que vengáis todas, y eso incluye a Beth, no quiero excusas de ningún tipo, nadie la molestará. No os preocupéis por la comida, yo me encargo de eso y de todo lo demás. Solo venid, estaremos entre amigos.

Ahora te dejo, pues tengo que darme prisa con los preparativos. Con cariño,

LAURIE

—¡Qué maravilla! —exclamó Jo, que corrió a comunicar a Meg la buena noticia—. Mamá, nos dejas ir, ¿verdad? A Laurie le seríamos de mucha ayuda, porque yo sé remar, Meg puede ocuparse de la comida y seguro que las niñas también pueden colaborar de alguna forma.

—Espero que los Vaughn no sean demasiado mayores y refinados. ¿Qué sabes de ellos? —preguntó Meg.

—Solo que son cuatro hermanos. Kate es mayor que tú, Fred y Frank, que son gemelos, tienen mi edad y Grace, la pequeña, tiene nueve o diez años. Laurie los conoció en el extranjero y trabó amistad con los chicos pero, por la mueca que hace cuando habla de Kate, sospecho que no le cae demasiado bien.

—Menos mal que mi vestido estampado de estilo francés está limpio. Es de lo más adecuado y, además, me favorece mucho —apuntó Meg, complacida—. Y tú, Jo, ¿tienes algo decente que ponerte?

—El traje marinero escarlata y gris me basta y me sobra. Pienso remar y correr, y no quiero que ninguna prenda almidonada me frene. Betty, ¿vendrás?

—Si me aseguráis que ningún chico me dirigirá la palabra.

—¡Ni uno solo!

—Me gusta complacer a Laurie y el señor Brooke no me da miedo, lo encuentro muy amable; pero no quiero cantar, tocar ni tener que decir nada. Me portaré bien y no molestaré a nadie. Jo, si puedo contar con tu protección, iré.

—¡Esta es mi chica! Me encanta ver que intentas superar tu timidez. Luchar contra nuestros defectos es difícil, lo sé muy bien, pero una palabra de aliento siempre ayuda. Mamá, gracias por todo —dijo Jo, y le dio un beso en la mejilla, que la señora March apreció mucho más que si le hubieran devuelto la rosada tersura de su juventud.

—Yo he recibido una caja de chocolatinas y un dibujo que quería copiar —explicó Amy mostrando su correo.

—A mí el señor Laurence me ha enviado una nota para pedirme que toque para él esta noche, antes de que enciendan las lámparas, y por supuesto pienso ir —dijo Beth, cuya amistad con el anciano señor seguía creciendo.

—Bueno, démonos prisa y adelantemos trabajo para que mañana podamos divertirnos sin remordimientos —dijo Jo, preparada para cambiar la pluma por la escoba.

A la mañana siguiente, cuando el sol entró en el dormitorio de las jóvenes para anunciarles un buen día, vio una escena muy cómica. Todas se ocupaban de los preparativos que consideraban necesarios para la *fête*. Una hilera de papeles para rizar el flequillo cruzaba la frente de Meg, Jo se había aplicado una gruesa capa de crema en la cara para aliviar el malestar de las quemaduras solares, Beth se había llevado a la cama a Joanna para que la inminente separación no fuese tan dura, y Amy, superando en espectacularidad al resto, se había puesto una pinza en la nariz para levantar su humillante apéndice. Era la clase de pinza que los artistas usan para sujetar el papel al tablón de dibujo y, por ello, le parecía de lo más adecuada y eficaz para este nuevo propósito. Al sol debió de hacerle mucha gracia la escena porque se adentró en el dormitorio con una fuerza tal que despertó a Jo, quien a su vez despertó al resto con las carcajadas que le provocó ver el adorno de Amy.

El sol y las risas auguran un buen día de fiesta, y en ambas casas se inició enseguida una animada actividad. Beth, que fue la primera en estar lista, informaba de lo que ocurría en la casa vecina y entretenía a sus hermanas mientras se arreglaban con sus frecuentes telegramas desde la ventana.

—¡Allí va un hombre con la tienda! La señora Barker está guardando la comida en una cesta grande y otra pequeña. El señor Laurence acaba de echar un vistazo al cielo y a la veleta. ¡Me encantaría que nos acompañase! Ahí está Laurie, parece un marinero, ¡qué guapo está! ¡Oh, no! Está llegando un carruaje lleno de gente..., una joven alta, una niña y dos niños ¡horribles! Uno de ellos está cojo, ¡pobrecito! ¡Lleva una muleta! Laurie no nos lo dijo. Daos prisa, chicas, que se está haciendo tarde. Vaya, ahí está Ned Moffat. Mira, Meg. ¿No es el muchacho que te saludó el otro día, cuando estábamos comprando?

—Así es. ¡Qué raro que venga! Pensé que estaba en casa de los Mountain. Y ahí viene Sallie; me alegra que haya vuelto a tiempo. Jo, dime, ¿estoy bien? —preguntó Meg, muy nerviosa.

—Pareces una flor. Ponte bien el vestido y endereza tu sombrero; inclinado queda algo cursi y, además, saldrá volando como sople un poco de aire. Ahora sí. ¡Vamos!

—Eh, Jo, no pensarás llevar ese sombrero, ¿verdad? ¡Es horrible y queda demasiado ridículo! No trates de parecer un chico, querida —la reprendió Meg mientras Jo se sujetaba con un lazo rojo el sombrero de paja y ala ancha, pasado de moda, que Laurie le había enviado a modo de broma.

—Claro que pienso llevarlo. ¡Es estupendo! Protege del sol, es ligero y grande. Será divertido. Además, si me siento cómoda, me da igual parecer un chico —afirmó Jo, que emprendió la marcha muy decidida, seguida por las demás. Formaban un grupo resplandeciente, todas tan bien arregladas, con trajes estivales y el rostro alegre bajo los desenfadados sombreros.

Laurie corrió a darles la bienvenida y les presentó a sus amigos con gran cordialidad. El jardín se convirtió en un improvisado recibidor en el que permanecieron durante varios minutos. Meg agradeció que la señorita Kate, a pesar de tener veinte años, vistiese con una sencillez que las jóvenes norteamericanas harían bien en imitar, y se sintió especialmente halagada cuando Ned, todo un caballero, aseguró que había aceptado la invitación para verla de nuevo. Jo comprendió enseguida por qué Laurie fruncía la boca al hablar de Kate; la joven tenía un aire distante y envarado que contrastaba con la actitud desenfadada y natural del resto de las muchachas. Beth observó a los niños y concluyó que el cojo, lejos de ser «horrible» como había pensado, era educado y débil, y decidió mostrarse más atenta con él precisamente por eso. Grace le pareció a Amy una personita alegre y bien educada; después de mirarse fijamente en silencio durante varios minutos, se hicieron grandes amigas.

La tienda, la comida y los útiles aguardaban en el lugar de la fiesta, por lo que el grupo subió a dos barcas que partieron a la vez, mientras el señor Laurence los despedía agitando el sombrero desde la orilla. Laurie y Jo remaban en una barca, y el señor Brooke y Ned en la otra, mientras Fred Vaughn, el gemelo travieso, entorpecía el avance de ambas moviendo el remo sin ton ni son desde una chalana. El divertido sombrero de Jo resultó de lo más útil. Al principio, les permitió romper el hielo, puesto que provocó más de una carcajada; después, levantó una suave y agradable brisa al aletear con los movimientos que hacía Jo al remar y, como ella mismo hizo notar, si les sorprendía un chaparrón todos podrían guarecerse en él como si fuera un paraguas. Los modales de Jo tenían a Kate perpleja. Le sorprendió oírla exclamar «¡Por Cristóbal Colón!» cuando le resbaló el remo de las manos, y observar que Laurie, que le puso el pie al acomodarse en la barca, le decía: «Querida amiga, ¿te he hecho daño?». Sin embargo, después de examinar con su anteojo a la peculiar joven, la señorita Kate decidió que era «rara, pero lista» y le sonrió desde lejos.

En el otro bote, Meg gozaba de una excelente posición, frente a los dos remeros, que admiraban la vista y manejaban las palas con una destreza y un empeño nada habituales. El señor Brooke era un joven serio y discreto, con unos hermosos ojos marrones y una voz muy agradable. A Meg le gustaba su carácter tranquilo y le consideraba una enciclopedia ambulante, una fuente de saber. No solía hablar mucho con ella, pero sí la miraba con frecuencia y ella estaba segura de que no lo hacía con animadversión. Ned, que estaba en la universidad, adoptaba el aire de superioridad que los estudiantes de primer año parecen considerar un deber ineludible; no destacaba por su inteligencia, pero era un joven alegre, de buen carácter, el acompañante perfecto para una tarde de pícnic. Sallie Gardiner estaba concentrada en dos asuntos: por un lado, mantener impoluto su vestido de piqué blanco y, por otro, charlar con Fred, que parecía poseer el don de la ubicuidad y no paraba de asustar a Beth con sus travesuras.

Longmeadow no quedaba lejos de la casa pero, cuando llegaron, encontraron la tienda montada y todo dispuesto en un prado con tres robles de copa ancha en el centro y una zona despejada convertida en campo de cróquet.

—¡Bienvenidos al campamento Laurence! —dijo el joven anfitrión cuando todos bajaron de las barcas entre exclamaciones de júbilo—. Brooke será el comandante en jefe; yo, el comisario general, los demás jóvenes tendrán el rango de oficiales y las damas formarán la compañía. La tienda está a vuestra disposición; el primer roble es la sala; el segundo, el comedor, y el tercero, la cocina. Ahora, vayamos a jugar un rato antes de que haga demasiado calor; comeremos después.

Frank, Beth, Amy y Grace se sentaron para ver jugar a los ocho restantes. El señor Brooke formó equipo con Meg, Kate y Fred, y Laurie lo hizo con Sallie, Jo y Ned. El equipo de los ingleses jugó bien, pero el de los estadounidenses lo hizo mejor y defendieron su territorio con el mismo entusiasmo con el que los colonos proclamaron la independencia el 4 de julio de 1776. Jo y Fred tuvieron varios encontronazos y, en una ocasión, estuvieron a punto de protagonizar una riña sonada. Jo acababa de fallar un lanzamiento y estaba de muy mal humor. Le llegó el turno a Fred, que se encontraba junto a ella; la bola dio en un palo y no se coló por muy poco. El joven aprovechó que no había nadie cerca para empujarla discretamente con el pie antes de que los demás llegasen a comprobar si había o no entrado.

—¡Lo he logrado! Ahora, señorita Jo, la pondré en su

sitio y la ganaré —gritó el joven caballero, que se preparó para dar un nuevo golpe.

—La ha empujado; le he visto, me toca a mí —espetó Jo con dureza.

—No la he tocado, ¡le doy mi palabra! Puede que la pelota llegase rondando los últimos centímetros, pero eso está permitido, de modo que, por favor, apártese y déjeme seguir.

—En Estados Unidos no solemos hacer trampas. Pero no se prive por mí —replicó Jo, muy enfadada.

—Todo el mundo sabe que los yanquis son los más tramposos del mundo. ¡Allá va! —dijo Fred golpeando la pelota de Jo con la suya y lanzándola muy lejos.

Jo abrió la boca con intención de soltar alguna grosería, pero se contuvo a tiempo, se puso roja como un tomate y, sin moverse del sitio, comenzó a dar golpes con el palo en el suelo con mucho empeño, mientras Fred alcanzaba la meta y, exultante, se declaraba salvado. Jo fue a rescatar su bola y tardó un buen rato en encontrarla, pues había ido a parar entre unos arbustos; cuando volvió, tenía el semblante más tranquilo, estaba de mejor humor y esperó pacientemente su turno. Hubo de dar varios golpes para recuperar la posición perdida pero, cuando lo consiguió, el equipo contrario había avanzado mucho; la bola de Kate estaba a unos centímetros de la meta, por lo que les faltaba un tiro para declararse vencedores.

—¡Por Jorge! ¡Estamos perdidos! Kate, dile adiós a tu bola. La señorita Jo me debe una, de modo que estás acabada —exclamó Fred, alterado, mientras los demás se acercaban para ver el desenlace del partido.

—A pesar de su fama de tramposos, los yanquis suelen ser generosos con sus enemigos —explicó Jo lanzando al muchacho una mirada que lo hizo enrojecer—, sobre todo cuando van a derrotarlos —añadió mientras ganaba el partido con un inspirado tiro y sin rozar la bola de Kate.

Laurie arrojó al aire su sombrero pero, comprendiendo que celebrar la derrota de sus huéspedes sería poco delicado, frenó su entusiasmo y le susurró a su amiga al oído:

—¡Bien hecho, Jo! Ha hecho trampas, yo le he visto. No lo puedo acusar en voz alta, pero tienes mi palabra de que no volverá a ocurrir.

Meg la llevó a un lado con la excusa de arreglarle una trenza suelta y le dijo, en tono de aprobación:

—Este muchacho te ha provocado de mala manera pero tú has sabido mantener la calma. ¡Estoy muy contenta, Jo!

—No me alabes tanto, Meg, podría darle una bofetada ahora mismo. De no haberme quedado entre los arbustos hasta contener mi rabia, seguro que hubiese perdido los estribos. Todavía no estoy todo lo tranquila que quisiera, de modo que espero que ni se me acerque —dijo Jo, mordiéndose los labios mientras observaba a Fred bajo la enorme ala del sombrero.

—¡Es hora de comer! —informó el señor Brooke tras consultar su reloj—. Comisario general, encienda el fuego y vaya a por agua mientras la señorita March, la señorita Sallie y yo ponemos la mesa. ¿Quién sabe hacer un buen café?

—Jo —respondió Meg, encantada de recomendar a su hermana. Y Jo, feliz de poder mostrar sus avances tras las clases de cocina, fue a preparar el puchero mientras los niños recogían ramas secas y los jóvenes encendían el fuego o traían agua de un manantial cercano. La señorita Kate dibujó unos bocetos y Frank conversó un rato con Beth, que estaba trenzando unos juncos para improvisar unos platos.

El comandante en jefe y sus ayudantes pusieron enseguida el mantel y colocaron la comida y la bebida de forma muy decorativa, con hojas verdes a modo de centro de mesa. Jo anunció que el café estaba listo y todo el mundo se sentó a disfrutar de una abundante comida, porque la juventud no suele tener problemas de dispepsia y el ejercicio despierta mucho el apetito. Fue una comida muy alegre, desenfadada y divertida, con frecuentes carcajadas que sobresaltaban a un venerable caballo que pastaba cerca. El terreno sobre el que habían colocado el mantel era desigual, lo que provocó no pocos estropicios con tazas y platos; la leche se llenó de bellotas que caían del árbol, un grupo de hormiguitas negras se sumó al festín sin que nadie las invitara y unas velludas orugas se deslizaron tronco abajo para ver mejor qué ocurría. Tras la valla asomaron las cabecitas de tres niños y, desde el otro lado del río, se oyó a un perro ladrar con toda su fuerza.

—Si te apetece, puedes echarles sal —dijo Laurie mientras le tendía a Jo un plato de fresas.

—No, gracias, las prefiero con arañas —repuso ella sacando dos incautas arañas que habían muerto ahogadas en la nata—. ¿Por qué me haces pensar ahora en aquella horrible comida que organicé, con lo buena que está la tuya? —añadió Jo, y ambos se rieron y compartieron plato, puesto que la vajilla se había quedado corta.

—Aquel día me divertí tantísimo que no logro olvidarlo. En cuanto a hoy, no es mérito mío. Yo no he hecho nada. Es todo gracias a ti, a Meg y a Brooke, y por eso me siento en deuda con vosotros. ¿Qué haremos cuando terminemos de comer? —preguntó Laurie, como si la comida fuese su último as en la manga.

—Podríamos jugar hasta que refresque un poco. Yo he traído *Autores* y es posible que la señorita Kate conozca algún entretenimiento nuevo y agradable. Ve a preguntarle; es tu invitada y deberías pasar más tiempo con ella.

—¿Acaso tú no eres mi invitada también? Pensé que se llevaría bien con Brooke, pero a él solo le interesa hablar con Meg y Kate no hace sino mirarlos todo el rato con ese ridículo anteojo que ha traído. De todos modos, iré con tal de que dejes de darme lecciones de urbanidad. No eres la persona más indicada, Jo.

La señorita Kate conocía varios juegos nuevos y, cuando las chicas no quisieron comer más y los chicos no pudieron seguir comiendo, se reunieron todos en la sala de estar para jugar al embrollo.

—Una persona empieza a contar una historia, una cualquiera que le agrade, y se calla en un punto culminante. El siguiente continúa y hace lo mismo. Si se hace bien, resulta de lo más divertido. Al final, la historia acaba siendo un embrollo, una mezcla de situaciones cómicas y dramáticas con la que pasar un buen rato. Por favor, señor Brooke, empiece usted —dijo Kate con un gesto autoritario que sorprendió a Meg, quien solía tratar al tutor con el respeto debido a todo caballero.

El señor Brooke, que estaba tumbado en la hierba entre las dos jóvenes, obedeció y empezó a relatar la historia, con sus hermosos ojos marrones fijos en las brillantes aguas del río, donde se reflejaba el sol.

—Érase una vez un caballero que salió a buscar fortuna por el mundo, pues no poseía nada más que la espada y el escudo. Viajó durante mucho tiempo, casi veintiocho años, y pasó muchas penalidades, hasta que llegó al palacio de un rey, anciano y bondadoso, que había ofrecido una recompensa a quien domase y adiestrase un potro muy rebelde al que tenía en gran estima. El caballero aceptó el reto y fue logrando progresos, lento pero seguro. El potro, aunque caprichoso y salvaje, era gallardo y no tardó en tomar aprecio a su nuevo amo. El caballero lo entrenaba a diario e iba con él a dar una vuelta por la ciudad, momento que aprovechaba para buscar a una bella joven que solo había visto en sueños. Un día, mientras cabalgaba por una calle tranquila, divisó en la ventana de un castillo ruinoso el rostro amado. Encantado, el caballero preguntó quién vivía en el viejo castillo y le contestaron que varias princesas cautivas por culpa de un hechizo y que, para ganar dinero y comprar su libertad, hilaban sin descanso durante todo el día. El caballero deseaba liberarlas, pero era pobre, por lo que se limitó a acudir allí cada día con la esperanza de ver el dulce rostro de su amada a la luz del sol. Al fin, decidió entrar en el castillo y averiguar cómo podía rescatarlas. Fue a la entrada y llamó. La enorme puerta se abrió de par en par y el caballero contempló...

—... a una joven bellísima que, tras un grito de alegría, exclamó: «¡Al fin! ¡Al fin!» —continuó Kate, que había leído muchas novelas caballerescas francesas y era una gran aficionada al género—. «Es ella», dijo el conde Gustave, y cayó rendido a sus pies, henchido de felicidad. «Por favor, levantaos», susurró la joven tendiéndole la mano, de marmórea blancura. «No antes de que me digáis cómo puedo rescataros», afirmó el caballero, aún hincado de rodillas. «Por desgracia, mi cruel destino me condena a permanecer aquí hasta que mi tirano sea derrotado.» «¿Dónde está el villano?» «En el salón malva; id, valeroso caballero, y salvadme de la desesperación.» «Así lo haré y ¡volveré victorioso o muerto!» Tras pronunciar aquellas terribles palabras, corrió hacia el salón malva, abrió la puerta de un puntapié y, cuando se disponía a entrar, recibió...

—... un golpe impresionante; un viejo vestido de negro le lanzó un diccionario de griego a la cabeza —siguió Ned—. Sir Como-sea-que-se-llame se recuperó de inmediato, arrojó al tirano por la ventana y se marchó para volver junto a la dama, victorioso, pero con un chichón en la frente; encontró la puerta cerrada con llave, rasgó las cortinas e hizo con ellas una escalera que se rompió cuando no había terminado de bajar, de modo que cayó de cabeza en el foso desde cinco metros de altura. El caballero, que nadaba como un pato, dio varias vueltas hasta llegar a una portezuela custodiada por dos fortachones. Golpeó la cabeza del uno con la del otro, con lo que crujieron como nueces, y después, haciendo gala de su impresionante fuerza, destrozó la puerta, y subió por unas escaleras de piedra cubiertas de una gruesa capa de polvo, con sapos grandes como puños y unas arañas que pondrían histéricas a las señoritas March. Al llegar a lo alto, vio una escena que le heló la sangre y casi le cortó la respiración...

—Tenía ante sí a una mujer alta, vestida de blanco, con el rostro cubierto por un velo y una lamparilla en la mano —prosiguió Meg—. Le indicó por señas que la siguiese y lo condujo, sigilosa, por un pasillo oscuro y frío como una tumba, flanqueado por sombrías efigies con armaduras, en medio de un silencio sepulcral, con la luz azulada de la lámpara de aceite como guía. La fantasmagórica figura volvía la cabeza hacia él de vez en cuando y mostraba, tras el blanco velo, el brillo de unos ojos terroríficos. Llegaron a una puerta con cortinajes tras los que sonaba una música hermosísima. El caballero se disponía a entrar, pero el espectro lo retuvo y agitó ante él, con aire amenazador...

—... una caja de rapé —siguió Jo en un tono muy grave que impresionó al auditorio—. «Gracias», dijo el caballero, muy educado, al tiempo que tomaba un pellizco que le hizo estornudar varias veces con tanta fuerza que se le cayó la cabeza. «¡Ja, ja!», rio el espectro. Tras mirar por el ojo de la cerradura y ver que la princesa seguía hilando para salvar su vida, el diabólico espíritu recogió el cuerpo de su víctima y lo puso en una gran caja de latón junto con otros once caballeros descabezados, como si fueran sardinas. De pronto, todos se levantaron y empezaron a...

—... bailar al son de una chirimía —intervino Fred aprovechando que Jo hacía una pausa para tomar aliento— y, mientras bailaban, el ruinoso y viejo castillo se convirtió en un buque de guerra. «¡Izad el foque, tensad las drizas, virad el timón a sotavento y zafarrancho de combate!», rugió el capitán al ver aparecer en el horizonte un barco pirata portugués con una bandera negra como el carbón ondeando en su trinquete. «A por ellos, mis valientes. ¡La victoria es nuestra!», grita el capitán antes de que empiece la cruenta lucha. Por supuesto, los ingleses vencieron, como ocurre siempre, y, tras hacer prisionero al capitán del barco pirata, se lanzaron contra la goleta, cuyos puentes estaban llenos de cadáveres y los imbornales rebosaban sangre porque su tripulación había recibido la consigna de «usar el alfanje y vender caro el pellejo». «Auxiliar de contramaestre, coja una gaza del foque y azote a este hombre para que confiese sus pecados el doble de rápido», indicó el capitán inglés. El portugués calló como un muerto y recorrió el tablón mientras los marineros gritaban entusiasmados. Pero el astuto perro buceó y se situó bajo el buque de guerra, le hizo un agujero y lo hundió. Y el barco fue a parar al fondo del mar, donde...

—¡Válgame el cielo! ¿Qué puedo decir después de esto? —exclamó Sallie cuando Fred terminó su atropellada narración, que era un auténtico galimatías de términos náuticos y aventuras sacadas de sus libros favoritos—. Llegaron al fondo del mar, donde les dio la bienvenida una atractiva sirena, que se entristeció mucho al encontrar una caja con caballeros sin cabeza. Los puso en salmuera con idea de averiguar aquel misterio, puesto que, por su condición femenina, era muy curiosa. Al correr el tiempo, un buceador pasó junto a la sirena y esta le dijo: «Si te la puedes llevar, te regalo esta caja de perlas». Había decidido devolver a su lugar a los caballeros, pero no podía llevarlos ella porque pesaban demasiado. El buceador se sintió defraudado cuando abrió la caja y vio que no contenía perlas. La dejó en un campo abandonado, donde la encontró...

—... una niña que cuidaba a cien gansos bien alimentados que vivían en el campo —continuó Amy cuando Sallie dio por terminada su parte—. La niña sintió lástima por los caballeros y le preguntó a una anciana qué podía hacer para ayudarlos. «Tus gansos te lo dirán, lo saben todo», contestó la mujer. Así pues, les preguntó qué podía ponerles por cabeza, puesto que habían perdido las suyas, y los cien gansos abrieron el pico a un tiempo y exclamaron...

—¡Calabazas! —exclamó Laurie enseguida—. «Eso es», dijo la niña, y corrió a buscar doce buenas calabazas en el huerto. Las colocó y los caballeros revivieron de inmediato, le dieron las gracias y se marcharon sin notar el cambio, puesto que había muchas otras personas con calabazas por cabeza en el mundo. El caballero que nos ocupa decidió reunirse con su amada de dulce rostro, y le informaron de que las princesas se habían liberado por sí mismas y todas se habían marchado para casarse, menos una. Al enterarse, el caballero se entusiasmó, montó al potro, que había seguido a su lado en los buenos y malos momentos, y galopó hasta el castillo para averiguar quién permanecía en él. Miró por encima del seto y vio a la reina de su corazón cogiendo flores en el jardín. «¿Me regaláis una rosa?», preguntó. «Tendréis que entrar a por ella, yo no puedo ir hacia vos, no sería correcto», contestó ella, dulce como la miel. El caballero trató de saltar el seto, pero este crecía, era cada vez más alto, para su desesperación. Así pues, se armó de paciencia y comenzó a arrancar las ramas hasta que hizo un hueco por el que asomar la cabeza e implorar: «Por favor, dejadme entrar. ¡Dejadme entrar!». Sin embargo la hermosa princesa pareció no oírle o no entenderle, ya que siguió cogiendo flores y le dejó a solas con su lucha. Frank os contará si logró o no entrar...

—¡No puedo! Yo no juego, nunca lo hago —dijo Frank, consternado por el apuro del que debía salvar a la ridícula pareja. Beth había desaparecido detrás de Jo y Grace se había quedado dormida.

—¿Vamos a dejar al pobre caballero peleando con el seto? —preguntó el señor Brooke, sin dejar de mirar el río y jugueteando con la rosa silvestre que llevaba en el ojal.

—Supongo que la princesa le dio una flor y le abrió la puerta al cabo de un rato —dijo Laurie sonriendo mientras tiraba bellotas a su tutor.

—¡Vaya una historia sin pies ni cabeza nos ha salido! Con un poco de práctica, podríamos lograr algo más atinado. ¿Conocéis la verdad? —preguntó Sallie cuando terminaron de reírse de la historia del caballero.

—Espero que sí —respondió Meg con tono serio.

—Me refiero al juego.

—¿En qué consiste? —inquirió Fred.

—Bueno, juntamos las manos, poniendo las unas sobre las otras, elegimos un número y vamos retirando las manos por turnos. La persona que las aparta en el momento en que se diga el número elegido tiene que contestar la verdad a las preguntas que le formulen los demás. Es muy divertido.

—Probemos —dijo Jo, a la que le encantaba atreverse con cosas nuevas.

La señorita Kate, el señor Brooke, Meg y Ned se excusaron, pero Fred, Sallie, Jo y Laurie juntaron las manos y contaron. Laurie fue el primero en tener que contestar.

—¿Quiénes son tus héroes? —preguntó Jo.

—Mi abuelo y Napoleón.

—¿Qué dama te parece más hermosa? —preguntó Sallie.

—Margaret.

—¿A cuál prefieres? —inquirió Fred.

—A Jo, por supuesto.

—¡Qué preguntas más tontas! —exclamó Jo, y se encogió de hombros con desdén al ver que todos reían por el tono decidido de Laurie.

—Probemos otra vez. El juego de la verdad no está mal —opinó Fred.

—Para usted es de lo más adecuado —musitó Jo molesta.

En ese segundo turno, le tocó a ella contestar.

—¿Cuál es su peor defecto? —preguntó Fred para poner a prueba la virtud de Jo, de la que él carecía.

—Mi mal pronto.

—¿Qué es lo que más deseas? —preguntó Laurie.

—Unos cordones nuevos para las botas —contestó Jo, que había adivinado su intención y se salió por la tangente.

—Esa respuesta no vale. Tienes que decir qué es lo que más deseas.

—Talento. ¿A que te gustaría poder regalármelo, Laurie? —dijo Jo con una sonrisa al ver la expresión de contrariedad de su amigo.

—¿Qué virtudes valoras más en un hombre? —inquirió Sallie.

—Valor y honradez.

—Me toca a mí —dijo Fred al retirar la mano.

—Ahora es la oportunidad —susurró Laurie al oído de Jo, que asintió y preguntó:

—¿Ha hecho usted trampas en el partido de cróquet?

—Bueno, sí, un poco.

—¡Bien! Y la parte del cuento que ha explicado, ¿no la ha sacado de *El león de mar*? —siguió Laurie.

—En gran medida, sí.

—¿Cree que la nación inglesa es perfecta en todo? —intervino Sallie.

—Me avergonzaría de mí mismo si no lo creyera.

—Es un verdadero patriota. Ahora, señorita Sallie, no es necesario que contemos, le toca a usted. Primero heriré sus sentimientos preguntándole si se considera coqueta —dijo Laurie, mientras Jo hacía un gesto con la cabeza a Fred para indicar que ya estaban en paz.

—¡Qué impertinente! Por supuesto que no lo soy —exclamó Sallie con un aire que demostraba lo contrario.

—¿Qué es lo que más odia? —preguntó Fred.

—Las arañas y el pudin de arroz.

—¿Qué es lo que más te gusta? —inquirió Jo.

—Bailar y los guantes franceses.

—Bueno, creo que el juego de la verdad es bastante tonto; ¿por qué no jugamos a algo más inteligente como, por ejemplo, *Autores*? Así, de paso, refrescamos la memoria —propuso Jo.

Ned, Frank y las niñas se sumaron, y los tres mayores se fueron a charlar a un rincón. La señorita Kate retomó su boceto, Margaret la observaba dibujar y el señor Brooke estaba tendido sobre la hierba fingiendo leer un libro.

—¡Qué bien lo hace! ¡Cómo me gustaría saber dibujar! —apuntó Meg con admiración y algo de pena.

—¿Por qué no va a clases? Me da la impresión de que tiene gusto y talento para el dibujo —repuso Kate amablemente.

—No tengo tiempo.

—Supongo que su madre prefiere que aprenda otras cosas. La mía también, pero yo le demostré que tenía talento después de tomar unas cuantas clases a escondidas y a partir de entonces me animó a continuar. ¿No podría pedirle ayuda a su institutriz?

—No tengo.

—Ah, olvidaba que las jóvenes norteamericanas suelen ir a la escuela. Papá dice que aquí las escuelas son excelentes. Usted irá a una privada, ¿verdad?

—No voy a la escuela. De hecho, yo soy institutriz.

—¡Oh! ¿En serio? —dijo la señorita Kate por no decir «¡Qué horror, querida!», aunque su tono y la expresión de su rostro la delataban, hasta el punto de que Meg se puso roja y deseó no haber sido tan sincera.

El señor Brooke levantó la vista y dijo:

—Las jóvenes norteamericanas valoran la independencia tanto como sus antepasados y se las admira y respeta por ganarse la vida por sí mismas.

—¡Oh, sí, claro! Está muy bien y no tengo nada en contra de eso. En mi país hay muchas jóvenes respetables de gran valía que lo hacen; los nobles las emplean como institutrices porque, al ser hijas de caballeros, tienen buenos modales y son cultas —dijo la señorita Kate en un tono condescendiente que hirió el orgullo de Meg e hizo que su trabajo pareciera degradante, además de carente de encanto.

—Señorita March, ¿le sirvió la canción alemana? —inquirió el señor Brooke para cambiar de tema.

—Sí, fue un gesto muy amable, me siento en deuda con quien la tradujo, fuese quien fuese —respondió Meg, y su rostro abatido volvió a iluminarse.

—¿No lee en alemán? —preguntó la señorita Kate con sorpresa.

—No muy bien. Mi padre, que es quien me estaba enseñando, está fuera y, sola, no consigo avanzar porque no tengo a nadie que me corrija la pronunciación.

—Si quiere, podría practicar un poco ahora. Aquí tiene *María Estuardo*, de Schiller, y un maestro que disfruta enseñando —dijo el señor Brooke tendiéndole con una amable sonrisa el libro.

—Es muy difícil, me da miedo intentarlo —dijo Meg con gratitud pero avergonzada al pensar en leer con aquella joven tan culta a su lado.

—Leeré un poco para que se anime. —Y la señorita Kate leyó uno de los pasajes más bellos con una pronunciación perfecta pero perfectamente carente de emoción.

El señor Brooke no hizo observación alguna y devolvió el libro a Meg, que comentó, inocentemente:

—Pensé que era poesía.

—Lo es en parte; intente leer este fragmento.

El señor Brooke esbozó una sonrisa curiosa, cuando abrió el libro por el lamento de María.

Meg, que seguía obedientemente las indicaciones que su nuevo profesor le hacía usando una brizna de hierba como puntero, leyó lentamente, con timidez, sin ser consciente de que convertía hasta las palabras más duras en poesía gracias a la dulzura y musicalidad de su voz. El verde puntero avanzó página abajo y la joven se fue perdiendo en la belleza de la triste escena descrita y, olvidando que no estaba sola, adoptó una entonación levemente más dramática al leer las palabras de la desdichada reina. De haber visto cómo la contemplaban aquellos ojos marrones, se habría interrumpido en el acto pero, como no levantó la vista, pudo aprovechar la lección hasta el final.

—¡Muy bien! ¡En serio! —exclamó el señor Brooke, que pasó por alto los muchos errores de Meg y parecía de verdad alguien que «disfruta enseñando».

La señorita Kate contempló con el anteojo la escena y, tras cerrar el cuaderno de dibujo, comentó con condescendencia:

—Tiene buen acento y, con el tiempo, lo hará de maravilla. Le recomiendo que siga estudiando, porque a una institutriz le es muy útil saber alemán. Voy a echar un vistazo a Grace, que no para de correr y brincar. —Dicho esto, la señorita Kate se marchó añadiendo para sus adentros: ¡Qué raros son los yanquis! Mucho me temo que van a echar a perder a Laurie.

—Había olvidado que los ingleses desprecian a las institutrices y no las consideran como nosotros —apuntó Meg mientras observaba, con expresión de enojo, cómo se alejaba la mujer.

—Los tutores tampoco están demasiado bien vistos, como he tenido la desgracia de comprobar. Para los trabajadores, no hay mejor lugar que Estados Unidos, señorita Margaret. —El señor Brooke parecía tan satisfecho y alegre que Meg se arrepintió de haberse quejado de sus cargas.

—Entonces, me alegro de vivir aquí. No me gusta mi trabajo, pero me reporta muchas satisfacciones, de modo que no me puedo quejar. No obstante, desearía disfrutar enseñando, como usted.

—Sospecho que disfrutaría si tuviese a Laurie por alumno. Sentiré mucho no estar con él el año que viene —comentó el señor Brooke mientras hacía un agujero en la hierba.

—Supongo que irá a la universidad. —Las palabras salieron de los labios de Meg, pero sus ojos preguntaban: «¿Y qué será de usted?».

—Sí, es hora de que vaya; ya está casi preparado y, en cuanto salga, se hará soldado.

—¡Me alegra saberlo! —exclamó Meg—. Me parece que todos los jóvenes se enrolarían gustosos, aunque a las madres y las hermanas que se quedan en casa les resulte duro —añadió con pena.

—Yo no tengo hermanas y solo unos pocos amigos a los que les importaría si vivo o muero —dijo el señor Brooke con amargura mientras, con aire distraído, dejaba la rosa en el agujero y lo cubría de tierra, como si fuese una tumba.

—Estoy segura de que a Laurie y a su abuelo les importaría mucho y, si algo le ocurriera, todos en mi familia lo lamentaríamos mucho —repuso Meg con el corazón en la mano.

—Se lo agradezco, es muy amable —dijo el señor Brooke, nuevamente animado; pero, antes de que pudiese terminar la frase, Ned llegó montado en un viejo caballo para lucir sus dotes de jinete ante las jóvenes, y ya no tuvieron ocasión de charlar a solas en lo que restó del día.

—¿No te gusta montar? —le preguntó Grace a Amy mientras descansaban después de una carrera por el campo, organizada por Ned.

—Me encanta. Mi hermana Meg solía montar cuando papá era rico, pero ahora ya no tenemos caballos y hemos de conformarnos con Manzano —explicó Amy entre risas.

—¿Qué es Manzano?, ¿un burro? —preguntó Grace, picada por la curiosidad.

—Verás, a Jo le encantan los caballos, al igual que a mí, pero solo nos queda una vieja silla de montar y ningún caballo. En el jardín hay un manzano que tiene una rama baja, así que le colocamos la silla, sujetamos las riendas y nos turnamos para imaginar que vamos cabalgando.

—¡Qué divertido! —Grace se echó a reír—. En casa tengo un poni y paseo en él por el parque casi a diario, con Fred y Kate. Es muy agradable, porque siempre me encuentro con amigas mías y la alameda está llena de damas y caballeros.

—¡Qué delicia! Espero ir a Europa algún día, pero preferiría ir a Roma que a Alameda —dijo Amy, que no tenía la más remota idea de lo que significaba «alameda» pero no se atrevía a preguntarlo.

Frank, que estaba sentado detrás de las niñas escuchando lo que decían, apartó la muleta con un gesto de invitación al ver cómo los demás muchachos se divertían haciendo gimnasia. Beth, que estaba recogiendo las cartas desperdigadas del juego *Autores*, levantó la mirada y dijo con amabilidad pero sin abandonar su habitual timidez:

—Parece cansado; ¿puedo ayudarle en algo?

—Por favor, converse conmigo; me aburro aquí solo, sentado —contestó Frank, que a todas luces no estaba acostumbrado a salir de casa.

Si le hubiese pedido que pronunciase un discurso en latín, a la vergonzosa joven no le hubiese parecido una tarea más difícil de cumplir pero, como no tenía adónde huir, Jo no estaba cerca para escudarse tras ella y el pobre niño parecía tan necesitado de compañía, resolvió valientemente probar suerte.

—¿De qué quiere hablar? —preguntó juntando con torpeza las cartas y dejando caer la mitad al intentar atarlas.

—Bueno, podríamos charlar sobre críquet, remo o caza —apuntó Frank, que aún no se había hecho a la idea de que debía renunciar a ciertos entretenimientos.

¡Dios mío! ¿Qué voy a hacer? No sé nada de todo eso, pensó Beth. Su nerviosismo era tal que olvidó la cojera del niño y preguntó, con la esperanza de hacerle hablar:

—Yo no he ido nunca de caza, pero supongo que usted es un experto.

—Fui de caza en una ocasión, pero ya no podré volver nunca porque tuve una mala caída al saltar una valla alta. Los caballos y las cacerías han acabado —explicó Frank con un suspiro que hizo que Beth lamentase haber hablado sin pensar.

—Los ciervos de su país son mucho más bonitos que nuestros búfalos, que son feísimos —dijo Beth buscando inspiración en las praderas y felicitándose por haber leído uno de los libros de chicos que tanto gustaban a Jo.

Los búfalos dieron pie a una conversación más satisfactoria y, en su afán por entretener al muchacho, Beth se olvidó de sí misma y no se percató de la sorpresa y alegría con que sus hermanas la observaron conversar animadamente con aquel jovencito que había considerado horrible y del que creía que debían protegerla.

—¡Dios la bendiga! Siente lástima por él y por eso es tan amable —comentó Jo con una sonrisa al verla desde el campo de cróquet.

—Siempre he pensado que es una santa —añadió Meg como si aquella escena fuese la prueba definitiva.

—Hacía tiempo que no oía a Frank reír así —explicó Grace a Amy mientras hablaban de muñecas y creaban un juego de té con cáscaras de bellota.

—Mi hermana Beth puede ser fastidiosa cuando se lo propone —dijo Amy, complacida por el éxito de su hermana. En realidad había querido decir «fascinante» pero, como no conocía bien el significado de ninguna de las dos palabras, le pareció que «fastidiosa» era la adecuada y le sonó bien.

La tarde acabó con un improvisado circo, una partida del zorro y las gallinas y un partido amistoso de cróquet. Al ponerse el sol, ya habían recogido la tienda, guardado los cestos, retirado los palos del campo de juego y cargado los botes, y el grupo se aventuró río abajo, cantando a voz en cuello. Ned, en un arranque sentimental, cantó una balada con el melancólico estribillo:

¡Solo estoy, sí, solo estoy!

Y la letra:

Si ambos somos jóvenes y tenemos corazón,
¿por qué nos mantenemos tan fríamente a distancia?

sin dejar de mirar a Meg con una expresión tan lastimera que ella soltó una carcajada que echó a perder el efecto de la canción.

—¿Cómo puede ser tan cruel conmigo? —le susurró Ned aprovechando que los demás hablaban y no le oirían—. Primero pasa todo el día pegada a esa estirada inglesa y ahora se burla de mí.

—No era mi intención, pero estaba tan gracioso que no he podido evitarlo —contestó Meg, pasando por alto a propósito la primera parte de su reproche, pues ciertamente le había huido por lo ocurrido en la fiesta de los Moffat y por lo que le había oído decir a él después.

Ned se sintió ofendido y, volviéndose hacia Sallie en busca de consuelo, dijo:

—Esta muchacha no es nada coqueta, ¿verdad?

—Es cierto, pero es un encanto —contestó Sallie defendiendo a su amiga sin por ello negar sus faltas.

—Tampoco es tan inocente como parece —apostilló Ned, que pretendía dárselas de listo y lo consiguió como suele ocurrir con los caballeros.

El pequeño grupo se separó muy cordialmente en el mismo jardín en el que se habían encontrado. Los Vaughn se marchaban a Canadá. La señorita Kate siguió con la mirada a las cuatro hermanas mientras atravesaban el jardín en dirección a su casa y dijo, sin el tono resabido habitual en ella:

—A pesar de lo maleducadas que pueden parecer a simple vista, las jóvenes norteamericanas son muy agradables cuando se las conoce mejor.

—No puedo estar más de acuerdo —convino el señor Brooke.

13
Castillos en el aire

Era una cálida tarde de septiembre y Laurie se mecía plácidamente en su hamaca. Se preguntaba qué harían sus vecinas, pero se sentía demasiado perezoso para levantarse e ir a averiguarlo. Estaba de mal humor; el día no había sido satisfactorio ni de provecho, y le hubiese gustado tener la oportunidad de vivirlo nuevamente desde el principio. El calor le volvía indolente; no había prestado atención en clase, había puesto a prueba la paciencia del señor Brooke y, luego, enojado a su abuelo al practicar en el piano casi toda la tarde. Había aterrorizado al servicio al insinuar que uno de los perros se estaba volviendo loco y, después de quejarse ante el mozo de cuadra de que no cuidaban lo suficientemente bien de su caballo, se había tumbado en la hamaca para lamentarse de lo absurdo que resultaba el mundo en general, hasta que la belleza de aquella tranquila tarde serenó su ánimo aun a su pesar. Mientras contemplaba la verde copa del castaño del que colgaba la hamaca, se entregó a toda suerte de fantasías y, cuando se imaginaba en medio del océano, en un viaje alrededor del mundo, el sonido de unas voces le devolvió de golpe a la realidad. Echó un vistazo y, por el tejido de malla de la hamaca, vio a las hermanas March salir juntas, como si formasen parte de una expedición.

¿Qué tramarán ahora estas muchachas?, se preguntó Laurie abriendo los somnolientos ojos para observar con atención a sus vecinas, que tenían un aspecto curioso. Todas llevaban un gran sombrero, una bolsa de lino marrón colgada del hombro y algo en la mano. Meg llevaba un cojín, Jo un libro, Beth un cazo y Amy una carpeta. Recorrieron en silencio el jardín, salieron por la puerta pequeña y empezaron a subir por la colina que separaba la casa del río.

Vaya, ¡qué simpáticas!, se dijo Laurie. Organizan un pícnic y ni me avisan. No podrán ir en bote porque no tienen la llave del cobertizo. Tal vez no lo recuerdan; se la llevaré y averiguaré qué planes tienen.

Aunque tenía media docena de sombreros, tardó un buen rato en dar con uno; luego se entretuvo buscando la llave, que al final encontró en su bolsillo, de modo que cuando saltó la valla ya no se veía a las jóvenes, por lo que echó a correr. Tomó un atajo hacia el cobertizo y esperó a que llegaran pero, al ver que no se acercaba nadie, subió a la cima de la colina para echar un vistazo. La colina estaba en parte cubierta por un hermoso pinar, y del corazón de aquel verde paraje llegó a sus oídos un sonido que se destacaba entre el murmullo de las ramas mecidas por el viento y el chirrido de los grillos.

¡Menuda escena!, pensó Laurie mirando entre unos matorrales, mucho más despierto y animado.

Y en verdad era una bonita estampa; las jóvenes se habían sentado en un lugar fresco, donde la luz del sol se alternaba con las sombras; el viento, cargado de fragancias, jugaba con sus melenas y aliviaba el calor de sus mejillas, mientras los habitantes del bosque seguían con su ir y venir, sin inmutarse, como si en lugar de intrusas, las hermanas fuesen viejas amigas. Sentada en el cojín,

Meg cosía con sus blancas manos, muy elegante, y con su vestido rosa se la veía lozana y dulce como una flor en medio del verde paraje. Beth estaba recogiendo unas piñas que había bajo una planta de cicuta para hacer adornos con ellas. Amy dibujaba unos helechos y Jo calcetaba y leía en voz alta. Una sombra cruzó el semblante del joven mientras las observaba, y pensó que lo correcto era marcharse, puesto que nadie le había invitado; sin embargo, no se decidía a irse ya que su casa le parecía un lugar solitario y la pequeña reunión informal en el bosque resultaba mucho más atractiva a su ánimo inquieto. Continuó mirando a las jóvenes, sin moverse, hasta que una ardilla que estaba juntando comida bajó de un pino cercano, se asustó al verle y se retiró con un chillido tan agudo que Beth levantó la cabeza, vio el rostro de su amigo y sonrió.

—¿Puedo unirme a vosotras o sería un estorbo? —preguntó saliendo con prudencia de su escondite.

Meg arqueó las cejas, pero Jo lanzó a su hermana una mirada de reprobación y dijo al instante:

—Claro que puedes. Deberíamos haberte invitado de entrada, pero pensamos que te aburrirías con actividades tan femeninas.

—A mí me encanta estar con vosotras pero, si Meg no está cómoda, me iré.

—No tengo inconveniente en que nos acompañes, siempre que te ocupes en algo; aquí no se puede hacer el vago, va contra las normas —explicó Meg, muy seria pero en tono amable.

—Muchas gracias, haré lo que sea si me dejáis quedarme un rato. Mi casa es más aburrida que el desierto del Sahara. ¿Qué he de hacer? ¿Coser, leer, recoger piñas, dibujar o todo a la vez? Dadme algo, estoy listo. —Dicho esto, Laurie se sentó en una actitud sumisa que resultaba encantadora.

—Sigue leyendo mientras me acomodo mejor —dijo Jo tendiéndole el libro.

—A sus órdenes, señora —respondió él mansamente, y empezó a leer, esmerándose mucho para mostrar la gratitud que sentía al ser admitido en el Club de las Abejas Laboriosas.

El cuento no era largo y, al terminar, se atrevió a preguntar:

—Por favor, señoras... ¿podrían decirme si este encantador e instructivo club es nuevo?

—¿Quién se lo explica? —inquirió Meg a sus hermanas.

—Se reirá —advirtió Amy.

—¿Y eso a quién le importa? —apuntó Jo.

—Yo creo que le gustará —añadió Beth.

—¡Por supuesto! No me burlaré, tenéis mi palabra. Venga, Jo, cuéntamelo todo, sin miedo.

—¿Miedo yo de contarte algo a ti? ¡Qué gracia! Bueno, verás, solíamos jugar al *Progreso del peregrino* en invierno y en verano.

—Sí, lo sé. —Laurie asintió con la cabeza.

—¿Quién te lo ha dicho? —preguntó Jo.

—Un pajarito.

—Yo se lo conté una tarde en la que no se encontraba muy animado y vino a casa a charlar, pero no había nadie más que yo. Jo, ¡no pongas esa cara! La idea le gustó —explicó Beth con dulzura.

—Eres incapaz de mantener un secreto. Bueno, no importa, así me ahorro tener que explicárselo.

—Por favor, sigue —la animó Laurie al ver que Jo se entregaba de nuevo a su labor, un tanto enojada.

—Vaya, ¿mi hermana no te ha contado nuestro nuevo plan? Verás, hemos intentado no malgastar nuestras vacaciones y, por ello, cada una tenía asignada una tarea a la que se ha entregado en cuerpo y alma. Ahora, a punto de terminar las vacaciones, con la tarea cumplida, estamos muy contentas de no haber perdido el tiempo.

—Sí, yo debería haber hecho lo mismo —dijo Laurie, arrepentido del tiempo que había perdido holgazaneando.

—Mamá nos anima a que hagamos cosas al aire libre, por lo que decidimos traer aquí el trabajo y pasar un buen rato. Y, para que fuese más divertido, cada una metió sus cosas en una bolsa, se puso un sombrero viejo y subimos por la colina ayudadas con un bastón, como si fuésemos peregrinos, como hace años. Esta colina es nuestra montaña de las Delicias particular, ya que, como en el libro, desde ella podemos mirar a lo lejos y ver el país en el que esperamos vivir algún día.

Jo señaló el horizonte y Laurie se enderezó para contemplarlo; a través de un claro del bosque, al otro lado del río, ancho y azul, donde se extendían las praderas, y más allá de la ciudad, se divisaban unas verdes colinas que ascendían hacia el cielo. El sol estaba bajo y el cielo, iluminado con el esplendor de un crepúsculo otoñal. Sobre las cimas de las colinas descansaban nubes doradas y púrpuras, y en medio de aquella luz rojiza destacaban blancos picos plateados que se elevaban hacia el cielo como los etéreos pináculos de la Ciudad Celestial.

—¡Qué hermoso paisaje! —murmuró Laurie, que era muy sensible a la belleza.

—Casi siempre lo es y nos gusta mucho verlo. Cambia cada día, pero siempre es magnífico —apuntó Amy, que soñaba con poder pintarlo.

—Jo ha hablado del país en el que esperamos vivir. Se refiere al campo, con cerdos y gallinas y henares; ojalá ese hermoso lugar existiese de verdad y pudiésemos ir allí algún día —musitó Beth.

—Existe un lugar aún más hermoso al que iremos todas si nos portamos bien, cuando nos llegue el momento —repuso Meg con dulzura.

—Pero la espera es muy larga, y el camino difícil. Me gustaría echar a volar, como hacen esas golondrinas, y cruzar esa magnífica puerta.

—Llegarás, sin duda, Beth, antes o después. No temas —dijo Jo—. Yo no lo tengo fácil; tendré que trabajar, esforzarme, subir y esperar, y tal vez, a pesar de todo, no lo consiga nunca.

—Bueno, si te sirve de consuelo, yo te acompañaré. Tengo mucho camino que recorrer hasta llegar a la Ciudad Celestial de la que habláis. Si tardo mucho, ¿intercederás por mí, Beth?

Hubo algo en la expresión del muchacho que turbó a su amiga, que sin embargo contestó con alegría, mirando las nubes que se movían en el cielo:

—Creo que, si alguien desea de veras alcanzarla y se esfuerza toda la vida, al final no puede sino llegar. Estoy segura de que sus puertas no están cerradas ni tienen guardias custodiándolas. Siempre he pensado que debe de ser como este paisaje de la ilustración, donde los Resplandecientes tienden las manos para recibir al Pobre Cristiano que se acerca a ellos tras atravesar el río.

—¿No sería estupendo que los castillos que construimos en el aire se volviesen reales y pudiésemos vivir en ellos? —apuntó Jo tras una breve pausa.

—Yo he construido tantos que me costaría elegir uno —afirmó Laurie, tumbado en el suelo, mientras lanzaba piñas a la ardilla que había delatado su presencia.

—Elige tu favorito. ¿Cuál sería? —preguntó Meg.

—Si te lo digo, ¿me dirás cuál es el tuyo?

—Sí, si las demás lo dicen también.

—Lo haremos. Laurie, empieza.

—Después de viajar por todo el mundo, me gustaría vivir en Alemania y dedicarme a la música. Me convertiría en un músico muy famoso y todos querrían oírme tocar; no tendría que preocuparme por el dinero o por los negocios, porque me ganaría la vida haciendo lo que más me gusta. Ese es mi sueño favorito. ¿Cuál es el tuyo, Meg?

A Margaret parecía costarle compartir el suyo, y agitó una hoja de helecho delante de su cara, como para apartar mosquitos imaginarios, mientras decía:

—Me gustaría tener una casa bonita, llena de toda clase de lujos, con buena comida, ropa hermosa, muebles elegantes, gente agradable a mi alrededor y montañas de dinero. Yo sería la dueña de todo y lo dirigiría a mi antojo pero, como tendría un ejército de criados a mi cargo, no tendría que trabajar. ¡Qué bien lo pasaría! Porque no estaría todo el día de brazos cruzados, sino que haría buenas obras por las que todo el mundo me querría.

—¿Y no habría un señor de la casa? —aventuró Laurie con picardía.

—Bueno, como he dicho, tendría «gente agradable» alrededor —dijo Meg atándose el zapato para ocultar su rostro.

—¿Y por qué no dices abiertamente que quieres un marido bueno, generoso e inteligente, y un coro de niños angelicales? Y que sin eso un hogar no sería perfecto —espetó Jo, que no compartía la visión romántica de su hermana y solo mostraba interés por las historias de amor que aparecían en los libros.

—Y en el tuyo solo habría caballos, recado de escribir y novelas —replicó Meg enfadada.

—¡Por supuesto! Yo tendría corceles árabes, habitaciones llenas de libros y utilizaría un recado de escribir mágico, con lo que mis obras serían tan famosas como la música de Laurie. Antes de morir espero hacer algo importante, algo heroico o maravilloso, que me permita seguir viva en el recuerdo. No sé qué es, pero no pararé hasta descubrirlo y, algún día, os asombraré a todas. Creo que escribir, hacerme rica y famosa es mi mayor sueño.

—El mío es estar en casa con papá y mamá y ayudarlos a cuidar de toda la familia —anunció Beth, satisfecha.

—¿No aspiras a nada más? —preguntó Laurie.

—Mientras tenga mi piano cerca, estaré contenta. Lo que más deseo es que podamos estar juntos y a salvo. Eso es todo.

—Yo tengo muchos sueños, pero el que más ilusión me hace es el de ser artista, vivir en Roma y pintar todo el día hasta ser la mejor del mundo. —Tal era el modesto deseo de Amy.

—Pues vaya grupo de ambiciosos, ¿no os parece? Salvo Beth, todos soñamos con ser ricos, famosos y estupendos en todos los sentidos. Me pregunto si alguno de nosotros lo logrará algún día —musitó Laurie mascando una brizna de hierba, cual ternero pensativo.

—Yo tengo la llave de mi castillo en el aire; queda por ver si podré abrir la puerta —comentó Jo, enigmática.

—Yo también tengo la llave del mío, pero no me permiten probar suerte. ¡Maldita universidad! —protestó Laurie con un suspiro de impaciencia.

—Pues esta es la mía —dijo Amy blandiendo su lápiz.

—Yo no tengo ninguna —intervino Meg con tristeza.

—Claro que la tienes —repuso Laurie sin pensarlo dos veces.

—¿Cuál?

—Tu rostro.

—Tonterías, eso no sirve de nada.

—Espera y verás cómo te ayuda a conseguir algo que merezca la pena —afirmó el muchacho, y se echó a reír al recordar un pequeño secreto que había descubierto.

Meg se sonrojó pero no preguntó nada más, y miró hacia el río con la expresión esperanzada con que el señor Brooke lo había contemplado mientras explicaba la historia del caballero.

—Si estamos todos vivos, ¿por qué no nos reunimos

dentro de diez años para ver quién ha cumplido su sueño o está más cerca de lograrlo? —propuso Jo, siempre dispuesta a hacer planes.

—¡Por Dios! ¡Qué viejos seremos! ¡Yo tendré veintisiete años! —exclamó Meg, que ya se sentía adulta a los diecisiete.

—Sí, Laurie y yo tendremos veintiséis; Beth habrá cumplido veinticuatro, y Amy, veintidós. ¡Un grupo de lo más venerable! —comentó Jo.

—Espero que para entonces haya hecho algo de lo que sentirme orgulloso, pero soy tan perezoso que mucho me temo que solo habré haraganeado, Jo.

—Mamá dice que solo necesitas encontrar un propósito y que, cuando lo tengas, trabajarás de firme.

—¿Eso dice? Por Júpiter que lo haría si pudiera —exclamó Laurie, que se incorporó lleno de energía—. Sé que debería complacer a mi abuelo, y lo intento, pero lo hago a contrapelo y me resulta muy penoso. Quiere que vaya a la India y me haga comerciante, como lo fue él, pero yo preferiría que me pegasen un tiro; odio el té, la seda, las especias y todas las porquerías que transportan sus viejos barcos y, cuando sean míos, me traerá sin cuidado que se hundan. Supongo que quiere que vaya a la universidad porque así dispondrá de cuatro años más para preparar el traspaso del negocio. Todo está previsto y tengo que seguir el plan o, si quiero ser feliz, tendré que irme como lo hizo mi padre. Si no fuera porque el viejo se quedaría solo, me iría mañana mismo.

Laurie hablaba con pasión y parecía dispuesto a cumplir su amenaza al menor contratiempo; se estaba haciendo mayor muy deprisa y, a pesar de su naturaleza indolente, odiaba, como todos los jóvenes, la sumisión y deseaba conocer mundo y crear su propio camino.

—Te recomiendo que te escapes en uno de tus barcos y no vuelvas hasta que hayas logrado lo que quieres —dijo

Jo, a la que se le disparaba la imaginación solo con pensar en una proeza semejante, y a la que inspiraba mucho lo que había dado en llamar «errores» de Laurie.

—Eso no estaría bien, Jo. No deberías hablar así y Laurie haría bien en no seguir un consejo tan malo. Querido muchacho, lo mejor es que hagas caso a tu abuelo —terció Meg con su tono más maternal—. Esfuérzate en la universidad y seguro que cuando vea cómo te esmeras por satisfacerle deja de ser tan duro o injusto contigo. Como bien dices, eres el único que le puede hacer compañía y quererle, y si te vas sin su consentimiento no te lo perdonarás en la vida. No te preocupes ni te desanimes, cumple con tu obligación y seguro que obtendrás tu recompensa, como la ha obtenido el bueno del señor Brooke, que se ha ganado nuestro cariño y respeto.

—¿Qué sabes de él? —preguntó Laurie. Agradecía el acertado consejo, pero le había molestado el tono de sermón y se alegraba de que dejaran de hablar de él, tras aquella espontánea y poco habitual confesión.

—Solo lo que tu abuelo le ha contado a mamá; que cuidó de su madre hasta que murió y no aceptó una buena oferta de trabajo en el extranjero por no dejarla sola, y que ahora se ocupa de una anciana niñera de su madre sin decir nada a nadie. Que es un hombre generoso, paciente y bueno.

—¡Caray con el bueno de mi amigo! —dijo Laurie sinceramente conmovido, mientras Meg, ruborizada, hacía una pausa, emocionada con la historia—. Es muy propio de mi abuelo averiguarlo todo de él sin decir nada y contar a los demás lo bueno que es para que le aprecien por lo que vale. Brooke no se explicaba por qué tu madre se mostró tan amable con él, le invitó a ir a casa conmigo y le acogió con cariño, como a un buen amigo. Lo interpretó como una muestra de la perfección de tu madre y no dejó de alabarla ni de hablar de ti durante días, muy impresionado. Si cumplo mi sueño, haré lo que pueda por ayudarle.

—Podrías empezar a hacer algo ahora no atormentándole —replicó Meg con dureza.

—¿De dónde sacas que le atormento?

—Lo veo en su rostro cuando sale de tu casa. Si te has portado bien, parece satisfecho y camina con garbo, pero si no le has hecho caso camina despacio y tiene un aire serio, como si tuviese ganas de volver a entrar y hacer mejor su trabajo.

—Vaya, me alegra saber que te fijas en la expresión de mi querido Brooke. Me he dado cuenta de que sonríe y saluda con la cabeza cuando pasa junto a tu ventana, pero no sabía que os entendierais tan bien.

—No lo hacemos. No te enfades y, por favor, no digas nada de esto al señor Brooke. Solo quería que supieras que me preocupo por cómo te va, pero esta es una charla entre amigos y lo que decimos es confidencial, ¿sabes? —exclamó Meg, asustada ante las posibles consecuencias de sus indiscretas palabras.

—Yo no voy por ahí repitiendo lo que me dicen —protestó Laurie con una actitud de soberbia que Jo conocía bien—. Pero ahora que sé que Brooke es el barómetro de mi carácter, lo tendré en cuenta y haré lo posible por que anuncie buen tiempo.

—Te ruego que no te ofendas; no pretendía darte un sermón, ni contar chismes ni comportarme como una tonta. Simplemente me ha dado la sensación de que Jo te alentaba a hacer algo de lo que te podrías arrepentir con el tiempo. Eres muy bueno con nosotras y te consideramos casi un hermano, por eso me animo a decirte lo que pienso. Te pido que me perdones, no tenía intención de herirte. —Y Meg le tendió la mano en un gesto que era a la vez afectuoso y tímido.

Avergonzado por haberse ofendido, Laurie le estrechó la mano y dijo con franqueza:

—Soy yo quien debe excusarse, llevo todo el día de mal humor. No dejes de señalarme mis defectos y considerarme un hermano, y no te preocupes si a veces me pongo un poco gruñón. Yo te lo agradezco igual.

El muchacho hizo una reverencia para mostrar que no estaba enfadado y a partir de entonces estuvo encantador. Devanó el hilo de algodón de Meg, recitó poesía para complacer a Jo, recogió piñas para Beth y ayudó a Amy con los helechos, de modo que hizo méritos suficientes para integrarse en el Club de las Abejas Laboriosas. Y cuando charlaban animadamente sobre los hábitos de las tortugas —tras ver a una de esas amigables criaturas salir del río— oyeron el lejano sonido de una campanilla que indicaba que Hannah estaba a punto de servir el té y tenían que volver a casa para cenar.

—¿Podré volver aquí, con vosotras? —preguntó Laurie.

—Sí, si te portas bien y estudias como hacen los buenos chicos —contestó Meg con una sonrisa.

—Haré lo posible.

—Entonces, serás bienvenido; yo te enseñaré a calcetar como los escoceses. Hay una gran demanda de calcetines —añadió Jo agitando un calcetín azul a modo de bandera, en el momento en que se despedían en la verja.

Aquella noche, mientras Beth tocaba para el señor Laurence, a media luz, Laurie se escondió tras una cortina y escuchó al pequeño David, cuya música tenía la cualidad de aquietar su agitado espíritu, y observó al anciano de cabellos grises sentado en la silla, que con la cabeza apoyada en la mano recordaba con ternura a la nieta perdida a la que tanto había querido. El joven recordó la conversación que había mantenido con Meg aquella tarde y se dijo, resuelto a hacer un sacrificio: Abandonaré mi sueño por estar con mi querido abuelo mientras me necesite. No tiene a nadie más.

14
Secretos

Al llegar octubre, con sus días más fríos y sus tardes más cortas, Jo empezó a pasar mucho tiempo encerrada en el desván. En las dos o tres horas durante las que el sol se filtraba por la ventana y calentaba la estancia, se la podía ver sentada en el viejo sillón, escribiendo, con los papeles esparcidos sobre un baúl que hacía las veces de mesa, mientras *Scrabble*, el ratón amigo de la familia, se paseaba por las vigas del techo en compañía de su hijo mayor, un ratoncillo muy orgulloso de sus bigotes. Plenamente concentrada en el trabajo, Jo escribió hasta dar por terminada su obra. En la última página estampó una firma con florituras, soltó la pluma y exclamó:

—¡Ya está! ¡Esto es lo mejor que puedo hacer! Si no es suficiente, tendré que esperar un tiempo, hasta que sea capaz de mejorarlo.

Reclinada en el sillón, leyó el manuscrito de principio a fin, con suma atención, introduciendo, aquí y allá, correcciones y signos de admiración que parecían pequeños globos; por último, ató el fajo de cuartillas con una cinta roja y lo contempló con una expresión grave y formal, que indicaba con qué seriedad se tomaba su obra. Jo había convertido en pupitre una vieja cocina metálica que había junto a una pared. En su interior, guardaba sus escritos y unos cuantos libros para protegerlos del interés de *Scrabble*, que resultó ser también un auténtico aficionado a la literatura y no dudaba en mordisquear las hojas de cuantas obras encontraba a su paso. Jo sacó un segundo manuscrito de su escondite, se guardó ambos en el bolsillo y bajó en silencio por las escaleras, mientras sus amigos roían las plumas y probaban la tinta.

Se puso el sombrero y la chaqueta con el mayor sigilo posible, se encaminó hacia la ventana trasera, se encaramó al tejado del pequeño porche, se descolgó hasta el césped y se dirigió a la carretera dando un rodeo. Se alisó el vestido, hizo una seña a un ómnibus que pasaba y se marchó a la ciudad con una expresión alegre y misteriosa en el rostro.

De haberla observado alguien, hubiese pensado que había algo raro en sus movimientos, porque tras bajar del ómnibus la joven se dirigió a buen paso a un determinado número de una calle muy concurrida; tras dar con el lugar, no sin cierta dificultad, entró en el portal, echó un vistazo a las sucias escaleras, se quedó parada unos minutos, salió nuevamente a la calle y se alejó tan deprisa como había llegado. Repitió la operación varias veces, para mayor diversión de un joven de ojos negros asomado a una ventana del edificio de enfrente. Al tercer intento, Jo meneó la cabeza, se caló el sombrero y subió por las escaleras como si fuese a que le arrancaran todas las muelas.

En la entrada había, entre otros, un rótulo de dentista, y tras echar un vistazo a las dos mandíbulas artificiales que se abrían y cerraban lentamente mostrando una perfecta dentadura, el joven caballero de la ventana se puso el abrigo, cogió el sombrero y bajó para esperar frente a la entrada, diciéndose con una sonrisa y un escalofrío: Es muy propio de ella venir sola pero, si pasa un mal rato, le vendrá bien que alguien la acompañe a casa.

A los diez minutos, Jo bajó corriendo por las escaleras con el rostro encendido y aspecto de haber pasado una dura prueba. Su reacción al ver al joven no fue precisamente de alegría; le saludó con un gesto y pasó de largo. Él la siguió y le preguntó con cara de compasión:

—¿Has pasado un mal rato?

—No demasiado.

—Has salido enseguida.

—Sí, ¡gracias a Dios!

—¿Por qué has venido sola?

—No quería que nadie lo supiera.

—Eres la muchacha más rara que conozco. ¿Cuántas te han sacado?

Jo miró a su amigo sin entender y, después, se echó a reír con ganas.

—Quiero que me saquen dos, pero tendré que esperar una semana más.

—¿Qué te hace tanta gracia? ¿Qué estás tramando, Jo? —preguntó Laurie, perplejo.

—Lo mismo digo. ¿Se puede saber qué hacía usted, señor, en un salón de billar?

—Discúlpeme, señora, pero no es un salón de billar, sino un gimnasio, y estaba tomando clases de esgrima.

—¡Me alegra oír eso!

—¿Por qué?

—Podrías enseñarme. Así, cuando representemos *Hamlet*, podrías hacer de Laertes y la escena de la lucha quedará estupenda.

Laurie soltó una carcajada franca que hizo sonreír a varios peatones, aun a su pesar.

—Te enseñaré tanto si representamos *Hamlet* como si no; es muy divertido y te ayudará a mantenerte erguida, pero no creo que esa sea la auténtica razón por la que has dicho «me alegra» con tanta decisión. ¿Me equivoco?

—No. Me alegro de que no estuvieses en el billar. Confío en que nunca irás a esa clase de lugares.

—No voy con frecuencia.

—Preferiría que no lo hicieses nunca.

—No hay nada malo en ello, Jo. Tengo un billar en casa pero, sin buenos jugadores, no tiene gracia. Y como soy muy aficionado, algunas veces voy a un salón a jugar con Ned Moffat u otros amigos.

—¡Oh, querido, lo lamento! Eso solo hará que cada vez te guste más, malgastes tiempo y dinero y termines por ser como esos horribles muchachos. Esperaba que tuvieses un comportamiento respetable y fueses un ejemplo para tus amigos —dijo Jo meneando la cabeza.

—¿No puede un joven divertirse sin dejar por ello de ser respetable? —preguntó Laurie algo molesto.

—Depende de cómo y dónde se divierta. No me gustan Ned ni su pandilla y preferiría que te mantuvieses alejado de ellos. Mamá no nos permite invitarle a casa por mucho que él quiere venir. Y si te comportas como él, dudo mucho que nos deje seguir viéndonos.

—¿No nos dejaría? —inquirió Laurie, inquieto.

—No. No soporta a esos jóvenes petimetres y, si fuera preciso, nos encerraría en una sombrerera antes que dejar que nos relacionásemos con ellos.

—Bueno, por ahora no es preciso que utilice la sombrerera; no soy un joven petimetre ni pienso serlo. De todos modos, me gusta hacer alguna travesura inocente de vez en cuando. ¿A ti no?

—Sí, eso no tiene nada de malo. Se pueden hacer travesuras, pero sin perder el norte, ¿de acuerdo? De lo contrario, será el fin de los buenos tiempos.

—Seré la quintaesencia de la santidad.

—No soporto a los santos; simplemente sé sencillo, honrado y respetable y no habrá problemas entre nosotros. No sé qué haría si te comportases como el hijo del señor King; tenía tanto dinero y tan poca idea de en qué invertirlo que no se le ocurrió más que dilapidarlo en el juego y se marchó arruinando el buen nombre de su padre. Tengo entendido que la familia pasó un mal trago.

—¿Y tú me ves haciendo algo así? Muchas gracias, amiga.

—¡No! ¡Por Dios! No quería decir eso. He oído decir que tener dinero es una gran tentación y, a veces, preferiría que fueses pobre; así no tendría de qué preocuparme.

—Jo, ¿te preocupo?

—Un poco, especialmente cuando estás de mal humor o descontento, como ocurre en ocasiones. Tienes tanta fuerza que si decidieses equivocar la dirección no habría quien te parase.

Laurie caminó en silencio durante unos minutos, y Jo le observaba pensando que debería haberse mordido la lengua, pues, aunque el muchacho sonreía, sus ojos delataban que estaba algo enfadado por sus comentarios.

—¿Piensas seguir sermoneándome todo el trayecto? —preguntó él al fin.

—Por supuesto que no. ¿Por qué?

—Porque si sigues, tomaré el ómnibus pero, si lo dejas estar, me encantaría volver a casa dando un paseo y explicarte algo muy interesante.

—Basta de sermones. Me muero de ganas de saber qué tienes que contar.

—Muy bien, veamos. Es un secreto, y te lo contaré si prometes desvelarme alguno de los tuyos.

—Yo no tengo secretos... —Jo se interrumpió de golpe al recordar que no era cierto.

—Sabes que sí los tienes; a mí no me puedes ocultar nada, así que confiesa o no te contaré nada.

—¿Tu secreto merece la pena?

—¡Vaya si la merece! Es referente a personas que conoces bien y te hará mucha gracia... No te lo puedes perder, llevo tiempo queriendo decírtelo. Venga, ¡empieza tú!

—No dirás nada en casa, ¿verdad?

—Ni una palabra.

—Ni te burlarás de mí cuando estemos solos.

—Yo nunca haría eso.

—Sí lo harías. Además, no sé cómo te las ingenias, pero siempre consigues sonsacarme. Tienes el don de engatusar a cualquiera.

—Gracias. Venga, ¡suéltalo ya!

—Bien, le he dejado dos de mis cuentos a un periodista y la semana que viene me dará su opinión —murmuró Jo al oído de su confidente.

—¡Un hurra por la señorita March, famosa escritora norteamericana! —exclamó Laurie antes de lanzar al aire su sombrero y cogerlo al vuelo, para deleite de dos patos, cuatro gatos, cinco gallinas y media docena de niños irlandeses que había por allí, puesto que ya habían salido de la ciudad.

—¡Calla! No creo que salga bien, pero tenía que probar, de lo contrario no me quedaría tranquila. No quiero que se enteren en casa para que no sufran una decepción.

—¡Seguro que va bien! Jo, tus cuentos son como obras del mismísimo Shakespeare comparados con la basura que suelen publicar hoy en día. ¡Será divertido verlos en letra de imprenta! ¡Y qué orgullosos estaremos de nuestra escritora!

A Jo le brillaban los ojos. Siempre es agradable que alguien crea en nosotros y la alabanza de un amigo deja mejor sabor de boca que una docena de críticas elogiosas en la prensa.

—Bien, ¿y cuál es tu secreto? No me falles o no volveré a confiar en ti —dijo ella mientras se esforzaba por apagar sus esperanzas, que siempre se inflamaban con solo una palabra de ánimo.

—Tal vez me meta en un lío por contártelo, pero no prometí guardar silencio, de modo que te lo diré porque no estoy tranquilo hasta que he compartido contigo las últimas novedades. Sé dónde está el guante que le falta a Meg.

—¿Eso es todo? —preguntó Jo, decepcionada. Laurie asintió con la cabeza y le guiñó un ojo con aire pícaro y misterioso.

—Es más que suficiente. Lo entenderás cuando te explique dónde está.

—Entonces, dímelo.

Laurie se inclinó hacia su oído y susurró unas palabras que provocaron un cómico cambio en la expresión de la joven. Jo se detuvo en seco, le miró fijamente, entre sorprendida y contrariada, luego echó a andar y preguntó con tono desabrido:

—¿Y tú cómo lo sabes?

—Porque lo he visto.

—¿Dónde?

—En su bolsillo.

—¿Tanto tiempo?

—Sí. ¿No te parece romántico?

—No, lo encuentro horrible.

—¿No te gusta?

—Claro que no. ¡Es ridículo! No se puede consentir. ¡Por Dios! ¿Qué dirá Meg?

—No se lo puedes contar a nadie, ¿recuerdas?

—No te he dado mi palabra.

—Pero se sobrentiende. Te lo he contado porque confío en ti.

—Está bien, por ahora no diré nada, pero me parece fatal. ¡Ojalá no me lo hubieras contado!

—Pensaba que te agradaría.

—¿Agradarme que alguien quiera llevarse a Meg lejos de nosotras? ¡No, gracias!

—Te parecerá mejor cuando alguien pretenda llevarte a ti.

—¡A ver quién se atreve! —exclamó Jo en tono amenazador.

—¡Eso digo yo! —repuso Laurie con una risita.

—Los secretos no van conmigo; ahora que sé esto, no podré estar tranquila —apuntó Jo, quejosa.

—Te reto a una carrera colina abajo. Te ayudará a sentirte mejor —propuso Laurie.

No había nadie a la vista, la suave pendiente del camino que tenía ante sí la invitaba a aceptar, la tentación era irresistible, de modo que Jo echó a correr. En la carrera perdió el sombrero, la peineta y varias horquillas. Laurie llegó el primero a la meta y se felicitó por el éxito del tratamiento cuando llegó jadeando a su Atalanta particular, con el cabello ondeando al viento, los ojos brillantes, las mejillas encendidas y sin rastro de enfado en el rostro.

—¡Cómo me gustaría ser caballo! Podría galopar durante kilómetros sin cansarme y sentir el aire en la cara. Ha sido fantástico, pero fíjate cómo he quedado, ¡parezco un muchacho! Sé bueno y ve a buscar mis cosas —pidió Jo, y se desplomó al pie de un arce que había alfombrado el suelo con una lluvia de hojas color carmesí.

Laurie marchó de buen grado a recuperar los objetos perdidos y Jo se rehízo las trenzas, con la esperanza de que no pasase nadie por allí hasta que estuviese nuevamente presentable. Sin embargo, pasó alguien, y no cualquiera; era Meg, muy bien arreglada, con su traje de los domingos y su aire distinguido, puesto que venía de hacer varias visitas.

—¿Se puede saber qué estás haciendo aquí? —preguntó mirando con sorpresa a su despeinada hermana.

—Recogiendo hojas —contestó Jo mansamente, y cogió un puñado de hojas rosadas que acababa de juntar en un montoncito.

—Y horquillas —añadió Laurie mientras dejaba caer una docena en el regazo de Jo—. Se dan en esta zona, al igual que las peinetas y los sombreros de paja marrones.

—Jo, ¡has estado corriendo! ¿Cómo has podido? ¿Cuándo vas a dejar de retozar como una niña? —dijo Meg en tono reprobatorio mientras se arreglaba los puños y se alisaba el cabello, con el que el viento se había tomado ciertas libertades.

—Nunca, hasta que esté vieja, rígida y tenga que usar bastón. No quieras hacerme crecer antes de tiempo, Meg; ya es bastante duro ver cómo has cambiado tú de un día para otro. Déjame seguir siendo una niña todo el tiempo que pueda.

Mientras hablaba, Jo bajó la cabeza hacia las hojas que había amontonado para que no notase que le temblaba la barbilla. Era evidente que Meg se estaba convirtiendo en una mujer, y el secreto que Laurie le había contado hacía temer a Jo que la inevitable separación pudiese estar demasiado próxima. Laurie leyó en el rostro de su amiga su preocupación y preguntó, para distraer la atención hacia Meg:

—¿A quién has visitado?

—He estado en casa de los Gardiner, y Sallie me ha descrito en detalle la boda de Belle Moffat. Al parecer, fue una ceremonia espléndida y la pareja pasará el invierno en París. ¡Qué maravilla!

—¿La envidias? —preguntó Laurie.

—Mucho me temo que sí.

—¡Me alegro! —musitó Jo, que se caló el sombrero furiosa.

—¿Por qué? —inquirió Meg, sorprendida.

—Porque si te interesa tanto la vida de los ricos no nos dejarás para casarte con un hombre pobre —sentenció Jo mirando con expresión ceñuda a Laurie, que le hacía señas para que midiese sus palabras.

—Yo nunca os dejaré para casarme con nadie —afirmó Meg mientras caminaba con aire digno, seguida por los dos amigos, que reían, cuchicheaban, saltaban por encima de las piedras y «se comportaban como auténticos chiquillos», en palabras de la propia Meg, que se habría sentido tentada de sumarse a la fiesta de no haber llevado puesto su mejor traje.

Durante un par de semanas, Jo tuvo un comportamiento muy extraño que desconcertaba a sus hermanas. Echaba a correr hacia la puerta en cuanto pasaba el cartero, saludaba con malos modos al señor Brooke cuando coincidía con él, se quedaba mirando a Meg pensativa, sin decir palabra, y a veces se levantaba, la abrazaba y besaba sin venir a cuento. Laurie y ella no paraban de hacerse señas y hablar en clave, hasta el punto de que las muchachas los dieron por locos. El sábado de la segunda semana después de la escapada de Jo a la ciudad, Meg, que estaba cosiendo junto a la ventana, se escandalizó al ver que Laurie perseguía a su hermana por el jardín y la alcanzaba junto al emparrado de Amy. Meg no pudo apreciar lo que ocurría, pero oyó risas, seguidas de un murmullo de voces y, por último, le llegó un ruido de hojas de periódico.

—¿Qué vamos a hacer con esta chica? Dudo que nunca se comporte como una señorita —comentó Meg, con un suspiro, mientras contemplaba la escena con aire de desaprobación.

—Espero que nunca lo haga; es muy divertida y la quiero por ser como es —apuntó Beth, que disimulaba muy bien los celos que sentía al ver a Jo compartir confidencias con alguien que no fuera ella.

—Es desesperante, pero hemos de pensar que nunca conseguiremos que sea *comme la fo* —añadió Amy, que se estaba haciendo unos volantes y llevaba los rizos recogidos en un peinado muy favorecedor, razones ambas por las que se sentía más dama y más elegante que nunca.

Jo entró en la sala de improviso, se tumbó en el sofá y fingió leer.

—¿Has visto algo interesante? —preguntó Meg con condescendencia.

—Solo un cuento; supongo que no vale gran cosa —contestó Jo tapando con la mano el nombre impreso en el periódico.

—Léelo en voz alta; así nos entretendremos y veremos si estás en lo cierto —propuso Amy con tono de persona adulta.

—¿Cómo se titula? —preguntó Beth, extrañada de que Jo ocultase su rostro tras el periódico.

—«Los pintores rivales.»

—Suena bien; léelo —invitó Meg.

Jo se aclaró la voz, respiró hondo y empezó a leer muy deprisa. Las muchachas siguieron con interés la historia, romántica y dramática, en la que al final morían casi todos los personajes.

—Me gusta la parte en que se descubre ese cuadro magnífico —comentó Amy cuando Jo acabó de leer.

—Yo prefiero la historia de amor. Viola y Angelo son dos de nuestros nombres favoritos. Qué curioso, ¿verdad? —dijo Meg secándose las lágrimas de emoción que había provocado la trágica narración amorosa.

—¿Quién lo ha escrito? —preguntó Beth, que notaba algo raro en la expresión de Jo.

La joven lectora se incorporó, bajó el periódico, puso cara de satisfacción y con una divertida mezcla de solemnidad y emoción anunció en voz alta:

—¡Vuestra hermana!

—¿Has sido tú? —exclamó Meg dejando caer su costura.

—Es muy bueno —comentó Amy como si fuese un crítico literario.

—¡Lo sabía! ¡Lo sabía! ¡Oh, Jo, estoy muy orgullosa

de ti! —Beth corrió a abrazarla y celebrar aquel espléndido éxito.

¡Qué alegres estaban todas! Meg no lo creyó del todo hasta que vio el nombre «Josephine March» impreso en el periódico; Amy comentó los méritos artísticos del relato y ofreció algunas ideas para una segunda parte, lo que no parecía posible puesto que la pareja protagonista había muerto; Beth empezó a cantar y saltar de emoción; Hannah entró y exclamó «¡Menuda sorpresa! ¿Quién lo iba a imaginar?», visiblemente impresionada por «los logros de Jo»; al saber lo ocurrido, la señora March se sintió muy orgullosa de su hija; Jo rio, con lágrimas en los ojos, y dijo que acabaría pareciendo un pavo real si no paraban de alabarla. Así, el águila de la satisfacción planeó sobre la casa de los March mientras el periódico pasaba de mano en mano.

—Cuéntanoslo todo... ¿Cuándo salió? ¿Cuánto te han pagado? ¿Qué crees que dirá papá? ¿No se ha burlado Laurie? —preguntaron todas a la vez, arremolinadas alrededor de Jo, puesto que para la familia cualquier pequeña alegría era motivo de celebración.

—Dejad de gritar y os lo contaré todo —dijo Jo, que se preguntaba si la señora Burney se habría sentido tan importante tras la publicación de *Evelina* como ella con sus «Pintores rivales». Después de relatar cómo había ido a entregar los cuentos, añadió—: Y cuando fui a ver qué le habían parecido, el hombre me dijo que le habían gustado los dos pero que no pagaba a principiantes, que solamente publicaba las obras y citaba a los autores para que se dieran a conocer. Dijo que era una buena costumbre y que, una vez conocido, al autor ya le pagaban por publicar. De modo que le dejé los dos cuentos y hoy he recibido este periódico. Laurie me ha sorprendido leyéndolo y ha insistido en verlo, así que le he dejado. Le ha parecido bueno y me ha animado a seguir escribiendo.

También dice que se encargará de que por el próximo me paguen algo. ¡Soy tan feliz! Dentro de un tiempo podré mantenerme y ayudaros a todas.

Jo se quedó sin palabras, hundió el rostro en el periódico y añadió a su cuento unas cuántas lágrimas de verdad; ser independiente y ganarse la admiración de sus seres queridos eran sus dos máximas aspiraciones en la vida y, aquel día, sintió que había dado un primer paso hacia su feliz objetivo.

15
Un telegrama

—Noviembre es el peor mes del año —dijo Margaret, que, de pie junto a la ventana en una tarde gris, contemplaba el jardín lleno de escarcha.

—Será por eso que nací en noviembre —observó Jo, pensativa, sin darse cuenta de que tenía una mancha de tinta en la nariz.

—Si ahora ocurriese algo bueno, pensaríamos que es un mes maravilloso —comentó Beth, que era capaz de ver el lado positivo de todo, noviembre incluido.

—Estoy de acuerdo, pero en esta familia no ocurre nunca nada bueno —apuntó Meg, que estaba de mal humor—. Los días pasan sin pena ni gloria, sin cambios y con muy poca diversión. Es pura rutina.

—¡Válgame el cielo, qué desanimada estás! —exclamó Jo—. No me extraña, ves a jóvenes que se lo pasan en grande mientras tú no haces sino trabajar y trabajar, año tras año. ¡Oh, cómo me gustaría poder dictar tu destino como hago con las protagonistas de mis relatos! Como ya eres hermosa y buena, haría que un familiar rico te nombrara heredera de su fortuna de forma inesperada y pudieses brillar con luz propia, vengarte de aquellos que te han desairado, viajar al extranjero y volver a casa convertida en señora de un gran señor, envuelta en esplendor y elegancia.

—Hoy en día nadie se hace rico de ese modo. Los hombres tienen que trabajar y las mujeres, si quieren dinero, han de casarse. Vivimos en un mundo muy injusto —dijo Meg con amargura.

—Jo y yo vamos a hacer fortuna y os mantendremos a todas; espera diez años y ya verás —sentenció Amy, que sentada en un rincón hacía «pastelitos de barro», como Hannah llamaba a las figuritas de pájaros, frutos y rostros de arcilla que modelaba.

—No puedo esperar y, además, me temo que no comparto vuestra fe en la tinta y el barro, aunque agradezco tus buenas intenciones.

Meg suspiró y volvió nuevamente la mirada hacia el jardín helado; Jo resopló y apoyó los codos sobre la mesa, con aire abatido, pero Amy la salpicó para animarla. Beth, sentada ante la otra ventana, dijo con una sonrisa:

—Ahora mismo van a ocurrir dos cosas buenas. Marmee sube por la calle y Laurie está atravesando el jardín y parece que trae buenas noticias.

Cuando entraron, la señora March formuló la pregunta habitual: «Niñas, ¿ha llegado carta de vuestro padre?», y Laurie propuso en tono persuasivo:

—¿Quién se anima a dar una vuelta en coche conmigo? He estado estudiando matemáticas hasta marearme y necesito salir a que se me refresquen las ideas. El día está gris, pero no hace demasiado frío y aprovecharé para dejar a Brooke en su casa, así que si el ambiente no acompaña fuera, lo hará dentro del coche. Jo, ven conmigo. Beth, tú también te apuntas, ¿verdad?

—Por supuesto.

—Muchas gracias, Laurie, pero yo estoy ocupada —dijo Meg, que se apresuró a sacar su cesto de las labores, porque había convenido con su madre que era mejor, al menos para ella, que no la vieran demasiado con aquel joven caballero.

—Señora March, ¿necesita que haga algún recado? —preguntó Laurie, inclinado sobre la butaca en que se había sentado la mujer, con la expresión y el tono cariñosos con que solía dirigirse a la madre de las niñas.

—No, gracias, querido, salvo tal vez pasar por la oficina de correos, si eres tan amable. Es el día en que solemos recibir carta, pero el cartero no ha pasado. Mi esposo es puntual como un reloj; supongo que habrá surgido algún imprevisto que ha retrasado la entrega.

El sonido de un timbre interrumpió la charla y, al minuto siguiente, Hannah entró con algo en las manos.

—Es uno de esos horribles telegramas, señora —dijo tendiéndoselo como si temiese que fuese a estallar y provocar una pérdida irreparable.

La señora March lo abrió de inmediato, leyó las dos líneas que lo componían y se desplomó, blanca como el pedazo de papel que había producido el efecto de una bala en su corazón. Laurie corrió escaleras abajo a buscar agua, mientras Meg y Hannah sujetaban a la señora March y Jo leía en voz alta, asustada:

> Señora March:
> Su esposo está muy enfermo. Venga enseguida.
>
> S. Hale
> Hospital Blank. Washington

Se hizo el silencio en la sala mientras escuchaban, sin respirar siquiera, el contenido del telegrama. Pareció que el día oscurecía de súbito y el mundo cambiaba por entero mientras las hermanas rodeaban a su madre, como si temiesen que fuesen a arrebatarles la felicidad y el aliento de su vida. La señora March se rehízo de inmediato; leyó nuevamente el mensaje y tendió los brazos para abrazar a sus hijas, mientras decía, en un tono que nunca olvidarían:

—Me iré enseguida, pero tal vez sea demasiado tarde. ¡Oh, hijas, hijas! ¡Ayudadme a soportarlo!

Durante unos minutos, no se oyeron en la habitación más que sollozos y palabras de ánimo entrecortadas, tiernas promesas de ayuda y susurros esperanzados que terminaban en llanto. La pobre Hannah fue la primera en recuperarse y, con la sabiduría natural que la caracterizaba, se convirtió en ejemplo para el resto al buscar consuelo en el trabajo, que consideraba la panacea de todos los males.

—¡Que el Señor salve a este buen hombre! No perderé tiempo llorando, iré a preparar sus cosas enseguida, señora —dijo, con el corazón roto, secándose las lágrimas con el delantal. A continuación, tendió sus manos encallecidas para apretar con ternura las de la señora March y fue a hacer ella sola el trabajo de tres mujeres.

—Tiene razón. No hay tiempo para lamentaciones. Niñas, tranquilizaos y dejad que piense.

Las pobrecillas lo intentaron, mientras su madre, pálida pero serena, hacía a un lado el dolor para pensar y organizar el plan del viaje.

—¿Dónde está Laurie? —preguntó de súbito.

—Aquí estoy, señora. Por favor, dígame en qué puedo ayudarla —rogó el muchacho, que llegó corriendo desde la habitación contigua, a la que se había retirado porque había sentido que un trance así requería intimidad y era tan sagrado que hasta la presencia de un amigo estaba de más.

—Envía un telegrama para informar de que iré de inmediato. Tomaré el tren que parte mañana temprano. No hay otro antes.

—¿Algo más? Los caballos están listos, puedo ir a

donde sea preciso y hacer lo que requiera —dijo el muchacho, que parecía dispuesto a ir al fin del mundo si se lo pidiesen.

—Lleva una nota a la tía March. Jo, acércame papel y pluma.

La joven arrancó un trozo en blanco de la hoja en que estaba escribiendo y arrimó la mesa a su madre. Sabía que para realizar el largo y penoso viaje necesitaría pedir dinero y ya pensaba en cómo podría ayudar a recaudar una suma mayor para su padre.

—Ahora, ve, querido, pero no te pongas en peligro conduciendo a una velocidad excesiva; no es necesario.

Por supuesto, el joven hizo caso omiso de la advertencia de la señora March y, cinco minutos después, pasó junto a la ventana cabalgando como si le fuese la vida en ello.

—Jo, ve al pueblo y avisa a la señora King de que no podré ir. De camino, recoge estas cosas; las he reservado, las necesitaremos y debo estar preparada por si he de atender a tu padre. Los hospitales no siempre están bien provistos. Beth, ve a pedirle al señor Laurence un par de botellas de buen vino. Si se trata de pedir para vuestro padre, no me importa tragarme el orgullo; quiero que tenga lo mejor. Amy, dile a Hannah que baje el baúl negro y tú, Meg, ayúdame a preparar mis cosas, porque estoy muy alterada.

Era comprensible que escribir, pensar y organizarlo todo a un tiempo alterase a la pobre mujer, por lo que Meg le rogó que fuese a descansar un rato a su habitación y dejase que ellas se ocuparan de todo. Las jóvenes se dispersaron como hojas al viento y la felicidad que habitualmente reinaba en su apacible hogar desapareció, como si aquel telegrama hubiese traído consigo una especie de maleficio.

El señor Laurence acudió enseguida con Beth, para

dar todo el consuelo de que un anciano caballero es capaz, y prometió amablemente cuidar de las chicas en ausencia de la madre, lo que representó un gran alivio para esta. No le quedó nada por ofrecer, hasta propuso que la acompañara en el viaje su mayordomo, e incluso él mismo. La señora March lo rechazó de inmediato; no quería ni oír hablar de someter al anciano señor a un viaje tan largo, pero la propuesta alivió la angustia que reflejaba su rostro. El señor Laurence lo notó, frunció su poblado entrecejo, se frotó las manos y se marchó de pronto anunciando que volvería enseguida. Nadie pensó más en él hasta que Meg, que cruzaba el vestíbulo con un par de botas en una mano y una taza de té en la otra, se topó inesperadamente con el señor Brooke.

—Lamento mucho lo que ocurre, señorita March —dijo en un tono cariñoso y tranquilo que fue un auténtico bálsamo para el atormentado espíritu de la joven—. Vengo para ofrecerme a acompañar a su madre en este viaje. Debo ir a Washington para atender unos asuntos del señor Laurence y sería una gran satisfacción poder ayudar a su madre una vez allí.

Las botas cayeron al suelo y el té estuvo a punto de seguir el mismo camino cuando Meg le tendió la mano, tan rebosante de gratitud que el señor Brooke se sintió sobradamente compensado por el pequeño sacrificio, de tiempo y bienestar, que se disponía a realizar.

—¡Qué amables son ustedes! Seguro que mi madre aceptará. Y para mí será un gran alivio saber que tiene a alguien cerca para cuidar de ella. ¡Se lo agradezco mucho!

Meg estaba emocionada y se olvidó por completo de todo, hasta que algo en los ojos marrones que la miraban de arriba abajo le hizo recordar que el té se estaba enfriando. Se puso nuevamente en marcha y anunció que avisaría a su madre.

Todo estaba listo cuando Laurie volvió con un sobre

de parte de la tía March. En su interior había la suma requerida y una nota; en ella la anciana repetía lo que tantas veces les había dicho: siempre había opinado que era absurdo que el señor March se alistase en el ejército, que ya les había advertido que no saldría nada bueno de ello y concluía diciendo que esperaba que, en un futuro, hiciesen más caso de sus consejos. La señora March arrojó la carta a la chimenea, se guardó el dinero en el monedero y prosiguió con los preparativos, con los labios apretados, un gesto que Jo hubiese sabido descifrar de haber estado presente.

La tarde pasó volando. Una vez hechos todos los encargos, Meg y su madre se pusieron a coser algo que corría mucha prisa, Beth y Amy prepararon el té y Hannah terminó de planchar con exquisito esmero, pero Jo seguía sin aparecer. Empezaron a angustiarse. Laurie salió a buscarla, convencido de que la joven estaba tramando algo. Sin embargo, no la encontró y Jo volvió por su propio pie, con una extraña expresión en el rostro, mezcla de alegría y miedo, de satisfacción y arrepentimiento, que dejó a la familia tan perpleja como el fajo de billetes que entregó a su madre anunciando, con voz entrecortada:

—Esta es mi contribución para que papá esté bien atendido y puedas traerle a casa.

—Querida, ¿de dónde lo has sacado? ¡Son veinticinco dólares! Espero que no hayas hecho nada malo.

—No, lo he ganado honradamente. No he mendigado, no lo he pedido prestado ni lo he robado. Lo he ganado. Y no creo que debas reñirme por ello, solo he vendido lo que era mío.

Mientras decía esto, se quitó el gorro y todas dejaron escapar un grito de horror al ver que se había cortado la larga melena.

—¡Tu cabello! ¡Con lo bonito que lo tenías!

—Jo, ¿cómo has podido? Era tu mayor atractivo.

—¡Querida niña, no era necesario!

—Ya no parece mi Jo, pero la quiero aún más por ello.

Mientras todas daban su opinión y Beth acariciaba con ternura la cabeza rapada, Jo fingió una indiferencia que no engañó a nadie. Luego se frotó el poco cabello que le quedaba, como si quisiese hacer ver que en verdad le gustaba el resultado, y dijo:

—Esto no cambia el destino de la nación, así que no llores, Beth. Me ayudará a no ser vanidosa. Me sentía demasiado orgullosa de mi «peluca». A mi cerebro le sentará bien que le saquen peso de encima. Además, es muy agradable sentirse más ligera y fresca. El barbero me ha dicho que pronto podré hacerme un peinado a lo chico, muy favorecedor y fácil de arreglar. Estoy satisfecha. Así que, por favor, acepta el dinero y vayamos a cenar.

—Cuéntamelo todo, Jo. Yo no estoy nada satisfecha, pero no te puedo reñir porque sé que has elegido sacrificar tu vanidad, como tú lo llamas, por amor. Pero, querida, no era necesario y temo que en unos días te arrepientas de tu decisión —apuntó la señora March.

—¡No lo haré! —afirmó Jo con rotundidad, aliviada de ver que su travesura no era abiertamente condenada.

—¿Cómo se te ha ocurrido? —preguntó Amy, que se dejaría cortar antes la cabeza que su hermosa cabellera.

—Bueno, quería hacer algo por papá —respondió Jo mientras se sentaban a la mesa, porque los jóvenes sanos no pierden el apetito ni en la peor situación—. Pedir prestado me gusta tan poco como a mamá y sabía que la tía March protestaría, como hace siempre que tiene que soltar un centavo. Meg había dado su sueldo para pagar el alquiler y yo me había comprado unos vestidos con el mío, así que me he sentido fatal y me he dicho que conseguiría algo de dinero fuera como fuese.

—No tenías que sentirte mal, hija, no tenías ropa de invierno y te compraste prendas muy modestas con lo que tú misma ganaste —observó la señora March, con una dulzura que emocionó a la joven.

—Al principio no se me ha ocurrido que podía vender mi pelo, pero mientras le daba vueltas al asunto y pensaba en lo mucho que me gustaría entrar en tiendas caras y comprar lo que hiciese falta, he llegado al escaparate de una barbería y he visto que había colas de pelo expuestas con el precio a la vista. Una de ellas, tan oscura como mi melena aunque algo más larga, valía cuarenta dólares. Entonces he comprendido que tenía algo de valor y, sin pensar, he entrado y he preguntado si compraban cabello y cuánto me darían por el mío.

—Todavía no entiendo cómo te has atrevido —dijo Beth con asombro.

—El peluquero era un hombrecillo que parecía vivir dedicado a cuidar su cabello. Al principio se ha sorprendido como si no estuviese acostumbrado a que entrasen muchachas para vender su pelo. Me ha contestado que no le interesaba, que el color de mi melena no era el que se llevaba, que, de comprarlo, no estaba dispuesto a pagar demasiado, que tendría que trabajar mucho para arreglarlo; ha continuado así un buen rato. Se estaba haciendo tarde y me he dicho que, si no era posible cortarlo en ese momento, lo más probable es que luego no tuviese valor para seguir con el plan y, cuando me propongo algo, me gusta llevarlo hasta el final. Así que le he rogado que lo aceptase y le he explicado el apuro en el que me veía. Era una tontería, supongo, pero el caso es que ha cambiado de idea. Yo estaba muy nerviosa y le he contado todo sin orden ni concierto, y su mujer, que estaba escuchando, ha intercedido amablemente. Ha dicho: «Cógelo, Thomas, hazle un favor a esta muchacha. Yo haría lo mismo por nuestro Jimmy si tuviese cabello que vender».

—¿Quién es Jimmy? —preguntó Amy, a la que le gustaba que le aclarasen las dudas en el acto.

—Su hijo, que, según dice, está en el ejército. Una de esas coincidencias que invitan a ser más amable con un desconocido. La mujer me ha dado conversación mientras su marido me cortaba el pelo y eso ha hecho el trance más llevadero.

—¿No te has sentido morir con el primer tijeretazo? —preguntó Meg con un estremecimiento.

—He echado un último vistazo a mi melena mientras el barbero preparaba el material, pero eso es todo. Pequeñeces como esta no me quitan el sueño, aunque confieso que me he sentido muy rara cuando he visto mi pelo sobre la mesa y he sentido las puntas ásperas al pasarme la mano por la cabeza. Era como si me hubiesen amputado un brazo o una pierna. La mujer ha observado mi expresión y me ha dado un mechón de recuerdo. Te lo daré a ti, mamá, para que recuerdes viejas glorias, porque el nuevo corte resulta tan cómodo que no creo que vuelva a llevar el cabello largo nunca más.

La señora March dobló el mechón castaño y lo dejó junto a otro, más corto y gris, en su escritorio. Aunque no dijo más que «Gracias, querida», las muchachas dedujeron de la expresión de su rostro que era conveniente cambiar de tema, de modo que charlaron lo más animadamente que pudieron sobre la amabilidad del señor Brooke, el buen pronóstico del tiempo para el día siguiente y la alegría que se llevarían cuando su padre volviese a casa para recuperarse.

Ninguna quería acostarse cuando, a las diez, la señora March terminó de coser y dijo: «Venga, niñas». Beth fue hacia el piano y tocó la canción favorita de su padre. Todas empezaron a cantar con la mejor voluntad, pero se les fue quebrando la voz, hasta que solo quedó Beth, que cantaba con toda el alma, pues para ella la música era siempre el más dulce consuelo.

—Id a la cama y no os quedéis hablando. Mañana habrá que madrugar y necesitaréis haber dormido bien.

Buenas noches, queridas hijas —dijo la señora March, una vez terminada la canción, que fue la única de la noche, ya que nadie estaba de humor para seguir cantando.

Las muchachas la besaron en silencio y se fueron al dormitorio sin hacer ruido, como si hubiese un enfermo durmiendo en la habitación contigua. Beth y Amy cayeron rendidas a pesar de la preocupación, pero Meg se quedó despierta, atormentada por los pensamientos más sombríos de su corta vida.

Dado que Jo no se movía, Meg la supuso dormida, hasta que un sollozo apagado la hizo exclamar, al tiempo que acariciaba una mejilla húmeda:

—Jo, querida, ¿qué te ocurre? ¿Lloras por papá?

—No, ahora no.

—Entonces, ¿qué te ocurre?

—Es por mi cabello —balbuceó la pobre Jo, que trataba en vano de contener la emoción hundiendo el rostro en la almohada.

La escena conmovió a Meg, que besó y acarició a la consternada heroína con gran ternura.

—No es que me arrepienta —argumentó Jo hipando—. Lo haría de nuevo mañana si pudiera. Pero mi parte vanidosa y egoísta me obliga a llorar como una niña estúpida. No se lo digas a nadie, ya ha pasado. Creía que estabas dormida y pensé que me haría bien desahogarme a solas. ¿Cómo es que aún estás despierta?

—No puedo dormir, estoy demasiado angustiada —contestó Meg.

—Piensa en algo agradable y conciliarás el sueño enseguida.

—Lo he intentado, pero solo he conseguido despejarme aún más.

—¿En qué pensabas?

—En rostros hermosos; concretamente, en ojos —dijo Meg sonriendo para sí en la oscuridad.

—¿Qué color de ojos prefieres?

—El marrón. Bueno, a veces. Los ojos azules son preciosos.

Jo se rio y Meg le ordenó con dureza que no dijese nada y, en tono más afable, se ofreció a rizarle el cabello al día siguiente. A continuación, se durmió y soñó que vivía en su castillo en el aire.

Cuando los relojes dieron la medianoche y en todas las habitaciones reinaba el silencio, una figura se desplazó sin hacer ruido de cama en cama, alisó una colcha aquí, colocó una almohada allá, miró con ternura los rostros dormidos, que besó y bendijo antes de elevar al cielo una oración fervorosa como solo una madre puede hacer. Luego se dirigió a la ventana y entreabrió la cortina para contemplar la noche gris. De improviso, la luna se abrió paso entre las nubes y lo llenó todo de luz, como una cara luminosa y benigna que parecía susurrar en el silencio: «No te desanimes, querida, recuerda que tras las nubes siempre llega la luz».

16
Cartas

En aquella fría y gris alborada, las hermanas encendieron su lámpara y leyeron el capítulo que correspondía al día con más fervor que nunca, porque, ahora que la sombra de un auténtico problema se cernía sobre ellas, se daban cuenta de lo afortunadas que habían sido hasta entonces. La lectura les proporcionó inspiración y consuelo, y al vestirse convinieron en despedir a su madre con alegría, llenas de esperanza, para que esta no tuviese que emprender su penoso viaje con el peso de sus lamentaciones y llantos en el corazón. Cuando bajaron, todo les pareció extraño; la calma y la oscuridad que reinaban fuera, la luz y la agitación en el interior. Desayunar tan temprano resultaba raro, e incluso el familiar rostro de Hannah parecía otro, porque había salido de la cocina con el gorro de dormir todavía puesto. En el vestíbulo estaba el gran baúl, listo para el viaje, y sobre el sofá, el abrigo y el gorro de su madre, que se había sentado a la mesa y trataba de comer. Estaba tan pálida y demacrada después de pasar la noche en vela a causa de la angustia que a las jóvenes les costó comportarse como habían decidido. A Meg se le llenaban los ojos de lágrimas, aun a su pesar; Jo tuvo que taparse el rostro con un paño de cocina en más de una ocasión, y el semblante de las pequeñas reflejaba la seriedad y la preocupación de quien se enfrenta a la pena por vez primera.

Apenas hablaron pero, cuando ya faltaba poco para la partida, mientras esperaban el carruaje, la señora March dirigió unas palabras a sus hijas, que estaban todas muy ocupadas haciendo algo por ella; una doblaba su chal, otra arreglaba las tiras de su gorro, una tercera le ponía las chanclas y la cuarta cerraba el neceser de viaje.

—Niñas, quedáis al cuidado de Hannah y bajo la protección del señor Laurence. Hannah es la lealtad hecha persona y nuestro buen vecino velará por vosotras como si fueseis hijas suyas. Sé que estaréis bien, pero quiero que además sepáis afrontar bien esta situación. Cuando me vaya, no os preocupéis ni os lamentéis, y tampoco debéis pensar que la mejor forma de superar esto es abandonaros a la desidia y tratar de olvidar. Seguid realizando las tareas como tenéis por costumbre, porque el trabajo es el mejor consuelo. No perdáis la esperanza y manteneos ocupadas. Y pase lo que pase, recordad que nunca os faltará un padre.

—Sí, mamá.

—Meg, querida, sé juiciosa y cuida de tus hermanas, busca el consejo de Hannah y, si no sabes qué hacer ante algo, pídele ayuda al señor Laurence. Jo, ten paciencia, no te desanimes ni actúes por impulso, escríbeme con frecuencia y sé valiente, muéstrate siempre dispuesta a ayudar y animar a tus hermanas. Beth, busca consuelo en la música pero no desatiendas las labores del hogar, y en cuanto a ti, Amy, ayuda cuanto puedas, obedece y quédate en casa, tranquila y contenta.

—Así lo haremos, mamá, no temas.

El ruido de un carruaje que se aproximaba interrumpió la conversación. Llegó entonces el momento más duro, pero las chicas supieron sobrellevarlo; ninguna lloró, ninguna echó a correr, no dejaron escapar lamento alguno a pesar de que la pena les atenazaba el alma mientras daban a su madre recuerdos y palabras de cariño para su padre, conscientes de que tal vez fuese ya demasiado tarde para que estos le llegasen. Besaron a su madre en silencio, la abrazaron con ternura y procuraron mostrarse lo más enteras posibles cuando se despidieron agitando las manos al ver partir el carruaje.

Laurie y su abuelo también habían acudido para despedir a la señora March y el señor Brooke les pareció a todas tan fuerte, sensible y amable que lo bautizaron en el acto Señor Gran Corazón.

—¡Adiós, queridas! Dios nos bendiga y nos proteja a todas —susurró la señora March al besar los rostros amados antes de entrar en el carruaje.

Mientras se alejaba, el sol salió y, al mirar hacia atrás, vio que iluminaba el pequeño grupo congregado junto a la verja y lo consideró un buen presagio. Los demás también lo sintieron así y sonrieron y le dijeron adiós con la mano. Lo último que vio la madre, antes de doblar la esquina, fue el rostro de las cuatro muchachas iluminado y tras ellas, cual guardaespaldas, el anciano señor Laurence, la fiel Hannah y el abnegado Laurie.

—Qué amables son todos con nosotras —dijo, y al volverse hacia el señor Brooke encontró una prueba de la veracidad de sus palabras cuando vio el respeto y la compasión que reflejaba su rostro.

—No saben actuar de otro modo —repuso él, y dejó escapar una risa tan contagiosa que la señora March no pudo evitar sonreír. Y así fue como empezó el largo viaje, con el buen augurio del sol y la calidez de unas palabras de aliento.

—Me siento como si hubiese habido un terremoto —comentó Jo cuando sus vecinos se fueron a casa a desayunar y las dejaron para que descansaran un poco.

—Parece como si se hubiese ido la mitad de la familia —añadió Meg con melancolía.

Beth abrió la boca para decir algo, pero solo pudo señalar un montón de medias pulcramente zurcidas que había sobre la mesa de su madre, una muestra de que aun en los momentos de más apuro pensaba en ellas y trabajaba para atenderlas. Era tan solo un detalle, pero a todas les llegó al alma y, a pesar de su valiente decisión, se vinieron abajo y lloraron desconsoladas.

Hannah tuvo el acierto de dejar que se desahogaran y, cuando pareció que la tormenta amainaba, fue al rescate con café para todas.

—Bueno, señoritas, recordad las palabras de vuestra madre y no os preocupéis. Venid a tomar una taza de café y luego poneos a trabajar para ser el orgullo de la familia.

El café era un lujo, y Hannah mostró su saber hacer al servírselo aquella mañana. Era tan imposible resistirse a sus vehementes movimientos de la cabeza como al atractivo aroma que llegaba de la cafetera. Se sentaron a la mesa, cambiaron los pañuelos por servilletas y, al cabo de diez minutos, ya habían recuperado la serenidad.

—Nuestro lema es no perder la esperanza y mantenernos ocupadas, veremos quién lo cumple mejor. Iré a casa de la tía March, como de costumbre, ¡aunque seguro que me soltará uno de sus sermones! —dijo Jo, más animada, antes de beber un poco de café.

—Yo iré a casa de los King, aunque preferiría quedarme y atender nuestro hogar —explicó Meg, que deseaba no tener los ojos tan rojos de llorar.

—No hace falta, Beth y yo nos ocuparemos de todo perfectamente —anunció Amy con aires de importancia.

—Hannah nos indicará qué debemos hacer, y cuando volváis lo encontraréis todo bien ordenado —añadió Beth, y fue a por la fregona y el cubo sin mayor dilación.

—Creo que la ansiedad es muy interesante —observó

Amy, pensativa, mientras se llevaba a la boca una cucharada de azúcar.

Las muchachas no pudieron reprimir una carcajada y enseguida se sintieron mejor, aunque Meg meneó la cabeza al ver que su hermana menor era capaz de encontrar consuelo en un azucarero.

Al ver las empanadas calientes, el ánimo de Jo volvió a decaer, y cuando las dos hermanas mayores salieron para atender sus obligaciones diarias, ambas miraron con tristeza hacia la ventana desde la que solía despedirlas su madre. No estaba allí, pero Beth, que había recordado la pequeña ceremonia familiar, se asomó y las despidió con la mano como un mandarín de piel sonrosada.

—¡Esa es mi Beth! —exclamó Jo, y agitó su sombrero en el aire con una expresión de gratitud en el rostro—. Adiós, Meggy; espero que los King no te den mucho trabajo hoy. Y, querida —añadió al despedirse—, no te preocupes por papá.

—Y yo confío en que la tía March no esté muy cascarrabias. El corte de pelo te favorece; te da un aspecto más masculino pero resulta agradable —apuntó Meg, que intentaba no reírse de aquella cabeza con rizos que parecía excesivamente pequeña sobre los anchos hombros de su hermana.

—Ese es mi único consuelo. —Jo se caló el sombrero como solía hacer Laurie y se marchó, sintiéndose como una oveja esquilada en un día de invierno.

Recibir noticias de su padre las tranquilizó mucho. A pesar de que su enfermedad era grave, la presencia de la mejor y más dulce de las enfermeras le había ayudado a reponerse. El señor Brooke enviaba noticias a diario y, como cabeza de familia, Meg insistía en leer las cartas, que eran más alegres cada día. Al principio, a todas les hacía mucha ilusión escribir, y alguna de las hermanas depositaba en el buzón el grueso sobre, sintiéndose muy importante por mantener correspondencia con la ciudad de Washington. Cada paquete enviado contenía noticias de todas. Como muestra, abramos con la imaginación un sobre y leamos su contenido:

Queridísima mamá:

Es imposible describir lo felices que nos hizo tu última carta, al saber que papá está ya mucho mejor nos dio por llorar y reír a un tiempo. Qué amable es el señor Brooke y qué afortunada coincidencia que los asuntos del señor Laurence le retengan allí todo este tiempo, ayudándoos tanto a papá como a ti. Las niñas se están portando de maravilla. Jo me ayuda con la costura e insiste en ocuparse de las labores más duras. Temería que hiciese demasiado si no supiese que este arrebato de moral tiene los días contados. Beth se ocupa de la casa puntualmente y tiene muy presente lo que le dijiste. Sufre por papá y anda con el semblante serio, salvo cuando se sienta ante su pequeño piano. Amy me obedece en todo y cuida muy bien de sí misma. Ya se sabe recoger el cabello sola y le estoy enseñando a coser ojales y remendar calcetines. Se esfuerza mucho y estoy segura de que, cuando vuelvas a casa, te sorprenderán gratamente sus progresos. El señor Laurence vela por nosotras igual que «una gallina clueca», tal y como dice Jo, y Laurie es tan amable y buen vecino como siempre. Él y Jo se encargan de animarnos, ya que a menudo nos sentimos abatidas y como si fuésemos huérfanas al tenerte tan lejos. Hannah es una santa, no se queja por nada y siempre me llama «señorita Margaret», lo que me parece muy adecuado y respetuoso, he de confesar. Todas estamos bien y trabajamos mucho, pero cada día soñamos con tu vuelta. Todo mi amor para papá. Tu hija, que te quiere mucho,

Meg

Esta carta, cuidadosamente escrita en papel perfumado, contrastaba vivamente con la siguiente, llena de garabatos, escrita en papel corriente, decorada con varios borrones de tinta y toda clase de florituras y letras enrevesadas:

> Mi muy apreciada mamá:
>
> ¡Tres hurras por el bueno de papá! Brooke nos telegrafió de inmediato en cuanto empezó a mejorar. Después de recibir la noticia, corrí al desván para darle las gracias a Dios por ser tan bueno con nosotras, pero solo pude llorar y repetir: «¡Qué alegría! ¡Qué alegría!». ¿Crees que eso servirá como oración? Yo lo sentí en lo más profundo del corazón. Nos hemos divertido mucho, ahora puedo apreciarlo todo mejor porque ¡todas somos tremendamente buenas! Es como vivir en un nido de tórtolas. Te reirías si vieses a Meg presidiendo la mesa y tratando de actuar como una madre. Está más guapa cada día y, a veces, es un auténtico amor. Las niñas se comportan como ángeles y yo... Bueno, ya sabes cómo soy, no puedo cambiar. ¡Ah, lo olvidaba! Estuve a punto de reñir con Laurie. Le dije lo que pensaba sobre una tontería suya y se sintió ofendido. No es que yo no tuviese razón, pero creo que mi tono no fue el adecuado. Se marchó a su casa y dijo que no volvería a menos que yo le pidiese perdón de rodillas. Yo anuncié que no pensaba hacerlo y me puse furiosa. El enfado nos duró todo el día. Me sentí mal y deseé que estuvieras a mi lado. Laurie y yo somos muy orgullosos, nos cuesta pedir perdón, pero en este caso era yo quien tenía la razón y me dije que le correspondía a él hacer las paces. No vino y, al anochecer, recordé lo que habíamos hablado cuando Amy cayó al río. Leí el libro que nos regalaste, me reconfortó y decidí que no quería irme a la cama. Así que fui a casa de Laurie para disculparme. Nos cruzamos en la puerta... ¡Venía a lo mismo! Nos pedimos perdón mutuamente, reímos y nos volvimos a sentir bien de nuevo.

Ayer hice una especie de *puema* mientras ayudaba a Hannah a lavar la ropa. Como sé que a papá le gustan mis tonterías, te lo envío para que se entretenga un rato. Le mando el abrazo más cariñoso del mundo y, para ti, mamá, un millón de besos.

JO, LA DESASTROSA

ODA A LA LIMPIEZA

De la limpieza soy la reina.
Alegre canto entre espuma blanca.
Enjabono, aclaro y estrujo primero,
Para al fin tender con esmero
Ropa que el viento mecerá
Y el poderoso y brillante sol secará.

Cómo quisiera poder borrar de mi alma
Las manchas de pena y recuperar la calma.
Ojalá pudiesen el agua y el viento
Devolverme la pureza y el aliento
Entonces podría al fin en la Tierra
Cada ser corregir lo que quisiera.

Si tu vida dedicas a trabajar,
No tendrás ocasión de mal pensar.
Emplearás todo tu tiempo
Con mucho acierto y tiento.
Limpiar te ayudará a cambiar
Angustia por tranquilidad sin par.

Espero hacer aún mucho más,
Ser útil a los demás.
Ganaré salud, fuerza y valor,

Y repetiré con ardor:
«Que tu corazón sienta y tu mente piense,
pero que tu mano agradecida trabaje».

Querida mamá:

Solo me queda espacio para mandarte mi amor y unos cuantos pensamientos de una planta que he metido en casa para que, cuando papá vuelva, la pueda ver. Leo todas las mañanas, procuro ser buena y canto la canción de papá todas las noches, antes de dormirme. Ahora no puedo cantar *Tierra de leales* porque me hace llorar. Todo el mundo es muy amable y somos todo lo felices que podemos al faltarnos tú. Amy quiere que le deje el resto de la hoja, así que acabaré aquí. Doy cuerda al reloj y ventilo las habitaciones a diario.

Dale un beso a papá en la mejilla que dice que es mía. ¡Y vuelve pronto, te queremos!

La pequeña Beth

Ma chère mamá:

Estamos todas bien estudio mis lecciones siempre y nunca corroboro a las demás... —Meg dice que lo que quiero decir es «contradigo» así que los dejo los dos para que elijas el mejor—. Meg es un gran consuelo para mí y me deja comer mermelada todas las noches a la hora de cenar Jo dice que eso me sienta bien porque me hace estar de buen humor. Laurie no me trata con el respeto que debería ahora que soy casi una adolescente, me llama «pollita» y me ofende contestándome en francés demasiado rápido cuando yo le digo *merci* o *bonjour* como hace Hattie King. Las mangas de mi vestido azul estaban muy gastadas y Meg las cambió por unas nuevas pero la parte de delante no quedó bien porque son de un azul más oscuro que el vestido. No me gustó pero no protesté porque sé sobrellevar mis problemas pero me gustaría que Hannah pusiera más almidón en mis delantales y que hiciera pasteles cada día. ¿No es posible? ¿A que me han quedado muy bien los signos de *interroguición*? Meg dice que mi *punutuación* y mi ortografía son terribles y me mortifica pero pobre de mí tengo tanto que hacer que no me puedo detener. *Adieu*, le mando montones de amor a papá. Tu hija que te quiere,

AMY CURTIS MARCH

Querida señora March:

Le *embío* unas *liñas* para *desirle* que todo va fenomenal. Las niñas son muy *intelijentes* y lo hacen todo *bolando*. La señorita Meg será una gran ama de casa algún día, le gusta y se *ace* con las cosas con una *rapidés asonvrosa*. Jo deja a todas atrás a la hora de trabajar, pero no piensa antes de *agtuar* y nunca se sabe *asta* dónde va a llegar. El lunes, *labó* una tina entera de ropa, pero la almidonó antes de sacarle el agua y le dio azulete a un vestido rosa de percal. Al *berlo*, creí que me moría de risa. Beth es la mejor de todas y me ayuda mucho; es muy capaz y te puedes fiar de ella. Lo quiere *apremder* todo y *ba* al mercado como si fuese una muchacha mucho *mallor*. Y con mi *alluda*, *lleba* las cuentas de *marabilla*. Hasta *aora*, no *emos* gastado demasiado. Tal y como me dijo, solo les doy café una *bez* por semana y les *doi* alimentos *sensillos* y saludables. Amy, para *ebitar* preocuparse, se pone sus mejores *bestidos* y come muchos dulces. El señor Laurie está tan *trabieso* como de costumbre y pone la casa patas *parriba* cada dos por tres, pero como anima mucho a las muchachas le dejo *acer*. El anciano señor manda constantemente cosas y está algo pesado, pero lo *ace* con buena intensión, y yo no *soi* quién *pa* quejarme. La masa está lista así que tengo que dejar de *escrivir*. Le mando saludos al señor March y espero que se haya recuperado de su *numonía*. Atentamente,

HANNAH MULLET

Enfermera jefe del pabellón II:

Todo está en calma en el río Rappahannock. Las tropas están en buenas condiciones, la intendencia, bien atendida, y de la guardia doméstica se encarga el coronel Teddy, que no descansa nunca. El comandante en jefe, general Laurence, pasa revista al ejército todos los días, el sargento Mullet mantiene el campamento en orden, y el mayor León monta guardia por las noches. Al llegar las buenas noticias de Washington lanzamos una salva de veinticuatro disparos y se organizó un desfile de gala en el cuartel general. El comandante en jefe envía sus mejores deseos, a los que me sumo con afecto,

Coronel Teddy

Querida señora:

Las muchachas se encuentran bien. Beth y mi nieto me informan de todo a diario. Hannah es una sirvienta modelo y cuida de la hermosa Meg como un auténtico dragón. Me alegra que encuentren buen tiempo. Por favor, cuente con Brooke para lo que necesite y, si los gastos exceden lo previsto, no dude en pedirme dinero. Sobre todo, que a su esposo no le falte de nada. Hemos de dar gracias a Dios de que se esté recuperando.

Atentamente y siempre a su servicio,

James Laurence

17
Una niña abnegada

La bondad y la virtud desplegadas en la casa durante aquella semana hubiesen podido surtir a todo el vecindario. Era digno de ver, todas parecían estar en la mejor disposición y la abnegación se había puesto de moda. Pero, superada la angustia inicial por la enfermedad de su padre, las muchachas fueron relajando sus admirables buenas costumbres y, poco a poco, volvieron a la normalidad de los viejos tiempos. No llegaron a olvidar el lema, pero mantener la esperanza y trabajar era cada vez más sencillo; y después de un esfuerzo tan grande, pensaron que merecían un descanso, y se lo dieron.

Jo cogió un resfriado por no cubrirse la cabeza, que ya no contaba con la protección de la melena, y tuvo que quedarse en casa hasta recuperarse porque a la tía March no le gustaba que le leyesen con la voz tomada. A Jo le vino de maravilla y, después de poner patas arriba la casa, del desván a la bodega, se acurrucó en el sofá para tratar su resfriado con arsénico y libros. Amy descubrió que las labores del hogar y el arte no eran compatibles y volvió a sus figuras de arcilla. Meg iba todos los días a la casa de los King y cosía, o fingía hacerlo, porque pasaba la mayor parte del tiempo escribiendo largas cartas a su madre o leyendo las que recibían de Washington. Beth continuó ocupándose de las tareas domésticas con pequeñas concesiones a la pereza o a la preocupación. Cada día cumplía puntualmente con sus obligaciones, y muchas veces también con las de sus hermanas, que tendían a olvidarse, y la casa funcionaba tan mal como un reloj sin péndulo. Cuando echaba de menos a su madre o temía por su padre, iba a un determinado armario, escondía el rostro en los pliegues de cierto vestido, lloraba un poco y rezaba una oración en silencio. Nadie sabía cómo superaba aquellos momentos de tristeza, pero todas apreciaban la dulzura y buena disposición de Beth, cuyo apoyo y consejo buscaban para resolver pequeños problemas.

No eran conscientes de que las dificultades sirven para poner a prueba el carácter y, una vez olvidada la emoción inicial, se dijeron que ya habían hecho suficiente y que podían rebajar la exigencia. Y así lo hicieron. Cometieron el error de dejar de trabajar, y aprendieron la lección a través de la angustia y el arrepentimiento.

—Meg, ¿por qué no vas a visitar a los Hummel? Mamá nos pidió que siguiésemos en contacto con ellos —recordó Beth a los diez días de la partida de la señora March.

—Ahora estoy demasiado cansada —contestó Meg, que se balanceaba plácidamente en la mecedora mientras cosía.

—Y tú, Jo, ¿podrías ir? —preguntó Beth.

—Hace mal tiempo y recuerda que estoy resfriada.

—Creía que ya estabas casi recuperada.

—Estoy bien para salir con Laurie, pero no lo suficiente como para ir a casa de los Hummel —explicó Jo entre risas, aunque avergonzada por su incoherencia.

—¿Y por qué no vas tú? —propuso Meg.

—Yo he ido todos los días, pero el pequeño está enfermo y no sé qué hacer por él. Lottchen lo cuida mientras la señora Hummel va a trabajar, pero el crío está cada vez peor y creo que sería conveniente que Hannah o alguna de vosotras lo viera.

Al ver que Beth hablaba muy en serio, Meg prometió que iría al día siguiente.

—Pídele a Hannah que les prepare algo de comer y llévaselo. Te sentará bien tomar el aire, Beth —dijo Jo, y añadió a modo de disculpa—: Lo haría yo, pero he de terminar este cuento.

—Me duele la cabeza y estoy cansada. Confiaba en que alguna de vosotras podría ir —dijo Beth.

—Amy no tardará en volver y seguramente podrá hacernos ese favor —comentó Meg.

—Está bien, descansaré un rato mientras llega.

Así pues Beth se estiró en el sofá, las demás retomaron sus tareas y nadie volvió a pensar en los Hummel. Una hora después, Amy todavía no había vuelto, Meg fue a su habitación para probarse un vestido nuevo, Jo estaba totalmente concentrada en su cuento y Hannah se había quedado dormida junto al fuego, en la cocina.

Sin decir nada, Beth se puso el sombrero, llenó un cesto con alimentos para los pobres niños y salió al aire helado de la calle, con la mente embotada y una expresión de pesadumbre en sus pacientes ojos. Cuando regresó era ya tarde, y nadie la vio subir por las escaleras y encerrarse en la habitación de su madre. Media hora después, Jo fue a buscar algo al armario de su madre y encontró a Beth sentada ante el botiquín, muy seria, con los ojos rojos y una botella de alcanfor en la mano.

—¡Por Cristóbal Colón! ¿Qué ocurre? —exclamó Jo.

Beth le hizo una seña para que se mantuviera a distancia y preguntó:

—¿Ya has pasado la escarlatina, verdad?

—Hace años, cuando Meg. ¿Por qué? —inquirió Jo.

—Entonces, te lo puedo decir... ¡Oh, Jo, el niño se ha muerto!

—¿Qué niño?

—El de la señora Hummel; ha muerto en mi regazo antes de que ella volviese a casa. —Beth se echó a llorar.

—¡Pobrecilla! ¡Qué experiencia tan horrible! Tendría que haber ido yo —dijo Jo. Acomodó a su hermana en su regazo tras sentarse en la butaca de su madre, muy arrepentida.

—No ha sido horrible, Jo, sino muy triste. Enseguida he notado que había empeorado, pero Lottchen ha dicho que su madre había ido a buscar al médico, así que me he hecho cargo del crío para que Lotty pudiese descansar. Pensaba que se había quedado dormido, pero de pronto ha lanzado un gemido, ha temblado y se ha quedado rígido. He intentado calentarle los pies y Lotty quería darle un poco de leche, pero el niño no se movía y he comprendido que había muerto.

—¡Querida, no llores! ¿Qué has hecho entonces?

—Me he quedado allí, sentada, con el niño en brazos, hasta que la señora Hummel volvió a casa con el médico. Ha confirmado que estaba muerto y ha examinado a Heinrich y Minna, que tienen mal la garganta. «Tienen la escarlatina, señora; debería haberme avisado antes», ha dicho, enfadado. La señora Hummel le ha explicado que era pobre y por eso había intentado curar al niño por sí misma, pero ahora ya era tarde para el pequeño, de modo que le ha rogado que la ayudase con los otros aunque no pudiese pagarle. El médico sonreía a los niños y los ha tratado con amabilidad, pero la actuación era tan triste que me he puesto a llorar, hasta que el doctor se ha vuelto hacia mí y me ha dicho que si no iba a casa y tomaba belladona enseguida yo también caería enferma.

—¡No, eso no ocurrirá! —exclamó Jo estrechándola entre sus brazos, con expresión asustada—. ¡Oh, Beth, si te pusieras enferma, no me lo perdonaría nunca! ¿Qué podemos hacer?

—No te asustes, supongo que no será muy fuerte. He consultado el libro de medicina de mamá y dice que los primeros síntomas son dolor de cabeza, de garganta y sensación de malestar general, que es lo que yo tengo. He tomado belladona y ya me siento mejor —explicó Beth, que se llevó las manos frías a la frente, caliente, y simuló estar mejor de lo que estaba.

—¡Si por lo menos mamá estuviese en casa! —se lamentó Jo cogiendo el libro y pensando que Washington estaba demasiado lejos. Leyó una página, se volvió hacia Beth, le tocó la frente, le miró la garganta y dijo muy seria—: Has estado con el niño durante toda la semana y has convivido con sus hermanos, que también deben de estar enfermos. Mucho me temo que vas a pasar la escarlatina, Beth. Llamaré a Hannah, ella entiende de enfermedades.

—No dejes que Amy se acerque; ella no la ha pasado aún y no quiero contagiarla. ¿Meg y tú podéis volver a contraerla? —preguntó Beth, angustiada.

—No lo creo, y tampoco me importa. Me estaría bien empleado por ser una cerda egoísta y quedarme escribiendo tonterías en lugar de ir en tu lugar —musitó Jo mientras iba a buscar a Hannah.

La buena de Hannah se despertó enseguida y se hizo cargo de la situación de inmediato. Aseguró a Jo que no tenía por qué preocuparse; todo el mundo pasaba la escarlatina tarde o temprano y, si se trataba adecuadamente, la enfermedad no era mortal. Jo creyó sus palabras y fue a avisar a Meg mucho más aliviada.

—Os diré lo que vamos a hacer —anunció Hannah después de ver a Beth y hacerle unas cuantas preguntas—. Llamaremos al doctor Bangs para que te eche un vistazo, querida Beth, y empecemos con buen pie. Luego enviaremos a Amy a pasar unos días con la tía March, por precaución; así evitaremos que se contagie. Y alguna de vosotras se tendrá que quedar en casa para hacer compañía a Beth.

—Yo lo haré, por algo soy la mayor —dijo Meg, angustiada y muy arrepentida.

—Me quedaré yo, porque ha enfermado por mi culpa. Le prometí a mamá que haría los recados y no he cumplido mi palabra —dijo Jo, decidida.

—Beth, ¿quién prefieres que esté contigo? Bastará con una, no necesitamos más —medió Hannah.

—Que sea Jo, por favor —dijo Beth, y apoyó la cabeza en el hombro de su hermana con un gesto que no dejaba lugar a dudas.

—Iré a ver a Amy para explicarle lo que ocurre —dijo Meg, algo herida en su orgullo, aunque bastante aliviada porque, aunque a Jo le gustaba hacer de enfermera, a ella no.

Amy se rebeló con vehemencia y declaró que prefería contraer la escarlatina antes que vivir en casa de la tía March. Meg trató de hacerla entrar en razón, rogó y, por último, le ordenó que obedeciera. Todo fue en vano. Amy insistió en que no iría y Meg abandonó la lucha y fue en busca de Hannah para pedir consejo. Antes de que volviera, Laurie llegó y encontró a Amy hecha un mar de lágrimas en la sala, con la cabeza escondida entre los cojines del sofá. La jovencita le contó lo que ocurría con la esperanza de que él la consolara, pero Laurie no dijo nada, se metió las manos en los bolsillos y empezó a caminar en círculos, silbando, pensativo y con el entrecejo fruncido. Luego se sentó a su lado y dijo, con su tono más mimoso:

—Vamos... Sé una mujercita razonable y haz lo que te piden. No; no llores, escucha qué plan tan divertido se me acaba de ocurrir. Si vas a casa de la tía March, yo iré cada día a buscarte para dar un paseo en coche o a pie y lo pasaremos en grande. ¿No te parece mucho mejor que quedarte aquí deprimida?

—No me gusta que me echen como si fuese un estorbo —dijo Amy, con voz dolida.

—¡Por Dios, criatura! ¡Lo hacen para que no enfermes! ¿Acaso preferirías sentirte mal?

—No, supongo que no, pero temo que ya pueda haberme contagiado porque he estado con Beth todos estos días.

—Precisamente por eso debes irte lo antes posible, para ver si te libras. Cambiar de aires te sentará bien. Y, en el peor de los casos, la enfermedad no te atacará con demasiada fuerza. Te aconsejo que te marches ahora mismo porque la escarlatina no es ninguna broma, señorita.

—Pero en casa de la tía March me aburriré y ella está siempre de mal humor —repuso bastante asustada.

—No te aburrirás porque iré a diario, te contaré cómo se encuentra Beth e iremos a dar una vuelta. La anciana me adora y me portaré lo mejor que sepa con ella para que no nos ponga trabas y podamos hacer lo que queramos.

—¿Me llevarás a pasear en el carruaje tirado por *Puck*?

—Tienes mi palabra de caballero.

—¿Y vendrás todos los días?

—Ya verás que sí.

—¿Y podré volver en cuanto Beth se recupere?

—En el mismo instante en que esté bien.

—¿E iremos al teatro?

—A una docena, si quieres.

—Está bien, entonces supongo que será mejor que vaya —dijo Amy de mala gana.

—¡Buena chica! Llama a Meg y explícale que te rindes —indicó Laurie, y le dio una palmada de aprobación que molestó a Amy mucho más que oírle hablar de rendición.

Meg y Jo bajaron corriendo a presenciar el milagro y

Amy, que se sentía el colmo de la bondad y el sacrificio, aceptó marcharse si el doctor confirmaba la enfermedad de Beth.

—¿Cómo está nuestra querida niña? —preguntó Laurie, que sentía predilección por Beth y estaba más preocupado de lo que quería mostrar.

—Está acostada en la cama de mamá y se encuentra algo mejor. La muerte del niño la ha afectado mucho, pero creo que lo único que tiene es un constipado. Hannah dice que también lo cree, pero parece preocupada y eso me inquieta —explicó Meg.

—¡Qué dura es la vida! —exclamó Jo mesándose el cabello, nerviosa—. No hemos terminado de salir de un problema y ya estamos en otro. Si nos falta mamá, nada funciona. Me siento perdida.

—Bueno, que parezcas un erizo no ayudará. Arréglate el peinado, Jo, y decidme si queréis que le envíe un telegrama a vuestra madre o haga alguna otra cosa —dijo Laurie, que no acababa de aceptar nada bien que su amiga hubiese perdido su mayor atractivo.

—Eso es lo que me preocupa —repuso Meg—. Creo que deberíamos decirle que Beth está muy enferma, pero Hannah opina lo contrario; dice que mamá no puede dejar solo a papá y que, de informarles, solo conseguiríamos que se angustiasen. La enfermedad de Beth no durará demasiado y Hannah dice saber cómo tratarla. Mamá nos dijo que le hiciésemos caso en todo, y así lo haremos, pero no me parece buena idea.

—Yo tampoco sé qué decir; ¿por qué no le preguntas a mi abuelo una vez que el médico haya visto a Beth?

—Eso haremos. Jo, ve a buscar al doctor Bangs de inmediato —ordenó Meg—. No podemos tomar ninguna decisión hasta conocer su diagnóstico.

—Jo, quédate donde estás. Yo soy el chico de los recados de esta casa —dijo Laurie al tiempo que se ponía el sombrero.

—Pero supongo que tendrás trabajo —observó Meg.

—No, hoy no tengo nada que estudiar.

—¿Estudias en vacaciones? —preguntó Jo.

—Sigo el buen ejemplo de mis vecinas —respondió Laurie mientras salía de la habitación a toda prisa.

—Tengo muchas esperanzas puestas en mi chico —comentó Jo, con una sonrisa, al verle saltar la valla como si volase.

—Sí, no lo hace del todo mal... ¡para ser un chico! —añadió Meg con desgana, porque el tema no despertaba su interés.

El doctor Bangs fue y confirmó que Beth tenía síntomas de escarlatina, pero dijo que suponía que no la tendría demasiado fuerte. Sin embargo, cuando le contaron la historia de los Hummel, se puso muy serio. En cuanto a Amy, estuvo de acuerdo en que debía marcharse de inmediato y le recetó un medicamento para prevenir cualquier peligro, tras lo cual Jo y Laurie la acompañaron a casa de la tía March, que los recibió con su característica hospitalidad.

—¿Qué queréis ahora? —preguntó mirándolos con severidad por encima de sus lentes, mientras el loro, posado en el respaldo de su silla, gritaba: «Fuera de aquí, los chicos no pueden entrar».

Laurie se fue hacia la ventana y Jo explicó a la tía lo ocurrido.

—¿Qué otra cosa se podría esperar si os dejan meter las narices en casa de los pobres? Amy se puede quedar aquí y ayudarme, si no cae enferma, lo que no dudo que ocurra... porque ya tiene mala cara. No llores, niña, me molesta mucho oír gimotear a la gente.

Amy estaba a punto de llorar, pero Laurie, sin que nadie le viera, tiró de la cola al loro *Polly*, que lanzó un agudo graznido y gritó: «¡Por mis botas!», con tanta gracia que la niña se echó a reír.

—¿Qué sabes de tu madre? —preguntó la anciana bruscamente.

—Papá está mucho mejor —contestó Jo intentando mantener la compostura.

—¿Ah, sí? Bueno, no creo que dure. A March siempre le faltó aguante.

—¡Ja, ja! ¡Nunca digas que no! ¡Toma rapé! Adiós, adiós —gritó *Polly* mientras bailaba sobre el respaldo de la silla; al final, clavó las uñas al gorro de la señora March, mientras Laurie lo azuzaba por detrás.

—¡Vigila esa lengua, pajarraco maleducado! Y tú, Jo, será mejor que te vayas ya; no es propio de una señorita andar dando vueltas a estas horas con un muchacho tan atolondrado...

—¡Vigila esa lengua, pajarraco maleducado! —chilló *Polly*, y saltó de la silla para lanzarse a picotear al «muchacho atolondrado», que no podía dejar de reír.

No creo que pueda soportarlo, pero tendré que intentarlo, se dijo Amy cuando se quedó a solas con la tía March.

—¡Márchate de aquí, espantajo! —gritó *Polly*, y al oír una frase tan grosera Amy no pudo reprimir el llanto.

18
Días negros

En efecto, Beth tenía la escarlatina, que la atacó con una virulencia mayor de lo que Hannah y el médico habían supuesto. Como las muchachas no entendían de enfermedades y al señor Laurence no se le permitía visitar a Beth, Hannah se encargó de su cuidado y el doctor Bangs hizo lo que pudo, aunque, al estar muy ocupado, terminó por delegar en tan excelente enfermera gran parte del trabajo. Meg se quedó en casa por miedo a contagiar a los King y se ocupó de las tareas domésticas; se sentía bastante angustiada y un poco culpable cuando escribía a su madre sin mencionar la enfermedad de Beth. No le parecía bien ocultar nada a su madre, pero esta le había pedido que obedeciera en todo a Hannah y la fiel criada no quería ni oír hablar de informar a la señora, «para que se preocupe por una pequeñez». Jo se consagró a su hermana día y noche. No era una labor ardua porque la pequeña Beth era muy paciente y soportaba el dolor sin quejarse si podía controlarlo. Sin embargo, en los ataques de fiebre más fuertes, empezó a hablar con voz ronca y entrecortada, a tocar la colcha como si estuviese ante su amado piano y a intentar cantar con la garganta tan inflamada que apenas salía sonido alguno. En una ocasión, no reconoció el rostro de quienes la rodeaban, las llamó con nombres equivocados y pidió ver a su madre entre sollozos. Jo se alarmó. Meg rogó que le permitiesen contar a su madre la verdad y Hannah dijo que lo pensaría, aunque no había peligro todavía. Una carta procedente de Washington vino a sumarse a sus cuitas, porque su madre anunciaba que el señor March había sufrido una recaída y que tardaría bastante en regresar.

¡Qué negros parecían entonces los días! ¡Qué triste y solitaria estaba la casa! Las hermanas trabajaban y vivían a la espera, con el corazón en un puño, mientras la sombra de la muerte planeaba sobre su antaño feliz hogar. Fue entonces cuando Margaret, cuyas lágrimas caían sobre su labor de aguja mientras cosía, comprendió que ciertas cosas eran mucho más valiosas que los lujos que se pagaban con dinero, y que ella había sido rica en lo que realmente bendice una vida: amor, protección, paz y salud. Fue entonces cuando Jo, que pasaba largas horas en la penumbra frente a su doliente hermana, oyendo el quejumbroso sonido de su voz quebrada, aprendió a valorar la belleza y dulzura del carácter de Beth, tomó conciencia de la profunda ternura con que la querían todas y apreció la falta de egoísmo y ambición de Beth, su entrega a los demás y su capacidad de hacer feliz a toda la familia con el ejercicio de virtudes que todo el mundo debería poseer y valorar más que el talento, la riqueza o la belleza. Y Amy, en su destierro, anhelaba estar en casa para poder ayudar a Beth, se decía que ninguna labor le parecería nunca más dura o fastidiosa y recordaba con amargura las muchas veces en que su hermana había tenido que realizar tareas que ella había desatendido. Laurie vagaba por la casa como un alma en pena, y el señor Laurence cerró el piano grande porque no quería que nada le recordase a su joven vecina, que tan gratos atardeceres le había procurado con su música. Todo el mundo echaba de menos a Beth. El lechero, el panadero, el tendero y el carnicero preguntaban por ella; la pobre señora Hummel fue a pedir perdón por su imprudencia al permitir a Beth entrar en la casa y a conseguir una mortaja para Minna. Los vecinos le enviaban mensajes de aliento y deseos de mejoría, y todos, hasta los que mejor la conocían, se sorprendieron de los muchos amigos que había hecho la pequeña y tímida Beth.

Entretanto, ella guardaba cama, con la vieja muñeca Joanna a su lado, porque ni en los peores momentos podía olvidar a su querida *protégée*. Echaba de menos a sus gatos, pero no dejó que se los llevaran para que no enfermasen, y cuando se encontraba mejor, sufría por Jo. Enviaba mensajes afectuosos a Amy, las hizo prometer que dirían a su madre que volvería a escribirle en breve y, a menudo, rogaba que le dejasen un lápiz y una hoja para enviar unas líneas a su padre, a fin de que no pensase que le había olvidado. Sin embargo, aquella fase en la que recuperaba la conciencia durante intervalos no duró demasiado; la joven pasaba horas incoherentes, temblando y sacudiéndose, pronunciando frases delirantes o caía en un sueño profundo pero nada reparador. El doctor Bangs la visitaba dos veces al día, Hannah la velaba toda la noche, Meg guardaba en el cajón de su escritorio un telegrama listo para ser enviado en cualquier momento y Jo no se separaba de Beth.

El 1 de diciembre fue un día de invierno especialmente frío, en el que el viento sopló con fuerza y la nieve cayó con furia, como si el año se preparase para morir. Aquella mañana, cuando el doctor Bangs fue a visitar a Beth, la observó detenidamente, sostuvo su ardiente mano entre las suyas unos segundos, la dejó de nuevo sobre la cama con dulzura y murmuró mirando a Hannah:

—Si la señora March puede dejar solo a su esposo, sería bueno pedirle que regresara.

Hannah asintió con un gesto, pero de sus temblorosos labios no salió una sola palabra. En cuanto Meg escuchó tan terribles palabras, se derrumbó sobre la silla, como si le fallasen las fuerzas de pronto, y Jo, tras permanecer inmóvil, pálida, durante unos segundos, corrió a la sala, cogió el telegrama que ya estaba preparado, se lo guardó en el bolso y salió para enviarlo en plena tormenta. Regresó enseguida y, mientras se quitaba el abrigo sin hacer ruido, entró Laurie con una carta en la que la señora March anunciaba que el señor March seguía mejorando. Jo leyó la noticia agradecida, pero con una expresión tan abatida que Laurie preguntó:

—¿Qué ocurre? ¿Beth ha empeorado?

—He mandado llamar a mamá —explicó Jo, tirando de sus botas de goma con semblante trágico.

—¡Bien hecho, Jo! ¿Ha sido idea tuya? —preguntó Laurie. Al ver que a la muchacha le temblaban las manos, la sentó en una butaca del vestíbulo y la ayudó a quitarse las botas.

—No, el médico nos aconsejó que lo hiciésemos.

—¡Oh, Jo! ¿Tan grave está? —exclamó Laurie con cara de sorpresa.

—Sí. No nos reconoce, ni siquiera habla ya de las hojas de la parra, que ha estado tomando por tórtolas verdes todo este tiempo. No parece ella y no tenemos a nadie que nos ayude a hacer frente a la situación. Tanto mamá como papá están lejos. Incluso Dios me parece tan fuera de mi alcance ahora que no soy capaz de encontrarlo.

—Yo estoy aquí, Jo; abrázate a mí, querida.

Ella no podía hablar, pero se abrazó a él y le pareció que aquel afectuoso y cálido abrazo de amigos consolaba a su doliente corazón y la acercaba a aquellos otros brazos, los de Dios, que eran los únicos que podían sostenerla en medio de tanta pena. Laurie quería decir algo amable que ayudara a su amiga, pero al no dar con las palabras adecuadas decidió guardar silencio y acariciarle la cabeza como solía hacer su madre. Y fue lo mejor, mucho más reconfortante que el discurso más elocuente, porque Jo sintió su apoyo y compasión, y en aquel silencio conoció el dulce consuelo que el cariño procura en los momentos de pesar. Se secó las lágrimas, un poco más aliviada, y levantó la vista agradecida.

—Gracias, Teddy, ya estoy mejor; ya no me siento tan triste y trataré de afrontar lo que venga.

—Confía en que todo saldrá bien, eso te ayudará mucho, Jo. Tu madre volverá pronto y entonces todo irá mejor.

—Me alegra mucho que papá se esté recuperando; así mamá no se sentirá mal al tener que dejarle solo. ¡Dios mío! Es como si todos los problemas hubiesen llegado de golpe y siento que llevo una pesada carga sobre los hombros. —Jo dejó escapar un suspiro y extendió su pañuelo blanco sobre sus rodillas para que se secara.

—¿Acaso Meg no te ayuda lo suficiente? —preguntó Laurie con aire indignado.

—Sí, claro que sí, pero ella no quiere a la pequeña Beth como yo, ni la echaría tanto de menos si faltase. Beth es mi conciencia y no puedo abandonarla. ¡No puedo! ¡No puedo!

Jo se cubrió el rostro con el pañuelo húmedo y lloró desesperadamente; hasta ese momento había contenido las lágrimas con coraje. Laurie se tapó los ojos con las manos y no pudo decir nada hasta que se deshizo el nudo que tenía en la garganta y sus labios dejaron de temblar. Tal vez no resultase muy viril, pero no podía evitarlo, y yo me alegro. Cuando Jo se tranquilizó un poco, el joven dijo, esperanzado:

—No creo que muera, es demasiado buena y todos la queremos mucho. Dios no se la llevará todavía.

—La gente buena y querida siempre muere —gimió Jo, pero dejó de llorar porque, a pesar de su miedo y sus dudas, las palabras de su amigo la habían tranquilizado.

—¡Pobrecilla! Estás agotada. No es propio de ti estar tan triste. Espera un segundo, te animaré enseguida.

Laurie subió las escaleras de dos en dos y Jo reposó su cansada cabeza sobre el gorrito marrón que Beth había dejado encima de la mesa y nadie se había atrevido a tocar. Tal vez estuviese encantado, porque fue como si el espíritu animoso de su gentil dueña se apoderase de Jo y, cuando Laurie volvió con un vaso de vino, la joven lo cogió y dijo con una sonrisa:

—¡Qué diantre! Beberé a la salud de Beth. Eres un buen médico, Teddy, y el mejor de los amigos. ¿Cómo podré pagarte? —preguntó mientras el vino reconfortaba su cuerpo como las palabras habían hecho con su espíritu.

—Te mandaré la factura enseguida. Y esta noche te daré algo que te animará mucho más que un vaso de vino —explicó Laurie mirándola con emoción contenida.

—¿De qué se trata? —exclamó Jo, y la curiosidad borró en un segundo su preocupación.

—Ayer le envié un telegrama a tu madre y Brooke me contestó diciendo que salía de inmediato y llegaría a casa hoy por la noche. Así que todo va a ir bien. ¿No te alegras de que le escribiera?

Laurie hablaba atropelladamente y se había puesto rojo de emoción. Había mantenido en secreto su plan por miedo a enojar a las chicas o incomodar a Beth. Jo palideció, se levantó precipitadamente de la silla y, en cuanto Laurie terminó de hablar, se abrazó con fuerza a su cuello y exclamó dichosa:

—¡Oh, Laurie! ¡Mamá! ¡Estoy tan contenta! —Y en lugar de volver a llorar, empezó a reír de nervios y a temblar, y se agarró a su amigo como si hubiese enloquecido con la noticia. Laurie, aunque algo desconcertado, conservó la calma. Le dio unas palmadas en la espalda para tranquilizarla y, en cuanto Jo empezó a reaccionar, siguió con un par de tímidos besos que la hicieron volver en sí de inmediato. Jo se apoyó en el pasamanos, se separó suavemente y dijo sin aliento:

—¡Oh, no! No debía actuar de este modo. ¡Qué barbaridad! Es que me ha alegrado tanto que no le hicieras caso a Hannah y le mandases ese telegrama a mamá que no me he podido contener. Cuéntamelo todo y no me des vino nunca más; ya ves el resultado.

—¡No me molesta! —Laurie se echó a reír y se colocó bien la corbata—. Verás, estaba muy preocupado, y mi abuelo también. Pensamos que Hannah se estaba atribuyendo una autoridad que no le correspondía y que tu madre debía saber cómo estaba Beth. Si llegase a pasar algo, ya sabes... Ella no nos lo perdonaría. Ayer, al ver que el médico estaba tan serio y Hannah casi me arranca la cabeza al mencionar la posibilidad de enviar el telegrama, convencí al abuelo de que era hora de intervenir y fui corriendo a la oficina de correos. No soporto que me oculten cosas, eso fue lo que me decidió a actuar. Tu madre volverá hoy, el último tren llega a las dos de la noche, iré a buscarla. Contén tu angustia y ocúpate de que Beth esté tranquila, hasta que tu querida madre regrese.

—Laurie, ¡eres un ángel! ¿Cómo podré agradecértelo?

—Abrázame de nuevo; la verdad es que me ha gustado —contestó Laurie con una expresión pícara que llevaba dos semanas sin emplear.

—No, gracias. Mejor abrazo a tu abuelo por ti, cuando le vea. Venga, en lugar de burlarte de mí, ve a casa y descansa, porque tendrás que estar despierto hasta tarde. ¡Dios te bendiga, Teddy!

Jo, que se había apartado hacia un rincón, entró corriendo en la cocina, se sentó sobre un aparador y contó a los gatos que allí encontró lo «feliz, felicísima» que se sentía, mientras Laurie salía convencido de haber hecho una buena obra.

—Es el muchacho más entrometido que conozco, pero le perdono y espero que la señora March esté de camino —dijo Hannah, aliviada, cuando Jo le comunicó la buena noticia.

Meg se alegró mucho y leyó varias veces la carta en silencio, mientras Jo ordenaba el cuarto de Beth y Hannah preparaba un par de tartas por si llegaba «alguna visita inesperada». Fue como si un soplo de aire fresco recorriese la casa y una luz mejor que la del sol iluminase las habitaciones silenciosas y lo llenase todo de esperanza. El pájaro de Beth volvió a piar y en el rosal de la ventana de Amy apareció un capullo a medio abrir. El fuego de la chimenea crepitaba con inusual alegría y los pálidos rostros de las muchachas se iluminaron con una sonrisa mientras se abrazaban las unas a las otras susurrando animadas: «¡Viene mamá, querida! ¡Viene mamá!». Todas se alegraron salvo Beth, que seguía postrada, sumida en un profundo sopor, tan ajena a la esperanza y el júbilo como a la duda y al peligro. Daba lástima verla: tenía el rostro, habitualmente sonrosado, pálido y carente de expresión; las manos, siempre tan activas, débiles y delgadas; los labios, por lo general sonrientes, entreabiertos, y el cabello, siempre tan hermoso y cuidado, enredado y esparcido sobre la almohada. Pasó así todo el día, y solo de vez en cuando se despertaba para pedir agua, con los labios tan resecos que casi no podía hablar. Jo y Meg estuvieron junto a su lecho sin dejar de mirarla, rogando a Dios y confiando en su madre. En todo el día no paró de nevar y el viento sopló con fuerza. Las horas parecían eternas. Pero la noche llegó al fin, y cada vez que el reloj daba la hora, las hermanas, sentadas en la cama, se miraban con los ojos brillantes, conscientes de que cada vez la ayuda estaba más próxima. El médico había advertido que la paciente experimentaría algún cambio, para mejor o para peor, alrededor de la medianoche, momento en que pasaría a visitarla.

Hannah, agotada, se recostó en el sofá que había a los pies de la cama y se quedó dormida. El señor Laurence, que se paseaba por la sala, se sentía más capacitado para afrontar a un batallón de rebeldes que la expresión de angustia de la señora March al volver a casa. Laurie se había tumbado en la alfombra y fingía descansar, pero miraba el fuego con un aire de preocupación que hacía que sus ojos negros pareciesen más claros y dulces.

Las muchachas no olvidarían nunca aquella noche, en la que no pudieron dormir y estuvieron pendientes del reloj, con la sensación de impotencia que nos invade a todos en momentos como aquel.

—Si Dios salva a Beth, no volveré a quejarme nunca —susurró Meg con sinceridad.

—Si Dios salva a Beth, le amaré y le serviré toda la vida —anunció Jo con idéntico fervor.

—¡Qué daría por no tener corazón! ¡Duele tanto! —dijo Meg con un suspiro, tras unos segundos en silencio.

—Si la vida es tan dura, no sé cómo vamos a resistir hasta el final —añadió su hermana con desesperación.

En ese instante, dieron las doce y ambas se concentraron en Beth porque les pareció ver un cambio en la expresión de su lánguido rostro. En la casa reinaba un silencio sepulcral que solo rompía el sonido del viento. Hannah, rendida, seguía durmiendo, y solo las dos hermanas vieron la tenue sombra que pareció abatirse sobre el lecho de la pequeña. En la hora siguiente no hubo más novedad que la partida de Laurie hacia la estación. Pasó una hora más sin que nadie llegase. Las pobres muchachas empezaron a temer que la tormenta o un accidente hubieran retrasado el regreso de su madre o, peor aún, que una desgracia en Washington le hubiese impedido partir.

Pasadas las dos, Jo, que miraba por la ventana pensando cuán sombrío parecía el mundo cubierto por aquel manto de nieve, oyó movimiento junto a la cama y se volvió de inmediato. Vio a Meg arrodillada ante la butaca de su madre, con la cabeza entre las manos. La joven tuvo un terrible presentimiento. Beth ha muerto y Meg no se atreve a decírmelo.

Volvió a su puesto y observó con asombro que se había producido un cambio. El enrojecimiento de la fiebre y la expresión de dolor habían desaparecido, y el rostro amado, aunque pálido, tenía un aspecto tan sereno que Jo no sintió deseos de llorar ni de lamentarse. Se inclinó sobre su querida hermana, le besó la frente húmeda con el corazón en los labios y susurró con dulzura:

—Adiós, mi Beth, adiós.

Hannah despertó como sobresaltada por el movimiento, fue hacia la cama, miró a Beth, le tocó las manos, escuchó su respiración y, a continuación, lanzó el delantal por encima de su cabeza, se sentó y, meciéndose hacia delante y hacia atrás, murmuró casi sin aliento:

—Ya no tiene fiebre y duerme. Ha empezado a sudar y respira con normalidad. ¡Alabado sea el Señor!

Antes de que las muchachas pudiesen creer la feliz noticia, acudió el médico, que confirmó el diagnóstico de Hannah. Aunque era un hombre corriente, les pareció que su rostro tenía algo de angelical cuando, con una sonrisa paternal, les dijo:

—Sí, queridas, creo que la pequeña se salvará. No hagáis ruido para que pueda dormir y, cuando se despierte, dadle...

Las dos jóvenes no oyeron el final de la frase. Salieron al oscuro rellano y, sentadas en las escaleras, se abrazaron, con el corazón tan lleno de alegría que no cabían las palabras. Cuando volvieron a entrar, la fiel Hannah las recibió con besos y abrazos, y vieron que Beth estaba tumbada, como solía antes de enfermar, de lado, con la mejilla apoyada en la mano, sin la terrible palidez de los últimos días, respirando con placidez, como si acabase de dormirse.

—¡Si mamá llegase ahora! —dijo Jo mientras la noche invernal empezaba a languidecer.

—Mira. —Meg le mostró una rosa blanca a medio abrir—. Pensaba ponerla en la mano de Beth si nos dejaba esta noche, pero la flor se ha abierto. La pondré en un jarrón para que lo primero que nuestra querida hermana vea al despertar sea esta pequeña rosa y el rostro de mamá.

Nunca antes los somnolientos ojos de Meg y Jo habían visto un amanecer tan hermoso ni el mundo les había parecido un lugar tan adorable como aquella mañana que puso fin a una vigilia larga y triste.

—Parece un paisaje de cuento de hadas —comentó Meg, sonriendo para sí, mientras contemplaba desde detrás de la cortina la deslumbrante vista.

—¡Escucha! —exclamó Jo levantándose de golpe.

Entonces oyeron el timbre de la puerta principal, seguido de una exclamación de Hannah y de la voz de Laurie, que anunciaba feliz:

—¡Niñas! ¡Ha llegado! ¡Ha llegado!

19
El testamento de Amy

Mientras en casa ocurrían esas cosas, Amy pasaba muy malos tragos en la de la tía March. El destierro le resultaba muy duro y, por primera vez, se dio cuenta de cuánto la querían y mimaban en su hogar. La tía March no mimaba nunca a nadie, no le parecía correcto, pero intentaba ser amable, pues la niña, con sus buenos modales, le gustaba mucho y, aunque no le pareciese bien reconocerlo, tenía debilidad por las hijas de su sobrino. Se esforzó por hacer a Amy la estancia más agradable pero, pobrecilla, ¡metía la pata sin parar! Algunas personas mayores, a pesar de las arrugas y las canas, se mantienen jóvenes de espíritu y pueden compartir las alegrías y los juegos de los niños, inspirarles confianza y entablar con ellos una tierna amistad, pero la tía March no tenía ese don y sus normas y órdenes, sus remilgados modales y sus largos y aburridos sermones ponían muy nerviosa a Amy. Al observar que la niña era más dócil y afable que su hermana, la anciana se sintió en la obligación de contrarrestar, en la medida de lo posible, los efectos nocivos del exceso de libertad e indulgencia que reinaban en el hogar de la pequeña. Tomó a Amy bajo su tutela y se propuso educarla como habían hecho con ella, sesenta años atrás, para desesperación de Amy, que se sentía como una mosca atrapada en una tela de araña de intransigencia.

Todas las mañanas tenía que lavar las copas, pulir unas cucharas pasadas de moda, limpiar una gran tetera de plata y pasar un trapo a los vasos hasta dejarlos brillantes. Después debía encargarse de quitar el polvo a la sala. ¡Qué dura prueba! La tía March veía hasta la más mínima mota y todos los muebles tenían pies labrados, de modo que nunca quedaban lo suficientemente limpios para su gusto. A continuación, se ocupaba de dar de comer a *Polly*, el loro, cepillaba al perro, subía y bajaba por las escaleras una docena de veces para ir a buscar cosas o hacer encargos porque la anciana, que estaba bastante impedida, rara vez se levantaba de su butaca. Una vez completadas tan agotadoras tareas, le quedaba estudiar, lo que terminaba de poner a prueba su virtud. Solo entonces disponía de una hora para hacer ejercicio o jugar, ¡y cómo la disfrutaba! Laurie iba a diario y engatusó a la tía March hasta que esta consintió en dejar a Amy salir a pasear con él, y entonces sí lo pasaba en grande. Después de comer, tenía que leer en voz alta sin interrumpirse ni moverse de la silla, aunque la anciana se quedase dormida al término de la primera página y no despertase hasta al cabo de una hora. Luego venía la costura, de paños o de colchas de *patchwork*, y Amy se aplicaba a la labor con aparente dedicación mientras por dentro se rebelaba, hasta que caía la tarde, momento en que volvía a gozar de libertad para divertirse con lo que quisiera hasta la hora de la cena. Las noches eran lo peor, porque la tía March le explicaba batallitas de cuando era joven, tan interminables y aburridas que Amy no veía la hora de irse a la cama a llorar su suerte, aunque por lo general caía rendida a la primera o segunda lágrima derramada.

De no ser por Laurie y por Esther, la anciana criada,

no hubiese podido soportar aquellos días terribles. El loro por sí solo ya era suficiente tormento; consciente de que no despertaba admiración alguna en la niña, se vengaba cometiendo mil y una maldades. Si se le acercaba, le tiraba del cabello; cuando acababa de limpiarle la jaula, volcaba el recipiente con pan y leche; picoteaba a *Mop* para que ladrara mientras la anciana dormía la siesta, insultaba a la niña delante de las visitas y se comportaba como un pájaro viejo y maleducado. Amy tampoco soportaba al perro, un animal gordo y malhumorado, que gruñía y ladraba cuando lo aseaba, y se tumbaba patas arriba con una expresión estúpida cuando quería que le diesen de comer, lo que ocurría más de doce veces al día. La cocinera tenía muy mal genio; el chófer, además de viejo, estaba sordo, y Esther era la única que se ocupaba de ella.

Esther era una francesa que llevaba muchos años al servicio de «madame», como solía referirse a la anciana, y la dominaba a su antojo, consciente de que la tía March no sabría pasar sin ella. Su verdadero nombre era Estelle, pero la tía March le ordenó que lo cambiara y ella obedeció con la condición de que nunca le pediría que renegase de su religión. Como mademoiselle le había caído en gracia, le contaba anécdotas curiosas de su vida en Francia mientras planchaba los cuellos de madame. También la dejaba curiosear por toda la casa y rebuscar entre las cosas, originales y hermosas, que se guardaban en grandes armarios y antiguos baúles, pues la tía March atesoraba de todo, cual urraca. El preferido de Amy era un mueble indio lleno de extraños cajones, huecos y lugares secretos en los que había toda clase de adornos y joyas, de distinto valor y antigüedad. A Amy le encantaba examinar y ordenar aquellos tesoros, sobre todo los que encontraba en joyeros de fondo acolchado y aterciopelado, que custodiaban las joyas que habían embellecido a una dama cuarenta años atrás. Había un conjunto de granate que la tía

March había lucido en su puesta de largo, el collar de perlas que su padre le regaló para su boda, piezas con diamantes, regalo del novio, sortijas y broches de luto, medallones con retratos de amigas ya muertas y con mechones de pelo, pulseras de cuando su única hija era pequeña, el reloj del tío March y, en una caja, aparte, la sortija que la tía March ya no se podía poner porque tenía los dedos más gruesos, pero que guardaba con celo, como su joya de más valor.

—Si mademoiselle tuviera que quedarse con una de estas joyas, ¿qué elegiría? —preguntó un día Esther, que siempre permanecía a su lado para cuidar de las alhajas y volver a dejarlas en su sitio.

—Prefiero los diamantes, pero no hay ningún collar de diamantes y me gustan mucho los collares; creo que son muy favorecedores. Si pudiera, me quedaría con esto —contestó Amy mirando embelesada una cadena de oro con cuentas de ébano de la que colgaba una pesada cruz del mismo material.

—A mí también me gusta, pero no es un collar; para mí es un rosario, y como tal lo usaría, como buena católica que soy —apuntó Esther sin dejar de mirar la hermosa pieza.

—¿Sirve para lo mismo que esa cadena de cuentas de madera que huelen tan bien que tienes en tu tocador? —preguntó Amy.

—Sí, es para rezar. Estoy segura de que los santos preferirían que esta joya sirviese como rosario, no como un vano collar.

—Parece que tus oraciones te aportan un gran consuelo, Esther; después de rezar siempre pareces tranquila y satisfecha. ¡Ojalá yo pudiera sentirme así!

—Si mademoiselle fuese católica, encontraría el mismo consuelo pero, como no lo es, le recomiendo que reserve un rato cada día para meditar y orar, como hacía la buena señora a la que serví antes de empezar a trabajar para madame. Disponía de una capilla y en ella encontraba alivio a sus muchas penas.

—¿Estaría bien que lo hiciese? —preguntó Amy. En su soledad, sentía la necesidad de encontrar consuelo y ayuda pero, ahora que Beth no estaba para recordárselo, olvidaba constantemente leer el libro que su madre le había regalado.

—No solo es una idea excelente, sino que resultaría encantador. Si me lo permite, le prepararé un espacio en el vestidor. No le diga nada a madame. Cuando se quede dormida, vaya allí a pasar un rato a solas, pensar en cosas buenas y pedirle a Dios que ayude a su hermana.

Esther era muy piadosa y su consejo no podía ser más sincero. Tenía un gran corazón y lamentaba mucho la angustia de las hermanas. A Amy le gustó la idea y aceptó que preparase el vestidor que había junto a su habitación, con la esperanza de que la ayudase a encontrarse mejor.

—Me pregunto adónde irán todas estas cosas bonitas cuando la tía March muera —comentó mientras dejaba en su lugar el brillante rosario y cerraba los joyeros uno tras otro.

—Me consta que se las dejará a usted y a sus hermanas. Madame confía en mí y me nombró testigo de su testamento, por eso lo sé —susurró Esther con una sonrisa.

—¡Qué bien! Aunque preferiría que nos las dejara usar ahora. Esperar no es mi fuerte —dijo Amy echando un último vistazo a los diamantes.

—Son demasiado jóvenes para usar joyas. La primera que tenga novio se llevará las perlas, así lo ha dejado escrito madame. Y me parece, mademoiselle, que la señora le regalará el pequeño anillo de turquesa cuando se marche en premio a su actitud y sus buenos modales.

—¿Eso crees? ¡Oh, seré como un corderito! ¡Haría lo que fuese por ese anillo! Es mucho más bonito que el que lleva Kitty Bryant. Después de todo, me cae bien la tía March.

Entusiasmada, Amy se probó el anillo azul y se mostró decidida a obtenerlo.

A partir de ese día, fue un modelo de obediencia y la anciana señora quedó admirada de los avances en su formación. Esther instaló una mesita en el vestidor, colocó un escabel delante y un cuadro que encontró en uno de los dormitorios cerrados con llave. El cuadro no era de gran valor, pensó, pero contenía la imagen apropiada, de modo que lo tomó prestado, convencida de que madame no llegaría a enterarse y, de hacerlo, no le importaría. Sin embargo, resultó ser una valiosa copia de una de las obras más famosas del mundo y Amy, gran amante de la belleza, no se cansaba de contemplar el dulce rostro de la Virgen mientras pensaba en su madre con gran ternura. Puso sobre la mesa su pequeño ejemplar del Nuevo Testamento y su libro de himnos, además de un jarrón con flores frescas que Laurie le traía, e iba a diario «a pasar un rato a solas, pensar en cosas buenas y pedirle a Dios que ayudase a su hermana». Esther le había dado un rosario de cuentas negras con una cruz de plata, pero Amy lo colgó y nunca lo usaba, porque no estaba segura de que tuviese cabida en sus oraciones protestantes.

Al actuar así la niña era muy sincera. Privada de la seguridad de su hogar, sintió la necesidad del apoyo de una mano amiga e, instintivamente, buscó la ayuda del más poderoso y tierno de los Amigos, que protege a Sus hijos con intenso amor de padre. Echaba de menos que su madre la ayudase a comprenderse mejor y a comportarse de la forma adecuada pero, como le habían enseñado a buscar en el lugar adecuado, hizo lo posible por encontrar el buen camino y recorrerlo con confianza. Pero Amy era un peregrino joven y, en aquellos momentos, la carga le resultaba excesiva. Intentó no pensar en sí misma, mantener el ánimo alto y sentirse satisfecha por el hecho de hacer lo correcto, aunque nadie lo viese o la alabase por ello. En su primer gran esfuerzo por ser buena, muy buena, decidió hacer testamento, como había hecho la tía March. De ese modo, si enfermaba y moría, sus bienes se repartirían con justicia y generosidad. La simple idea de tener que renunciar a sus pequeños tesoros, que para ella eran tan valiosos como las joyas de su anciana tía, le producía una pena inmensa.

Dedicó una de las horas de las que disponía para jugar a redactar el importante documento con tanto celo como pudo. Esther le ayudó con algunos términos legales y, una vez que la buena mujer hubo estampado su firma como testigo, Amy sintió un gran alivio y lo dejó a un lado, a espera de dárselo a firmar a su segundo testigo previsto: Laurie. Como llovía, subió a la planta de arriba para jugar en uno de los dormitorios grandes y se llevó a *Polly* por toda compañía. En la habitación había un armario ropero lleno de trajes pasados de moda y Esther le permitía usarlos como disfraces. Vestir aquellos brocados deslucidos y desfilar ante el espejo, haciendo reverencias y oyendo el sonido de la cola al rozar el suelo, era su entretenimiento favorito. Aquel día, estaba tan absorta en su juego que no oyó el timbre cuando Laurie llegó ni le vio asomar la cabeza y contemplarla mientras ella iba muy seria de un lado a otro, moviendo coqueta su abanico e inclinando la cabeza, que había cubierto con un gran turbante rosa que contrastaba vivamente con su vestido de brocado azul y su enagua amarilla acolchada. Caminaba con sumo cuidado ya que se había puesto unos zapatos de tacón y, según Laurie explicó después a Jo, resultaba de lo más cómico verla andar con pasitos cortos, vestida con aquel llamativo atuendo, mientras Polly la seguía de cerca, con aire digno, imitándola lo mejor que sabía y parándose de vez en cuando para soltar una carcajada o exclamar: «¡Qué bien estamos! ¡Aléjate, espantajo! ¡Cuida tu lengua! ¡Bésame, querida! Ja, ja».

Laurie contuvo como pudo la risa para no ofender a su majestad, llamó a la puerta y Amy le invitó a pasar.

—Siéntate y descansa un rato mientras me quito todo esto. Luego tengo que hablar contigo de un asunto muy serio —anunció Amy una vez que hubo mostrado su esplendor y dejado en un rincón a *Polly*—. Este pájaro es un suplicio —prosiguió mientras se quitaba de la cabeza la montaña de tela rosa y Laurie se acomodaba en una silla—. Ayer, cuando la tía estaba dormida y yo pretendía pasar un rato tranquila, empezó a aletear y a gritar en la jaula. Fui para ver qué le pasaba y encontré una araña grande dentro. Abrí la jaula para sacarla y la araña corrió a esconderse bajo la estantería. *Polly* salió tras ella, se asomó a la parte de abajo de la estantería y dijo de esa forma tan divertida en la que habla y guiñando un ojo: «Querida, sal a dar una vuelta». Me eché a reír sin remedio. *Polly* lanzó un par de exclamaciones y despertó a la tía, que nos riñó a los dos.

—¿Aceptó la araña la invitación de nuestro viejo amigo? —preguntó Laurie bostezando.

—Sí, salió y el loro echó a correr muerto de miedo, se agarró al respaldo de la butaca de la tía y empezó a gritar «¡Atrápala, atrápala!», mientras yo hacía lo posible por cazarla.

—¡Es mentira! ¡Oh, Dios! —gritó el loro picoteando los dedos de los pies a Laurie.

—Si fueras mío, te retorcería el pescuezo, viejo incordio —protestó Laurie amenazando con el puño al animal, que ladeó la cabeza y respondió muy serio: «¡Aleluya! ¡Benditos sean los botones, querida!».

—Ya estoy lista —anunció Amy, que, tras cerrar el

ropero, sacó un papel del bolsillo—. Por favor, quiero que leas esto y me digas si está bien y es legal. Sentí que debía hacerlo, porque la vida es incierta y no quiero que mi muerte desate rencillas.

Laurie se mordió los labios, se giró un poco y empezó a leer el documento, con encomiable seriedad teniendo en cuenta su contenido:

MI ÚLTIMA VOLUNTAD Y *TESTIMENTO*

Yo, Amy Curtis March, estando en plenitud de facultades mentales, doy y lego todos mis bienes personales del siguiente modo:

A mi padre, mis mejores cuadros, dibujos, mapas y obras de arte, marcos incluidos. También los cien dólares que poseo, para que haga con ellos lo que quiera.

A mi madre, toda mi ropa, salvo el delantal azul con bolsillos, también mi retrato y mi medalla, con mucho cariño.

A mi querida hermana Margaret, mi anillo de turquesa (si lo consigo), mi caja verde con el dibujo de las tórtolas, un lazo para su cuello y el retrato que le hice para que recuerde a su pequeña.

A Jo, el broche que está reparado con lacre, mi tintero de bronce —del que ella perdió la tapa— y mi precioso conejo de yeso en señal de lo mucho que me arrepiento de haber quemado su manuscrito.

A Beth (si me sobrevive), mis muñecas y mi escritorio, mi abanico, mis cuellos de lino y mis zapatillas nuevas si le quedan bien, ya que después de enfermar estará más delgada. Y, por la presente, declaro estar muy arrepentida por haberme burlado de la vieja Joanna.

A mi amigo y vecino Theodore Laurence, mi carpeta de papel maché, mi caballo de yeso, aunque dijo que no tenía cuello. También, en compensación por su ayuda en horas de aflicción, puede elegir de mis obras la que prefiera, aunque la mejor es *Muestra señora.*

A nuestro venerable benefactor, el señor Laurence, mi caja púrpura con espejo en la tapa, para que guarde en ella sus plumas y recuerde a la niña fallecida que tanto le agradece los favores hechos a su familia, sobre todo a Beth.

A mi mejor amiga Kitty Bryant, mi delantal de seda azul y mi anillo de cuentas doradas, con un beso.

A Hannah, la sombrerera que quería y mis trabajos con retales, con la esperanza de que me recuerde cuando los vea.

Ahora, habiendo repartido mis bienes de más valor, confío en que todos queden satisfechos y no se peleen a mi muerte. Perdono a todos y confío en que nos volveremos a encontrar cuando la trompeta final suene. Amén.

Firmo esta, mi última voluntad y *testimento*, a 20 de noviembre del año del Señor de 1861.

AMY CURTIS MARCH

Testigos: Estelle Valnor y Theodore Laurence

Este último nombre estaba escrito a lápiz y Amy explicó que debía reescribirlo a tinta y sellar el documento.

—¿Cómo se te ha ocurrido? ¿Alguien te ha contado que Beth decidió repartir sus cosas? —preguntó él muy serio, mientras Amy colocaba una cinta roja, lacre y un sello frente a él.

La niña respondió a su pregunta y luego añadió con angustia:

—¿Qué has dicho de Beth?

—Lamento haber hablado pero, puesto que he empezado, te lo diré todo. Un día se sintió tan enferma que le dijo a Jo que deseaba dejar su piano a Meg, su pájaro a ti y su vieja muñeca a Jo, que la querría por ella. Dijo que sentía tener tan poco que dar; a los demás, nos dejaba mechones de su cabello y a mi abuelo, todo su amor. Pero nunca pensó en hacer testamento.

Mientras hablaba, Laurie firmó y selló el documento, y no levantó la cabeza hasta que una gruesa lágrima cayó sobre el papel. Amy le miró con preocupación, pero solo dijo:

—¿No se pueden añadir cosas a los testamentos?

—Sí, se les llama «codicilos».

—Pues pongamos uno en el mío. Quiero que corten todos mis bucles y los repartan entre mis amigas. Lo había olvidado, pero quiero que lo hagan, aunque estaré más fea.

Laurie lo añadió, sonriendo ante aquel último y gran sacrificio de Amy. Luego la entretuvo durante una hora y se interesó por sus cuitas. Cuando llegó la hora de marcharse, Amy le retuvo y susurró con labios temblorosos:

—¿Corre Beth peligro?

—Temo que sí, pero esperamos que todo salga bien. No llores, querida. —Y Laurie le pasó un brazo por los hombros en un gesto fraternal para consolarla.

Cuando se hubo marchado, Amy fue a su capillita y, sentada en la penumbra, oró por Beth con lágrimas en los ojos y el corazón dolorido, sintiendo que ni un millón de anillos de turquesa podrían consolarla por la pérdida de su dulce hermanita.

20
Confidencial

No encuentro palabras para explicaros el reencuentro entre madre e hijas. Son momentos muy hermosos de vivir pero muy difíciles de describir, así que lo dejaré a la imaginación de mis lectores y solo diré que la casa rebosaba de auténtica felicidad y que el tierno deseo de Meg se cumplió, porque, cuando Beth despertó de su largo y reparador sueño, lo primero que vio fue la pequeña rosa y el rostro de su madre. Demasiado débil para extrañarse por nada, sonrió y se acurrucó en aquellos amorosos brazos sintiendo que su anhelo de afecto quedaba, al fin, satisfecho. Luego volvió a dormirse, y las muchachas atendieron a la madre, que no quiso soltar aquella delgada mano que, aun en sueños, se aferraba a la suya. Hannah había preparado un estupendo desayuno para la viajera; era su forma de mostrar su alegría. Meg y Jo dieron de comer a su madre como las cigüeñas alimentan a sus crías, mientras esta relataba las últimas novedades sobre el estado del padre. Explicó que el señor Brooke se había comprometido a quedarse y cuidar del enfermo, que la tormenta había ocasionado retrasos en su vuelta a casa y el indescriptible alivio que sintió al encontrar el rostro esperanzado de

Laurie tras llegar consumida por el cansancio, los nervios y el frío.

¡Qué día tan raro y tan agradable tuvieron! Fuera, todo era luz y alegría, porque la gente había salido a dar la bienvenida a la primera nevada; dentro de la casa, reinaban la calma y el silencio, porque todas dormían, fatigadas por la noche en vela. Imperaba la serenidad que acompaña a un día de domingo, y Hannah cabeceaba mientras montaba guardia ante la puerta de Beth. Con la grata sensación que produce el verse libre de una pesada carga, Meg y Jo cerraron sus fatigados ojos y descansaron como barcos que, tras una tormenta, alcanzan la seguridad de un puerto de aguas tranquilas. La señora March no se separó de Beth, durmió en una butaca, a su lado; despertaba a menudo para observarla, comprobar que no tenía fiebre y velar por ella como un avaro que recupera un tesoro perdido.

Mientras tanto, Laurie fue a animar a Amy. Relató lo ocurrido con tanta gracia que hasta la tía March se emocionó y no dijo ni una sola vez «te lo advertí». En aquella ocasión, Amy mostró gran entereza, como si los buenos pensamientos albergados en su capillita empezasen a dar fruto. Se secó las lágrimas enseguida, controló su impaciencia por ver a su madre y en ningún momento pensó en el anillo de turquesa cuando la anciana tía March convino con Laurie en que se había comportado «como una auténtica mujercita». Hasta Polly parecía impresionado; la llamó «buena chica», bendijo sus botones y le rogó «sal conmigo a dar una vuelta, querida» con su tono más afable. De buena gana hubiese salido a disfrutar del sol invernal, pero al ver que Laurie se caía de sueño, por mucho que se esforzase por disimularlo, le convenció de que durmiera un rato en el sofá mientras ella escribía una nota a su madre. Empleó largo rato en hacerlo y, cuando volvió a la sala, encontró a su amigo recostado, con la cabeza apoyada en los brazos, profundamente dormido, y a la tía March, que había corrido las cortinas, sentada sin hacer nada, con una benevolencia desacostumbrada en ella.

Transcurrido un rato, empezaron a temer que el muchacho no despertase hasta la noche, y es posible que así hubiese sido de no haberle puesto en pie el grito de alegría de Amy al ver llegar a su madre. No dudo que en aquel día hubiese muchas niñas felices en la ciudad, pero estoy convencida de que ninguna lo era más que Amy cuando, sentada en el regazo de su madre, relataba sus penas y recibía consuelo y compensación en forma de sonrisas y amorosas caricias. Estuvieron juntas, a solas, en su capillita y, cuando su madre conoció el objeto de aquel rincón, no puso objeción alguna.

—Me gusta mucho la idea, querida —dijo recorriendo con la mirada el polvoriento rosario, el Nuevo Testamento, gastado por el uso, y el hermoso cuadro con su guirnalda de hojas perennes—. Está muy bien disponer de un espacio al que acudir para serenamos cuando algo nos incomoda o preocupa. La vida está llena de momentos difíciles, pero podemos soportarlos mejor si pedimos ayuda de la forma adecuada. Creo que mi pequeña lo ha aprendido bien, ¿verdad?

—Sí, mamá. Cuando vuelva a casa haré sitio en el armario grande para poner los libros y una copia de este cuadro que he tratado de pintar. El rostro de la mujer no me ha quedado muy bien, no soy capaz de reproducir su belleza, pero el niño me ha salido mejor y estoy contenta. Me gusta pensar que nuestro Señor también fue un niño, porque eso hace que le sienta más próximo y me ayuda.

Mientras Amy señalaba a un sonriente niño Jesús sentado sobre las rodillas de su madre, la señora March vio algo en la mano de su hija que la hizo sonreír. No dijo nada, pero Amy entendió lo que aquella sonrisa significaba y, tras una breve pausa, añadió muy seria:

—Pensaba comentártelo, pero se me ha olvidado. La tía me ha regalado este anillo hoy. Me ha mandado llamar, me ha dado un beso y lo ha puesto en mi dedo diciendo que estaba orgullosa de mí y que le gustaría tenerme siempre a su lado. Me ha dado este otro para que no se me caiga el de turquesa, que es demasiado grande para mi dedo. Me gustaría llevarlos puestos, ¿me dejas, mamá?

—Son muy bonitos, pero creo que aún eres muy joven para usar esta clase de joyas, Amy —respondió la señora March mientras observaba el efecto que la hilera de piedras azul cielo y el curioso anillo de oro con dos diminutas manos entrelazadas producían en la mano pequeña y rolliza de su hija.

—Intentaré no ser vanidosa —explicó Amy—. No me gusta solo porque sea bonito. Mi intención es usarlo como la chica del cuento usaba su brazalete, como recuerdo de algo.

—¿De la tía March? —preguntó la madre entre risas.

—No; para recordarme que no he de ser egoísta. —Amy parecía tan seria y sincera que su madre dejó de reír en el acto y escuchó con respeto su explicación—. En estos días, he pensado mucho sobre mis faltas y he concluido que el egoísmo es la peor de todas. Voy a hacer lo posible por eliminarlo. A Beth la quiere todo el mundo y la idea de perderla resultaba tan insoportable precisamente porque no es egoísta. Si yo enfermase, la gente no lo sentiría ni la mitad, y lo cierto es que no merezco más. Pero me gustaría tener muchos amigos que me quisieran y me echasen de menos, por lo que he decidido ser como Beth en todo lo que pueda. Y para que no se me olviden mis buenas intenciones, me gustaría llevar algo que me recordase constantemente que he de esforzarme por ser mejor. ¿Podría probar con esto?

—Sí, pero me inspira más confianza el rincón del armario. Ponte el anillo, querida, y esfuérzate mucho. Creo que harás grandes progresos, pues el deseo verdadero de cambiar supone tener media batalla ganada. Ahora, debo volver junto a Beth. No te desanimes, hijita; pronto podrás volver a casa.

Aquella noche, mientras Meg escribía a su padre para darle noticias sobre el viaje y la llegada de su madre, Jo subió a la habitación de Beth y encontró a la señora March sentada donde acostumbraba. Se quedó unos segundos quieta, retorciéndose el cabello con los dedos en un gesto que indicaba indecisión y preocupación.

—¿Qué te ocurre, querida? —preguntó la señora March tomándole la mano para inspirarle confianza.

—Mamá, hay algo que te quiero contar.

—¿Es sobre Meg?

—¡Qué rápido lo has adivinado! Sí, es sobre ella y, aunque es algo sin importancia, me preocupa.

—Beth duerme; habla en voz baja y cuéntamelo todo. Espero que ese joven, Moffat, no haya venido por aquí —comentó la señora March con dureza.

—No, y de haberse atrevido, le habría cerrado la puerta en las narices —dijo Jo sentándose en el suelo, a los pies de su madre—. El verano pasado Meg se dejó un par de guantes en casa de los Laurence y solo recuperó uno. Nadie le dio importancia al asunto, hasta que Teddy me contó que el señor Brooke tenía el guante. Lo llevaba en el bolsillo de su abrigo y, en una ocasión, se le cayó y Teddy bromeó al respecto. El señor Brooke reconoció que le gustaba Meg, pero que no se atrevía a confesarlo porque ella era muy joven y él, muy pobre. ¿No te parece terrible?

—¿Y tú crees que a Meg le gusta él? —preguntó la señora March con cierta preocupación.

—¡Pobre de mí! ¡No entiendo nada del amor ni de esa clase de tonterías! —exclamó Jo, con una divertida mezcla de interés y desprecio—. En las novelas, se nota cuando una muchacha está enamorada porque se ruboriza, se desmaya, adelgaza o se comporta como una tonta. Meg no hace nada de eso; come, bebe y duerme como una persona normal. Me mira a los ojos cuando hablamos de este hombre y solo se ruboriza ligeramente cuando Teddy hace alguna broma sobre enamorados. Le tengo prohibido que lo haga, pero no me hace caso.

—Entonces, ¿supones que a Meg no le interesa John?

—¿Quién? —exclamó Jo, perpleja.

—El señor Brooke. Ahora le llamo John. En el hospital, empecé a llamarle por su nombre y a él le complace.

—¡Oh, Dios mío! Sabía que te pondrías de su parte. Claro, como ha sido tan bueno con papá, en lugar de mandarle a paseo, le dejarás casarse con Meg si así lo quiere. ¡Qué listo! Fue a cuidar de papá y te ofreció su ayuda para engatusarte y obtener tu favor. —Jo volvió a juguetear con su cabello, visiblemente nerviosa.

—Querida, no te enfades por esto y deja que te cuente cómo ocurrió todo. John me acompañó a petición del señor Laurence y se mostró tan atento con tu pobre padre que no pudimos evitar tomarle cariño. Fue totalmente sincero y honrado con respecto a sus sentimientos hacia Meg, nos dijo que la quería pero que trabajaría para poder darle un hogar confortable antes de pedir su mano. Solo pretendía contar con nuestro consentimiento para quererla y luchar por ella, y nuestro permiso para intentar conquistar su corazón. Es un hombre extraordinario y no podíamos negarnos a escucharle, pero no permitiré que Meg se comprometa siendo tan joven.

—Claro que no, ¡sería una estupidez! Sabía que tramaba algo, lo sentía. ¡Pero es peor de lo que imaginaba! Cómo me gustaría poder casarme con Meg yo misma para mantenerla sana y salva dentro de la familia.

Tan curiosa ocurrencia hizo sonreír a la señora March, que sin embargo añadió muy seria:

—Jo, confío en ti. No le digas nada a Meg. Cuando John vuelva, los veré juntos y entonces conoceré mejor los sentimientos de tu hermana hacia él.

—Ella verá los de él en la forma en que la mirará con esos hermosos ojos de los que tanto me habla y, entonces, estará perdida. Tiene el corazón blando y se derretirá como mantequilla bajo el sol si alguien la mira con amor. Leía más las cortas notas que él mandaba que tus cartas y me pellizcaba si yo lo mencionaba ante los demás. A Meg le gustan sus ojos y no me cabe duda de que se enamorará de él, y entonces se acabarán la paz, la diversión y los buenos ratos que pasamos juntas. ¡Lo veo venir! Irán por la casa como dos enamorados y tendremos que ir esquivándolos; Meg no pensará en otra cosa y ya no querrá hacer nada conmigo; Brooke conseguirá hacerse rico de alguna manera, se la llevará y quedará un hueco en la casa; me destrozará el corazón y todo será de lo más desagradable. ¡Pobre de mí! ¿Por qué no habremos nacido todas hombres? ¡Entonces no tendríamos de qué preocuparnos!

Jo apoyó la cara en las rodillas en actitud desconsolada y cerró el puño pensando en lo poco que le gustaba John. La señora March suspiró y Jo levantó la mirada con cierto alivio.

—Mamá, ¿a ti tampoco te gusta? Me alegro. Dile que se ocupe de sus asuntos y no le menciones nada a Meg. Así podremos seguir viviendo felices y juntas como hasta ahora.

—He hecho mal en suspirar. No hay nada malo en que cada una, llegado el momento, cree su propio hogar; es lo natural. Pero quiero conservar a mis hijas cerca el máximo tiempo posible. Lamento que esto ocurra tan pronto, porque Meg no tiene más que diecisiete años y todavía habrán de pasar unos años hasta que John sea capaz de ofrecerle un hogar en condiciones. Tu padre y yo pensamos que no debería comprometerse ni casarse antes de los veinte. Si ella y John se quieren, no tendrán inconveniente en esperar y poner a prueba su amor. Ella es muy sensata y estoy segura de que le tratará con el respeto que merece. ¡Mi hermosa y bondadosa hija! Espero que todo le vaya bien.

—¿No preferirías que se casara con un hombre rico? —preguntó Jo al notar que a su madre se le quebraba un poco la voz al pronunciar la última frase.

—El dinero es útil y bueno, Jo. Deseo que a mis hijas nunca les falte ni les tiente tener demasiado. Me gustaría que John encontrase un buen trabajo que le permitiera ganarse bien la vida y ofrecer un hogar confortable a Meg. No anhelo grandes fortunas para vosotras, ni una buena posición social ni un título. Si el rango y el dinero llegan de la mano del amor y la virtud, bienvenidos sean, disfrutadlos. Pero sé por experiencia propia que en un hogar sencillo, en el que se trabaja para ganar el pan, se puede ser muy feliz, y que sufrir pequeñas privaciones ayuda a valorar más lo que se tiene. No me importa que Meg lleve una vida sencilla porque, si no me equivoco, dispondrá de la mejor riqueza: el corazón de un hombre bueno. Y esa es la mejor de las fortunas.

—Te comprendo, mamá, y estoy de acuerdo contigo, pero me siento decepcionada porque tenía mejores planes para Meg. Esperaba que se casase con Teddy y viviese rodeada de lujo. ¿Acaso no sería magnífico? —preguntó Jo con brillo en los ojos.

—Él es más joven que ella... —empezó la señora March.

—Eso no importa —la interrumpió Jo—. Es un muchacho muy maduro para su edad y es alto. Y, cuando quiere, sabe comportarse como un adulto. Además, es rico, bueno y generoso y nos quiere a todas. Creo que es una pena que mi plan se haya echado a perder.

—Temo que Laurie no sea lo bastante mayor para

Meg y es aún demasiado alocado para cuidar de nadie. No hagas planes, Jo. Deja que el tiempo y los sentimientos se encarguen de emparejar a tus amigos. No es bueno inmiscuirse en esos asuntos. Será mejor que olvides esa «basura romántica», como tú la llamas, y no estropees una buena amistad.

—Está bien, así lo haré, pero me molesta que las cosas salgan del revés cuando con un tironcito aquí y otro allá podría enderezarse todo... Me gustaría que nos pusieran un peso en la cabeza para impedir que siguiésemos creciendo. Pero los capullos dan paso a las rosas y los gatitos se convierten en gatos... ¡Es una pena!

—¿Qué dices de pesos y gatos? —preguntó Meg al entrar en la habitación con la carta recién terminada en la mano.

—Es solo una de mis absurdas ideas. Me voy a la cama. Vamos, Peggy —dijo Jo poniéndose en pie con un efecto similar al de un desplegable que surge al abrir un libro.

—Estupendo, está muy bien escrita. Por favor, añade saludos para John de mi parte —dijo la señora March tras echar un vistazo a la carta y devolvérsela a su hija.

—¿Le llamas John? —inquirió Meg con una sonrisa y una expresión inocente en la mirada.

—Sí, se ha portado como un hijo con nosotros y le apreciamos mucho —contestó la señora March mirándola con suma ternura.

—Me alegro. Se siente muy solo. Buenas noches, mamá. Es fantástico tenerte de nuevo con nosotras —se limitó a decir Meg.

La señora March le dio un tierno beso de buenas noches y, al verla marchar, dijo, con una mezcla de satisfacción y melancolía:

—Todavía no le ama, pero pronto lo hará.

21
Laurie comete una travesura y Jo pone paz

La cara de Jo, al día siguiente, era digna de verse. Guardar el secreto le costaba y tenía ganas de hacerse la importante y adoptar un aire misterioso. Meg se dio cuenta, pero no le prestó atención porque sabía por experiencia que la mejor manera de conseguir algo de Jo era actuar en sentido contrario a lo esperado. Y que, cuanto menos preguntase, más posibilidades tenía de que su hermana se lo contase todo. Por eso le sorprendió sobremanera que Jo no solo no rompiese su silencio, sino que la tratase con una condescendencia irritante, con lo que Meg adoptó una digna reserva y se volcó en atender a su madre. Jo quedó libre de obligaciones, puesto que la señora March se hizo cargo de las labores de enfermera y le recomendó que descansase, hiciese ejercicio y se divirtiese como antes de aquel largo encierro. Como Amy no estaba en casa, Laurie era su único consuelo. Sin embargo, aunque disfrutaba de su compañía, temía verle en aquellos momentos porque él siempre la sonsacaba y podría arrancarle su secreto.

Tenía razón. El travieso muchacho intuyó enseguida el misterio y, decidido a averiguar de qué se trataba, hizo la vida imposible a Jo. Rogó, prometió, la ridiculizó, amenazó y riñó, fingió indiferencia para sonsacarla sin que se diese cuenta, afirmó que ya lo sabía, para luego decir que no le importaba y, por fin, en premio a su perseverancia, consiguió que su amiga le confirmase que el asunto concernía a Meg y al señor Brooke. Indignado porque su tutor tuviese secretos para con él, empezó a idear la forma de vengar la afrenta.

Mientras tanto, Meg parecía haber olvidado la cuestión y estaba concentrada en los preparativos de la vuelta de su padre a casa. Sin embargo, de pronto algo pareció cambiar en ella y durante un par de días tuvo un comportamiento muy extraño. No prestaba atención cuando le hablaban, se ruborizaba si alguien la miraba y cuando se sentaba a coser adoptaba una actitud reservada y parecía preocupada. A las preguntas de su madre, contestaba que se encontraba perfectamente, y a Jo le pedía que la dejara sola.

—Le ocurre algo. Debe de ser el amor, claro está. Y le está dando fuerte. Tiene casi todos los síntomas; está nerviosa y malhumorada, no come, le cuesta dormir y anda con cara mustia. La pillé cantando una canción de amor y una vez dijo John, como haces tú, y se puso roja como un tomate. ¿Qué podemos hacer? —preguntó Jo, dispuesta a tomar cartas en el asunto.

—Nada, salvo esperar. Déjala sola y trátala con dulzura y paciencia. Cuando papá vuelva, todo se arreglará —contestó la madre.

—Meg, hay una carta para ti, está sellada. ¡Qué raro! Teddy nunca sella las mías —comentó Jo al día siguiente, mientras repartía el contenido de su pequeña oficina de correos privada.

La señora March y Jo estaban concentradas en sus labores cuando Meg lanzó una exclamación que les hizo levantar la cabeza. Vieron que miraba fijamente la carta con expresión de espanto.

—Hija, ¿qué ocurre? —preguntó la madre, que fue rápidamente hacia ella, mientras Jo intentaba hacerse con la nota que la había sumido en aquel estado.

—Es un error. No la ha mandado él. ¡Oh, Jo! ¿Cómo has podido? —Meg se tapó el rostro con las manos y se echó a llorar como si le hubiesen partido el corazón.

—¿Yo? ¡No he hecho nada! ¿De qué estás hablando? —exclamó Jo, desconcertada.

En los dulces ojos de Meg destelló la ira mientras sacaba una carta del bolsillo y se la lanzaba a Jo diciendo en tono de reproche:

—Tú la has escrito y ese muchacho malo te ha ayudado. ¿Cómo has podido ser tan maleducada, tan malintencionada y tan cruel con ambos?

Jo apenas la escuchaba porque, al igual que su madre, trataba de leer la nota, escrita a mano y con una letra muy rara.

> Mi querida Margaret:
>
> No puedo seguir negando mi pasión y necesito conocer mi suerte antes de volver. Todavía no me he atrevido a decir nada a tus padres, pero creo que cuando sepan que nos queremos nos darán su consentimiento. El señor Laurence me ayudará a conseguir un buen puesto y, entonces, mi dulce amada, podremos ser felices. Te imploro que no le digas nada a tu familia aún y que me mandes unas palabras de esperanza a través de Laurie.
>
> Tuyo afectuosísimo,
>
> JOHN

—¡Oh, qué malvado! Así es como me paga por cumplir la promesa que le hice a mamá. Iré a darle un buen escarmiento y le traeré para que implore perdón —exclamó Jo, dispuesta a tomarse la justicia por su mano de inmediato.

Pero su madre la retuvo, diciendo, con un semblante que pocas veces le habían visto:

—Jo, detente, antes debes dar alguna explicación. Has cometido tantas travesuras que temo que tengas algo que ver en esto.

—¡Mamá, te doy mi palabra de que no es así! No había visto esta carta antes y no sé nada al respecto; es la verdad —afirmó Jo, con tal vehemencia que la creyeron—. Si hubiese participado en esto, lo habría hecho mejor y habría escrito una nota más creíble. Me habría dado cuenta de que el señor Brooke nunca enviaría una nota semejante —añadió tirando la carta al suelo muy enfadada.

—La letra se parece a la suya —balbuceó Meg tras comparar la letra con la de la carta que tenía en la mano.

—Oh, Meg, no habrás contestado, ¿verdad? —se apresuró a decir la señora March.

—¡Sí, lo he hecho! —exclamó Meg, y volvió a taparse el rostro con las manos, avergonzada.

—¡Menudo lío! Dejad que vaya a buscar a ese loco y le traiga aquí para que nos dé una explicación y reciba su merecido. No descansaré hasta que le encuentre —dijo Jo dirigiéndose nuevamente hacia la puerta.

—¡Quieta! Yo me ocuparé de este asunto, porque es más grave de lo que pensaba. Margaret, cuéntamelo todo desde el principio —ordenó la señora March, que se sentó junto a Meg, sin soltar a Jo para impedir que se escapara.

—Recibí la primera carta por medio de Laurie, que no parecía estar al corriente de nada —comenzó Meg, sin alzar la mirada—. Al principio, me preocupé y pensaba comentártelo, pero luego recordé que apreciabas al señor Brooke y me dije que no te importaría que mantuviese el asunto en secreto unos cuantos días. Soy tan tonta que supuse que nadie sospechaba nada y, mientras pensaba en una respuesta, me sentí como las muchachas de las novelas que se enfrentan a cosas así. Perdóname, madre. He pagado cara mi estupidez, ya no podré volver a mirarle a la cara nunca más.

—¿Qué le contestaste? —preguntó la señora March.

—Solo le dije que era demasiado joven para decidir nada al respecto, que no quería tener secretos con vosotros y que él debía hablar con papá. Que le agradecía su amabilidad y que, por una larga temporada, solo podía ofrecerle mi amistad.

La señora March sonrió aliviada y Jo aplaudió y exclamó entre risas:

—¡Eres un modelo de prudencia! Sigue, Meg, ¿qué pasó después?

—Me contestó en un tono muy distinto; decía que no me había mandado ninguna carta de amor y que sentía mucho que mi traviesa hermana Jo se tomara tales libertades con nuestros nombres. Fue muy amable y considerado, pero ¡imaginad lo terrible que resultó para mí!

Meg se apoyó en su madre con aire desesperado, mientras Jo caminaba de arriba abajo por la sala insultando a Laurie. De pronto, se detuvo, cogió las dos cartas y, después de estudiarlas con detenimiento, dijo, tajante:

—No creo que Brooke haya visto o escrito ninguna de estas cartas. Ambas son obra de Teddy y habrá guardado la tuya para fastidiarme porque no quise compartir con él mi secreto.

—Jo, no guardes secretos. Cuéntaselo todo a mamá como yo debía haber hecho y te evitarás problemas —advirtió Meg.

—¡Por Dios! ¡Pero si fue mamá la que me dijo el secreto!

—Basta ya, Jo. Yo consolaré a Meg mientras tú vas a buscar a Laurie. Quiero llegar al fondo de este asunto y poner freno a tanta tontería de una vez por todas.

Jo salió disparada y la señora March explicó con suma

dulzura a Meg los auténticos sentimientos del señor Brooke.

—Ahora, querida, dime, ¿qué sientes tú? ¿Le quieres lo suficiente para esperar a que consiga un hogar para vosotros o prefieres seguir sin compromiso por ahora?

—He estado tan asustada y preocupada en estos días que no deseo pensar en noviazgos por una larga temporada, o tal vez nunca —contestó Meg, malhumorada—. Si John no está al corriente de todo este disparate, no le digas nada y procura que Jo y Laurie vigilen sus palabras. No quiero que se rían de mí ni me hagan pasar malos ratos. ¡Es una vergüenza!

Al ver que Meg, por lo general amable y tranquila, había perdido los nervios con aquella broma de mal gusto y se sentía herida en su orgullo, la señora March la apaciguó prometiéndole que, en adelante, guardarían silencio absoluto y llevarían el asunto con la máxima discreción. Meg se retiró en cuanto oyó a Laurie en el vestíbulo y la señora March recibió al acusado. Jo no había informado al joven del motivo por el que se le requería, por miedo a que se negase a ir, pero él intuyó de inmediato lo que ocurría cuando vio el semblante severo de la señora March y comenzó a hacer girar su sombrero con aire culpable, lo que terminó de confirmar las sospechas que pesaban sobre él. La señora March rogó a Jo que los dejase a solas. La muchacha se quedó en el vestíbulo, caminando de arriba abajo, como un centinela que temiese ver escapar al prisionero. Durante la siguiente media hora, se oyeron voces que subían y bajaban de tono, pero las muchachas no supieron nunca lo que se dijo en aquella entrevista.

Cuando acudieron a la sala en respuesta a la llamada de su madre, vieron a Laurie de pie, junto a la señora March, con un aire tan compungido que se ganó el perdón de Jo de inmediato, aunque esta no consideró oportuno mostrarse benevolente en público. Meg recibió las sinceras disculpas del muchacho y sintió un gran alivio cuando él le confirmó que el señor Brooke no estaba al corriente de la broma.

—Guardaré el secreto con mi vida, no me arrancarían una palabra ni torturándome. Meg, por favor, perdóname. Haré lo que sea para demostrar mi arrepentimiento —añadió, dando muestras de sentirse verdaderamente avergonzado.

—Lo intentaré, pero tu comportamiento ha sido impropio de un caballero. No imaginaba que pudieses ser tan mezquino y malintencionado, Laurie —repuso Meg, que se esforzaba por ocultar su turbación original con un aire serio y reprobador.

—Fue una idea abominable y merezco que no me dirijas la palabra en un mes, pero no lo harás, ¿verdad? —dijo Laurie juntando las manos en actitud de súplica, bajando la mirada con aire de arrepentimiento y usando un tono tan irresistiblemente persuasivo que era imposible seguir enfadada con él, a pesar de lo escandaloso de su comportamiento. Meg le perdonó y la señora March relajó la dura expresión de su rostro, pese a sus esfuerzos por mantenerse seria, cuando le oyó declarar que expiaría sus culpas por medio de toda suerte de penitencias y se arrastraría como un gusano ante la doncella ofendida.

Entretanto Jo se mantenía a una prudente distancia, intentando en vano endurecer su corazón y logrando apenas una expresión de absoluta desaprobación. Laurie la miró en un par de ocasiones pero, como la muchacha no daba muestras de comprensión, se sintió muy molesto y le dio la espalda. Cuando terminó de escuchar a todas, hizo una larga reverencia y se fue sin decirle nada.

Tan pronto como se hubo marchado, Jo se arrepintió de no haberse mostrado más indulgente y, cuando Meg y su madre subieron por las escaleras, se sintió sola y deseó estar con Teddy. Resistió la tentación durante un tiempo pero al final, siguiendo su impulso, se dirigió a la casa grande, con la excusa de ir a devolver un libro.

—¿Está el señor Laurence en casa? —preguntó a la sirvienta, que bajaba por las escaleras.

—Sí, señorita, pero no creo que pueda recibirla en estos momentos.

—¿Por qué? ¿Está enfermo?

—¡Por Dios! No, señorita, pero ha estado discutiendo con el señor Laurie, que tiene una de esas rabietas por culpa de no sé qué que tanto molestan al anciano señor, y no me atrevo a decirle nada.

—¿Dónde está Laurie?

—Se ha encerrado en su habitación y no responde por mucho que llamen a la puerta. No sé qué va a pasar con la cena, porque ya está lista y parece que nadie quiere comer.

—Iré a ver qué pasa. No me da miedo ninguno de ellos.

Jo subió por las escaleras y dio varios golpes rápidos en la puerta del pequeño estudio de Laurie.

—¡Deja de llamar o abriré y te obligaré a parar! —gritó el muchacho en tono amenazador.

Jo volvió a llamar y, cuando Laurie abrió, entró a toda prisa, antes de que él se repusiera de la sorpresa. Era evidente que su amigo estaba de mal humor, pero Jo sabía cómo lidiar con él. Se arrodilló con mucha gracia, con una expresión de arrepentimiento, y dijo humildemente:

—Por favor, perdóname por haberme enfadado tanto. He venido a hacer las paces y no me iré hasta que lo haya logrado.

—Está bien, levántate. Deja de hacer el ganso, Jo —repuso el caballero.

—Gracias. Así lo haré. ¿Puedo saber qué ha ocurrido? No pareces muy calmado que digamos.

—Me han zarandeado y ¡no lo consiento! —gruñó Laurie, indignado.

—¿Quién ha sido? —inquirió Jo.

—Mi abuelo. De haber sido otra persona, le habría... —En lugar de terminar la frase, el ofendido joven hizo un enérgico gesto con el brazo derecho.

—Eso no es nada. Yo te zarandeo constantemente y no te enfadas —dijo Jo para apaciguarle.

—¡Bah! Tú eres una chica y lo haces de broma, pero no consentiré que ningún hombre me zarandee.

—Si te alteras tanto como ahora, dudo que ninguno se atreva. ¿Por qué te ha zarandeado tu abuelo?

—Se ha enfadado porque no he querido decirle para qué me había mandado llamar tu madre. He prometido no decir nada y no pienso faltar a mi palabra.

—¿Y no podías haber dicho algo para tranquilizarle?

—No, él solo quiere oír la verdad, toda la verdad y nada más que la verdad. De haber podido contarle algo sin involucrar a Meg lo habría hecho pero, como no se me ocurría nada, me he mordido la lengua y he aguantado la reprimenda hasta que el viejo me ha cogido por el cuello. Eso me ha sacado de mis casillas y he preferido salir de allí antes de perder el control.

—No ha estado bien, pero seguro que se arrepiente. Baja y haz las paces con él. Te ayudaré.

—¡Que me cuelguen si lo hago! No pienso aguantar sermones y palizas de todo el mundo por haber hecho una tontería. Lamento haber herido a Meg y le he pedido perdón como un hombre, pero no pediré disculpas cuando no soy culpable de nada.

—Pero él no lo sabe.

—Pues debería confiar en mí y no tratarme como a un niño. Es inútil, Jo. Tiene que entender que sé cuidar de mí y no necesito esconderme bajo las faldas de nadie.

—¡Menudo cascarrabias estás hecho! —dijo Jo con un suspiro—. ¿Y cómo piensas arreglar las cosas?

—Bueno, tendrá que pedirme perdón y confiar en mí cuando digo que no puedo contarle qué está pasando.

—¡Por Dios! Dudo mucho que lo haga.

—Pues no bajaré hasta que eso ocurra.

—Vamos, Teddy, sé razonable. Olvida el asunto. Le explicaré hasta donde pueda. No puedes quedarte aquí para siempre; ¿de qué te sirve ponerte melodramático?

—De todos modos, no tengo previsto pasar demasiado tiempo aquí. Me escaparé y, cuando el abuelo me eche en falta, irá corriendo a pedirme perdón.

—Supongo que tienes razón, pero no creo que debas marcharte y preocuparle de ese modo.

—No me sermonees. Iré a Washington a ver a Brooke. Es una ciudad llena de diversiones y podré pasar un buen rato después de tantos problemas.

—¡Qué bien lo pasarás! ¡Cómo me gustaría ir contigo! —dijo Jo, que olvidó su papel de consejera al imaginar escenas de la vida militar en la capital.

—Entonces, ven conmigo. ¿Por qué no? Le darás una sorpresa a tu padre y yo animaré un poco al bueno de Brooke. Sería estupendo. ¡Hagámoslo, Jo! Dejaremos una carta para explicar que estamos bien y nos marcharemos enseguida. Tengo suficiente dinero. Te sentará bien y no hay nada malo en ello, puesto que irás a ver a tu padre.

Por un momento, pareció que Jo iba a acceder, ya que, por descabellado que fuese el plan, le apetecía mucho. Estaba cansada de cuidar de otros y de estar encerrada, anhelaba un cambio y, además del deseo de ver a su padre, le tentaba la sensación de libertad y emoción que asociaba con los campamentos y hospitales debido a sus lecturas. Le brillaban los ojos pero, al mirar por la ventana, vio su viejo hogar y meneó la cabeza con triste determinación.

—Si fuese un chico, me escaparía contigo y lo pasaríamos en grande, pero soy una pobre chica y he de comportarme con propiedad y volver a casa. No me tientes, Teddy. Es un plan descabellado.

—¡Ahí está la gracia! —repuso Laurie, que estaba entusiasmado y tenía ganas de traspasar límites a cualquier precio.

—¡No sigas! —exclamó Jo tapándose los oídos—. Me podrías convencer. He venido para hacerte entrar en razón, no para que me hagas perderla a mí.

—Sé que Meg no aceptaría nunca una propuesta semejante, pero pensaba que tú tenías más espíritu de aventura —dijo Laurie con intención de provocarla.

—No seas malo, no sigas. Siéntate y reflexiona sobre tus pecados en lugar de incitarme a cometerlos a mí. Si consigo que tu abuelo te pida perdón por zarandearte, ¿abandonarás tus planes de huida? —preguntó Jo, muy seria.

—Sí, pero no lo lograrás —contestó Laurie, que ansiaba hacer las paces pero no quería ser el primero en dar el brazo a torcer.

—Si puedo con el joven, podré con el mayor —musitó Jo mientras salía del estudio, donde dejó a Laurie mirando un plano de rutas de trenes con la barbilla apoyada en las manos.

—¡Adelante! —dijo el anciano señor Laurence, con la voz más bronca que de costumbre, cuando Jo llamó a la puerta.

—Soy yo, señor, he venido a devolver un libro —dijo ella, con dulzura, al entrar en la sala.

—¿Quieres otro? —preguntó el anciano caballero tratando de disimular su incomodidad y su enfado.

—Sí, por favor, me encanta el viejo Sam. Me gustaría leer la segunda parte —comentó Jo con la esperanza de ganarse al anciano aceptando una segunda dosis de *Boswell's Johnson*, que tan vivamente le había recomendado.

El abuelo desarrugó un poco el entrecejo al empujar la escalerilla hacia el estante en el que guardaba las obras de Johnson. Jo se subió y, sentada en el último peldaño, fingió buscar el libro, aunque en realidad trataba de encontrar la mejor manera de abordar el espinoso motivo de su visita. El señor Laurence debió de sospechar que la joven tenía algo más en mente porque, después de dar varias zancadas por la habitación, se volvió hacia ella y habló con tal brusquedad que el ejemplar de *Rasselas* que Jo tenía en las manos cayó al suelo boca abajo.

—¿Qué ha hecho Laurie? No le protejas más. ¡Venga! Por su forma de comportarse al volver a casa, sé que se trata de algo malo. No consigo que suelte prenda y, cuando le amenacé con sacarle la verdad por la fuerza, escapó escaleras arriba y se encerró en su cuarto.

—Sí, hizo algo malo, pero ya le hemos perdonado y hemos convenido guardar silencio al respecto —explicó Jo a regañadientes.

—Eso no me sirve. No permitiré que se escude en una promesa arrancada abusando de vuestros tiernos corazones. Si ha cometido algún atropello, debe confesarlo, pedir perdón y recibir su castigo. ¡Dímelo todo, Jo! Esto no debe quedar en la sombra.

El señor Laurence tenía un aspecto amenazador y hablaba con tanta dureza que, de haber podido, Jo habría echado a correr, pero estaba sentada en la escalerilla y, a sus pies, se hallaba el león, de modo que no le quedaba más que hacerle frente con valor.

—Lo lamento, señor, pero no le puedo contar nada porque mamá nos lo ha prohibido. Laurie ya ha confesado, ha pedido perdón y ha recibido castigo suficiente. No callamos para protegerle a él, sino a otra persona, y si insiste en saber solo conseguirá crear más problemas. Por favor, no lo haga. Yo tuve parte de culpa, pero ya está todo arreglado. Olvide el asunto y charlemos sobre *Rambler* o sobre algún tema agradable.

—¡Al diablo con *Rambler*! Baja y dame tu palabra de que ese majadero no ha sido ingrato ni impertinente. De lo contrario, a pesar de tus buenas intenciones, le daré una paliza con mis propias manos.

La amenaza sonaba terrible, pero Jo no se alarmó porque sabía que el irascible anciano era incapaz de levantarle la mano a su nieto por mucho que dijese lo contrario. Bajó obedientemente y explicó cuanto pudo sin involucrar a Meg ni faltar a la verdad.

—¡Vaya! Bueno, si es verdad que el silencio del muchacho se debe a una promesa, no a su obstinación, le perdonaré.

Es un joven terco y un tanto rebelde —comentó el señor Laurence, y se rascó la cabeza hasta quedar tan despeinado como si hubiese soplado un vendaval, aunque suavizó notablemente el entrecejo.

—Yo soy igual, pero, para convencerme, es mejor una palabra amable que la fuerza de todo un ejército —dijo Jo, saliendo en defensa de su amigo, que apenas salía de un lío para meterse en otro.

—Piensas que no soy amable con él, ¿verdad? —replicó el anciano con dureza.

—¡Oh, Dios mío! No, señor; creo que a veces es incluso demasiado amable, pero cuando Laurie pone a prueba su paciencia enseguida monta en cólera, ¿no le parece?

Jo estaba resuelta a llegar hasta el final y, aunque trataba de aparentar calma, estaba algo asustada tras haber hablado sin tapujos. Para su sorpresa y alivio, el anciano se limitó a quitarse los lentes y arrojarlos sobre la mesa, y dijo con franqueza:

—¡Tienes razón, jovencita! Es cierto. Quiero mucho al muchacho, pero me saca de mis casillas y Dios sabe cómo acabaremos si esto sigue como hasta ahora.

—Yo le diré lo que pasará: Laurie terminará por escaparse de casa. —En el instante en que pronunció la frase, Jo lamentó haberla dicho. Quería advertirle de que Laurie no soportaría tanto control y esperaba que eso le decidiese a ser más permisivo con él.

Al señor Laurence le mudó el semblante, se sentó de golpe y miró apesadumbrado el retrato de un apuesto joven que colgaba junto a su escritorio. Era el padre de Laurie, que se había escapado de casa siendo joven y se había casado a pesar de la férrea oposición del anciano. Jo supuso que su comentario le había traído a la mente dolorosos recuerdos y deseó haberse mordido la lengua.

—No creo que lo haga a menos que esté muy agobiado. Amenaza con irse cuando está harto de estudiar. Yo también fantaseo con escapar, sobre todo desde que me corté el cabello. Así que si algún día nos echan en falta, solo tiene que mandar buscar a dos muchachos entre los barcos que zarpen rumbo a la India.

Al ver que la joven reía, el señor Laurence se tranquilizó y concluyó que se trataba de una broma.

—Y tú, muchachita, ¿cómo te atreves a hablarme en este tono? ¿Dónde han quedado el respeto que me debes y tu buena educación? ¡Vaya con los chicos y las chicas! Sois un verdadero tormento, pero no sabríamos estar sin vosotros —dijo, pellizcándole las mejillas, de buen humor—. Ve a buscar al muchacho y dile que baje a cenar; que está todo bien pero que haga el favor de no poner cara de drama, porque no lo soporto.

—No vendrá, señor. Está ofendido porque usted no le creyó cuando le dijo que no le podía contar nada. Y creo que le dolió en el alma que le zarandeara.

Jo intentó mostrarse compungida, pero es evidente que no lo consiguió, porque el señor Laurence se echó a reír, y ella supo que había ganado la partida.

—Lo lamento y supongo que debería darle las gracias

porque no me zarandeara a mí. ¿Qué espera el muchacho que haga? —El anciano parecía avergonzado de la dureza con la que le había tratado.

—Yo, en su lugar, le escribiría una nota de disculpa, señor. Dice que no bajará hasta que le pida perdón y amenaza con irse a Washington, entre otras ideas descabelladas. Una disculpa formal le haría ver lo irracional que está siendo y hará que baje de buen humor. Pruébelo. Será divertido y una nota es mejor que ponerse a discutir. Yo se la llevaré y le haré entrar en razón. El señor Laurence la miró con severidad y se puso los lentes diciendo entre dientes:

—Niña traviesa... Tanto tú como Beth hacéis de mí lo que queréis, pero no me importa. Venga, dame un papel y acabemos con esta tontería de una vez.

El anciano escribió una nota en los términos que emplea un caballero para disculparse ante otro por una grave afrenta. Jo le dio un beso en la calva y corrió escaleras arriba. Pasó la carta por debajo de la puerta del estudio de Laurie, y por el ojo de la cerradura le rogó que fuese dócil, decoroso y alguna que otra lindeza imposible. Como la puerta volvía a estar cerrada, se marchó con la esperanza de que la nota cumpliese su cometido y, cuando bajaba por las escaleras, su amigo apareció y se deslizó por la barandilla. Una vez abajo, la recibió con alegría y risa contenida, y exclamó:

—¡Qué buena amiga eres, Jo! ¿Te ha reñido?

—No, hemos charlado educadamente.

—Vaya, adiós a mi viaje. Me has dejado solo en esto, y yo que tenía ganas de dar la campanada —dijo con tono de disculpa.

—No hables así. Mejor pasa página y empieza de nuevo, querido Teddy.

—No paro de pasar página, pero las estropeo todas, como solía hacer con mis cuadernos de caligrafía. Si no hago más que empezar una y otra vez, nunca terminaré nada —apuntó con tristeza.

—Ve a cenar. Te sentirás mejor después. Los hombres siempre están gruñones cuando tienen hambre —dijo Jo dirigiéndose hacia la puerta principal.

—Esa es la marca de los míos —repuso Laurie repitiendo una frase que solía decir Amy. Después fue a compartir el pastel con su abuelo, que se portó como un santo y le trató con exquisito respeto durante el resto del día.

Todos dieron el asunto por zanjado y la nube desapareció, pero el mal estaba hecho y, aunque el resto lo olvidó, Meg lo recordaba todo. No volvió a referirse a determinado caballero, pero pensaba mucho en él y fantaseaba más que nunca. Un día, mientras buscaba sellos en el escritorio de su hermana, Jo encontró un trozo de papel emborronado de arriba abajo con las palabras «señora de John Brooke». Al verlo profirió un grito de espanto y lo lanzó a la chimenea, pensando que la broma de Laurie había precipitado el final de sus días de paz.

22
Agradables praderas

Las tranquilas semanas que siguieron fueron como días de sol tras la tormenta. Los enfermos mejoraron y el señor March anunció que esperaba poder estar nuevamente en casa en las primeras semanas del nuevo año. Beth pronto pudo dejar la cama y acostarse en el sofá del estudio, donde al principio se entretuvo jugando con sus queridos gatitos, y luego reanudó el arreglo de sus muñecas, que estaban en un estado lamentable. Sus piernas, antaño tan activas, habían quedado débiles y rígidas, de modo que Jo la ayudaba a dar una vuelta por la casa a diario, sujetándola con sus fuertes brazos. Meg aprendió a cocinar platos delicados para su «querido», y se mostraba encantada a pesar de quemarse y tiznarse sus blancas manos. Y Amy estaba tan feliz de volver a casa y valoraba tanto la unión familiar que insistía en regalar sus tesoros a sus hermanas, siempre que estas los aceptaban.

Con la Navidad a la vuelta de la esquina, los misterios volvieron a rondar la casa. Jo no paraba de proponer ceremonias disparatadas o claramente imposibles para festejar una Navidad que prometía ser la más feliz de sus vidas. Laurie se mostraba igual de fantasioso y, si de él hubiese dependido, habría habido fogatas, cohetes y un arco de triunfo. Tras varias escaramuzas y desaires, la ambiciosa pareja enfrió su pasión y asumió una expresión abatida que provocó más de una carcajada en quienes los veían juntos.

Varios días de un tiempo extraordinariamente benigno dieron paso a un día de Navidad espléndido. Hannah afirmó que «tenía la corazonada de que iba a ser un día soberbio» y resultó una auténtica profeta, puesto que todo y todos colaboraron a que la jornada fuese un éxito. Para empezar, el señor March envió una carta para anunciar que pronto estaría con ellas. Después, Beth se sintió mucho mejor que de costumbre aquella mañana y, vestida con el regalo que le había hecho su madre —una bata carmesí de lana de merino—, la condujeron triunfalmente hasta la ventana para que contemplara la ofrenda de Jo y Laurie. Los dos amigos, inasequibles al desaliento, habían trabajado toda la noche como duendes para preparar una sorpresa de lo más divertida. En el jardín se alzaba una majestuosa doncella de nieve, con una corona de acebo. En una mano llevaba un cesto de frutas y flores, y en la otra, un gran fajo de partituras. Una manta de lana multicolor cubría sus helados hombros, y de su boca colgaba una felicitación navideña escrita en una serpentina de color rosa:

Jungfrau para Beth

> ¡Dios te bendiga, querida Beth! Que tu ánimo no decaiga ante nada y esta Navidad te aporte salud, paz y felicidad.
>
> En este cesto encontrarás frutos para tu boca, flores para tu nariz, música para tus manos y una manta de lana para tus pies.
>
> Verás también un retrato de Joanna, realizado por

nuestro Rafael particular, que se ha esmerado mucho para que sea fiel y acertado.

Acepta este lazo rojo para adornar la cola de Madame Purrer y este helado, que es como un trozo de Mont Blanc preparado por la adorable Peg.

Quienes me hicieron llenaron mi pecho de nieve de tierno amor; acéptalo de esta tu sirvienta alpina. Laurie y Jo.

Al verlo, Beth rio feliz. Laurie corrió de un lado a otro para acercarle cada uno de los regalos, que Jo presentaba con ridículos discursos.

—Me siento tan llena de felicidad que, si papá estuviese con nosotras, no me cabría una gota más de dicha en el cuerpo —afirmó Beth, con un suspiro de satisfacción, mientras Jo la llevaba de nuevo al estudio para que descansara después de tanta emoción y repusiera fuerzas comiendo las uvas que Jungfrau le había regalado.

—A mí me ocurre lo mismo —apuntó Jo, palpando el bolsillo en el que guardaba su ansiado ejemplar de *Undine y Sintram*.

—Yo estoy igual —añadió Amy, que contemplaba embelesada el grabado de la Virgen y el Niño bellamente enmarcado que su madre le había regalado.

—¡Por supuesto, yo también! —exclamó Meg mientras alisaba los plateados pliegues de su falda de seda, que el señor Laurence había insistido en regalarle.

—¿Acaso podría sentirme yo de otro modo? —intervino la señora March, agradecida, mientras su mirada iba de la carta de su marido al rostro sonriente de Beth y su mano acariciaba el broche de cabellos grises, dorados, castaños y negros que sus hijas acababan de colocarle en el pecho.

De vez en cuando, en este mundo rutinario, las cosas se dan como en un cuento y eso supone una gran alegría.

Media hora después de que todas hubiesen declarado ser tan felices que no podrían soportar ni una gota más de dicha, la gota llegó. Laurie abrió la puerta de la sala y asomó la cabeza sin hacer ruido. Parecía que acabase de dar un salto mortal, o de proferir un grito de guerra indio; su rostro rebosaba de emoción contenida y su voz transmitía tal alegría que todas saltaron de sus asientos aunque lo único que dijo, con un tono extraño y casi sin aliento, fue:

—Otro regalo de Navidad para la familia March.

No había terminado de pronunciar la frase cuando se hizo a un lado y dio paso a un señor alto, abrigado hasta las orejas, que se apoyaba en el brazo de otro hombre y trataba en vano de decir algo. Por supuesto, se produjo una estampida generalizada. Durante varios minutos, todos parecieron enloquecer e hicieron las cosas más raras sin que nadie comentase nada. El señor March desapareció en el abrazo de cuatro pares de brazos cariñosos. Jo se hizo daño al caer desmayada y Laurie hubo de ejercer de médico y atenderla en la despensa. El señor Brooke dio un beso a Meg pero, según balbuceó, lo había hecho por error. Y Amy, la digna, tropezó, cayó al suelo y, en lugar de levantarse, se quedó llorando y gritando de alegría abrazada a las botas de su padre en un gesto enternecedor.

La señora March, que fue la primera en recuperar el control de sí, levantó la mano para pedir silencio y dijo:

—¡No hagáis ruido! ¡Acordaos de Beth!

Pero ya era demasiado tarde. La puerta del estudio se abrió y la pequeña apareció en el umbral, con su bata roja. La alegría había dado fuerza a sus debilitadas piernas, y Beth corrió a los brazos de su padre. En esos momentos, a nadie le preocupaba nada. Los corazones estaban rebosantes de una alegría que borraba el amargo pasado y dejaba solo la dulzura del momento presente.

Cuando descubrieron a Hannah sollozando detrás de la puerta frente a un grueso pavo que había olvidado meter en el horno con las prisas por salir de la cocina, todos prorrumpieron en carcajadas que quebraron el romanticismo imperante. Cuando las risas se calmaron, la señora March dio las gracias al señor Brooke por haber cuidado con entrega a su esposo, lo que hizo que de pronto el profesor recordara que el señor March necesitaba reposo, de modo que, tomando a Laurie del brazo, se retiró precipitadamente. Los dos convalecientes se sentaron para descansar, pero no por ello dejaron de charlar animadamente.

El señor March refirió la ilusión con la que había preparado la sorpresa de su vuelta y cómo, al llegar el buen tiempo, su médico le había permitido salir y disfrutar de él. Explicó que Brooke le había cuidado con absoluta entrega y lo describió como un joven muy formal al que tenía en gran estima. Dejaré que el lector concluya por qué, dicho esto, el señor March hizo una pausa, miró primero a Meg, que estaba ocupada avivando el fuego, y luego a su mujer, con las cejas arqueadas en señal de interrogación; y por qué la señora March asintió con la cabeza y le preguntó, cambiando bruscamente de tema, si quería comer algo. Jo lo vio todo y comprendió lo que ocurría. Con cara muy seria, fue a buscar un vaso de vino y un poco de caldo de carne. Una vez cerrada la puerta de la cocina, masculló:

—¡Detesto a los jóvenes formales con ojos marrones!

Aquella fue la mejor comida de Navidad de sus vidas. El grueso pavo era digno de ser visto, relleno, dorado y bien presentado. El delicioso pudin se derretía en la boca y las mermeladas hicieron las delicias de Amy. Todo salió de maravilla, lo que era un auténtico milagro, según comentó Hannah, porque, con la emoción, a punto había estado de asar el pudin y rellenar el pavo con pasas envueltas en un paño.

El señor Laurence y su nieto cenaron con ellos, al igual que el señor Brooke, a quien Jo miraba con expresión ceñuda, para infinito regocijo de Laurie. Colocaron dos butacas en la cabecera de la mesa, donde se acomodaron Beth y su padre, que disfrutaron de un festín más frugal a base de pollo y fruta. Todos bebieron, explicaron anécdotas, cantaron, contaron batallitas y lo pasaron en grande. Habían planeado dar un paseo en trineo, pero las muchachas no estaban dispuestas a separarse de su padre. Los invitados se retiraron pronto y, con la puesta de sol, la familia al completo se reunió en torno a la chimenea.

—Ahora hace un año, nos lamentábamos de la triste Navidad que nos aguardaba. ¿Os acordáis? —preguntó Jo rompiendo el corto silencio que había llegado tras hablar largamente de todo un poco.

—¡Ha sido un buen año en general! —dijo Meg, que sonreía mirando las llamas del hogar y se felicitaba por haber tratado con dignidad al señor Brooke.

—Para mí ha sido bastante duro —apuntó Amy observando, pensativa, el destello de su anillo.

—Yo me alegro de que haya acabado, porque ahora te tenemos de nuevo con nosotras —murmuró Beth, sentada sobre las rodillas de su padre.

—Ha sido un camino muy difícil para vosotras, mis pequeñas peregrinas, sobre todo el último tramo, pero lo habéis culminado con valentía y creo que vuestras cargas disminuirán mucho a partir de ahora —dijo el señor March contemplando con paternal satisfacción el rostro de las cuatro muchachas reunidas a su alrededor.

—¿Cómo lo sabes? ¿Te lo ha contado mamá? —preguntó Jo.

—Apenas me ha contado nada. Pero observando la hierba, se ve de dónde sopla el viento. Hoy he visto y comprendido muchas cosas.

—¡Oh, compártelas con nosotras! —exclamó Meg, que estaba sentada detrás de él.

—Os mostraré una —dijo él y, tomando la mano que

su hija había apoyado en su butaca, señaló unas marcas en el índice, una quemadura en el dorso y varias durezas en la palma—. Recuerdo que en otra época tu mayor preocupación era tener las manos blancas y suaves. Eran preciosas entonces, pero ahora me lo parecen mucho más porque estas señales me cuentan una historia. La quemadura indica que eres capaz de sacrificar tu vanidad, las durezas en las palmas no se deben a simples ampollas y estoy seguro de que lo que han cosido estos dedos llenos de pinchazos durará mucho tiempo porque cada puntada fue realizada a conciencia. Querida Meg, valoro mucho más estas cualidades femeninas capaces de mantener un hogar feliz que unas manos blancas u otros atributos de moda. Me enorgullece estrechar una mano tan laboriosa y espero no tener que entregarla demasiado pronto.

Meg no hubiese podido soñar con mejor recompensa por su paciente labor que el cálido apretón de manos y la sonrisa de aprobación de su padre.

—¿Y qué hay de Jo? Por favor, di algo bonito de ella, porque se ha esforzado mucho y ha sido muy muy buena conmigo —susurró Beth en el oído de su padre.

El señor March rio y miró a la joven alta sentada frente a él, cuyo rostro moreno tenía una expresión extrañamente dulce.

—A pesar del corte de pelo, ya no veo a mi «hijo» Jo, al que dejé hace un año —prosiguió el señor March—, sino a una muchachita que se coloca bien el cuello del vestido, se ata las botas con elegancia y no silba, no dice palabras vulgares ni se tumba en la alfombra como acostumbraba. Su tez es algo más pálida, y su rostro, más delgado debido a las penalidades y la ansiedad, pero me gusta lo que veo porque es más amable y habla con voz más queda. Ya no salta, sino que camina con gracia y cuida de cierta personita como una auténtica madre. Eso me encanta. Echo de menos a la muchacha rebelde, pero si en su lugar tengo una mujercita fuerte, dedicada y de buen corazón, me siento muy satisfecho. No sé si al esquilarse nuestra ovejita negra se ha vuelto más seria, pero sí sé que no había nada lo suficientemente hermoso en todo Washington para compensar los cinco dólares con veinte centavos que mi muchachita me mandó.

A Jo se le humedecieron los ojos y su fino rostro se sonrojó al calor del fuego, como sabiéndose en parte merecedora de la alabanza de su padre.

—Ahora hablemos de Beth —dijo Amy, ansiosa por que llegara su turno, pero dispuesta a esperar.

—Es tan pequeña que no me atrevo a hablar demasiado, por miedo a que corra a esconderse, aunque ya no es tan tímida como antes —comentó el padre con alegría. Luego, al recordar que había estado a punto de perderla, la abrazó fuerte y dijo, con ternura, pegando la mejilla a la suya—: Estás a salvo, mi Beth, y yo haré que sigas así, con la ayuda de Dios.

Tras unos minutos de silencio, el señor March miró a Amy, que estaba sentada a sus pies, y acariciando su brillante melena dijo:

—He visto que Amy se conformaba con el muslo en la comida, que ha pasado la tarde haciendo recados para mamá, que ha cedido su lugar a Meg esta noche y que servía a todos con buen humor y paciencia. También he observado que ya no se queja ni se da aires, y ni siquiera ha mencionado el precioso anillo que lleva puesto. Así pues, deduzco que ha aprendido a pensar más en los demás y menos en sí misma, y que ha decidido modelar su carácter con el mismo cuidado con que modela sus figuritas de arcilla. Me alegra y, aunque contemplar una hermosa escultura hecha por ella me llenaría de orgullo, me siento infinitamente más orgulloso de tener una hija adorable, capaz de hacer más grata su vida y la de otros.

—¿En qué estás pensando, Beth? —preguntó Jo después de que Amy diese las gracias a su padre y le explicase cómo había conseguido el anillo.

—Hoy he leído en *El progreso del peregrino* cómo, tras muchos contratiempos, Cristiano y Esperanza llegan a un hermoso prado en el que hay lilas en flor durante todo el año y descansan felices, como hacemos nosotras ahora, antes de proseguir el camino hacia su destino —explicó Beth. A continuación saltó de las rodillas de su padre y fue hacia el piano—. Es hora de cantar, quiero volver a ocupar mi lugar. Voy a cantar una composición basada en las palabras que el joven pastor dice a los peregrinos. Le he puesto música pensando en papá, porque sé que ese texto le agrada especialmente.

Dicho esto, se sentó frente a su querido piano y empezó a tocar y a cantar con su dulce voz, que habían temido no volver a oír, el hermoso himno que tan bien se adecuaba a su persona:

Los que están abajo no temen caer
Ni les pierde el orgullo.
Los humildes tienen siempre a Dios por guía.

Me contento con lo que tengo, sea mucho o poco.
Señor, haz que esté contenta aunque muera de hambre
Para poder recibir Tu salvación.

La abundancia una pesada carga es para el peregrino.
Quienes tienen poco en esta vida
Reciben la bendición de la vida eterna.

23
La tía March zanja la cuestión

Al día siguiente, madre e hijas revoloteaban alrededor del señor March como abejas cuidando a su reina. Lo dejaban todo por atenderle, servirle y escucharle, hasta el punto de que el enfermo corría el riesgo de morir por un exceso de ternura. Solía sentarse en una butaca junto al sofá en el que descansaba Beth, las demás permanecían siempre cerca y Hannah asomaba la cabeza de vez en cuando para «echarle un vistazo al querido señor». Su felicidad parecía completa. Pero aún faltaba algo, y las mayores lo sentían, aunque no lo reconociesen. El señor y la señora March intercambiaban miradas de inquietud cuando veían a Meg. Jo se ponía muy seria a ratos y la habían visto amenazar con el puño al paraguas que el señor Brooke se había dejado en el vestíbulo. Meg estaba siempre ensimismada, tímida y callada, se sobresaltaba cuando alguien llamaba al timbre y se ruborizaba si se mencionaba el nombre de John. Amy comentó que todos parecían esperar algo y estar intranquilos, lo que le resultaba incomprensible ahora que su padre estaba nuevamente en casa. Y Beth, ingenua, se preguntaba por qué los vecinos no los visitaban tanto como antes.

Laurie pasó por allí aquella tarde y, al ver a Meg junto a la ventana, montó una escena melodramática: se hincó de rodillas en la nieve, se golpeó el pecho, se mesó el cabello y juntó las manos en un gesto implorante, como si pidiese un milagro. Cuando Meg le dijo que se comportase y la dejase tranquila, el joven fingió llorar amargamente y secarse las lágrimas con su pañuelo, y luego dobló la esquina tambaleante como si fuera presa de una gran desesperación.

—¿Qué querrá decir ese ganso? —preguntó entre risas Meg, haciéndose la inocente.

—Te muestra lo que tu John hará cada vez más. ¿No te resulta conmovedor? —dijo Jo con sorna.

—No le llames «mi John»; no es cierto ni resulta apropiado. —No obstante Meg pronunció aquellas palabras como si, en verdad, le gustase cómo sonaban—. Por favor, Jo, no me des la lata. Ya te he dicho que no me interesa tanto ese hombre, no hay nada de que hablar, pero creo que deberíamos seguir siendo amables con él como hasta ahora.

—No podemos porque sí hay algo de que hablar y después de la travesura de Laurie has cambiado mucho. Para mí es evidente, y para mamá, también. Ya no eres la de antes y te noto muy distante conmigo. No pretendo darte la lata y aguantaré lo que venga como un hombre, pero preferiría que todo estuviese ya arreglado. Detesto esperar. Así que, si tienes pensado hacerlo, date prisa y hazlo cuanto antes —dijo Jo, malhumorada.

—No puedo decir ni hacer nada hasta que él dé el primer paso, y no lo hará porque papá ha dicho que soy demasiado joven —repuso Meg, y se inclinó sobre la costura con una sonrisita que daba a entender que no estaba de acuerdo con su padre sobre ese asunto.

—Si se decidiese a pedir tu mano, no sabrías qué decir. Te echarías a llorar, te sonrojarías o le dejarías salirse con la suya en lugar de contestar con un buen y rotundo «no».

—No soy tan tonta ni tan débil como piensas. Sé muy bien lo que contestaría, le he dado muchas vueltas, así que no me pillaría desprevenida. Nunca se sabe lo que puede ocurrir y es mejor estar preparada.

Jo no pudo evitar sonreír ante el aire de importancia que había adoptado su hermana sin darse cuenta y que la favorecía tanto como el hermoso toque rosado que había aflorado a sus mejillas.

—¿Te importaría contarme qué le contestarías? —preguntó con mayor respeto.

—Para nada. Ya tienes dieciséis años, edad suficiente para ser mi confidente, y mi experiencia te puede ser de ayuda cuando te veas en una situación similar.

—No tengo previsto verme en nada parecido. Me divierte ver a otros flirtear, pero me sentiría estúpida si lo hiciese yo —afirmó Jo, asustada ante la simple posibilidad.

—Supongo que si te gustase alguien lo suficiente y tú le gustases a él no te sentirías así. —Meg hablaba como para sí y miraba hacia el parque en el que tantas veces había visto pasear y charlar a parejas de enamorados en los crepúsculos estivales.

—Pensaba que ibas a decirme qué respuesta le darías a ese hombre —le recordó Jo interrumpiendo rudamente la ensoñación de su hermana.

—¡Oh! Simplemente le diría con mucha calma y decisión: «Gracias, señor Brooke, es usted muy amable, pero estoy de acuerdo con mi padre en que soy demasiado joven para comprometerme. Por favor, no insista y sigamos siendo amigos como hasta ahora».

—¡Ya! Eso me parece bastante formal y frío. No creo que seas capaz de decírselo y sé que, de hacerlo, eso no le detendría. Si insiste como suelen hacer los amantes en las novelas, acabarás cediendo por no herir sus sentimientos.

—¡No, te equivocas! Le diría que mi decisión es firme y saldría de la habitación dignamente.

Meg, que se había levantado mientras hablaba, parecía a punto de practicar la salida digna cuando el sonido de unos pasos en el vestíbulo la hizo volver a sentarse de golpe y empezar a coser como si su vida dependiese de que entregara la labor hecha en un plazo determinado. Ante tan súbito cambio, Jo contuvo la risa y, al ver que alguien llamaba discretamente a la puerta, fue a abrir con una actitud que era todo menos hospitalaria.

—Buenas tardes, he venido a recoger mi paraguas... Quiero decir, a ver cómo se siente hoy su padre —dijo el señor Brooke, muy nervioso, mientras sus ojos iban de una joven a la otra.

—Se encuentra muy bien, está en el paragüero, iré a buscarlo y le anunciaré su visita. —Y tras mezclar a su padre y al paraguas en su respuesta, Jo se marchó para que Meg pudiese soltar su discurso al joven y adoptar el aire digno que pretendía.

En cuanto se hubo ido, Meg fue hacia la puerta murmurando:

—Mamá querrá verle, le ruego que se siente. Iré a llamarla.

—No se vaya. ¿Acaso me teme, Margaret?

El señor Brooke parecía tan dolido que Meg pensó que debía de haber sido muy maleducada. Se puso roja hasta las orejas porque él nunca la había llamado Margaret hasta entonces, y le sorprendió descubrir lo natural y dulce que le resultaba oírle pronunciar su nombre. Deseosa de mostrarse amable y tranquila, tendió la mano confiada y dijo, con gratitud:

—¿Cómo podría temerle si ha sido tan bueno con mi padre? Me gustaría poder expresarle mi agradecimiento.

—¿Quiere que le diga cómo? —preguntó el señor Brooke tomando entre sus grandes manos la delicada mano de la joven. Cuando miró a Meg, sus ojos reflejaban tanto amor que el corazón de la joven palpitó con más fuerza, y deseó a un tiempo echar a correr y quedarse a escucharle.

—No, por favor, prefiero no saberlo —dijo, intentando retirar su mano y dando claras muestras del temor que había declarado no sentir.

—No haré nada que la pueda molestar, solo deseo saber si me quiere un poco; yo la amo, querida Meg —añadió el señor Brooke con ternura.

El momento del discurso tranquilo y digno había llegado, pero Meg no podía hacerlo. Aquellas frases se borraron de su memoria, bajó la cabeza y contestó «No lo sé» en voz tan baja que John tuvo que inclinarse para captar la breve respuesta.

Debió de considerar que el esfuerzo había valido la pena, porque sonrió satisfecho, apretó agradecido la blanca mano y dijo con tono persuasivo:

—¿Intentará averiguarlo? Me gustaría mucho conocer la respuesta. Estoy dispuesto a trabajar de firme y me gustaría saber si puedo albergar la esperanza de una recompensa.

—Soy demasiado joven —murmuró Meg sin entender cómo podía estar turbada y encantada a un tiempo.

—Esperaré, y tal vez en ese tiempo aprenda a quererme. ¿Cree que será una lección muy dura, querida?

—No, si me lo propongo, pero...

—Por favor, propóngaselo, Meg. Me encanta enseñar y esto es más fácil que el alemán —la interrumpió John tomándole la otra mano para que no pudiese taparse con ella el rostro mientras él se inclinaba a mirarla.

Aunque su tono era de súplica, al mirarle tímidamente, de reojo, Meg descubrió que sus ojos rebosaban de alegría y ternura, y que sonreía con la satisfacción propia de aquellos que no dudan del éxito de su empresa. Eso la molestó. Recordó las ridículas lecciones de coquetería impartidas por Annie Moffat, y el ansia de poder, que duerme en el pecho de las mejores muchachas, se despertó de pronto y se hizo con el control. Meg se sentía extraña y alterada, y al no saber cómo actuar, decidió seguir un impulso caprichoso y retiró las manos al tiempo que afirmaba con cierta irritación:

—No; no me lo propondré; por favor, váyase y déjeme tranquila.

El pobre señor Brooke vio cómo su ilusión amorosa se venía abajo. Nunca había visto a Meg de tan mal humor y se quedó atónito.

—¿Lo dice en serio? —inquirió angustiado, y la siguió cuando ella se apartó.

—Por supuesto. No quiero preocuparme por cosas así. Mi padre opina que es demasiado pronto y yo estoy de acuerdo con él.

—¿Puedo acaso esperar que cambie de opinión con el tiempo? Esperaré y no volveré a mencionar el asunto hasta que sea mayor. No juegue conmigo, Meg. Pensaba que era de otro modo.

—Preferiría que no pensase nada de mí —replicó Meg, que sentía una mezquina satisfacción al poner a prueba la paciencia de su enamorado y constatar su poder.

El joven estaba ahora serio y pálido, y parecía más que nunca uno de aquellos personajes de novela que ella tanto admiraba. Pero ni se golpeó la frente ni se puso a dar vueltas por la habitación como hacían ellos. Simplemente se quedó plantado, mirándola con tal ansia y ternura que el corazón de Meg empezó a ablandarse a su pesar. No podemos saber qué habría pasado a continuación si la tía March no hubiera entrado en un momento tan interesante.

La anciana no había podido resistir el deseo de ver a

su sobrino. Se había cruzado con Laurie mientras paseaba y, al enterarse de la vuelta del señor March, fue directa a visitarle. Como toda la familia estaba ocupada en la parte de atrás de la vivienda, entró sin hacer ruido con la ilusión de darles una sorpresa. Y, en efecto, menuda sorpresa se llevaron los dos jóvenes; Meg abrió los ojos como si acabara de ver un fantasma, y el señor Brooke se fue corriendo al estudio.

—¡Válgame el cielo! ¿Qué ocurre aquí? —exclamó la anciana golpeando el suelo con su bastón al ver juntos al pálido joven y a la sonrojada muchacha.

—Es un amigo de papá. ¡Menuda sorpresa verla aquí! —balbuceó Meg, presintiendo que iba a tocarle soportar un sermón.

—Eso es evidente —dijo la tía March tomando asiento—. Pero ¿qué te estaba diciendo ese amigo de tu padre para que te hayas puesto más roja que un tomate? ¡Aquí está ocurriendo algo malo e insisto en saber de qué se trata! —exclamó mientras daba otro golpe con el bastón.

—Solo estábamos hablando. El señor Brooke ha venido a recoger un paraguas —explicó Meg deseando que tanto el señor Brooke como su paraguas estuviesen a salvo fuera de la casa.

—¿Brooke? ¿El tutor de ese muchacho? ¡Ah! Ya lo entiendo. Lo sé todo. Jo encontró un mensaje falso en una de las cartas de tu padre; la obligué a contármelo. Niña, no lo habrás aceptado, ¿verdad? —exclamó la tía March, escandalizada.

—Chist... ¡Podría oírla! ¿Quiere que avise a mi madre? —preguntó Meg, muy turbada.

—Aún no. Hay algo que quiero decirte y, cuanto antes, mejor. Dime, ¿no pretenderás casarte con ese infeliz? Si lo haces, no verás un centavo de mi fortuna. No lo olvides y sé razonable, niña —sentenció la anciana con un tono que intimidaba.

La tía March dominaba a la perfección el arte de despertar el espíritu de la rebelión hasta en la persona más dócil y le encantaba ejercerlo. Incluso la mejor de las personas posee un ápice de perversidad, sobre todo si es joven y está enamorada. Si la tía March hubiese rogado a Meg que aceptase al señor Brooke, es probable que la muchacha hubiese respondido que no podía siquiera contemplar tal posibilidad pero, puesto que la anciana le había ordenado perentoriamente que no se interesase por él, la joven sintió de inmediato el deseo de llevarle la contraria. El impulso, al igual que la perversidad, precipita las decisiones y Meg, que estaba muy alterada, se opuso a la voluntad de la anciana con una vehemencia poco habitual en ella.

—Me casaré con quien quiera, tía March, y usted puede dejar su dinero a quien le plazca —espetó, tras lo cual asintió con la cabeza con gran resolución.

—¡Santo Dios! ¿Así atiendes mi consejo, jovencita? Te arrepentirás algún día, cuando descubras que el amor en un hogar pobre es un fracaso.

—Sin duda será mejor que el que algunos viven en grandes mansiones —replicó Meg.

La tía March se puso las gafas y miró a la joven de arriba abajo, porque nunca la había visto en ese estado. Meg no se reconocía a sí misma, se sentía audaz e independiente, y feliz de defender al joven y su derecho a amarle si así lo elegía. La tía March comprendió que había empezado con mal pie y, tras una breve pausa, replanteó la cuestión de otro modo, con un tono más amable.

—Venga, Meg, querida, sé razonable y acepta mi consejo. Lo digo por tu bien, porque no quiero que destroces toda tu vida cometiendo un error semejante. Debes casarte con alguien pudiente y ayudar a tu familia. Casarte con un rico es tu obligación y tú deberías saberlo mejor que nadie.

—Papá y mamá no lo ven de ese modo. Aprecian a John aunque sea pobre.

—Tu padre y tu madre, querida, tienen menos conocimiento que un niño.

—Pues me alegro de que así sea —espetó Meg, indignada.

La tía March hizo como si no la hubiese oído y siguió sermoneándola.

—Ese tal señor Rook es pobre y no tiene ningún pariente rico, ¿me equivoco?

—No, pero tiene buenos amigos.

—Nadie vive de los amigos. Prueba y verás lo que se enfrían las relaciones. Tampoco tiene negocios, ¿verdad?

—Aún no, pero el señor Laurence le ayudará.

—Eso no durará demasiado. James Laurence es un viejo lunático en el que no se puede confiar. ¿De modo que prefieres casarte con un hombre que carece de dinero, posición o bienes y trabajar incluso más que ahora, en lugar de hacerme caso y encontrar algo mejor? Creí que tenías más sentido común, Meg.

—No encontraría a nadie mejor aunque esperase media vida. John es un hombre bueno e inteligente. Tiene mucho talento y es muy trabajador. No dudo que saldrá adelante porque no le faltan ni coraje ni fuerza. Todo el mundo le quiere y le respeta, y me enorgullece que se interese por mí aunque sea pobre, joven y tonta —afirmó Meg, que tras aquel arrebato de sinceridad estaba más guapa que nunca.

—Niña, ese hombre sabe que tienes parientes ricos. Sospecho que su interés se debe a eso.

—Tía March, ¿cómo se atreve a afirmar algo así? John está por encima de esas mezquindades. No seguiré escuchando acusaciones como estas ni un minuto más —exclamó Meg, indignada por lo injusto de las sospechas de la anciana dama—. Mi John no se casaría por dinero, y yo tampoco. Estamos dispuestos a trabajar y a esperar lo que sea preciso. No me asusta ser pobre porque hasta ahora he sido feliz, y sé que con él también lo seré porque me quiere y yo...

Meg se detuvo al recordar, de súbito, que no había tomado ninguna decisión al respecto. Había dicho a «su John» que se marchase, y lo más probable era que él estuviese escuchando sus incoherentes alegatos.

La tía March estaba furiosa porque quería a toda costa encontrarle un buen partido a su hermosa sobrina, y la expresión de felicidad de la joven hacía que a la solitaria anciana la embargasen la tristeza y la amargura.

—¡Bueno, yo me lavo las manos! Eres una niña tozuda y con tu actitud perderás más de lo que crees. No; no pienso quedarme aquí. Me has dado un disgusto y ahora no estoy de humor para ver a tu padre. No esperes nada de mí cuando estés casada. Que cuiden de ti los amigos de tu querido señor Brooke. Yo he terminado contigo para siempre.

Y, dicho esto, la tía March le dio un portazo en las narices y se fue de un humor de perros. Al marcharse, Meg sintió que el valor la abandonaba y, una vez a solas, no supo si reír o llorar. Antes de que pudiese decidirse, el señor Brooke entró y la abrazó diciendo:

—Meg, no he podido evitar oírte. Te agradezco que hayas salido en mi defensa. Ahora, gracias a la tía March, sé que me quieres un poco.

—No era consciente de cuánto hasta que la oí criticarte... —empezó Meg.

—Entonces, querida, será mejor que me quede y seamos felices, en lugar de alejarme de ti, ¿no te parece?

En ese punto, Meg tuvo otra excelente ocasión para pronunciar su discurso de despedida y marcharse con la cabeza alta, pero no hizo ni lo uno ni lo otro, sino que, degradándose para siempre a los ojos de Jo, musitó tímidamente «Sí, John» y ocultó su rostro en el abrigo del señor Brooke.

Quince minutos después de la partida de la tía March, Jo bajó sin hacer ruido por las escaleras, se detuvo unos segundos ante la puerta de la sala y, al no oír nada, asintió y sonrió con satisfacción pensando: Le ha despedido, como decía. Asunto resuelto. Entraré para que me cuente los detalles y reírme un rato.

Pero la pobre Jo no tuvo razones para reír, sino que se quedó clavada en el umbral contemplando, boquiabierta y con los ojos como platos, la escena que allí tenía lugar. Dado que había entrado en la sala dispuesta a regocijarse de la caída de su enemigo y a alabar la fortaleza y decisión con la que su hermana había rechazado a un pretendiente harto cuestionable, no es de extrañar que se quedase de una pieza al encontrar al enemigo en cuestión tranquilamente sentado en un sofá, con la resuelta hermana acomodada en sus rodillas con una expresión de sumisión repulsiva. Jo dejó escapar una especie de grito ahogado, como si acabasen de arrojarle un cubo de agua helada, pues semejante cambio de tornas la había dejado sin aliento. Al oír el extraño sonido, los enamorados volvieron la cabeza y la vieron. Meg se levantó de un salto, con una expresión que era una mezcla de timidez y orgullo, mientras «aquel hombre», como le llamaba Jo, se echaba a reír y, después de dar un beso en la mejilla a la atónita recién llegada, decía con tono desenfadado:

—¡Jo, hermanita, felicítanos!

¡Aquello era un auténtico insulto! ¡La gota que colmaba el vaso! Tras hacer un gesto elocuente con las manos, Jo desapareció sin decir palabra. Corrió escaleras arriba y dejó perplejos a los enfermos al irrumpir en la habitación exclamando en tono trágico:

—¡Por Dios, que alguien baje de inmediato! ¡John Brooke se está comportando de una forma horrible y a Meg le gusta!

El señor y la señora March salieron de la habitación a toda prisa. Jo se arrojó sobre la cama y, entre sollozos e insultos, puso a Beth y Amy al corriente de las terribles novedades. Las pequeñas juzgaron el asunto como un hecho más bien agradable e interesante, y Jo, viendo que no obtendría consuelo de ellas, fue a refugiarse al desván para contarles sus penas a los ratones.

Nadie supo qué pasó en la sala aquella tarde, pero los allí presentes hablaron largo y tendido, y el tranquilo señor Brooke asombró a sus amigos por la elocuencia y el espíritu con que defendió su causa, explicó sus planes y los convenció de que las cosas se hiciesen tal y como las había previsto.

La campanilla que anunciaba la cena sonó antes de que terminara de describir el paraíso que esperaba poder ofrecer a Meg, y el señor Brooke se sentó con ellos a la mesa orgulloso. Ambos parecían tan felices que Jo no sabía si se sentía celosa o contrariada. Amy estaba muy impresionada con la devoción de John y la dignidad de Meg. Beth sonreía complacida a cierta distancia, y el señor y la señora March observaban a la joven pareja con tal ternura y satisfacción que era evidente que la tía March tenía razón al compararlos con un par de niños. Apenas comieron, pero todos estaban felices y la vieja estancia parecía resplandecer, como si acoger la primera historia de amor de las muchachas le otorgase una luz distinta.

—Ahora ya no podrás decir que aquí no ocurre nunca nada bueno, ¿verdad, Meg? —comentó Amy mientras decidía dónde dispondría a los dos enamorados en el dibujo que había decidido hacer.

—No, está claro que no. ¡Cuántas cosas han ocurrido desde que pronuncié aquella frase! Parece que haya transcurrido un año entero —contestó Meg, que tenía la sensación de soñar despierta y flotar por encima de las cosas mundanas.

—En esta ocasión, las alegrías han seguido a las penas, y me parece que los cambios no han hecho más que empezar —comentó la señora March—. Algunos años concentran una gran cantidad de acontecimientos, les pasa a casi todas las familias. Este año ha sido así para nosotras, pero bien está lo que bien termina.

—Espero que el que viene termine mejor —musitó Jo, que no acababa de aceptar el ver a Meg tan enamorada de un desconocido. Jo quería a muy pocas personas y le horrorizaba que el afecto que le profesaban desapareciese o fuese menos intenso.

—Espero que dentro de tres años las cosas vayan mucho mejor. Bueno, estoy convencido de que así será si todo sale según mis planes —añadió el señor Brooke sonriendo a Meg, como si ahora todo le pareciese alcanzable.

—¿No os parece una espera muy larga? —preguntó Amy, que tenía prisa por ir de boda.

—Tengo tanto que aprender para estar preparada que se me antoja un lapso demasiado corto —contestó Meg, con una expresión dulce y seria que nadie le había visto antes.

—Tú solo tienes que esperar, yo me ocuparé de todo —afirmó John y, en consonancia con lo dicho, recogió la servilleta que se le había caído a Meg con una expresión tal en el rostro que Jo meneó la cabeza. Minutos después, al oír que la puerta de la entrada se abría, la joven se dijo aliviada: Ahí viene Laurie; al fin podré hablar con alguien razonable.

Pero Jo se equivocaba, porque Laurie entró saltando de alegría, eufórico, con un gran ramo de novia para la «señora Brooke», a todas luces convencido de que el asunto había llegado a buen puerto gracias a su excelente intervención.

—Sabía que Brooke lo lograría, siempre se sale con la suya. Cuando se propone algo lo consigue, cueste lo que cueste —explicó Laurie una vez entregado el presente y transmitida su felicitación a los novios.

—Gracias por el piropo. Lo tomaré como un buen presagio para el futuro y aprovecho la ocasión para invitarte a mi boda —dijo el señor Brooke, que se sentía en paz con la humanidad, incluido su travieso pupilo.

—Acudiré aunque esté en el otro confín de la Tierra. Valdría la pena solo por ver la cara de Jo en un día como ese. Señorita, no parece usted muy satisfecha, ¿qué ocurre? —preguntó Laurie siguiéndola hasta un rincón de la sala, donde todos se habían congregado para dar la bienvenida al señor Laurence.

—No apruebo este compromiso, pero trataré de aceptarlo y no diré nada en contra —aseguró Jo, solemne—. No imaginas lo duro que resulta para mí perder a Meg —prosiguió con la voz quebrada.

—No la pierdes, solo la compartes —matizó Laurie para consolarla.

—Ya nada será como antes. He perdido a mi amiga más querida —dijo Jo con un suspiro.

—Pero me tienes a mí. Sé que yo no valgo tanto como ella, pero estaré a tu lado, Jo, todos los días de mi vida. Te doy mi palabra. ¡Así será! —Y hablaba en serio.

—Sé que es cierto y me siento en deuda contigo por ello. Eres un gran apoyo para mí, Teddy —repuso Jo estrechándole la mano, agradecida.

—Bueno, no te desanimes, es un buen muchacho. Todo irá bien, ya lo verás. Meg es feliz. Brooke moverá cielo y tierra y saldrá adelante enseguida. Mi abuelo le ayudará en todo lo que pueda y será estupendo visitar a Meg en su propia casa. Cuando se vaya, lo pasaremos en grande. Pronto terminaré mis estudios, y entonces podremos ir al extranjero o hacer cualquier otro viaje agradable juntos. ¿Te apetece?

—Claro que sí, pero es imposible prever qué ocurrirá dentro de tres años —comentó Jo, pensativa.

—¡Es cierto! ¿No te gustaría que fuese posible saber qué será de nosotros para aquel entonces? —preguntó Laurie.

—La verdad es que no, porque tal vez me encontrase con algo triste. Y ahora están todos tan felices que no creo que las cosas puedan ir mejor. —Y Jo recorrió con la mirada la estancia, donde todos estaban radiantes, pues las perspectivas eran muy halagüeñas.

El padre y la madre estaban sentados juntos, recordando los primeros momentos de su historia de amor, que había empezado veinte años atrás. Amy dibujaba a los novios, que estaban perdidos en un mundo de ensueño, cuya luz proporcionaba a sus rostros una belleza que la artista era incapaz de copiar. Beth, tumbada en el sofá, charlaba animadamente con su anciano amigo, que le sostenía la mano como si creyera que así se le permitiría transitar por los caminos de paz que la niña recorría. Jo estaba recostada en su sillón favorito, con expresión seria y tranquila, y Laurie, apoyado en el respaldo, con la barbilla junto a la rizada cabellera, le sonrió con amabilidad y le hizo un gesto con la cabeza en el reflejo del gran espejo que tenían ante sí.

En este punto, cae el telón sobre Meg, Jo, Beth y Amy. Que vuelva a alzarse dependerá de la acogida que reciba el primer acto de esta obra familiar titulada *Mujercitas.*

Segunda parte

24
Algunos datos sobre los March

Para poder empezar de nuevo y llegar a la boda de Meg con la mente abierta, convendría comenzar con algunos datos sobre los March. Pero antes, por si alguno de mis lectores mayores considera que en esta novela se habla demasiado de amor (estoy segura de que los lectores jóvenes no me harán esa objeción), citaré a la propia señora March: «¿Qué otra cosa cabe esperar con cuatro alegres muchachas en casa y un vecino joven y apuesto enfrente?».

En los tres años transcurridos, la tranquila familia ha sufrido pocos cambios. Terminada la guerra, el señor March vuelve a estar en casa, sano y salvo, ocupado con sus libros y con la pequeña parroquia de la que era ministro por su gracia y su naturaleza. Es un hombre tranquilo y estudioso, rico en esa clase de saber que merece la pena obtener, dotado de una caridad que le hace considerar a los demás sus hermanos y de una piedad que forma el carácter para que sea augusto y hermoso.

A pesar de su pobreza y de lo estricto de una integridad que le llevó a alejarse de los éxitos más mundanos, sus cualidades hicieron que llamara la atención de personas notables que acudían a él espontáneamente, atraídas como las abejas a las flores más dulces; porque, a pesar de sus cincuenta años de dura experiencia, el señor March no albergaba ni una gota de amargura. Muchos jóvenes formales encontraban a nuestro sabio de cabello gris tan formal y joven de espíritu como ellos. Las mujeres afligidas o preocupadas acudían instintivamente a él para resolver sus dudas o aliviar sus penas, seguras de que recibirían un trato amable y un consejo sabio. Los pecadores buscaban a aquel hombre mayor de corazón puro para confesarse y obtenían tanto su guía como su perdón. Los hombres de talento encontraban en él un compañero, los más ambiciosos se inspiraban en sus nobles valores e incluso los más materialistas reconocían que sus ideales eran hermosos y verdaderos, aunque no sirviesen para «pagar las facturas».

Desde fuera, parecía que las cinco enérgicas mujeres dirigieran la casa, y así era en muchos aspectos; pero no por ello aquel hombre tranquilo, sentado entre sus libros, dejaba de ser el cabeza de familia, el guía, el anda y el consuelo del hogar. En los momentos duros, las laboriosas e inquietas mujeres siempre encontraban en él al esposo y padre, en el sentido más elevado de estas palabras.

Las niñas ponían sus corazones en manos de su madre, y su alma, en las de su padre. Y ambos progenitores vivían y trabajaban por ellas. Su amor crecía día a día, y el dulce vínculo que les mantenía unidos era de esos que convierten la vida en una bendición y persisten más allá de la muerte.

La señora March sigue tan activa y alegre, pero sus cabellos están algo más encanecidos que la última vez que la vimos. Ahora está tan dedicada a los preparativos de la boda de Meg que muchos hospitales y casas, todavía llenos de soldados heridos y viudas, echan de menos sus piadosas visitas.

John Brooke cumplió valientemente con sus obligaciones en el ejército durante un año, resultó herido, le enviaron a casa y le prohibieron regresar al frente. No le condecoraron, aunque merecía tal honor porque arriesgó sin dudarlo cuanto tenía: la vida y el amor son bienes muy preciados, sobre todo cuando están en plena eclosión. El joven aceptó de buen grado su baja y se dedicó en cuerpo y alma a recuperarse, intentar prosperar y obtener un hogar que poder ofrecerle a Meg. Su sentido del deber y su feroz independencia le hicieron rechazar la generosa ayuda que el señor Laurence estaba dispuesto a brindarle, y aceptó un puesto en una teneduría de libros, porque prefería empezar honestamente, con un sueldo humilde, que arriesgar un dinero prestado.

Meg, que había dedicado el tiempo de espera a trabajar, se había vuelto más femenina y más ducha en las artes del ama de casa, y estaba más guapa que nunca porque el amor es el mejor tratamiento de belleza. Tenía las ambiciones y esperanzas propias de la juventud, y por eso la había descorazonado un poco la humildad con la que había de iniciar su nueva vida en pareja. Ned Moffat acababa de contraer matrimonio con Sallie Gardiner y Meg no podía evitar comparar su elegante casa, su carruaje, sus muchos regalos y su espléndido vestido con los suyos, y deseaba, secretamente, poder tener algo igual. Pero la envidia y el desencanto desaparecían enseguida cuando pensaba en el paciente amor y la entrega con la que John había logrado adquirir la pequeña vivienda que ya estaba lista para ella. Y cuando se sentaban juntos, al atardecer, y conversaban sobre sus planes, su futuro le parecía tan hermoso y lleno de luz que el esplendor de la vida de Sallie quedaba atrás y se sentía la muchacha más rica y feliz de la cristiandad.

Jo no volvió a cuidar a la tía March, porque la anciana se encaprichó tanto con Amy que la convenció de que le hiciese compañía sobornándola con clases de dibujo con los mejores profesores, algo por lo que Amy hubiese aceptado servir a la señora más exigente. Así, la joven dedicaba las mañanas al deber y las tardes, al placer, y mejoraba a buen ritmo. Jo se dedicó en cuerpo y alma a la literatura y a cuidar de Beth, que al cabo de tanto tiempo aún no se había recuperado del todo de aquella fiebre. No era exactamente una enferma, pero ya no tenía el aspecto sonrosado y saludable de antaño. Aun así, seguía siendo una criatura llena de esperanzas, feliz y serena, atareada con las labores que tanto le agradaban, una amiga excelente para todos y un auténtico ángel en la casa, aunque los que tanto la querían no siempre lo supiesen apreciar.

Como *The Spread Eagle* le pagaba un dólar por columna por sus «bazofias», como ella llamaba a sus historias, Jo se sentía una mujer de posibles y escribía tantos relatos románticos como era capaz. No obstante, su inquieta mente cobijaba planes más ambiciosos, por lo que la vieja cocina del desván se fue llenando de manuscritos llamados a situar el apellido March entre los grandes y famosos.

Laurie, que había cursado estudios universitarios para satisfacer a su abuelo, buscaba ahora la forma de cumplir sus propios deseos. Su dinero, sus modales, su gran talento y su buen corazón, que siempre le llevaba a meterse en líos para salvar a otros, le granjearon el cariño de todos, hasta el punto de correr el riesgo de echar a perder su vida. Y probablemente lo hubiese hecho, como les ocurre a tantos jóvenes prometedores, de no ser porque el recuerdo del venerable anciano preocupado por su futuro, el afecto maternal de su vecina, que cuidaba de él como de un hijo, y por último, pero no menos importante, el amor y la admiración que le profesaban cuatro inocentes muchachas que creían en él de corazón le servían para conjurar al demonio, como el más eficaz de los talismanes.

Aun siendo un buen muchacho, Laurie era humano y, por supuesto, le encantaba ir de fiesta y coquetear con muchachas. Siguiendo la moda de la universidad, fue dandi, sentimental o aficionado a la gimnasia y a los deportes acuáticos a conveniencia. Sufrió novatadas y las hizo, decía palabras vulgares y en más de una ocasión estuvo a punto de ser castigado e incluso expulsado. Pero como el origen de sus travesuras siempre era su buen humor o su amor por la diversión, le salvaban una oportuna confesión y un sincero arrepentimiento, o su gran dominio del arte de la persuasión, en el que era un auténtico experto. De hecho, estaba bastante orgulloso de sus escarceos y disfrutaba relatando a las cuatro hermanas sus triunfos sobre tutores coléricos, profesores muy serios y derrotados enemigos. Las muchachas veían como héroes a los «hombres de su clase» y no se cansaban de oír las proezas de aquellos seres excepcionales, cuyas sonrisas tenían ocasión de ver cuando Laurie invitaba a alguno de ellos a casa.

Amy disfrutaba más que nadie de aquel gran honor y pronto se convirtió en la reina del grupo. Su señoría aprendió enseguida a reconocer y sacar partido a la fascinación que despertaba. Meg estaba demasiado ocupada con su vida privada, y en particular con su John, para fijarse en ninguna otra de las creaciones del Señor, y Beth era demasiado tímida para hacer algo que no fuese mirarlos de lejos y maravillarse de que Amy se atreviese a tratarlos como lo hacía. Jo, por su parte, se sentía como pez en el agua y tenía que hacer un esfuerzo por no imitar sus gestos, frases y hazañas, que le parecían más propios de su persona que el decoro que se esperaba de una dama. Los muchachos apreciaban muchísimo a Jo, pero nunca se enamoraban de ella; sin embargo, pocos se iban sin lanzar un suspiro enamorado por la hermosa Amy. Y puesto que hablamos de sentimientos, no puedo dejar de citar el Dovecote.

Tal era el nombre de la casita marrón que el señor Brooke había elegido como hogar para Meg y él. Laurie la había bautizado así porque, según explicaba, era «el nido de amor perfecto para los arrumacos y arrullos de una pareja de tortolitos». Era una casa pequeña con un jardincito detrás y un trozo de césped del tamaño de un pañuelo en el frente. Meg pensaba colocar allí una fuente, un bosquecillo y gran profusión de hermosas flores. Por el momento, un cántaro viejo hacía las veces de fuente, en lugar del bosquecillo se veían unos cuantos alerces recién plantados, que todavía no habían decidido si iban a vivir o a morir, y un montón de palos que indicaban el lugar en el que había una semilla anunciaba la futura profusión de flores. Por dentro, la vivienda era acogedora y la feliz novia no encontró pega que ponerle del sótano al desván. La salita era tan estrecha que era una bendición que no tuvieran piano, ya que no hubiese entrado. En el comedor no cabían más que seis personas muy apretadas, y las escaleras de la cocina parecían construidas con el único propósito de hacer que tanto los sirvientes como la vajilla fuesen a dar a la carbonera. Pero, excepción hecha de esos defectillos, el resto no podía ser más completo, puesto que el buen gusto y el sentido común habían presidido la elección del mobiliario y el resultado era de lo más satisfactorio. En el pequeño recibidor no había ninguna mesa de mármol, grandes espejos o visillos de encaje, sino muebles sencillos, muchos libros, un par de hermosos cuadros, hileras de flores en el saliente de la ventana y, por todas partes, los regalos enviados por sus amistades, aunque lo más valioso no eran los presentes, sino los afectuosos mensajes que los acompañaban.

No creo que la blanca escultura de Psique, regalo de Laurie, perdiese un ápice de su belleza porque el señor Brooke hiciese más alto el soporte en el que venía originalmente, ni cabe imaginar mejor estampado para las cortinas de muselina que los artísticos dibujos trazados por Amy. Tampoco creo que haya habido despensa mejor surtida de buenos deseos, palabras alegres y buenos augurios que esa en la que Jo y su madre colocaron las pocas cajas, barriles y fardos de Meg. Y no me cabe duda de que la reluciente y nueva cocina no hubiese estado tan limpia ni hubiese resultado tan acogedora si Hannah no hubiese ordenado las ollas y sartenes por lo menos una docena de veces, y dejado el fuego listo para encenderse en el instante mismo en que «la señora Brooke entrase en casa». Asimismo, dudo que ninguna joven recién casada haya iniciado su vida con un surtido mayor de gamuzas, manoplas de cocina y bolsas de tela, porque Beth hizo suficientes para no tener que adquirir ninguna más hasta las bodas de plata, además de idear tres tipos de trapos distintos especialmente concebidos para secar las piezas de porcelana de la pareja.

La gente que compra todas esas cosas hechas no sabe lo que se pierde, porque las tareas del hogar son mucho más bellas cuando las llevan a cabo unas manos amorosas. La casa de Meg era una excelente prueba de ello porque todo, desde el rodillo hasta el jarrón de plata que decoraba la mesa de la sala, lo habían escogido con amor y ternura.

¡Cuántos momentos felices pasaban haciendo sus planes! ¡Cuántas veces iban de compras, con solemnidad, para terminar con un divertido cúmulo de objetos sin sentido, cómo se reían a costa de los saldos ridículos con que se hacía Laurie! La afición a las bromas del joven era tal que, aun estando a punto de terminar sus estudios universitarios, se comportaba como un niño. Entre sus últimas ocurrencias figuraba el llevar en su visita semanal a la joven pareja un objeto nuevo, útil e ingenioso. Así, les había regalado una bolsa de fantásticas pinzas para la ropa, un magnífico rallador de nuez moscada que se rompió la primera vez que intentaron usarlo, un limpiador para cuchillos que los estropeó todos, un cepillo que, en lugar de limpiar las alfombras, les arrancaba la lana, un jabón que prometía ahorrar trabajo y que, en realidad, despellejaba las manos; colas infalibles que solo pegaban bien los dedos del iluso comprador, y toda clase de objetos de hojalata, desde una hucha para guardar las monedas sueltas hasta una magnífica caldera pensada para limpiar distintos enseres con vapor, pero que corría el riesgo de estallar en pleno proceso.

Meg le rogó en vano que parara. John se reía de él y Jo le llamaba «señor Toodles». Parecía poseído por el extraño deseo de comprar ingenios yanquis, y el hecho de que sus amigos necesitasen un ajuar le brindaba la ocasión perfecta. Así, cada semana aparecía con algún nuevo y absurdo hallazgo.

Al final, todo quedó a punto. Amy llegó a disponer jabones a juego con los colores de las habitaciones y Beth dejó puesta la mesa para la primera comida del futuro matrimonio.

—¿Estás contenta? ¿Te gusta cómo ha quedado tu hogar? ¿Sientes que podrás ser feliz aquí? —preguntó la señora March mientras recorría el nuevo reino cogida del brazo de Meg, en un momento en que madre e hija estaban más unidas que nunca.

—Sí, mamá, estoy muy contenta, gracias a todos. Y me siento tan feliz que no encuentro palabras para expresarlo —contestó Meg, con una mirada que valía mil palabras.

—Si por lo menos tuvieses un par de sirvientes, todo iría mejor —dijo Amy al salir de la salita, donde había estado tratando de decidir si la figura de bronce de Mercurio quedaba mejor sobre la estantería o sobre la repisa.

—Mamá y yo hemos hablado de eso y he decidido seguir su consejo. Habrá muy poco que hacer. Lotty me echará una mano de vez en cuando y se ocupará de las compras, y yo tendré el trabajo justo para no volverme una perezosa ni echar de menos nuestra casa —explicó Meg tranquilamente.

—Sallie Moffat tiene cuatro —informó Amy.

—Si Meg tuviese cuatro sirvientes, ocuparían toda la casa y el señor y la señora tendrían que acampar en el jardín —intervino Jo, que llevaba un gran delantal azul y estaba terminando de pulir los picaportes.

—Sallie no es la mujer de un hombre pobre y, dada su posición, es lógico que tenga muchos sirvientes. Meg y John inician su vida en común humildemente, pero algo me dice que en su casita habrá tanta felicidad como en la más grande de las mansiones. Me parece un grave error que mujeres jóvenes como Meg no tengan nada mejor que hacer que probarse vestidos, dar órdenes y contar chismes. Cuando estaba recién casada, esperaba con ilusión que mi ropa nueva se gastase o se descosiese porque disfrutaba zurciéndola. Lo cierto es que estaba harta de dedicarme solo al bordado y de que mi mayor preocupación fuera que mi pañuelo de bolsillo estuviese impecable.

—¿Por qué no te metías en la cocina a hacer experimentos? Sallie lo hace para entretenerse, pero dice que todo le sale fatal y que las sirvientas se ríen de ella —comentó Meg.

—Lo hice al cabo de un tiempo, pero no por «experimentar», sino para aprender de Hannah y evitar así que mis criadas se burlasen de mí. En aquel momento no era más que un juego, pero con el tiempo, cuando quise cocinar para mis pequeñas, agradecí mucho saber hacerlo y poder ocuparme de todo cuando ya no me era posible pagar a alguien para que me ayudase. Querida Meg, tú empiezas en ese punto, pero las lecciones que aprendas ahora te serán de gran utilidad en un futuro, cuando John sea un hombre rico, ya que la señora de una casa debe saber hacer el trabajo que pide a sus sirvientes; así es como se consigue un servicio satisfactorio y honrado.

—Sí, mamá, estoy segura de ello —repuso Meg, que había escuchado con respeto las palabras de su madre; las tareas domésticas son un asunto tan complejo que la mejor de las mujeres podría hablar durante horas del tema—. Esta habitación es mi preferida —añadió Meg cuando, minutos después, subieron al dormitorio y se detuvo a contemplar su bien surtido armario de ropa blanca.

Beth estaba allí, formando blancas y suaves pilas en los estantes, exultante ante tan magnífica colección. Meg empezó a hablar y las tres rieron porque aquel armario era casi un chiste. Después de afirmar que si Meg se casaba con «ese señor Brooke» no vería un centavo de su dinero, la tía March se encontró en un buen dilema, porque, una vez que se calmaron los ánimos, se arrepintió de haber pronunciado semejante amenaza. Decidida a no contradecirse, se le ocurrió un plan. Pidió a la señora Carrol, madre de Florence, que encargara una generosa colección de ropa blanca, la mandase bordar con las iniciales de la pareja y la enviase como si fuese un regalo de su parte. La mujer cumplió fielmente el encargo, pero el secreto de la tía March era difícil de ocultar y toda la familia disfrutó mucho con la situación. La tía March fingía no saber nada e insistía en que solo le regalaría el collar de perlas anticuado que siempre había prometido entregar a la primera de las muchachas que contrajera matrimonio.

—Es un regalo muy práctico para un hogar, y eso me gusta. De joven, tuve una amiga que empezó su vida de casada con solo seis sábanas pero, como tenía lavafrutas para los invitados, estaba encantada —explicó la señora March mientras alisaba los manteles de damasco, cuya calidad no escapaba a su espíritu femenino.

—Yo no tengo ni un solo lavafrutas, pero Hannah dice que este conjunto me servirá toda la vida —dijo Meg con lógica satisfacción.

—Aquí llega el señor Toodles —exclamó Jo desde abajo, y todas fueron a dar la bienvenida a Laurie, puesto que su visita semanal era uno de los eventos más importantes en sus tranquilas vidas.

Un joven alto, de hombros anchos, pelo corto, sombrero redondo de fieltro y abrigo suelto caminaba a buen paso en dirección a la casa, saltó por encima de la valla baja sin detenerse a abrir la portezuela, fue directo hacia la señora March, con los brazos abiertos, y dijo emocionado:

—¡Aquí estoy, mamá! Sí, todo va bien.

Estas últimas palabras las pronunció en respuesta a la mirada dulce e inquisitiva de la mujer. En los bellos ojos del joven había tanta franqueza que la breve ceremonia terminó como de costumbre, con un beso maternal.

—Para la señora de John Brooke, junto con mi felicitación y mis mejores deseos. ¡Dios te bendiga, Beth! ¡Jo, verte es todo un espectáculo! Amy, estás demasiado bonita para seguir soltera.

Mientras hablaba, Laurie entregó a Meg un paquete envuelto en papel marrón, deshizo el lazo del cabello de Beth, se quedó mirando el gran delantal de Jo e hizo una reverencia teatral a Amy. Luego estrechó la mano de todas y empezaron a charlar animadamente.

—¿Dónde está John? —preguntó Meg, nerviosa.

—Ha ido a buscar el permiso para mañana, señora.

—¿Quién ha ganado el último partido, Teddy? —inquirió Jo, que, a pesar de tener diecinueve años cumplidos, seguía muy interesada por los deportes masculinos.

—Nosotros, por supuesto. Me habría encantado que estuvieses allí para verlo.

—¿Qué tal está la encantadora señorita Randal? —preguntó Amy con una sonrisa pícara.

—Más cruel que nunca, ¿no ves cómo sufro? —Y Laurie se propinó una sonora palmada en el pecho y exhaló un melodramático suspiro.

—¿Cuál es la última broma? Meg, abre el paquete y así nos enteraremos —propuso Beth mirando con gran curiosidad el paquetito.

—Se trata de un objeto que conviene tener en una casa por si se declara un incendio o entran ladrones —comentó Laurie, mientras todas recibían con carcajadas la aparición de un silbato de guardia—. A partir de ahora, si John se encuentra ausente y algo te asusta, bastará con que te acerques a la ventana y toques el silbato para alertar al vecindario. Bonito regalo, ¿verdad? —Dicho esto, Laurie realizó una demostración de las virtudes del producto que hizo que todas se llevaran las manos a los oídos—. ¡Menudas desagradecidas! Y hablando de gratitud, no olvides dar las gracias a Hannah por haber impedido que destruyese tu pastel de boda. He visto que lo llevaban a vuestra casa al pasar y, de no haber sido por su valiente defensa, le habría cortado un pedazo allí mismo. Tenía un aspecto delicioso.

—Me pregunto si algún día crecerás, Laurie —dijo Meg con voz de adulta.

—Hago lo que puedo, señora, pero parece que esta va a ser mi altura definitiva. Mucho me temo que, en estos difíciles tiempos, un hombre no puede aspirar a medir más de un metro ochenta —repuso el joven caballero, cuya cabeza rozaba la pequeña luz de araña—. Sospecho que comer algo en una casita tan nueva sería como profanarla pero, como estoy muerto de hambre, propongo que nos traslademos —añadió enseguida.

—Mamá y yo vamos a esperar a John. Aún quedan unas cuantas cosas por arreglar —explicó Meg, que se alejó enseguida.

—Beth y yo vamos a casa de Kitty Bryant a buscar más flores para mañana —añadió Amy después de probarse el pintoresco sombrero de su amigo sobre sus pintorescos rizos y disfrutar del efecto tanto como el resto.

—Venga, Jo, no abandones a un amigo. Estoy tan exhausto que no podría llegar hasta casa sin ayuda. No te quites el delantal; no sé para qué lo usas, pero te favorece mucho —comentó Laurie mientras Jo lo guardaba en su amplio bolsillo y le tendía el brazo para que su amigo se apoyase en ella.

—Bueno, Teddy, quiero que hablemos seriamente sobre mañana —empezó Jo mientras caminaban cogidos del brazo—. Quiero que me prometas que te comportarás como es debido, que no harás travesuras ni echarás a perder nuestros planes.

—No habrá travesuras.

—Y no digas tonterías cuando tengamos que mantener la compostura.

—Yo nunca hago nada semejante; esa es tu especialidad.

—Y te ruego que no me mires durante la ceremonia, porque si lo haces me echaré a reír.

—Ni me verás. Seguro que te pasas el rato llorando, de modo que lo verás todo como envuelto en una espesa niebla.

—Yo no lloro a menos que tenga una pena muy grande.

—Como cuando un viejo amigo va a la universidad, ¿eh? —dijo Laurie sonriendo.

—No seas tonto. Eché unas lagrimitas para no desentonar con el resto.

—Claro. Jo, ¿qué tal está mi abuelo esta semana? ¿Está de buen humor?

—Mucho. ¿Por qué lo preguntas? ¿Te has metido en algún lío y quieres saber cómo se lo va a tomar? —preguntó Jo sin delicadeza alguna.

—Jo, no creerás que habría mirado a tu madre a los ojos y le habría dicho que todo iba bien de no ser así, ¿verdad? —Laurie se detuvo y adoptó un aire ofendido.

—No, por supuesto.

—Entonces, no seas tan suspicaz. Solo quiero pedirle un poco de dinero —explicó Laurie, que echó a andar de nuevo, con el ánimo más sereno gracias al tono cálido de Jo.

—Gastas mucho, Teddy.

—¡Por Dios! No lo gasto, el dinero se va solo, sin que haga nada. Desaparece sin que yo sepa cómo.

—Eres tan generoso y tienes un corazón tan bondadoso que no paras de prestar a los demás. Eres incapaz de decir «no» a nadie. Nos hemos enterado de lo de Henshaw y de todo lo que has hecho por él. Si gastas el dinero en cosas así, nadie te recriminará nada —apuntó Jo afectuosamente.

—Oh, Henshaw hizo una montaña de un grano de arena. No podía dejar que el pobre hombre se matara a trabajar cuando estaba en mi mano ayudarle y vale más que veinte caballeros vagos. Tú hubieras hecho lo mismo.

—Por supuesto. Pero no sé de qué te va a servir tener diecisiete chalecos, un sinfín de pajaritas y ponerte un sombrero nuevo en cada visita a casa. Pensé que habrías superado la fase de dandi, pero cada dos por tres aflora en otro punto. Ahora lo que está de moda es tener un aspecto horrendo, cortarte el pelo de manera que parezca que llevas un cepillo en la cabeza, usar chaquetas sin pinzas, guantes naranjas y botas con la punta cuadrada. Si las prendas feas fuesen baratas, no diría nada; pero cuestan tanto como la ropa elegante y no le veo la gracia.

En respuesta al ataque, Laurie echó hacia atrás la cabeza y rio con tantas ganas que su sombrero redondo cayó al suelo y Jo lo pisó, un insulto que el joven aprovechó para disertar sobre las ventajas de las prendas toscas mientras doblaba el maltrecho sombrero y lo embutía en su bolsillo.

—No me sermonees más, soy una buena persona. Ya tengo bastante con lo que debo aguantar durante la semana; cuando vuelvo a casa, me apetece divertirme. Mañana me vestiré de gala, cueste lo que cueste, y seré un orgullo para mis amigos.

—No volveré a darte la lata si te dejas el pelo un poco más largo. No soy una aristócrata, pero no me agrada que me vean en compañía de un joven que parece un boxeador profesional —sentenció Jo en tono severo.

—Este estilo modesto favorece el estudio, por eso lo usamos —afirmó Laurie, al que ciertamente no se podía acusar de ser vanidoso, puesto que había sacrificado voluntariamente su hermoso cabello ondulado—. Por cierto, Jo, creo que Parker está loco por Amy. No para de hablar de ella, le escribe poemas y se queda embobado pensando en ella. Sería mejor cortar este asunto antes de que vaya a más, ¿no te parece? —preguntó Laurie hablando como un hermano mayor tras unos minutos de silencio.

—Por supuesto, no queremos más bodas en la familia por ahora. Por amor de Dios, ¿en qué piensan hoy en día los críos? —Jo parecía escandalizada, como si Amy y Parker, en lugar de adolescentes, siguieran siendo niños.

—Hoy en día todo va deprisa. No sé adónde iremos a parar, señorita. Tú no eres más que una cría, Jo, pero eres la siguiente, y cuando llegue el momento solo nos quedará lamentarnos —apuntó Laurie meneando la cabeza para indicar su preocupación por el estado de las cosas.

—¿Yo? ¡No temas por mí! Yo no soy de las que agradan a los hombres. Nadie me querrá, y es una suerte, porque en toda familia debe haber una solterona.

—No das a nadie la oportunidad de conocerte —repuso Laurie mirándola de reojo y con algo más de color en su rostro moreno—. No dejarás que nadie vea tu lado dulce y, si por casualidad un hombre llega a descubrirlo y no puede disimular su interés, lo tratarás tan mal como la señorita Gummidge a su pretendiente; le tirarás un jarro de agua fría y serás tan arisca que a todos se le quitarán las ganas de acercarse o de mirarte siquiera.

—No me gustan estas cosas. Estoy demasiado ocupada para pensar en tonterías y me parece horrible que las familias se separen por este motivo. Venga, no sigas hablando de esto. La boda de Meg nos ha trastornado a todos y solo hablamos de parejas enamoradas y estupideces parecidas. No quiero ponerme de mal humor, de modo que cambiemos de tema. —Y, en efecto, Jo parecía dispuesta a lanzar un jarro de agua fría a quien la volviese a provocar.

Fueran cuales fuesen sus auténticos sentimientos, Laurie se limitó a dejar escapar un largo silbido y, cuando se despidieron en la puerta, repitió su temible profecía:

—Recuerda mis palabras, Jo, tú serás la siguiente.

25
La primera boda

Aquella mañana de junio, las rosas que decoraban el porche amanecieron abiertas y radiantes, como si también ellas, cordiales vecinitas de la familia, se alegrasen de corazón ante la perspectiva de un día soleado, sin nubes. Sus rostros estaban rojos de emoción mientras el viento las mecía y murmuraban entre sí lo que veían. Asomadas a las ventanas, unas observaban el banquete dispuesto en el comedor, otras, situadas más arriba, contemplaban sonrientes cómo las hermanas vestían a la novia, mientras otras se balanceaban para saludar a las personas que iban y venían por el jardín, el porche y el vestíbulo para cumplir encargos, y todas ellas, desde la más rosada y abierta hasta el más discreto capullo, homenajeaban con su belleza y aroma a la dulce dama que con verdadero amor las había cuidado durante tanto tiempo.

La propia Meg parecía una rosa. Se diría que lo mejor y más dulce de su corazón y su alma afloraba aquel día en su rostro, que se veía radiante y tierno, con un encanto que era mucho más hermoso que la belleza. No quiso usar ni seda, ni encaje ni azahar. «Ese día, no quiero parecer otra ni ir demasiado arreglada —había comentado—. No

deseo una boda a la moda, quiero que mis seres queridos me vean como soy.»

Así pues, había diseñado ella misma su vestido de novia y lo había cosido con la tierna esperanza y el inocente romanticismo propios de un corazón joven. Sus hermanas le recogieron su bonito cabello y lo adornaron con lirios del valle, la flor predilecta de «su John».

—Querida Meg, estás radiante y preciosa, ¡y tan natural! Te abrazaría fuerte, pero no quiero arrugarte el vestido —exclamó Amy, encantada, mirándola de arriba abajo una vez que terminaron de arreglarla.

—Me alegro de que sea así. Pero, por favor, abrazadme y besadme todas, el vestido me trae sin cuidado. Si es por algo así, espero que se arrugue mucho en el día de hoy. —Meg abrió los brazos para estrechar a sus hermanas, cuyos rostros resplandecieron de felicidad al comprobar que el nuevo amor no había destronado al antiguo en el corazón de Meg—. Ahora iré a anudar la corbata de

John y luego estaré un rato a solas con papá en el estudio. —Dicho esto, Meg bajó a toda prisa para cumplir con los dos pequeños rituales y poder dedicar el resto del tiempo a su madre, que, a pesar de sonreír amorosamente, sentía la tristeza interior que acompaña a todas las madres cuando el primer pájaro abandona el nido.

Aprovecharé que las más jóvenes están reunidas dando un último repaso a sus sencillos atuendos para comentar cómo ha cambiado su aspecto en los últimos tres años; sin duda, todas están en su mejor momento.

La figura de Jo es mucho menos angulosa, y ahora camina, si no con gracia, cuando menos con soltura. Le ha crecido el cabello y suele recogérselo en una gruesa cola de caballo, que favorece mucho más a la pequeña cabeza que corona su espigado cuerpo. Sus mejillas morenas tienen un toque lozano de color, y sus ojos, un brillo suave; en un día como este, se esmera por refrenar su afilada lengua para no pronunciar más que comentarios amables.

Beth está ahora más delgada, pálida y callada que nunca. Sus hermosos y tiernos ojos parecen más grandes y su mirada tiene una expresión que genera tristeza en quien la ve, aun cuando ella no la sienta. Se diría que la sombra del dolor planea con patética paciencia sobre el joven rostro. Pero Beth casi nunca se queja; al contrario, suele hablar esperanzada de una «pronta mejoría».

A Amy todas la consideran con justicia «la flor de la familia». A sus dieciséis años, tiene el aspecto y la actitud de una mujer hecha y derecha. Más que bella, posee ese atractivo indescriptible al que nos referimos como «gracia». Asoma en las curvas de su figura, en la forma y los movimientos de sus manos, en el vuelo de su vestido, en la caída de su cabello, natural y armoniosa y tan sugerente como bella. A Amy le seguía preocupando su nariz, que se negaba a adoptar un perfil griego. Tampoco le agradaba su boca, que le parecía excesivamente grande y con un labio inferior demasiado prominente. Esos rasgos imperfectos dotaban a su rostro de personalidad, pero ella no lo veía así y solo encontraba consuelo en la maravillosa blancura de su tez, sus vivos ojos azules y sus bucles, más dorados y abundantes que nunca.

Las tres vestían trajes finos, de color plateado (sus vestidos de gala para el verano) y llevaban pequeñas rosas en el cabello y en el pecho. Y tenían el aspecto de lo que eran: jóvenes alegres de corazón y de rostro lozano, que han hecho una pausa en su ajetreada vida para leer emocionadas el capítulo más dulce en la novela de toda mujer.

No estaban previstas ceremonias especiales. Todo sería lo más natural y hogareño posible. Así pues, cuando la tía March llegó, se escandalizó al ver a la novia salir corriendo para darle la bienvenida y acompañarla dentro, donde encontró al novio fijando una guirnalda descolgada y al padre subiendo por las escaleras con expresión seria y una botella de vino bajo cada brazo.

—Por Dios, ¡cómo está todo! —exclamó la anciana. Se sentó en el lugar de honor reservado para ella y se alisó el vestido de muaré de color lavanda que lucía, con el consiguiente frufrú del tejido—. Niña, nadie debería verte hasta el último momento.

—No soy un espectáculo, querida tía, y nadie viene a verme, a criticar mi vestido o a calcular el coste de la comida. Soy demasiado feliz para preocuparme de lo que diga o piense la gente, y tendré una boda sencilla, como siempre he querido. John, querido, aquí está el martillo. —Y Meg fue a ayudar a «aquel hombre» en tan inadecuada labor.

El señor Brooke no le dio las gracias pero, al asir la poco romántica herramienta, besó a la novia detrás de la puerta y la miró de una forma que hizo que la tía March echase mano de su pañuelo para secarse unas lágrimas de emoción que habían aflorado a sus viejos y perspicaces ojos.

Se oyó el ruido de algo al caer, seguido de un grito. Laurie soltó una carcajada y exclamó divertido: «¡Por Júpiter, Jo, has vuelto a estropear el pastel!», tras lo cual sobrevino un frenesí de actividad que apenas tocaba a su fin cuando empezaron a llegar los primos, con lo que pudieron al fin «dar inicio a la fiesta», como solía decir Beth de niña.

—No permitas que ese joven gigante se me acerque; es más molesto que un mosquito —susurró la anciana a Amy cuando la sala empezó a llenarse y vio la cabellera negra de Laurie sobresalir entre el gentío.

—Ha prometido que hoy se comportará y, cuando quiere, es un joven muy educado —afirmó Amy, y fue a avisar a Hércules de que tuviera cuidado con el dragón. La advertencia tuvo como resultado que el joven rondase a la anciana con gran devoción y la mantuviese muy entretenida.

La novia no hizo una entrada espectacular, pero se produjo un gran silencio cuando el señor March y la joven pareja ocuparon sus lugares bajo el verde arco. La madre y las hermanas se situaron muy cerca, como si se resistiesen a dejar marchar a Meg, y al padre se le quebró la voz en más de una ocasión, lo que hizo que la ceremonia resultase más bella y solemne de lo normal. Al novio le temblaban visiblemente las manos y no se le oyó cuando declaró su amor; en cambio, Meg miró a los ojos a su futuro marido y pronunció un «sí quiero» tan claro y con tal ternura y seguridad en la voz y en la expresión que su madre sintió un escalofrío de emoción y todo el mundo oyó a la tía March sorber por la nariz.

Jo no derramó ni una lágrima, aunque en una ocasión estuvo a punto y se contuvo al percatarse de que Laurie la miraba con una divertida mezcla de alegría y emoción en sus pícaros ojos negros. Beth estuvo toda la ceremonia con el rostro oculto en el hombro de su madre. Amy, en cambio, parecía una estatua llena de gracia, realzada su belleza por el rayo de sol que le iluminaba la blanca frente y la flor que le adornaba el cabello.

A los pocos segundos de estar casada, Meg sorprendió a todos exclamando: «¡El primer beso es para mamá!», y fue hacia ella y se lo dio de todo corazón. En los quince minutos siguientes, la joven, que estaba más bella que nunca, recibió las felicitaciones de todos los asistentes, desde el señor Laurence hasta la vieja Hannah, que llevaba con timidez un estupendo tocado y se abalanzó sobre ella en el vestíbulo y entre sollozos y risitas dijo:

—¡Que Dios te bendiga cientos de veces, querida! El pastel está intacto y todo ha quedado maravilloso.

Después todos se acercaron a decir una frase ocurrente, o al menos a intentarlo, lo que al fin era lo mismo, porque cuando los corazones están alegres la risa es contagiosa. No hubo exposición de regalos porque todos estaban ya colocados en su sitio, en la pequeña vivienda, y en lugar de un elaborado banquete sirvieron frutas y pastel entre adornos florales. Al descubrir que los únicos néctares que las tres Hebes servían eran agua, limonada y café, el señor Laurence y la tía March se encogieron de hombros y sonrieron. Nadie comentó nada sobre el particular, salvo Laurie, que insistió en servir personalmente a la novia y fue hacia ella con una bandeja llena y expresión perpleja.

—Dime, ¿ha roto Jo todas las botellas de vino sin querer? —susurró—. ¿Acaso cuando he creído ver alguna por ahí esta mañana estaba soñando?

—No, tu abuelo ha tenido la amabilidad de regalarnos unas botellas de su mejor vino y la tía March ha traído más, pero papá ha guardado unas pocas para Beth y ha enviado el resto a la Casa del Soldado. Opina que el vino solo debe tomarse en caso de enfermedad, y mamá dice que ni ella ni sus hijas ofrecerán nunca vino a un joven invitado que llegue a su casa.

Meg hablaba en serio y esperaba que Laurie frunciese el entrecejo o se echara a reír, pero el joven no hizo ni lo uno ni lo otro. La miró un instante a los ojos y dijo con su habitual impulsividad:

—Me parece bien. He visto los males que causa y me gustaría que otras mujeres pensaran como vosotras.

—Espero que no lo digas por experiencia propia —dijo Meg con un deje de angustia en la voz.

—No, te doy mi palabra. No creas que soy un santo, pero la bebida no es una de mis tentaciones. Me crie en un lugar en el que el vino es tan común como el agua y se considera igual de inofensivo, por lo que no me interesa demasiado. Claro que si me lo ofrece una joven hermosa no lo rechazo.

—Pues tendrás que prescindir de él, si no por tu bien, por el de los demás. Venga, Laurie, prométeme que no beberás nunca más; así me darás otra razón para que este sea el día más feliz de mi vida.

Ante una petición tan repentina y seria el joven vaciló por unos segundos, porque el sentido del ridículo suele ser más difícil de soportar que la templanza. Meg sabía que si hacía aquella promesa la mantendría a toda costa y, consciente del poder que poseía como mujer, lo usó para el bien de su amigo. No dijo nada más, pero le miró con una expresión y una sonrisa de felicidad que parecían decir: «Hoy nadie me puede negar nada». Desde luego, Laurie no pudo, y asintió con una sonrisa, le tendió la mano y anunció sinceramente:

—¡Lo prometo, señora Brooke!

—Gracias, muchas gracias.

—Brindo por tu decisión, Teddy —exclamó Jo, que le salpicó con un poco de limonada al alzar el vaso para el brindis.

El brindis selló una promesa que el joven mantuvo a pesar de las fuertes tentaciones; con su sabiduría instintiva, las muchachas habían sacado partido a un momento de alegría para hacer a su amigo un favor que él agradeció toda su vida.

Después de comer, los invitados dieron una vuelta, en pareja o en grupitos de tres, por la casa y los jardines, donde pudieron disfrutar del sol. Meg y John estaban juntos, de pie, en el centro del césped, cuando a Laurie se le ocurrió una idea que dio el toque final a aquella original boda.

—Que todos los casados se cojan de la mano y bailen alrededor de los recién casados, como hacen los alemanes. ¡Y los solteros y solteras que den saltos en pareja fuera! —exclamó Laurie corriendo por el camino con Amy, con tanta gracia y con un humor tan contagioso que los demás no tardaron en seguir su ejemplo sin discusión.

El señor y la señora March, la tía y el tío Carrol fueron los primeros. Enseguida se sumaron otros; hasta Sallie Moffat, tras unos segundos de duda, se cogió la cola del vestido y sacó a bailar a Ned. Pero el momento más divertido lo protagonizaron el señor Laurence y la tía March. Cuando el anciano caballero pidió solemnemente a la vieja dama que saliese a bailar, esta no se lo pensó, se colocó el bastón debajo del brazo y corrió a unirse al grupo que rodeaba a la pareja de recién casados, mientras los más jóvenes revoloteaban por el jardín, como mariposas en un día de verano.

El baile llegó a su fin cuando los participantes necesitaron parar y recuperar el aliento, momento que muchos de ellos aprovecharon para despedirse de los novios y marcharse.

—Te deseo lo mejor, querida; lo digo de corazón, pero temo que te arrepentirás de esto —dijo la tía March a Meg y, luego, mientras el novio la acompañaba al carruaje, añadió—: Tienes un tesoro, jovencito, procura estar a la altura.

—Es la boda más bonita a la que he asistido en mucho tiempo, Ned, pero no sé por qué... No era nada elegante —comentó la señora Moffat a su esposo mientras se alejaban.

—Laurie, muchacho, si alguna vez quieres hacer algo así, convence a una de esas muchachas y yo estaré encantado —dijo el señor Laurence mientras se acomodaba en su sofá para descansar después de la agitación de la mañana.

—Haré lo que pueda por satisfacerle, señor —repuso Laurie con una educación fuera de lo normal, mientras se quitaba con cuidado la flor que Jo le había prendido en el ojal.

La casita no quedaba lejos y el único viaje de bodas que Meg tuvo fue el tranquilo paseo que dio con John desde su antiguo hogar hasta el nuevo. Cuando la vieron lista para marcharse, con su traje gris y su sombrero de paja atado con una cinta blanca, como una hermosa cuáquera, todos salieron a despedirla emocionados, como si fuese a emprender un largo viaje.

—Querida mamá, no sientas que me separo de ti o que te quiero menos porque ame tanto a John —dijo, abrazada a su madre, con los ojos empañados—. Papá, vendré todos los días y espero que me reservéis un lugar en vuestros corazones aunque esté casada. Beth pasará mucho tiempo conmigo y las demás vendrán de vez en cuando a verme para reírse de mis esfuerzos por convertirme en una buena ama de casa. ¡Gracias a todos por haber hecho que el día de mi boda fuese tan feliz!

Todos la vieron marchar con el rostro henchido de amor y esperanza, presa de una gran ternura, apoyada en el brazo de su marido, con flores en la mano y el sol de junio iluminando su rostro feliz... Y así empezó Meg su vida de casada.

26
Intentos artísticos

La gente tarda en entender que existe una diferencia entre el talento y el genio, y la lección es tanto más difícil de aprender cuando se es joven y ambicioso. Amy empezaba a vislumbrarlo en medio de grandes tribulaciones. Confundiendo entusiasmo e inspiración, probó suerte en distintas ramas del arte con la audacia propia de la juventud. Durante una larga temporada, abandonó las figuras de arcilla y se dedicó en cuerpo y alma a los dibujos con plumilla, tarea en la que demostró tener tan buen gusto y habilidad que sus elegantes obras resultaron no solo bonitas sino también rentables. Sin embargo, se le cansaba mucho la vista al trabajar con la pluma, de modo que desistió y decidió probar con el pirograbado. Mientras le duró el capricho, la familia temió que provocara un incendio. El olor a madera quemada se instaló en la casa, del desván y del cobertizo salía humo con alarmante frecuencia, había hierros candentes por todas partes y, cuando se iba a acostar, Hannah dejaba un cubo con agua y una campanilla cerca por si tenía que alertar de un incendio. Apareció un rostro de Rafael perfectamente delineado en la tabla de amasar y la cabeza de Baco en un barril de cerveza, un encantador querubín pasó a adornar la tapa del recipiente del azúcar y varios intentos fallidos de retratar a «Garrick comprando guantes a la niña pobre» proporcionaron la leña por un tiempo.

Pasar del fuego al óleo supuso una transición natural para unos dedos chamuscados, y Amy se entregó a la pintura con idéntico fervor. Una artista amiga suya le regaló paletas, pinceles y colores que ya no usaba, y Amy se lanzó a pintarrajear escenas bucólicas y marinas nunca vistas ni en tierra ni en mar. Sus cuadros de ganado eran tan monstruosos que hubiesen obtenido premios en ferias agrícolas, y el peligroso cabeceo de las embarcaciones que pintaba hubiese mareado al más experto marino, de no haber muerto de risa al instante ante tan pasmoso desconocimiento de las normas de construcción de barcos y de aparejos. Los niños morenos y las vírgenes de ojos negros que miraban al espectador desde un rincón del estudio no se parecían en nada a los de Murillo. Las manchas marrones que sombreaban los rostros, combinadas con chillones trazos en los lugares equivocados, pretendían imitar el estilo de Rembrandt; las mujeres con mucho pecho y los niños hidrópicos, al de Rubens, y el de Turner se adivinaba en las tempestades de truenos azules, relámpagos anaranjados, lluvia marrón y nubes púrpura, con una mancha roja como el tomate en el centro que tanto podía corresponder al sol, a una boya, a la camisa de un marinero o al traje de ceremonia de un rey, según decidiese el espectador.

Lo siguiente fueron los retratos al carboncillo. Surgió así una serie de imágenes de los miembros de la familia, que aparecían oscuros y desaliñados como si acabasen de salir de la carbonera. Al emplear lápices de dibujo, el resultado se suavizó y mejoró, y el parecido resultó ser considerable. El cabello de Amy, la nariz de Jo, la boca de Meg y los ojos de Laurie le salían, en palabras de todos, «de maravilla». Tras esa etapa, regresó a la arcilla y la escayola, y moldes fantasmagóricos de conocidos de la familia empezaron a asomar por las esquinas o a caer a la cabeza de quienes abrían las puertas de los armarios en cuyos estantes se apilaban. Amy logró engatusar a varios niños para que le sirvieran de modelo, pero los incoherentes relatos de estos acerca de su peculiar forma de trabajar le granjearon fama de ogro. Los esfuerzos destinados a sobresalir en esta rama se vieron abruptamente truncados a consecuencia de un inesperado accidente que supuso el fin de su pasión. Ante la dificultad de encontrar modelos, decidió hacer un molde de su propio pie, que en su opinión era precioso. Un día, alarmada por los golpes y gritos procedentes del cobertizo, la familia acudió corriendo y encontró a la entusiasta artista forcejeando con una olla de escayola en la que había metido el pie. El yeso, al parecer, se había endurecido con inesperada rapidez. Consiguieron sacárselo en una maniobra no exenta de dificultad y de peligro. Jo, que no podía dejar de reír mientras rascaba con un cuchillo la escayola, calculó mal e hizo un pequeño corte en el pie de su pobre hermana, a quien dejó una marca indeleble de su pasión artística.

Después de este episodio, Amy se calmó un tiempo, hasta que la pasión por dibujar paisajes la venció y la llevó a recorrer ríos, campos y bosques para realizar estudios y la tuvo suspirando por unas buenas ruinas que copiar. Pilló un sinfín de resfriados por sentarse en la hierba mojada para inmortalizar una «composición encantadora» formada por una piedra, un tocón, un champiñón y un tallo roto, o «una divina concentración de nubes» que, una vez terminada, parecía más una exposición de mullidos almohadones de plumas. No le importaba que se le estropeara la piel por estar sentada a orillas del río bajo el sol, en verano, para copiar un claroscuro, y le salió una arruga en el entrecejo de tanto fruncirlo en busca de «un

buen punto de vista», que era como ella llamaba al hecho de entrecerrar los ojos.

Si, como afirmaba Miguel Ángel, el genio no es más que eterna paciencia, Amy podría sin duda atribuirse dicho don, puesto que perseveró sin que los obstáculos, los fracasos o el desánimo pudieran con ella, firmemente convencida de que era cuestión de tiempo que lograse una creación que valiese la pena y pudiese considerarse una auténtica obra de arte.

Al mismo tiempo, se dedicaba a aprender, hacer y disfrutar de otras cosas, pues estaba decidida a convertirse en una mujer educada y digna de admiración, aun en el caso de que no lograse ser una gran artista. En esto último obtuvo mejores resultados, porque era uno de esos seres bienaventurados que agradan con facilidad, hacen amigos en todas partes y parecen llevar una vida tan digna y exenta de preocupaciones que los demás, menos afortunados, creen que nacieron de pie. Todo el mundo la apreciaba porque, entre sus muchas cualidades, figuraba el saber tratar a los demás. Tenía una capacidad innata para distinguir qué era lo más adecuado y agradable, sus palabras parecían siempre las indicadas para quien la escuchaba, sus gestos nunca estaban fuera de tono o de lugar y parecía tan segura de sí misma que sus hermanas solían decir: «Si a Amy la invitasen a la corte sin previo aviso, sabría perfectamente cómo comportarse».

Una de sus debilidades era su anhelo de unirse a eso que llamaba «la alta sociedad» sin saber bien qué era. El dinero, la posición, el éxito y los buenos modales le parecían bienes de lo más atractivos y quería relacionarse con aquellos que los poseyeran. Eso la llevaba, con frecuencia, a confundir lo verdadero y lo falso, y a admirar a quienes no merecían la menor admiración. Sin olvidar jamás que había nacido en una buena familia, la joven cultivó sus gustos y modos aristocráticos para que, llegada la ocasión, pudiese ocupar el lugar del que en esos momentos, debido a la pobreza en que vivían, se veía excluida.

«Milady», como la llamaban sus amigos, deseaba ardientemente verse convertida en la gran dama que sentía que era, pero aún tenía que descubrir que el dinero no sirve para comprar el refinamiento, que la posición social no siempre es sinónimo de nobleza y que la buena educación se nota aunque la persona tenga que hacer frente a carencias.

—Mamá, te quiero pedir un favor —dijo un día Amy dándose aires de importancia.

—Y bien, pequeña, ¿de qué se trata? —preguntó la madre, para quien la jovencita seguía siendo una niña.

—El curso de dibujo termina la semana que viene y, antes de que mis compañeras se marchen de vacaciones de verano, me gustaría invitarlas un día a casa. Les hace mucha ilusión ir al río, dibujar el puente roto y copiar algunas de las cosas que han admirado en mi cuaderno de bocetos. Se han portado muy bien conmigo y estoy muy agradecida porque, a pesar de ser todas ricas y saber que yo soy pobre, nunca me han excluido.

—¿Por qué habrían de hacerlo? —preguntó la señora March adoptando lo que sus hijas solían llamar «un aire María Teresa».

—Sabes tan bien como yo que la mayoría de la gente tiene en cuenta esas cosas, así que no te alborotes como una gallina clueca que descubre a unos pájaros dando picotazos a sus polluelos; ya sabes que el patito feo resultó ser un cisne —dijo Amy sonriendo sin amargura, porque tenía muy buen carácter y un espíritu positivo.

La señora March rio, controló su orgullo maternal y preguntó:

—Bien, cisne mío, ¿qué has pensado?

—Me gustaría invitar a las chicas a merendar la semana que viene, llevarlas a los lugares que les apetezca conocer, tal vez dar un paseo por el río y organizar una pequeña *fête* artística en su honor.

—No veo inconveniente. ¿Qué quieres dar de comer? Supongo que bastará con un pastel, unos bocadillos, algo de fruta y café.

—¡No, por Dios! Tendremos que servir fiambre de lengua y pollo, chocolate francés y, además, helado. Las chicas están acostumbradas a esas cosas y quiero dar una comida adecuada y elegante aunque yo tenga que trabajar para ganarme el sustento.

—¿Y a cuántas muchachas quieres invitar? —preguntó la madre, que empezaba a ponerse seria.

—En clase somos doce o catorce, pero no creo que vengan todas.

—¡Válgame el cielo, hija, tendrás que contratar un ómnibus para llevarlas de paseo!

—¡Mamá, qué cosas se te ocurren! No vendrán más de seis u ocho, así que me bastará un carruaje pequeño, y pensaba pedirle al señor Laurence su *char à banc*.

—Pero todo esto saldrá muy caro, Amy.

—No demasiado, he calculado el coste y podré pagarlo con mi dinero.

—Querida, ¿no te parece que, puesto que esas jóvenes están acostumbradas a esos manjares, por bueno que sea lo que les ofrezcas no les sorprenderá, y que sería preferible ofrecerles algo sencillo para variar? Así no tendremos que gastar ni pedir nada prestado para esforzarnos en hacer algo fuera de nuestras posibilidades.

—Si no puedo hacerlo como quiero, prefiero no organizar nada. Con tu ayuda y la de mis hermanas, todo saldría de maravilla. No veo por qué no habría de hacerlo como deseo si estoy dispuesta a pagar lo que cuesta —dijo Amy con una decisión que, de encontrar oposición, se transformaría en obstinación.

La señora March sabía que la experiencia era la mejor

maestra y, siempre que le era posible, dejaba que sus hijas aprendiesen por sí mismas lecciones que con gusto les hubiese evitado de haberse prestado ellas a escuchar sus consejos, en lugar de hacer justo lo contrario.

—Muy bien, Amy; si estás decidida y te sientes capaz de hacerlo sin gastar demasiado dinero, tiempo o paciencia, no tengo nada más que decir. Coméntaselo a tus hermanas y, decidáis lo que decidáis, haré lo que esté en mi mano por ayudaros.

—Gracias, mamá, siempre eres muy buena. —Y, dicho esto, Amy se fue a informar de su plan a sus hermanas.

Meg aceptó de inmediato y prometió ayudarla; ofreció gustosa todo lo que poseía, desde su casita hasta sus mejores cubiertos. Jo, en cambio, frunció el entrecejo al conocer el proyecto y, de entrada, se negó a participar en él.

—No veo por qué tienes que gastar tu dinero, molestar a toda la familia y poner la casa patas arriba por un grupo de chicas que no dan un centavo por ti. Pensé que tenías orgullo y sentido común suficiente para no adular a una muchacha solo porque usa botas francesas y se desplaza en un *coupé* —apuntó Jo, que había interrumpido la lectura de una novela en el punto álgido y no estaba de buen talante para tratar asuntos de sociedad.

—Yo no adulo a nadie, ¡y no aguanto que me trates con condescendencia! —replicó Amy, indignada, puesto que las dos hermanas todavía se enfadaban con facilidad por cuestiones como esa—. Las chicas sí se preocupan por mí y yo por ellas, y aunque vayan a la moda son amables, sensibles y tienen talento. A ti no te interesa conocer a gente, codearte con la buena sociedad y mejorar tus modales y tus gustos, pero a mí sí. Pienso aprovechar las posibilidades que se crucen en mi camino. Tú puedes seguir yendo por ahí con los brazos en jarra y la cabeza erguida, y decir que es porque eres independiente, pero ese no es mi estilo.

Por lo general, cuando Amy se desahogaba solía obtener buenos resultados, porque el sentido común solía estar de su lado, mientras que Jo llevaba su amor a la libertad y su odio a los convencionalismos hasta un extremo tal que casi siempre tenía las de perder en una discusión. La definición que Amy hizo del concepto de independencia de Jo fue todo un hallazgo, y ninguna de las dos pudo evitar reírse, con lo que la discusión adquirió un cariz más amable. Muy a su pesar, Jo se avino a sacrificar un día por «la señora Grundy» y a ayudar a su hermana a organizar «esa estupidez».

Enviadas las invitaciones y confirmadas casi todas las asistencias, dedicaron el lunes siguiente a preparar el gran evento. Hannah estaba de mal humor porque aquello le trastocaba el ritmo de la semana y argumentó que «si no se lavaba y planchaba como era debido, nada podría salir bien». La falta de disposición del principal resorte de la maquinaria doméstica afectó al resto, pero Amy había adoptado como lema el «*Nil desperandum*» y, una vez decidido lo que quería, prosiguió a pesar de los obstáculos. Para empezar, la comida que preparó Hannah no quedó bien. El pollo estaba duro, la lengua demasiado salada y el chocolate no se espesó como debía. Además, el pastel y el helado eran más caros de lo que Amy esperaba, al igual que el carruaje; por no hablar de otros gastos menores que, una vez sumados, daban una cantidad alarmantemente elevada. Beth se resfrió y se tuvo que ir a la cama. Meg recibió más visitas de las acostumbradas, lo que le impidió salir de casa, y Jo estaba tan nerviosa que no paraba de equivocarse, sufrir percances y romper cosas, lo que puso a prueba la paciencia de Amy.

«Sin mamá no lo hubiese logrado», como declaró Amy algún tiempo después y recordaba agradecida, cuando las demás ya habían olvidado «la mejor broma de la temporada».

Si el lunes el tiempo no acompañaba, la reunión se pospondría hasta el martes, una idea que incomodaba sobremanera a Hannah y a Jo. El lunes amaneció con una inestabilidad mucho más exasperante que el peor de los diluvios. Lloviznó un poco, salió el sol, sopló el viento un rato y el tiempo no se decidió hasta que fue demasiado tarde para que el resto se organizara. Amy se despertó muy temprano y apremió a todos para que salieran de la cama, desayunaran y la ayudaran a ordenar la casa. La sala le pareció más rancia que nunca pero, sin detenerse a suspirar por lo que no estaba en su mano, hizo lo posible por sacar partido a lo que tenía. Dispuso las sillas de manera que ocultasen partes raídas de las alfombras, cubrió manchas en la pared con cuadros enmarcados con hiedra y colocó esculturas hechas por ella en varios rincones, para dar un aire más artístico al espacio y completar el efecto logrado por Jo, que había puesto aquí y allá bonitos jarrones con flores.

La comida tenía muy buen aspecto y, mientras la observaba, Amy deseó de corazón que también supiese bien y que la cristalería, la vajilla y los cubiertos de plata que le habían prestado volviesen sanos y salvos a sus dueños. Los carruajes ya estaban apalabrados. Meg y la madre se preparaban para dar la bienvenida a las invitadas. Beth ayudaba a Hannah en la cocina, y Jo había decidido ser todo lo alegre y amable que le permitiesen su despiste, su dolor de cabeza y su disconformidad con todo y con todos. Mientras se arreglaba, Amy se animaba pensando en el feliz momento en que, tras una excelente comida, saliese de excursión artística con sus amigas a disfrutar de los dos platos fuertes: el puente roto y el paseo en *char à banc.*

Pasó las siguientes dos horas en nerviosa espera, yendo del salón al porche, escuchando opiniones tan variadas como el tiempo. Parecía evidente que el aguacero caído a las once había disuadido a las invitadas, que debían llegar a las doce, porque no se presentó nadie. A las dos, la exhausta familia se sentó al sol para dar cuenta de los alimentos que podrían estropearse, para que no se echase nada a perder.

—No parece que el tiempo vaya a ser un problema hoy; seguro que vendrán, de modo que debemos darnos prisa y estar listas para cuando lleguen —dijo Amy, al día siguiente, al ver que lucía el sol. Hablaba como si estuviese emocionada pero, en realidad, deseaba no haber mencionado la opción del martes, porque su interés se estaba pasando como el pastel.

—No he podido conseguir una langosta, así que tendréis que prescindir de la ensalada —anunció el señor March al cabo de media hora con una plácida desesperación.

—Usaremos el pollo; para la ensalada no importará si está algo duro —propuso su esposa.

—Hannah lo dejó un instante sobre la mesa de la cocina y los gatos se lo han comido. Lo siento mucho, Amy —explicó Beth, que seguía al cuidado de los gatos.

—Entonces, tendré que conseguir una langosta, porque con la lengua sola no bastará —afirmó Amy, decidida.

—¿Quieres que vaya corriendo al pueblo a conseguirte una? —preguntó Jo con la magnanimidad de una mártir.

—No, la traerías bajo el brazo, sin papel, solo para poner a prueba mi paciencia. Iré yo misma —respondió Amy, cuyo ánimo empezaba a decaer.

Envuelta en un grueso chal y armada con un cesto, Amy salió de casa, convencida de que tomar el aire y caminar un rato calmaría su agitación y la ayudaría a afrontar con mejor espíritu las tareas del día. Tras un breve lapso, consiguió la tan ansiada langosta, además de un bote de aliño para ensaladas que le ahorraría tiempo en casa, y emprendió el camino de vuelta satisfecha con su gestión.

En el ómnibus iba un único pasajero, una anciana dormida. Amy se cubrió con el chal y se dispuso a conjurar el tedio del trayecto pensando en qué había gastado su dinero. Estaba tan absorta en sus cálculos que no vio que un nuevo pasajero subía a bordo sin que el vehículo se detuviera y, al oír una voz masculina decir: «Buenos días, señorita March», levantó la vista y se topó con uno de los elegantes compañeros de universidad de Laurie. La joven, confiando en que el muchacho se apearía antes que ella, fingió que el cesto que estaba a sus pies no era suyo, se felicitó por haberse puesto un vestido nuevo y le devolvió el saludo con la dulzura y elegancia que la caracterizaban.

Todo marchaba bien. La principal preocupación de Amy se disipó de inmediato al saber que el caballero se bajaría antes que ella. Ambos estaban charlando animadamente cuando la anciana se levantó para apearse y, al ir hacia la puerta, dio un golpe al cesto y, ¡oh, horror!, la langosta asomó la cabeza, revelando su vulgar tamaño y fulgor ante los ojos de un auténtico Tudor.

—¡Por Dios, esa señora se ha dejado la cena! —exclamó el joven, mientras daba con el extremo del bastón al animal para que volviese al interior del cesto y se disponía a cogerlo para dárselo a la anciana.

—No, por favor, es mío —murmuró Amy, casi tan roja como la langosta.

—¡Oh, lo siento! Es un ejemplar magnífico, ¿verdad? —dijo Tudor muy serio, tratando de mostrar auténtico interés, prueba de su exquisita educación.

Amy se rehízo de inmediato y, dejando el cesto sobre el asiento, preguntó entre risas:

—¿No le gustaría comer un poco de la ensalada que prepararemos con esta langosta y conocer a las encantadoras jóvenes que han sido invitadas a degustarla?

La frase era un prodigio de estrategia, porque tocaba dos de los aspectos a los que un hombre no sabe resistirse.

La langosta hizo aflorar gratos recuerdos, y la curiosidad por conocer a «las encantadoras jóvenes» hizo que el joven olvidara lo cómico de la escena.

Supongo que si viene se pasará el rato haciendo bromas con Laurie y riéndose de nosotras, pero yo no los veré y eso es un gran consuelo, pensó Amy mientras Tudor hacía una reverencia y se despedía.

Al llegar a casa, no mencionó el incidente (a pesar de que descubrió que, al caer el cesto, el aliño le había manchado la falda y había echado a perder su vestido nuevo) y siguió con los preparativos, que le parecieron aún más fastidiosos que antes. A las doce en punto, todo estaba nuevamente dispuesto. Viendo que sus vecinos se interesaban mucho por sus movimientos, la joven deseó que el éxito de ese día borrase de la memoria el fracaso del anterior. Pidió que trajesen el *char à banc* para ir a buscar a sus amigas y conducirlas al banquete.

—¡Ahí viene el carruaje, ya llegan! Iré a recibirlas al porche, es más hospitalario y quiero que mi pequeña pase un buen rato después del mal trago de ayer —dijo la señora March, poniéndose en marcha. Pero, tras echar un vistazo, volvió a entrar con una expresión indescriptible en el rostro. En el gran carruaje solo venían Amy y una señorita.

—Beth, corre y dile a Hannah que retire la mitad de la vajilla de la mesa. No tiene sentido recibir a una sola invitada con un servicio para doce —exclamó Jo corriendo hacia la cocina, demasiado conmocionada como para echarse a reír.

Amy entró muy tranquila y estuvo encantadora y cordial con la única invitada que había cumplido la promesa de asistir. El resto de la familia, como si se tratara de una función teatral, representó bien su papel y a la señorita Eliott le resultaron todos muy divertidos y alegres, aunque lo que en realidad ocurría era que les costaba contener la risa. Sirvieron la comida, visitaron el estudio y el jardín y conversaron animadamente sobre arte. Amy pidió un carruaje más pequeño —¡lástima de *char à banc*!— y salió a pasear con su amiga por el vecindario hasta que el sol se puso y la fiesta llegó a su fin.

Al volver caminando hacia casa, Amy parecía muy cansada pero tan entera como siempre. Al llegar comprobó que no quedaba el más mínimo vestigio de la desafortunada *fête*, salvo tal vez una sospechosa mueca en los labios de Jo.

—Ha hecho una tarde estupenda para ir de excursión, querida —dijo la madre tan respetuosamente como si las doce invitadas hubiesen acudido a la cita.

—La señorita Eliott es una joven muy amable y creo que lo ha pasado bien —comentó Beth, más atenta de lo normal.

—¿Me podrías dar un poco del pastel? Lo necesito de veras, no paro de recibir visitas y no soy capaz de hacer nada tan delicioso —explicó Meg muy seria.

—Llévatelo todo; soy la única a la que le gusta el dulce en esta casa y se estropearía antes de que pudiera terminármelo —respondió Amy, que lanzó un suspiro al pensar en las compras que tan generosamente había hecho ¡para terminar así!

—Es una pena que Laurie no esté aquí para ayudarnos —dijo Jo cuando se sentaron a comer helado y ensalada por cuarta vez en dos días.

La madre le lanzó una mirada disuasoria para evitar que los comentarios siguieran y, a partir de ese momento, todos comieron en heroico silencio, hasta que el señor March explicó:

—La ensalada era uno de los platos favoritos de nuestros antepasados y Evelyn... —El educado caballero interrumpió su culto discurso sobre la historia de la ensalada al ver que todas prorrumpían en carcajadas.

—Lo pondremos todo en un cesto y lo mandaremos a casa de los Hummel. A los alemanes les gustan estos platos. A mí me enferma solo mirarlos y no creo que tengamos que sufrir todos una indigestión porque yo haya sido una estúpida —exclamó Amy secándose las lágrimas.

—Cuando os he visto a ti y a tu amiga en aquel chisme, como sea que le llames, y a mamá dándoos la bienvenida, creía que me daba un ataque. Parecíais dos gajos pequeñitos en una nuez enorme —dijo Jo, agotada de tanto reír.

—Siento mucho que te hayas llevado un disgusto, querida, pero hemos hecho lo que hemos podido por complacerte —dijo la señora March en tono maternal y apesadumbrado.

—Estoy contenta. He logrado lo que me proponía hacer y no es culpa mía si las cosas no han salido como esperaba. Ese es mi consuelo —dijo Amy con un ligero temblor en la voz—. Os agradezco mucho a todas vuestra ayuda y aún os estaría más agradecida si no volviésemos a hablar de este asunto durante un mes por lo menos.

Nadie sacó el tema en meses, pero a partir de entonces el uso del término *fête* provocaba una sonrisa general, y el día del cumpleaños de Amy, Laurie le regaló, a modo de amuleto, una langosta de coral para la cadena del reloj.

27
Lecciones de literatura

Un buen día, la fortuna decidió sonreír a Jo y poner una especie de moneda de la suerte en su camino. No se trataba precisamente de una moneda de oro, pero dudo que medio millón de monedas le hubiesen aportado una felicidad mayor que la que obtuvo por aquel medio.

Cada cierto tiempo, la joven se ponía el traje de escritora, se encerraba en su cuarto y, en palabras suyas, «se perdía en un torbellino», entregándose a la escritura de su novela en cuerpo y alma, consciente de que no recuperaría la paz hasta terminarla. El «traje de escritora» era un delantal negro en el que podía limpiar su pluma sin problemas y un gorro, adornado con un gracioso lazo rojo, bajo el cual se recogía el cabello al ponerse a trabajar. Para la familia, el gorro servía de aviso ya que, cuando lo llevaba puesto, lo mejor era mantenerse a distancia y asomar solo la cabeza de vez en cuando para interesarse por ella y preguntarle qué tal iba la inspiración. A menudo ni siquiera se atrevían a formular la pregunta y se limitaban a observar el gorro para saber cómo iba todo. Si el expresivo complemento estaba caído sobre la frente, significaba que la creadora se hallaba en plena actividad; en los momentos de entusiasmo, lo llevaba ladeado, y si terminaba en el suelo era señal de que la autora había sufrido un ataque de desesperación. En tales momentos, el intruso se retiraba en silencio y no dirigía la palabra a Jo hasta que el lazo rojo volvía a erguirse orgulloso en lo alto de la cabeza de la prometedora autora.

Jo no creía tener un don pero, cuando la inspiración la visitaba, se entregaba por entero a la escritura y su vida le parecía feliz, ajena a las necesidades, las preocupaciones y al mal tiempo; se sentía a salvo y dichosa en un mundo imaginario repleto de unos amigos tan reales y queridos como los de carne y hueso. Sus ojos renunciaban al descanso del sueño, no probaba bocado, los días y las noches eran demasiado cortos para disfrutar de la felicidad que solo experimentaba en tales momentos y hacía que la vida

valiese la pena, aunque no hiciese nada más. Aquel aflato divino solía durar un par de semanas, al cabo de las cuales la joven emergía del torbellino hambrienta, muerta de sueño, malhumorada o abatida.

Acababa de recuperarse de uno de esos ataques cuando la convencieron de que acompañase a la señorita Crocker a una conferencia y, en premio a su buena acción, volvió con una nueva idea. Formaba parte del ciclo de conferencias de los cursos populares, dirigidos a adultos e impartidos en Boston, y versaba sobre las pirámides. Habida cuenta del tipo de público al que iba dirigida, a Jo le sorprendió mucho la elección del tema, pero supuso que dar a conocer la gloria de los faraones a personas que vivían pendientes del precio del carbón y de la harina y tenían asuntos más urgentes por los que preocuparse que la Esfinge serviría para reparar una grave injusticia social o responder a una necesidad importante.

Llegaron pronto y, mientras la señorita Crocker se entretenía colocándose bien el talón de las medias, Jo se dedicó a observar el rostro de las personas que la rodeaban. A su izquierda, había dos señoras con la frente muy grande y gorros en consonancia que hablaban de los derechos de las mujeres mientras hacían bolillos. Más allá, estaba sentada una pareja de enamorados cogidos tímidamente de la mano, una melancólica solterona que comía caramelos de menta de una bolsa de papel y un anciano caballero que dormía la siesta oculto tras un pañuelo de cuello amarillo. A su derecha solo había un hombre enfrascado en la lectura de un periódico.

En la página había varias ilustraciones. Jo observó la que quedaba más cerca de ella y se preguntó qué deliberada concatenación de circunstancias requería una ilustración melodramática en la que un lobo mordía el cuello de un indio ataviado de guerrero que caía por un precipicio, mientras dos jóvenes caballeros furibundos, con los pies anormalmente pequeños y unos ojos demasiado grandes, se apuñalaban y, al fondo, una joven despeinada corría despavorida con la boca abierta. Cuando iba a pasar la página, el joven se percató de que Jo estaba mirando por encima de su hombro y, con el buen talante propio de los muchachos, le tendió la mitad del periódico y preguntó sin más:

—¿Le apetece leerlo? Es una historia de primera.

Jo aceptó con una sonrisa, porque los chicos le seguían resultando igual de simpáticos que siempre, y enseguida se enfrascó en el habitual laberinto de amores, misterios y asesinatos propios de los relatos de escaso valor literario en los que la pasión está de vacaciones y, cuando al autor le falla la imaginación, una gran catástrofe borra de un plumazo a la mitad de las *dramatis personae* mientras las restantes se regocijan de su caída.

—Es estupendo, ¿verdad? —preguntó el joven al ver que Jo llegaba al final del texto.

—Creo que tanto usted como yo lo haríamos mejor si nos lo propusiésemos —comentó Jo, divertida por la admiración que aquella basura despertaba en el joven.

—Yo me sentiría muy afortunado si lo lograse. Dicen que la autora se gana muy bien la vida con sus escritos. —Y señaló el nombre que aparecía bajo el título: la señorita S.L.A.N.G. Northbury.

—¿La conoce? —preguntó Jo con repentino interés.

—No, pero leo todas sus obras y tengo un amigo que trabaja en la redacción de este periódico.

—¿Y dice que se gana bien la vida escribiendo historias como esta? —Jo miró con mayor respeto el agitado grupo retratado en la ilustración y el texto, adornado con una gran cantidad de signos de exclamación.

—¡Claro que sí! Sabe lo que le gusta a la gente y le pagan muy bien por escribirlo.

En ese momento, dio inicio la conferencia, pero Jo no se enteró de casi nada porque, mientras el profesor Sands sentaba cátedra sobre Belzoni, Keops, escarabeos y jeroglíficos, ella anotaba discretamente la dirección del periódico, resuelta a presentarse al concurso de narración anunciado en aquellas páginas y a hacerse con los cien dólares del premio. Cuando la conferencia terminó y el público se despertó, la joven ya había creado una magnífica fortuna en su imaginación (no sería la primera basada en el papel) y estaba absorta en la invención de la historia, tratando de decidir si el duelo debía ir antes de la fuga o después del asesinato.

Al llegar a casa, no comentó nada acerca de sus planes y, al día siguiente, se puso a trabajar, para inquietud de su madre, a la que siempre le generaba cierta angustia ver a su hija en brazos de las musas. Jo nunca había escrito relatos de este tipo y lo más parecido eran las dulzonas historias de amor que inventaba para el *Spread Eagle.* Su experiencia teatral y sus muchas y heterogéneas lecturas se convirtieron en una útil fuente de inspiración de la que extrajo ideas para efectos dramáticos, argumento, vocabulario y vestuario. La joven imprimió al relato toda la desesperación de que fue capaz dada su limitada experiencia con tan incómoda emoción y, puesto que había situado la trama en Lisboa, escogió un terremoto como sobrecogedor y apropiado *dénouement.* Con suma discreción, envió el manuscrito acompañado de una nota en la que decía que de no ganar el premio, con el que apenas se atrevía a soñar, la autora estaría dispuesta a vender la historia por la suma que considerasen adecuada.

Seis semanas son una espera muy larga, tanto más para una joven que ha de guardar un secreto. Pero Jo hizo tanto lo uno como lo otro, y cuando empezaba a perder la esperanza de volver a ver su manuscrito llegó una carta que casi la dejó sin respiración porque, al abrir el sobre, cayó sobre su regazo un cheque por valor de cien dólares. Por unos segundos lo miró con los ojos muy abiertos, como si se tratase de una serpiente, luego leyó la carta y se echó a llorar. Si el agradable señor que redactó la amable misiva hubiese sabido cuánta felicidad iba a aportar su lectura, habría querido dedicar todo su tiempo libre, de tenerlo, a tan grato entretenimiento. Para Jo, la carta tenía más valor que el propio dinero porque la animaba a seguir y, tras años de duro esfuerzo, era maravilloso descubrir que había aprendido algo, aunque solo fuese para poder escribir una historia que causase sensación.

Pocas veces se ha visto una muchacha más orgullosa que Jo cuando, una vez recuperada de la emoción, se presentó ante la familia, con la carta en una mano y el cheque en la otra, para anunciar que había ganado el premio. Como es lógico, la noticia provocó un gran júbilo y, cuando el relato salió publicado, todos lo leyeron y lo comentaron. El padre dijo que el vocabulario era acertado; la historia de amor, natural y emotiva, y el suspense trágico, excelente, pero después meneó la cabeza y añadió, con su falta de materialismo habitual:

—Tú puedes hacer cosas mejores, Jo. Aspira a lo más alto y no pienses en el dinero.

—Pues yo creo que el dinero es lo mejor de todo. ¿Qué vas a hacer con semejante fortuna? —preguntó Amy contemplando el mágico fragmento de papel con sumo respeto.

—Invitaré a mamá y a Beth a pasar un par de meses junto al mar —contestó Jo sin pensarlo dos veces.

—¡Oh, qué generosidad! Pero no puedo aceptar, querida, sería demasiado egoísta por mi parte —exclamó Beth, que había dado palmas de alegría e inspirado hondo, como si le llegase ya el olor de la fresca brisa del océano, pero que enseguida rechazó el cheque que su hermana le tendía.

—Insisto en que debéis ir, he puesto todo mi empeño en ello. Esa es la razón por la que probé suerte y la razón por la que he triunfado. Cuando me mueve un afán egoísta, nunca logro nada, pero al esforzarme por ti lo he conseguido, ¿lo ves? Además, mamá necesita un cambio de aires y no te dejará sola, así que debes acompañarla. Me encantará verte volver, sonrosada y con cara saludable. ¡Viva la doctora Jo, que cura a todos sus pacientes!

Al final, tras mucha discusión, fueron a la costa y, aunque Beth no volvió todo lo sonrosada que esperaban, sí estaba mucho mejor. Y la señora March afirmó que se había quitado diez años de encima. Jo se sintió satisfecha por la forma en que había invertido el dinero del premio y retomó el trabajo con mucho ánimo, decidida a conseguir más de aquellos deliciosos cheques. Aquel año, se hizo con varios más y empezó a sentirse un puntal para la familia porque, por arte y gracia de la literatura, sus «tonterías» servían para que todos viviesen mejor. «La hija del duque» pagó la factura de la carnicería, «La mano del fantasma» sirvió para cambiar la alfombra y «La maldición de los Coventry» resultó ser una bendición para la familia porque se tradujo en ropa y comida para todos.

Sin duda la riqueza es deseable, pero la pobreza también tiene sus virtudes y uno de los aspectos más dulces de la adversidad es la satisfacción que produce el trabajo, sea manual o mental. Muchas veces la sabiduría, la belleza y otras bendiciones de este mundo nacen de la necesidad. Jo conoció el sabor de la satisfacción y dejó de envidiar a las muchachas ricas al sentir que podía mantenerse por sí misma, sin tener que pedir un centavo a nadie.

Sus narraciones breves pasaron bastante inadvertidas, pero tuvieron su público. Animada por este hecho, la joven decidió dar un paso más e ir a buscar fama y fortuna. Después de reescribir su novela cuatro veces, leerla en voz alta a amigos de confianza y hacérsela llegar, temblorosa y llena de reticencias, a tres editores, al fin recibió una oferta que implicaba suprimir un tercio de las páginas y omitir las partes de las que se sentía más orgullosa.

—Ahora tengo que decidir si la vuelvo a guardar en la cocina del desván y la dejo que críe moho, la imprimo por mi cuenta y riesgo o la corto en pedacitos para que me la compren y me den algo por ella. Seguro que tener a alguien famoso en casa es muy agradable, pero creo que el dinero es más útil, así que me gustaría que tomásemos esta decisión entre todos —dijo Jo, que había reunido un consejo familiar.

—Hija, no estropees tu libro porque está mejor de lo que crees y has desarrollado muy bien el argumento. Déjalo reposar y madurar —le aconsejó el padre, que predicaba con el ejemplo puesto que había dejado madurar treinta años su propia obra y no tenía prisa en recoger el fruto aun estando ya en sazón.

—Yo creo que es mejor que pruebe suerte ahora a que espere —apuntó la señora March—. Afrontar la crítica es la mejor prueba para el trabajo, porque permite descubrir virtudes y defectos insospechados y sirve de guía para mejorar en la siguiente ocasión. Nosotros somos demasiado parciales, pero las alabanzas o críticas de terceros podrían ser muy útiles, aunque eso implique ganar poco dinero de entrada.

—Sí —dijo Jo arqueando las cejas—. Tienes razón. Llevo demasiado tiempo dándole vueltas a la novela y ya no sé si es buena, mala o regular. Me vendría bien que la leyeran personas imparciales y me diesen su opinión.

—No quites una sola palabra, echarías a perder la historia, porque la gracia está en los pensamientos más que en la acción de los personajes, y si no dieses tantos detalles sería un lío —apuntó Meg, que creía sinceramente que aquella era la mejor novela que se había escrito nunca.

—Pero el señor Allen dice: «Quita las explicaciones,

acorta el texto para que gane intensidad y deja que sean los personajes los que cuenten la historia» —repuso Jo leyendo la carta del editor.

—Hazle caso, él sabe lo que vende; nosotros no. Haz un libro bueno, al alcance de todos los públicos, y gana tanto dinero como puedas. Con el tiempo, cuando te hayas hecho un nombre, podrás disertar e introducir personajes filosóficos y metafísicos en tus novelas —comentó Amy, que tenía una visión estrictamente pragmática del particular.

—Bueno —dijo Jo entre risas—, no es culpa mía si mis personajes son «filosóficos y metafísicos», porque lo único que sé de estos asuntos es lo que le oigo decir a papá de vez en cuando. Si alguna de esas sabias ideas se cuela en mis intrincadas historias de amor, mejor para mí. Beth, ¿tú qué opinas?

—Me gustaría verla publicada lo antes posible —respondió Beth, que sonrió al decirlo, pero recalcó sin darse cuenta las últimas palabras, lo que, junto con la expresión melancólica de sus ojos, que no habían perdido aún el candor de la infancia, hizo que Jo se estremeciera con un oscuro presentimiento, y decidió que lo mejor era sacar a la luz su libro «lo antes posible».

Así pues, la joven autora puso su primera obra sobre la mesa y, con firmeza espartana, procedió a despedazarla con una crueldad propia de un ogro. En su afán por agradar a todos, atendió a todos los consejos y, como el anciano y el burro de la fábula, terminó por no satisfacer a nadie.

A su padre le gustaba mucho el toque metafísico que sin pretenderlo tenía la obra, así que la joven optó por dejarlo, aunque sin verlo del todo claro. Su madre pensaba que el texto pecaba de un exceso de descripciones, por lo que casi todas quedaron fuera, junto a aspectos importantes para la trabazón de la trama. Meg admiraba el carácter trágico, por lo que aumentó el grado de dramatismo para que quedara a su gusto, y, como Amy había puesto pegas a los pasajes cómicos, Jo, con la mejor intención, cambió el tono de algunas de las escenas más divertidas que servían para que la historia resultase menos sombría. Luego, para acabar de estropearlo, eliminó un tercio de las páginas y envió confiadamente la pobre y reducida novela, como un escogido petirrojo, al ajetreado y ancho mundo en busca de su destino.

La obra se publicó y ella cobró trescientos dólares. Recibió alabanzas y críticas en igual medida, muchas más de las que esperaba, lo que la sumió en un estado de agitación del que tardó en recuperarse.

—Mamá, dijiste que recibir críticas me sería de ayuda, pero ¿cómo es posible, cuando los comentarios son tan contradictorios que no sé si he escrito un libro prometedor o desobedecido los diez mandamientos? —exclamó la pobre Jo contemplando una pila de reseñas cuya lectura la había llevado del orgullo y la alegría a la cólera y el desánimo en cuestión de segundos—. Este hombre dice: «Un libro exquisito, lleno de verdad, belleza y ternura; todo en él es dulzura, pureza y ejemplaridad» —leyó la perpleja autora—. Y mira lo que dice el siguiente: «La tesis que defiende el libro es mala, está plagado de nociones perversas, ideas espiritistas y personajes poco creíbles». Bien, puesto que no defiendo tesis alguna, no creo en el espiritismo y me he inspirado en la vida para crear mis personajes, no veo cómo podría tener razón este crítico. Otro opina: «Es una de las mejores novelas estadounidenses aparecidas en los últimos años». (Yo conozco unas cuantas mucho mejores.) Y el siguiente afirma: «Aunque es un escrito original, lleno de fuerza y sentimiento, lo considero un libro peligroso». ¡Caray! Algunos se burlan, otros la alaban en exceso y casi todos creen que he querido defender una tesis, cuando de hecho la escribí para divertirme y ganar dinero. Preferiría haberla publicado entera o no haberla sacado a la luz, porque me horroriza que se me juzgue erróneamente.

La familia y los amigos la animaron y elogiaron cuanto pudieron, pero aquel fue un momento duro para la sensible y animosa Jo, que pretendía hacerlo tan bien y por lo visto lo había hecho tan mal. No obstante, la experiencia fue positiva, ya que aquellos cuya opinión tiene verdadero valor le ofrecieron las críticas, que son la mejor educación para un autor. Y cuando la decepción inicial se calmó, pudo reírse de su librito sin por ello dejar de creer en su obra y los golpes recibidos la hicieron sentir más sabia y más fuerte.

—No ser un genio como Keats no me matará —afirmó resuelta—. Es cuestión de verlo todo con humor. Resulta que los episodios que calqué de experiencias reales son calificados de imposibles y absurdos, y las escenas inventadas con mi tonta imaginación se consideran «encantadoramente naturales, tiernas y verdaderas». Me consuelo con eso y, cuando me sienta preparada, escribiré otra novela.

28
Experiencias domésticas

Al igual que la mayoría de las recién casadas, Meg inició su vida matrimonial decidida a convertirse en un ama de casa ejemplar. John debía encontrar un paraíso en su hogar, ver siempre una sonrisa en su rostro, comer como un rey y no echar en falta nunca ni un solo botón. La joven se entregó a la tarea con tanto amor, energía y alegría que era imposible que no lo lograra, a pesar de algunos obstáculos. El paraíso resultó no ser un lugar tranquilo, porque la mujercita armaba mucho ruido, en su afán por complacer vivía angustiada y no paraba en todo el día, como la Marta bíblica, ocupada en mil labores. A menudo estaba tan cansada que no le quedaban fuerzas ni para sonreír. Después de unas cuantas comidas refinadas, John empezó a sufrir de indigestión y, en una muestra de ingratitud, rogó a su esposa que preparase platos más sencillos. En cuanto a los botones, la joven no tardó en preguntarse dónde iban a parar todos los que su descuidado marido perdía y llegó a amenazarle con dejar que se los cosiera él mismo para ver si así aguantaban mejor sus tirones impacientes y la torpeza de sus dedos.

Aun después de descubrir que no podían vivir solo de

amor, la pareja era muy feliz. Meg no le parecía menos bella a John por el hecho de verla sonreír mientras preparaba el café, ni a Meg le resultaba menos romántica la despedida diaria de su esposo cuando este, después de besarla, preguntaba: «Querida, ¿qué quieres que traiga para la cena, ternera o cordero?». La pequeña vivienda dejó de ser un lugar de ensueño y se convirtió en un auténtico hogar, un cambio que la pareja agradeció. Al principio, parecían dos chiquillos jugando todo el día, siempre alegres, pero poco a poco John se centró en el trabajo, consciente como era de ser el cabeza de familia, y Meg sustituyó sus mandiles de batista por un gran delantal y se puso a trabajar con mucha energía y, como ya hemos señalado, poca discreción.

Mientras estuvo bajo el influjo de la pasión culinaria, siguió las instrucciones del recetario de la señora Cornelius y, como un estudiante que ha de resolver un ejercicio de matemáticas, buscaba la solución a cada problema con paciencia y esmero. A veces invitaba a su familia para compartir un festín de aciertos excesivamente abundante, y en otras ocasiones entregaba en secreto a Lotty una remesa de intentos fallidos que terminaban en los agradecidos estómagos de los pequeños Hummel. En las tardes en que hacía cuentas con su esposo, su entusiasmo culinario caía temporalmente y apostaba por una frugalidad que se traducía en pudin de leche y pan, carne picada y café recalentado, lo cual ponía a prueba la paciencia del pobre hombre, que, no obstante, lo soportaba todo con encomiable fortaleza. Sin embargo, antes de encontrar un punto medio, Meg añadió al ajuar doméstico una colección de tarros, algo sin lo cual pocas parejas jóvenes salen adelante.

Movida por el ansia de surtir su despensa con productos caseros, la joven decidió hacer mermelada de grosella. Pidió a John que trajese una docena de tarros pequeños y algo de azúcar, pues las grosellas que tenían ya estaban maduras y quería aprovecharlas antes de que se echasen a perder. John consideraba que «mi esposa» no tenía nada que envidiar a otras y se sentía muy orgulloso de sus habilidades, por lo que decidió complacerla y dejar que transformase su única cosecha de fruta en agradables conservas para el invierno. Volvió a casa con una docena de tarritos preciosos, medio barril de azúcar y un niño al que contrató para que recogiese las grosellas. Con su hermoso cabello recogido y cubierto con un gorrito, las mangas subidas hasta los codos y un delantal de cuadros que resultaba muy coqueto, a pesar del peto, la joven ama de casa se puso manos a la obra, segura de su éxito. ¿Acaso no se lo había visto hacer cientos de veces a Hannah? Al principio, la hilera de potes la intimidó un poco, pero se dijo que merecía la pena llenarlos todos porque a John le gustaba mucho la mermelada y los tarros lucirían mucho en el estante superior de la despensa. Pasó el día preparando, cociendo y colando. Hizo cuanto pudo, buscó consejo en el libro de la señora Cornelius, se exprimió el cerebro tratando de recordar qué podría hacer Hannah que ella hubiese olvidado, volvió a cocer, añadir azúcar y colar, pero no conseguía que aquella masa horrenda pareciese mermelada.

Estuvo a punto de ir corriendo a casa, sin quitarse siquiera el delantal, y pedir a su madre que le echase una mano, pero John y ella habían acordado que no molestarían a los demás con sus preocupaciones, experimentos o peleas. Al pronunciar la última palabra habían reído como si la simple idea de que pudiesen llegar a pelearse resultase ridícula, pero estaban dispuestos a resolver cualquier cosa solos, sin que interviniese un tercero, tal como les había aconsejado la señora March. Así que, en aquel caluroso día de verano, Meg lidió sola con la reacia mermelada hasta que a las cinco en punto, derrotada, se sentó en su diminuta cocina, se limpió las embadurnadas manos y se echó a llorar.

En los primeros tiempos de su nueva vida, acostumbraba a decir: «Mi esposo podrá traer a un amigo a comer cuando quiera. Yo estaré siempre lista y me ocuparé de todo sin nervios, sin prisas y sin malas caras. Cuando llegue, encontrará la casa limpia, una esposa feliz y una buena comida. Así pues, John, querido, no tienes ni que pedirme permiso, puedes invitar a quien sea con la seguridad de que os brindaré una cálida acogida».

¡Qué maravilloso sonaba aquello! A John le brillaban los ojos al oírla y se sentía un hombre muy afortunado por tener una esposa insuperable. Pero lo cierto era que, aunque habían recibido algunas visitas, las cosas nunca salían como estaba previsto y Meg aún no se había podido lucir como deseaba. Es lo que suele ocurrir en este valle de lágrimas, y en tales ocasiones solo nos queda preguntarnos por qué, lamentarnos y sobrellevarlo lo mejor posible.

Si John no hubiese olvidado por completo lo de la mermelada, habría sido imperdonable que, de todos los días del año, escogiese justo aquel para invitar a un amigo a comer sin avisar. Seguro de que en casa le aguardaba, lista para servirse, la apetecible comida que había pedido por la mañana, el joven, llevado por la irrefrenable emoción del recién casado, había rogado a su amigo que le acompañase, deleitándose de antemano con el encantador efecto que le produciría ver a su hermosa esposa salir a recibirlos.

Pero este es un mundo de decepciones, como John descubrió al llegar a Dovecote. La puerta principal, que solía estar abierta en señal de hospitalidad, estaba cerrada a cal y canto, y los escalones seguían sucios con el barro del día anterior. Las ventanas de la sala estaban igualmente cerradas, con las cortinas corridas, y nada hacía sospechar que dentro hubiese una bella esposa cosiendo, vestida de blanco y con un atractivo lazo en el pelo, ni una anfitriona radiante y sonriente a punto de salir a dar la bienvenida a sus huéspedes. No encontraron nada de eso, pues no vieron a nadie, salvo a un muchacho, que parecía manchado de sangre, dormido bajo el grosellero.

—Debe de haber pasado algo, Scott; espérame en el jardín. Iré a buscar a mi esposa —dijo John, alarmado por el silencio y la soledad del lugar.

Fue rápidamente a la parte trasera de la casa, tras el rastro de un intenso olor a azúcar quemado. El señor Scott lo siguió de lejos, con cara de extrañeza, y se detuvo a una distancia prudente cuando el señor Brooke desapareció de su vista; aun así, lo oía y veía todo y, siendo un hombre soltero, el panorama le divirtió de lo lindo.

La confusión y el desespero se habían apoderado de la cocina. La primera remesa de mermelada chorreaba de los tarros, otra yacía en el suelo y la tercera se quemaba alegremente en el fogón. Lotty, con flema teutona, comía pan y bebía zumo de grosella, ya que la fruta seguía en estado líquido, mientras la señora Brooke lloraba desolada, cubriéndose el rostro con el delantal.

—Querida mía, ¿qué ocurre? —preguntó John al entrar corriendo, angustiado por visiones de manos escaldadas e inesperadas malas noticias, y secretamente incómodo por tener a un invitado esperando en el jardín.

—¡Oh, John, estoy muy cansada, acalorada, enfadada y preocupada! Lo he intentado sin parar hasta no poder más. Ven a ayudarme o moriré. —Y la exhausta ama de casa se arrojó a sus brazos para brindarle una dulce bienvenida en sentido muy literal, puesto que su delantal estaba tan lleno de mermelada como el suelo.

—¿Qué te preocupa, querida? ¿Ha ocurrido algo malo? —preguntó ansioso John, besando tiernamente la parte superior de su gorrito, que se había ladeado.

—Así es —respondió Meg, llorando desolada.

—Cuéntame de qué se trata. No llores más, no soporto verte así. Desahógate, amor mío.

—La mermelada no queda bien y ¡no sé qué hacer!

John Brooke rio como nunca, de una forma que no se atrevería a repetir. Divertido, Scott sonrió al oír la alegre carcajada, que puso fin a los lamentos de la pobre Meg.

—¿Eso es todo? Tírala por la ventana y no te preocupes más por eso. Te compraré toda la que quieras pero, por amor de Dios, no te pongas histérica porque he invitado a Jack Scott a cenar y...

John no pudo seguir hablando porque Meg se separó, unió las manos en un gesto dramático y se dejó caer sobre una silla, exclamando con una mezcla de indignación, reproche y desaliento:

—¡Un invitado para la cena y todo está hecho un desastre! John Brooke, ¿cómo has podido hacer algo así?

—Chist... Está en el jardín, olvidé que ibas a hacer mermelada, pero ya no hay remedio —dijo John, angustiado por lo que podría ocurrir a continuación.

—Tendrías que haber enviado a alguien a avisarme o haberme comentado algo esta mañana y, ante todo, tendrías que haber recordado que hoy iba a estar muy atareada —prosiguió Meg, malhumorada, porque hasta las palomas dan picotazos cuando se enfadan.

—Esta mañana no sabía que le iba a invitar y no he tenido tiempo de mandar a nadie a avisarte porque me he encontrado con él cuando venía hacia casa. No creía que tuviese que pedir permiso, siempre me dices que haga lo que quiera. Hasta ahora no lo había intentado y ¡que me cuelguen si lo vuelvo a hacer! —añadió John con aire contrariado.

—¡Espero que así sea! Llévatelo de aquí de inmediato. No quiero ni verle y no he preparado nada para la cena.

—Vaya, ¡esta sí que es buena! ¿Y qué ha sido de la

carne y la verdura que traje y del pudin que prometiste preparar? —exclamó John yendo a toda prisa hacia la despensa.

—No he tenido tiempo de cocinar nada; pensaba ir a cenar a casa de mi madre. Lo lamento, pero he estado demasiado ocupada. —Y Meg empezó a llorar de nuevo.

John era un buen hombre, pero humano al fin y al cabo, y después de un día de trabajo agotador, volver a casa cansado y hambriento para encontrar todo hecho un lío, nada que comer y a su mujer de pésimo humor no era precisamente lo que más le apetecía. Aun así, se contuvo, consciente de que la pequeña rencilla podría derivar en algo mucho peor si pronunciaba una palabra desafortunada.

—Ha sido un error, lo reconozco, pero si me echas una mano lo podremos arreglar y pasar un buen rato. No llores, querida, haz un pequeño esfuerzo y prepáranos algo para comer. Somos como dos cazadores hambrientos, nos comeremos lo que sea, sin rechistar. Danos un poco de pan con queso y embutido; prometo que no te pediré mermelada.

Esto último lo dijo en son de broma, con su mejor intención, pero la frase selló su destino. Meg consideró que la alusión a su triste fracaso resultaba demasiado cruel y perdió el último átomo de paciencia que le quedaba al decir:

—Pues tendrás que subsanar el error tú solo, lo mejor que sepas. Estoy demasiado agotada para esforzarme por nadie. Es muy propio de un hombre proponer que le demos un vulgar plato de pan con queso a un invitado. Yo no haré nada parecido en mi casa. Lleva a Scott a casa de mi madre y dile que yo no estoy, que he enfermado o que estoy muerta, lo que sea. No pienso recibirle, y vosotros dos os podéis reír de mí y de mi mermelada cuanto os plazca; no comeréis nada aquí. —Y habiendo dicho lo que quería de un tirón, Meg se quitó el delantal, abandonó la escena y se fue a lamentarse a su habitación.

Nunca supo qué hicieron los dos hombres en su ausencia, pero el señor Scott no fue a comer a casa de su madre y, cuando Meg bajó, una vez que se hubieron ido, descubrió con horror sobras de una frugal cena. Lotty le explicó que habían comido y reído mucho, y que el señor le había ordenado que tirase la mermelada y escondiese los tarros.

Meg sintió el impulso de ir a ver a su madre y contarle lo ocurrido, pero la vergüenza por su fracaso y su lealtad hacia John, «que puede que sea cruel, pero nadie debe saberlo», la refrenaron. Recogió un poco la casa, se arregló y se sentó a esperar a su marido para hacer las paces.

Por desgracia, John no volvió, porque no veía el asunto del mismo modo. Había bromeado con Scott, disculpado a su mujercita lo mejor que había sabido y tratado a su huésped con la máxima hospitalidad. Su amigo disfrutó con la improvisada cena y prometió volver en otra ocasión. Pero, aunque no lo mostrase, John estaba enfadado. Consideraba que Meg le había puesto en un aprieto y, después, lo había abandonado cuando más la necesitaba. No es justo, pensaba, decirle a un hombre que puede traer amigos a casa siempre que quiera, con total libertad, y, cuando te toma la palabra, montar en cólera, reñirle y dejarle solo ante el problema para que el otro se burle o se apiade de él. No, ¡por todos los santos! Eso no se hace y Meg debería saberlo. Mientras comía, la procesión iba por dentro pero, una vez superado lo peor, mientras regresaba a casa después de despedirse de Scott, su ánimo se calmó. ¡Pobrecilla! He sido demasiado duro con ella, que se ha esforzado tanto por complacerme. Lo que ha hecho está mal, pero es muy joven. Debo ser más paciente y enseñarle a comportarse. John esperaba que no hubiese ido a su casa con el chisme; detestaba los cotilleos y que terceras personas se entrometiesen en su vida. Solo de pensarlo se puso de mal humor, pero al imaginar a Meg llorando hasta caer enferma se le ablandó nuevamente el corazón y apuró el paso, resuelto a mostrarse sereno y tierno, pero también firme para que su mujer entendiese que había desatendido sus deberes de esposa.

Meg había decidido asimismo mostrarse serena y tierna, y enseñarle cuál era su obligación como esposo. Quería correr a su encuentro, pedirle perdón, besarle, encontrar consuelo en sus brazos, pero, por supuesto, no hizo nada semejante y, cuando vio a John llegar, empezó a canturrear con fingida naturalidad, mientras se mecía y cosía como una mujer ociosa vestida con sus mejores galas.

John se sintió algo decepcionado al no encontrar a una tierna Níobe pero, convencido de que era ella quien debía disculparse primero, no dijo nada. Entró tranquilamente y se tumbó en el sofá, desde donde hizo el interesante comentario que sigue:

—Cariño, va a haber luna llena.

—Me parece bien —fue la balsámica respuesta de Meg.

El señor Brooke sacó a colación unos cuantos temas más de interés general, a los que la señora Brooke fue respondiendo con escasa emoción, hasta que la conversación languideció. John se acercó entonces a la ventana, abrió el periódico y se envolvió con él, en sentido figurado. Meg fue a la otra ventana y cosió nuevos adornos en unas zapatillas como si le fuese la vida en ello. Ninguno de los dos dijo nada; ambos se mostraban «serenos y firmes» y ambos se sentían desesperadamente incómodos.

¡Oh, Dios!, pensó Meg, la vida de casada es muy dura y, además de amor, requiere una paciencia infinita, tal y como dice mamá. La palabra *mamá* le trajo a la memoria otro consejo materno recibido años atrás y que ella había acogido con disgusto: «John es un buen hombre,

pero tiene sus defectos, y tú debes aprender a verlos y a soportarlos, sin olvidar que también tienes los tuyos. Es muy firme pero, si razonas con él con dulzura y no le llevas la contraria con impaciencia, no se mostrará obstinado. Es estricto, sobre todo en lo referente a contar siempre la verdad, y esa es una virtud, aunque a ti te resulte incómoda. Meg, no le engañes nunca ni con tus palabras ni con tus actos y él confiará en ti como mereces y te brindará su apoyo. Tiene un carácter distinto del nuestro. Nosotras explotamos pero se nos pasa enseguida; a él le cuesta mucho enfadarse pero, cuando lo hace, no es fácil de aplacar. Cuida de no despertar su furia y recuerda que tu paz y tu felicidad dependen de no perder su respeto. Vigila lo que haces y lo que dices y, en caso de que los dos cometáis un error, discúlpate primero para evitar que surjan esas pequeñas rencillas, malentendidos y malas palabras que provocan un amargo pesar y arrepentimiento».

Meg recordó aquellas palabras, sobre todo las últimas, mientras bordaba en el crepúsculo. John y ella vivían su primera gran desavenencia; las desagradables frases que había dicho le parecían necias y duras al pensar en ellas, su enfado se le antojaba pueril, y al imaginar al pobre John volviendo a casa para encontrar semejante escena se le ablandó el corazón. Le miró con lágrimas en los ojos, pero él no se dio cuenta. Dejó su labor y se levantó, decidida a ser la primera en decir «lo siento», aunque él no parecía prestar atención. Cruzó la estancia muy lentamente, porque le costaba tragarse el orgullo, y se detuvo ante su esposo, pero él no levantó los ojos para mirarla. Por unos segundos la joven se sintió incapaz de seguir adelante, pero entonces pensó: Esto no es más que el principio. Yo haré lo que debo hacer y así no tendré nada que reprocharme. Se inclinó y besó dulcemente a su esposo en la frente. Eso bastó para arreglar las cosas. Aquel beso de arrepentimiento resultó mejor que ningún discurso, y John la sentó sobre sus rodillas y dijo con gran ternura:

—No ha estado bien que me burlase de lo de la mermelada; te pido perdón, querida, y prometo no hacerlo nunca más.

Pero lo hizo, ¡válgame el cielo si lo hizo! Cientos de veces, y Meg también; ambos declararon que aquella era la mermelada más dulce de sus vidas, porque los tarritos sirvieron para conservar la paz familiar.

Después de aquello, Meg invitó al señor Scott a una cena formal y le sirvió un festín estupendo que no incluía una mujer airada como primer plato. Estuvo tan alegre y ocurrente, y todo salió tan bien, que el señor Scott comentó a John que era un hombre afortunado por estar casado con ella y fue musitando acerca de las miserias de la vida de soltero de camino a su casa.

El otoño trajo consigo nuevos retos y experiencias.

Sallie Moffat recuperó la amistad con Meg e iba con frecuencia a la casita a contarle algún cotilleo o a invitar a la «pobrecilla» a pasar el día en su gran mansión. A Meg le agradaba su presencia, porque el mal tiempo la hacía sentirse algo sola; todos en su familia estaban muy ocupados, John no volvía hasta la noche y ella no tenía nada que hacer salvo coser, leer o arreglar el jardín. Así pues, empezó a salir a pasear y charlar con su amiga. Al ver las bonitas pertenencias de Sallie, volvió a añorar tener cosas similares y se compadeció de sí misma por su falta. Sallie era muy amable y siempre quería regalarle algún capricho, pero Meg se negaba a aceptarlos, consciente de que John no lo aprobaría. Pero al final la alocada mujercita terminó por hacer algo que disgustó mucho más a John.

Meg sabía siempre cuánto ganaba su marido y agradecía que él confiase en ella en un asunto —el dinero— que muchos hombres parecen valorar más que la felicidad. Sabía dónde lo guardaba y podía tomar lo que precisase siempre y cuando llevase un registro de cada centavo gastado, pagase las facturas una vez al mes y no olvidase que era la mujer de un hombre pobre. Hasta ese momento, lo había hecho bien, había sido prudente y meticulosa, había anotado todo pulcramente en el cuaderno de cuentas y se lo había mostrado cada mes, sin miedo. Sin embargo, aquel otoño la serpiente llegó al paraíso de Meg y la tentó no con manzanas, sino con vestidos, que son la tentación natural de las Evas modernas. A Meg le desagradaba sentirse pobre y que los demás se apiadasen de ella. Le irritaba sobremanera, pero no estaba dispuesta a reconocerlo, así que de vez en cuando se consolaba comprando algo bonito para que Sallie no pensase que tenía que apretarse el cinturón. Siempre se sentía fatal después, porque las cosas bonitas que adquiría rara vez eran necesarias pero, como no costaban demasiado, no tenía de qué preocuparse. Sin embargo, la cuantía de los caprichos fue subiendo y, cuando iba de tiendas con su amiga, ya no se contentaba con mirar sin comprar.

Pero las fruslerías cuestan más de lo que uno imagina, y cuando a final de mes hizo cuentas, se asustó al descubrir el total gastado. Aquel mes, John estaba muy ocupado y dejó que ella se encargase de las facturas. Al mes siguiente, estuvo ausente, pero en el tercero tuvo lugar una revisión que Meg no olvidaría jamás. Días antes, había hecho algo terrible que pesaba sobre su conciencia. Sallie había adquirido varias piezas de seda y Meg se moría por una —solo una— clara y bonita para las fiestas, porque su vestido negro estaba muy visto y solo las jovencitas podían llevar prendas finas por la noche. Por Año Nuevo, la tía March solía regalar a las hermanas una moneda de veinticinco dólares; apenas faltaba un mes para eso, la preciosa tela de seda violeta era una auténtica ganga y ella disponía del dinero, tan solo tenía que atreverse a cogerlo. John siempre decía que todo lo suyo era de ella, pero ¿le parecería bien que gastase los veinticinco dólares que esperaba conseguir y otros tantos del presupuesto familiar? Esa era la cuestión. Sallie la había animado a hacerlo, se había ofrecido a prestarle el dinero y, movida por la mejor de las intenciones, había tentado a Meg hasta un extremo en el que la joven ya no podía resistirse. En mal momento el vendedor, señalando los encantadores y brillantes pliegues, dijo: «Señora, es una ganga, se lo aseguro». Y ella repuso: «Me lo llevo». Cortaron la tela y la pagaron. Sallie estaba exultante y Meg rio como si la compra careciese de importancia, pero se sintió como quien acaba de robar algo y tiene a la policía pisándole los talones.

Cuando llegó a casa, trató de mitigar el remordimiento contemplando la belleza de la seda, pero entonces le pareció que brillaba menos, que no le favorecía tanto como esperaba y creyó ver estampadas en las dos caras de la tela las palabras «cincuenta dólares». La alejó de su vista, pero la imagen de la tela la perseguía no como lo haría un hermoso vestido, sino como el fantasma de un terrible error difícil de subsanar. Aquella noche, cuando John cogió el libro de contabilidad, a Meg le dio un vuelco el corazón y, por primera vez desde que se había casado, tuvo miedo de su esposo. Sus amables ojos marrones podían resultar muy severos y, aunque él estaba especialmente contento, Meg sospechaba que la había descubierto y disimulaba. Como había pagado todas las facturas y las cuentas estaban al día, John la felicitó, y cuando se disponía a abrir el viejo billetero que llamaban «el banco», Meg, sabedora de que estaba vacío, le detuvo la mano y dijo con cierto nerviosismo:

—Todavía no has revisado mis gastos personales.

John nunca pedía verlos, pero ella insistía en compartirlos con él y le divertía la extrañeza masculina con la que él recibía las peculiares necesidades de las mujeres. Así, buscaba saber a qué correspondía el epígrafe «cordoncillos», la interrogaba con firmeza sobre el significado de «mañanita» o preguntaba, intrigado, cómo podía un tocado costar cinco o seis dólares si no era más que un pedazo de terciopelo con un par de cintas y tres capullos de rosa de tela. En aquella ocasión, él parecía dispuesto a pasar un buen rato analizando las cuentas de su esposa y fingiendo horrorizarse por su despilfarro, como hacía con frecuencia, aunque en verdad estuviese especialmente orgulloso de lo prudente que era su mujer.

La joven dejó las cuentas ante él y se colocó detrás de su silla, con la excusa de masajearle la frente para suavizar las arrugas provocadas por el cansancio. Y desde allí, con creciente temor, dijo:

—John, querido, me da vergüenza mostrarte estas cuentas porque en estos últimos días he gastado más de lo debido. Como ahora salgo más, necesito ciertas cosas... Sallie me aconsejó que las comprara y le hice caso. El dinero que me regalará mi tía por Año Nuevo cubrirá parte de los gastos; aun así, en cuanto lo hube comprado, me arrepentí. No quisiera que pensases mal de mí, querido.

John se rio, tiró de ella para atraerla hacia sí y, de buen humor, apuntó:

—No te escondas, no te voy a pegar por haberte comprado unas buenas botas. Estoy tan orgulloso de los pies de mi esposa que no me importa pagar ocho o nueve dólares por un calzado de calidad.

Las botas habían sido uno de los últimos caprichos que Meg había anotado en sus cuentas, y los ojos de John habían ido a dar con esa partida mientras la escuchaba. ¡Oh! ¿Qué pensará cuando descubra que me he gastado cincuenta dólares? ¡Qué horror!, se dijo la joven con un escalofrío.

—Es algo más que unas botas; se trata de un vestido de seda —dijo con la tranquila desesperación de quien desea que lo peor haya pasado ya.

—Bueno, querida, como dice el señor Mantalini, ¿a cuánto asciende el «dichoso total»?

John no solía hablar de ese modo y la miraba con su franqueza habitual, a la que ella siempre había sabido corresponder, hasta ese día. Meg pasó la página y volvió la cabeza al tiempo que señalaba la suma final, que ya hubiese sido difícil de aceptar sin los cincuenta dólares de más pero que, con ellos, resultaba escalofriante. Se hizo un silencio tenso que duró un minuto, tras el cual John dijo pausadamente, tratando de no mostrar su malestar:

—Bueno, supongo que cincuenta dólares no es demasiado para un vestido, con todos los adornos y chismes que hacen falta para que quede bien.

—Todavía no está hecho, ni siquiera está cortado —observó Meg con un suspiro de consternación, consciente de lo mucho que costaría confeccionarlo.

—Veinticinco varas de seda parece mucho para cubrir

a una mujer menuda como la mía, pero estoy seguro de que irás tan elegante como la esposa de Ned Moffat —dijo John con tono seco.

—Sé que estás enfadado, John, pero no pude evitarlo. No pretendo malgastar tu dinero, no imaginé que esos pequeños gastos sumados fuesen a suponer tanto. Cuando veo a Sallie comprar todo cuanto se le antoja y compadecerse de mí por no poder hacerlo, no me puedo resistir. Intento conformarme, pero resulta muy duro. Estoy harta de ser pobre.

Esto último lo dijo tan bajo que pensó que él no lo había oído, pero lo hizo, y a John le dolió en lo más hondo porque se había privado de muchas cosas para que a Meg no le faltase de nada. Ella deseó haberse mordido la lengua. John dejó los libros de cuentas a un lado, se puso en pie y dijo con voz temblorosa:

—Temía que algo así ocurriese. Haré lo que pueda, Meg.

Si John la hubiera reprendido, o incluso zarandeado, Meg no se habría sentido tan acongojada como al oírle pronunciar aquellas palabras. Corrió hacia él y le abrazó con fuerza, llorando de arrepentimiento.

—¡Oh, John, mi querido, dulce y trabajador marido! ¡No quería decir eso! He sido mala, falsa y desagradecida. ¿Cómo he podido decir algo así? Oh, ¿cómo he podido?

John, que tenía muy buen corazón, la perdonó de inmediato y no le hizo reproche alguno, pero Meg sabía que, aunque él no volviese a mencionarlo, lo que había hecho y dicho no era fácil de olvidar. Había prometido amarle en lo bueno y en lo malo, y ahora ella, su esposa, le reprochaba que fuese pobre, después de gastar sus ahorros sin consideración. Era horrible, pero lo peor de todo fue que John lo aceptó con tranquilidad y continuó como si nada hubiese pasado, salvo por el hecho de que permanecía hasta más tarde en el pueblo y se quedaba trabajando por las noches mientras ella lloraba hasta que se quedaba dormida. Una semana de arrepentimiento la puso al borde de una enfermedad, y cuando supo que John había anulado el encargo de su abrigo nuevo, la joven cayó en un estado de verdadera desesperación. Se quedó sorprendida cuando, al preguntarle por los motivos del cambio, él se limitó a contestar: «No me lo puedo permitir, querida».

Meg no dijo nada, pero al cabo de unos segundos John la encontró en el vestíbulo, con el rostro hundido en su viejo abrigo gris, llorando como si se le hubiese partido el alma.

Aquella noche, tuvieron una larga charla y Meg aprendió a amar aún más a su esposo a causa de su pobreza, porque esa circunstancia le había hecho un hombre, le había aportado fuerza y valor para luchar por sí mismo y le había otorgado una dulce paciencia para hacer frente a los defectos y carencias de los seres amados.

Al día siguiente, Meg se guardó el orgullo en el bolsillo y fue a ver a Sallie para contarle la verdad y pedirle que le hiciese el favor de comprarle el corte de seda. La afable señora Moffat lo hizo de buena gana y tuvo el detalle de no regalársela de inmediato. Luego Meg fue a comprar un abrigo nuevo para John y, cuando este llegó, le pidió que se lo probara y le preguntó: «¿Te gusta mi nuevo vestido de seda?». Es fácil imaginar su respuesta, la emoción que le provocó el regalo y lo bien que fue todo a partir de ese momento. John volvía a casa más temprano, Meg ya no salía tanto, y la solícita mujercita ayudaba al feliz esposo a ponerse el abrigo nuevo por la mañana y a quitárselo por la noche. Así, el año transcurrió en paz hasta que, a mediados de verano, Meg vivió una experiencia nueva, la más profunda y tierna en la vida de toda mujer.

Laurie asomó por la cocina del Dovecote un sábado, con el rostro rojo de emoción, y fue recibido por todo lo alto por Hannah, que improvisó unos platillos con una sartén en una mano y una tapa en la otra.

—¿Cómo está la nueva mamá? ¿Dónde se ha metido todo el mundo? ¿Por qué no me avisasteis antes? —dijo Laurie con un sonoro suspiro.

—¡Está feliz como una reina! Todo el mundo está arriba rezando. No queríamos ningún torbellino por aquí. Entra en la sala y avisaré de que has venido. —Dicho esto, Hannah desapareció riendo por lo bajo, eufórica.

Jo apareció de inmediato, orgullosa, con un bulto envuelto en una mantita entre los brazos. Su expresión era seria, pero le brillaban los ojos y su voz denotaba una gran emoción contenida.

—Cierra los ojos y extiende los brazos —invitó.

Laurie retrocedió precipitadamente, escondió las manos tras la espalda y la miró con expresión suplicante.

—No, gracias, prefiero no hacerlo. Se me caería o lo aplastaría, seguro.

—Entonces, será mejor que no le veas —repuso Jo con tono tajante, y le dio la espalda para salir de la habitación.

—¡Está bien, lo haré! ¡Lo haré! Pero si pasa algo la responsable serás tú. —Obedeciendo las instrucciones de Jo, Laurie cerró los ojos mientras ella le entregaba el bulto. Al oír reír a Jo, Amy, la señora March, Hannah y John, Laurie abrió los ojos y descubrió que tenía dos criaturas, una en cada brazo.

¡No era de extrañar que se rieran! Laurie miraba incrédulo a las inocentes criaturas y a sus divertidos espectadores, con los ojos como platos y una expresión de pasmo tan divertida que ni un cuáquero hubiese podido evitar desternillarse; Jo terminó sentada en el suelo, muerta de risa.

—¡Por Júpiter, pero si son gemelos! —Durante varios minutos, aquella frase fue lo único que el joven alcanzó a decir, y la repetía una y otra vez. Por fin, con un aire tan cómico que inspiraba piedad, añadió—: ¡Por favor, que alguien me quite a los niños de los brazos! ¡Ya no puedo contener más la risa y temo que se me caigan al suelo!

John rescató a sus hijos y se paseó por la sala de arriba abajo con uno en cada brazo, como si fuese un iniciado en los misterios del cuidado de los recién nacidos, mientras Laurie reía hasta que se le saltaron las lágrimas.

—¿A que es la mejor broma de la temporada? No te he avisado porque quería darte una sorpresa, y estoy encantada de haberlo conseguido —dijo Jo cuando recuperó el aliento.

—Me he quedado patidifuso. ¡Qué divertido! ¿Son niños los dos? ¿Cómo los vais a llamar? Déjame que les eche un vistazo ahora. Jo, ayúdame, porque uno ya es demasiado para mí, ¡imagínate dos! —Laurie miró a los dos recién nacidos como si fuese un perro de Terranova, grande y benevolente, contemplando a dos gatitos.

—Niño y niña. ¿A que son preciosos? —dijo el orgulloso papá sonriendo mientras contemplaba a las dos criaturas, que tenían el rostro enrojecido y parecían ángeles sin alas.

—Son los críos más guapos que he visto nunca. ¿Cuál es cuál? —preguntó Laurie, muy inclinado para observar a los pequeños prodigios.

—Amy ha puesto un lazo azul al niño y otro rosa a la niña, como hacen en Francia; así es más fácil identificarlos. Además, uno tiene los ojos azules y el otro, marrones. Dales un beso, tío Teddy —dijo Jo con sorna.

—Me temo que no les gustará —repuso Laurie con una timidez poco habitual en él.

—Por supuesto que les gustará, están acostumbrados; cumpla con su deber de inmediato, señor —ordenó Jo para evitar que el joven se librase.

Laurie hizo una mueca y, obediente, dio a cada niño un besito en la mejilla con tal reparo que todos se echaron a reír y los críos se pusieron a llorar.

—¿Lo ves? ¡Sabía que no les gustaría! Fíjate, el niño se ha puesto a dar patadas y puñetazos como un auténtico hombrecito. ¡Eh, pequeño Brooke, métete con los de tu tamaño! —exclamó Laurie, divertido, al ver cómo el puñito trataba en vano de darle en el rostro.

—El niño se llamará John Laurence y la niña, Margaret, como su madre y como su abuela. La llamaremos Daisy para que no haya dos Megs en casa y supongo que al chico le llamaremos Jack, salvo que se nos ocurra un diminutivo mejor —explicó Amy con el interés propio de una tía.

—Podéis ponerle Demijohn y yo le llamaré Demi, para abreviar —dijo Laurie.

—Daisy y Demi... ¡Es perfecto! Sabía que Teddy encontraría una buena solución —exclamó Jo dando una palmada.

Y, en verdad, Teddy la había encontrado, porque a partir de ese momento los niños pasaron a llamarse Daisy y Demi.

29
Visitas

—¡Venga, Jo, ya es la hora!

—¿De qué?

—¿No me irás a decir que has olvidado que prometiste acompañarme a seis visitas en el día de hoy?

—He cometido muchos errores y locuras en mi vida, pero no creo que haya estado nunca tan majareta como para comprometerme a realizar seis visitas en un día, cuando necesito toda una semana para recuperarme de los efectos de una sola.

—Pues lo prometiste. Hicimos un trato; yo terminaba el retrato al carboncillo de Beth que me pediste y, a cambio, tú me acompañarías a corresponder a las visitas de nuestros vecinos.

—Te di mi palabra de acompañarte si hacía buen tiempo y yo cumplo mi palabra como Shylock —dijo Jo, aludiendo al personaje de *El mercader de Venecia*, de Shakespeare—, pero, como veo nubes en el este, no iré.

—¡No seas remolona! Hace un día estupendo, no amenaza lluvia y tú siempre te jactas de no faltar a tus promesas, así que mantén tu palabra, ven y cumple con tu deber. Después te dejaré en paz otros seis meses.

En ese momento, Jo estaba concentrada confeccionando un vestido, como modista de la familia que era. Se enorgullecía de ser tan hábil con la aguja como con la pluma. El hecho de tener que dejar el patrón que estaba preparando para emperifollarse y salir de visita en un cálido día de julio era casi una provocación. Detestaba las visitas de compromiso y no las había hecho nunca, hasta que Amy la acorraló con aquella especie de pacto, chantaje o promesa. Llegados a ese punto, no tenía escapatoria; cerró las tijeras con fuerza, concentrando en el chasquido metálico toda su rebeldía, mientras repetía entre dientes que se acercaba una tormenta, hizo a un lado su labor, cogió el sombrero y los guantes con aire de resignación y comunicó a Amy que su víctima estaba lista.

—Jo March, eres tan terca que hasta un santo perdería la paciencia contigo! Supongo que no pretenderás ir de visita vestida así... —exclamó Amy mirándola perpleja.

—¿Por qué no? Llevo ropa limpia, informal y cómoda. Me parece el atuendo más adecuado para salir a dar un paseo por caminos polvorientos en un día de calor. Si a la gente le interesa más mi ropa que mi persona, no tengo el menor deseo de verlos. Puedes arreglarte por las dos e ir tan elegante como te plazca. A ti te compensa el esfuerzo, pero para mí no vale la pena; además, no me agrada emperifollarme.

—¡Santo Dios! —exclamó Amy con un suspiro—. ¡Ahora te has propuesto llevarme la contraria y hacerme perder tiempo para convencerte de que te arregles! No creas que a mí me gusta tener que pasar el día viendo a gente, pero nuestra familia tiene una deuda social con los vecinos y nos toca a ti y a mí saldarla. Mira, Jo, si te vistes bien y me ayudas a cumplir esta misión, haré lo que sea por ti. Cuando quieres, hablas tan bien, tienes un aspecto tan aristocrático y te portas tan educadamente que me siento orgullosa de ti. Me da vergüenza ir sola; por favor, acompáñame y cuida de mí.

—Eres una artista combinando halagos y argumentos para convencer a una hermana gruñona. ¡Mira que decir que puedo tener un aire aristocrático y educado, y que te da vergüenza ir sola! No sé cuál de las dos ideas resulta más absurda. Está bien, puesto que no me queda más remedio, iré y haré lo que pueda, pero tú estás al mando de esta expedición, yo me limitaré a obedecer tus órdenes ciegamente. ¿Te parece bien? —dijo Jo, que pasó bruscamente de comportarse como una terca a ser un sumiso corderito.

—¡Eres un auténtico ángel! Ve a arreglarte y yo te indicaré cómo comportarte en cada casa, para que causes una buena impresión. Quiero que la gente te valore y así será si pones un poco de tu parte para ser un poco más sociable. Hazte un peinado favorecedor y ponte una rosa en el sombrero; dará un toque de color y matizará el aire tan serio que tiene tu ropa. Coge los guantes claros y el pañuelo bordado. Pasaremos por casa de Meg y le pediremos que me preste una sombrilla blanca, así tú podrás usar la mía gris.

Amy no dejó de dar instrucciones a su hermana mientras se arreglaba y, a pesar de seguirlas al pie de la letra, Jo no dejó de expresar su disgusto. Cuando se puso el vestido nuevo de organdí, suspiró; al sujetar con un lazo perfecto su sombrero, frunció el entrecejo; al colocarse bien el cuello, se peleó abiertamente con los imperdibles, y al sacudir el pañuelo, cuyos bordados irritaban tanto su nariz como aquella misión ofendía sus sentimientos, hizo una mueca.

Por fin, después de embutir sus manos en unos guantes estrechos que tenían dos botones y una borla, expresión máxima de elegancia, se volvió hacia Amy y con cara de tonta y voz sumisa anunció:

—Me siento fatal, pero si tú crees que he quedado presentable, moriré en paz.

—Estás muy bien; date la vuelta para que pueda echarte un último vistazo. —Jo obedeció, Amy dio unos últimos retoques y, por último, ladeando un poco la cabeza, comentó alegre—: Sí, servirá. El peinado perfecto, el sombrero blanco con la rosa resulta simplemente arrebatador. Echa hacia atrás los hombros y deja las manos quietas por mucho que te molesten los guantes. Tú sí sabes llevar bien un chal, yo soy incapaz. Da gusto verte, me alegra mucho que la señora Norton te regalase este; es sencillo pero bonito, y los pliegues que forma sobre tu brazo quedan realmente bien. Dime, ¿llevo la capa torcida? Si me levanto un poco la falda, ¿queda bien? Me gusta que se me vean las botas, porque tengo unos pies muy bonitos, aunque no la nariz.

—Toda tú eres una belleza, un regalo para la vista —dijo Jo ajustando con aire experto la pluma azul que destacaba sobre la cabellera dorada de su hermana—. Por favor, señorita, explíqueme, ¿he de arrastrar mi mejor vestido por el polvo o puedo levantar la falda?

—Sujétala cuando camines y déjala caer cuando estés en el interior de la casa. Las faldas largas te favorecen más y debes aprender a arrastrar la cola de los vestidos con soltura. Te falta abotonar uno de los guantes. Hazlo ahora. Nunca estarás del todo bien si no cuidas los detalles, porque de ellos depende la gracia del conjunto.

Jo suspiró y abotonó el guante, con lo que, por fin, ambas estuvieron listas y partieron. Asomada a la ventana de la planta de arriba, Hannah las vio marchar y pensó que ambas parecían dos princesas.

—Bien, querida Jo, los Chester son personas muy elegantes, así que debes portarte con propiedad. No hagas comentarios fuera de tono ni digas nada que suene raro, ¿de acuerdo? Muéstrate serena, algo fría y callada, ya que esa actitud, además de resultar muy femenina, nos evitará problemas. Seguro que puedes comportarte de ese modo durante quince minutos —dijo Amy mientras se acercaban a la primera casa, después de que Meg les prestase la sombrilla blanca y les pasara revista con un niño en cada brazo.

—Veamos, «serena, algo fría y callada». Sí, creo que puedo lograrlo. He hecho de mujer cursi en una obra; trataré de recordar ese papel. Soy una actriz estupenda, tendrás ocasión de comprobarlo. De modo que, querida, tranquilízate, todo saldrá bien.

Amy suspiró aliviada, pero la traviesa Jo siguió sus instrucciones demasiado al pie de la letra. En aquella primera visita, se sentó con una pose perfecta y los pliegues del vestido elegantemente dispuestos, y se mostró tan serena como el mar en verano, tan fría como la nieve y más callada que una esfinge. La señora Chester no obtuvo respuesta cuando aludió a su «encantadora novela» y las hijas probaron suerte con diversos temas —fiestas, pícnics, ópera y moda— sin conseguir de Jo más que una sonrisa, un gesto de asentimiento o un escueto «sí» o «no». Amy le telegrafiaba indirectas para que hablase y le daba pataditas disimuladamente, sin resultado alguno. Jo permaneció en todo momento hierática, ajena a todo, distante e inexpresiva.

—¡Qué altiva y sosa es la mayor de los March! —oyeron comentar, por desgracia, a una de las hijas nada más cerrar la puerta. Jo rio por lo bajo mientras cruzaba el vestíbulo, pero Amy estaba muy disgustada por lo ocurrido y, con toda razón, culpó a Jo del fracaso de la empresa.

—¿Cómo has podido hacerme esto? Te pido que te comportes con dignidad y educación, y no se te ocurre más que convertirte en un trozo de piedra. En casa de los Lamb intenta ser más cordial, por favor; cuenta chismes como hacen todas las muchachas, habla de vestidos, de coqueteos y de todas las tonterías que salgan a colación. Son muchachas de buena sociedad y merece la pena estar a bien con ellas. No quiero que les causes una mala impresión.

—Seré cordial, reiré, contaré chismes y me mostraré escandalizada o admirada por cualquier estupidez que cuenten si así lo deseas. Me gusta mucho la idea. Ahora haré el papel de «joven encantadora». Sé cómo hacerlo, tomaré a May Chester como modelo. Verás cómo los Lamb comentan: «¡Qué muchacha tan agradable y divertida es esta Jo March!».

Su hermana no se quedó precisamente tranquila porque, cuando Jo se ponía a hacer el tonto, nadie sabía lo que podía ocurrir. La cara de Amy era un poema cuando la vio entrar en la sala, saludar y besar efusivamente a todas las muchachas, sonreír con elegancia a un joven caballero y sumarse a la conversación con entusiasmo. La señora Lamb fue a buscar a Amy, que era su favorita, y la obligó a escuchar un largo relato sobre el último ataque de Lucrecia, mientras tres encantadores muchachos merodeaban cerca, a la espera de que la dama dejara de hablar para acudir al rescate de la joven. Desde donde se encontraba, Amy no podía vigilar a Jo, que parecía a punto de cometer una diablura y hablaba con tanta soltura y superficialidad como la dueña de la casa. A su alrededor se apiñaban varias personas, y Amy aguzó el oído con la esperanza de captar lo que decía. Las frases que alcanzaba a escuchar le resultaban inquietantes, los ojos abiertos y las manos alzadas de aquellos jóvenes avivaban su curiosidad y las carcajadas que su hermana arrancaba a su público le hicieron arder en deseos de participar de la diversión. Es fácil imaginar cómo sufría la pobre al escuchar fragmentos de conversación como el siguiente:

—¡Monta muy bien a caballo! ¿Quién le ha enseñado?

—Nadie; practicaba con la silla de montar y las riendas sobre la rama de un viejo árbol. Ahora puede montar cualquier cosa y nada la asusta. El mozo del establo le deja llevarse caballos por muy poco dinero porque ella los vuelve mansos y los prepara para que las damas puedan montarlos. Disfruta tanto haciéndolo que siempre le digo que, en el peor de los casos, podría ganarse la vida domando caballos.

Al oír aquello a Amy le costó contenerse, ya que su hermana la pintaba como una joven atrevida, que era lo que más temía en el mundo. Pero ¿qué podía hacer? La dueña de la casa seguía contándole sus penas y, antes de que pudiese librarse de ella, Jo volvió al ataque, revelando nuevos secretos e hiriendo aún más sus sentimientos con sus indiscreciones.

—Así es, aquel día Amy estaba desesperada porque todos los caballos buenos estaban cogidos y solo quedaban tres en el establo. Uno estaba cojo, el otro ciego, y el último era tan terco que no había quien lo moviera del sitio.

—¿Cuál eligió? —preguntó un caballero entre risas, muy divertido por la anécdota.

—Ninguno. Le comentaron que en la granja que hay al otro lado del río tenían un caballo joven que nunca había montado ninguna dama y decidió probar suerte con él, porque era un animal hermoso y lleno de fuerza. ¡Menuda lucha! Para empezar, no había nadie que le pudiese llevar el caballo, así que tuvo que ir ella a buscarlo; con la silla sobre la cabeza, cruzó el río y fue hasta el establo. ¡El granjero se quedó de una pieza cuando la vio entrar!

—¿Y al fin montó el caballo?

—Por supuesto, y lo pasó en grande. Yo temí que volviese a casa descuajaringada, pero lo dominó enseguida y se divirtió como nadie.

—¡Eso es lo que yo llamo ser valiente! —comentó el joven Lamb, que miró con aprobación a Amy y se preguntó qué estaría contándole su madre para que la joven estuviese tan roja y pareciese tan incómoda.

Un instante después, Amy se puso aún más roja y se sintió todavía más incómoda porque la conversación derivó hacia el tema del atuendo. Una muchacha preguntó a Jo dónde había conseguido el sombrero que había lucido en un pícnic, y la estúpida de Jo, en lugar de referirse al lugar en el que lo habían comprado dos años antes, respondió con una franqueza fuera de lugar:

—Es obra de Amy. Como no podemos comprar sombreros con estampados tan delicados, Amy nos los pinta. Tener una hermana artista es de lo más divertido.

—¡Qué idea tan original! —exclamó la señorita Lamb, que encontraba a Jo de lo más divertida.

—Eso no es nada, hace cosas mucho mejores. De hecho, no hay nada que no sea capaz de hacer. En una ocasión, quería unas botas azules para acudir a la fiesta que daba Sallie y, ni corta ni perezosa, pintó las que tenía de un celeste precioso y, al verlas, cualquiera hubiese jurado que eran de satén —prosiguió Jo mostrando un orgullo por las habilidades de su hermana que desesperaba a Amy hasta el punto de querer lanzarle algo a la cabeza.

—El otro día leímos un relato tuyo y nos gustó mucho —comentó la hija mayor de los Lamb con la intención de alabar a la joven escritora, que, a decir verdad, ni la miró. Jo no reaccionaba bien cuando alguien mencionaba sus obras; se ponía rígida, parecía ofendida o, como en aquella ocasión, cambiaba de tema con un comentario destemplado.

—Lamento que no tuvieras nada mejor para leer. Escribo basuras como esas porque se venden bien y a la gente corriente le gustan mucho. ¿Irás a Nueva York este invierno?

Habida cuenta de que la señorita Lamb había disfrutado con la lectura del relato, el comentario no era precisamente oportuno ni grato. Jo comprendió de inmediato que había cometido un grave error y, temerosa de meter aún más la pata, recordó de pronto que tenían que marcharse y se retiró con tanta precipitación que dejó a sus contertulios con la palabra en la boca.

—Amy, tenemos que irnos. Adiós, queridas, no dudéis en venir a visitarnos, os aguardamos con impaciencia. Señor Lamb, no me atrevo a invitarle pero, si usted las acompañase, también sería bien recibido. —Jo pronunció estas palabras imitando tan bien el tono engolado de May Chester que Amy salió a toda prisa de la sala, incapaz de aguantar por más tiempo las ganas de reír y de gritar.

—Ha ido de maravilla, ¿no te parece? —preguntó Jo, satisfecha, mientras se alejaban de la casa.

—No podía haber ido peor —replicó Amy con dureza—. ¿Qué mosca te ha picado para contar lo de la silla de montar, el sombrero, las botas y todo lo demás?

—¿Qué ocurre? Es divertido y a la gente le hace gracia. Saben que somos pobres, de modo que no hay por qué fingir que tenemos mozos de cuadra, compramos tres o cuatro sombreros por temporada o podemos adquirirlo todo con la misma facilidad que ellos.

—Pero no hay necesidad de contar nuestras miserias y exponer nuestra pobreza hasta ese grado. No tienes ni una gota de dignidad y nunca aprenderás a medir tus palabras —concluyó Amy con tono desesperado.

La pobre Jo se quedó abatida y se sonó con el tieso y duro pañuelo como si quisiese castigarse por una mala acción.

—Entonces, ¿cómo he de comportarme? —preguntó cuando se acercaban a la tercera casa.

—Como te dé la gana; yo me lavo las manos —espetó Amy por toda respuesta.

—Entonces, seré natural. Los chicos estarán en casa, así que me sentiré a gusto. Dios sabe que necesito cambiar de aires; tratar de ser elegante me sienta fatal —replicó Jo con irritación, visiblemente molesta por haber defraudado a su hermana.

Las jóvenes recibieron la entusiasta bienvenida de tres muchachos y varios niños, por lo que su ánimo mejoró de inmediato. Amy se dedicó a charlar con el señor Tudor, cuya esposa se encontraba a su vez de visita en otra casa, y Jo entretuvo a los más jóvenes, lo que supuso un cambio muy grato para ella. Escuchó con sumo interés sus experiencias en la universidad, acarició a varios caniches sin protestar, estuvo de acuerdo en que «Tom Brown era un tipo fetén», a pesar de lo poco elegante de la expresión, y cuando uno de los niños dijo que quería mostrarle la casa de su tortuga, accedió con una prontitud que hizo sonreír a la madre, que llegó en ese instante y fue inmediatamente despeinada por los efusivos abrazos de sus hijos, quienes crearon una *coiffure* que la mujer no habría cambiado por la de la más inspirada peluquera francesa.

Amy abandonó a su hermana a su suerte y se ocupó de su propio contento. El tío del señor Tudor se había casado con una dama inglesa, prima tercera de un lord, y eso hacía que Amy respetase mucho a aquella familia. Porque, a pesar de ser norteamericana, la joven sentía por los títulos nobiliarios esa admiración que afecta a muchos ciudadanos del Nuevo Mundo, una especie de lealtad inconfesa hacia los reyes que hizo que la nación más democrática de la Tierra se emocionase al recibir la visita de un jovencito regio de cabellos dorados pocos años antes. Algo que sin duda refleja el amor que este país joven profesa a su viejo referente; un amor similar al que siente un hijo adulto por una madre autoritaria que, tras retenerle a su lado cuanto ha podido, le deja al fin separarse sin quejas cuando aquel se rebela. Pero ni siquiera la satisfacción de conversar con un pariente lejano de la nobleza británica logró que Amy perdiese la noción del tiempo, por lo que, transcurrido el plazo que consideró oportuno, se despidió de su aristocrático interlocutor y fue a buscar a Jo, rogando fervientemente no encontrar a su incorregible hermana haciendo algo que manchase el buen nombre de los March.

Lo cierto es que podría haber sido peor, pero Amy juzgó el hecho suficientemente malo. Jo estaba sentada en la hierba, rodeada de críos, con un perro con las patas sucias sobre la falda de su vestido de fiesta, relatando una de las travesuras de Laurie para deleite de quienes la escuchaban. Un niño empujaba a unas tortugas en la preciada sombrilla de Amy, otro comía pan de jengibre encima del mejor gorro de Jo y un tercero lanzaba al aire sus guantes como si se tratase de una pelota. Pero todos lo estaban pasando bien, y cuando Jo recogió sus maltrechas pertenencias, la siguieron hasta la puerta y le rogaron que volviese pronto a hablarles de las travesuras de Laurie.

—Estos chicos son estupendos, ¿verdad? Me siento rejuvenecida después de haber estado con ellos —apuntó Jo, que caminaba con las manos en la espalda, en parte por costumbre y en parte para que su hermana no viese las salpicaduras de la sombrilla.

—¿Por qué siempre evitas al joven Tudor? —preguntó Amy, que tuvo la delicadeza de abstenerse de comentar el deplorable aspecto de su hermana.

—No me cae bien; se da aires de importancia, se burla de sus hermanas, lleva de cabeza a su padre y no habla con respeto de su madre. Laurie dice que es un alocado y a mí no me parece que merezca la pena tenerle entre mis amistades, así que le dejo tranquilo.

—Procura al menos tratarle con educación. Le has saludado con una frialdad inusitada y, en cambio, ahora acabas de dedicar una gran sonrisa a Tommy Chamberlain, que no es más que el hijo del tendero. Sería más adecuado que invirtieses el orden, sonrieses al primero y saludases de lejos al segundo.

—No haré tal cosa —replicó Jo con terquedad—. El

joven Tudor no me inspira simpatía, respeto ni admiración, por mucho que la sobrina del sobrino del tío de su abuelo sea prima tercera de un lord. Tommy es pobre y tímido, bueno e inteligente. Tengo buena opinión de él y no me importa demostrarlo porque, aunque sea humilde, yo le considero un caballero.

—No tiene sentido discutir contigo —dijo Amy.

—Así es, querida —sentenció Jo—, de modo que pongamos buena cara y dejemos una tarjeta de visita en casa de los King. Es evidente que no están y yo estoy muy agradecida al cielo por ello.

Una vez que el tarjetero de la familia hubo cumplido su función, las jóvenes se dirigieron hacia la siguiente casa, donde Jo tuvo ocasión de renovar su gratitud, puesto que las informaron de que las muchachas estaban ocupadas y no les era posible recibirlas.

—Ahora, por favor, vayamos a casa. Ya visitaremos a la tía March en otra ocasión. Podemos ir a verla en cualquier momento y es una pena que sigamos manchando de polvo nuestras mejores galas; además, estamos fatigadas y de mal humor.

—Habla por ti. A la tía le encanta que la vayamos a ver bien vestidas y que hagamos una visita formal. A nosotras nos cuesta muy poco y para ella supone una gran satisfacción. Y, la verdad, no creo que tu ropa pueda mancharse más de lo que está después de permitir que se te subieran a la falda perros sucios y niños traviesos. Agáchate un momento para que sacuda las migas que llevas en el sombrero.

—Qué buena chica eres, Amy —dijo Jo, que miró con arrepentimiento su estropeado atuendo y, luego, el impoluto vestido de su hermana—. ¡Ojalá me costase tan poco como a ti hacer pequeñas cosas por los demás! Yo pienso en ello, pero me parece que me roba demasiado tiempo y siempre acabo prefiriendo esperar a poder hacer un gran favor que compense todos los pequeños que no hago. Pero creo que los pequeños detalles se agradecen más.

Amy sonrió, aplacada por las palabras de su hermana, y dijo en tono maternal:

—Las mujeres deben aprender a ser agradables, sobre todo las que somos pobres, porque no disponemos de otro modo de devolver los favores que nos hacen. Si lo recuerdas y lo pones en práctica, todo el mundo te querrá más que a mí, porque tú tienes mucho más que ofrecer.

—Yo soy una vieja refunfuñona y no creo que deje de serlo nunca. Pero entiendo que tienes razón. Es solo que a mí me resulta más fácil arriesgar la vida por alguien que ser amable con una persona cuando no me sale del corazón. Tener sentimientos tan profundos es una desgracia, ¿no te parece?

—Lo verdaderamente malo es no poder ocultarlos. A mí, el joven Tudor me desagrada tanto como a ti, pero no tengo necesidad de hacérselo notar. Tú tampoco deberías. No tiene sentido ser desagradable porque él también lo sea.

—Pero yo creo que una joven debe dejar claro que un muchacho le desagrada. ¿Y cómo va a notarlo él si no es por el trato que le dispensa? Tratar de cambiar a la gente hablando no sirve de nada, lo sé porque lo he intentado mucho con Teddy, pero a veces un gesto convence mejor y no veo por qué no tenemos que ayudar a otros si está en nuestra mano.

—Teddy es un muchacho excepcional, no se le puede poner como ejemplo —declaró Amy con tal solemne convicción que el «muchacho excepcional» se hubiese desternillado de oírla—. Si fuésemos mujeres muy bellas o de buena posición, tal vez podríamos influir en los demás, pero que nosotras le frunzamos el entrecejo a un joven caballero porque no aprobamos su comportamiento no producirá ningún efecto y solo conseguiremos que nos consideren raras o puritanas.

—¿Quieres decir que tenemos que aceptar las cosas y a las personas que detestamos porque no somos unas bellezas ni millonarias? ¡Bonito sentido de la moral!

—No es que esté de acuerdo, pero así funciona el mundo. Y la gente que va a contracorriente solo consigue que los demás se burlen de sus penas. No me gustan los reformistas y espero que no pretendas convertirte en una.

—Pues a mí sí me gustan y me encantaría unirme a ellos si pudiera porque, por mucho que los demás se mofen, el mundo no avanzaría sin su ayuda. No podemos ponernos de acuerdo porque tú perteneces a la vieja escuela, y yo a la nueva. Es posible que tú consigas mejores cosas, pero yo viviré una vida más plena. Y estoy segura de que disfrutaré mucho más que tú.

—Bueno, ahora haz el favor de comportarte y no molestar a la tía con tus ideas modernas.

—Lo intentaré, pero cuando la veo me cuesta controlar el deseo de lanzar una arenga revolucionaria. Es mi sino, no lo puedo evitar.

Dentro, encontraron a la tía Carrol charlando animadamente con la anciana. Cuando las vieron llegar, las mujeres se callaron de inmediato y se lanzaron una mirada que delataba que estaban hablando precisamente de ellas. Jo no estaba de humor y no podía ocultar su incomodidad, pero Amy, que había cumplido virtuosamente con su deber, no perdió los papeles y actuó, en todo momento, como un ángel. Su amabilidad era tan evidente que sus dos tías la trataron con sumo cariño y, cuando se hubo marchado, estuvieron de acuerdo en que la «joven mejoraba de día en día».

—¿Vas a ayudar en la feria, querida? —preguntó la tía Carrol cuando Amy se sentó a su lado con esa confianza que tanto aprecian las personas mayores.

—Sí, tía, la señora Chester me lo ha pedido y me he ofrecido a atender uno de los puestos, dado que no dispongo de otra cosa que dar que mi tiempo.

—Yo no —intervino Jo—. No soporto que me traten con condescendencia y los Chester se comportan como si nos hiciesen un gran favor al dejarnos participar en su elegante feria. No entiendo por qué has aceptado, Amy; lo único que pretenden es que trabajes para ellas.

—A mí no me importa trabajar, y no es solo cosa de los Chester, también participan los Freedmen. Considero muy amable por su parte que me inviten a compartir la diversión y el trabajo con ellas. La condescendencia bienintencionada no me incomoda.

—Buena respuesta, querida. Me gusta mucho que seas agradecida, es un placer ayudar a las personas que valoran el esfuerzo que hacemos por ellas. Hay quien no lo aprecia en su justa medida, y es una auténtica pena —observó la tía March mirando por encima de sus gafas a Jo, que se mecía en un rincón, con aire malhumorado.

Sí Jo hubiese sabido lo importante que era aquella visita para la felicidad de una de ellas, se habría comportado de maravilla en ese mismo instante. Pero, por desgracia, no podemos ver lo que cruza por la mente de nuestros amigos. Por lo general, está muy bien no saberlo, pero en ciertos casos nos ayudaría a ahorrar tiempo y nos evitaría enfadarnos en vano. Lo que a continuación dijo Jo la privó de varios años de placer y le dio una lección muy oportuna sobre la conveniencia de medir sus palabras.

—No me gusta que me hagan favores. Me agobian y me hacen sentir como si fuese una esclava. Prefiero hacer las cosas por mí misma y ser totalmente independiente.

La tía Carrol carraspeó y miró a la tía March.

Venturosamente ignorante de lo que acababa de hacer, Jo permaneció sentada con un aire altivo y un aspecto rebelde muy poco atractivos para las demás.

—Querida, ¿hablas francés? —preguntó la tía Carrol poniendo su mano sobre la de Amy.

—Bastante bien, gracias a que la tía permite que Esther hable conmigo en su lengua bastante a menudo —contestó Amy con tanta gratitud en la mirada que la anciana sonrió satisfecha.

—¿Qué tal se te dan los idiomas? —preguntó la tía Carrol a Jo.

—No hablo ninguno; soy demasiado tonta para estudiarlos. Detesto el francés. Me parece una lengua cursi y ridícula —respondió Jo con malos modos.

Las dos tías volvieron a intercambiar una mirada, tras lo cual la tía March preguntó a Amy:

—Querida, estás fuerte y gozas de buena salud, ¿verdad? ¿Ya no tienes problemas con la vista?

—No, gracias. Me encuentro muy bien y espero hacer muchas cosas este invierno para estar lista para ir a Roma cuando me sea posible.

—¡Buena chica! Mereces ir y estoy segura de que lo conseguirás algún día —apuntó la tía March, dándole una palmadita de aprobación en la cabeza, cuando Amy le entregó el ovillo de lana que se le había caído al suelo.

—Vieja gruñona, echa el cerrojo, siéntate junto al fuego e hila —cacareó Polly, inclinado desde su percha sobre el rostro de Jo de una forma tan cómica e impertinente que nadie pudo evitar soltar una carcajada.

—¡Qué pájaro tan observador! —comentó la anciana.

—¿Quieres salir a dar un paseo, querida? —prosiguió *Polly*, que saltó sobre el aparador donde guardaban los juegos de porcelana y miró con delicia los terrones de azúcar.

—Gracias, así lo haré. ¡Venga, Amy! —Y así fue como Jo dio por terminada la visita, más convencida que nunca de que las visitas no le sentaban bien. Estrechó la mano a sus tías como si fuese un hombre, mientras que Amy las besó a ambas. Las jóvenes salieron de la casa, donde dejaron dos impresiones muy distintas, la de la luz y la oscuridad, impresiones que, en cuanto se marcharon, hicieron a la tía March comentar:

—Siga adelante, Mary. Yo pondré el dinero.

—Así lo haré en cuanto los padres me den su permiso —repuso la tía Carrol.

30
Consecuencias

La feria de la señora Chester era tan elegante y selecta que las jóvenes de la vecindad consideraban un gran honor que las invitaran a atender uno de los puestos y todas estaban muy interesadas en participar. Por fortuna para todos, la señora Chester solicitó la colaboración de Amy, pero no así la de Jo, que atravesaba una época gobernada por el orgullo y que habría de experimentar varios duros reveses aún para aprender a suavizar sus modos. La «altiva y sosa hija de los March» quedó relegada, mientras que el talento y buen gusto de Amy se vieron recompensados cuando le ofrecieron dirigir el puesto de arte. La joven se alegró mucho y se puso a trabajar para conseguir obras de valor, apropiadas para la exposición.

Todo iba de maravilla hasta el día de la inauguración, cuando surgieron algunas de esas pequeñas rencillas que es prácticamente imposible evitar cuando veinticinco mujeres, jóvenes y mayores, tratan de trabajar juntas a pesar de sus resentimientos y prejuicios.

May Chester estaba bastante celosa de Amy porque sentía que esta la superaba en popularidad, y en aquel momento se dieron varios hechos que aumentaron aún más ese sentimiento. Los dibujos a plumilla de Amy eclipsaron totalmente los jarrones pintados de May. Aquella fue la primera espina en clavarse pero, por si no fuese bastante, el todopoderoso Tudor bailó en cuatro ocasiones con Amy en la fiesta que ofrecieron al final del día y solo una vez con May. Aquello supuso una segunda espina. Pero la peor afrenta, la que le sirvió de excusa para mostrar una actitud hostil, nació de un rumor que llegó a sus oídos, según el cual las hermanas March habían hecho mofa de ella en casa de los Lamb. La culpa de todo la tenía Jo, claro está, porque su socarrona imitación había sido demasiado evidente y los traviesos Lamb no habían podido guardar el secreto. Sin embargo, las acusadas no supieron nada de ello, de ahí que sea fácil imaginar el disgusto de Amy cuando, la tarde antes de la inauguración, mientras daba los últimos toques a su hermoso puesto, la señora Chester, muy dolida por la supuesta mofa de su hija, se acercó y dijo, con tono inexpresivo y mirada fría:

—Querida, a algunas jóvenes no les parece bien que mis hijas no estén a cargo de este puesto. Sin duda es uno de los más prominentes, algunas personas muy influyentes consideran que es el más importante de la feria, por lo que es el más adecuado para mis hijas. Lo lamento pero, como sé que estás muy comprometida con la causa, estoy segura de que no dejarás que te afecte una pequeña decepción de índole personal. Si lo deseas, puedes hacerte cargo de otro puesto.

Al pensar en lo que le iba a decir a la joven, la señora Chester había supuesto que le resultaría más sencillo soltar aquel pequeño discurso, pero, llegado el momento, le costó muchísimo actuar con naturalidad, porque Amy la miraba a los ojos con expresión candorosa, llena de auténtica sorpresa y preocupación.

Amy, que sospechaba que había una razón oculta tras aquella decisión pero no lograba imaginar de qué se trataba, dijo con un hilo de voz, mostrando que había herido sus sentimientos:

—Tal vez prefiera que no me haga cargo de ningún puesto.

—¡Oh, no, querida! No me guardes rencor, te lo ruego. Mira, es una cuestión meramente práctica. Mis hijas pronto tomarán el relevo de la organización y creo que este puesto es el lugar más adecuado para ellas. Considero que lo has hecho muy bien y agradezco mucho tus esfuerzos por dejarlo tan bonito, pero hemos de aprender a superar nuestros deseos egoístas. Me ocuparé de que te den otro. ¿No te gustaría hacerte cargo del puesto de flores? Lo han organizado las niñas y están algo desmotivadas. Tú podrías hacer algo estupendo, y el puesto de flores siempre llama la atención.

—Sobre todo a los caballeros —añadió May con una mirada tan elocuente que Amy comprendió de inmediato que ella era la causa de su repentina caída en desgracia. Se puso roja de rabia, pero prefirió hacer oídos sordos al sarcasmo de la joven y repuso con sorprendente afabilidad:

—Haré lo que usted quiera, señora Chester. Dejaré este puesto ahora mismo e iré a ocuparme de las flores si así lo desea.

—Puedes colocar tus cosas en tu mesa, si lo prefieres —indicó May, que sintió cierto arrepentimiento al contemplar las hermosas hileras de conchas pintadas y los magníficos manuscritos iluminados por Amy con que había decorado el puesto. No lo dijo con segunda intención, pero Amy no lo tomó bien y replicó, sin pensarlo:

—Por supuesto, si te molestan, me las llevaré. —Dicho esto, puso atropelladamente los adornos en su delantal y se marchó sintiendo que tanto ella como sus obras habían sufrido una afrenta imperdonable.

—Ahora está enfadada. ¡Oh, mamá, ojalá no te hubiese pedido que hablases con ella! —exclamó May mientras miraba desconsolada los espacios vacíos que habían quedado en la mesa.

—Las riñas de niñas no duran demasiado —apuntó su madre, que se sentía algo avergonzada por haber intervenido en aquella rencilla.

Las niñas recibieron a Amy y sus tesoros con entusiasmo, y la cálida acogida aplacó en parte su inquietud. Puesto que ya no le era posible triunfar con el arte, se puso a trabajar decidida a hacerlo con las flores. Sin embargo, todo parecía estar en contra de ella. Era tarde, estaba cansada, todo el mundo estaba demasiado ocupado como para echarle una mano y las niñas eran más bien un estorbo, ya que armaban mucho alboroto, hablaban como urracas y lo embarullaban todo en lugar de ayudar a poner orden. El arco de plantas de hojas perennes se bamboleaba y, cuando llenaron los cestos de flores, parecía a punto de desmoronarse sobre sus cabezas. Alguien salpicó al Cupido decorativo y se le formó una especie de lágrima sepia en la mejilla que no se iba con nada. Se machacó los dedos con el martillo y cogió frío mientras trabajaba, lo que le hizo temer por su salud al día siguiente. Estoy segura de que cualquier lectora que haya pasado por algo parecido entenderá cómo se sentía la pobre Amy y deseará que salga airosa de este trance.

Cuando aquella tarde contó en casa lo que le había ocurrido, todas se indignaron mucho. Su madre comentó que era una vergüenza y le aseguró que había actuado bien. Beth declaró que no pensaba pisar la feria y Jo le preguntó por qué no se llevaba todas sus bonitas creaciones y dejaba que aquellas personas tan mezquinas se apañasen sin ella.

—El hecho de que ellas sean mezquinas no justifica que yo lo sea. Detesto esta clase de cosas y, aunque entiendo que tengo derecho a sentirme ofendida, no quiero que se note. Creo que actuando así les doy mejor una lección que si soltara un discurso airado o reaccionara con despecho. ¿No te parece, mamá?

—Esa es la mejor actitud, querida. Siempre es preferible responder con un beso a una bofetada, aunque en ocasiones nos cueste darlo —apuntó la madre, como quien conoce bien la diferencia que media entre hablar y actuar.

A pesar de lo fuerte que era la tentación de sentirse airada y vengativa, Amy se mantuvo firme en su decisión de conquistar al enemigo con su amabilidad. Empezó bien, gracias a un silente recordatorio que le llegó de forma inesperada pero muy oportuna. Aquella mañana, cuando las niñas fueron a llenar los cestos de flores y ella se hallaba decorando la mesa, echó mano de su creación más querida, un libro, cuyas tapas antiguas su padre había encontrado entre sus tesoros, en el que, en papel vitela, había iluminado con exquisito gusto diversos textos. Mientras hojeaba con comprensible satisfacción el ejemplar ricamente adornado, su mirada se detuvo en un verso que la dejó meditabunda. Enmarcado en una brillante guirnalda de color escarlata, azul y dorado, con duendecillos que se ayudaban los unos a los otros a trepar entre las espinas y las flores, se leía lo siguiente: «Ama al prójimo como a ti mismo».

Debería, pero no lo hago, pensó Amy mientras miraba la cara de descontento de May, que asomaba entre unos jarrones que, no por grandes, conseguían llenar los huecos que sus pequeñas creaciones habían dejado. Amy siguió pasando hojas del libro que tenía entre las manos, y en cada página encontraba algo que le recordaba que había endurecido su corazón y que su actitud no era caritativa. Todos los días recibimos, sin darnos cuenta, muchos sermones sabios y verdaderos, en la calle, en la escuela, en el trabajo y en casa. Hasta un puesto en una feria puede convertirse en un púlpito cuando sirve para hacernos llegar palabras buenas que nos consuelan y nunca pierden validez. La conciencia de Amy le dio un pequeño sermón usando ese texto como excusa, y ella hizo lo que los demás no siempre hacemos: se lo tomó muy a pecho y puso en práctica el mensaje recibido.

Un grupo de muchachas se había detenido en el puesto de May para admirar las hermosas creaciones que lo adornaban y comentar el cambio de encargada. Hablaban en voz baja, lo que le bastó a Amy para comprender que se estaban refiriendo a ella y que la juzgaban de acuerdo con la única versión de la historia que conocían. No le resultaba grato, pero se sentía llena de buena voluntad y, al oír que May se quejaba amargamente, tuvo ocasión de demostrarlo.

—¡Qué mal! Ya no tengo tiempo de preparar nada más y no quiero llenar estos huecos con cualquier cosa. El puesto estaba la mar de bien... y ahora es un desastre.

—Creo que lo volvería a poner todo si se lo pidieses —apuntó una de las jóvenes.

—¿Cómo voy a pedírselo después del lío que hemos armado? —empezó May, pero no pudo seguir porque Amy la interrumpió diciendo en tono muy amable:

—Puedes usar mis cosas cuando quieras, sin necesidad de pedírmelas. Estaba pensando en ofrecértelas porque las hice para tu mesa, no para la mía, y es allí donde quedan bien. Aquí las tienes; por favor, acéptalas y perdóname por habérmelas llevado de malas maneras ayer por la noche.

Mientras hablaba, Amy colocó las piezas en su lugar, entre gestos de asentimiento y sonrisas, tras lo cual se alejó a toda prisa, porque le resultaba más fácil hacer una buena obra que esperar a que le diesen las gracias.

—Qué detalle más amable, ¿no os parece? —exclamó una de las jóvenes.

Amy no pudo oír la respuesta de May, pero otra jovencita, a la que sin duda el tener que preparar tanta limonada le había agriado un poco el carácter, añadió tras soltar una risita muy desagradable:

—¡Menudo detalle! Seguro que se ha dado cuenta de que no vendería nada de esto en su puesto.

Amy acusó el golpe. Cuando hacemos un sacrificio esperamos que, cuando menos, los demás lo valoren. Por unos segundos, Amy se arrepintió de haber hecho nada y concluyó que las buenas obras no siempre reciben su recompensa. Pero no es así, como no tardó en comprobar. Su ánimo enseguida mejoró y su puesto, embellecido por sus talentosas manos, floreció. Las niñas se mostraron más amables, como si su gesto de entrega hubiese limpiado el ambiente de forma sorprendente.

Fue un día muy largo y, para Amy, especialmente duro, porque pasó mucho rato sentada tras su puesto, a menudo sola, dado que las niñas desertaron pronto y pocas personas estaban interesadas en comprar flores en verano. Los bonitos ramilletes que había preparado empezaron a languidecer mucho antes de que cayera la tarde.

El puesto de arte era el más llamativo de toda la sala, había gente apiñada alrededor de la mesa en todo momento y las vendedoras iban y venían con cara de importancia y cajas con dinero en las manos. Amy miraba de reojo, suspirando por estar allí, donde se había sentido tan cómoda y feliz, en lugar de estar de brazos cruzados en un rincón. Es posible que a muchos de nosotros la situación nos parezca dura, pero para una joven hermosa y alegre la experiencia, además de tediosa, era un mal trago. La idea de que su familia y Laurie la vieran si visitaban la feria por la tarde le resultaba un auténtico martirio.

No volvió a casa hasta la noche y, cuando lo hizo, estaba tan pálida y callada que todos entendieron que había tenido un día muy difícil, por mucho que ella no se quejase ni explicase cómo le había ido. A la mañana siguiente, su madre le ofreció una taza de té para darle ánimos, Beth la ayudó a vestirse y le recogió el cabello en una bonita trenza y Jo dejó a todos boquiabiertos cuando se levantó con inusitada preocupación y anunció que las tornas pronto cambiarían, sin que nadie supiese bien a qué se refería.

—Jo, te ruego que no hagas ninguna tontería. Prefiero no darle más importancia, de modo que trata de olvidar el asunto y cálmate —imploró Amy cuando salió de casa, temprano, con la esperanza de encontrar flores frescas para renovar su puesto.

—Solo pretendo resultar de lo más agradable a todos y hacer que se queden en tu puesto el máximo tiempo posible. Teddy y los chicos me ayudarán, y lo pasaremos bien —explicó Jo, que se asomó por encima de la verja para ver si llegaba Laurie.

Al poco rato, oyó los pasos de su amigo y corrió a su encuentro.

—¿Es este mi chico?

—¡Tan seguro como que esta es mi chica! —Y Laurie se colocó la mano de Jo bajo el brazo con el aspecto de un hombre que ha visto satisfechos todos sus deseos.

—¡Oh, Teddy, están pasando unas cosas! —Jo le contó, con celo fraterno, las dificultades a las que tenía que enfrentarse Amy.

—Van a venir unos amigos a pasar un rato conmigo y ¡que me cuelguen si no consigo que le compren todas las flores del puesto y se queden acampados frente a la mesa el resto de la tarde! —exclamó Laurie, sumándose vehementemente a la causa.

—Amy dice que no todas las flores están en buen estado y puede que las frescas no lleguen a tiempo. No quiero pecar de malpensada, pero no me extrañaría que ni siquiera llegasen. Cuando una persona hace una maldad, lo más probable es que no sea la última —comentó Jo, disgustada.

—¿Acaso Hayes no os ha dado las mejores flores de nuestro jardín? Le pedí que lo hiciera.

—No lo sabía. Supongo que se le olvidó. Como tu abuelo no se encuentra bien, no he querido molestarle pidiéndole permiso, aunque nos vendrían bien las flores.

—Venga, Jo, ¿de verdad crees que necesitas pedir permiso? Las flores son tan tuyas como mías. ¿Acaso no vamos a medias en todo? —apuntó Laurie con ese tono que siempre hacía que Jo enseñara las uñas.

—¡Santo Dios! ¡Espero que no! ¡Algunas de tus cosas no me servirían para nada partidas por la mitad! Pero no perdamos más el tiempo, tenemos que ayudar a Amy. Ve a arreglarte, quiero que estés espectacular. Y si me haces el favor de pedirle a Hayes unas cuantas flores bonitas para la feria, te estaré eternamente agradecida.

—¿No podrías agradecérmelo ahora mismo? —preguntó Laurie con voz sugerente, a lo que Jo respondió cerrándole la puerta en las narices de forma poco hospitalaria y bastante brusca mientras gritaba entre los barrotes de la verja:

—¡Vete de aquí, Teddy, estoy muy ocupada!

Gracias a los conspiradores, aquella tarde, en efecto, cambiaron las tornas. Hayes cortó unas flores impresionantes y las dispuso en un cesto formando un llamativo centro. La familia March acudió en masa a la feria y Jo cumplió con creces su objetivo, porque la gente no solo acudía al puesto, sino que permanecía frente a él, reía sus bromas, admiraba el buen gusto de Amy y parecía pasar un rato estupendo. Laurie y sus amigos se sumaron galantemente a la lucha, compraron los ramilletes, se quedaron junto al puesto y convirtieron aquel rincón en el más animado de la feria. Amy se sentía a sus anchas y, movida por la gratitud, se mostraba más activa y elegante que nunca.

Y así la joven comprendió que hacer una buena obra es en sí una recompensa.

Jo se comportó con ejemplar propiedad y, cuando Amy estaba felizmente rodeada por su guardia de honor, fue a dar una vuelta por la sala y oyó algunos cotilleos que la ayudaron a comprender el porqué del cambio de actitud de las Chester. Arrepentida por su culpa en el asunto, decidió aclarar la situación lo antes posible y dejar a Amy libre de toda sospecha. También descubrió lo que su hermana había hecho el día anterior y la consideró un ejemplo de magnanimidad. Cuando pasó frente al puesto de arte, echó un vistazo buscando las creaciones de su hermana, pero no vio ni una y supuso que May las había ocultado. Jo perdonaba con facilidad los agravios cometidos contra su persona, pero le costaba mucho olvidar cualquier afrenta o insulto dirigido a su familia.

—Buenos días, señorita Jo, ¿qué tal le va a Amy? —preguntó May en tono conciliador, pues deseaba mostrar que ella también podía ser generosa.

—Ha vendido todo lo que estaba en condiciones y ahora está pasando un buen rato. Ya sabe que un puesto de flores siempre llama la atención, «sobre todo a los hombres».

Jo no pudo evitar esa pequeña maldad, pero May la encajó tan mansamente que se arrepintió al instante y pasó a alabar los magníficos jarrones, que no había conseguido vender.

—¿Dónde están las obras de Amy? Me gustaría comprar una para papá —comentó Jo, que se moría por conocer el destino que May había dado al trabajo de su hermana.

—Todas las cosas de Amy se han vendido hace rato. Me he ocupado personalmente de que las viesen las personas adecuadas y hemos conseguido una buena suma gracias a ellas —explicó May, que, al igual que Amy, había aprendido a reprimir algunas tentaciones.

Muy satisfecha, Jo corrió a compartir las buenas noticias. Amy se mostró emocionada y sorprendida al conocer la actuación y las palabras de May.

—Ahora, caballeros, les ruego que vayan a cumplir con su deber en otros puestos y sean tan generosos como lo han sido conmigo, sobre todo en el de arte —ordenó a la «pandilla de Teddy», que era como las chicas llamaban a los amigos universitarios de Laurie.

—¡Cargad, muchachos, cargad! Id a cumplir con vuestro deber como caballeros y convertid vuestro dinero en arte —exclamó Jo, incapaz de contenerse, mientras el grupo se preparaba para asaltar el campo enemigo.

—Vuestros deseos son órdenes, pero la señorita March vale mucho más que May —apuntó el pequeño Parker tratando de mostrarse amable e ingenioso. Laurie le interrumpió con un: «¡No está nada mal para un muchacho!», y le dio una palmadita paternal en la cabeza.

—Compra los jarrones... —susurró Amy a Laurie para darle una última lección de modos a su enemigo.

Para deleite de May, el señor Laurence no solo adquirió los jarrones, sino que recorrió toda la estancia con ellos en brazos. Los otros caballeros compraron con idéntico afán toda clase de objetos y, después, se pasearon por la feria cargados de flores de cera, abanicos pintados a mano, carpetas de filigrana y otras útiles a la par que apropiadas compras.

La tía Carrol, que estaba allí, al saber lo ocurrido se mostró muy complacida y susurró algo a la señora March, que sonrió con satisfacción y miró con una mezcla de orgullo e inquietud a Amy, aunque no desveló el motivo de su dicha hasta días después.

Todo el mundo estuvo de acuerdo en que la feria había sido un éxito, y cuando May deseó las buenas noches a Amy, no lo hizo con el tono afectado de costumbre y le dio un beso cariñoso con el que parecía querer decir:

«Discúlpame y olvida lo ocurrido». Amy dio por zanjado el asunto y, cuando llegó a casa, encontró una hilera de jarrones sobre la chimenea, con un ramo de flores en cada uno.

—En premio a su magnanimidad, señorita March —anunció Laurie, rimbombante.

—Tus principios, generosidad y nobleza de espíritu son muy superiores a los que yo te suponía, Amy. Has actuado de la mejor forma posible y mereces todo mi respeto —dijo Jo, con el corazón en la mano, mientras cepillaba el cabello de su hermana, por la noche.

—Sí, estamos todas muy orgullosas y apreciamos mucho tu capacidad de perdón. Ha debido de ser muy duro, después de haberte esforzado tanto y poner todo tu empeño, no poder vender tus obras. No creo que yo hubiese podido reaccionar tan bien como tú —añadió Beth, que estaba recostada sobre la almohada.

—Chicas, no merezco tantos halagos. He actuado como espero que los demás actúen conmigo. Os reís de mí cuando os digo que quiero ser una dama, pero en verdad pretendo ser una dama tanto en mis pensamientos como en mis actos. Me esfuerzo al máximo cada día por lograrlo. No sé cómo explicarlo, pero quiero estar por encima de las mezquindades, manías y defectos que suponen la perdición de tantas mujeres. Estoy lejos de lograrlo, pero espero que, con el tiempo, consiga ser una mujer excepcional como mamá.

Las palabras de Amy eran sinceras, y Jo la abrazó con cariño mientras decía:

—Ahora que entiendo a qué te refieres, no volveré a burlarme de ti. Estás alcanzando tus objetivos más rápido de lo que imaginas, y yo te tomaré como modelo de buena educación, porque creo eres una verdadera experta. Sigue esforzándote, querida, y algún día obtendrás la recompensa que anhelas. Cuando eso ocurra, yo seré quien más se alegre.

Amy recibió su recompensa una semana después, y a la pobre Jo le costó un mundo alegrarse. La tía Carrol envió una carta y a la señora March se le iluminó hasta tal punto la cara al leerla que Jo y Beth, que se encontraban junto a ella, le preguntaron cuál era la buena nueva.

—La tía Carrol va a ir a Europa el mes que viene y quiere...

—¡Que la acompañe! —interrumpió Jo levantándose de un salto de la silla con emoción desbordada.

—No, querida, no se trata de ti, sino de Amy.

—¡Mamá! Amy es demasiado joven. Me toca a mí ir antes. Hace mucho tiempo que sueño con ese viaje. ¡Me sentaría muy bien! Sería estupendo. ¡Debo ser yo quien vaya!

—Me temo que no es posible, Jo. La tía ha elegido a Amy, no deja ninguna otra opción, y no podemos contradecirla cuando está haciéndonos un favor así.

—Siempre pasa lo mismo. ¡Amy se divierte y yo tengo que trabajar! ¡No es justo! ¡No lo es! —exclamó Jo con vehemencia.

—Me temo que en gran medida es culpa tuya, querida. Cuando la tía me comentó el asunto el otro día, me explicó que le desagradaron tus malos modos y tu afán de independencia. Y parece citar una expresión tuya cuando dice: «Al principio, pensé en Jo, pero, puesto que "detesta que le hagan favores" y el francés le parece una "lengua ridícula", creo que no es buena idea invitarla. Amy es mucho más dócil, será una excelente acompañante para Flo y agradecerá las oportunidades que este viaje le brindará».

—¡Oh, no, mi abominable manía de hablar sin medir las palabras! ¿Cuándo aprenderé a refrenar la lengua? —se lamentó Jo al recordar las palabras que habían provocado su mal. Después de escuchar la explicación de su hija acerca de la cita de la tía, la señora March dijo con tristeza:

—Me hubiese encantado que fueses, pero en esta ocasión no hay nada que hacer. Intenta tomártelo con buen ánimo y no enturbies la alegría de Amy con tus reproches y lamentos.

—Lo intentaré —concedió Jo, pestañeando con fuerza para contener el llanto mientras recogía el cesto de las labores que tan precipitadamente había lanzado por los aires—. Mejor aún, seguiré su ejemplo y, en lugar de contentarme con fingir alegría, trataré de sentirla y no robarle ni un segundo de dicha, aunque no me resultará fácil, porque mi disgusto es enorme. —La pobre Jo dejó caer sobre su acerico unas cuantas lágrimas de amargura.

—Jo, querida, sé que sonará egoísta, pero yo no podría vivir sin ti y me alegro de que no te vayas aún —murmuró Beth, y la abrazó con cesto de labores incluido, con tal dulzura y tanto amor que Jo se sintió reconfortada a pesar de que estaba muy arrepentida y deseaba rogarle a la tía Carrol que la «molestase con favores» y comprobase lo muy agradecida que podía llegar a ser.

Cuando por fin Amy llegó, Jo ya estaba en condiciones de participar del júbilo familiar, quizá no tan sinceramente como de costumbre, pero sí sin afligirse por la suerte de su hermana. La joven recibió la noticia con enorme alegría y, en un rapto de formalidad, comenzó a guardar en la maleta sus pinturas y lápices, dejando las cuestiones sin importancia como la ropa, el dinero y el pasaporte a quienes estaban menos absortos pensando en el arte que ella.

—Chicas, este no es un mero viaje de placer para mí —dijo con gravedad mientras limpiaba su mejor paleta—. En él se decidirá mi futuro profesional. Si tengo talento, lo encontraré en Roma y haré algo que lo pondrá de manifiesto.

—¿Y si no lo tienes? —preguntó Jo, que, con los ojos aún enrojecidos, cosía unos cuellos nuevos para Amy.

—Entonces, volveré a casa y daré clases de dibujo para ganarme la vida —contestó la aspirante a la fama con gran serenidad. Sin embargo, al pensar en esa posibilidad, hizo una mueca y rascó con más vigor la paleta, como si estuviese dispuesta a tomar medidas drásticas para no renunciar a su sueño.

—No; no harás tal cosa. Tú detestas trabajar. Te casarás con un rico y pasarás el resto de tus días rodeada de lujos —comentó Jo.

—A veces aciertas en tus predicciones, pero no creo que este sea el caso. Por supuesto, me encantaría, porque si no puedo ser artista me gustaría ayudar a quienes sí pueden —afirmó Amy con una sonrisa como si el papel de lady Generosidad le fuese mejor que el de profesora de dibujo pobre.

—¡Vaya! —dijo Jo con un suspiro—. Si eso es lo que deseas, eso es lo que obtendrás. Tus deseos siempre se cumplen; los míos, nunca.

—¿Te gustaría ir? —preguntó Amy, pensativa, aplastándose la nariz con el cuchillo.

—¡Mucho!

—Bien, dentro de un par de años te mandaré un pasaje; entonces excavaremos en el Foro en busca de restos arqueológicos y llevaremos a cabo los planes que tantas veces hemos comentado.

—Gracias; si ese bendito día llega, te recordaré tu promesa —repuso Jo, aceptando la imprecisa pero magnífica oferta con la mayor de las gratitudes.

No disponían de mucho tiempo para preparar el viaje y todo el mundo trabajó sin parar hasta el día de la partida. Jo aguantó bien la presión hasta que el último resto de lazo azul hubo desaparecido de la vista; entonces fue a refugiarse al desván y lloró hasta que no pudo más. Amy, por su parte, aguantó bien hasta que el barco estuvo a punto de zarpar. En ese momento, al comprender que pronto un enorme océano la separaría de sus seres más queridos, abrazó a Laurie con fuerza y le pidió entre sollozos:

—¡Por favor, cuida de todos por mí! Y si algo pasase...

—Lo haré, querida, lo haré. Y si algo pasase, iría junto a ti para darte mi apoyo —susurró Laurie, sin imaginar lo pronto que tendría que cumplir su promesa.

Así pues, Amy zarpó hacia el Viejo Mundo, que siempre resulta nuevo y atractivo para los ojos jóvenes, mientras su padre y su amigo quedaban en el muelle, esperando que el destino deparase solo hermosas experiencias a aquella joven de buen corazón, que no dejó de agitar la mano hasta que en el horizonte solo quedó el reflejo del sol estival en las aguas del mar.

31
Nuestro corresponsal en el extranjero

Londres

Querida familia:

En este momento, estoy sentada junto a uno de los ventanales del Bath Hotel, en Piccadilly. No es un lugar elegante pero el tío estuvo aquí hace unos años y no quiere ir a ningún otro. No me preocupa porque, de todas formas, no vamos a estar demasiado tiempo en la ciudad. ¡Lo estoy pasando tan bien que no sé por dónde empezar a contaros! Como no se me ocurre, sacaré algunas ideas de mi cuaderno de notas. Desde que el viaje empezó no paro de dibujar y garabatear.

Cuando os envié la carta desde Halifax, me sentía muy desdichada, pero después tuve un viaje estupendo, con muy pocas molestias, y me pasé casi todo el tiempo en cubierta, entretenida con personas muy agradables. Todo el mundo era muy amable conmigo, sobre todo los oficiales. Jo, ¡no te rías! En un barco, los caballeros son de gran ayuda, te ofrecen su apoyo, te sirven y, como no tienen nada que hacer, agradecen que les hagas sentirse útiles puesto que, de lo contrario, lo único que hacen es fumar y fumar.

La tía y Flo lo pasaron muy mal durante la travesía y prefirieron quedarse a solas. Así que, una vez atendidas en la medida de lo posible sus necesidades, me dediqué a mí, con idea de disfrutar un poco. ¡Qué paseos por cubierta, qué puestas de sol, qué aire y qué olas! Cuando el barco va a toda máquina, es casi tan emocionante como galopar en un caballo muy veloz. Me hubiese encantado que Beth hubiese venido con nosotras, le hubiese sentado muy bien. Y en cuanto a Jo, la imaginaba subida al foque o como sea que llamen a esa cosa tan alta, haciéndose amiga de los tripulantes y pasándolo en grande hablando por la bocina del capitán.

A pesar de lo delicioso que resultaba todo, me alegró mucho ver la costa de Irlanda, que es un país precioso, verde y soleado, con alguna que otra cabaña marrón, colinas coronadas por antiguas ruinas y casas de campo de nobles en los valles, con ciervos en los parques. Era muy temprano, pero no me arrepentí de haber madrugado para ver aquella bahía llena de barquitos, el muelle tan pintoresco y el cielo rosado. Era un espectáculo inolvidable.

Uno de mis nuevos amigos, el señor Lennox, se bajó en Queenstown. Cuando mencioné los lagos de Killarney, suspiró melancólico y me cantó una balada que decía:

¿Has oído hablar de Kate Kearney?
Vive en la orilla del lago Killarney.
Si te mira, huye del peligro, echa a correr.
Dicen que una mirada suya puede ser fatal.

Menuda tontería, ¿no os parece?

En Liverpool solo nos detuvimos unas horas. Es un sitio sucio y ruidoso, y me alegré de dejarlo atrás. El tío bajó corriendo del barco y compró un par de guantes de piel de perro, unos zapatos bastos y feísimos y un paraguas, y se cortó el pelo *à la mutton*. Volvió muy orgulloso, jactándose de tener el aspecto de un auténtico británico. Pero el joven limpiabotas negro que le limpió de barro los zapatos no tardó ni dos segundos en ver que era norteamericano y dijo con una mueca: «Ya está, señor, el mejor lustre yanqui». Al tío le hizo muchísima gracia. ¡Ah, que no se me olvide contaros la última ocurrencia de Lennox! Le pidió a su amigo Ward, que viajaba con nosotros, que comprara un ramo para mí, y cuando entré en mi habitación me encontré con las flores y una tarjeta que decía: «Con mis mejores deseos, Robert Lennox». ¿No os parece encantador, chicas? Me gusta mucho viajar.

Si no me doy prisa, no llegaré nunca a hablaros de Londres. De camino hacia la ciudad, tuve la sensación de recorrer una galería de arte, llena de paisajes espectaculares. Las granjas me entusiasmaron, con sus tejados de paja, la fachada cubierta de hiedra, ventanas con celosías y mujeres robustas asomadas con sus sonrosados hijos a la puerta. Hasta el ganado parecía más manso que el nuestro. Las vacas viven a cuerpo de rey y las gallinas cloquean satisfechas, como si, contrariamente a lo que ocurre con las nuestras, nunca se alborotasen. No había visto nunca una gama de colores tan perfecta: la hierba tan verde, el cielo tan azul, el trigo tan amarillo, los bosques tan oscuros. Pasé el día extasiada. Flo también. Íbamos de un lado a otro intentando no perder detalle. ¡Y eso que nos desplazábamos a ciento diez kilómetros por hora! La tía, que estaba muy cansada, se durmió y el tío no tenía ojos más que para su guía de viajes. Imaginad la escena. Yo, emocionada, exclamo: «¡Oh, esa mancha gris que se ve más allá de los árboles debe de ser Kenilworth!»; Flo, asomada a mi ventanilla, apunta: «¡Qué bonito! Papá, ¿iremos allí?», y el tío, mirando tranquilamente sus zapatos, contesta: «No, querida; salvo que pretendas beber cerveza. ¡Es una destilería!».

Tras una pausa, Flo dice: «¡Mira, una horca! ¡Y un hombre que va hacia ella!». «¿Dónde, dónde?», pregunto yo, y entonces veo dos postes altos con una viga atravesada y unas cadenas colgando. «Es una mina de carbón», explica el tío con un guiño. «Fijaos en ese rebaño de corderitos tumbados en la hierba, ¡qué bonitos!», comento. «Sí, papá, mira. ¿No te parecen preciosos?», dice Flo, emocionada. «Son gansos, jovencitas», observa el tío con un tono que invita a no añadir nada más. Después de eso, Flo se sentó y empezó a leer *The flirtations of Capt. Cavendish*, y yo seguí disfrutando del paisaje.

Como era de esperar, al llegar a Londres llovía y lo único que alcanzamos a ver fue niebla y paraguas. Descansamos, deshicimos el equipaje y fuimos de compras. La tía Mary me regaló algo de ropa, pues salí de casa con tanta precipitación que me hacía falta un poco de todo. Ahora tengo un hermoso sombrero blanco con una pluma azul precioso, un estupendo vestido de muselina a juego y la capa más bonita que podáis imaginar. Ir de compras por Regent Street es una delicia, todo es muy barato; hay lazos preciosos por solo seis peniques la yarda. Me hice con unos cuantos, pero para los guantes prefiero esperar a París. ¿Acaso no parece que quien os cuenta esto sea alguien elegante y rico?

Aprovechando que la tía y el tío estaban fuera, Flo y yo pedimos un cabriolé para dar un paseo y divertirnos un rato. Después nos enteramos de que no está bien visto que las jovencitas vayan solas en esos coches. ¡Fue muy divertido! En cuanto estuvimos dentro de la caja de madera, el cochero arrancó tan deprisa que Flo se asustó y le rogó que se detuviera. Pero, como el pescante estaba detrás, el hombre no oía ni nuestros gritos ni los golpes que dábamos con la sombrilla en la pared, por lo que seguimos recorriendo la ciudad, sin poder remediarlo, doblando esquinas a una velocidad de vértigo. Por fin, en medio del desespero, vi que había una portezuela en el techo y me asomé. Unos ojos rojos se clavaron en mí y una voz que olía a cerveza me preguntó: «¿Qué quiere la señora?». Le transmití mis instrucciones con la máxima seriedad. El hombre cerró la portezuela de golpe con un «ay, madre» y frenó al caballo, que empezó a caminar tan lento como si fuésemos en una comitiva fúnebre. Volví a asomar la cabeza y pedí: «Un poco más rápido», y el hombre volvió a correr como un loco, por lo que decidimos resignarnos y aceptar nuestro destino.

Hoy ha hecho un buen día y hemos ido a Hyde Park, que queda cerca del hotel, porque somos más aristocráticas de lo que podría parecer. El duque de Devonshire vive cerca. Veo con frecuencia a sus lacayos haraganear en la puerta trasera. La casa del duque de Wellington tampoco queda lejos. ¡Menudas escenas hemos encontrado en el parque, queridas! Duquesas viudas y gordas que paseaban en carrozas rojas y amarillas, con impresionantes criados que visten medias de seda y chaquetas de terciopelo situados en la parte trasera y un chófer con la cara empolvada delante. Elegantes doncellas que cuidaban de los niños más sonrosados que he visto nunca, hermosas jóvenes que parecían soñolientas, dandis indolentes con divertidos sombreros de estilo inglés y guantes de cabritilla de color morado, y soldados muy altos vestidos con chaquetillas rojas y sombreros redondos que se atan a un lado y les dan un aspecto de lo más cómico. ¡Estaba deseando hacerles un retrato!

Rotten Row significa *Route de roi*, es decir, «la ruta del rey», pero ahora es sobre todo una escuela hípica donde enseñan a montar. Los caballos son espléndidos y los hombres montan bien, pero las mujeres van rígidas y rebotan sobre la montura, lo que no es acorde con nuestras costumbres. Al verlas trotar muy serias arriba y abajo con sus ropas ligeras y sus sombreros altos, como mujeres en un arca de Noé de juguete, me han entrado ganas de mostrarles un buen y raudo galope americano. Aquí todo el mundo monta a caballo: los ancianos, las damas robustas, los niños y los jóvenes, que lo aprovechan para coquetear. He visto a una pareja intercambiar capullos de rosas, que aquí se llevan en el ojal, y me ha parecido una idea encantadora.

A mediodía, fuimos a la abadía de Westminster, pero no esperéis que os la describa. Es imposible. Me contentaré con deciros que es ¡sublime! Esta tarde iremos a ver a Fechter, el actor francés, lo que sin duda pondrá el broche de oro a este día, que ha resultado el más feliz de mi vida.

Medianoche

Es muy tarde, pero no puedo enviar esta carta mañana sin contaros lo que ha ocurrido esta última tarde. ¿A que no adivináis quién ha venido a visitarnos mientras tomábamos el té? ¡Los amigos ingleses de Laurie, Fred y Frank Vaughn! Menuda sorpresa; de no ser por las tarjetas, no los habría reconocido. Ambos están muy altos y llevan bigote. Fred es ahora un joven apuesto al estilo inglés, y Frank está mucho mejor, puesto que apenas cojea y no usa muletas. Laurie les había facilitado nuestra dirección y han venido a invitarnos para que nos quedáramos en su casa. El tío ha declinado la oferta, pero iremos a visitarlos en cuanto podamos. Nos han acompañado al teatro y lo hemos pasado muy bien. Frank se ha dedicado a hablar con Flo, y Fred y yo hemos charlado animadamente como si nos conociésemos de toda la vida. Decidle a Beth que Frank ha preguntado por ella y que le ha entristecido mucho saber de su enfermedad. Cuando le he hablado de Jo, Fred se ha reído y me ha pedido que transmitiese «un afectuoso saludo a la dama del sombrero grande». Ambos recordaban lo mucho que nos divertimos en el campamento que organizó Laurie. Parece que todo eso ocurrió hace siglos, ¿verdad?

Es la tercera vez que la tía golpea la pared, así que tengo que dejar de escribir. Me siento como una dama londinense, elegante y disoluta, escribiendo a horas tan tardías, en una habitación repleta de cosas hermosas y con la cabeza llena de imágenes de parques, teatros, vestidos nuevos y galantes caballeros que exclaman «¡Ah!» y se atusan el rubio bigote con genuina altivez londinense. Tengo muchas ganas de veros a todos y, a pesar de mis tonterías, sabéis que os quiero de todo corazón,

AMY

París

Queridas hermanas:

En mi última carta os hablé de mi estancia en Londres, de lo amables que fueron los Vaughn y de las salidas tan agradables que nos organizaron. Hampton Court y el museo de Kensington me gustaron especialmente, porque en Hampton vi unos dibujos de Rafael y en el museo de Kensington, una sala llena de cuadros de Turner, Lawrence, Reynolds, Hogarth y otros grandes artistas. En Richmond Park pasamos un día delicioso. Comimos el clásico pícnic inglés y había más ciervos y robles majestuosos de los que podía pintar; además oí cantar a un ruiseñor y vi alzar el vuelo a un grupo de alondras. Nos sentíamos tan a gusto en Londres, gracias a Fred y Frank, que nos dio pena marcharnos. Los ingleses no te acogen de inmediato pero, cuando se deciden, no hay quien los supere en hospitalidad. Los Vaughn esperan reunirse con nosotros en Roma, en invierno, y me llevaré un gran disgusto si no es así, porque Grace y yo nos hemos convertido en grandes amigas y los chicos son estupendos, sobre todo Fred.

De hecho, apenas llegamos a París, nos encontramos nuevamente con él. Dijo que estaba de vacaciones y que iba camino de Suiza. A la tía no le hizo demasiada gracia al principio, pero él se mostró tan encantador que era imposible ponerle pegas. Ahora se entienden de maravilla y todos nos felicitamos por su presencia, porque habla perfectamente francés; no sé qué sería de nosotras sin él. El tío apenas conoce unas frases y se empeña en hablar en inglés a gritos, como si al alzar la voz los demás fuesen a entenderle mejor. La tía tiene un acento arcaizante y Flo y yo, a pesar de que nos jactábamos de saber mucho francés, hemos descubierto que no es cierto y agradecemos mucho que Fred nos sirva de intérprete, o como dice el tío, «parlamente en nuestro nombre».

¡Qué bien lo estamos pasando! Visitamos monumentos de la mañana a la noche, a mediodía hacemos una pausa para comer en alegres *cafés* y vivimos aventuras divertidísimas. Cuando llueve, vamos al Louvre, a disfrutar de los cuadros. Jo torcería el gesto ante algunas de estas obras maestras porque no tiene sensibilidad artística, pero yo sí la tengo y me esmero por cultivar mi vista y mi gusto a buen ritmo. Seguro que ella preferiría ver las pertenencias de personajes importantes. He visto el sombrero de tres picos de Napoleón y su abrigo gris, la cuna en la que durmió de niño y un cepillo de dientes suyo; también he tenido ante mí un zapatito de María Antonieta, el anillo de san Dionisio, la espada de Carlomagno y otros muchos artículos interesantes. Cuando vuelva, os lo contaré todo con detalle pero, ahora por escrito, no puedo dedicarle más tiempo a todo esto.

El Palais Royal es un lugar de ensueño que alberga tanta *bijouterie* y cosas maravillosas que casi me vuelvo loca por no poder comprar nada. Fred pretendía regalarme alguna pieza pero, por supuesto, no se lo permití. Luego fuimos al Bois de Boulogne y a los Champs Elysées, que son *magnifiques*. He visto a la familia imperial en varias ocasiones. El emperador es un hombre feo y de aspecto serio, la emperatriz es pálida y hermosa, pero tiene un gusto horroroso para vestir; una vez llevaba un vestido púrpura, un sombrero verde y unos guantes amarillos. El pequeño Napoleón es un niño guapo que se pasa el rato charlando con su tutor y saluda con la mano a la gente cuando desfila en una carroza tirada por cuatro caballos, con postillones vestidos con chaqueta de satén rojo y guardia montada delante y detrás del vehículo.

Solemos pasear por los preciosos jardines de les Tuileries, aunque yo prefiero los de Luxembourg, más antiguos. Père-Lachaise es un cementerio de lo más curioso; muchas de las tumbas parecen habitaciones pequeñas y, al mirar en su interior, descubres una mesa con imágenes del fallecido y sillas para los que acuden a llorar su muerte. ¡Qué francés resulta todo eso! ¿No os parece?

Nuestras habitaciones dan a la rue de Rivoli; desde el balcón vemos la calle, larga y magnífica de principio a fin. Es tan agradable que cuando estamos cansadas de las visitas nos quedamos en el hotel y pasamos la tarde charlando y descansando en el balcón. Fred es de lo más entretenido y, además, es el joven más encantador que conozco —excepción hecha de Laurie—. Sus modales son exquisitos. Preferiría que fuese moreno porque no me gustan los muchachos rubios, pero los Vaughn son una familia excelente y muy rica, así que no seré yo quien ponga pegas a su cabello claro, sobre todo cuando el mío es aún más rubio que el suyo.

La semana que viene partiremos rumbo a Alemania y Suiza y apenas pararemos durante el viaje, de modo que solo podré enviaros unas cuantas líneas. Pero escribiré mi diario y procuraré «recordar y describir con la máxima precisión las maravillas que tenga la suerte de contemplar», tal y como me aconsejó papá. Esta es una práctica muy útil para mí; cuando veáis mi cuaderno de apuntes, los bocetos os ayudarán a entender mi viaje mejor que mis torpes palabras.

Adieu, recibid todas mi más tierno abrazo.

VOTRE AMIE

Heidelberg

Querida mamá:

Aprovecho que hacemos un breve descanso antes de salir hacia Berna para contarte lo que ha ocurrido últimamente, porque algunos hechos son muy importantes, como tendrás ocasión de comprobar.

El recorrido en barco por el Rin resultó excelente y lo disfruté mucho. Estuve leyendo algunos de los viejos libros de viaje de papá sobre la zona. No encuentro palabras para describir su belleza. En Coblenza lo pasamos de maravilla con unos estudiantes de Bonn que Fred conoció en el barco y nos dieron una serenata. Era una noche de luna llena y, a eso de la una, Flo y yo nos despertamos al oír una música deliciosa bajo nuestra ventana. Nos acercamos corriendo y, ocultas tras las cortinas, miramos tímidamente hacia fuera, donde vimos a Fred y los estudiantes cantando. Es la escena más romántica que he visto en toda mi vida: el río, el puente, los barcos, la enorme fortaleza enfrente, la luna y una música que hubiese derretido al corazón más duro.

Cuando terminaron, les lanzamos flores y los vimos luchar entre sí por ellas, besar la mano de unas damas invisibles y alejarse riendo... para ir a fumar y beber cerveza, supongo. A la mañana siguiente, Fred se sacó del bolsillo una flor estrujada para enseñármela y se puso muy sentimental. Me burlé de él y le expliqué que no había sido yo quien la había lanzado, sino Flo, y al parecer eso le molestó porque arrojó la flor por la ventana y volvió a mostrarse sensato. Temo que este chico me va a dar problemas.

Los baños de Nassau estaban muy animados, al igual que Baden-Baden, donde Fred perdió una suma de dinero y yo le regañé por ello. Ahora que Frank no está con él, necesita que alguien le cuide. Kate comentó en una ocasión que esperaba que se casase pronto y yo coincido con ella en que sería lo mejor para él. Frankfurt me pareció precioso. Visitamos la casa de Goethe, la estatua de Schiller y la famosa *Ariadna* de Dannecker. Lo encontré encantador, pero lo habría disfrutado más aún de haber conocido mejor la historia. No quise preguntar porque todos estaban al corriente o fingían estarlo. Tal vez Jo me pueda contar algo, tendría que haber leído más. Ahora descubro que no sé apenas nada y me avergüenzo de ello.

Ahora viene lo más serio... Es muy reciente, y Fred se acaba de marchar. Es un joven tan alegre y dulce que todos le tenemos mucho cariño. Yo siempre le vi como un compañero de viaje y nada más, hasta la serenata de la otra noche. Entonces, comencé a intuir que los paseos a la luz de la luna, las conversaciones en el balcón y las aventuras diarias eran algo más que un simple entretenimiento para él. Mamá, te prometo que no he coqueteado con él... Recuerdo lo que me advertiste y he procurado seguir tus consejos. Yo no tengo la culpa de gustarle a alguien. No hago nada para que eso se produzca y me duele no sentir nada, aunque Jo opine que no tengo corazón. Mamá, supongo que estarás meneando la cabeza y que las chicas dirán ¡Menuda pícara interesada!, pero he tomado una decisión; si Fred se declara, le aceptaré aunque no esté locamente enamorada. Me cae bien y nos sentimos muy a gusto juntos. Es joven, apuesto, bastante inteligente y muy rico, más rico incluso que los Laurence. No creo que su familia se oponga, y yo sería muy feliz porque son personas amables, bien educadas y generosas que me aprecian. Dado que Fred es el mayor de los gemelos, supongo que heredará buena parte del patrimonio, ¡que es enorme! Tienen una casa estupenda en la ciudad, en una de las calles más elegantes; no es tan vistosa como las grandes casas norteamericanas, pero es el doble de cómoda y tiene muchos más lujos, como les gusta vivir a los ingleses. Me encanta, y todo es auténtico. He visto la vajilla, las joyas de la familia, los viejos sirvientes y cuadros de la propiedad que tienen en el campo, una mansión con un amplio jardín, situada en un bello enclave, con buenos caballos. ¿Qué más podría pedir? Prefiero eso a uno de esos títulos que hacen enloquecer a las muchachas pero que no tienen nada detrás. Puede que sea una interesada, pero detesto la pobreza y no pienso soportarla ni un segundo más de lo imprescindible. Es preciso que una de nosotras se case con un hombre rico. Meg no lo ha hecho, Jo no lo hará y Beth todavía no puede... De modo que lo haré yo y así todos llevaremos una vida más confortable. No me casaría con un hombre al que detestase o despreciase. Podéis estar seguras de ello. Aunque Fred no sea mi ideal, está muy bien y, con el tiempo, llegaría a apreciarle si él me tratase bien y me dejase hacer lo que quisiese. He estado dando vueltas al asunto durante toda la semana pasada —era imposible no darse cuenta de que le gusto a Fred—. Él no dijo nada, pero sus gestos le delataban. Nunca va con Flo, siempre está a mi lado, en los coches, en la mesa, cuando paseamos. Cuando nos quedamos a solas, se pone emotivo, y si algún joven me dirige la palabra, frunce el entrecejo. Ayer, a la hora de la cena, un oficial austríaco nos miró y luego le comentó a su amigo, un barón con pinta de libertino, algo acerca de *ein wonderschönes Blöndschen*, y Fred se enfureció como un león y cortó la carne tan enérgicamente que casi la tira del plato. No es uno de esos ingleses flemáticos y estirados, se enfada con facilidad; supongo que debe de llevar sangre escocesa en las venas o eso parece a juzgar por sus hermosos ojos azules.

En fin, ayer fuimos al castillo al caer la tarde, todos menos Fred, que tenía que reunirse con nosotros allí después de ir a buscar unas cartas a la oficina de correos. Lo pasamos bien curioseando entre las ruinas, las bodegas, donde hay un enorme tonel, y los hermosos jardines que el noble propietario mandó hacer al gusto de su esposa, que era inglesa. Pero lo que más me impresionó fue la gran terraza y las hermosas vistas que ofrecía. De modo que, mientras el resto del grupo visitaba las habitaciones, yo me quedé allí, sentada, haciendo un esbozo de una cabeza de león de piedra gris que había en un muro, rodeada de ramas de madreselvas de color escarlata. Me sentía como el personaje de una novela romántica, viendo cómo el río Neckar cruzaba el valle, deleitándome con la música de una banda austríaca y esperando a mi enamorado. Presentí que estaba a punto de ocurrir algo y me supe preparada para ello. Aguardé tranquila, sin enrojecer ni temblar, aunque sí algo nerviosa.

Al poco, oí la voz de Fred y le vi atravesar corriendo el gran arco en dirección a mí. Parecía tan alterado que me olvidé de todo y le pregunté qué le ocurría. Me explicó que acababa de recibir una carta en la que se le urgía a regresar a casa porque Frank estaba gravemente enfermo. Pensaba marchar de inmediato, en el tren de la noche, y solo venía a despedirse. Lamenté mucho la noticia y me sentí decepcionada... aunque solo por unos segundos, porque me estrechó la mano y dijo con un tono que no dejaba lugar a dudas: «Volveré pronto... No me olvidarás, ¿verdad, Amy?».

No le prometí nada, pero le miré y pareció bastarle con eso. No hubo tiempo para nada más porque apenas disponía de una hora para preparar su partida. Todos le echamos mucho de menos. Sé que quería hablar conmigo, pero intuyo, por algo que comentó en una ocasión, que ha prometido a su padre no hacer nada sin consultárselo. Es un muchacho muy impulsivo y el anciano señor teme que le imponga una nuera extranjera. Pronto nos reuniremos con él en Roma y entonces, si no he cambiado de idea, le aceptaré cuando se declare.

Por supuesto, todo esto es confidencial, pero quería que estuvieras al corriente. No te preocupes por mí; sigo siendo tu «sensata Amy» y te aseguro que no haré nada sin pensarlo bien. Me encantaría recibir tus consejos y los tendría muy en cuenta. Ojalá pudiera conversar contigo largo y tendido, mamá. Te quiero mucho, confía en mí.

Tu hija,

AMY

32
Tiernas inquietudes

—Jo, estoy preocupada por Beth.

—¿Por qué, mamá? Desde que nacieron los niños, ha estado mejor que de costumbre.

—No me inquieta su salud, sino su ánimo. Estoy segura de que algo le preocupa y me gustaría que descubrieses de qué se trata.

—¿Y qué te hace pensar eso, mamá?

—Pasa mucho rato sentada sola y no habla con papá tanto como antes. El otro día, la encontré llorando junto a los niños. Cuando canta, siempre elige las canciones más tristes y, de vez en cuando, tiene una expresión en el rostro que no alcanzo a comprender. Esto no es propio de Beth, y por eso me preocupa.

—¿Has hablado de esto con ella?

—Lo he intentado en un par de ocasiones pero, cuando no evita contestar, pone tal cara de angustia que no tengo corazón para seguir preguntándole nada. Nunca fuerzo una confidencia y rara vez tengo que esperar demasiado para que una de vosotras me cuente algo.

La señora March observaba a Jo mientras le hablaba, pero su rostro no delataba que supiera algo de la secreta inquietud de Beth. Jo siguió cosiendo en silencio y, al cabo de unos minutos, apuntó:

—Creo que lo que le ocurre es que está creciendo y empieza a fantasear, a descubrir esperanzas, miedos e inquietudes que no sabe explicarse. Verás, mamá, Beth ya tiene dieciocho años, pero no nos damos cuenta y la tratamos como si fuera una niña. Nos olvidamos de que es una mujer.

—Sí lo es, querida. ¡Qué rápido crecéis! —comentó la madre con una sonrisa y un suspiro.

—Es inevitable, mamá. Tendrás que resignarte ante toda clase de preocupaciones y dejar que tus polluelos abandonen el nido, uno a uno. Si sirve de algo, prometo no alejarme demasiado.

—Sí, eso es un gran consuelo, Jo. Ahora que Meg ya no vive con nosotros, me siento más fuerte cuando estás en casa. Beth no goza de buena salud y Amy es demasiado joven para contar con ella; pero sé que si hace falta arrimar el hombro, tú siempre estás dispuesta.

—Sabes que no me asusta el trabajo duro y en toda familia hace falta alguien con empuje. Amy es estupenda con las labores finas, pero yo me siento más a gusto cuando hay que recoger las alfombras o todo el mundo enferma a la vez. Amy está descollando en el extranjero, pero si algo falta en casa, llámame a mí.

—Entonces, dejaré el asunto de Beth en tus manos. Si ha de abrir su tierno corazón, seguro que lo hará antes contigo. Sé muy amable y procura que no piense que la vigilamos o hablamos de ella a sus espaldas. Si recuperase la fuerza y la alegría, yo vería cumplidos todos mis deseos.

—¡Qué suerte! ¡Yo tengo tantos deseos por cumplir!

—¿Cuáles son, querida?

—Me ocuparé de los problemas de Beth y luego compartiré los míos contigo. No son demasiado graves, de modo que pueden esperar. —Dicho esto, Jo se alejó con un gesto confiado que llenó de alivio a la señora March, por lo menos de momento.

Jo se dedicó a observar a Beth mientras fingía atender sus propios asuntos y, tras varias conjeturas contradictorias, llegó a una conclusión que parecía explicar el cambio operado en la muchacha. Un episodio le dio la clave del misterio, o eso le pareció, y su viva imaginación y cariñoso corazón hicieron el resto. Un sábado por la tarde, mientras estaban solas, aparentó estar ocupada escribiendo, sin quitar ojo a su hermana, que parecía extrañamente callada. Sentada junto a la ventana, Beth dejaba su labor sobre el regazo con frecuencia, apoyaba la cabeza en la mano con aire abatido y contemplaba el apagado paisaje otoñal. De pronto, alguien pasó bajo la ventana, silbando como un mirlo operístico, y una voz exclamó:

—¡Todo sereno! Vendré está noche.

Beth abrió los ojos de par en par, se inclinó hacia la ventana, sonrió y asintió con la cabeza mientras el joven se alejaba a grandes pasos hasta desaparecer de la vista. Entonces dijo, como si hablara para sí:

—¡Qué fuerte, sano y feliz parece este muchacho!

¡Vaya!, se dijo Jo sin dejar de mirar a su hermana, cuyo rostro perdió el color con la misma rapidez con que lo había cobrado, mientras la sonrisa se borraba de sus labios y una lágrima caía sobre el alféizar. Beth se apartó bruscamente y miró con aprensión a Jo, pero la encontró garabateando a toda velocidad, al parecer absorta en la escritura de *El juramento de Olimpia*. En cuanto Beth se volvió, Jo la observó de nuevo y advirtió que la joven se llevaba la mano a los ojos en más de una ocasión, y leyó en su rostro, medio vuelto, una tierna aflicción que hizo que a ella misma se le saltaran las lágrimas. Temerosa de descubrirse, Jo murmuró que necesitaba más papel y salió de la sala.

¡Que Dios se apiade de mí! Beth está enamorada de

Laurie, se dijo, una vez sentada en su dormitorio, pálida de la impresión que le había provocado el repentino descubrimiento. ¡Quién lo hubiera imaginado! ¿Qué dirá mamá? Me pregunto si él... Jo interrumpió este pensamiento y enrojeció de súbito al pensar: Si él no la corresponde, será horrible. Tiene que amarla. ¡Conseguiré que lo haga!, y meneó la cabeza con aire amenazador al recordar al niño travieso que se burlaba de ella desde el otro lado del muro. ¡Por Dios! ¡Cómo hemos crecido! Meg está casada y es madre, Amy prospera en París y Beth está enamorada. Soy la única lo suficientemente sensata para acabar con esta locura. Jo reflexionó por unos segundos, con la imagen de Laurie de niño aún en la mente; luego las arrugas desaparecieron de su frente y dijo dirigiéndose a él con aire decidido:

—No, señor, muchas gracias. Eres encantador, pero más inestable que una veleta, así que abstente de enviar notas conmovedoras y lanzar sonrisas seductoras porque no lograrás nada. No lo permitiré.

Luego suspiró y se quedó absorta en sus pensamientos un buen rato, hasta que la luz del crepúsculo le recordó que debía bajar a vigilar a su hermana. Lo hizo y confirmó sus sospechas. Laurie solía coquetear con Amy y bromear con Jo, pero el trato que dispensaba a Beth era especialmente atento y dulce, aunque, bien mirado, todo el mundo la trataba así, por lo que era difícil sospechar que el joven sintiese por ella algo más. De hecho, toda la familia era de la opinión de que Laurie se mostraba más interesado que nunca por Jo, quien, por supuesto, no quería ni oír hablar del asunto y lo negaba con virulencia si alguien osaba mencionarlo. Si hubiesen tenido noticia de los momentos tiernos que Laurie había protagonizado en el transcurso del último año o, mejor dicho, de los intentos frustrados de crear momentos tiernos, los cuales se habían visto interrumpidos en el acto, todos habrían advertido con inmensa satisfacción: «¿Lo ves? Ya lo decía yo». Pero a Jo le horrorizaba el flirteo, no se prestaba a ello, siempre intercalaba una broma o una sonrisa que alejase el peligro.

Cuando Laurie fue a la universidad, se enamoraba de alguien nuevo cada mes, pero aquellos arrebatos eran tan breves como apasionados, y no tenían consecuencias. A Jo le divertía observar cómo el joven pasaba de la esperanza a la desesperación y luego a la resignación, estados de ánimo que le contaba con detalle en sus visitas semanales. Sin embargo, al cabo de un tiempo, Laurie cesó de adorar tantos lugares sagrados, empezó a referirse de manera indirecta y misteriosa a una única pasión e incluso se dejaba llevar, en ocasiones, por una melancolía al estilo de Byron. Por último, optó por evitar por completo todo asunto emotivo y enviaba a Jo notas de índole filosófica, se centró en sus estudios y comentó que pensaba dar el máximo de sí para licenciarse con la mayor gloria posible. Aquella situación era mucho más del agrado de la joven dama que las confidencias a la luz del atardecer, los apretones de mano tiernos y las miradas cargadas de significado, porque la mente de Jo era más madura que su corazón y prefería los héroes imaginarios a los de carne y hueso. A los primeros podía encerrarlos en la cocina de hojalata del desván cuando se cansaba de ellos, pero los de verdad eran mucho menos dúctiles.

En ese estado de cosas hizo Jo su gran descubrimiento y, cuando Laurie acudió a visitarlas aquella noche, la joven le miró como nunca antes lo había hecho. De no haber tenido aquella idea en la mente, no le habría extrañado que Beth estuviese tan callada ni que Laurie se mostrase tan atento con ella. Pero había dado rienda suelta a su imaginación, que galopaba a sus anchas, desbocada, sin que el sentido común acudiese a su rescate, mermado como estaba por las muchas horas que la joven autora dedicaba a escribir encendidas historias de amor. Beth estaba recostada en el sofá, como de costumbre, y Laurie, sentado a su lado en una silla, le contaba chismes para entretenerla. Aquella ceremonia se repetía todas las semanas sin falta, y Beth la aguardaba con ansia. Aquella noche, sin embargo, a Jo le pareció que Beth miraba el rostro moreno y lleno de vida con un gozo fuera de lo común y, aunque el joven relataba los pormenores de un partido de críquet y usaba términos técnicos que a ella le eran tan crípticos como un texto en sánscrito, le escuchaba con sumo interés. Asimismo, Jo creyó ver en Laurie —tal era su afán por que así fuera— más galantería de la habitual; el muchacho hablaba en voz baja, reía menos de lo común, parecía distraído y cubría los pies de Beth con una manta con una diligencia prácticamente de enamorado.

¡Quién sabe! Cosas más raras se han visto, pensó Jo andando de acá para allá. Si se amasen, ella sería como un ángel para él, y él le haría la vida más grata y más cómoda. No creo que Laurie se pueda resistir a los encantos de Beth siempre y cuando las demás no estemos en su camino.

Y dado que la única que estaba en su camino era ella, Jo llegó a la conclusión de que debía hacerse a un lado lo antes posible. Pero ¿cómo? Se sentó, pensativa, en busca de una solución digna de una hermana devota.

El viejo sofá era un auténtico patriarca de los sofás: largo, ancho, bajo y con muchos cojines. Era verdad que estaba algo desvencijado porque, de niñas, las hermanas se tumbaban y dormían en él, jugaban a pescar sentadas en su respaldo, montaban a caballo en sus brazos y guardaban animales debajo; ya de adolescentes, descansaban en él sus cansadas cabezas, soñaban sus más dulces sueños y charlaban emocionadas. Todos tenían cariño al venerable sofá, que era el refugio familiar, y era el lugar favorito dejo para gandulear. Entre los muchos cojines que lo adornaban, destacaba uno, duro, redondeado, cubierto con ásperos pelos de crin de caballo y rematado en las puntas con un nudo y un botón. El repugnante cojín era la propiedad más valiosa de Jo, quien lo usaba como arma arrojadiza, como barricada y para evitar dormirse en los momentos de más sopor.

Laurie lo conocía bien, y lo contemplaba con profundo desagrado, ya que Jo le había sacudido con él muchas veces en el pasado, de niños, cuando retozar era algo natural, y más recientemente lo había usado para evitar que se sentara cerca de ella. Si la «salchicha» —como él lo llamaba— estaba colocada en un extremo, quería decir que se podía acercar y descansar, pero si estaba en medio, ¡pobre del hombre, mujer o niño que osara molestarla! Aquella noche, Jo olvidó erigir la barricada, por lo que, cuando llevaba menos de cinco minutos sentada, vio acercarse una figura enorme que se tumbó sobre el sofá con los brazos y las piernas extendidos. Una vez recostado, Laurie exclamó satisfecho:

—¡Esto es vida!

—Por favor, compórtate con propiedad —dijo Jo colocando a toda prisa el cojín, aunque ya era demasiado tarde y no quedaba sitio. El cojín se deslizó hacia el suelo y desapareció misteriosamente.

—Venga, Jo, no seas arisca. Después de matarse a estudiar toda la semana, un hombre necesita y merece que le mimen.

—Que te mime Beth, yo estoy ocupada.

—No, no quiero molestarla. Pero a ti te gustan estas cosas, salvo que hayas cambiado de opinión, claro está. ¿Es así? ¿Acaso ahora odias a tu chico y prefieres darle con un cojín?

Estas tiernas palabras hubiesen bastado para engatusar a cualquiera, pero Jo, enfrió los ánimos de «su chico» dándole la espalda y preguntándole en tono seco:

—¿Cuántos ramos de flores le has enviado a la señorita Randal esta semana?

—¡Ni uno, te doy mi palabra! Faltaría más. Está comprometida.

—Me alegro, porque enviar flores y regalos a mujeres que te interesan tres cominos me parece un despilfarro —observó Jo en tono de reproche.

—Las chicas sensatas que sí me interesan no me dejan enviarles «flores y regalos»; así que, ¿qué remedio me queda? He de dar salida a mis sentimientos.

—Mamá no aprueba el flirteo, aunque sea por puro entretenimiento, y tú, Teddy, no paras de flirtear.

—Daría lo que fuera por poder decir: «Al igual que tú», pero, como no es el caso, me limitaré a decir que no veo mal alguno en jugar un poco siempre que todos los implicados comprendan que no es más que un pasatiempo agradable.

—La verdad es que sí parece agradable, pero no sé cómo se hace. Lo he intentado, porque si no haces lo que los demás te sientes como un bicho raro en sociedad, pero no se me da bien —reconoció Jo olvidando momentáneamente su papel de tutora.

—Aprende de Amy; tiene un talento natural para ello.

—Sí, lo hace muy bien y nunca se excede. Supongo que algunas personas están destinadas a agradar aun sin proponérselo, mientras que otras están condenadas a hacer o decir algo inconveniente donde no deben.

—Me alegro de que no sepas flirtear. Da gusto conocer a una joven sensata y sincera que puede mostrarse alegre y amable sin hacer el ridículo. Entre nosotros, Jo, algunas muchachas con las que trato se comportan de un modo que me hace sentir vergüenza ajena. Por supuesto, no pretenden herir a nadie, pero si supieran lo que los chicos dicen luego, a sus espaldas, creo que no dudarían en cambiar de actitud.

—Ellas también murmuran a vuestras espaldas y, como la lengua de las mujeres es más afilada, vosotros salís peor parados, porque sois tan necios como ellas. Si os comportaseis como es debido, ellas también lo harían pero, puesto que saben que os gustan sus tonterías, siguen igual, y luego vosotros se lo reprocháis.

—Veo que es usted una experta en la materia, señora —apuntó Laurie en tono de superioridad—. Aunque a veces parezca lo contrario, a los hombres no nos gustan los flirteos ni las salidas de tono. Los caballeros siempre se refieren a las jóvenes hermosas y modestas con el mayor de los respetos.

¡Dios te conserve la inocencia! Si ocupases mi lugar durante un mes, no saldrías de tu asombro. Te doy mi palabra de que cuando me encuentro con jóvenes escandalosas me entran ganas de citar a nuestro amigo Cock Robin: «¡Al diablo contigo, descarada revoltosa!».

Era imposible no echarse a reír al ver cómo Laurie trataba de resolver el dilema que le creaban, por un lado, su reticencia de caballero a hablar mal de las mujeres y, por otro, su espontánea antipatía hacia los disparates poco femeninos que tanto menudeaban entre las jóvenes de buena sociedad. Jo sabía que muchas madres consideraban al «joven Laurence» un buen partido, que sus hijas le sonreían y que mujeres de todas las edades le alababan tanto que era casi imposible que no se convirtiese en un petimetre. Sentía celos y temía que lo echaran a perder, por lo que le alegró mucho descubrir que seguía prefiriendo a las jóvenes recatadas. Adoptó nuevamente un tono admonitorio para decir en voz baja:

—Teddy, si has de dar salida a tus sentimientos, escoge a una joven «hermosa y modesta» a la que puedas respetar y no pierdas el tiempo con niñas tontas.

—¿Hablas en serio? —preguntó Laurie mirándola con una mezcla de ansiedad y alegría.

—Por supuesto, aunque sería preferible que esperases a haber terminado los estudios en la universidad y, mientras tanto, te prepares para ser digno de ella. Todavía no eres lo bastante bueno para..., en fin, para esa joven recatada, sea quien sea. —Jo se mostró un tanto turbada porque había estado a punto de pronunciar el nombre de la dama.

—¡No lo soy, es cierto! —reconoció Laurie con una humildad desconocida en él, mientras bajaba la mirada al suelo y, con expresión distraída, se enroscaba alrededor de un dedo la tira del delantal de Jo.

Que Dios se apiade de nosotros, no va a funcionar, pensó Jo, que a continuación dijo:

—Ve y cántame algo, Laurie. Me muero por oír un poco de música y la tuya siempre me gusta.

—Prefiero quedarme aquí, gracias.

—Pues no puedes, no hay sitio. Ve y haz algo útil. Eres demasiado grande para resultar decorativo. Creía que no soportabas sentirte atado al delantal de una mujer —repuso Jo citando unas palabras rebeldes pronunciadas por el joven tiempo atrás.

—¡Eso depende de quién lo lleve! —Y Laurie tiró con descaro de la tira del mandil.

—¿Vas o no? —protestó Jo inclinándose en busca del cojín.

Laurie huyó y, en cuanto empezó a tocar, Jo se escabulló y no regresó hasta que el joven se hubo marchado enfurecido.

Aquella noche, a Jo le costó conciliar el sueño y, cuando al fin empezaba a quedarse adormilada, un sollozo la hizo acudir corriendo junto a la cama de Beth y preguntar:

—¿Qué ocurre, querida?

—Creía que dormías —contestó Beth sin dejar de sollozar.

—¿Es el dolor de siempre, preciosa?

—No, es uno nuevo, pero podré sobrellevarlo —afirmó Beth tratando de contener el llanto.

—Cuéntamelo todo y deja que te ayude a curarlo como tantas veces hice con el otro.

—No puedes, este dolor no tiene cura. —Dicho esto, a Beth se le quebró la voz y, abrazada a su hermana, lloró con tal desespero que Jo se asustó.

—¿Dónde te duele? ¿Quieres que avise a mamá?

Beth no contestó a la primera pregunta, pero sin querer, en la oscuridad, se llevó una mano al corazón, como si fuese allí donde le dolía, mientras con la otra sujetaba a Jo y rogaba:

—¡No, no la llames! ¡No le digas nada! Me calmaré y enseguida me dormiré, de veras.

Jo obedeció. Mientras pasaba dulcemente la mano por la frente y los húmedos párpados de su hermana, sentía su pesar y sus ganas de desahogarse. A pesar de lo joven que era, había aprendido que los corazones, al igual que las flores, no se pueden abrir a la fuerza, que tienen su propio ritmo. Así, aunque creía conocer la causa del nuevo dolor de su hermana, solo añadió con la máxima dulzura:

—¿Te preocupa algo, querida?

—¡Sí, Jo! —contestó Beth tras un largo silencio.

—¿No te sentirías mejor si me contases de qué se trata?

—No, aún no.

—Entonces, no preguntaré, pero recuerda, Beth, que tanto mamá como yo siempre estamos dispuestas a escucharte y ayudarte.

—Lo sé y os lo contaré pronto.

—¿Te sientes mejor ya?

—¡Oh, sí, mucho mejor! Hablar contigo es un gran consuelo, Jo.

—Duerme, querida, me quedaré a tu lado.

Se durmieron mejilla contra mejilla y, a la mañana siguiente, Beth volvía a ser la de siempre. A los dieciocho, las penas de la cabeza y el corazón no duran demasiado y unas palabras cariñosas son la mejor medicina para la mayor parte de las enfermedades.

Pero Jo había tomado una decisión y, tras ponderarla durante unos días, resolvió comunicársela a su madre.

—El otro día, me preguntaste por mis deseos, Marmee. Pues bien, quiero compartir contigo uno de ellos —dijo cuando estaban solas—. Me gustaría pasar el invierno fuera de casa para cambiar de aires.

—¿Por qué? —preguntó la madre mirándola como si temiese que aquellas palabras tuviesen un sentido oculto.

Sin levantar la vista de su labor, Jo contestó muy seria:

—Quiero conocer algo nuevo. Estoy inquieta y me apetece ver, hacer y aprender más cosas. He estado demasiado centrada en mi pequeño mundo y necesito cambiar de aires. Si puedes prescindir de mí durante el invierno, me gustaría alejarme un poco del nido y alzar el vuelo.

—¿Y adónde irás?

—A Nueva York. Ayer se me ocurrió una idea, verás... ¿Recuerdas que la señora Kirke te escribió para pedirte que la ayudases a encontrar una joven que cosiese e hiciese de institutriz para sus hijos? Es bastante difícil encontrar a una persona adecuada, pero creo que yo podría encajar en el puesto con un pequeño esfuerzo.

—Querida, ¿de veras quieres ir a servir a esa gran mansión? —A pesar de su sorpresa, no parecía que a la señora March le desagradase la idea.

—Bueno, no se trata exactamente de servir; la señora Kirke es amiga tuya, y la persona más amable que he conocido, y estoy segura de que trabajar para ella será una experiencia muy grata. Su familia vive bastante aislada, así que nadie sabrá que estoy allí. Y si lo descubren, tampoco me importa; es un trabajo honrado, no es motivo de vergüenza.

—Estoy de acuerdo, pero ¿y tus escritos?

—Seguro que me sienta bien un cambio. Ver mundo y oír historias nuevas me ayudará a renovar mi repertorio, y aunque no me quedase tiempo de escribir nada allí, al volver a casa tendría mucho material sobre el que trabajar.

—No lo dudo, pero ¿es esta la única razón para este repentino capricho?

—No, madre.

—¿Me puedes explicar tus otras razones?

Jo levantó la vista, luego la bajó y, sonrojándose, susurró:

—Tal vez esté equivocada y sea una simple cuestión de vanidad, pero temo que Laurie esté tomándome demasiado cariño.

—Entonces, ¿tú no le quieres del mismo modo en el que es evidente que él empieza a interesarse por ti? —La señora March parecía nerviosa mientras formulaba la pregunta.

—¡No, por Dios! Le quiero como le he querido siempre y me siento muy orgullosa de él, pero pensar en nada más está fuera de lugar.

—Me alegra oírte decir eso, Jo.

—¿Por qué?

—Porque no creo que estéis hechos el uno para el otro, querida. Como amigos, os lleváis muy bien y, aunque discutís con frecuencia, hacéis las paces enseguida, pero creo que si trataseis de ser una pareja no funcionaría. Os parecéis mucho y ambos valoráis demasiado la libertad (por no hablar de vuestra personalidad fuerte y apasionada) para que podáis ser felices juntos. Para que una relación prospere hacen falta una paciencia y templanza infinitas, además de amor.

—Yo también sentía eso, pero no lo sabía expresar. Me alegro de que pienses que solo está empezando a interesarse por mí. Me entristecería mucho hacerle infeliz, pero no puedo enamorarme de un hombre solo por gratitud, ¿verdad?

—¿Estás segura de sus sentimientos hacia ti?

Jo se puso aún más colorada y contestó con esa mezcla de orgullo, alegría y dolor que suelen sentir las jovencitas cuando hablan de un primer amor:

—Me temo que sí, madre. No me ha comentado nada, pero me mira mucho. Creo que es preferible que me marche antes de que esto vaya a más.

—Estoy de acuerdo contigo. Veré qué puedo hacer para que vayas.

Jo se sintió aliviada y, tras unos segundos en silencio, comentó con una sonrisa:

—Creo que la señora Moffat se quedaría maravillada si supiese cómo tomas las decisiones. Estoy segura de que le alegraría que Annie aún estuviese disponible para Laurie.

—Jo, aunque no tomemos las mismas decisiones, todas las madres queremos lo mismo, que nuestros hijos sean felices. Meg lo es, y yo me alegro de que haya acertado. En cuanto a ti, prefiero dejar que disfrutes de tu libertad hasta que te canses de ella, porque solo entonces descubrirás que existe algo mucho más dulce. En estos momentos, Amy es mi mayor preocupación pero, como es una muchacha sensata, estoy segura de que sabrá lo que debe hacer. Respecto a Beth, mi única esperanza es que se recupere físicamente. Por cierto, parece más animada que días atrás. ¿Has hablado con ella?

—Sí. Admitió que algo la preocupaba y prometió contármelo pronto. No insistí porque creo que sé de qué se trata. —Y Jo contó a su madre sus sospechas.

La señora March meneó la cabeza, se negó a ver el aspecto romántico del asunto y, muy seria, se reafirmó en la idea de que era mucho mejor para Laurie que Jo pasase una temporada fuera.

—No diremos nada hasta que todo esté organizado. Así, cuando el momento llegue, podré salir corriendo y ahorrarme el enfado y el dramatismo de Laurie. Beth debe pensar que me marcho simplemente por mí, ya que no me siento capaz de hablar de Laurie con ella. Entonces podrá darle ánimos, consolarle y ayudarle a cambiar sus sentimientos. Laurie ha vivido tantos desengaños amorosos que ya está acostumbrado. Seguro que superará enseguida el mal de amores.

Jo esperaba que así fuera, pero en su interior temía que ese «desengaño» fuese más duro que el resto y que su amigo tardara en recuperarse del «mal de amores».

Informó de sus planes en un pleno familiar y todos estuvieron de acuerdo. La señora Kirke aceptó encantada y prometió que Jo se sentiría como en casa. El trabajo de institutriz le permitiría ser independiente y le dejaría tiempo libre suficiente para poder escribir, además de que su nueva vida en sociedad sería una útil y agradable fuente de inspiración. A Jo le encantaba la idea y estaba deseando partir. Su hogar le resultaba cada vez más pequeño, dada su naturaleza inquieta y su espíritu aventurero. Cuando todo estuvo dispuesto, habló con Laurie, llena de miedo y con la voz temblorosa, pero, para su sorpresa, el joven reaccionó sin aspavientos. Hacía días que estaba más serio de lo normal, aunque seguía tan amable como de costumbre. Y cuando Jo comentó en son de broma que se disponía a pasar página, él añadió en tono grave:

—Yo también, y estoy decidido a no volver a ella nunca.

Jo se sintió aliviada al ver que se lo tomaba tan bien y siguió con los preparativos con alegría. Beth parecía estar mucho más animada, y ella confiaba en estar haciendo lo mejor para todos.

—Necesito pedirte un gran favor. Quiero que cuides algo por mí —comentó la noche antes de irse.

—¿Te refieres a tus manuscritos? —preguntó Beth.

—No, me refiero a mi chico. Sé buena con él, ¿de acuerdo?

—Por supuesto, así lo haré. Pero sabes que yo no podré sustituirte. Te echará mucho de menos.

—Estará bien. Recuerda que confío en ti para que le incordies, le mimes y le llames al orden en mi nombre.

—Lo haré lo mejor que pueda —prometió Beth, que se preguntaba por qué la miraba su hermana de un modo tan extraño.

Cuando Laurie fue a despedirse, se acercó al oído de Jo y le susurró:

—No servirá de nada, Jo. Estaré pendiente de ti. Mira bien lo que haces o iré a buscarte y te traeré de nuevo a casa.

33
El diario de Jo

Nueva York, noviembre

Queridas Marmee y Beth:

Aunque no soy una elegante dama viajando por otro continente, tengo mucho que contaros, de modo que escribiré un libro entero para vosotras. Cuando dejé atrás el amado rostro de papá, me sentí triste, y habría echado alguna que otra lágrima de no ser porque junto a mí había una irlandesa con cuatro criaturas que no paraban de llorar y me mantuvieron entretenida. Me dediqué a lanzarles bolitas de pan de jengibre cada vez que uno de ellos abría la boca para rugir.

El sol no tardó en animarse a aparecer entre las nubes, lo que consideré un buen presagio, disfruté muchísimo del resto del viaje.

La señora Kirke me recibió con tanto afecto que me sentí en casa enseguida, a pesar de encontrarme en una gran mansión rodeada de desconocidos. Me reservó un pequeño estudio abuhardillado muy coqueto, lo único que le quedaba libre, pero dispongo de cocina y de una mesa junto a una ventana por donde entra el sol, de modo que puedo sentarme a escribir siempre que quiero. Las vistas, excelentes, y la torre de la iglesia de enfrente compensan las muchas escaleras que hay que subir para llegar a mi pequeña guarida, que me encantó desde el primer momento. La sala en la que me ocupo de dar clases y coser es muy cómoda y se encuentra junto a la salita de la señora Kirke. Sus dos hijas son muy guapas pero bastante malcriadas, y se encariñaron conmigo cuando les conté el cuento de los siete cerditos malos. Creo que seré una institutriz excelente.

Puedo comer con las niñas si lo prefiero, en lugar de sentarme a la mesa grande, y por ahora es lo que hago, porque, aunque no os lo creáis, soy bastante tímida.

La señora Kirke me dijo en tono maternal: «Bien, querida, espero que te sientas como en tu casa. Como te imaginarás, con tanta familia, no paro. Siempre estoy de un lado para otro, pero ahora que sé que las niñas quedan bajo tu custodia me sentiré muy aliviada y tranquila. Puedes entrar en mis aposentos siempre que lo necesites y espero que te encuentres a gusto en tu estudio. Tienes las tardes libres y en casa encontrarás a menudo personas interesantes con las que conversar. Si surge algún problema, no dudes en comentármelo y haremos lo posible por que te encuentres bien. ¡La campanilla de la hora del té! He de ir corriendo a cambiarme de sombrero». Dicho esto, me dejó a solas para que me instalase en mi nuevo nido.

Cuando, poco después, bajaba por las escaleras, vi algo que me agradó. En esta casa los tramos de escaleras son muy largos; yo estaba parada en el descansillo del tercer piso, para dejar paso a una criada que subía con gran esfuerzo, cuando llegó un hombre de aspecto extraño, le cogió el pesado capacho de carbón que llevaba, lo subió hasta arriba y lo dejó junto a una puerta. Luego se volvió hacia la sirvienta y, tras hacer un gesto cariñoso, dijo con acento extranjero: «Es mejor así. Tu espalda es demasiado joven para llevar tanto peso».

¿No os parece amable? Me encantan esta clase de gestos porque, como dice papá, la personalidad se ve en los detalles. Aquella tarde, cuando se lo mencioné a la señora K. se echó a reír y apuntó: «Seguro que fue el profesor Bhaer; siempre hace cosas así».

La señora K. me explicó que el profesor es un berlinés muy culto y bondadoso, pero más pobre que las ratas, y que da clases para ganar el pan para él y para dos sobrinitos a los que cuida desde que quedaron huérfanos y con los que vive aquí por expreso deseo de su difunta hermana, que se había casado con un norteamericano y quería que sus hijos se educasen en este país. La historia no es demasiado romántica, pero suscitó mi interés, y me agradó saber que la señora K. le presta una sala para que pueda atender a sus alumnos. Está junto a la habitación donde yo doy mis clases y, como solo las separa una puerta de cristal, pienso echar un vistazo mientras trabaja. Ya os contaré qué descubro. Mamá, no te preocupes porque tiene casi cuarenta años, no hay peligro.

Después del té y de correr tras las niñas para que se acostaran, me enfrenté al gran cesto de labores que me aguardaba y pasé una velada tranquila, charlando con mi nueva amiga. Escribiré un poco todos los días y os lo enviaré todo una vez por semana, así que... ¡buenas noches y hasta mañana!

Martes por la noche

Hoy he tenido una mañana muy movida porque mis alumnas no paraban quietas y, llegado un punto, he comprendido que necesitaban algo de actividad. En un momento de inspiración, he improvisado una clase de gimnasia. Las he mantenido haciendo ejercicio hasta que la idea de sentarse y permanecer quietas les ha parecido un sueño. Después del almuerzo, la criada las ha llevado a dar un paseo y yo me he dedicado a la costura con mucha voluntad, como la pequeña Mabel. Cuando estaba dándole gracias al cielo por saber coser bien los ojales, he oído que la puerta de la sala contigua se abría y cerraba y luego alguien empezaba a canturrear por lo bajo, como el zumbido de un abejorro, *Kennst du das Land*, la canción que canta el protagonista de la obra de Goethe *Los años de aprendizaje de Whilhelm Meisters.* Sé que no está bien, pero no he podido resistir la tentación de levantar un poco la cortina y mirar a través de la puerta de cristal. He visto al profesor Bhaer. Es el típico alemán, más bien robusto, con una espesa cabellera castaña, una barba poblada, una nariz graciosa, la mirada más cariñosa que he visto nunca, una voz espléndida y un habla clara que es una bendición para los oídos acostumbrados al farfullar brusco y descuidado de los americanos. La ropa se veía algo desaliñada; tiene las manos grandes y de su rostro lo único que llama un poco la atención es la dentadura, que es perfecta, pero me gusta porque tiene una hermosa cabeza. La camisa blanca estaba impecable, y aunque a la chaqueta le faltaban dos botones y llevaba un parche en el zapato, parecía un auténtico caballero. Se le veía muy serio, a pesar de que no dejaba de canturrear, hasta que se ha acercado a la ventana, ha orientado los jacintos hacia el sol y ha acariciado al gato, que lo ha recibido como a un viejo amigo. Entonces ha sonreído. Alguien ha llamado a la puerta y él ha dicho en voz alta y enérgica:

—¡Adelante!

Iba a retirarme a toda prisa, cuando he entrevisto a un encanto de niña cargada con un gran libro, y me he quedado allí para ver qué ocurría.

—Mí quiere a mi Bhaer —ha dicho la criatura, que ha

dejado súbitamente el libro sobre la mesa y ha corrido hacia él.

—Por supuesto, aquí está tu Bhaer. ¡Ven a darme un abrazo, Tina! —ha dicho el profesor, y con una carcajada la ha alzado por encima de su cabeza hasta el punto de que la niña ha tenido que inclinar su carita para poder darle un beso.

—Ahora, mí irá a estudiar —ha proseguido la encantadora alumna. Así pues, el señor Bhaer la ha acompañado a uno de los pupitres, ha abierto el enorme diccionario que ella había traído y le ha entregado papel y lápiz. Enseguida, la pequeña ha empezado a garabatear. De vez en cuando, pasaba una página y deslizaba un dedito gordezuelo por la hoja, hasta dar con el término esperado. Trabajaba con tal seriedad que a duras penas he conseguido reprimir una carcajada para no traicionar mi presencia. El señor Bhaer, que permanecía a su lado, acariciaba sus hermosos cabellos en un gesto paternal que me hizo pensar que debía de ser hija suya, aunque la niña parecía más francesa que alemana.

Cuando, poco después, han vuelto a llamar a la puerta y he visto entrar a dos jovencitas, me dije que era hora de retomar mis labores y me he concentrado virtuosamente en la costura, a pesar del ruido y la cháchara procedentes de la sala contigua. Una de las muchachas reía con gran afectación y repetía «¡Profesor, por favor!» en tono coqueto, y la otra pronunciaba tan mal el alemán que he supuesto que al hombre debía de costarle un gran esfuerzo mantener la compostura.

Estaba claro que ambas ponían a prueba su paciencia, porque más de una vez le he oído decir con gran vehemencia: «No, no es así. ¡No prestáis atención!», y en una ocasión ha sonado un ruido seco, como si hubiese golpeado la mesa con un libro, seguido de la exclamación «¡Es inútil! Parece que hoy todo tiene que salir mal».

Pobre hombre, sentía lástima por él. Cuando las jovencitas se han marchado, he echado un nuevo vistazo para comprobar si seguía vivo. Se había dejado caer sobre la silla, agotado, y ha permanecido allí con los ojos cerrados hasta que el reloj ha dado las dos. Entonces, se ha levantado de un salto y ha guardado los libros, como si preparase todo para otra clase, ha ido hacia la pequeña Tina, que se había quedado dormida en el sofá, y se la ha llevado en brazos sin hacer ruido. Supongo que el pobre ha tenido una vida muy dura.

La señora Kirke me preguntó si pensaba bajar a las cinco para cenar con ellos y, como echaba de menos el calor del hogar, me ha parecido buena idea, porque me permitiría conocer a las personas con las que comparto techo. Me he arreglado y, aunque procuraba ocultarme tras la señora Kirke, como ella es baja, y yo alta, mis esfuerzos por no llamar demasiado la atención se han visto condenados al fracaso. Me ha indicado que me sentara junto a ella, y cuando he perdido un poco la vergüenza que me había hecho sonrojarme, he encontrado el coraje suficiente para mirar alrededor. La mesa, que era larga, estaba llena, y todos parecían más interesados por la comida que por cualquier otra cosa, en especial los caballeros, que desaparecían sin dejar rastro en cuanto terminaban de ingerir los alimentos. Entre los comensales había hombres jóvenes absortos en sus pensamientos, parejas jóvenes muy pendientes el uno del otro, damas casadas volcadas en sus hijos y caballeros maduros que solo hablaban de política. No sentía que tuviese nada que ver con ninguno, excepción hecha de una solterona de rostro dulce que parecía interesante.

El profesor estaba en un extremo de la mesa, sentado entre un inquisitivo y anciano caballero duro de oído, cuyas preguntas contestaba a gritos, y un francés con el que conversaba sobre filosofía. De haber estado Amy presente, le habría dado la espalda para siempre jamás, porque el pobre parecía verdaderamente hambriento y engullía la comida de un modo que habría escandalizado a nuestra sensible damita. A mí no me ha importado porque «me gusta ver a la gente disfrutar con la comida», tal y como suele decir Hannah, y me parecía lógico que el pobre necesitara recuperar fuerzas después de haber dado clase a unas muchachas tan estúpidas.

Cuando subía por las escaleras, después de la cena, he oído a dos jóvenes conversar mientras se atusaban la barba ante el gran espejo del vestíbulo.

—¿Quién es la nueva? —preguntó uno.

—Una institutriz o algo así.

—¿Y por qué se sienta a la mesa con nosotros?

—Creo que es amiga de la señora.

—No está mal, pero no tiene estilo.

—Ni gota. ¡Venga, vamos!

Al principio, me he enfadado, pero enseguida se me ha pasado, porque una institutriz es tan digna como el que más y, aunque carezca de estilo, por lo menos tengo inteligencia, que es más de lo que se puede decir de unos cursis elegantes que solo sirven para mirarse al espejo y echar humo como chimeneas. ¡Cómo detesto a la gente sin sensibilidad!

Jueves

Ayer tuve un día tranquilo. Lo pasé dando clases, cosiendo y escribiendo en mi pequeño estudio, que resulta especialmente acogedor cuando se enciende la chimenea. Me enteré de algunas cosas y me presentaron al profesor. Al parecer, Tina es la hija de una planchadora francesa que se ocupa de la colada. La pequeña adora al señor Bhaer y le sigue por toda la casa como un perrito a su amo, y a él le encanta porque, a pesar de su soltería, le gustan mucho los niños. Kitty y Minnie Kirke también le aprecian mucho y siempre están hablando de las obras de teatro que inventa, los regalos que les hace y los magníficos cuentos que explica. El joven señor se burla de él, le pone apodos como Viejo Fritz, Cerveza Rubia, Osa Mayor, y hace chistes con su nombre, pero a él no le molesta. Según la señora K., es un hombre cordial y todos le quieren mucho, a pesar de sus costumbres algo extrañas.

La solterona es la señorita Norton, una mujer rica, culta y amable. Hoy hemos conversado durante la cena (decidí repetir la experiencia de comer abajo, porque es muy divertido observar a la gente) y me ha pedido que la vaya a visitar a su habitación. Tiene libros y cuadros buenos, conoce a personas muy interesantes y parece muy amable, de modo que me esforzaré por estar a bien con ella porque me agrada la idea de adentrarme en la buena sociedad, aunque no me refiero a lo mismo que Amy, claro está.

Por la tarde, cuando estaba en la sala, el señor Bhaer entró para dejarle unos periódicos a la señora Kirke. Ella no estaba, pero Minnie, que es muy espabilada, me presentó enseguida:

—Es la señorita March, una amiga de mamá.

—Sí. Es muy graciosa y nos cae muy bien —añadió Kitty, que es una verdadera *enfant terrible*.

Nos saludamos y nos reímos, porque nos hizo gracia el comentario franco de la niña tras la presentación tan formal que había hecho su hermana.

—¡Ah, sí! He oído que estas traviesas le han hecho pasar un mal rato, señorita March. Si vuelve a tener problemas con ellas, llámeme y acudiré en su ayuda —apuntó y frunció el entrecejo en un gesto amenazador que hizo las delicias de las crías.

Prometí que así lo haría y el señor Bhaer se marchó,

pero parece que el destino quiere que nos encontremos con frecuencia, porque hoy, al pasar junto a la puerta de su dormitorio, le he dado sin querer con mi sombrilla y se ha abierto de par en par. Le he encontrado en batín, con un gran calcetín azul en una mano y una aguja de zurcir en la otra. No ha parecido avergonzarse de que le viera así y cuando, después de pedir disculpas, me disponía a seguir mi camino, ha agitado una mano, sin soltar el calcetín, y ha dicho con ese tono alegre y fuerte propio de él:

—Hace un día estupendo para dar un paseo. *Bon voyage, mademoiselle!*

He bajado riendo todo el tramo de escaleras, aunque me ha parecido algo triste que el pobre hombre tuviese que remendarse él mismo la ropa. Yo sé que los caballeros alemanes bordan, pero zurcir calcetines es otra cosa. No tiene nada de elegante.

Sábado

Hoy no ha ocurrido nada que merezca ser reseñado, salvo mi visita a la señorita Norton, cuyo dormitorio está lleno de cosas hermosas y que es muy amable, porque me ha mostrado todos sus tesoros y me ha preguntado si me gustaría asistir con ella a conferencias y conciertos como dama de compañía. Lo ha planteado como si me pidiese un favor, pero estoy segura de que la señora Kirke le ha hablado de nosotras y de que lo hace para tener un detalle conmigo. Sigo siendo más orgullosa que el demonio pero, puesto que recibir favores como ese de personas como ella no me incomoda, he aceptado de buen grado.

Cuando volvía a la sala de clases, he oído tal alboroto en la sala contigua que he echado un vistazo. He visto al señor Bhaer a cuatro patas, con Tina subida a su espalda y Kitty tirando de él con una cuerda de saltar a la comba.

Mientras tanto, Minnie lanzaba pedazos de bizcocho a dos niños que rugían como leones campantes encerrados en una jaula improvisada con sillas.

—Estamos jugando a los domadores —ha explicado Kitty.

—¡Yo voy montada en un elefante! —ha exclamado Tina, agarrada al cabello del profesor.

—Mamá nos deja hacer lo que queramos los sábados por la tarde, cuando vienen Franz y Emil.

El «elefante» se ha sentado, y, aunque parecía tan entusiasmado como el que más, se ha puesto serio y ha dicho:

—Le aseguro que es cierto. Si armamos demasiado ruido, hágamelo saber y bajaremos el tono.

He prometido que así lo haría. Sin embargo, he dejado la puerta abierta y he disfrutado de la diversión tanto como ellos, porque nunca había visto un jolgorio semejante. Han jugado a pillar, a los soldados, han bailado, han cantado y, cuando ha empezado a hacerse de noche, se han tumbado en el sofá, alrededor del profesor, quien les ha contado encantadores cuentos de hadas sobre las cigüeñas que anidan en las chimeneas y sobre los *kobold*, unos pequeños espíritus que viajan en los copos de nieve. Sería fantástico que los americanos fuesen tan sencillos y naturales como los alemanes, ¿no estáis de acuerdo?

Disfruto tanto escribiendo que no pararía nunca, pero he de dejarlo por un asunto de dinero. Aunque uso un papel muy fino y escribo con letra pequeña, tiemblo al pensar lo que me voy a gastar en sellos para enviar esta larga carta. Mandadme las de Amy en cuanto las hayáis leído. Sé que después de sus espléndidas aventuras mis anécdotas resultarán simples, pero imagino que os gustará recibir noticias mías. ¿Qué le pasa a Teddy? ¿Estudia tanto que no le queda tiempo para escribir a sus amigos? Cuida bien de él por mí, Beth, contadme cómo están los niños y dad muchos besos de mi parte a todos. Os quiere,

Jo

P.D.: Al releer la carta me sorprende lo mucho que hablo de Bhaer. Ya sabéis que me llama la atención la gente peculiar, y aquí no hay mucho más que contar. Bendiciones.

Diciembre

Mi preciosa Betsey:

Como esta será una carta escrita a vuela pluma, te la dirijo a ti, porque sé que te divertirá y te dará una idea de mis peripecias, que, aunque nada excepcionales, son bastante entretenidas.

Después de un esfuerzo *herculano*, tal y como diría Amy, en el cultivo mental y moral, mis ideas comienzan a dar frutos y los pequeños tallos empiezan a crecer, como deseaba. Su compañía no me es tan grata como la de Tina y los niños, pero cumplo bien mi función y ellas me aprecian. Franz y Emil son dos niños muy alegres que me han robado el corazón, porque la mezcla del carácter norteamericano y alemán produce un continuo estado de efervescencia. Los sábados por la tarde son siempre estupendos, tanto si los pasamos en casa como si salimos. Si hace buen tiempo, vamos a pasear todos juntos y el profesor y yo nos encargamos de mantener el orden. ¡Nos divertimos muchísimo!

A estas alturas, ya somos muy buenos amigos, y he empezado a tomar clases. No me pude negar, todo ocurrió de forma tan sorprendente que tengo que contártelo. Empezaré por el principio. Un día, cuando pasaba junto a la habitación del señor Bhaer, la señora Kirke, que estaba trasteando dentro, me llamó.

—Querida, ¿has visto semejante leonera? Ven a ayudarme a colocar estos libros, porque lo he puesto todo patas arriba intentando descubrir qué ha sido de los seis pañuelos nuevos que le regalé no hace mucho.

Entré y, mientras los buscábamos, aproveché para echar un vistazo. En efecto, era una leonera. Había papeles y libros amontonados por todas partes, una pipa rota y una flauta vieja sobre la repisa de la chimenea. Un pájaro con las plumas alborotadas y sin cola piaba en el alféizar de una ventana y una caja con ratones blancos decoraba la otra. Entre los papeles yacían barquitos a medio hacer y trozos de cuerda; unas botas pequeñas y sucias se secaban frente a la chimenea y los queridos niños por los que tanto se sacrificaba habían dejado su rastro por toda la habitación. Después de mucho revolver, encontramos tres de los pañuelos perdidos: uno en la jaula del pájaro, otro manchado de tinta y el tercero chamuscado porque lo había usado para retirar algo del fuego.

—¡Menudo personaje! —exclamó la señora K. sin perder el humor mientras dejaba las reliquias en la bolsa de la ropa sucia—. Supongo que habrá roto los demás para hacer velas para los barcos, vendar cortes en los dedos de los niños o utilizarlos como cola de una cometa. Es horrible, pero no le puedo reñir. Es tan despistado y tan bueno que deja que los niños le pisoteen. Me ofrecí a lavarle la ropa y zurcirle lo que precisase, pero él se olvida de darme las prendas y yo me olvido de recordarle que lo haga. Y así estamos...

—Yo lo arreglaré todo —dije—. No es ninguna molestia y él no tiene por qué enterarse. Lo haré encantada... Es muy amable conmigo; me trae la correspondencia y me deja libros.

Así pues, me ocupé de ordenar sus cosas y zurcí dos pares de calcetines, que él había deformado con su intento de remiendo. No mencionamos el asunto y esperaba que nunca lo descubriese... pero un día, la semana pasada, me pilló in fraganti. De tanto oírle dar clases a los demás, me entraron ganas de aprender. Tina no para de entrar y salir de la sala y siempre deja la puerta abierta, por lo que lo oigo todo. Yo estaba sentada cerca de esa puerta, terminando de zurcir un calcetín y tratando de asimilar lo que le había explicado a una alumna nueva que era tan tonta como yo. La joven se marchó y yo pensé que él también se había ido. Creyendo que estaba sola, me puse a repasar en voz alta la lección, meciéndome hacia delante y hacia atrás de forma un tanto absurda. De pronto, vi asomar una cabeza y oí que alguien reía discretamente. Era el señor Bhaer, que hacía señas a Tina para que no delatara su presencia.

—Bueno —dijo cuando me interrumpí en seco y le miré perpleja—. Usted me espía y yo la espío a usted. No me parece mal, pero me pregunto, y no bromeo, si le apetecería aprender alemán.

—Por supuesto, pero usted está demasiado ocupado y yo soy demasiado torpe para aprender —repuse, más roja que un tomate.

—¡Qué tontería! Ya buscaremos el tiempo y lograremos que aprenda. Le daré una clase esta tarde con sumo placer, porque me siento en deuda con usted, señorita March. —Al decir esto, señaló el calcetín que yo estaba remendando—. Claro, mis queridas damas dicen: «Este viejo estúpido no se va a dar cuenta de lo que hacemos y no le sorprenderá que sus calcetines ya no estén agujereados... Pensará que a sus chaquetas les crecen botones nuevos cuando los viejos se caen y que los cordones se atan solos». ¡Pero resulta que tengo ojos y veo bien! También tengo corazón y soy capaz de sentir gratitud. Venga, haremos una clase de vez en cuando o... tendrá que dejar de ser el hada madrina de mis niños y mía.

Por supuesto, después de aquello no pude decir nada, y como en verdad me parecía una oportunidad excelente, acepté el trato y empezamos el intercambio. Tras las primeras cuatro clases, me sentí perdida con la gramática. El profesor se mostraba muy paciente conmigo, pero debía de ser un tormento para él. De vez en cuando me miraba con cara de desesperación y yo no sabía si reír o llorar. De hecho, hice ambas cosas, y un día, cuando dejé escapar un suspiro de vergüenza y pesar, lanzó al suelo el libro de gramática y salió de la habitación. Yo me sentí muy avergonzada y creí que nunca volvería, pero le comprendía. Estaba recogiendo mis cosas a toda prisa, con la intención de ir a refugiarme a mi cuarto, cuando entró de nuevo, muy sonriente, y anunció:

—Bueno, ahora probaremos una técnica nueva. Leeremos juntos estos agradables *Märchen* y nos olvidaremos de ese libro tan árido, que se quedará castigado en un rincón.

Hablaba con tanta ternura, y abrió el libro de cuentos de Hans Andersen invitándome a leerlo con una amabilidad tan sincera que me avergoncé aún más de mí misma y adopté un aire de alumna aplicada que pareció divertirle mucho. Olvidé mi timidez y ataqué la lectura con muy buen ánimo; lo hice lo mejor que pude, aunque se me trababa la lengua al leer palabras largas y pronunciaba como Dios me daba a entender. Cuando terminé la primera página e hice una pausa para tomar aliento, él aplaudió y exclamó con su habitual calidez:

—*Das ist gute!* ¡Vamos muy bien! Ahora me toca a mí. Preste atención. —Y empezó a leer en alemán, haciendo retumbar cada palabra con su voz fuerte y un entusiasmo digno de verse. Afortunadamente, se trataba del cuento «El fiel soldado de hojalata», que es muy divertido, y aunque no entendí todas las palabras, no pude dejar de reír. Él estaba tan entregado, y yo tan emocionada, que la escena me resultó de lo más cómica.

A partir de entonces todo empezó a ir mejor, y ahora leo las lecciones bastante bien. Esta forma de estudiar me da buenos resultados, porque aprendo la gramática a partir de los cuentos y poemas, como los medicamentos que se dan con algo dulce para que los traguemos mejor. Yo disfruto mucho y él no parece haberse cansado todavía, lo que dice mucho a su favor, ¿no te parece? Como no me atrevo a pagarle, le haré un buen regalo en Navidad. Marmee, ¿tienes alguna idea?

Me alegra que Laurie esté feliz y ocupado, que ya no fume y se deje crecer el cabello. Está claro que Beth es mejor influencia que yo. No estoy celosa, querida, sigue así, pero ¡no le conviertas en un santo! Me temo que si perdiese su natural travieso no me gustaría tanto. Por favor, leedle algunas partes de mis cartas porque no tengo tiempo para escribir a todos y así tendrá noticias mías. Le doy gracias a Dios de que Beth esté mejor.

Enero

Feliz Año Nuevo a todos, querida familia, lo que, claro está, incluye también al señor Laurence y a un jovencito llamado Teddy. No sabéis la alegría que me dio recibir vuestro paquete de Navidad. No llegó hasta la tarde, cuando ya no esperaba nada. La carta me la entregaron por la mañana, pero no mencionabais el paquete, supongo que porque queríais darme una sorpresa, y me sentí algo triste porque pensé que os habíais olvidado de mí. Después de cenar, me fui a mi habitación, un poco abatida, y cuando me trajeron el enorme paquete, baqueteado y cubierto de barro, lo abracé y me puse a dar saltos de alegría. Era como estar en casa. Me senté en el suelo y leí, miré, comí, reí y lloré como una tonta. Los regalos eran justo lo que necesitaba y me llegó al corazón que los hubieseis hecho en lugar de comprarlos. El tintero de Beth es magnífico, y la caja con pan de jengibre duro que me mandó Hannah, un verdadero tesoro. Usaré las manoplas que me enviaste, Marmee, y leeré los libros que me indica papá. Gracias a todos. ¡Besos y más besos!

Hablando de libros, estoy empezando a hacerme con una buena biblioteca. El señor Bhaer me regaló por Navidad un libro de Shakespeare al que tenía mucho cariño y que yo había visto en más de una ocasión, en el puesto de honor, entre la Biblia en alemán y obras de Platón, Homero y Milton. Así que os imaginaréis la ilusión que me hizo que me lo diese, con una dedicatoria en la que se lee: «De su amigo, Friedrich Bhaer».

—Siempre comenta que le encantaría contar con una biblioteca —me dijo—. Pues ya la tiene, porque lo que hay entre estas tapas son muchos libros en uno. Léalo con atención y le será de gran ayuda. El estudio de los personajes de esta obra le permitirá comprender mejor el mundo y describirlo, luego, con sus propias palabras.

Le di las gracias y ahora me refiero a mi «biblioteca», como si fuese la dueña de cien libros. No imaginaba lo rica que era la obra de Shakespeare hasta que Bhaer me lo explicó. No os riais de su nombre, ya sé que es horrible, pero pronunciado en alemán no suena tan mal... Me alegro de que os guste lo que os cuento de él y espero que algún día tengáis ocasión de conocerle. Sé que mamá le apreciaría por su buen corazón, y papá, por su cultura. Yo le admiro por ambas cosas y me siento feliz de tener un amigo como él.

Como no disponía de mucho dinero ni sabía bien qué podía hacerle ilusión, le compré varios detalles y los fui dejando por su habitación, para que los encuentre cuando menos se lo espere. Los regalos eran prácticos, bonitos o divertidos: un escurreplatos, un florero —siempre tiene en su cuarto una flor, o la hoja de alguna planta, en un vaso porque dice que le refresca— y una manopla de cocina para que no siga quemando sus *mouchoirs*, como diría Amy, al sacar algo del fuego. La hice como la que Beth regaló a Meg, gruesa y en forma de mariposa, con alas amarillas y negras, antenas de estambre y ojos de abalorios. Le gustó muchísimo y la colocó sobre la repisa de la chimenea como un artículo de decoración, por lo que al final no servirá a su propósito. Aunque es un hombre pobre, hizo regalos a todos, desde los criados hasta los niños, y todos, desde la señora de planchar francesa hasta la señorita Norton, pensaron en él. Me alegro mucho de que así sea.

La noche de Fin de Año, organizaron un baile de disfraces y lo pasamos en grande. Yo no pensaba ir, porque no tenía nada que ponerme, pero al final la señora Kirke me prestó un vestido viejo de brocado y la señorita Norton me colocó unos encajes y unas plumas. Así pues, disfrazada de la señora Malaprop, me puse una máscara y bajé a la fiesta. Disimulé la voz y nadie me reconoció. Nadie imaginó que era la callada y altiva señorita March (todos me consideran una mujer fría y estirada, porque es como suelo mostrarme ante los mequetrefes) quien bailaba y vestía de una forma tan alocada, como si fuese una «alegoría de las orillas del Nilo». Me divertí mucho y, cuando llegó la hora de mostrar el rostro, me reí al ver la cara de sorpresa de todos. Oí a un joven comentar a otro que yo era actriz; hasta dijo recordar haberme visto en teatros de poca importancia. A Meg le hubiese encantado la broma. El señor Bhaer se disfrazó de Nick Bottom y Tina, del hada Titania. Verlos bailar juntos era «todo un espectáculo», como diría Teddy.

Así pues, el Fin de Año resultó estupendo. Más tarde, ya de vuelta en mi habitación, me puse a pensar en ello y llegué a la conclusión de que, a pesar de los errores cometidos, voy progresando poco a poco. Ahora estoy casi siempre contenta, trabajo con ganas y me intereso por los demás más que antes, lo que está muy bien. Que Dios os bendiga a todos. Os quiere,

Jo

34
El amigo

A pesar de lo mucho que le gustaba disfrutar de su entorno social y de lo ocupados que estaban sus días desde que se ganaba el pan, que resultaba más dulce, ya que lo conseguía con su esfuerzo, Jo siempre encontraba tiempo para sus trabajos literarios. Su objetivo era el natural en una joven pobre y ambiciosa, pero los medios escogidos para alcanzar dicho fin no fueron los mejores. Convencida de que el dinero otorgaba poder, decidió, en consecuencia, lograr ambos a la vez, dinero y poder, no solo para ella, sino para sus seres más cercanos, a los que quería más que a sí misma. El sueño de vivir en una casa llena de comodidades, poder dar a Beth lo que se le antojase, desde fresas en invierno hasta un órgano en su dormitorio, viajar y tener siempre fondos de sobra para permitirse el lujo de hacer caridad era un viejo anhelo de Jo, su fantasía más querida.

El premio otorgado a su narración breve pareció abrir una puerta que, tras muchas idas y venidas, y con un esfuerzo importante, la había conducido a este encantador castillo en el aire. Pero el fracaso de la novela enfrió su ánimo. La opinión pública es un gigante que ha aterrado a muchos Juan Sin Miedo más valientes que ella. Al igual que el famoso protagonista del cuento, Jo se dio un descanso tras su primer intento, un traspié que le había hecho conocer el más feo de los tesoros del gigante. Pero su capacidad para levantarse y volver a empezar tras cada caída era tan grande como la de Juan, de modo que subió con dificultad por el camino más dudoso y, aunque consiguió un botín mucho mayor, a punto estuvo de dejar atrás algo mucho más valioso que el dinero.

Decidió escribir folletines, dado que, en aquella época aciaga, hasta los siempre perfectos Estados Unidos leían aquella basura. Sin decir nada a nadie, ideó una historia de misterio y fue a llevarla, muy decidida, a la oficina del señor Dashwood, editor del *Weekly Volcano.* Aunque no había leído *Sartor resartus*, el tratado sobre el vestir de Thomas Carlyle, su instinto femenino le decía que la ropa era, para muchos, más importante que la personalidad y los buenos modales. De modo que se arregló lo mejor que supo y, repitiendo para sus adentros que no estaba ni nerviosa ni emocionada, subió valientemente dos tramos sucios y oscuros de escaleras que la condujeron a una habitación desordenada, sumida en una nube de humo de puro, y ante la presencia de tres caballeros que estaban sentados con los pies sobre la mesa y que la recibieron sin bajarlos ni quitarse el sombrero. Algo desalentada por el recibimiento, Jo permaneció en el umbral y susurró un tanto azorada:

—Disculpen, busco la redacción del *Weekly Volcano.* Me gustaría hablar con el señor Dashwood.

Los talones que estaban más altos bajaron y pudo ver a un caballero envuelto en humo que hacía rodar el puro entre los dedos. Fue hacia ella asintiendo con la cabeza y con una expresión en el rostro que solo traslucía falta de sueño. Jo, deseosa de acabar cuanto antes con aquel asunto, le tendió el manuscrito y, cada vez más ruborizada, sumó meteduras de pata mientras pronunciaba el breve discurso que había preparado para la ocasión.

—Una amiga... me envía para que le entregue esta historia... Bueno, es más bien un experimento... Le interesa mucho su opinión... Si le gusta, podría escribir algo más.

Mientras ella balbucía y se sonrojaba, el señor Dashwood pasaba las páginas del manuscrito con sus sucios dedos y revisaba con aire crítico las pulcras páginas.

—No es la primera obra que presenta, ¿verdad? —comentó al comprobar que las páginas estaban numeradas, escritas por una sola cara y no estaban sujetas con un lazo, que era la marca inequívoca de los novatos.

—Así es, señor, mi amiga tiene algo de experiencia, consiguió un premio con un cuento en un concurso del *Blarneystone Banner.*

—¿En serio? —El señor Dashwood le echó un vistazo con el que pareció estudiar todo su atuendo, desde el lazo del sombrero hasta los botones de sus botas—. Bueno, puede dejar el manuscrito, si así lo quiere; por ahora, tenemos tantos escritos de este tipo que no sabemos qué hacer con ellos, pero lo leeré con atención y le diré algo la semana que viene.

A Jo ya no le apetecía dejar el manuscrito, pues el señor Dashwood no era de su agrado pero, dadas las circunstancias, no podía más que asentir y marcharse con la cabeza bien alta y el aire digno que adoptaba cuando se sentía molesta o avergonzada. En aquella ocasión, sentía ambas cosas, porque las miradas que habían intercambiado los caballeros dejaban bien claro que no se habían tragado su mentirijilla acerca de la amiga escritora. Cuando cerró la puerta y oyó que todos reían tras algún comentario del editor, su turbación aumentó. Decidida a no volver nunca a ese lugar, regresó a casa y desahogó su frustración dando vigorosas puntadas a unos delantales hasta que, un par de horas después, se tranquilizó lo suficiente para reír al recordar lo ocurrido y desear que llegase la semana siguiente.

Cuando volvió, encontró al señor Dashwood solo, de lo que se alegró. El hombre estaba mucho más despierto que en la ocasión anterior, lo que era de agradecer, y no estaba envuelto en una nube de humo de puro que le impidiese recordar sus buenos modales. Por todo ello, la segunda entrevista fue mucho mejor que la primera.

—Aceptaremos su manuscrito (los editores nunca hablan en singular) si no se opone a introducir algunas modificaciones. Es excesivamente largo pero, si omite los pasajes marcados, tendrá la extensión adecuada —explicó en tono muy formal.

Las páginas estaban tan arrugadas y subrayadas que Jo apenas reconocía su manuscrito, pero le echó un vistazo, con la cara que pondría una madre a quien aconsejasen cortar una pierna a su hijo para que cupiese mejor en la cuna, y descubrió con asombro que los fragmentos eliminados eran aquellos en los que había intercalado con suma discreción alguna reflexión moral que compensase tanto romanticismo barato.

—Pero, señor, yo creo que toda historia debe transmitir un mensaje moral para ayudar a que unos cuantos pecadores se arrepientan.

El señor Dashwood relajó su semblante serio de editor y sonrió, porque Jo había olvidado la excusa de la «amiga» y hablaba como solo un autor lo haría.

—Mire, la gente quiere pasar un buen rato, no que le den un sermón. Hoy en día, lo moral no vende. —Afirmación que, por supuesto, no era cierta.

—Entonces, ¿cree que debería aceptar las correcciones?

—Sí, el argumento es novedoso y está bastante bien resuelto, y el estilo es bueno —fue la amable respuesta del señor Dashwood.

—¿Y qué...? Quiero decir, ¿qué compensación...? —empezó Jo, sin encontrar las palabras precisas.

—Sí, claro... Bueno, por esta clase de textos solemos dar entre veinticinco y treinta dólares. Pagamos cuando se publica —contestó el señor Dashwood, como si hubiese olvidado aquel asunto; es sabido que un editor no suele ocuparse de esas fruslerías.

—Está bien, es suyo —dijo Jo, que le entregó nuevamente el manuscrito con aire satisfecho porque, después de cobrar un dólar por columna, incluso veinticinco dólares le parecían una buena paga—. ¿Quiere que le diga a mi amiga que si escribe otra mejor podría interesarle? —inquirió Jo, sin recordar el lapsus que la había delatado antes y envalentonada por su logro.

—Bueno, le echaríamos un vistazo, pero no le prometo nada. Dígale que escriba algo más corto y más picante y que se olvide de la moral. ¿Qué nombre quiere su amiga que pongamos como autora? —preguntó el editor en tono despreocupado.

—Ninguno, por favor. No quiere darse a conocer y no tiene pseudónimo literario —respondió Jo, que se sonrojó a su pesar.

—Como prefiera. La historia se publicará la semana que viene. ¿Vendrá a buscar el dinero o quiere que se lo envíe a algún lado? —preguntó el señor Dashwood, que sentía un deseo natural de conocer mejor a su nueva colaboradora.

—Vendré yo. Que tenga un buen día, señor.

Cuando Jo se hubo marchado, el señor Dashwood puso los pies sobre la mesa e hizo este elegante comentario: «Es pobre y orgullosa, como todas, pero servirá».

Siguiendo las indicaciones del señor Dashwood e inspirándose en la señorita Northbury, Jo se adentró temerariamente en las superficiales aguas de la lectura folletinesca pero, gracias al salvavidas que le lanzó un amigo, no salió demasiado malparada de la zambullida.

Al igual que la mayoría de los escritorzuelos jóvenes, Jo introdujo personajes y escenarios extranjeros, bandoleros, condes, gitanas, monjas y duquesas que representaban su papel con el acierto e ímpetu esperados. A sus lectores no les interesaban nimiedades como la gramática, la puntuación o la verosimilitud, y el señor Dashwood le permitía graciosamente llenar sus columnas por un precio ridículo, sin sentir la necesidad de informar a su joven colaboradora de que la causa de su hospitalidad era que uno de sus autores habituales había conseguido un sueldo mejor en otro lado y le había dejado en la estacada.

Al ver que sus magros ingresos aumentaban, de forma lenta pero segura, al igual que la provisión para pagar unas vacaciones estivales en la montaña a Beth, Jo se volcó con ganas en el trabajo. Sin embargo, el hecho de no haber comentado nada a su familia enturbiaba su satisfacción. Sospechaba que su padre y su madre no aprobarían lo que hacía y prefería probar en secreto primero y pedir perdón después. No era difícil mantener el asunto oculto, puesto que sus escritos no iban firmados con su nombre. Por supuesto, el señor Dashwood había averiguado la verdad enseguida, pero había prometido callar y, algo poco habitual en él, había mantenido su promesa.

Se convenció de que no había mal en ello, puesto que se había hecho el sincero propósito de no escribir nada de lo que pudiese avergonzarse y, cuando le remordía la conciencia, la callaba pensando en lo dichoso que sería el momento en que mostrase a los suyos lo que había ganado y riesen del secreto tan bien guardado.

Pero el señor Dashwood solo quería historias emocionantes y, si ella le proponía algo distinto, lo rechazaba. Así, para tener siempre en vilo al lector, tenía que echar mano sin contemplaciones de temas de historia y amor, tierra y mar, arte y ciencia, fichas policiales y manicomios. Jo comprendió que no disponía de suficiente experiencia vital para haber entrado en contacto con la cara trágica de la vida y, viendo lo que tenía entre manos, se propuso suplir sus deficiencias con su característico arrojo. Ansiosa por encontrar inspiración para sus historias y decidida a dotarlas de tramas originales, ya que no bien urdidas, se lanzó a buscar noticias de accidentes, sucesos y crímenes y levantó sospechas en alguna que otra bibliotecaria al pedir libros sobre venenos. Cuando paseaba por la calle, estudiaba las fisionomías y analizaba las personalidades —buenas, malas o ni una cosa ni la otra— de quienes la rodeaban. Hurgó en el polvo de otras épocas en busca de hechos o historias tan viejas que pareciesen nuevas y, en la medida de sus posibilidades, abordó la locura, el pecado y la miseria. Pensó que prosperaba pero, sin darse cuenta, iba profanando algunos de los aspectos más importantes de su condición de mujer. Aunque fuese en su imaginación, vivía en un entorno nocivo, que la afectaba, pues tanto su corazón como su mente recibían alimentos poco nutritivos, incluso peligrosos, y aquel encuentro prematuro con el lado más oscuro de la vida, que siempre llega demasiado temprano para todos, había borrado demasiado rápido el rubor inocente propio de su edad.

Ella, aunque no lo veía, lo sentía, porque tanto describir las pasiones y los sentimientos de otros la llevó a especular sobre los suyos, un entretenimiento malsano al que una mente joven y saludable no se entrega voluntariamente. Y puesto que las malas acciones siempre entrañan un castigo, Jo obtuvo el suyo cuando más lo necesitaba.

Desconozco si el estudio de Shakespeare la ayudó a comprender las personalidades o si fue su instinto natural de mujer honesta, valiente y fuerte. El caso es que, mientras dotaba a sus héroes imaginarios de toda perfección, descubrió un héroe de carne y hueso que despertó su interés a pesar de sus imperfecciones humanas. En una charla con el señor Bhaer, este le había recomendado que, para entrenarse como escritora, estudiase y describiese a las personas sencillas, verdaderas y buenas que encontrase a su paso. Jo le tomó la palabra de inmediato, centró su atención en él y lo estudió en profundidad, algo que hubiese desazonado mucho al pobre señor de haberlo sabido, puesto que el digno profesor era ajeno a todo engreimiento.

Al principio, a Jo le extrañaba que todos le quisieran tanto. No era rico, noble, joven ni guapo, de ningún modo podría calificársele de fascinante, impresionante o brillante, y sin embargo resultaba tan atractivo como un buen fuego y los demás se congregaban a su alrededor de forma espontánea, como si les calentase el corazón. Era pobre, pero siempre parecía estar regalando cosas a los demás; era extranjero, pero tenía muchos amigos; ya no era joven, pero tenía el corazón tan alegre como el de un niño; era franco y extravagante, pero muchos consideraban que tenía unos rasgos agraciados y perdonaban sus rarezas por su buen carácter. Jo lo observaba con frecuencia para tratar de descubrir el origen de su encanto y, al fin, llegó a la conclusión de que era la benevolencia la que obraba el milagro. Si el profesor tenía alguna pena, se «sentaba con la cabeza entre las alas» y mostraba a los demás su lado más risueño. Tenía arrugas en la frente, pero el tiempo le había tratado bien, tal vez en pago a lo bueno que era con sus semejantes. Las simpáticas arrugas que bordeaban su boca parecían recordar las muchas palabras amistosas pronunciadas y las risas alegres. Sus ojos nunca resultaban fríos ni duros, y sus apretones de manos, efusivos y cálidos, decían más que cualquier palabra.

Sus ropas parecían participar del carácter hospitalario del profesor. Era como si estuvieran a gusto con él y quisiesen que se sintiera cómodo. Lo amplio de su chaleco parecía anunciar lo grande que era el corazón que cobijaba, su gastado abrigo tenía un aire distinguido y los anchos bolsillos daban fe de las manos de los niños que solían llegar vacías e irse llenas. Hasta sus botas parecían benevolentes y el cuello de su camisa nunca estaba tieso ni áspero como el de todos los demás.

¡Eso es!, se dijo Jo cuando, al fin, comprendió que el mirar con buenos ojos a alguien transformaba al otro hasta el punto de que un robusto profesor alemán que zampaba la comida, zurcía calcetines y llevaba la carga de un apellido que no sonaba bien resultase bello y digno.

Jo valoraba mucho la bondad, pero la inteligencia suscitaba en ella un gran respeto, y algo que descubrió sobre el profesor hizo que su estima por él aumentase aún más. Como él nunca hablaba de sí mismo, todos desconocían que en su ciudad natal era un hombre muy honrado y apreciado por su preparación y su integridad, hasta que uno de sus conciudadanos estuvo de visita por la zona y, en una charla con la señorita Norton, divulgó el dato. Jo se enteró por ella, y le agradó mucho más en la medida en que el señor Bhaer lo había mantenido en secreto. Aunque en Estados Unidos solo era un pobre maestro de lengua, en Berlín era un famoso profesor. Para Jo aquel descubrimiento, sumado al hecho de que llevase una vida hogareña y trabajase tanto, confería un aire mucho más romántico a su historia.

Pero aún le faltaba descubrir otro don más portentoso que el intelecto, y todo ocurrió de forma inesperada. La señorita Norton se codeaba con los círculos literarios, algo con lo que Jo no podía sino soñar. La solterona, en su deseo de apoyar a la ambiciosa muchacha, accedió a que tanto ella como el profesor la acompañasen en algunas de sus salidas. En una ocasión, los invitó a acudir a una velada que se celebraba en honor de varias personalidades.

Jo iba preparada para inclinarse y venerar a los personajes a los que adoraba con juvenil entusiasmo. Sin embargo, su reverencia por los genios sufrió un duro revés aquella noche, y tardó un tiempo en recuperarse del impacto que le produjo descubrir que aquellas grandes criaturas eran, al fin y al cabo, hombres y mujeres. Cabe imaginar su consternación cuando, al mirar de reojo, con tímida admiración, al poeta cuyos versos habían conmovido su ser alimentándolo con «espíritu, fuego y rocío», todo lo que vio fue a un hombre que devoraba su cena con tal pasión que hasta el semblante tenía enrojecido. Caído uno de sus ídolos, la joven no tardó en descubrir otras cosas que disolvieron su visión romántica. El excelente novelista iba de una licorera a otra con la regularidad de un péndulo; el famoso teólogo coqueteaba abiertamente con la Madame de Staël de la época, que apuñalaba con la mirada a la Corinne de turno, quien hacía burla de ella tras tratar en vano de llamar la atención del profundo filósofo, que bebía tanto té como Samuel Johnson y parecía a punto de quedarse dormido, puesto que la locuacidad de la dama hacía imposible toda conversación. En cuanto a los científicos, habían hecho a un lado los moluscos y los períodos glaciares y murmuraban sobre arte mientras devoraban ostras y helados con gran dedicación. El joven músico, que había hechizado a la ciudad entera como un segundo Orfeo, hablaba sobre caballos, y el único ejemplar de noble inglés presente resultó ser el hombre más ordinario de la fiesta.

No había transcurrido ni la mitad de la velada cuando Jo se sintió tan profundamente *désillusionnée* que tuvo que sentarse en un rincón para recuperar el ánimo. El señor Bhaer se acercó, con aspecto de sentirse fuera de lugar, momento en que varios filósofos, cada uno con su tema a cuestas, se dirigieron lentamente hacia allí para organizar una especie de torneo intelectual en aquel lugar apartado. La conversación era de todo punto incomprensible para Jo, que aun así disfrutó escuchándolos hablar de Kant y Hegel, dos dioses desconocidos, y de términos inteligibles como «objetivo» y «subjetivo». Pero lo único que surgió de su interior, terminada la charla, fue un tremendo dolor de cabeza. Poco a poco le pareció entender que el mundo, hecho pedazos, se había recompuesto para dar lugar a otro nuevo regido, a decir de los contertulios, por principios mucho mejores que los anteriores; que la religión perdía fuerza ante la razón y que el intelecto se convertía en el único Dios verdadero. Jo no entendía mucho de filosofía ni de metafísica, pero aquellas ideas le provocaron una curiosa emoción que era a la vez placentera y dolorosa, y mientras los escuchaba tenía la sensación de ir a la deriva en el tiempo y el espacio, como un globo que se escapa y vaga por el cielo.

Se volvió para ver qué cara ponía el profesor y le descubrió mirándola con la expresión más seria que le había visto en la vida. Él meneó la cabeza y la invitó a alejarse de allí, pero ella, que escuchaba embelesada hablar de la libertad de la filosofía especulativa, permaneció en su silla, con la intención de averiguar en qué se podía confiar una vez aniquiladas todas las viejas creencias.

El señor Bhaer se mostraba cohibido, reacio a dar a conocer su opinión, no porque no la tuviese meditada, sino porque era demasiado sincero y formal para hablar por hablar. Miró a Jo y a varios de los jóvenes que habían acudido atraídos por el resplandor de aquel ejercicio de pirotecnia filosófica, frunció el entrecejo y tuvo ganas de intervenir para impedir que alguna de aquellas almas jóvenes tan impresionables se dejase engañar por los fuegos artificiales y, una vez terminado el espectáculo, acabara con solo un palito vacío o una mano quemada.

Lo soportó lo mejor que pudo pero, cuando le preguntaron su opinión, estalló con sincera indignación y defendió la religión con la elocuencia que aporta la verdad y que hizo que su inglés sonara más musical que nunca y su rostro resplandeciese. El combate fue duro puesto que los filósofos eran buenos argumentando, pero él no se dio por vencido y se mantuvo fiel a sus principios hasta el final. Y, mientras le oía, el mundo volvió a recuperar el sentido que tenía para Jo, las viejas creencias que tanto tiempo habían perdurado parecían nuevamente mejores que las nuevas. Dios no era una fuerza ciega y la inmortalidad no era un cuento hermoso sino una bendición real. Volvió a sentir la tierra firme bajo sus pies y cuando el señor Bhaer hizo una pausa para ganar tiempo, no porque le hubiesen convencido, Jo sintió el impulso de aplaudir y darle las gracias.

No hizo ni lo uno ni lo otro, pero la escena se grabó en su memoria y, a partir de entonces, sintió mayor respeto por el profesor, que, a pesar de lo que le había costado decir lo que pensaba, lo había hecho porque su conciencia no le permitía callar. Así fue como Jo comprendió que los valores son mucho más importantes que el dinero, la posición social, la formación intelectual o la belleza, y que si la excelencia era, como un sabio había definido, «verdad, reverencia y buena voluntad», entonces el señor Bhaer no solo era un hombre bueno, sino excepcional.

Aquella certeza se reforzaba día a día. Valoraba su consideración, codiciaba su respeto y se esforzaba por ser digna de su amistad, y justo cuando ese deseo era de lo más sincero, a punto estuvo de perderlo todo. El problema surgió de un gorro de papel que Tina le había puesto y que el profesor olvidó quitarse antes de ir a dar clase a Jo.

Está claro que no se mira al espejo antes de venir, pensó ella, sonriendo para sus adentros, cuando él saludó con un «Buenas tardes» y tomó asiento muy serio, ajeno al divertido contraste que producía su gorro y el tema de la clase, ya que iban a leer *La muerte de Wallenstein*.

Al principio Jo no dijo nada porque le gustaba mucho oír la risa franca y sonora con que el profesor recibía cualquier cosa divertida que ocurriese, y prefirió dejar que él lo descubriese por sí mismo. Después se le olvidó, porque oír a alguien leer a Schiller en alemán requiere mucha concentración. Tras la lectura llegó la hora de la lección, que resultó muy animada porque, aquella tarde, Jo estaba de muy buen humor y la visión del gorro de papel hacía brillar sus ojos de alegría. El profesor no entendía qué le ocurría a la joven. Al final, interrumpió la clase y preguntó con gran sorpresa:

—Señorita, March, ¿se puede saber por qué se ríe de su maestro? ¿Tan poco respeto le merezco para portarse así?

—Señor, ¿cómo podría mostrarle respeto con ese gorro que lleva puesto? —inquirió a su vez Jo.

El distraído profesor se llevó la mano a la cabeza, encontró el gorro y lo retiró muy serio, lo miró durante unos segundos y, por último, echó la cabeza hacia atrás y soltó una alegre carcajada.

—¡Ahora entiendo! Ha sido ese diablillo de Tina, que me ha puesto un gorro con el que parezco un loco. Bueno, no pasa nada, pero si la clase no termina bien, usted acabará usando este gorro.

Lo cierto es que la clase no siguió, ni bien ni mal, porque el señor Bhaer vio en el papel una imagen que le llamó la atención, deshizo el gorro y dijo con profundo desagrado:

—Me gustaría que estas publicaciones no entraran en la casa; no es algo que un niño deba ver ni un joven leer. No está bien. Cuando pienso en quienes escriben cosas tan nocivas, pierdo la paciencia.

Jo echó una ojeada a la hoja y vio una memorable ilustración en la que aparecían un loco, un cadáver, un villano y una víbora. No le gustó nada, pero lo que la hizo apartarla de sí no fue precisamente su desagrado, sino el miedo que sintió al sospechar que pudiese ser una página del

Volcano. No lo era, por suerte, y su temor se aplacó al recordar que, aun de haberlo sido y tratarse de una de sus historias, no habría nombre alguno que delatara su autoría. Sin embargo, se había delatado ella misma al ruborizarse, porque, aunque el profesor era un hombre distraído, se daba cuenta de mucho más de lo que la gente creía. Sabía que Jo escribía y se había cruzado con ella en las redacciones de varios periódicos pero, puesto que la joven no sacaba el tema a relucir, él tampoco preguntaba nada a pesar de lo mucho que le apetecía conocer su trabajo. En aquel momento, se le ocurrió que Jo se avergonzaba de lo que escribía y la idea le inquietó. En lugar de decirse: No es asunto mío, no tengo derecho a opinar, como hubiese hecho la mayoría, pensó que Jo era joven y pobre, una muchacha que se encontraba lejos de su casa y del cuidado de su madre y de su padre, y sintió un impulso de ayudarla tan espontáneo y natural como el que le hubiese llevado a salvar a un niño que hubiese descubierto ahogándose en un estanque. Todos estos pensamientos pasaron por su mente en un minuto, sin que se traslucieran en su rostro, y al cabo de un rato, una vez olvidada la página de periódico, cuando Jo empezó a coser, dijo en tono distendido pero con seriedad:

—Hace bien al alejarlo de usted. La idea de que una jovencita buena pueda ver tales cosas me desagrada mucho. A algunos, estas historias les parecen entretenidas, pero yo antes dejaría que mis hijos jugasen con pólvora que con esa basura nociva.

—Tal vez más que nociva sea simplemente tonta... Si la gente la pide, no veo qué hay de malo en que se le facilite. Muchas personas honradas se ganan la vida decentemente escribiendo esta clase de historias —apuntó Jo, dando cada puntada con tanta fuerza que se creaban surcos en la tela.

—La gente también pide whisky, y no por ello usted o

yo accederíamos a venderlo. Si esas personas honradas supiesen el daño que causan, no pensarían que se ganan la vida de una forma tan decente. No tienen derecho a envenenar el confite y ver cómo los niños lo comen. No, deberían reflexionar y ¡barrer las calles antes que hacer algo así!

El señor Bhaer habló con vehemencia, y fue hacia la chimenea con el papel arrugado en la mano. Jo permaneció callada, y pareció que el fuego la alcanzaba también a ella, porque notaba que las mejillas le ardieron durante mucho rato después de que el gorro de papel hubiese quedado reducido a humo y hubiese escapado por la chimenea.

—Me gustaría poder quemarlos todos —musitó el profesor mientras volvía a su lugar con aire satisfecho.

Jo imaginó la pira que el profesor organizaría con los manuscritos que guardaba en su habitación y la forma en que se ganaba el pan empezó a remorderle la conciencia. Entonces, para consolarse, se dijo: Mis relatos no son así, no son tontos ni nocivos; no tengo por qué preocuparme. A continuación cogió el libro y dijo con cara de alumna aplicada:

—Señor, ¿podríamos seguir? Me comportaré y no volveré a reírme.

—Eso espero —dijo él por toda respuesta, aunque quería decir mucho más de lo que Jo imaginaba, y la mirada seria y tierna que le lanzó la hizo sentir como si llevase grabado en la frente el nombre *Weekly Volcano* en letras grandes.

Tan pronto como subió a su habitación, Jo sacó los manuscritos y los releyó todos con suma atención. El señor Bhaer era algo miope, usaba gafas, y ella se las había probado en alguna ocasión; le había hecho mucha gracia ver cómo agrandaban las letras del libro. En aquel momento, se sintió como si llevase puestas las gafas mentales o morales del señor Bhaer, porque los defectos de aquellas pobres historias le resultaron tan evidentes que sintió un profundo abatimiento.

Son una verdadera basura, se dijo; y si sigo, pronto serán peor que basura, porque las últimas son aún más folletinescas que las primeras. He actuado sin pensar y me he hecho daño a mí misma y a otros solo por conseguir algo de dinero. Está claro que son malas porque no puedo leerlas en conciencia sin sentirme terriblemente avergonzada. ¿Qué haría si lo descubriesen en casa o llegasen a manos del señor Bhaer?

Jo se sonrojó solo de pensarlo y quemó todos los manuscritos en la cocina, donde crearon una llamarada que casi prende en la campana.

Sí, este es el lugar que merece tanta tontería inflamada; prefiero arriesgarme a incendiar la casa antes que permitir que alguien se queme con la pólvora de mi creación, se dijo mientras veía cómo «El demonio del Jura» ardía hasta quedar convertido en una oscura ascua con fieros ojos.

Cuando todo el trabajo de los últimos tres meses quedó reducido a un montón de cenizas, Jo se sentó en el suelo, muy seria, con el dinero en el regazo, y se preguntó qué debía hacer con sus honorarios.

Creo que todavía no he hecho demasiado daño y puedo conservar el dinero a cambio del tiempo invertido..., concluyó para sus adentros, tras mucho meditar. Luego añadió para sí, perdiendo la paciencia: ¡Cómo me gustaría no tener conciencia! Es un incordio. Si no me preocupase actuar bien, no me sentiría mal al no hacerlo y lo pasaría en grande. A veces, no puedo por menos de desear que papá y mamá no hubiesen sido tan escrupulosos en estas cosas.

¡Ah, Jo! En lugar de desear eso, da gracias a Dios de que tus padres sean «tan escrupulosos» y apiádate de las almas que no han tenido tan buenos guardianes para protegerlas con principios que pueden parecer los muros de una prisión a las jóvenes impacientes pero que, con el tiempo, demostrarán ser cimientos sanos para la formación de una buena mujer.

Jo no volvió a escribir esa clase de historias, convencida de que el dinero no la compensaba. Pero, como suele ocurrirle a la gente con su carácter, se fue al otro extremo; estudió la obra de la señora Sherwood, la señorita Edgeworth y Hannah More y escribió una obra que, más que un relato de ficción, parecía un ensayo o un sermón moral. Aquella opción no acababa de convencerla, ya que, dadas su alegría y naturaleza romántica, se encontraba tan incómoda con aquel nuevo estilo como se habría sentido de haberse disfrazado con uno de esos trajes rígidos y voluminosos que utilizaban en el siglo pasado. Envió aquella gema didáctica a varios mercados, pero no encontró comprador, y hubo de convenir con el señor Dashwood en que lo moral no era comercial.

A continuación, probó con cuentos para niños, de los que podría haber prescindido de no haber querido lucrarse con ellos, en un afán mercenario. La única persona que le ofreció una suma suficiente para que mereciese la pena que se aventurara en el mundo de la literatura infantil fue un caballero rico que creía que su misión en la vida era convertir a los demás a su credo particular. Pero, por mucho que le agradase la idea de escribir para niños, Jo no podía consentir que todos los menores traviesos acabasen devorados por osos o embestidos por toros furiosos solo porque no acudieran los sábados a una determinada escuela de catequesis, que todos los niños buenos que sí lo hacían recibiesen a cambio toda suerte de bendiciones, desde pan de jengibre dorado hasta coros de ángeles que los escoltaban cuando dejaban este mundo, entre salmos y sermones pronunciados con sus lenguas ceceantes. Así pues, en vista de que nada bueno salía de aquellos intentos, Jo tapó el tintero y dijo, en un arranque de humildad:

—No sé nada. Esperaré hasta que sepa hacerlo mejor antes de volver a intentarlo y, mientras tanto, «barreré las calles si es preciso». —Y esa decisión fue la prueba de que, como en el cuento, la segunda caída de la mata de judías le había hecho mucho bien.

Mientras la revolución interior continuaba, la vida real seguía tan llena de trabajo y vacía de acontecimientos como de costumbre. Y nadie, excepción hecha del profesor Bhaer, se percataba de que, a ratos, Jo parecía seria o triste. Él la observaba sin que ella se diese cuenta, para ver si su reprimenda había surtido efecto. La joven había pasado la prueba y él se sentía satisfecho porque, aunque ninguno de los dos comentó nada, sabía que Jo había dejado de escribir. Lo adivinó no solo por el hecho de que su dedo índice ya no estaba manchado de tinta, sino porque ahora se quedaba abajo después de la cena, no había vuelto a coincidir con ella en las redacciones de los periódicos y estudiaba con tenaz paciencia, lo que indicaba sin lugar a duda que había accedido a emplear su mente en asuntos, si no más gratos, cuando menos más útiles.

Él la ayudaba de muchas maneras, con lo que demostró ser un auténtico amigo, y Jo estaba feliz. Mientras la pluma descansaba, ella aprendía mucho más que alemán y sentaba las bases para su propia historia romántica.

Pasó un invierno muy agradable y no dejó la casa de la señora Kirke hasta el mes de junio. Cuando el día de su partida, se acercaba, todo el mundo se entristeció.

A los niños no había quien los consolara, y el señor Bhaer iba con el cabello despeinado y encrespado, porque siempre se lo mesaba cuando estaba inquieto.

—¡Se va a casa! ¡Qué suerte tener un hogar al que volver! —dijo el profesor, y permaneció sentado en un rincón, en silencio, atusándose la barba mientras celebraban la pequeña fiesta de despedida que Jo improvisó la última noche.

Como al día siguiente partiría de madrugada, Jo se despidió de todos antes de irse a dormir y, cuando le llegó el turno a él, dijo afectuosamente:

—Bueno, señor, espero que si alguna vez viaja por la zona se acerque a vernos. Si no lo hace, nunca le perdonaré. Quiero que todos conozcan a mi amigo.

—¿En serio? ¿Le gustaría que fuese? —preguntó él dirigiéndole una mirada llena de un entusiasmo que la joven no percibió.

—Claro, señor, venga el mes que viene. Laurie se graduará entonces y podremos ir a la ceremonia de entrega de diplomas juntos.

—¿Se refiere a su mejor amigo? —preguntó el profesor un tanto alterado.

—Sí, estoy muy orgullosa de él. Me encantaría que le conociese.

Jo levantó la vista, pensando solo en su alegría al imaginar un encuentro entre ambos hombres. De pronto, algo en la expresión del señor Bhaer le hizo pensar que probablemente Laurie seguiría queriendo ser más que un amigo y, como no deseaba dar a entender que podía haber algo entre ellos, se sonrojó sin querer. Y cuanto más trataba de no ruborizarse, más roja se ponía. No sé qué hubiese sido de ella de no haber tenido a Tina sobre las rodillas. Por fortuna, la niña sintió el deseo de abrazarla, por lo que Jo pudo ocultar su rostro unos instantes, con la esperanza de que el profesor no se hubiese percatado de nada. Pero sí lo hizo y, tras un momento de angustia, adoptó su tono habitual para decir con gran cordialidad:

—Temo que no dispondré de tiempo para visitarles, pero le deseo mucha suerte a su amigo, y a usted, toda la felicidad. ¡Que Dios la bendiga! —Dicho esto, le dio un tierno apretón de manos, puso a Tina sobre sus hombros y se marchó.

Cuando los niños estuvieron en la cama, el profesor se sentó junto al fuego, con expresión cansada y embargado por la nostalgia. Entonces recordó a Jo sentada con la pequeña sobre sus rodillas, y la dulzura nueva que había iluminado su cara, y apoyó la cabeza sobre las manos. Después dio varias vueltas por la habitación, como si buscara algo y no lograra hallarlo.

No es para mí, no debo albergar esperanzas, se dijo lanzando un suspiro que era casi un lamento. Después, como si se reprochase a sí mismo no poder contener su anhelo, fue a dar un beso a las dos cabecitas que dormían, cogió su pipa de espuma de mar, que rara vez fumaba, y abrió un libro de Platón.

Hizo todo cuanto pudo, y con gran resolución, pero no creo que un par de niños díscolos, una pipa o incluso el divino Platón fueran buenos sustitutos de una esposa, unos hijos y un hogar.

Aunque era temprano, a la mañana siguiente se presentó en la estación para despedir a Jo. Y, gracias a él, la joven inició su solitario viaje con el recuerdo amable de un rostro conocido y sonriente, un ramo de violetas y, lo mejor de todo, un pensamiento dichoso: «Bueno, el invierno ha terminado y no he escrito ningún libro ni he ganado ninguna fortuna, pero he hecho un amigo que merece la pena e intentaré no perderlo nunca».

35
Mal de amores

Fuese cual fuese el motivo, lo cierto es que aquel año Laurie dio muestras de una gran determinación; se graduó *cum laude* y, a decir de sus amigos, recitó su discurso con la gracia del revolucionario orador estadounidense Phillips y la elocuencia de Demóstenes. Todo el mundo fue a verle: su abuelo, ¡que estaba tan orgulloso!, el señor y la señora March, John y Meg, Jo y Beth... Y todos se regocijaron por él con esa sincera admiración a la que los chicos no dan importancia pero que es tan difícil de conseguir luego en la vida, por muchos triunfos que tengamos.

—Tengo que quedarme por esta maldita cena, pero estaré en casa mañana temprano. ¿Vendréis a recibirme como antes, chicas? —preguntó Laurie al dejar a las hermanas en el carruaje, después de terminadas las celebraciones. Dijo «chicas», pero en realidad se refería solo a Jo, porque ella era la única que seguía manteniendo la vieja costumbre; y, puesto que era incapaz de negarle nada a su espléndido y triunfador muchacho, contestó con ternura:

—Iré, Teddy, ya llueva o truene, y desfilaré ante ti tocando un himno de bienvenida a los héroes con un birimbao.

Laurie le dio las gracias con una mirada que hizo que ella se estremeciese y pensase: ¡Oh, Dios! Estoy segura de que me dirá algo, ¿y qué haré entonces?

Una tarde de reflexión y una mañana de trabajo aquietaron en parte sus miedos y, tras decidir que imaginar que alguien se le iba a declarar cuando ya había dejado clara la respuesta era una prueba de vanidad por su parte, partió hacia su cita, con la esperanza de que Teddy no acudiese y no la obligase a herir sus sentimientos. Tras una visita a Meg, y un rato muy entretenido en compañía de Daisy y Demijohn, se sintió mucho más preparada para el *tête-à-tête* previsto pero, cuando vio surgir en el horizonte la figura robusta de su amigo, le entraron ganas de dar media vuelta y echar a correr.

—¡Jo! ¿Dónde está el birimbao? —preguntó Laurie en cuanto estuvo lo bastante cerca para que le oyera.

—Lo he olvidado —respondió Jo, que recuperó el ánimo al observar que aquel no era el saludo de un enamorado.

En ocasiones como aquella, solía tomar a Laurie del brazo, pero optó por no hacerlo y él no protestó —lo que no era una buena señal—, y se puso a hablar a toda velocidad de cosas ajenas a ellos, hasta que dejaron atrás la carretera para adentrarse en el camino que atravesaba el bosquecillo e iba a dar a sus casas. Entonces, el joven aminoró el paso, la conversación se tornó menos fluida e incluso hubo algún que otro silencio incómodo entre ambos. Con el propósito de rescatar la charla de uno de aquellos pozos de silencio, Jo comentó a la ligera:

—¡Supongo que ahora tendrás unas buenas vacaciones!

—Esa es mi intención.

Algo en el tono firme del muchacho hizo que Jo levantase la mirada enseguida y le descubriese observándola de un modo que no dejaba lugar a dudas: el momento que tanto temía había llegado. Alzó la mano para frenarle e imploró:

—¡Por favor, Teddy, no lo hagas!

—Sí lo haré y tendrás que escucharme. No sirve de nada callar, Jo. Tenemos que aclarar este asunto y cuanto antes lo hagamos mejor para ambos —apuntó, a un tiempo animado y rojo de vergüenza.

—Está bien; entonces, habla. Te escucho —repuso Jo con una paciencia algo teñida de desesperación.

Laurie era un joven enamorado. Su amor era sincero y quería explicarse, aunque muriese en el intento. Abordó el asunto con la impetuosidad que le caracterizaba, pero con una voz que, de vez en cuando, temblaba, por mucho que se esforzase por comportarse como un hombre y mantener a raya la emoción.

—Te quiero desde que te conozco, Jo. No lo puedo evitar, siempre has sido muy buena conmigo. He intentado mostrarte mis sentimientos, pero no me has dejado. Ahora quiero explicártelo todo y necesito que me des una respuesta, porque no puedo seguir así por más tiempo.

—Quería evitarte esto, pensé que comprenderías... —comenzó Jo, consciente de que iba a resultar más duro de lo que esperaba.

—Sé que es así, pero las muchachas sois tan extrañas que uno nunca sabe a qué atenerse. Decís «no» queriendo decir «sí» y volvéis locos a los hombres por pura diversión —afirmó Laurie, atrincherado en aquel hecho irrefutable.

—No es mi caso. Nunca he pretendido que te intereses por mí en este sentido, y me alejé para evitarlo en la medida de lo posible.

—Lo suponía; es muy propio de ti, pero no ha servido de nada. Solo has conseguido que te quiera más y que me esfuerce más por agradarte. He dejado de ir a los billares y de hacer la clase de cosas que te desagradan, he esperado sin protestar con la esperanza de que correspondías a mi amor, aunque yo valga mucho menos que tú... —Llegado a este punto, la voz se le quebró y Laurie decapitó varios ranúnculos al tiempo que se aclaraba la «maldita garganta».

—¡Eso no es cierto! Tú vales mucho más que yo, y te estoy muy agradecida por todo... Me siento orgullosa de ti y te aprecio mucho. No sé por qué no soy capaz de amarte como esperas. Lo he intentado, pero no puedo mandar en mis sentimientos y si afirmase sentir algo más estaría mintiendo.

—¿Estás segura, Jo?

Al formular la pregunta Laurie se detuvo en seco, le tomó las manos y la miró de un modo que ella no olvidaría jamás.

—Sí, estoy segura.

Ya estaban en el bosquecillo, a unos pasos de la cerca. Cuando Jo pronunció aquellas últimas palabras a regañadientes, Laurie dejó caer las manos y dio media vuelta, dispuesto a seguir adelante. Pero, por primera vez en su vida, era como si aquella cerca fuese insalvable, y se quedó allí, con la cabeza apoyada en los postes tapizados de musgo, tan callado que Jo sintió miedo.

—¡Oh, Teddy, lo lamento, lo siento muchísimo! ¡Si sirviese de algo, daría la vida por ti! Quisiera que no fuese tan difícil. No puedo hacer nada. Nadie puede enamorarse a voluntad de otra persona —exclamó Jo, con poco tacto y llena de remordimientos, mientras daba unas tiernas palmadas en el hombro a su amigo y recordaba las muchas veces en las que él la había consolado en el pasado.

—A veces ocurre —musitó él sin apartar la cara de la estaca.

—No creo que eso sea amor de verdad, y prefiero no conocerlo —aseguró Jo con firmeza.

Guardaron silencio un rato mientras un mirlo cantaba

alegre en los sauces de la orilla del río y la hierba se mecía al viento. Al cabo, Jo añadió, muy seria, mientras se sentaba en un peldaño de la cerca:

—Laurie, hay algo que quiero compartir contigo.

Él abrió los ojos de par en par, como si acabase de recibir un tiro en la cabeza, y exclamó con fiera desesperación:

—¡Por favor, Jo, no me lo digas! ¡No podría soportarlo en estos momentos!

—¿A qué te refieres? —preguntó ella, sorprendida por la virulencia de su reacción.

—A que estás enamorada de ese viejo.

—¿Qué viejo? —inquirió Jo pensando que debía de referirse a su abuelo.

—El maldito profesor sobre el que tanto escribías. Si me dices que le amas, cometeré una locura. —Y, por su aspecto, aquella no era una amenaza vana; tenía los puños cerrados y un destello de cólera en los ojos.

Jo a punto estuvo de soltar una carcajada, pero se contuvo y, visiblemente emocionada, repuso:

—¡Teddy, no digas palabrotas! Ni es un viejo ni es un maldito; es una buena persona, un hombre muy amable, y es mi mejor amigo... después de ti, claro. Por favor, no te dejes llevar por tus sentimientos, quiero ser considerada contigo pero, si insultas al profesor, me lo pondrás muy difícil. Y estoy muy lejos de estar enamorada de él o de cualquier otro.

—Pero acabarás por enamorarte, y entonces ¿qué será de mí?

—Eres un muchacho sensato, de modo que te enamorarás de otra persona y olvidarás todo este asunto.

—No puedo amar a nadie más y nunca podré olvidarte, Jo. ¡Nunca! ¡Nunca! —dijo dando un taconazo para dotar de más fuerza a sus apasionadas palabras.

—¿Qué puedo hacer con él? —murmuró Jo con un

suspiro. Las emociones eran mucho más difíciles de controlar de lo que había temido—. No me has dejado contarte lo que quería decirte. Haz el favor de sentarte y prestar atención; quiero que estemos bien y que seas feliz —explicó, con la esperanza de que oír algo razonable le ayudase a calmarse, lo que demuestra lo poco que Jo sabía del amor.

Viendo un rayo de esperanza en esta última frase, Laurie se sentó en la hierba, a sus pies, apoyó el brazo en el último peldaño de la cerca y la miró expectante. Sin duda, la actitud del joven no ayudaba a Jo a hablar con serenidad ni con claridad. ¿Cómo podía decir palabras duras a un amigo que la miraba con los ojos llenos de amor y deseo, las pestañas aún húmedas por las amargas lágrimas derramadas a consecuencia de su rechazo? Volvió la cabeza de Laurie con dulzura y, mientras acariciaba su cabello ondulado, que se había dejado crecer por ella, lo que resultaba conmovedor, dijo:

—Estoy de acuerdo con mamá en que tú y yo no estamos hechos el uno para el otro porque tenemos un carácter muy fuerte, somos obstinados y seríamos muy desgraciados si cometiésemos la locura de... —Jo hizo una pausa antes de pronunciar la siguiente palabra, pero Laurie dijo con expresión arrobada:

—Casarnos... ¡No seríamos desgraciados! Jo, si tú me quisieses, yo sería un santo porque harías de mí lo que quisieras.

—No, no es cierto. Lo he intentado sin éxito y no comprometeré nuestra felicidad con un experimento tan arriesgado. No nos ponemos de acuerdo ni lo haremos nunca; será mejor que sigamos siendo los mejores amigos toda la vida y no cometamos ninguna imprudencia.

—Deberíamos intentarlo —musitó Laurie sin dar su brazo a torcer.

—Por favor, sé razonable y mira las cosas con sentido común —imploró Jo, a punto de perder la paciencia.

—No quiero ser razonable ni ver las cosas «con sentido común», como dices. Eso no me ayudará, solo hará que todo resulte más difícil. No puedo creer que tengas tan poco corazón.

—¡Ojalá fuese así!

Laurie notó que a Jo le temblaba un poco la voz y lo consideró un buen presagio, por lo que se volvió y, haciendo acopio de todas sus dotes de persuasión, dijo con el tono más peligrosamente halagador que ella le había oído emplear nunca:

—¡No seas así, querida! Todo el mundo espera que ocurra. A mi abuelo le hace mucha ilusión, a tu familia también, y yo no puedo vivir sin ti. Dame el sí y todo el mundo estará contento. ¡Venga, hazlo!

Hasta pasados varios meses Jo no comprendió de dónde había sacado fuerzas para mantenerse firme en su decisión de que no amaba a Laurie y, con toda seguridad, no lo haría nunca. La experiencia resultó muy dura, pero no cejó, consciente de que dar esperanzas al joven sería, además de cruel, inútil.

—No te puedo dar un sí sincero, así que no diré nada. Con el tiempo, comprenderás que tengo razón y me lo agradecerás —afirmó en tono solemne.

—¡Que me cuelguen si lo hago! —replicó Laurie, y se levantó de golpe de la hierba, ardiendo de furia solo de pensarlo.

—¡Sí lo harás! —insistió Jo—. Al cabo de un tiempo, lo superarás y encontrarás a una joven encantadora y culta que te adorará y cumplirá de maravilla el papel de señora en tu fantástica casa. Yo no podría. Soy poco atractiva, torpe, rara y vieja, te avergonzarías de mí, estaríamos todo el día peleándonos... Fíjate, ni siquiera ahora somos capaces de ponernos de acuerdo... A mí no me interesaría la alta sociedad y a ti sí. Y detestarías que escribiese y yo no podría vivir sin ello, y seríamos tan infelices que desearíamos no habernos juntado jamás... ¡Y todo sería horroroso!

—¿Algo más? —preguntó Laurie, al que le costaba escuchar pacientemente aquella retahíla de profecías.

—Nada más, salvo decir que no creo que me case jamás. Estoy muy bien así, valoro mi libertad y no tengo prisa por perderla a cambio de ningún hombre.

—¡No lo creo! —exclamó Laurie—. Ahora lo ves así, pero algún día te fijarás en alguien, te enamorarás perdidamente y darás la vida por él si es preciso. Sé que lo harás, es tu forma de ser, y a mí me tocará verlo todo porque seguiré a tu lado. —Al decir esto, el enamorado desesperanzado arrojó su sombrero al suelo en un gesto que habría resultado cómico de no ser por la expresión trágica de su rostro.

—Sí, viviré y moriré por él si en verdad aparece alguien que me haga quererle a pesar de mí misma, y tú debes esforzarte por superarlo —exclamó Jo, que al final perdió la paciencia—. He hecho lo que he podido, pero te niegas a ser razonable, y me parece muy egoísta por tu parte empeñarte en que te dé lo que no está en mi mano entregarte. Te tengo un gran cariño, muy grande en verdad, pero como amigo, y no me casaré contigo jamás. Cuanto antes lo asumas, mejor para ambos.

Su discurso tuvo el mismo efecto que el fuego en la pólvora. Laurie la miró de hito en hito, como si no supiese bien cómo reaccionar, luego dio media vuelta, visiblemente airado, y espetó en un tono desesperado:

—Algún día te arrepentirás de esto, Jo.

—¿Adónde vas? —exclamó ella, asustada por la expresión del muchacho.

—¡Al infierno! —fue su reconfortante respuesta.

A Jo se le encogió el corazón al verle caminar en dirección al río, pero para que un joven termine con su vida de forma violenta hace falta que esté muy loco, sea un gran pecador o se sienta muy desgraciado, y Laurie no era un hombre débil que se dejase abatir por un primer fracaso. No tenía prevista una zambullida trágica en el agua, sino que fue, hecho una furia y guiado por un impulso, hacia su bote, arrojó el sombrero y el abrigo dentro y se puso a remar como un loco, batiendo su propio récord de velocidad, río arriba. Jo dejó escapar un largo suspiro y relajó las manos cuando comprendió que el pobre muchacho había decidido remar para desahogar la pena que sentía en el corazón.

Esto le hará bien, aunque volverá a casa tan dolido y arrepentido que no tendré ánimo para verle, se dijo. Mientras caminaba lentamente de regreso a casa, sintiéndose como si hubiese asesinado a un inocente y ocultado el cadáver entre la vegetación, pensó: Ahora tendré que ir a hablar con el señor Laurence para que sea especialmente amable con el pobre muchacho. ¡Ojalá se hubiese enamorado de Beth! Tal vez, con el tiempo, ocurra, pero empiezo a pensar que me equivoqué al juzgar los sentimientos de mi hermana. ¡Por Dios! ¿Cómo es posible que a las mujeres les agrade tener enamorados a los que rechazar? ¡Yo lo encuentro terrible!

Segura de que nadie podía solucionar las cosas mejor que ella misma, fue directa a casa del señor Laurence, se armó de valor y le contó toda la historia, pero terminó por derrumbarse y, entre sollozos, lamentó amargamente su falta de sensibilidad, y el anciano caballero, a pesar de su consternación, no le hizo ningún reproche. Al abuelo le costaba comprender que una joven no quisiera a su amado Laurie, y esperaba que ella cambiase de opinión pero, como sabía, mejor incluso que la propia Jo, que el amor no se puede forzar, meneó la cabeza con tristeza y decidió ayudar al muchacho para que no sufriera tanto, porque las palabras de despedida que el joven impetuoso había dedicado a Jo le inquietaban más de lo que estaba dispuesto a admitir.

Cuando Laurie llegó a casa, muerto de cansancio pero bastante tranquilo, el abuelo fue a recibirle como si no estuviese al corriente de nada y mantuvo ese engaño con éxito durante un par de horas. Sin embargo, cuando, al caer la tarde, se sentaron para charlar, algo de lo que solían disfrutar mucho, al pobre anciano le costaba hablar con el tono ligero de costumbre, y el joven recibía con amargura las felicitaciones y referencias a su éxito, que, tras su decepción amorosa, le parecía un trabajo de amor perdido. Soportó la situación y, cuando no pudo más, se levantó y fue a tocar el piano. Las ventanas estaban abiertas, y por una vez Jo, que en ese momento paseaba con Beth por el jardín, comprendió mejor que su hermana lo que significaba aquella música, la sonata *Patética*, de Beethoven, que Laurie tocó como nunca.

—Está muy bien, sin duda, pero es tan triste que me dan ganas de llorar. Toca algo más alegre, muchacho —pidió el señor Laurence, cuyo viejo corazón rebosaba de una compasión que deseaba expresar pero no sabía cómo.

Laurie atacó de inmediato una canción mucho más animada, tocó tempestuosamente durante varios minutos y hubiese seguido, haciendo de tripas corazón, de no haber oído, en una pausa, a la señora March decir: «Jo, querida, ven, te necesito».

Al oír aquellas palabras que tanto deseaba decir —aunque con un sentido diferente—, perdió la concentración. La música se interrumpió abruptamente y el músico permaneció sentado, en silencio, en la oscuridad.

—No lo puedo resistir —musitó el anciano. Se levantó, caminó a tientas hacia el piano y puso suavemente su mano sobre el ancho hombro del muchacho, al tiempo que decía, con una dulzura más propia de una mujer—: Lo sé, muchacho, lo sé.

Al principio no hubo respuesta, pero después Laurie preguntó con aspereza:

—¿Quién te lo ha contado?

—La propia Jo.

—¡Pues no hay nada más que decir! —Y retiró la mano de su abuelo con un gesto impaciente, porque, a pesar de agradecer la compasión del anciano, el orgullo no le permitía tolerar que se apiadasen de él.

—No del todo, tengo algo que decir. Luego, si quieres, podemos dar por zanjado el asunto —repuso el señor Laurence con una suavidad inusitada en él—. ¿No preferirías marcharte una temporada?

—No voy a salir huyendo por una chica. Jo no puede impedir que la vea siendo vecinos y yo me quedaré cuanto me apetezca —afirmó Laurie en tono desafiante.

—Eso no es lo que haría un caballero y creo que tú lo eres. Lo lamento, pero la chica no puede evitar sentir lo que siente y lo único que puedes hacer es alejarte por un tiempo. ¿Adónde te gustaría ir?

—¡Me da igual, me trae sin cuidado lo que sea de mí! —Laurie se levantó lanzando una carcajada de desánimo que sonó como un chirrido a su abuelo.

—¡Por el amor de Dios, compórtate como un hombre y no cometas ninguna imprudencia! ¿Por qué no retomas el plan de ir al extranjero que habías abandonado?

—No puedo.

—Pero si estabas como loco por marcharte y te prometí que te dejaría ir cuando terminases la universidad.

—¡Sí, pero no tenía intención de viajar solo! —Laurie empezó a dar vueltas por la sala, inquieto, con una expresión en el rostro que por suerte su abuelo no podía ver.

—No tienes por qué ir solo. Conozco a alguien que te acompañaría encantado a cualquier lugar.

—¿De quién se trata? —Laurie se detuvo a escuchar la respuesta.

—De mí.

Laurie se acercó a él a toda velocidad, le tendió la mano y dijo con voz ronca:

—Soy un bruto egoísta pero, abuelo, has de entender...

—¡Válgame el cielo! Claro que te entiendo, he vivido esto antes, primero en mis propias carnes, de joven, y luego con tu padre. Ahora, querido muchacho, siéntate y escucha lo que tengo que decirte. Ya está todo organizado y podemos partir de inmediato —explicó el señor Laurence agarrando con fuerza a su nieto como si temiese que se fuese a escapar, como había hecho su padre antes que él.

—Está bien, ¿en qué consiste el plan? —Laurie se sentó, pero ni su expresión ni su tono denotaban el menor interés.

—He de ir a atender un negocio en Londres. Podría mandarte solo a ti, pero creo que es mejor que vaya en persona, y Brooke se puede encargar de todo por aquí. Mis socios hacen el grueso del trabajo, yo solo sigo en mi puesto a la espera de que tú estés preparado para tomar el relevo.

—Pero a ti no te gusta viajar y no te puedo pedir que hagas un esfuerzo tan grande a tu edad —empezó Laurie, que agradecía el sacrificio que su abuelo estaba dispuesto a hacer pero que, de ir, prefería hacerlo solo.

El anciano era perfectamente consciente de esto último y quería evitarlo a toda costa porque, dado el estado de ánimo en que se encontraba su nieto, no era buena idea dejar que se las apañase solo. Así, sofocando la angustia que le provocaba pensar en abandonar la comodidad de su hogar, afirmó con resolución:

—¡Por Dios, muchacho, todavía no estoy desahuciado! Me gusta la idea, me sentará bien cambiar de aires y a mis viejos huesos no les pasará nada porque, hoy en día, viajar es tan cómodo como estar sentado en una silla.

Laurie se removió inquieto en su silla, como para indicar que él no se sentía cómodo sentado y que el plan no le parecía tan maravilloso, ante lo que el anciano añadió:

—No pretendo ser una carga. Quiero ir porque pienso que te sentirás mejor que si me dejas aquí. Por supuesto, no iré de picos pardos contigo, pero podrás moverte con total libertad sabiendo que yo lo estaré pasando bien a mi manera. En Londres tengo muy buenos amigos, y también en París. Los iré a visitar. Tú podrías ir a Italia, Alemania, Suiza o cualquier otro lugar, a disfrutar del arte, la música, el teatro, las aventuras, lo que más te apetezca.

En ese momento, Laurie sentía que no le apetecía nada y que el mundo era un desierto sin interés, pero ciertas palabras que el anciano introdujo hábilmente en su última frase reconfortaron su dolido corazón e hicieron surgir un oasis verde en medio del desierto. Suspiró y, luego, sin ánimo, añadió:

—Como quieras, me da igual adónde vaya y lo que haga.

—Pero a mí no; no lo olvides, muchacho. Te doy plena libertad, pero confío en que harás buen uso de ella. Quiero que me des tu palabra, Laurie.

—Como tú digas, abuelo.

Está bien, pensó el anciano, ahora no te importa, pero o mucho me equivoco o, llegado el momento, esta promesa te ayudará a no meterte en líos.

Siendo como era un hombre enérgico, el señor Laurence prefirió golpear el hierro cuando aún estaba al rojo vivo, es decir, antes de que el muchacho recuperase fuerzas y se volviese más rebelde. En el tiempo que duraron los preparativos, Laurie se aburrió, como suele ocurrir con los jóvenes. Estaba de mal humor, irritable y, a ratos, pensativo. Perdió el apetito, descuidó su atuendo y dedicó demasiado tiempo a tocar el piano de forma atormentada. Evitaba encontrarse con Jo, pero se consolaba observándola desde la ventana, con una expresión trágica en el rostro que atormentaba los sueños de la joven por las noches y la hacía sentirse terriblemente culpable durante el día. Como suele sucederles a quienes sufren, no volvió a hablar de aquella pasión no correspondida ni permitió que nadie, ni siquiera la señora March, le dijese unas palabras de consuelo o de apoyo. En cierto modo, eso supuso un alivio para sus amigas, pero en las semanas que precedieron a su partida todas estuvieron muy incómodas, y se alegraron de que «el pobre muchacho se alejase para olvidar y luego volviera a casa feliz». Por supuesto, aquella idea le hacía sonreír con la oscura amargura del que siente que su fidelidad y su amor son inalterables.

Cuando llegó la hora de partir, Laurie fingió estar encantado para ocultar los inoportunos sentimientos que se empeñaban en salir a la luz. Sin embargo, su supuesta alegría no convenció a nadie, aunque actuaban como si no se diesen cuenta, y él aguantó bastante bien hasta que la señora March le besó y se despidió con un susurro dulce y maternal. Laurie se emocionó, abrazó precipitadamente a todas, incluida Hannah, que estaba muy afectada, y corrió escaleras abajo como si le fuese la vida en ello. Jo le siguió para despedirle, sin saber si él miraría hacia atrás. Lo hizo y, al verla, volvió sobre sus pasos, la abrazó, la miró y preguntó con un tono elocuente y dramático:

—¡Jo, querida! ¿No es posible?

—Teddy, querido, ¡ojalá lo fuera!

Eso fue todo. Tras un corto silencio, Laurie se rehízo y añadió:

—Está bien, no te preocupes. —Y se marchó sin decir nada más. Pero no estaba «bien» y Jo sí se preocupó. Porque desde aquel día en que el joven descansó su cabeza en su hombro minutos después de haber hecho la temible pregunta, ella se sentía como si hubiese apuñalado a un amigo y, cuando él se marchó, sin volver la vista atrás, supo que el Laurie que ella conocía no volvería jamás.

36
El secreto de Beth

Cuando Jo volvió a casa, aquella primavera, se sorprendió al ver a Beth muy cambiada. Nadie comentaba nada ni parecía especialmente consciente de ese hecho, porque había sido uno de esos cambios progresivos que pasan inadvertidos a quienes ven a alguien a diario. Pero la distancia había agudizado la visión de Jo y, al ver el rostro de su hermana, le dio un vuelco el corazón. No estaba más pálida que en otoño, y solo un poco más delgada, pero tenía un extraño aspecto transparente, como si su envoltorio mortal se hubiese vuelto más fino y el brillo de su parte inmortal pudiese atravesar la delicada piel creando una belleza conmovedora, muy difícil de describir. Jo lo percibió y lo sintió, pero no comentó nada en el momento y, después, aquella primera impresión fue perdiendo importancia porque Beth estaba feliz y todo el mundo coincidía en que había mejorado mucho. Y, como Jo tenía otros asuntos en los que pensar, terminó por olvidar sus temores.

Sin embargo cuando Laurie se fue y la paz volvió a instalarse, aquella angustia indefinida regresó y empezó a obsesionarla. Había confesado sus pecados y recibido el perdón, y cuando mostró sus ahorros y propuso usarlos para ir a la montaña con Beth, su hermana se lo agradeció con todo el corazón, pero rogó que no la forzaran a alejarse tanto de su hogar. Se convino que le vendría mejor ir nuevamente a la playa y, puesto que la abuela no quería separarse de los niños, decidieron que Jo sería la encargada de acompañar a Beth a un destino tranquilo, en el que podría disfrutar del aire libre y dejar que la fresca brisa del mar pusiese un toque de color en sus pálidas mejillas.

No eligieron un lugar de moda y, aunque había personas muy agradables, las dos jóvenes prefirieron no hacer vida social y pasar el tiempo a solas. Beth era demasiado tímida para disfrutar en compañía de desconocidos, y Jo estaba demasiado volcada en su hermana para prestar atención a nadie más. Así pues, ambas lo eran todo para la otra, iban y venían, ajenas a la curiosidad que despertaban entre quienes las rodeaban, personas que observaban con compasión a la pareja de hermanas, una fuerte, la otra, frágil, que iban siempre juntas a todas partes como si presintiesen que no tardaría en imponerse una larga separación.

Ambas lo intuían, aunque ninguna decía nada, porque, a menudo, entre nosotros y nuestros queridos existe una última barrera difícil de franquear. A Jo le parecía que era como si un velo se interpusiese entre su corazón y el de Beth pero, cuando alargaba la mano para retirarlo, tenía la impresión de que en aquel silencio había algo sagrado que la llevaba a esperar que Beth hablase por iniciativa propia. Le extrañaba —y también agradecía— que sus padres no parecieran ver lo que ella veía. En el transcurso de aquellas tranquilas semanas, en las que la sombra se cernía cada vez con mayor contundencia sobre ella, no comentó nada a su familia, consciente de que todos se darían cuenta cuando viesen que Beth volvía a casa sin experimentar mejoría alguna. Se preguntaba si su hermana sería consciente de la triste verdad y qué pensamientos cruzarían por su mente durante las largas horas que pasaba tumbada en las cálidas rocas, con la cabeza en el regazo de Jo, mientras soplaba la saludable brisa y el mar componía música a sus pies.

Un día, Beth habló. Jo pensó que su hermana dormía porque estaba muy quieta, dejó a un lado su libro y se la quedó mirando con melancolía, buscando algún rastro de color en las mejillas de Beth que le devolviese en parte la esperanza. Pero no encontraba nada que la consolara; tenía el rostro más delgado y las manos parecían demasiado débiles para sujetar incluso las pequeñas conchas rosadas que habían recogido en la playa. En ese punto, comprendió con amargura que Beth se alejaba, llevada por la corriente, y sus brazos se tensaron instintivamente, como para retener su preciado tesoro. Las lágrimas le empañaron los ojos y se le nubló la vista; cuando se las enjugó, encontró a Beth mirándola de frente con tal ternura que las palabras que pronunció estaban de más:

—Jo, querida, me alegra que lo hayas descubierto. He querido decírtelo varias veces, pero no sabía cómo hacerlo.

Por toda respuesta, Jo abrazó a su hermana y no derramó ni una sola lágrima porque, cuando estaba verdaderamente conmovida, era incapaz de llorar. En ese momento, la más débil era Jo y Beth trataba de consolarla abrazándola y susurrando palabras de ánimo en su oído.

—Hace mucho que lo sé, querida, y ahora que ya estoy hecha a la idea no me resulta tan duro pensar en ello o hacerle frente. Intenta verlo de ese modo y no te preocupes por mí, porque es mejor así. De verdad que sí.

—Beth, ¿era eso lo que te afligía tanto en otoño? ¿No lo habrás sentido desde entonces y guardado el secreto tanto tiempo, verdad? —preguntó Jo. Se negaba a ver o afirmar que era «mejor así», pero le alegraba saber que Laurie no era la causa del dolor de Beth.

—Sí, en aquel momento perdí la esperanza, pero no era capaz de asumirlo. Me dije que serían imaginaciones mías y que no debía preocupar a nadie. Pero cuando te vi a ti tan bien y tan fuerte, llena de planes felices, me entristeció comprobar que nunca podría ser como tú y eso me hizo sentir muy mal, Jo.

—¡Oh, Beth, y no me dijiste nada! ¿Por qué no querías que te ayudase y te consolase? ¿Cómo pudiste dejarme al margen y lidiar con todo eso tú sola?

El tono de Jo era de tierno reproche y le dolía el alma al pensar en la batalla que Beth había librado sola mientras se hacía a la idea de que debía despedirse de la salud, el amor y la vida y cargar su cruz con buen ánimo.

—No sé si me equivoqué, pero mi intención era buena. No estaba segura y, como nadie comentaba nada, confié en que fueran imaginaciones mías. Hubiese sido muy egoísta por mi parte asustaros cuando Marmee estaba tan preocupada por Meg, Amy en el extranjero y tú tan feliz con Laurie, o por lo menos eso pensaba yo entonces.

—Y yo creí que tú estabas enamorada de él, Beth, y me alejé porque no podía... —exclamó Jo, contenta de poder decir la verdad.

Beth la miró tan perpleja que, a pesar del dolor, Jo no pudo evitar sonreír y añadir con dulzura:

—Entonces, ¿no estabas enamorada de él, querida? Yo imaginaba que sí y te suponía sufriendo por amor todo este tiempo.

—¡Oh, Jo! ¿Cómo iba a quererle si él estaba tan loco por ti? —preguntó Beth, con la inocencia de una niña—. Claro que le quiero mucho, se porta bien conmigo, es imposible no apreciarle. Pero siempre será como un hermano para mí. De hecho, me encantaría que algún día lo fuese de verdad.

—Pues no será por mí —aseguró Jo con firmeza—. La única que queda es Amy. Creo que se llevarían bien, pero no tengo ánimo para pensar en esas cosas ahora. Lo único que me preocupa ahora es tu futuro, Beth. Tienes que reponerte.

—¡Me encantaría! ¡No sabes cuánto! Lo intento, pero cada día pierdo un poco más de fuerza y comprendo que no la recuperaré jamás. Es como una marea, Jo; cuando crece, va lenta, pero es imparable.

—Pues debemos pararla. Tu marea no puede crecer ahora, eres demasiado joven, ¡solo tienes diecinueve años! Beth, no puedo dejarte marchar. Trabajaré, rezaré y lucharé contra esto. No te dejaré marchar, tiene que existir una manera, no puede ser demasiado tarde. Dios no puede ser tan cruel como para arrancarte de mi lado —exclamó Jo, rebelándose, porque su espíritu era mucho menos piadoso que el de Beth.

La gente sencilla y sincera rara vez habla de su devoción. En lugar de expresarla con palabras, la muestra con sus actos, que influyen en los demás más que una homilía o un sermón. Beth era incapaz de razonar o explicar la forma en que la fe le aportaba valor y paciencia para renunciar a la vida y esperar con buen ánimo la llegada de la muerte. Al igual que un niño confiado, no hacía preguntas y lo dejaba todo en manos de Dios y de la Naturaleza, el Padre y la Madre de todos nosotros, segura de que ellos y solo ellos podrían enseñar y dar fuerza a su espíritu para hacer frente a esta vida y a la que estaba por venir. En lugar de reprender a Jo con sermones píos, la quiso aún más por su apasionada entrega y se aferró más a ese amor humano al que Dios no quiere que renunciemos y que usa para acercarnos más a Él. No podía afirmar: «Me alegro de marcharme», porque valoraba mucho la vida, solo podía llorar y decir: «Lo intentaré con toda mi fuerza», abrazada a Jo, mientras aquella primera ola de amargura y profunda pena rompía sobre ambas.

Al poco rato, recobrada en parte la serenidad, Beth apuntó:

—¿Hablarás con todos cuando volvamos a casa?

—Creo que se darán cuenta sin necesidad de que diga nada —respondió Jo con un suspiro, porque Beth parecía empeorar de día en día.

—Tal vez no, he oído que los seres que más nos aman suelen ser ciegos ante esta clase de cosas. Si no lo quieren ver, ¿se lo dirás tú por mí? No quiero que haya más secretos y es mejor que estén preparados. Meg tiene a John y a los niños para consolarla, pero tú debes permanecer al lado de papá y mamá. ¿Lo harás, Jo?

—Haré lo que pueda, Beth, pero aún no me resigno. Voy a hacer como si fuesen imaginaciones tuyas y no permitiré que creas que estás peor —dijo Jo tratando de mostrarse animada.

Beth permaneció unos minutos pensativa y luego dijo con una gran calma:

—No sé cómo expresar lo que siento y no me atrevería a intentarlo con nadie que no fueses tú, mi querida Jo. Lo cierto es que siempre he sentido que no viviría mucho tiempo. No soy como vosotras, nunca he hecho planes de futuro. Nunca he pensado en casarme, como hacéis vosotras. La verdad es que siempre me he imaginado como la pequeña Beth, trabajando en casa y sin servir para nada más. Nunca he querido irme lejos y por eso ahora me resulta tan duro dejaros. No tengo miedo, pero sospecho que os echaré de menos desde el cielo.

Jo no podía hablar y, durante varios minutos, solo se oyó el viento soplar y el chapaleteo de la marea al subir. Una gaviota de alas blancas voló cerca de ellas y les llevó un destello de sol en su pecho plateado. Beth la contempló hasta que desapareció en el horizonte, con los ojos encharcados de pena. Un pajarillo gris daba saltitos por la arena de la playa, piando suavemente como para sí, disfrutando del sol y del mar. Se acercó mucho a Beth, la miró con afecto y se fue a colocar sobre una piedra para secar al sol sus alas mojadas. Beth sonrió y se sintió mejor porque la avecilla parecía ofrecerle su amistad y recordarle que el mundo era un lugar acogedor en el que disfrutar.

—¡Qué pajarito más bonito! Es muy dócil, Jo. Me gustan estos pajarillos más que las gaviotas, no son tan hermosos ni tan salvajes, pero parecen felices y saben disfrutar de las pequeñas cosas. El verano pasado solía decir que eran mis pájaros. Mamá decía que le recordaban mucho a mí porque no paran de moverse, les gusta estar junto a la orilla y siempre andan cantando alegremente. Tú eres la gaviota, Jo, fuerte y salvaje, enamorada del viento y de las tormentas, capaz de adentrarse en el mar y vivir feliz en soledad. Meg es la tórtola y Amy es como las alondras que describe en sus cartas, siempre intentando remontarse por encima de las nubes, pero cayendo finalmente en el nido. ¡Querida niña! Es muy ambiciosa, pero tiene un buen corazón y mucha dulzura y, por muy alto que vuele, nunca se olvida de los suyos. Espero volver a verla, pero está muy lejos.

—Volverá en primavera, y estoy segura de que para entonces ya te encontrarás bien y podrás divertirte con ella. Yo ya habré conseguido que te recuperes y tengas mejor color —afirmó Jo. De todos los cambios operados en su hermana, el que más le impresionaba era el que tenía que ver con su forma de hablar. Ya no parecía costarle exteriorizar lo que sentía, y expresaba sus pensamientos como nunca antes había hecho la vergonzosa Beth.

—Jo, por favor, deja de albergar esperanzas. No me voy a recuperar, estoy segura. En lugar de ponernos tristes, ¿no sería mejor que intentáramos pasarlo bien mientras llega el momento? Podemos ser felices porque no sufro demasiado y creo que la marea crecerá serenamente si me ayudas un poco.

Jo se inclinó para besar el rostro sosegado de su hermana y, a partir de ese callado beso, se dedicó en cuerpo y alma al cuidado de Beth.

Tenía razón. Cuando volvieron a casa, no hizo falta decir nada. Su padre y su madre lo vieron de inmediato a pesar de que habían rezado para que se les evitase tal visión. Agotada por el corto viaje, Beth se fue a la cama diciendo lo contenta que estaba de estar nuevamente en casa y, cuando Jo bajó, comprendió que no tendría que pasar por el duro trance de contar el secreto de Beth. Su padre estaba apoyado en la chimenea y ni siquiera se volvió al oírla entrar; su madre, en cambio alargó los brazos como pidiendo ayuda y Jo corrió a consolarla sin tener que pronunciar una sola palabra.

37
Una nueva impresión

A las tres en punto, todo el que es alguien en Niza sale a dar una vuelta por la Promenade des Anglais, un lugar encantador. Se trata de un ancho paseo, bordeado de palmeras, flores y plantas tropicales que llega, en uno de sus extremos, a la orilla del mar y, por el otro, a una gran avenida llena de hoteles y de chalets que se recortan sobre un fondo lejano de colinas y huertos de naranjos. En el paseo, están representadas muchas naciones, se oye hablar muchas lenguas, se lucen muchos vestidos y, en un día de sol, el espectáculo que ofrece tiene la alegría y el brillo propio del carnaval. Altivos ingleses, animados franceses, sobrios alemanes, guapos españoles, feos rusos, sumisos judíos y despreocupados norteamericanos acuden al lugar a pasear o sentarse, mientras comentan las últimas novedades y critican al famoso de turno desde Ristori hasta Dickens y de Víctor Manuel a la reina de las islas Sandwich. Los medios de transporte son tan variados como la concurrencia y llaman mucho la atención, sobre todo unas carrozas bajas tiradas por unos gallardos potros, con alegres cortinas que impiden que los voluminosos vestidos con volantes de las damas salgan fuera del diminuto habitáculo y unos pequeños pajes encaramados en la parte trasera.

Era el día de Navidad y un joven alto recorría lentamente el paseo con las manos en la espalda y la mirada perdida, como ausente. Parecía italiano, vestía a la inglesa y tenía el aire independiente de los norteamericanos. Esa mezcla llamaba poderosamente la atención de las mujeres y hacía que los dandis de traje negro, pajarita rosa, guantes de ante y flor de naranjo en el ojal con los que se cruzaba se encogiesen de hombros y envidiasen su porte y su altura. Los muchos rostros hermosos que allí había no parecían llamar la atención del joven, que solo levantaba la vista, de vez en cuando, para fijarse en alguna joven rubia o vestida de azul. En el momento que nos ocupa, el joven acababa de salir del paseo y se encontraba en un cruce de calles, indeciso sobre si ir a oír a la banda que tocaba en los jardines públicos o caminar por la playa en dirección a la colina del castillo. El rápido trote de los cascos de unos ponis le obligó a levantar la vista justo cuando un pequeño carruaje pasaba calle abajo, con una única dama en su interior. La dama era una joven rubia vestida de azul. Al verla, el rostro se le iluminó y agitó efusivamente su sombrero, feliz como un niño, al tiempo que corría hacia el carruaje.

—¿Laurie? ¿En verdad eres tú? ¡Pensé que no vendrías nunca! —exclamó Amy, que soltó las riendas y tendió las manos en un gesto que escandalizó sobremanera a una madre francesa, testigo de la escena, que apresuró el paso para que su hija no se contagiase con los malos modos de esos «locos ingleses».

—Me he retrasado un poco, pero prometí pasar la Navidad contigo y aquí estoy.

—¿Cómo está tu abuelo? ¿Cuándo habéis llegado? ¿Dónde os hospedáis?

—Está muy bien. Ayer por la noche. En el Chavrain. Fui a buscarte a tu hotel, pero ya habías salido.

—*Mon Dieu!* Tengo tanto que contarte que no sé por dónde empezar. Entra y podremos charlar a gusto. Iba a dar un paseo y agradeceré tener compañía. Flo está descansando para tener fuerzas esta noche.

—¿Qué ocurre esta noche, vais a un baile?

—El hotel ofrece una fiesta de Navidad. Hay muchos huéspedes norteamericanos y la han organizado en honor a ellos. Vendrás con nosotras, ¿verdad? La tía estará encantada.

—¡Gracias! ¿Adónde vamos ahora? —preguntó Laurie, que se reclinó y cruzó de brazos, para gran satisfacción de Amy, que esperaba poder conducir ella porque, fusta y riendas en mano, se sentía como una reina.

—Primero he de pasar por el banco a buscar unas cartas, luego iremos a la colina del castillo, a disfrutar de la vista, que es estupenda, y a dar de comer a los pavos reales. ¿Conoces el lugar?

—He estado en varias ocasiones, pero hace años. No me importa volver.

—Bueno, ahora cuéntame algo de ti. Lo último que supe fue que tu abuelo esperaba que volvieses de Berlín.

—Sí, pasé un mes allí y luego me reuní con él en París, que es donde va a pasar el invierno. Allí tiene buenos amigos y mucho con que entretenerse. Yo iré a visitarle y lo pasaremos en grande.

—Es un buen plan —comentó Amy, que tenía la impresión de que algo no terminaba de encajar en Laurie, pero no sabía qué.

—A él le horroriza viajar y yo detesto estar quieto, así que hemos buscado una forma de satisfacer las necesidades de los dos. Así no hay problema. Le veo con frecuencia y disfruta oyéndome narrar mis aventuras, y yo me alegro de que alguien me reciba con los brazos abiertos después de andar perdido un tiempo. Menudo agujero lleno de mugre, ¿no te parece? —añadió con un gesto de disgusto cuando dejaron atrás el bulevar y entraron en la plaza de Napoleón, en la ciudad vieja.

—La mugre tiene su lado pintoresco, no me molesta. El río y las colinas son una delicia y estas callecitas estrechas me encantan. Tendremos que parar para dejar pasar a la procesión. Van a la iglesia de San Juan.

Mientras Laurie contemplaba con desgana la procesión de curas bajo palios, monjas con velos blancos y velas encendidas en las manos y toda una hermandad de azul cantando, Amy le observaba a él y sentía cierto pudor al no reconocer en aquel hombre pensativo al muchacho de semblante alegre que ella conocía. Le pareció más guapo e interesante que nunca. Sin embargo, una vez superado el placer del reencuentro, el aspecto de Laurie volvía a ser el de alguien agotado y sin ánimo; no enfermo o desdichado, sino más maduro y serio de lo que cabía esperar después de un par de años de buena vida. No comprendía qué le había ocurrido y no se atrevió a preguntarle; meneó la cabeza y, una vez que la procesión hubo desaparecido bajo los arcos del puente de Paglioni, en dirección a la iglesia, puso nuevamente en marcha el carruaje.

—*Que pensez-vous?* —preguntó haciendo alarde de su francés, que, desde que había iniciado el viaje, había mejorado más en cantidad que en calidad.

—Que mademoiselle ha aprovechado bien el tiempo y el resultado es encantador —contestó Laurie, que hizo una reverencia, con la mano en el pecho, y contempló a la joven con admiración.

Ella se sonrojó pero, por algún motivo, aquel piropo no le aportó la genuina satisfacción de aquellos otros elogios, más francos, a los que el muchacho la tenía acostumbrada cuando ambos vivían en casa y coincidían en un día de fiesta. En aquel entonces, él decía algo como «estás estupenda», sonreía dichoso y le daba unas palmaditas en la cabeza. El nuevo tono que empleaba no era de su agrado porque sonaba a indiferencia.

Si por crecer se tiene que volver así, preferiría que fuese siempre un muchacho, pensó, y aunque se sentía extrañamente decepcionada e incómoda, fingió estar alegre y relajada.

Al llegar a Avigdor, encontró varias cartas de casa, por lo que cedió las riendas a Laurie y se dedicó a disfrutar de la lectura, mientras el carruaje recorría el sombreado camino bordeado por plantas verdes y rosales tan floridos como si fuese el mes de junio.

—Mamá dice que Beth no se encuentra nada bien. A menudo pienso que debería volver, pero todos me alientan a quedarme; les hago caso porque soy consciente de que nunca volveré a tener una oportunidad como esta —comentó Amy mirando muy seria una de las hojas de la carta.

—Creo que estás en lo cierto. En casa no podrías hacer nada y todos se sienten mejor sabiendo que estás bien, eres feliz y te diviertes, querida.

Al decir esto, se acercó un poco y volvió a parecer el Laurie de siempre. Amy sintió que el miedo que a veces pesaba sobre su corazón disminuía porque la mirada del joven, sus gestos y aquel «querida» la hicieron sentir que, de ocurrir algo malo, no estaría sola en un país extraño. Al poco rato, reía mientras mostraba a Laurie una caricatura de Jo con su «traje de escribir», el lazo bien erguido sobre el gorro y la siguiente frase saliendo de su boca: «¡Genio en plena ebullición!».

Laurie sonrió, lo cogió y lo guardó en el bolsillo de su abrigo «para que no se lo llevase el viento», y escuchó con interés a Amy, que, muy animada, leyó en voz alta una carta.

—Esta sí que es una buena Navidad para mí: por la mañana, los regalos; por la tarde, tu presencia y estas cartas, y por la noche, una fiesta —dijo Amy cuando llegaron a las ruinas del viejo fuerte y un grupo de espléndidos pavos reales acudió a su encuentro y esperó dócilmente a que les diesen de comer. Mientras Laurie repartía migas a las magníficas aves, Amy reía sentada en un banco cercano. El joven la observó, como ella había hecho con él, movido por la curiosidad natural de descubrir los cambios provocados por el tiempo y la ausencia. Lo que encontró no le causó decepción o desconcierto, sino agrado y admiración, porque, excepción hecha de una ligera afectación en el habla y los modales, la muchacha seguía siendo tan atractiva y grácil como siempre, con ese plus indescriptible que, aplicado al vestir y al porte, llamamos «elegancia». Amy, que siempre había sido muy madura para su edad, había ganado aplomo tanto en la forma de conducirse como en la conversación, por lo que daba la impresión de ser una mujer con más mundo del que en realidad tenía. Su antiguo mal humor asomaba de vez en cuando, su fuerte personalidad seguía muy presente y el barniz extranjero no había hecho mella en su franqueza natural.

Laurie no se dio cuenta de todo eso mientras observaba cómo daba de comer a los pavos reales, pero apreció lo suficiente para sentirse satisfecho e interesado, y guardó en la memoria aquella escena protagonizada por una joven de rostro resplandeciente bañada por la luz del sol, que destacaba el suave color de su vestido, el tono sonrosado de sus mejillas y el dorado brillo de su cabello.

Cuando estaban a punto de alcanzar la meseta pedregosa que coronaba la colina, Amy le hizo una señal con la mano, como si le invitase a visitar su rincón favorito, y comentó señalando aquí y allí:

—¿Recuerdas la catedral y el Corso, los pescadores echando sus redes en la bahía y esa adorable carretera que conduce a Villa Franca, la que fue casa de Schubert, que queda justo allí debajo? Y lo mejor de todo, ¿ves esa pequeña mancha que asoma en el mar? ¡Es la isla de Córcega!

—Sí, lo recuerdo todo muy bien, apenas ha cambiado —contestó él sin mucho entusiasmo.

—¡Lo que daría Jo por ver esa famosa mancha! —dijo Amy, que se sentía de buen humor y tenía ganas de verle a él más animado.

—Sí —dijo él por toda respuesta, pero se volvió y miró hacia la isla con más pasión de la que hubiese puesto el propio Napoleón.

—Echa un buen vistazo en su nombre y luego cuéntame en qué has andado ocupado todo este tiempo —propuso Amy, y tomó asiento con ganas de iniciar una conversación.

Sin embargo, aunque él se sentó junto a ella, no consiguió que le dijera nada de interés. El joven contestaba vagamente a sus preguntas y lo único que sacó en claro fue que había estado recorriendo Europa y que había llegado hasta Grecia. Ese vano intento de comunicación se prolongó casi una hora; luego regresaron a casa, Laurie saludó a la señora Carrol y se marchó, no sin antes prometer que volvería por la noche.

Amy se acicaló especialmente para la velada. El tiempo y la ausencia habían hecho mella en ambos; ella veía a su viejo amigo bajo un nuevo prisma, ya no era «nuestro chico» sino un apuesto y agradable joven por el que sentía el deseo natural de agradar. Sabía bien cómo sacar partido a su atractivo y lo hizo con ese gusto y habilidad que constituyen la verdadera fortuna de una joven sin recursos pero hermosa.

Como el tul no era caro en Niza, eligió esta tela para cubrirse aquella noche y, de acuerdo con la costumbre inglesa que indica que las jóvenes solteras han de vestir ropa sencilla, escogió un traje discreto y se adornó con flores naturales, algo de bisutería y unos complementos elegantes pero nada caros que lucían mucho. Hay que reconocer que, en el caso de Amy, a veces la artista le ganaba la partida a la mujer y apostaba por peinados extravagantes, poses estatuarias y telas sofisticadas. Pero todos tenemos defectos y no es difícil perdonar las debilidades de una joven que alegra la vista con su encanto y nos hace sonreír con su ingenua vanidad.

Quiero que me vea estupenda y que lo comente a todos cuando vuelva a casa, pensó Amy mientras se ponía un viejo vestido blanco de seda de Flo y lo cubría con un chal de tul que, al destacar el blanco de sus hombros y el dorado de su cabello, creaba un efecto de lo más artístico. Después de intentar recoger sus gruesos bucles y rizos en un moño en la nuca, tuvo el acierto de dejarse la melena suelta.

«No es lo que se lleva, pero me favorece y no puedo ir hecha un espantajo», solía decir cuando le recomendaban que se hiciese trenzas, se rizase o se ahuecase el pelo, como mandaba la moda.

Como no tenía adornos lo bastante buenos para la ocasión, decoró las faldas de lana con azaleas y enmarcó sus blancos hombros con delicadas hojas de vid. Le vinieron a la memoria sus botas teñidas y repasó satisfecha sus femeninos zapatos blancos de satén, tras lo cual bajó a la sala admirando su aristocrático calzado.

El abanico nuevo hace juego con las flores, los guantes son un primor y el encaje del pañuelo de la tía da el toque final al vestido. ¡Ojalá tuviese una nariz más regia! Entonces sería la mujer más feliz, se dijo mientras echaba un último vistazo a su aspecto, con una vela en cada mano.

A pesar de su preocupación, estaba especialmente hermosa y elegante. La joven solía caminar acompasadamente, casi nunca corría, no iba con su estilo, pensaba. Como era alta, consideraba que el aire que mejor le iba no era el de muchacha deportista o enérgica sino el de dama majestuosa, como la diosa Juno. Mientras esperaba a Laurie, recorrió el salón de un extremo a otro; aunque en una ocasión, se detuvo bajo la lámpara de araña porque se dijo que su cabello brillaría más, pero luego lo pensó mejor y se fue a un rincón, como si se avergonzase de lo infantil de su deseo de causar una buena impresión. Y fue un acierto, ya que Laurie entró sin hacer ruido y la vio de pie, junto a una ventana, con la cabeza medio vuelta, recogiéndose la falda con una mano, y al ver su figura esbelta y vestida de blanco contra las cortinas rojas le pareció una escultura bella y perfecta.

—¡Buenas noches, Diana! —saludó Laurie con esa expresión de satisfacción que a Amy tanto le gustaba ver en sus ojos cuando la miraba.

—¡Buenas noches, Apolo! —repuso sonriendo a su vez, porque él también estaba especialmente impresionante, y la idea de entrar en la sala de baile del brazo de un hombre tan encantador hizo que se apiadase de las cuatro señoritas Davis.

—Aquí tienes tus flores, las he preparado yo mismo teniendo en cuenta que no te gustan lo que Hannah llama «floripondios» —explicó Laurie tendiéndole un delicado ramillete en un elegante soporte que ella quería desde que lo vio en el escaparate de Cardiglia.

—¡Qué amable eres! —exclamó agradecida—. De haber sabido que vendrías, habría encargado flores para ti, aunque, claro, no serían tan hermosas como estas.

—Gracias, no están todo lo bien que deberían, pero en tus manos, mejoran —repuso él mientras le colocaba una pulsera de plata en la muñeca.

—¡Por favor, no lo hagas!

—Pensé que te agradaría.

—No, viniendo de ti; prefiero que te comportes con la naturalidad de siempre.

—¡Me alegra oírte decir eso! —dijo él con alivio. Después, abotonó los guantes de Amy y preguntó si llevaba la corbata bien puesta, tal y como solía hacer cuando iban a alguna fiesta en casa.

La gente que se reunió aquella noche en la *salle à manger* era de lo más variopinta, como solo en Europa se encuentra. Los hospitalarios anfitriones norteamericanos habían invitado a todos sus conocidos en Niza y, como no tenían nada en contra de los títulos, se habían asegurado la presencia de unos cuantos nobles que diesen brillo a su fiesta de Navidad.

Un príncipe ruso aceptó sentarse en un rincón durante una hora y charlar con una mujer muy gorda que vestía como la madre de Hamlet, con un traje de terciopelo negro y una gargantilla de perlas pegada a la barbilla. Un conde polaco de ochenta años se dedicó en cuerpo y alma a conquistar mujeres que lo consideraban «un hombre fascinante», y un noble alemán que había aceptado la invitación exclusivamente por la cena recorría la sala en busca de algo que devorar. El secretario privado del barón Rothschild, un judío de nariz grande y botas estrechas, sonreía a todo el mundo y aprovechaba el halo mágico que le otorgaba el nombre de su protector; un francés robusto que conocía al emperador había acudido a la fiesta porque le encantaba bailar, y lady de Jones, una dama inglesa, había llevado consigo a sus ocho hijos. Por supuesto, en la fiesta había jovencitas norteamericanas, ligeras de pies y de voz chillona, muchachas británicas, hermosas y lacias, y unas cuantas demoiselles francesas sencillas pero atractivas. No faltaba el habitual cortejo de jóvenes caballeros viajeros que se divertían a sus anchas mientras madres de todas las nacionalidades, alineadas contra la pared, sonreían complacidas al verlos bailar con sus hijas.

Cualquier jovencita podrá imaginar cómo se sentía

Amy aquella noche al entrar en la sala de baile del brazo de Laurie. Sabía que estaba radiante y no solo le encantaba bailar, sino que se podría decir que las salas de baile eran el lugar natural para sus pies, así que disfrutaba de esa deliciosa sensación de poder que embarga a una joven cuando pisa por primera vez un reino nuevo y fascinante en el que será la protagonista absoluta por su belleza, su juventud y su condición de mujer. Sentía pena por las hermanas Davis, que eran poco elegantes, simples y tenían por pareja un adusto padre y tres tías solteronas aún más adustas. Cuando pasó ante ellas, las saludó e hizo una reverencia amable, con lo que las jóvenes pudieron admirar su vestido mientras se preguntaban quién sería su distinguido acompañante. Una vez que la banda empezó a tocar, a Amy se le encendió el rostro, se le iluminaron los ojos y empezó a mover, impaciente, los pies. Era consciente de lo bien que bailaba y ardía en deseos de mostrárselo a Laurie. Por ello, es más fácil comprender que describir la profunda decepción que se apoderó de ella cuando él dijo sin demasiado entusiasmo:

—¿Quieres bailar?

—¡Es lo que se suele hacer en un baile!

La mirada de sorpresa de la joven y su rápida respuesta hicieron a Laurie comprender que había cometido un error, y corrió a enmendarlo.

—Me refería a si me concedías el primer baile. ¿Me harás ese honor?

—Para bailar contigo tendré que declinar la invitación del conde. Es un bailarín maravilloso, pero seguro que lo comprende porque sabe que somos viejos amigos —dijo Amy, segura de que mencionar al conde le serviría para que Laurie la tomara más en serio.

Sin embargo, lo único que consiguió oír de boca de Laurie fue lo siguiente:

—Es un buen muchacho, pero algo bajo para acompañar a «una hija de dioses, divinamente alta y más divinamente rubia».

Como se encontraban en un ambiente inglés, a Amy no le quedó más remedio que guardar el decoro, aunque tenía ganas de bailar la tarantela con brío. Laurie la dejó en manos del «buen muchacho» y fue a saludar a Flo sin preocuparse de garantizar futuros bailes con Amy, y esta, en justo castigo a su reprochable falta de previsión, se comprometió hasta la hora de la cena, momento en que estaba dispuesta a ablandarse si él daba muestras de arrepentimiento. Cuando él fue tranquilamente hacia ella —en lugar de correr, como era deseable— y le pidió que le concediese el próximo baile, una estupenda polca, Amy le mostró orgullosa su carnet de baile completo; las educadas excusas del muchacho no lograron ablandarla y, mientras daba saltos por la sala con el conde, vio que Laurie se sentaba junto a su tía con cara de alivio.

Aquel gesto le pareció imperdonable y optó por no hacerle caso durante un buen rato, incluso cuando iba junto a su tía a descansar no intercambiaba con él más de un par de palabras. Sin embargo, ocultar su enfado tras una sonrisa surtió mucho más efecto, porque parecía más alegre y deslumbrante que nunca. Laurie la miraba embelesado porque Amy no brincaba o deambulaba como otras, sino que bailaba con auténtica gracia y disfrutaba de ese delicioso pasatiempo que debería ser, para todos, la danza. La estudió bajo esa nueva perspectiva y, cuando había transcurrido media velada, se dijo que la pequeña Amy se iba a convertir en una mujer encantadora.

La reunión resultó muy animada porque el espíritu festivo se apoderó de todos enseguida y la alegría navideña iluminaba rostros, alegraba corazones y ponía alas en los pies de los bailarines. Los músicos tocaban el violín, el piano y la percusión como si realmente disfrutasen, todos cuantos sabían bailar lo hicieron, y los que no, admiraron al resto con un deleite poco habitual. Las Davis oscurecían el ambiente y las Jones brincaban como torpes jirafas. El famoso secretario cruzó la sala como un meteorito, acompañado de una impresionante dama francesa que fue barriendo el suelo con la cola de su vestido de satén rosa. El alemán hambriento encontró la mesa de la comida y pasó el resto de la fiesta feliz, devorando sin parar todo el menú, para consternación de los camareros que lo observaban. El amigo del emperador se cubrió de gloria porque bailó con toda mujer que se puso en su camino, la conociese o no, y no dudaba en intercalar piruetas imprevistas cuando se inspiraba. El arrojo juvenil de aquel hombre mayor era digno de verse, porque, aunque tenía que guiar a su pareja, se movía como una pelota de un sitio para otro. Corría, volaba y hacía cabriolas con el rostro encendido, la calva brillante y la cola de su chaqueta moviéndose sin parar. Sus zapatos se movían a tal velocidad que parecían volar y, cuando la música terminaba, se secaba el sudor de la frente y sonreía satisfecho a sus amigos como un Pickwick francés sin gafas.

Amy y su compañero tenían ese mismo entusiasmo, pero mucha más gracia y agilidad. Sin pretenderlo, Laurie se quedó prendado del rítmico movimiento de los zapatos blancos, que volaban infatigables, como si tuviesen alas. Cuando el bajito Vladimir la dejó al fin, tras asegurar que sentía tener que abandonarla tan pronto, Amy se dispuso a descansar y a observar qué tal le había sentado el castigo a su cobarde caballero.

Había dado resultado porque, a los veintitrés, la vida social es un bálsamo para la frustración y verse rodeado de belleza, luz, música y movimiento hace que el entusiasmo crezca, la sangre se altere y el ánimo se eleve. Cuando se levantó para que ella se sentara, Laurie dio muestras de haber recibido un primer aviso, y, cuando a continuación corrió a traerle algo de cena, ella sonrió satisfecha y dijo para sus adentros: Sabía que le vendría bien.

—Pareces la «Femme peinte par elle-même» de Balzac —comentó Laurie mientras la abanicaba con una mano y le sujetaba la taza de café con la otra.

—Este colorete no es postizo —repuso Amy, y tras frotar su brillante mejilla mostró el guante blanco con tal solemnidad que el joven no pudo evitar soltar una carcajada.

—¿Cómo se llama esta tela? —preguntó cogiendo un pliegue del chal que caía sobre su rodilla.

—Gloria.

—Un nombre muy adecuado. Es muy bonita. Es nueva, ¿verdad?

—Es tan vieja como el mundo, se la habrás visto puesta a docenas de chicas y ¡no te has dado cuenta de lo bonita que era hasta ahora..., *stupide!*

—Es porque no la había visto nunca en ti, de ahí mi error.

—No sigas, te lo prohíbo. Prefiero que me traigas más café a que me piropees. Me pone nerviosa verte gandulear.

Laurie se levantó cual rayo y cogió obedientemente la taza vacía. Experimentaba un extraño placer al cumplir las órdenes de la «pequeña Amy», que, superada la timidez inicial, sentía el deseo irrefrenable de tratarle sin miramientos, como gusta hacer a las muchachas cuando ven que algún señor da alguna muestra de sometimiento.

—¿Dónde has aprendido a actuar de este modo? —preguntó él con una mirada burlona.

—Dado que «de este modo» es una expresión bastante imprecisa, ¿me podrías aclarar a qué te refieres? —rogó Amy, quien, a pesar de saber perfectamente a qué se refería, sentía el pícaro deseo de verle expresar lo inexpresable.

—Bueno, me refiero a todo un poco..., a tu estilo, a tu serenidad..., a la gloria..., la tela esa, ya sabes. —Laurie se echó a reír, dándose por vencido, y aprovechó aquel nuevo término para salir del apuro.

Amy estaba satisfecha pero, por supuesto, no dio muestras de ello y apuntó con coqueta timidez:

—Lo queramos o no, vivir en el extranjero enseña mucho. Yo me he dedicado tanto a estudiar como a divertirme, y en cuanto a esto —añadió señalando el vestido con un gesto—, el tul es una tela barata, las flores se consiguen por nada y estoy acostumbrada a sacar partido de lo poco que tenga a mi alcance.

Amy de inmediato se arrepintió de haber pronunciado la última frase, temía que no fuera un comentario de buen gusto, pero Laurie la quiso aún más por haberlo dicho. Admiraba y respetaba a aquella joven que había tenido la paciencia y el valor de sacar el máximo partido a las oportunidades y el ánimo de suplir con flores la falta de medios económicos. Aunque Amy no sabía a qué se debía que Laurie la mirara con tanta ternura, apuntase su nombre en su carnet de baile y le dedicase toda clase de atenciones durante el resto de la velada, lo cierto es que tan agradable cambio era el resultado de una nueva impresión que ambos sintieron sin ser conscientes de ello.

38
Salirse del mundo

En Francia, las muchachas se aburren mucho hasta que se casan, momento en el que «*Vive la liberté*» pasa a ser su consigna. Como todo el mundo sabe, en Norteamérica las muchachas firman primero su declaración de independencia y disfrutan de la libertad con republicano entusiasmo, pero, cuando se casan, abdican en favor de su primer vástago y viven más encerradas que una monja de clausura francesa, aunque, eso sí, sin el voto de silencio. Les guste o no, lo cierto es que, una vez superada la emoción de la boda, la mayoría de las jóvenes recién casadas quedan prácticamente arrinconadas y, como hacía recientemente una hermosa mujer que conocemos bien, comentan con lástima: «Estoy más guapa que nunca, pero nadie se fija en mí porque estoy casada».

Al no ser la reina de ningún baile ni una dama elegante, Meg no conoció esa pena hasta que sus hijos cumplieron un año, porque en su pequeño universo imperaban costumbres ancestrales que la hacían sentirse más admirada y amada que nunca.

Como era una joven muy femenina y tenía un instinto maternal muy fuerte, se dedicaba en cuerpo y alma a sus hijos, excluyendo toda otra actividad y relación. Los atendía como una gallina empolla, día y noche, con incansable entrega y ansia, y había abandonado el cuidado de John en las tiernas manos del servicio —en aquel momento, la intendencia corría a cargo de una criada irlandesa—. John, que era un hombre muy hogareño, echaba de menos las atenciones a las que su mujer le tenía acostumbrado pero, como adoraba a sus dos hijos, aceptaba de buen grado sacrificar, temporalmente, su comodidad porque, en una clara muestra de ingenuidad masculina, estaba convencido de que el agua no tardaría en volver a su cauce. Sin embargo, tres meses después del nacimiento de los niños, todo seguía igual. Meg estaba cansada y nerviosa —los niños consumían todo su tiempo—; la casa, descuidada, y Kitty, la cocinera, que se tomaba las cosas con calma, le tenía prácticamente a dieta. Por la mañana, John salía de casa abrumado por el sinfín de pequeños encargos que le hacía la cautiva mamá. Si por la noche volvía contento, ansioso por abrazar a su familia, su mujer le recibía con un «Chist, los niños han pasado un mal día y acaban de dormirse». Si proponía hacer algo entretenido en casa, Meg respondía: «No, que molestaríamos a los niños». Si insinuaba que fuesen a una conferencia o un concierto, recibía una mirada de reprobación y una respuesta tajante: «¿Dejar a mis hijos para ir a divertirme? ¡Jamás!». Entre el llanto de los niños y las idas y venidas silenciosas de una figura fantasmagórica que velaba en las noches, John ya no recordaba lo que era dormir de un tirón. Tampoco le era posible comer sin interrupciones, pues su temperamental compañera le dejaba solo al menor atisbo de gorjeo de los pajarillos que ocupaban el nido, escaleras arriba. Y al leer el periódico de la tarde, los cólicos de Demi se mezclaban con los embarques, y las caídas de Daisy afectaban al precio de las acciones, porque a la señora Brooke las únicas noticias que le interesaban eran las que tenían que ver con su hogar.

El pobre hombre se sentía muy mal porque sus hijos le habían despojado de su esposa, su hogar se había convertido en una guardería y las constantes peticiones de silencio le hacían sentir como un bárbaro profanando un recinto sagrado. Durante los primeros seis meses, soportó estoicamente la situación pero, al no apreciar signos de mejora, hizo lo que muchos otros padres exiliados: fue a buscar consuelo en otro lugar. Como Scott se había casado y vivía relativamente cerca de allí, John se acostumbró a visitarle durante un par de horas cada tarde, aprovechando el momento en que en la sala de estar de su casa no había nadie y su esposa estaba atareada cantando nanas que parecían no tener fin. La señora Scott era una joven alegre y bonita, cuya única ocupación era mostrarse encantadora, meta que cumplía con gran acierto. La sala de su casa estaba siempre bien iluminada y resultaba muy acogedora, con el tablero de ajedrez preparado, el piano afinado, una charla animada y una cena ligera presentada de forma tentadora.

De no haberse sentido tan solo, John habría preferido estar junto al hogar de su chimenea pero, tal y como estaban las cosas, agradecía la oportunidad que le brindaban sus vecinos.

Al principio, Meg no tuvo inconveniente en aceptarlo y sintió cierto alivio al saber que John pasaría un buen rato en lugar de dormitar en la sala o dar vueltas por la casa haciendo ruido y despertando a los niños. Sin embargo, con el tiempo, cuando los problemas de dentición de sus hijos fueron cosa del pasado y los pequeños dioses empezaron a dormir a horas más adecuadas, lo que permitía a mamá un mayor descanso, empezó a echar de menos a John; el cesto de labores no era compañía suficiente si él no estaba allí, frente a ella, con su bata vieja, cómodamente instalado ante la chimenea, chamuscándose las zapatillas en el guardafuegos. No estaba dispuesta a pedirle que se quedase con ella, en casa, pero se sentía ofendida por el hecho de que él no lo hiciese sin que se lo solicitase, olvidando las muchas veladas que él la había aguardado en vano. Estaba nerviosa y cansada, y de tanto atender y cuidar a otros cayó en ese estado de ánimo que puede afectar a la mejor de las madres cuando el cuidado de la familia se convierte en una pesada carga, el deseo de moverse les roba el buen humor y la excesiva pasión por esa flaqueza de las mujeres norteamericanas que es la tetera las lleva a estar más alteradas que nunca.

«Sí —decía mirándose en el espejo—, me estoy volviendo vieja y fea. John ya no me encuentra atractiva y por eso deja de lado a su marchita mujer y se va a disfrutar de su bonita vecina, que no tiene tantas obligaciones. En fin, los niños me quieren; no les importa si estoy delgada y pálida, o si no tengo tiempo para arreglarme el cabello. Ellos son mi consuelo y algún día John comprenderá que merecía la pena sacrificarse por ellos. ¿Verdad que sí?»

Daisy contestaba a la dramática pregunta de su madre con un gorjeo, o bien era Demi quien respondía con un gritito, tras lo cual Meg dejaba a un lado los lamentos y se daba un festín maternal que le permitía olvidar, por un tiempo, su soledad. Sin embargo, a medida que John se interesaba cada vez más por la política y que sus visitas a Scott para discutir asuntos de interés se alargaban, sin tener en cuenta que Meg le necesitaba, el dolor de la joven esposa crecía. Aun así, no dijo nada a nadie hasta que, un día, su madre la encontró hecha un mar de lágrimas e insistió en que le contara la causa, porque llevaba tiempo observando a su hija y sabía que algo la preocupaba.

—Mamá, no podría compartir esto con nadie más, pero en verdad necesito un consejo, porque si John sigue así seré como una madre viuda —explicó la señora

Brooke, con aire dolido, mientras se secaba las lágrimas con el babero de Daisy.

—¿Seguir cómo, querida? —preguntó la madre, inquieta.

—Se pasa el día fuera de casa y, por la noche, cuando quiero verle, está siempre de visita en casa de los Scott. No es justo que yo me ocupe de las tareas más duras y no pueda divertirme nunca. Todos los hombres son unos egoístas, hasta el mejor de ellos.

—Lo mismo podría decirse de las mujeres. No juzgues a John hasta que hayas comprendido en qué has errado tú.

—Pero desatenderme no tiene justificación alguna.

—¿Acaso no le has desatendido tú antes?

—¡Mamá, por favor! ¡Pensaba que estabas de mi parte!

—Por supuesto que lo estoy, querida, pero creo que la culpa de lo que ocurre es tuya.

—No te entiendo.

—Deja que te lo explique. ¿Acaso John te «desatendía», como tú dices, cuando pasabas con él su único momento de ocio, es decir, las tardes?

—No, pero ahora no puedo estar tanto por él, mamá, tengo dos hijos a los que atender.

—Yo creo que podrías combinarlo todo, querida. Es más, creo que deberías hacerlo. ¿Te puedo ser franca sin que olvides que soy tu madre y te quiero?

—Por supuesto, mamá, háblame como si siguiese siendo tu pequeña Meg. Últimamente siento que necesito más que nunca que alguien me enseñe, porque los niños dependen de mí para todo.

Meg acercó la silla a la de su madre y, con un niño en el regazo de cada una, las dos mujeres se mecieron y charlaron animadamente, como si el hecho de ser ambas madres las uniese más que nunca.

—Has cometido un error muy frecuente en las jóvenes esposas, que es olvidar al marido por el cuidado de los niños. Es comprensible y natural, Meg, pero te recomiendo que pongas remedio antes de que la distancia entre ambos sea insalvable. Los hijos deben servir para unir a los padres, no para separarlos. No te comportes como si fuesen solo tus hijos y John no tuviese nada que ver con ellos. Llevo semanas observando lo que pasa, pero no he querido decir nada hasta que fuese el momento oportuno.

—Tengo miedo de no poder arreglarlo. Si le pido que se quede en casa, pensará que estoy celosa y se lo tomará como un insulto a su persona. No entiende que quiero estar con él, y no encuentro las palabras para explicárselo.

—Pues haz que vuestra casa sea tan acogedora que no tenga ganas de marcharse. Querida, él está deseando permanecer en su hogar, pero esta casa, sin ti, no es un hogar, y tú siempre estás en la habitación de los niños.

—¿No debería estar allí?

—No siempre. Pasar tanto tiempo encerrada te altera los nervios y, entonces, no estás en condiciones para casi nada. Además, te debes tanto a John como a los niños. No descuides a tu marido por tus hijos. No le pidas que se calle y salga de la habitación de los niños, enséñale a que te ayude. Su presencia es tan importante como la tuya, los niños también le necesitan. Muéstrale qué puede hacer y lo hará encantado y lleno de buena voluntad. Eso os beneficiará a todos.

—¿Lo crees de verdad, mamá?

—Sé que es así, Meg, porque lo he comprobado. Rara vez doy un consejo si no he tenido ocasión de probar su validez. Cuando tú y Jo erais pequeñas, pasé por lo mismo que tú; sentía que no cumplía con mi deber si no me entregaba por entero a vosotras. Tu pobre padre se dedicó a sus libros después de que yo rechazara todas sus ofertas de ayuda y me dejó que experimentara a mis anchas. Me esforcé cuanto pude, pero Jo era demasiado para mí. Fui tan permisiva con ella que casi la malcrié. Tú no gozabas de buena salud y me volqué en ti hasta que yo misma caí enferma. Entonces, tu padre acudió a mi rescate, se hizo cargo de todo sin perder la calma, me mostró cuán útil podía ser y yo comprendí el error que había cometido. Es algo que no he olvidado y, por eso, siempre cuento con él para todo. Ese es el secreto de nuestra felicidad familiar. Él no permite que su trabajo le mantenga al margen de las obligaciones y preocupaciones de la casa, y yo procuro que mis deberes domésticos no me impidan interesarme por sus metas profesionales. Cada uno se ocupa de sus asuntos pero, en lo referente a la casa, lo hacemos todo juntos siempre.

—Es cierto, mamá. Mi mayor deseo es ser con mi marido y mis hijos lo que tú has sido para nosotras. Muéstrame cómo; haré lo que me digas.

—Siempre has sido una hija muy obediente, querida. Bien, veamos, yo, en tu lugar, dejaría que John participase más en el cuidado de Demi, porque un niño necesita seguir un ejemplo y nunca es demasiado pronto para empezar a formarle. Luego haría lo que te he aconsejado tantas veces: permitir que Hannah te eche una mano. Es un aya estupenda, de modo que puedes dejar a tus preciosos hijos en sus manos y encargarte más de la casa. Tú necesitas más actividad, Hannah agradecerá el descanso y John recuperará a su mujer. Sal más. Tienes que ocuparte de todo sin perder la alegría porque que haya buen ambiente en tu casa depende de ti; si tú te deprimes, los demás no podrán levantar cabeza. Procura interesarte por las cosas que agradan a John, habla con él, pídele que te lea, intercambiad ideas, ayudaos el uno al otro de ese modo. No te encierres en una sombrerera por el hecho de ser mujer, debes conocer qué ocurre en el mundo, formarte para participar en los cambios que se producen, porque te afectan tanto a ti como a los tuyos.

—John es tan inteligente que temo que, si empiezo a hacer preguntas sobre política y esas cosas, llegue a la conclusión de que soy estúpida.

—No creo que eso ocurra. El amor cubre todos los fallos y ¿a quién le puedes preguntar con mayor confianza que a él? Pruébalo y verás cómo tu compañía le resulta mucho más agradable que las cenas de la señora Scott.

—Lo haré. ¡Pobre John! Me temo que le he desatendido demasiado, pero pensaba que hacía lo correcto y él nunca ha protestado.

—Imagino que no quería mostrarse egoísta, pero seguramente se ha sentido muy abandonado. Meg, estáis en ese punto en el que muchos jóvenes matrimonios se distancian y, sin embargo, es cuando más unidos debéis permanecer. La pasión inicial desaparece enseguida si no se lucha por mantenerla y, para unos padres, no hay momento más dulce ni más hermoso que el primer año de sus hijos. No permitas que John sea un extraño para los niños, ya que ellos le ayudarán más que nada a mantenerse a salvo en este mundo de retos y tentaciones, y vuestros hijos os pueden enseñar a conoceros y quereros más el uno al otro. Bueno, querida, he de irme. Piensa en lo que te he dicho y, si te parecen adecuados, sigue mis consejos. ¡Que Dios os bendiga a todos!

Meg reflexionó y decidió poner en práctica los consejos, aunque no fue fácil ni obtuvo los resultados previstos de inmediato. Los niños, que habían entendido hacía tiempo que llorando y pataleando conseguían lo que querían, se comportaban como los reyes de la casa y tiranizaban a su madre. A sus ojos, mamá era una esclava sumisa que les daba todos los caprichos, pero papá no era tan fácil de subyugar y, de vez en cuando, hacía pasar un mal rato a su dulce esposa al tratar de imponer un poco de disciplina a su díscolo hijo. Demi había heredado de su padre la firmeza de carácter —por no decir «testarudez»— y, cuando tomaba una determinación o quería algo, ni el ejército mejor armado podía convencerle de que cambiase de opinión. La madre consideraba que el niño necesitaba aprender a superar su rebeldía, pero el padre era de la opinión de que lo que Demi precisaba era una buena dosis de disciplina. Así pues, el joven caballero Demi no tardó en comprender que, si se enzarzaba en una lucha con su padre, él llevaba las de perder. Sin embargo, al igual que los ingleses, el niño respetaba más a quienes eran capaces de vencerle y, por ello, las negativas constantes de su padre le impresionaban más que las amorosas atenciones de su madre.

Días después de la conversación con su madre, Meg decidió pasar una velada con John. Encargó una cena especial, ordenó la sala de estar, se arregló para estar guapa y acostó a los niños temprano para que nada interfiriese en su experimento. Pero, por desgracia, Demi estaba radicalmente en contra del hecho de acostarse temprano y escogió aquella noche para desmandarse. Así pues, a la pobre Meg no le quedó más remedio que cantar nanas, acunar, contar cuentos y probar cuantas estrategias para invitar al sueño conocía, todo en vano, porque Demi se negaba a cerrar sus grandes ojos. Cuando la tranquila Daisy llevaba horas durmiendo, el travieso Demi seguía tumbado con los ojos abiertos como platos y —para desesperación de su madre— cara de estar muy despejado.

—Ahora Demi se quedará quieto como un buen niño mientras mamá va abajo a servirle la cena a papá, ¿de acuerdo? —dijo Meg al oír que se abría la puerta del vestíbulo y que sonaban aquellos pasos que tan bien conocía en dirección al comedor.

—¡Yo cena! —exclamó Demi, dispuesto a sumarse a la fiesta.

—No, tú no vas a cenar con nosotros, pero te guardaré un poco de pastel para el desayuno si te duermes como Daisy. ¿Qué te parece, cariño?

—¡Sí! —Dicho esto, Demi cerró los ojos con fuerza, como si quisiese recuperar de golpe todo el sueño atrasado y pudiese así acelerar la llegada del ansiado día siguiente.

Meg aprovechó la ocasión para salir sin hacer ruido y correr escaleras abajo para dar la bienvenida a su esposo, con una gran sonrisa. Se había recogido el cabello con un gran lazo azul porque sabía que era el color favorito de su marido. Cuando él la vio, quedó gratamente sorprendido y comentó:

—Vaya, mamá, qué alegre estás esta noche. ¿Esperas visitas?

—Solo a ti, cariño.

—¿Acaso es nuestro aniversario o el cumpleaños de alguien?

—No, querido, simplemente me he cansado de llevar siempre ropa pasada de moda y me he puesto guapa. Tú siempre te arreglas para cenar, por muy cansado que llegues. ¿Por qué no habría de hacerlo yo también cuando tenga tiempo?

—Yo lo hago por respeto a ti, querida —dijo John, que era un hombre muy tradicional.

—Pues lo mismo digo, señor Brooke. —Meg se echó a reír, con la tetera en la mano, más joven y hermosa que nunca.

—Vaya, qué delicia, es como en los viejos tiempos. Qué té tan bueno, ¡lo beberé a tu salud, querida! —John tomó un traguito feliz y tranquilo. Sin embargo, la calma duró poco, pues, en cuanto dejó la taza sobre la mesa, el pomo de la puerta giró misteriosamente y una vocecita impaciente dijo desde el otro lado:

—Abrí, mí hambre.

—Este niño travieso. Le he dicho que se durmiera, pero aquí está. Ha bajado por las escaleras y va a coger un constipado de andar descalzo —explicó Meg yendo a abrir la puerta.

—Ya es *manana* —anunció Demi, con tono alegre, nada más entrar. Llevaba el camisón graciosamente enrollado alrededor de un brazo y los rizos se le movían traviesos mientras daba una vuelta a la mesa mirando con deleite los pastelitos.

—No, aún no es por la mañana. Vuelve a la cama y no le des más disgustos a mamá. Si me obedeces, te daré este pastelito que tiene azúcar por encima.

—Mí quiere papá —dijo el pillo, dispuesto a encaramarse al regazo de su padre y disfrutar de aquella alegría prohibida. Pero John meneó la cabeza y dijo a Meg:

—Si le has dicho que se quede arriba y duerma, tienes que obligarle a que lo haga. De lo contrario, nunca aprenderá a respetarte.

—Sí, tienes razón. ¡Venga, Demi! —Meg acompañó a su hijo arriba, controlando a duras penas las ganas de dar un azote al aguafiestas que brincaba a su lado, convencido de que, una vez en su habitación, le entregarían el soborno.

De hecho, el niño no sufrió desengaño alguno porque la incauta madre le dio el pastelillo, le acostó y le prohibió que diese más paseos aquella noche.

—Sí —prometió Demi, el perjuro, chupando dichoso el azúcar y satisfecho del gran éxito de su primera incursión.

Meg volvió a la sala y la cena transcurrió tranquilamente, hasta que el pequeño fantasma volvió a entrar y descubrió el delito de su madre al pedir:

—Mamá, mí más azúcar.

—No, no lo permitiré —dijo John, reaccionando con dureza ante el pequeño pecador—. No volveremos a tener paz hasta que este malandrín aprenda a irse a la cama como Dios manda. Te has comportado como una esclava durante demasiado tiempo. Dale una buena lección y pon fin a esto. Llévale a la cama y déjale allí, Meg.

—No se quedará, nunca lo hace. Solo se dormirá si me siento a su lado.

—Yo me encargo. Demi, ve arriba y métete en la cama como te ha pedido mamá.

—¡No! —gritó el joven rebelde, que cogió un pastelillo y se dispuso a darle el primer mordisco con tranquila audacia.

—No contestes así a tu padre. Si no vas tú, te llevaré yo.

—Vete, mí no quiere papá —exclamó Demi, que corrió a buscar protección en las faldas de su madre.

El refugio no le sirvió de nada, porque su madre le entregó al enemigo con la consigna «No seas duro con él, John», para gran desesperación del acusado, porque, si su madre le abandonaba a su suerte, entonces el día del juicio final había llegado. Despojado del pastelillo y aguada su fiesta, el niño subió tirado por la fuerte mano de su padre hasta la detestada cama. El pobre Demi, incapaz de controlar su cólera, desafió abiertamente a su padre propinando patadas y lanzando gritos durante todo el trayecto. Cuando John le acostó, se levantó inmediatamente y corrió hacia la puerta, pero su padre le pilló por el extremo del largo camisón y volvió a meterlo en la cama. La escena se repitió varias veces, hasta que el audaz hombrecito se dio por vencido y cambió de estrategia: empezó a llorar a pleno pulmón. Normalmente, esa técnica vocal daba resultados con Meg, pero John se mantuvo firme en el puesto, como si fuese sordo, y Demi no obtuvo ni mimos, ni azucarillos, ni nanas, ni cuentos. De hecho, su padre hasta le apagó la luz, de tal manera que el dormitorio quedó sumido en una profunda oscuridad que solo rompía el rojo del fuego de la chimenea, que Demi contemplaba con más fascinación que miedo. La nueva situación le disgustaba sobremanera y, para mostrarlo, llamaba a su madre con aullidos lastimeros pues, una vez pasada la rabia, el cautivo autócrata recordó con ansia las dulces atenciones de su madre. El plañido que sucedió al airado y ronco llanto le llegó al corazón a Meg que corrió arriba y dijo, en tono de súplica:

—Deja que me quede con él, John; ahora se portará bien.

—No, querida, le he dicho que debe dormirse, como tú le has pedido, y lo hará aunque tenga que quedarme aquí toda la noche.

—Pero se va a poner enfermo de tanto llorar —murmuró Meg, que se sentía culpable por haber abandonado a su hijo.

—No, no lo hará. Está muy cansado y no tardará en caer rendido. Entonces, habremos zanjado el asunto para siempre, porque entenderá que tiene que atenerse a lo que le digamos. No te metas, yo me ocupo.

—Pero es mi hijo y no puedo permitir que lo hagas sufrir con tu severidad.

—También es hijo mío, y no permitiré que lo malcríes con tu excesiva permisividad. Ve abajo, querida, y deja que yo me encargue del niño.

Cuando John empleaba un tono imperativo, Meg siempre obedecía y nunca se arrepentía de hacerle caso.

—John, déjame al menos darle un beso.

—Claro. Demi, da las buenas noches a mamá para que vaya a descansar un poco, porque está agotada de cuidar de ti todo el día.

Meg siempre sostuvo que aquel fue el beso de la victoria porque, después de dárselo, Demi lloró más quedo y permaneció muy quieto en el extremo de la cama, adonde había llegado después de dar muchas vueltas movido por la angustia.

Pobrecillo, ha caído rendido de sueño y de tanto llorar. Le taparé e iré a tranquilizar a Meg, pensó John, y echó un vistazo a la cama esperando encontrar a su pequeño rebelde profundamente dormido.

Pero no fue así. En cuanto sintió a su padre cerca, Demi abrió los ojos como platos, la barbilla le tembló, estiró los brazos y dijo con un hipido de arrepentimiento:

—Mí quiere papá ahora.

Sentada en las escaleras, fuera, Meg estaba intrigada por el largo silencio que había seguido al llanto ronco del niño y, tras imaginar toda clase de accidentes inverosímiles, decidió entrar en el dormitorio y calmar sus miedos. Demi se había quedado dormido, pero no en su postura habitual, con los brazos y las piernas abiertos, sino acurrucado junto al brazo de su padre, al que cogía un dedo, lo que demostraba que, en el último momento, John había decidido combinar firmeza y piedad para ayudar a dormir a su hijo, más triste y sabio una vez aprendida la dura lección. John había aguardado con la paciencia propia de una mujer a que el niño le soltase el dedo pero, mientras aguardaba, él mismo se había dormido, agotado por la lucha con el pequeño y por el esfuerzo de una jornada de trabajo.

Meg se quedó contemplando los dos rostros que descansaban sobre la almohada, sonrió y salió del dormitorio diciéndose satisfecha: Ya nunca volveré a temer que John sea demasiado duro con los niños. Lo cierto es que sabe cómo tratarlos y me será de gran ayuda, porque Demi es demasiado para mí.

Cuando John bajó al fin, seguro de que encontraría a su esposa enfadada y pensativa, se llevó una agradable sorpresa al ver que Meg, que confeccionaba plácidamente un gorro, le recibía alegre y le pedía que le leyese algo sobre las elecciones, si no estaba demasiado cansado. John comprendió que vivía una revolución pero, sabiamente, optó por no hacer preguntas, consciente de que Meg, que era incapaz de guardar un secreto aunque le fuese la vida en ello, no tardaría en descubrirle los motivos del cambio. John leyó un largo debate con la mejor disposición y explicó a su esposa el tema con lúcida claridad, mientras Meg procuraba mostrar un vivo interés y plantear preguntas interesantes, a la par que su mente iba del estado de la nación al estado del gorro que estaba confeccionando. Sin embargo, aunque no dijo nada, llegó a la conclusión de que la política era tan desagradable como las matemáticas y que los políticos parecían no hacer nada salvo insultarse los unos a los otros.

Se guardó para sí su femenina percepción del asunto y, cuando John hizo una pausa, meneó la cabeza y dijo, con lo que esperó sonase como diplomática ambigüedad:

—Verdaderamente no sé adónde vamos a ir a parar.

John rio y la miró durante unos segundos, mientras ella colocaba en el gorro un arreglo de tul y flores con un interés que su arenga no había conseguido despertar. Puesto que ella finge interesarse por la política para agradarme, justo es que yo me interese por lo que ella hace, se dijo John. Así pues, comentó:

—Qué bonito. ¿Es un bonete de mañana?

—Querido, ¡es un gorro! Es para ir a conciertos y al teatro.

—Te ruego que me perdones, es tan pequeño que lo he confundido con uno de esos tocados que usas a veces. ¿Cómo consigues que no se caigan?

—Las cintas se sujetan bajo la mandíbula con un botón, así... —Para ilustrar sus palabras, Meg se puso el gorro y miró a su esposo con una satisfacción y serenidad que la hacían irresistible.

—Es un gorro precioso, pero prefiero el rostro que enmarca porque ha recuperado la frescura y la belleza.

—Y John besó el rostro sonriente de su esposa e hizo caso omiso del botón de rosa.

—Me alegra que te guste porque quería pedirte que me llevases a un concierto una de estas noches. Necesito un poco de música para entonarme. ¿Te gustaría?

—Por supuesto, lo haré encantado. Iremos a donde te apetezca. Has estado encerrada mucho tiempo. Te sentará bien salir y será un placer para mí. ¿De dónde has sacado esta idea, mamá?

—Bueno, el otro día tuve una charla con mi madre y le conté lo nerviosa, irritable y demás que me encontraba, y ella me comentó que necesitaba un cambio y dejar de preocuparme por todo. Hannah vendrá a echarme una mano con los niños para que yo me pueda ocupar un poco más de la casa y salir a divertirnos de vez en cuando. Así no me volveré una vieja fea y gruñona antes de tiempo. Vamos a probar, John; creo que merece la pena por ti y por mí, porque últimamente te he descuidado mucho y me siento mal por ello. Quiero que nuestra casa vuelva a ser lo que era. Supongo que no tendrás inconveniente, ¿verdad?

No me molestaré en referir la respuesta de John ni cómo el pobre gorro se salvó por los pelos de la ruina. El caso es que John no tuvo inconveniente alguno, habida cuenta de los cambios que, progresivamente, se instalaron en la casa y en la vida de sus habitantes. No es que el hogar se tornara un paraíso, pero todos se sintieron mejor con el sistema de división de labores. El firme y sensato John metió en cintura a los niños, que empezaron a acatar las órdenes de sus padres, y Meg recuperó el ánimo y se tranquilizó gracias a una mayor actividad, más tiempo de ocio y al placer de conversar con su inteligente marido. La casa volvió a ser nuevamente un hogar y John ya no sintió el deseo de salir, salvo en compañía de Meg. Ahora los Scott visitaban a los Brooke y encontraban una casa pequeña pero llena de dicha en la que vivía una familia feliz.

Hasta la alegre Sallie Moffat se sentía a gusto allí. «Tu casa es siempre tan tranquila y agradable, Meg; me sienta muy bien venir a verte», solía decir mientras lo miraba todo con curiosidad, como si pretendiese descubrir el secreto para reproducirlo en su gran mansión, llena de magnífica soledad, en la que no vivían niños rebeldes y dichosos, y donde Ned se había hecho un mundo a su medida en el que ella no tenía cabida.

No sería justo decir que John y Meg conquistaron la felicidad conyugal de inmediato, pero sí descubrieron una de sus claves y con el tiempo aprendieron a sacarle partido. Así, cada año de casados profundizaban más en el amor verdadero y en el respeto mutuo, que están al alcance de los más pobres y que ni los más ricos pueden comprar. Esa debería ser la única razón por la que una joven esposa quiera salirse del mundo, para estar a salvo de su febril actividad y cuidar amorosamente de sus hijos, sin permitir que las penas, la falta de dinero o la edad la aflijan; para caminar siempre de la mano de un compañero fiel, en lo bueno y lo malo, y descubrir, como lo hizo Meg, que el reino que mayor felicidad puede aportar a una mujer es su hogar y que saber dirigirlo, no como reina sino como madre y esposa, es, además de un arte, un gran honor.

39
Laurie el Perezoso

Aunque Laurie había ido a Niza con la intención de pasar una semana, se quedó un mes. Estaba cansado de viajar solo y la presencia de Amy le hacía sentir como en casa en aquel entorno extranjero. Echaba de menos los mimos de sus vecinas y poder recuperarlos, aunque solo fuera una parte, le agradaba mucho, porque las atenciones de los desconocidos, por halagüeñas que fueran, no se podían comparar con la deliciosa sensación que le producía sentir la adoración de las hermanas March. Amy nunca le había mimado tanto como las demás, pero, dadas las circunstancias, estaba muy contenta de verle y no se separaba de él, como si le considerase el representante de su querida familia, a la que tenía más ganas de volver a ver de lo que se atrevía a admitir. Así pues, era lógico que ambos disfrutasen en compañía del otro y pasasen mucho tiempo juntos, montando a caballo, paseando, bailando o perdiendo el tiempo, porque en Niza nadie puede estar demasiado ocupado durante el verano. Sin embargo, mientras parecían divertirse despreocupadamente, lo cierto es que, aun sin demasiada conciencia, estaban descubriendo cosas y formándose una nueva opinión del otro. Cada día que pasaba, Laurie tenía en más alta estima a su amiga y se valoraba menos a sí mismo. Y ambos sintieron que algo ocurría antes de atreverse a decir nada. Amy quería complacerle y lo conseguía. La joven le agradecía los buenos ratos que pasaban juntos y le correspondía con la clase de servicios que una mujer femenina sabe cómo ofrecer con un encanto indescriptible. Laurie no oponía resistencia, se dejaba llevar con facilidad y procuraba olvidar, diciéndose que todas las mujeres debían ser amables con él puesto que la que él quería había sido tan cruel. No le costaba nada ser generoso y, si Amy hubiese aceptado, le habría regalado toda clase de caprichos y baratijas disponibles en la ciudad..., pero, al mismo tiempo, sentía que no podía cambiar la opinión que la joven se estaba formando de él y temía encontrarse con aquellos grandes ojos azules, que le observaban con una sorpresa que tenía parte de triste y parte de desdén.

—Todos han ido a pasar el día a Mónaco, pero yo he preferido quedarme a escribir unas cartas. Ahora ya he terminado y voy a ir a Valrosa a dibujar un rato. ¿Te apetece acompañarme? —preguntó Amy al reunirse con Laurie en un hermoso día, cuando, como de costumbre, él pasó a buscarla a eso de las doce.

—Sí, claro, pero ¿no hace demasiado calor para dar un paseo tan largo? —preguntó él con voz queda, porque, viniendo del calor de la calle, el frescor y la sombra del salón resultaban tentadores.

—Tengo a mi disposición un carruaje pequeño y Baptiste puede conducir, así que lo único que tendrás que hacer es sostener la sombrilla y procurar que no se te manchen los guantes —apuntó Amy, con una mirada sarcástica a los inmaculados guantes de su amigo, que eran su punto débil.

—Entonces, iré encantado. —Dicho esto, el joven tendió la mano para coger el bloc de dibujo, pero ella se lo colocó bajo el brazo y comentó con cierta acritud:

—No te molestes, no me agotaré por llevarlo, y no estoy segura de que pueda decir lo mismo de ti.

Laurie arqueó las cejas y siguió a buen paso a Amy, que bajó corriendo por las escaleras. Una vez en el interior del carruaje, se hizo con las riendas y el pobre Baptiste se limitó a cruzarse de brazos y a dormitar en su puesto.

Nunca llegaban a discutir. Amy no lo hacía por educación y Laurie, por pereza. Así, al cabo de un minuto, el joven asomó la cabeza bajo el ala del sombrero de Amy y la miró inquisitivo; por toda respuesta, ella sonrió, y siguieron el recorrido en una disposición de lo más amistosa.

Era un paseo encantador, por carreteras serpenteantes y con abundantes escenas pintorescas que eran un deleite para la vista. De un antiguo monasterio llegó a sus oídos el canto solemne de los monjes. Un pastor con las piernas al aire, zapatos de madera, sombrero puntiagudo y una chaqueta rústica sobre el hombro estaba sentado sobre una gran piedra, fumando en pipa, mientras las ovejas pastaban entre las rocas o descansaban a sus pies. Pasaron junto a un burro gris, dócil, cargado con alforjas de mimbre llenas de hierba recién cortada, con una hermosa niña con caperuza sentada entre los montones verdes. Divisaron ancianas hilando en ruecas, niños morenos de mirada dulce que salían de cuchitriles y se acercaban corriendo para venderles ramilletes o naranjas que aún estaban pegadas a un trozo de rama. Colinas enteras cubiertas de olivos nudosos de follaje oscuro, huertos con frutas doradas que pendían de los árboles y grandes anémonas escarlatas en los lindes del camino.

Valrosa hacía honor a su nombre, ya que, gracias a su perenne clima estival, había siempre rosas en flor por doquier; cubrían el arco de la entrada, asomaban entre las barras de la gran verja, como si quisieran dar la bienvenida a los visitantes, y serpenteaban entre los limoneros y las palmeras por la colina, en cuya cumbre estaba la casa. En cada rincón con sombra había sillas para que los paseantes pudiesen hacer un alto y contemplar los macizos de flores. En cada una de las frescas grutas había una ninfa de mármol sonriente, rodeada de un manto de flores, y en cada fuente se reflejaban rosas carmesíes, blancas o rosa claro, que se inclinaban hacia el agua como si quisiesen contemplar su propia belleza. Las paredes, las cornisas y los pilares de la casa estaban cubiertos de rosas, al igual que la balaustrada de la gran terraza, desde la que se podía disfrutar del sol mediterráneo y de las vistas de la ciudad encalada situada en la costa.

—Este es un auténtico paraíso para una luna de miel, ¿no te parece? ¿Habías visto alguna vez rosas como estas? —preguntó Amy al detenerse en la terraza para disfrutar de la vista y del aroma de las flores.

—No, y tampoco me había clavado espinas como esta —contestó Laurie, que se había llevado el pulgar a la boca tras intentar en vano arrancar una rosa roja que quedaba ligeramente fuera de su alcance.

—Baja un poco y coge las que no tengan espinas —le aconsejó Amy, y cogió con habilidad tres rosas pequeñitas de color crudo que habían brotado en la pared que tenía tras ella. Las colocó en el ojal de su amigo, en prenda de paz, y él se quedó unos segundos mirándolas con curiosidad pues, debido a la sangre italiana que corría por sus venas, era algo supersticioso; además, su estado de ánimo, emotivo y melancólico, le llevaba a buscar dobles sentidos en casi todo, hasta el punto de que casi cualquier escena disparaba su espíritu romántico. Al tratar de alcanzar la rosa roja, había pensado en Jo, porque las flores de colores vivos le sentaban muy bien y la recordaba llevando rosas como esa, cortadas del invernadero de casa. Las rosas claras que Amy le había puesto en el ojal eran las que en Italia se colocan en las manos de los muertos (nunca en los tocados de novia), y Laurie se preguntó si aquel presagio se refería a Jo o a él. Sin embargo, pronto su sentido común norteamericano ganó la partida al sentimentalismo, y lanzó la carcajada más sincera que Amy le había oído desde que se reuniera con ella—. Es un buen consejo, síguelo y así no te pincharás los dedos —dijo la joven pensando que la risa se debía a sus palabras.

—Gracias, ¡lo haré! —repuso él en broma, aunque meses más tarde lo diría de todo corazón.

—Laurie, ¿cuándo vas a ir a ver a tu abuelo? —preguntó Amy poco después, cuando se sentó en un banco rústico.

—Muy pronto.

—Te he oído decir eso docenas de veces en las últimas tres semanas.

—No me sorprende. Las respuestas cortas evitan muchos problemas.

—Pero él te está esperando; debes ir.

—¡Qué considerada! Eso ya lo sé.

—Entonces, ¿por qué no vas?

—Será por mi natural depravado.

—Di mejor tu dejadez. Eso está muy mal —Amy se puso seria.

—No es tan malo. Si fuese, sería un estorbo para él, así que prefiero quedarme y estorbarte a ti un poco más. Tú lo soportas mejor. De hecho, creo que te sienta bien. —Laurie se apoyó cómodamente en la balaustrada, como si pensase pasar allí un buen rato, sin hacer nada.

Amy meneó la cabeza y abrió su cuaderno de dibujo con aire resignado, pero decidió que «el muchacho» necesitaba un buen sermón, de modo que volvió a la carga.

—¿Y ahora qué haces?

—Observo a las lagartijas.

—No, no me refiero a eso. ¿Qué haces o qué te gustaría hacer en este momento de tu vida?

—Si tú me lo permites, me encantaría fumar un cigarrillo.

—¡Eres imposible! No me gusta que fumes y solo lo aprobaré con la condición de que me hagas de modelo; necesito que haya una figura humana en mi dibujo.

—Será un verdadero placer. ¿Cómo quieres que me coloque? ¿Voy a salir de cuerpo entero o tres cuartos? ¿De pie o boca abajo? Con todo respeto, propongo que probemos con una postura yacente y que te sumes a mí. Podríamos llamar a la composición *Dolce far niente.*

—Mientras no te muevas, por mí te puedes dormir. Yo quiero trabajar —afirmó Amy con tono enérgico.

—¡Qué entusiasmo tan encomiable! —observó él, y se apoyó contra una vasija alta con aire totalmente satisfecho.

—¿Qué diría Jo si te viese ahora? —preguntó Amy con impaciencia, esperando que la mención de su enérgica hermana lo hiciese reaccionar.

—Diría lo de siempre: «Déjame, Teddy, estoy ocupada». —Laurie se echó a reír, pero su risa no sonó natural y una sombra nubló su rostro por unos instantes, porque pronunciar aquel nombre tan querido había reabierto una herida que aún estaba por curar.

A Amy le sorprendieron tanto el tono como el semblante de su amigo, pues, aunque había oído aquellas palabras en otras ocasiones, no recordaba haber visto nunca tanta dureza, amargura, dolor, insatisfacción y pesar en la mirada de Laurie. Apenas tuvo tiempo de analizarla, ya que Laurie adoptó un aire indiferente de inmediato. Y mientras él posaba al sol, sin sombrero, con los ojos llenos de sueños meridionales, Amy le estudió desde un punto de vista artístico y pensó que el joven podía pasar por italiano. Él estaba ausente, perdido en sus ensoñaciones, como si se hubiese olvidado por completo de Amy.

—Pareces la efigie de un joven rey dormido sobre su

tumba —comentó ella mientras trazaba cuidadosamente el perfil que se recortaba con nitidez sobre el fondo de piedra oscura.

—¡Ojalá lo fuera!

—Desear eso es una locura, salvo que hayas echado a perder tu vida. Has cambiado tanto que a veces me pregunto... —Amy se interrumpió y miró a su amigo con una mezcla de timidez y melancolía más elocuentes que cualquier palabra.

Laurie percibió y comprendió la afectuosa angustia que la joven no quería mostrar abiertamente, y mirándola a los ojos dijo, como solía decirle a la madre de la muchacha:

—Todo está bien, señora.

Eso bastó para tranquilizar a Amy y alejar de ella las dudas que la asediaban últimamente. También la emocionó, y lo mostró por la cordialidad con la que comentó:

—¡Me alegro! No es que pensara que habías sido un mal muchacho, pero imaginaba que tal vez habías malgastado tu dinero en esa depravada ciudad de Baden-Baden, que una francesa casada te había robado el corazón con sus encantos o que te habías metido en esa clase de líos que los jóvenes parecen considerar imperativos en un viaje por Europa. No te quedes ahí, bajo el sol, ven a tumbarte en la hierba, a mi lado, y seamos «buenos amigos», como me decía Jo cuando nos hacíamos confidencias sentadas en el sofá.

Laurie, obediente, se dejó caer en la hierba y, para entretenerse, se puso a arrancar margaritas y colocarlas en el sombrero de Amy, que estaba junto a él en el suelo.

—Soy todo oídos para tus secretos —apuntó, y miró a la joven con vivo interés.

—Yo no tengo ninguno. Empieza tú.

—Yo tampoco tengo. Podrías contarme novedades de casa.

—Ya te he contado lo último que he sabido. ¿No recibes noticias con frecuencia? Suponía que Jo te mandaría libros enteros.

—Está muy ocupada y, como yo no paro demasiado en ninguna parte, es muy difícil mantener una correspondencia fluida. ¿Cuándo vas a empezar tu magna obra de arte, Rafaela? —preguntó, cambiando bruscamente de tema, tras un breve silencio en el que se había preguntado si Amy conocía su secreto y pretendía obligarle a hablar de él.

—¡Jamás! —respondió ella, decidida y decepcionada a un tiempo—. En Roma recibí una lección de humildad porque, al ver las maravillas que alberga, comprendí mi insignificancia y abandoné mis locos planes.

—¿Por qué habrías de abandonar? Tienes talento y fuerza.

—Precisamente por eso. Una cosa es tener talento y otra ser un genio, y por mucha fuerza que tengas, no puedes pasar de lo uno a lo otro. Si no puedo ser genial, prefiero no intentarlo. Me horrorizaría ser una pintora mediocre más, así que he decidido dejarlo.

—¿Y qué has pensado hacer entonces, si es que me lo quieres contar?

—Voy a potenciar mis otros talentos y, si tengo suerte, me convertiré en una dama elegante.

Sin duda el discurso era osado e indicaba que la joven tenía una fuerte personalidad, pero la audacia es propia de la juventud y la ambición de Amy tenía una buena base. Laurie se sonrió, pero le agradó el ánimo con el que la joven encaraba su nuevo propósito, sin detenerse a lamentar la muerte de otro que había acariciado durante largo tiempo.

—¡Vaya! Y supongo que en ese plan entra en juego Fred Vaughn, ¿no?

Amy guardó un discreto silencio, pero adoptó una

expresión tan alicaída que Laurie se sentó y dijo en tono muy serio:

—¿Puedo hacer de hermano mayor y preguntarte algo?

—No puedo prometer que te responda.

—Aunque tu lengua calle, tu rostro me dará la respuesta. Aún no tienes suficiente mundo para ocultar tus sentimientos, querida. El año pasado oí rumores referentes a Fred y a ti, y me da la impresión de que, de no haber tenido que regresar tan súbitamente a casa y haberse visto retenido allí tanto tiempo, vosotros... Ya me entiendes.

—No soy yo quien debe decirlo —repuso Amy, con recato, pero sus labios esbozaron una sonrisa y el brillo de sus ojos indicó claramente que era consciente de su poder y que le complacía tenerlo.

—Espero que no os hayáis comprometido. —Laurie, que se había metido totalmente en su papel de hermano mayor, hablaba con tono muy serio.

—No.

—Pero si vuelve y se arrodilla como Dios manda, le aceptarás, ¿verdad?

—Es muy posible.

—Entonces, ¿estás enamorada del bueno de Fred?

—Podría estarlo si me lo propusiera.

—Pero no te lo propondrás hasta que se dé la ocasión, ¿verdad? ¡Válgame el cielo, cuánta prudencia! Amy, es un buen muchacho, pero no creo que sea tu tipo.

—Es rico, caballeroso y tiene unos modales exquisitos —afirmó Amy tratando de mantener una actitud serena y digna a pesar de que se sentía algo avergonzada por compartir sus intenciones.

—Entiendo... Las reinas de la sociedad no pueden vivir sin dinero, así que buscas un buen partido para situarte, ¿me equivoco? Está bien pensado y es bastante acorde con los tiempos que corren, aunque me resulta extraño en boca de una de vosotras, teniendo la madre que tenéis.

—Sin embargo, es así.

Una declaración breve, pero pronunciada con una serenidad y decisión que contrastaban con la juventud de la mujer que la había hecho. Laurie lo notó de manera instintiva y volvió a tumbarse presa de una desazón que no alcanzaba a explicar. El semblante y el silencio del muchacho, así como su propia mala conciencia, hicieron que Amy se sulfurara y decidiera afearle su conducta sin más dilación.

—Te agradecería que te incorporases para hablar conmigo —espetó con acritud.

—¡Vaya con la mujercita! Oblígame, si puedes.

—Si me lo propongo, seguro que consigo que te pongas en pie —dijo Amy como si tuviese prisa por empezar.

—Entonces, tienes mi permiso —repuso Laurie, feliz de recuperar su pasatiempo favorito, fastidiar a otro, después de tanto tiempo de abstinencia.

—En cinco minutos, estarás hecho una furia.

—Yo no me enfado nunca. Y te recuerdo que dos no pelean si uno no quiere.

—No sabes de lo que soy capaz. Tu indiferencia es pura pose. Si te provoco, no aguantarás.

—Bien, provócame. No me vendrá mal un poco de diversión. Imagina que soy un marido o una alfombra; puedes sacudirme hasta que te canses si es lo que te apetece.

Amy, que estaba muy enfadada y deseaba que Laurie abandonase aquella apatía que tanto la irritaba, afiló la lengua y el lápiz y empezó:

—Flo y yo te hemos puesto un mote, Laurence el Perezoso. ¿Qué te parece?

Pensó que eso le molestaría, pero él cruzó los brazos por detrás de la cabeza y, sin inmutarse, contestó:

—No está mal, señoras. Gracias.

—¿Te interesa saber qué opino de ti?

—Me muero por que me lo digas.

—Bueno, te desprecio.

Si le hubiese dicho «te odio» con tono irritado o ligero, él habría reído y hasta le habría gustado, pero la seriedad, casi tristeza de aquella voz hizo que abriese los ojos como platos y preguntase de inmediato:

—¿Y se puede saber por qué?

—Porque a pesar de tenerlo todo para ser bueno, dichoso y ayudar a otros prefieres actuar mal, ser desdichado y no hacer nada.

—Menudo lenguaje, señorita.

—Si quieres, puedo continuar.

—Por favor, no te prives. Es muy interesante.

—Pensé que te lo parecería; a las personas egoístas les encanta hablar de sí mismas.

—¿Te parezco egoísta? —La pregunta se le escapó sin querer. Estaba francamente sorprendido ya que su generosidad era la virtud de la que se sentía más orgulloso.

—Sí, un grandísimo egoísta —prosiguió Amy con voz serena y fría, que hacía que el sermón tuviese el doble de efecto que si lo hubiera pronunciado con tono airado—. Y puesto que llevo tiempo observándote mientras tú te diviertes, te explicaré por qué no estoy nada orgullosa de ti. Llevas seis meses fuera de casa y lo único que has hecho ha sido malgastar tu tiempo y tu dinero y defraudar a tus amigos.

—¿Acaso un hombre no tiene derecho a divertirse un poco después de machacarse durante cuatro años?

—No parece que te hayas deslomado y, por lo que veo, no creo que estés muy dotado para el trabajo duro. Cuando nos encontramos aquí, me dio la sensación de que habías mejorado, pero ahora comprendo que me equivoqué; no creo que valgas ni la mitad que el joven que dejé cuando me marché de casa. Te has vuelto muy perezoso, te encanta contar chismes y perder el tiempo en frivolidades. Prefieres que te adulen y mimen personas sumamente estúpidas a ganarte el aprecio y el respeto de personas preparadas. Lo tienes todo, dinero, talento, posición, salud y apostura, ¡y no eres más que un vanidoso! Es cierto, siento decirlo. Con todas las cosas estupendas que tienes para ser feliz y útil a los demás, no haces más que haraganear y, en lugar de ser un hombre de provecho como deberías, eres de menos ayuda que... —Amy se contuvo, con una expresión de tristeza y piedad en el rostro.

—San Lorenzo en la parrilla —apuntó Laurie, con ironía, acabando la frase por ella. No obstante el sermón empezaba a dar frutos, porque el joven tenía otro brillo en la mirada y su proverbial indiferencia había dado paso a una mezcla de dolor y enfado.

—Ya imaginaba que te lo tomarías a risa. Vosotros, los hombres, nos decís que somos ángeles y que podemos hacer de vosotros lo que queramos, pero, en cuanto una mujer trata sinceramente de ayudaros a mejorar, os reís de ella y no le prestáis atención, lo que indica lo poco que valen vuestros halagos —sentenció Amy con amargura, tras lo cual dio la espalda al exasperante mártir que yacía a sus pies.

Enseguida, una mano cubrió la hoja de su cuaderno, impidiéndole dibujar, y Laurie dijo con voz de niño arrepentido:

—¡Seré bueno, lo prometo, seré bueno!

Pero Amy no estaba de humor para bromas, porque pensaba todo cuanto le había dicho. Golpeó con el lápiz la mano extendida y dijo, muy seria:

—¿No te da vergüenza tener una mano así? Es tan suave y blanca como la de una mujer, parece que lo único que has hecho con ella es usar guantes de piel de la mejor calidad y recoger flores para regalárselas a las damas. Gracias a Dios, no eres un dandi y no llevas diamantes ni grandes anillos con sellos. Solo llevas el anillo que Jo te regaló hace un año. ¡Mi querida hermana! Cómo me gustaría que estuviese aquí para ayudarme.

—A mí también.

Laurie retiró la mano con presteza, y en su voz había tanta vehemencia que hasta Amy sintió la intensidad de la emoción. De pronto, le miró con otros ojos, tratando de confirmar o desmentir la idea que acababa de asaltarle. Pero él seguía tumbado, con el rostro medio cubierto con el sombrero, como si le molestase el sol, y el bigote no dejaba ver sus labios. Lo único que ella veía era su pecho subir y bajar con cada respiración, tan larga y profunda que se dirían suspiros, y la mano que llevaba el anillo, hundida en la hierba, como si pretendiese ocultar algo que le era demasiado precioso o demasiado conmovedor para hablar de ello. En cuestión de segundos, Amy recordó anécdotas y nimiedades que adquirieron un nuevo sentido y comprendió lo que su hermana nunca le había confiado. Cayó en la cuenta de que Laurie nunca hablaba de Jo y recordó la sombra que había nublado su expresión segundos antes, su cambio de actitud y la tenacidad con que seguía usando el pequeño anillo, que no era adorno para una mano tan hermosa. Las chicas entienden rápido lo que esa clase de detalles implica y conocen bien su significado. Amy ya había imaginado que la causa del cambio de su amigo podía ser un mal de amores; ahora estaba segura de ello. Los ojos se le llenaron de lágrimas y, cuando volvió a hablar, empleó su tono de voz más tierno y amable.

—Sé que no tengo derecho a hablar así, Laurie, y si no fueses el muchacho más dulce del mundo, estarías muy enfadado conmigo. Pero todas te queremos tanto y estamos tan orgullosas de ti que no podía soportar la idea de que en casa se sintiesen tan decepcionadas como yo al ver cuánto has cambiado, aunque ahora comprendo que tal vez ellas lo hubiesen entendido mejor que yo...

—Creo que sí —dijo Laurie sin levantar el sombrero, con un tono lúgubre que impresionó mucho a Amy.

—Tendrían que habérmelo advertido, en lugar de dejar que metiese la pata y te regañase cuando debía ser más paciente y comprensiva que nunca. ¡Nunca me cayó bien la señorita Raudal, pero ahora la detesto! —dijo Amy hábilmente, tratando de confirmar sus sospechas.

—¡Al diablo con la señorita Raudal! —exclamó Laurie descubriéndose el rostro, cuya expresión no dejaba lugar a dudas sobre los sentimientos que le inspiraba la joven dama.

—Te ruego que me disculpes, pensaba... —Amy se interrumpió, diplomática.

—No es cierto, sabes perfectamente que la única mujer que me ha interesado nunca es Jo —sentenció Laurie, con el tono impetuoso de siempre, antes de volver el rostro.

—Algo sospechaba pero, como nadie me dijo nada y tú partiste de viaje, supuse que estaba equivocada. ¿Jo no te correspondió? ¿Por qué? Hubiese jurado que te quería con locura.

—Me quería, sí, pero no en la forma que yo esperaba. Y puesto que crees que soy un hombre tan indigno, es una suerte para ella que no se enamorase de mí. De todas formas, si ahora soy como soy, es por su culpa. Se lo puedes decir cuando la veas.

A Amy le inquietó que la expresión del rostro de Laurie volviese a ser dura y amarga, porque no sabía qué bálsamo aplicar.

—He hecho mal en criticarte, no sabía qué te ocurría. Discúlpame, estaba muy enfadada. Teddy, querido, me gustaría que lo encajases mejor.

—No me llames como lo hace ella. —Laurie levantó una mano para impedir que Amy siguiese hablando con ese tono, mitad comprensivo, mitad reprobador, tan propio de su hermana—. Veremos cómo te lo tomas cuando te ocurra a ti —añadió en voz baja, mientras arrancaba un puñado de hierbas.

—Yo lo encajaría con mayor entereza, y procuraría ganarme el respeto de la otra persona si no pudiera conquistar su amor —exclamó Amy, con la seguridad que da hablar de lo que no se ha sufrido.

En verdad, Laurie consideraba que lo había encajado especialmente bien, puesto que no se había quejado ni había pedido comprensión y se había alejado para poder olvidar sus penas. El sermón de Amy arrojaba una nueva luz sobre la situación, pues, por primera vez, sentía que descorazonarse al primer fracaso era una muestra de debilidad y de egoísmo, al igual que protegerse adoptando una actitud de indiferencia. De pronto sintió como si hubiese despertado de un sueño y no pudiese volver a dormirse. Se sentó y preguntó con voz pausada:

—¿Crees que Jo me despreciaría tanto como tú?

—Si te viese en este estado, por supuesto que sí. No soporta a los perezosos. ¿Por qué no haces algo maravilloso y la conquistas?

—Me esforcé tanto como pude, pero fue en vano.

—¿Te refieres a graduarte con buenas notas? Eso era lo mínimo que cabía esperar de ti y lo hiciste más por dar una satisfacción a tu abuelo. Hubiese sido una vergüenza no aprobar después de invertir tanto tiempo y dinero. Y todos sabíamos que podías hacerlo.

—Pero el caso es que fracasé porque no conseguí que Jo me quisiese —dijo Laurie, con la cabeza apoyada en la mano, en un gesto melancólico.

—No, eso no es cierto, y al final tú también te darás cuenta. Lograste algo bueno y demostraste que podías conseguir lo que te propusieses. Si te fijas un nuevo objetivo, el que sea, recuperarás la ilusión y la alegría, y tus penas serán cosa del pasado.

—Eso es imposible.

—Prueba y verás. Encogerte de hombros y decirte «Qué sabe ella de estas cosas» no te ayudará. No pretendo ser una experta, pero soy observadora y entiendo mucho más de lo que crees. Me gusta analizar la vida y las contradicciones de la gente porque, aunque no siempre las pueda explicar, me sirven de ejemplo para evitar cometer el mismo error. Nada te impide amar a Jo todos los días de tu vida, pero no permitas que eso arruine tu existencia. Desechar todos los regalos que nos brinda la vida porque no nos da el que queremos es una mezquindad. Bueno, se acabó el sermón. Sé que reaccionarás y te comportarás como un hombre, a pesar de esa muchacha con el corazón de piedra.

Ambos guardaron silencio durante unos minutos. Laurie daba vueltas al anillo en su dedo, mientras Amy retocaba el dibujo que había realizado apresuradamente mientras hablaba; luego lo colocó sobre la rodilla de su amigo y preguntó:

—¿Qué te parece?

Él lo miró y no pudo evitar sonreír ante una obra tan diestramente realizada. Un cuerpo, largo y perezoso, sobre la hierba, con una expresión lánguida, los ojos medio cerrados y, en una mano, un puro del que salía una espiral de humo que rodeaba la cabeza del joven soñador.

—¡Qué bien dibujas! —dijo grata y genuinamente sorprendido por la habilidad de la joven, tras lo que añadió, entre risas—: Sí, en efecto, soy yo.

—Así eres ahora, y así... eras antes. —Amy colocó otro dibujo al lado del anterior.

El segundo dibujo no estaba realizado con tanta maestría, pero tenía una vida y una gracia que compensaban sus muchos fallos, y evocaba tan vívidamente el pasado que el semblante del joven cambió de repente mientras lo miraba. Se trataba de un esbozo sin terminar en el que aparecía Laurie domando a un caballo. Se había quitado el sombrero y la chaqueta, y todo en su figura —la expresión decidida del rostro, la actitud de mando— denotaba energía y determinación. El hermoso animal, que acababa de rendirse, arqueaba el cuello bajo las tensas riendas, golpeaba impaciente el suelo con una pata y aguzaba las orejas, como si quisiera oír la voz de quien le había dominado. Las crines ondeantes del animal, el cabello al viento del jinete y su porte erguido transmitían un arrojo, una fuerza, un valor y un optimismo juvenil que contrastaban vivamente con la abúlica elegancia del retrato del *Dolce far niente.* Laurie no comentó nada pero, mientras su mirada iba de uno a otro, Amy se percató de que enrojecía y apretaba los labios, como si aceptase la lección que ella acababa de darle. Eso la satisfizo y, sin esperar que él dijese nada, explicó con su habitual tono animoso:

—¿Recuerdas aquel día que jugaste a vaqueros con tu caballo Puck? Meg y Beth tenían miedo, mientras Jo aplaudía y saltaba de emoción y yo te dibujaba sentada en la valla. El otro día, encontré este dibujo en una carpeta y lo rescaté para mostrártelo.

—Te lo agradezco. Has mejorado mucho desde entonces y te felicito. A pesar de encontrarnos en un paraíso para una luna de miel..., ¿puedo recordarte que en tu hotel se cena a las cinco?

Al decir esto, Laurie se puso en pie, le devolvió los dibujos con una sonrisa y una reverencia, y echó un vistazo al reloj como para recordarle que hasta las lecciones morales han de tener un final. Y aunque procuró retomar el aire desenfadado e indiferente de antes, se notaba que era fingido, porque la provocación de la joven había surtido más efecto del que era capaz de reconocer. A Amy le apenó que recuperara su frialdad y se dijo: Se ha ofendido. Bueno, si le sirve para algo, bienvenido sea. Si acaba detestándome, lo sentiré, pero todo lo que he dicho es cierto y no podría retirar ni una sola palabra.

En el camino de vuelta, rieron y charlaron animadamente, y el pequeño Baptiste, que iba atrás, concluyó que monsieur y mademoiselle estaban de excelente humor. Pero lo cierto es que ambos se sentían inquietos, la franqueza propia de toda amistad había quedado dañada, el sol estaba oculto bajo varios nubarrones y, a pesar de su aparente alegría, ambos tenían el corazón triste.

—¿Quieres que quedemos esta noche, *mon frère*? —preguntó Amy al despedirse ante la puerta de la habitación de su tía.

—Lo lamento, pero tengo un compromiso. *Au revoir, mademoiselle.* —Laurie se inclinó a besar su mano, siguiendo una costumbre extranjera que le iba a la perfección. Algo en su expresión hizo que Amy se apresurase a decir:

—Te lo ruego, compórtate como siempre conmigo y despídete como solías hacerlo. Prefiero un sincero apretón de manos a la inglesa que una despedida grandilocuente a la francesa.

—Adiós, querida. —Y con esas palabras, pronunciadas en el tono que ella deseaba, Laurie la dejó tras darle un apretón de manos tan entusiasta que casi le dolió.

Al día siguiente, en lugar de recibir la visita acostumbrada, Amy encontró una nota que la hizo sonreír al principio y suspirar al final:

> Mi querida Mentor:
>
> Te ruego me despidas de tu tía y te alegres porque Laurence el Perezoso va a visitar a su abuelo, como un buen muchacho. Espero que pases un buen invierno y que los dioses te bendigan con una hermosa luna de miel en Valrosa. Creo que a Fred le vendría bien uno de tus sermones. Díselo de mi parte y felicítale en mi nombre.
>
> Tu agradecido,
>
> TELÉMACO

¡Buen chico! Me alegra que se haya marchado, pensó Amy con una sonrisa de aprobación; pero al minuto siguiente se le cayó el alma a los pies al observar su habitación vacía y añadió para sí, con un suspiro involuntario: Sí, me alegro, pero... ¡cómo le voy a echar de menos!

40
Un valle de sombras

Una vez superada la amargura inicial, la familia se resignó ante lo inevitable y procuró mantener el ánimo, ayudándose los unos a los otros con esas muestras de afecto que surgen espontáneamente en los hogares que han de unirse ante una desgracia. Hicieron a un lado el dolor y todos se esforzaron al máximo para que el último año de Beth fuese lo más feliz posible.

Le dejaron la habitación más agradable de la casa, y colocaron en ella sus objetos preferidos: flores, cuadros, su piano, una pequeña mesa de trabajo y sus queridos mininos. Allí fueron a parar también los mejores libros del padre, la mecedora de la madre, el escritorio de Jo, los dibujos más hermosos de Amy, y Meg llevaba cada día a sus hijos en peregrinación, a visitar a la tía Beth. John ahorró una pequeña suma para poder comprar cada día a la enferma su fruta preferida, que le apetecía más que nunca; la vieja Hannah no se cansaba de preparar platos exquisitos para satisfacer el caprichoso apetito de la joven y no paraba de llorar mientras cocinaba. Y desde allende el mar llegaban pequeños regalos y cartas de aliento que traían consigo un poco del calor y el aroma de aquellas tierras lejanas que no conocían el invierno.

Y en esa habitación, venerada como un santo en su ermita, se sentaba Beth, tan serena y atareada como siempre; porque nada cambiaba su naturaleza dulce y entregada. Mientras se preparaba para abandonar la vida, trataba de hacer felices a los que dejaría atrás. Sus débiles dedos no permanecían nunca inactivos y uno de sus entretenimientos favoritos era confeccionar detalles para los escolares que pasaban por allí. Desde su ventana, lanzaba unos mitones para unas manos amoratadas por el frío, un par de agujas de tejer para una madre de muchas muñecas, papel secante para los jovencitos que daban sus primeros pasos en los bosques de la caligrafía, cuadernos de dibujo para amantes del arte y toda clase de artículos agradables, hasta que los escaladores que subían de mala gana por la cuesta del saber, viendo su camino cubierto de flores, llegaron a considerar que su benefactora, sentada en el piso de arriba, era una especie de hada madrina que milagrosamente entregaba siempre los regalos que mejor convenían a sus necesidades y gustos. De haber buscado recompensa, a Beth le habría bastado con el brillo que los niños tenían en los ojos cuando miraban hacia su ventana, sonriendo y saludándola con la cabeza, y con las graciosas cartas que le hacían llegar, llenas de borrones de tinta y de gratitud.

Los primeros meses fueron muy felices, y Beth acostumbraba a mirar en torno a sí y exclamar «Qué hermoso es esto» cuando se reunían todos en su dormitorio bañado por el sol; los niños lanzaban grititos y pataleaban en el suelo, la madre y las hermanas trabajaban cerca y su padre leía en voz alta y clara libros sabios llenos de palabras de consuelo tan válidas hoy como siglos atrás, cuando fueron escritas. En aquella improvisada capilla, un paternal pastor enseñaba a su rebaño la lección más dura que hemos de aprender y trataba de mostrar que la esperanza puede reforzar el amor y que la fe hace posible la resignación. Sus sencillos sermones tocaban el corazón de quienes le escuchaban, porque el sacerdote hablaba en calidad de padre, y la frecuencia con la que se le quebraba la voz cuando hablaba o leía dotaba a sus palabras de una elocuencia mayor de la habitual.

La paz de aquellos días era un preludio de las tristes horas por venir. No transcurrió mucho tiempo antes de que Beth considerara que las agujas de tricotar pesaban demasiado y las dejase para siempre. Hablar la cansaba en exceso, recibir visitas la incomodaba, el dolor se había apoderado de ella y su espíritu tranquilo se vio tristemente enturbiado por la enfermedad que afligía a su débil cuerpo. ¡Pobrecilla! Qué días tan duros, qué noches tan largas, cuánto dolor en los corazones y cuántas oraciones implorantes pronunciadas por quienes más la querían, al verla extender hacia ellos sus delgados brazos y oírla exclamar con angustia: «¡Ayudadme, ayudadme!», sabiendo que nada podían hacer. El triste eclipse de un alma serena, la dura lucha de una vida joven con la muerte; pero ambos fueron misericordiosamente breves y, una vez vencida la rebeldía natural, la paz volvió con más belleza que nunca. El naufragio de su delicado cuerpo dio más fuerza al alma de Beth. Y, aunque hablaba poco, quienes la rodeaban sintieron que estaba lista, comprendieron que el primer peregrino llamado a partir es el mejor preparado y esperaron junto a ella, en la orilla, hasta ver cómo los seres resplandecientes salían a recibirla cuando cruzara el río.

Desde que Beth anunciara: «Me siento más fuerte cuando estás a mi lado», Jo no se apartaba de ella ni un segundo. Dormía en un sofá, en la habitación de su hermana, se despertaba con frecuencia para avivar el fuego, darle de comer, ayudarla a incorporarse o cuidar a la paciente criatura, que rara vez pedía nada y «procuraba no molestar a nadie». Permanecía en el dormitorio día y noche, celosa de cualquier otra persona que fuese a cuidar a Beth y orgullosa de haber sido elegida para cumplir con la tarea más importante de su vida. Aquellas horas fueron preciosas y de gran ayuda para Jo, porque su corazón recibió las enseñanzas que más necesitaba: la paciencia, que aprendió mediante lecciones tan dulces que era imposible que no las asimilara; la caridad por todos, que un alma buena es siempre capaz de perdonar y olvidar cualquier afrenta; la lealtad hacia el deber, que hace más llevadera la tarea más dura, y la fe sincera, que no conoce el miedo y confía sin albergar dudas.

A menudo, despertaba y veía a Beth leer su librito, ya gastado, o la oía cantar en voz baja para entretener sus noches en vela. Otras veces la encontraba con el rostro entre las manos, llorando mansamente, mientras las lágrimas rodaban por sus transparentes dedos; Jo la miraba sin levantarse de la cama, tan impresionada que ni llorar podía, y comprendía que Beth se despedía a su modo, sencillo y desinteresado, de su antigua vida y se preparaba para la siguiente buscando consuelo en la palabra de Dios, en oraciones quedas y en la música que tanto amaba.

Ser testigo de aquellos momentos enseñó a Jo más que el sermón más sabio, el himno más santo o la oración más fervorosa jamás pronunciada. Con los ojos anegados de lágrimas y el corazón más sensible por la pena, entendió la belleza de la vida que había llevado su hermana: sin incidentes, sin ambición y, sin embargo, llena de virtudes «que perfuman y adornan la sepultura» y de ese desapego por uno mismo, que convierte a los más humildes en los favoritos del cielo, el mayor éxito al que uno pueda aspirar.

Una noche, cuando Beth repasaba los libros que tenía en su mesilla, en busca de algo que la ayudase a olvidar la fatiga mortal que era casi más difícil de sobrellevar que el dolor, hojeando uno de sus clásicos favoritos, *El progreso del peregrino*, encontró una nota escrita a mano por Jo. El título despertó su curiosidad, y al ver letras emborronadas supuso que Jo habría llorado al escribirlo.

Pobre Jo, está rendida, no la despertaré para pedirle permiso para leer este texto. Ella no tiene secretos para mí y no creo que le importe que le eche un vistazo, pensó Beth mirando de reojo a su hermana, que se había dormido sobre la alfombra, con el atizador en la mano, lista para despertar y avivar el fuego en cuanto este empezase a consumirse.

Mi Beth

Pacientemente sentada en la sombra, a la espera de ver llegar la sagrada luz, tu serena y santa presencia bendice nuestro afligido hogar. Las alegrías y las penas terrenas no son nada cuando pienso en las aguas profundas y solemnes del río que moja tus pies.

Querida hermana, que en todo me superas, enséñame a vivir como tú, ajena a luchas y preocupaciones, haciendo de la vida algo hermoso. Légame tu gran paciencia, que es capaz de mantener alegre y resignado a un espíritu encerrado en una cárcel de dolor.

Dame, porque en verdad lo necesito, parte de tu valor, tu sabiduría y tu dulzura, que te han permitido recorrer gozosamente el duro camino del deber. Dame algo de tu naturaleza desinteresada, que, unida a tu divina caridad, te lleva a perdonar las afrentas en nombre del amor. Corazón bondadoso, ¡apiádate de mí!

De ese modo, la hora de nuestra separación resultará menos dolorosa y amarga y, mientras aprendo la dura lección, esta terrible pérdida se convierte en ganancia. Porque el dolor moderará mi natural rebeldía, dará a mi vida aspiraciones más elevadas y renovará mi fe en lo desconocido.

Y, cuando hayas cruzado el río, sé que habrá un espíritu amado y cercano a mí esperándome en la otra orilla. La esperanza y la fe nacidas del pesar se convertirán en mis ángeles guardianes, y tú, querida hermana, que partiste antes que yo, serás quien me guíe en el camino a casa.

La lectura de aquellas líneas, emborronadas y llenas de tachones, desiguales y débiles, aportó un gran consuelo a Beth, porque si algo lamentaba era pensar que no había aprovechado bien su vida. Las palabras de su hermana indicaban que su existencia no había sido en vano y que su muerte no aportaría solo desconsuelo, como temía. Permaneció un rato sentada, con la nota doblada entre las manos, hasta que el tronco de la chimenea, ya carbonizado, se partió y Jo se despertó para avivar el fuego. Se deslizó hacia la cama de Beth pensando que dormía.

—No estoy dormida, querida, pero soy muy feliz. Mira, he encontrado esto y lo he leído. Supuse que no te importaría. ¿En verdad significo todo esto para ti, Jo? —preguntó con tristeza y sincera humildad.

—¡Oh, Beth, eso y mucho más, mucho más! —Jo hundió el rostro en la almohada, junto a la cabeza de su hermana.

—Entonces, no he desperdiciado mi vida. No soy tan buena como tú me pintas, pero he intentado hacer el bien y ahora, cuando ya es tarde para todo, me alegra saber que alguien me quiere tanto y siente que le he sido de ayuda en algo.

—Somos muchos los que lo sentimos, Beth. Pensaba que no te podría dejar marchar, pero he aprendido que no te perderé, que estarás más en mí que nunca y que la muerte no podrá separarnos, aunque lo parezca.

—Sé que es así, y por eso ya no temo a la muerte, porque estoy segura de que seguiré siendo tu Beth y te ayudaré y querré más que nunca. Debes ocupar mi lugar,

Jo, y cuidar de papá y mamá cuando yo me haya ido. Te necesitan, no les falles. Si te resulta duro trabajar sola, recuerda que yo te tendré presente y que esa tarea te reportará más satisfacción que escribir magníficos libros o ver mundo. El amor es lo único que nos llevamos cuando morimos y hace que el final sea mucho más dulce.

—Lo intentaré, Beth. —Y en ese momento, Jo renunció a su antigua ambición, para comprometerse con una nueva y mejor, consciente de la vanidad de cualquier otro deseo y sintiendo el bendito consuelo que proporciona creer que solo el amor vence a la muerte.

La primavera llegó y siguió su curso, el cielo se tornó más limpio; los campos, más verdes, las flores salieron pronto y los pájaros volvieron a tiempo para despedirse de Beth, que, cansada pero llena de fe, murió cogida de las manos que la habían guiado en la vida, puesto que fueron su padre y su madre quienes la acompañaron dulcemente en su paso por el valle de las sombras y se la entregaron a Dios.

Rara vez, salvo en los libros, los moribundos pronuncian frases que todos recuerdan, tienen visiones o parten con el semblante en paz. Quienes han acompañado a muchos en su tránsito saben que, la mayor parte de las veces, la muerte llega de un modo tan natural y sencillo como el sueño. Tal y como Beth esperaba, «la marea bajó serenamente» y, en una hora oscura, antes del amanecer, en el hogar que la había visto respirar por primera vez, la joven exhaló el último aliento, sin más despedida que una mirada llena de amor y un leve suspiro.

Entre lágrimas y oraciones, la madre y las hermanas prepararon el cuerpo para el sueño eterno que el dolor ya no puede perturbar. Y al contemplar, llenas de gratitud, cómo el gesto de sufrimiento de la joven que las había tenido en vilo durante tanto tiempo daba paso a una majestuosa serenidad comprendieron, con inmensa alegría, que para su querida Beth la muerte no era un fantasma lleno de horror, sino un ángel bondadoso.

Al llegar la mañana, por primera vez en mucho tiempo el fuego estaba apagado, Jo no ocupaba su lugar y en la habitación reinaba el silencio. Pero, en una rama cercana, un pajarillo cantaba alegremente, en la ventana florecieron las campanillas de invierno y el sol de primavera entró como una bendición para iluminar el plácido rostro que reposaba sobre la almohada, un rostro tan lleno de paz imperturbable que sus seres queridos sonrieron a pesar de las lágrimas y agradecieron a Dios que Beth se encontrase bien, al fin.

41
Aprendiendo a olvidar

A Laurie, el sermón de Amy le hizo reaccionar aunque, por supuesto, no lo hubiese reconocido por nada del mundo. Los hombres rara vez lo hacen, porque, cuando una mujer aconseja algo, los amos de la creación no aceptan sus instrucciones hasta estar seguros de que coinciden con lo que ellos mismos pretenden hacer. Entonces pasan a la acción y, si sale bien, conceden la mitad del mérito a la parte más débil, mientras que si no resulta, en un alarde de generosidad, le atribuyen la totalidad de la responsabilidad. Laurie fue a visitar a su abuelo y se mostró tan atento durante varias semanas que el anciano concluyó que el clima de Niza le había sentado de maravilla y le invitó a que regresara. El joven se moría de ganas de volver pero, después del regaño recibido, ni un elefante le hubiese podido llevar a rastras hasta allí. Y cuando el deseo era más fuerte que él, repetía las frases que más impresión le habían causado: «Te desprecio», y «¿Por qué no haces algo maravilloso y la conquistas?».

Laurie pensó mucho sobre lo que Amy le había dicho y llegó a la conclusión de que, en efecto, había sido egoísta y perezoso. Sin embargo, opinaba que, cuando un hombre ha de hacer frente a un dolor tan grande, es lógico que satisfaga todos sus caprichos, hasta que se haya recuperado. Ahora sentía que la frustración era cosa del pasado y, aunque no podía dejar de lamentarse por la pérdida, comprendía que no debía hacer ostentación de sus pesares. Estaba claro que Jo no le querría nunca, pero aún podía ganarse su respeto y admiración si demostraba que no iba a echar a perder su vida por un desengaño amoroso. Él ya había pensado hacer algo mucho antes de que Amy lo sugiriera, su consejo no era necesario, pero había preferido aguardar a que la antedicha frustración quedase decorosamente sepultada. Una vez logrado, estaba listo para ocultar su afligido corazón y seguir adelante.

Al igual que Goethe, que cuando sentía una alegría o una pena la convertía en canción, Laurie decidió embalsamar con música su mal de amores y componer un réquiem que desgarrase el alma de Jo y derritiese el corazón de todo el que lo oyera. Así pues, un día en que el anciano le notó especialmente inquieto y malhumorado y le propuso que se marchara, Laurie partió hacia Viena, donde tenía varios amigos músicos, y comenzó a trabajar con el firme propósito de destacar en la ciudad. Pero, ya fuera porque la pena era demasiado vasta para tomar forma en una composición musical, o porque la música era excesivamente etérea para ayudar a superar un dolor tan profundo, lo cierto es que Laurie no tardó en concluir que el réquiem no estaba a su alcance, por el momento. Era evidente que su mente aún no trabajaba de forma ordenada y que necesitaba aclarar sus ideas. A menudo, en medio de un arranque de dolor, se ponía a tararear una melodía que le hacía recordar el baile de Navidad en Niza, sobre todo a la muchacha francesa robusta, y entonces decidía abandonar por un tiempo la composición trágica.

Luego probó con la ópera —porque, de entrada, nada le parecía imposible—, pero, una vez más, hubo de hacer frente a dificultades imprevistas. Quería que Jo fuese la protagonista y buscó en su memoria momentos que retratasen su tierno y romántico amor. Pero la memoria le traicionaba y, como si estuviera poseída por el espíritu rebelde de la joven, solo le permitía recordar rarezas, defectos y manías de Jo o verla en situaciones de lo más prosaicas, como sacudiendo alfombras con un pañuelo anudado en la cabeza, escondiéndose tras los cojines del sofá o enfriando su pasión, al estilo de la gobernanta de *David Copperfield*, la señora Gummidge, con una carcajada que echaba a perder el cuadro poético que él se esmeraba por pintar. En vista de que Jo se resistía a convertirse en una protagonista operística, el pobre muchacho se resignó con un sufrido «¡Bendito Dios, qué tormento de mujer!», mientras se tiraba del cabello, como todo compositor angustiado que se precie.

Al tratar de imaginar a una dama menos difícil a la que inmortalizar con su música, le venía a la mente siempre una imagen. El rostro variaba indefectiblemente, pero la joven en cuestión tenía el cabello dorado, estaba rodeada de una nube diáfana y flotaba en una maraña de rosas, pavos reales, ponis blancos y lazos azules. Aunque la sumisa dama carecía de nombre, Laurie la convirtió en la protagonista de sus composiciones y le tomó mucho cariño. La dotó de todas las gracias y dones que puedan existir y la hizo salir indemne de pruebas que hubiesen aniquilado a cualquier mujer mortal.

Gracias a la inspiración, las cosas fueron de maravilla durante un tiempo pero, poco a poco, el trabajo fue perdiendo el encanto y se olvidó de componer. En su lugar, pasaba las horas sentado, fantaseando, pluma en mano, o deambulaba por la ciudad para despejar su mente —que estaba especialmente inquieta aquel invierno— y dar con ideas nuevas. No hizo demasiado, pero sí pensó mucho y comprendió que se estaba produciendo un cambio en él, aun a su pesar. Tal vez sea que mi genialidad está a punto de aflorar; la dejaré hacer y veré qué pasa, se dijo; aunque, en secreto, sospechaba que no se trataba de genialidad, sino de algo mucho más común. Fuera lo que fuese, aquel sentimiento tenía un propósito y a él cada vez le interesaba menos la vida ociosa que llevaba. Empezó a soñar con un trabajo serio y honesto al que poder entregarse en cuerpo y alma hasta que, al final, concluyó que no todos los amantes de la música tenían vocación de compositores. Una noche, al volver de una magnífica representación de una de las grandes óperas de Mozart en el Teatro Real, echó un vistazo a su composición y tocó alguna de las mejores partes, sentado de cara a los bustos de Mendelssohn, Beethoven y Bach, que parecían mirarle con benevolencia; luego rompió, una a una, sus partituras. Cuando llegó a la última, dijo en tono grave:

—¡Amy tiene razón! Tener talento no es lo mismo que ser un genio, y la genialidad no se puede alcanzar. La música que he oído hoy me ha dado una lección de humildad como a ella le pasó al ver las obras de arte en Roma, y no quiero seguir siendo un farsante por más tiempo. Ahora, ¿qué voy a hacer?

Aquella era una pregunta difícil de responder y Laurie deseó haber tenido que trabajar para ganarse el pan. Ahora se encontraba en la situación perfecta para «ir por el mal camino», porque tenía mucho dinero y nada que hacer, y Satán siempre está dispuesto a proporcionar alguna ocupación a las manos que están ociosas. El pobre muchacho tenía tentaciones de sobra, pero las sorteaba bastante bien, pues, aunque valoraba la libertad, apreciaba más aún la buena fe y la confianza, de modo que la promesa hecha a su abuelo y el deseo de poder decir a la mujer que le amara: «Todo está bien», mirándola a los ojos, lo mantuvieron a salvo y firme en su decisión.

Estoy segura de que no faltará una señorita que alegue: «No lo creo, los hombres no dejarán nunca de ser como son y los jóvenes se entregan siempre a la disipación, por lo que las mujeres no deben esperar milagros». Me gustaría contradecirla, señorita, aunque sé que tiene razón. Sin embargo, creo que las mujeres son capaces de obrar grandes milagros y sospecho que hasta podrían mejorar al conjunto de los hombres negándose a aceptar premisas como esta. Dejemos que los jóvenes actúen como jóvenes —cuanto más tiempo mejor— y, si necesitan entregarse a la disipación, que así sea, pero las madres, hermanas y amigas pueden ayudarlos a minimizar los riesgos y los daños mostrándoles que virtudes como la lealtad hacen a los hombres mucho más atractivos a los ojos de una mujer. Si es una falsa ilusión de mujer, permitidme disfrutarla mientras pueda, porque, si no creyera en esa posibilidad, la vida perdería gran parte de su atractivo y su romanticismo, y el corazón valiente y tierno de los muchachos que aún aman a sus madres más que a sí mismos y no se avergüenzan de ello recibiría un amargo mensaje.

Laurie temía que la tarea de olvidar a Jo consumiera sus fuerzas durante años pero, para gran sorpresa suya, descubrió que cada día le resultaba más sencillo. Al principio, no daba crédito y hasta se enfadó consigo mismo porque no podía entender que así fuera, pero el corazón humano es curioso y contradictorio, y el tiempo y la naturaleza influyen en él aun en contra de nuestra voluntad. Al cabo de un tiempo, el corazón de Laurie ya no sentía dolor, la herida cicatrizaba con una rapidez que le dejaba perplejo, hasta el punto de que, en lugar de tener que hacer un esfuerzo por olvidar, se descubrió esmerándose por no perder todo recuerdo. No había previsto que pudiera darse semejante quiebro y no estaba preparado para asumirlo. Se sentía molesto, sorprendido por su volubilidad y decepcionado y aliviado a un tiempo al comprender que podía recuperarse de tamaño desengaño en tan poco tiempo. Hizo lo que pudo por avivar el rescoldo de su amor, pero ya no era posible salvar el fuego, solo quedaban unas brasas que iluminaban y daban calor a su corazón sin hacerlo arder de pasión. Aun a su pesar, hubo de reconocer que aquel enamoramiento juvenil había perdido intensidad lentamente hasta dar paso a un sentimiento más sereno —tierno, algo triste y con cierto poso de resentimiento— que, a su vez, terminaría por desaparecer en favor de un afecto fraternal que, ese sí, se mantendría intacto hasta el fin.

Al pensar en el término *fraternal*, en uno de sus momentos de reflexión, Laurie sonrió mirando el retrato de Mozart que tenía ante sí. Bueno, él, que era un gran hombre, no pudo conquistar a una hermana y se casó con la otra y vivió feliz. Laurie no llegó a pronunciar estas palabras, pero el caso es que acudieron a su mente, y segundos después, tras besar el pequeño y viejo anillo, dijo para sus adentros: ¡No, no lo haré! No la he olvidado y nunca podré. Lo intentaré de nuevo y, si fracaso, entonces...

Dejando la frase inacabada, cogió papel y pluma y escribió a Jo para explicarle que no podía organizar su vida mientras albergase la esperanza de que ella cambiase de idea. ¿Podría...? ¿Querría...? De ser así, él podría volver a casa y ser feliz. Mientras esperaba la respuesta, Laurie no hizo nada salvo morir de impaciencia. Al fin llegó y aclaró definitivamente sus ideas: Jo no podía y no quería. En lo único en que podía pensar era en Beth y no quería oír la palabra *amor* nunca más. Le rogaba que buscase a una mujer que le hiciese feliz, pero que reservase siempre un rincón de su corazón para su amante hermana Jo. En una posdata le pedía que no dijese a Amy que Beth había empeorado, porque esta regresaría a casa en primavera y no había necesidad de que se sintiera apenada el resto de su estancia en Europa. Ya habría tiempo para lamentos; mientras tanto, Jo le pedía a Laurie que escribiese con frecuencia a su hermana para que no se sintiese sola, melancólica o angustiada.

Así lo haré desde ahora, se dijo. Pobre muchacha, mucho me temo que su vuelta a casa será muy triste. Laurie fue hacia su despacho para escribir a Amy, como si esa carta fuese la continuación lógica a la frase que había dejado inacabada semanas antes.

Sin embargo, no escribió la carta ese día porque, mientras buscaba su mejor papel, encontró algo que le hizo cambiar de idea. En un rincón del escritorio, perdidas en una pila de facturas, pasaportes y documentos comerciales de diversa índole, encontró varias misivas de Jo, así como tres de Amy, cuidadosamente atadas con uno de sus lazos azules y con restos de rosas secas en su interior. Laurie cogió las de Jo entre arrepentido y divertido, las alisó, dobló y guardó pulcramente en un cajoncito del escritorio, se quedó unos minutos contemplando el anillo en su dedo, pensativo, y después se lo quitó con cuidado y lo depositó junto a las cartas, tras lo cual cerró el cajón con llave y fue a oír misa a la iglesia de San Esteban, con el ánimo de quien acude a un funeral. A pesar de que no sentía una pena demasiado honda, consideró que aquella era una forma más digna de acabar el día que escribiendo cartas a hermosas damiselas.

Aun así, la carta no tardó en llegar a Amy, que contestó enseguida porque, como admitía con encantadora sinceridad, echaba mucho de menos su hogar. Al inicio de la primavera, la correspondencia fue a más; las cartas iban y venían con una prontitud y una regularidad infalibles. Laurie vendió los bustos, quemó sus partituras y volvió a París con la esperanza de que alguien fuese a verle sin tardar demasiado. Ardía en deseos de ir a Niza, pero estaba decidido a no hacerlo hasta que se lo pidiesen, y Amy no se lo pedía porque en aquellos momentos estaba ocupada con experiencias personales que la hacían preferir evitar los ojos burlones de su «amigo».

Fred Vaughn había regresado y le había planteado la pregunta a la que ella había imaginado que contestaría con un «Sí, gracias», pero a la que respondió con un «No, gracias», amable pero decidido. Porque, una vez en situación, le faltó valor y comprendió que el dinero y una buena posición social no la ayudarían a satisfacer el nuevo anhelo que había llenado de tiernas esperanzas y miedos su corazón. Las palabras de Laurie sobre Fred: «Es un buen muchacho, pero no creo que sea tu tipo», y el recuerdo de su expresión al pronunciarlas la perseguían con la misma pertinacia con que lo hacía la forma en que había dado a entender que estaba dispuesta a casarse por dinero. Se avergonzaba al recordarlo y deseaba poder borrar aquel momento; aquello era muy poco femenino. No quería que Laurie pensase que era una joven materialista y sin corazón. Ahora ser una dama de la alta sociedad le interesaba mucho menos que ser una mujer adorable. Se alegraba de que, en lugar de odiarla por haberle dicho aquellas cosas tan horribles, él las hubiese aceptado tan elegantemente y se mostrase más atento que nunca. Sus cartas eran un gran consuelo para ella ahora que las de casa ya no llegaban con regularidad y resultaban mucho menos alegres que las que él enviaba. Contestarle no era una obligación sino un auténtico placer, y el pobre muchacho necesitaba que le animasen porque estaba abatido por la negativa de Jo a aceptarle. Esta debería hacer un esfuerzo e intentar amarle —no podía ser tan difícil—; muchas mujeres se sentirían honradas y felices de que un joven tan maravilloso se interesase por ellas, pero Jo era distinta a todas y Amy no podía hacer nada salvo ser amable con Laurie y tratarle como a un hermano.

Si todos los hermanos recibiesen un trato tan exquisito como el dispensado a Laurie en aquel trance, serían los seres más dichosos de la Tierra. Amy no volvió a sermonearle, le pedía su opinión en todo, se interesaba por cualquier cosa que él hiciese, le enviaba pequeños regalos y, cada semana, dos cartas con las últimas novedades, confidencias de hermana y hermosos dibujos hechos por ella. Dado que pocos hermanos pueden presumir de que sus hermanas lleven sus misivas en el bolsillo, las lean y relean diligentemente, lloren cuando son cortas, las besen cuando son largas y las guarden amorosamente como el mayor de los tesoros, no cabe imaginar a Amy haciendo tales cosas, tan alocadas y emotivas. Pero lo cierto es que, aquella primavera, la joven estaba más pálida y pensativa de lo normal, su entusiasmo por la vida en sociedad decreció sobremanera y solía ir a dibujar a solas. Cuando regresaba, no traía demasiado que mostrar, porque pasaba las horas muertas contemplando la naturaleza, cruzada de brazos, en la terraza de Valrosa, o dibujaba descuidadamente lo primero que le venía a la mente: la figura de un robusto caballero esculpido en una tumba, un joven dormitando en el césped con el rostro oculto bajo el sombrero, o una joven de cabellos rizados con un vestido espectacular paseando por una sala de baile del brazo de un joven alto, ambos —siguiendo las últimas tendencias artísticas— con el rostro difuminado, lo que sin duda era más seguro, pero menos agradable.

Su tía sospechaba que se arrepentía de la respuesta dada a Fred y, como Amy no era amiga de desmentidos ni de dar explicaciones, la dejó creer lo que quisiera. Su única preocupación era informar a Laurie de que Fred se había marchado a Egipto. No dijo nada más, pero él entendió el mensaje y se alegró mucho, hasta el punto de decir para sus adentros, con aire venerable: Estaba seguro de que Amy recapacitaría. Pobre muchacho, yo he pasado por eso y sé cómo se siente.

A continuación, lanzó un gran suspiro y, como si hubiese saldado las deudas con el pasado, apoyó los pies en el sofá y disfrutó plenamente de la carta de Amy.

Mientras eso ocurría en el extranjero, en casa vivían momentos de gran aflicción. Sin embargo, la carta en la que se explicaba que Beth había empeorado no llegó nunca a manos de Amy, y cuando recibió la siguiente, su hermana ya reposaba en paz. Se enteró de la triste noticia en Vevey, lugar al que habían llegado huyendo del calor de Niza, en mayo. Habían emprendido viaje hacia Suiza, recorriendo tranquilamente distintos lagos italianos y Génova. Lo encajó bien y aceptó la decisión de la familia de que no adelantase su vuelta porque ya era demasiado tarde para dar un último adiós a Beth y la distancia la ayudaría a mitigar la pena. Pero la pena embargaba su corazón y ansiaba estar nuevamente en casa. Todos los días, miraba hacia el lago, con la esperanza de ver llegar a Laurie para consolarla.

Él no acudió de inmediato, pues, aunque la familia había enviado las cartas con la triste noticia el mismo día, él se encontraba en Alemania y tardó unos días en recibirla. En cuanto la leyó, hizo la maleta, se despidió apresuradamente de sus amigos y partió a cumplir la promesa dada con una mezcla de pena, alegría, esperanza e incertidumbre en el corazón.

Como conocía bien Vevey, en cuanto el barco arribó al pequeño muelle, salió corriendo hacia La Tour, donde se alojaban los Carrol. El encargado del establecimiento le explicó que toda la familia había ido a pasear junto al lago, salvo la joven dama rubia, que se había quedado en el jardín del castillo. Si monsieur tomaba asiento, él iría a buscarla en un abrir y cerrar de ojos. Pero monsieur, que no podía aguardar ni un segundo, dejó al joven con la palabra en la boca y fue a buscar a Amy.

El antiguo y agradable jardín quedaba a orillas de un precioso lago y tenía castaños cuyas altas copas susurraban, hiedra que trepaba por todas partes, y la torre proyectaba su oscura sombra sobre unas aguas iluminadas por el sol. En un extremo del muro largo y bajo había un banco en el que Amy solía sentarse a leer, trabajar o consolarse contemplando la belleza circundante. Aquel día, estaba allí, con la cabeza apoyada en la mano, el corazón enfermo de nostalgia y los ojos llorosos de tanto pensar en Beth y preguntarse por qué razón Laurie no había acudido a su lado. No le oyó cruzar el patio que quedaba a sus espaldas ni le vio detenerse bajo el arco de la entrada del paso subterráneo que conducía al jardín. Una vez allí, se detuvo unos segundos, la miró con ojos nuevos y descubrió algo que nadie conocía: el lado sensible de Amy. La joven era la viva imagen del amor y la pena, con cartas emborronadas en su regazo, una cinta negra en el pelo y aquella expresión de dolor y resignación femeninas. La cruz de marfil que colgaba de su cuello impresionó mucho a Laurie, ya que él se la había regalado y era la única joya que portaba la muchacha. Si le quedaba alguna duda de cómo le recibiría Amy, se disipó en cuanto ella levantó la mirada, le vio, dejó caer cuanto tenía en las manos y corrió a su encuentro exclamando con un tono que reflejaba un amor y una dicha inconfundibles:

—¡Oh, Laurie, Laurie! ¡Sabía que vendrías!

Creo que en aquel momento todo quedó claro entre ambos. Porque mientras permanecían en silencio unos segundos, con la cabeza de cabellos oscuros inclinada en actitud protectora sobre la rubia, Amy sintió que nadie podría consolarla ni apoyarla mejor que Laurie, y este se convenció de que ella era la única mujer en el mundo que podía ocupar el lugar de Jo y hacerle feliz. No dijo nada al respecto, pero Amy no se sintió decepcionada, pues ambos comprendieron lo que en verdad ocurría y, satisfechos, prefirieron abrazarse en silencio.

Al cabo de unos minutos, Amy volvió a sentarse y, mientras se secaba las lágrimas, Laurie se dispuso a recoger los papeles que habían caído al suelo, con lo que descubrió que se trataba de cartas suyas gastadas de tanto leerlas y varios dibujos elocuentes que consideró buenos augurios para su futuro en común. Cuando se sentó junto a ella, Amy sintió un arrebato de timidez y se ruborizó al recordar la impulsiva bienvenida que le había dispensado.

—No he podido evitarlo. Me sentía muy sola y triste, y al verte me he alegrado muchísimo. Menuda sorpresa levantar los ojos y encontrarte allí, justo cuando empezaba a temer que no vinieses nunca —explicó intentando en vano hablar con naturalidad.

—Me puse en camino en cuanto lo supe. Me gustaría poder decir algo que te consolara por la pérdida de nuestra querida Beth, pero solo puedo sentirlo y... —No pudo continuar, ya que de pronto sintió la misma vergüenza que ella y no supo qué decir. Quería que Amy descansase la cabeza sobre su hombro y pedirle que llorase hasta desahogarse, pero no se atrevía, así que se limitó a darle un abrazo de aliento, mejor que cualquier discurso.

—No hace falta que digas nada, este es el mejor consuelo —repuso ella con dulzura—. Beth está bien donde está, y a buen seguro es feliz y nada la haría volver, pero yo, a pesar de las ganas que tengo de ver de nuevo a mi familia, temo el momento de regresar a casa. Pero no hablemos de eso ahora porque me pondré a llorar y prefiero disfrutar de tu presencia mientras dure. ¿Te quedarás un tiempo, verdad?

—Si así lo quieres, querida.

—¡Por supuesto! La tía y Flo son muy amables, pero tú eres como de la familia y sería estupendo gozar de tu compañía un poco más.

Al ver que Amy hablaba y actuaba como una niña que echaba de menos a los suyos y tenía el corazón encogido, Laurie hizo a un lado su timidez y le dio justo lo que necesitaba: los mimos a los que estaba acostumbrada y las palabras de ánimo precisas.

—¡Pobrecilla! Si sigues sufriendo así vas a caer enferma. Yo cuidaré de ti. Venga, no llores más. Ven, daremos un paseo, sopla un viento demasiado frío para que te quedes aquí sentada —dijo con ese tono medio amable medio imperativo que tanto gustaba a Amy, al tiempo que anudaba la cinta de su sombrero, le ofrecía el brazo y echaba a andar por el soleado paseo, bajo las copas renovadas de los castaños. Se sentía mucho mejor al estar nuevamente en pie, y para ella era maravilloso contar con un brazo fuerte en el que apoyarse, la sonrisa de un rostro conocido y una voz que tan grato le era oír de nuevo.

El pintoresco y antiguo jardín había acogido a varias parejas de enamorados y parecía hecho especialmente para ellos, tan soleado e íntimo era, pues solo la torre los veía desde lo alto y el ancho lago apagaba el eco de sus palabras con el murmullo de sus aguas. Durante cerca de una hora, la nueva pareja paseó, conversó y descansó junto al muro, disfrutando de las dulces circunstancias que hacen que todo tiempo y lugar resulten encantadores, y cuando acudieron a la llamada de la poco romántica campana que anunciaba la cena, Amy sintió que dejaba atrás, en el jardín del castillo, su carga de pena y soledad.

En cuanto vio que la joven tenía el rostro cambiado, la señora Carrol lo entendió todo de repente y se dijo: Ahora lo veo claro, la pobre estaba sufriendo por el joven Laurence. ¡Válgame el cielo! ¡Nunca lo hubiese imaginado!

Con una discreción encomiable, la buena mujer optó por no hacer comentario alguno ni dar muestras de haberse percatado de nada, pero invitó cordialmente a Laurie a quedarse y rogó a Amy que disfrutase de su compañía porque le sentaría mejor que tanta soledad. Amy fue un ejemplo de docilidad y, como la tía estaba muy ocupada con Flo, se encargó de atender a su amigo y lo hizo mucho mejor que nunca.

En Niza, Laurie había haraganeado y Amy le había

regañado por ello, pero en Vevey el joven no paró quieto un segundo: paseaba, montaba a caballo, iba a dar una vuelta en bote o estudiaba con gran aplicación. Amy admiraba todo lo que él hacía y seguía su ejemplo hasta donde podía. Él aseguraba que el cambio se debía al clima, y ella no le llevaba la contraria, feliz de contar con una excusa para recuperar la salud y el ánimo.

El aire vigorizante les sentó bien a ambos y la práctica de ejercicio aportó cambios muy sanos a sus cuerpos y sus mentes. Era como si allí, rodeados de aquellas montañas eternas, tuviesen una visión más clara de la vida y de sus responsabilidades; el frío viento se llevaba consigo las dudas, el desánimo, los caprichos ilusorios y las nieblas temperamentales; el cálido sol primaveral hacía aflorar ideas nuevas, tiernas esperanzas y pensamientos felices, mientras el lago limpiaba los problemas del pasado y las grandiosas montañas los contemplaban benevolentes como diciéndoles: «Niños, amaos el uno al otro».

A pesar de la pena, aquellos fueron días de tanta felicidad que Laurie no se atrevía a decir nada por no enturbiarla. Le costó un poco sobreponerse a la sorpresa que le produjo ver con qué rapidez se había curado la herida provocada por aquel primer amor que había creído, sinceramente, sería el único. Se consolaba de lo que entendía era una gran deslealtad diciéndose que la hermana de Jo era casi como la propia Jo y que, de no haber sido Amy, jamás hubiese podido enamorarse tan rápido y con tanta intensidad. Su primera experiencia de galanteo había resultado tormentosa y ahora la recordaba como si hubiese ocurrido muchos años atrás, con una mezcla de compasión y remordimiento. No se avergonzaba, pero lo consideraba la experiencia más agridulce de su vida y agradecía mucho haber superado aquel dolor. Decidió que su segunda declaración fuese más tranquila y lo más sencilla posible. No había necesidad de organizar una escena, casi no era preciso decir a Amy que la amaba porque ella lo sabía y, aun sin palabras, le había dado su respuesta hacía mucho. Todo había ocurrido de forma tan natural que era imposible que nadie tuviese inconveniente alguno y sabía que todo el mundo se mostraría complacido, incluida Jo. Con todo, cuando el primer amor ha fracasado, lo lógico es que seamos cautos y no nos precipitemos con el segundo. Laurie dejó pasar los días, disfrutó de cada hora y esperó a que se diese la ocasión adecuada para pronunciar la declaración que marcase el final de la primera y más dulce etapa de su nuevo romance.

Había supuesto que el *dénouement* llegaría en el jardín del castillo, a la luz de la luna, de una manera elegante y decorosa, pero todo ocurrió justo al revés, porque se comprometieron en el lago, a mediodía, y con unas pocas frases francas. Llevaban toda la mañana paseando en barca, desde el sombrío Saint-Gingolf hasta el soleado Montreux, con los Alpes de Saboya a un lado y el Saint-Bernard y el Dent du Midi al otro, la hermosa Vevey en el valle y Lausana detrás, en lo alto de la colina, bajo un cielo azul despejado y en un lago aún más azul salpicado de pintorescas barquitas que parecían blancas gaviotas.

Al pasar por Chillon, hablaron de Bonnivard, y en Clarens, de Rousseau, porque allí fue donde escribió sobre la nueva Héloïse. Ninguno de los dos había leído la obra, pero sabían que era una historia de amor y cada uno se preguntó, en silencio, si sería tan interesante como la suya propia. En el único rato en el que estuvieron callados, Amy jugó con la mano en el agua, hasta que levantó la vista y vio a Laurie inclinado sobre los remos con una expresión que le hizo decir, sin pensar, simplemente por romper el hielo:

—Debes de estar agotado, descansa un poco y déjame remar a mí. Me sentará bien porque desde que has vuelto he estado muy perezosa y comodona.

—No estoy cansado pero, si quieres, puedes coger un remo. Hay sitio para los dos, aunque debemos estar en el centro para que el bote no vuelque —comentó Laurie, bastante conforme con la idea.

Sin saber si había mejorado demasiado las cosas, Amy aceptó el asiento, se separó el cabello de la cara y cogió un remo. Remaba tan bien como hacía muchas otras cosas y, aunque ella usaba las dos manos y Laurie solo una, ambos remaban a la par y la barca se deslizaba suavemente por el agua.

—¿No te parece que remamos muy bien juntos? —preguntó Amy, incómoda con el silencio que de nuevo se había creado.

—Lo hacemos tan bien que desearía que fuésemos siempre en el mismo bote. ¿Te gustaría, Amy? —preguntó, a su vez, con suma ternura.

—¡Sí, Laurie! —contestó ella en voz baja.

En ese momento, ambos dejaron de remar y, sin habérselo propuesto, sumaron otra hermosa estampa de amor y felicidad a las muchas reflejadas en el espejo de agua del lago.

42
Sola

Es fácil prometer abnegación cuando vivimos entregados al cuidado de otro y su dulce ejemplo purifica nuestro corazón y nuestra alma, pero cuando la voz que tanto nos ayudaba se acalla, la lección diaria termina, la presencia amada desaparece y lo único que queda es soledad y dolor, descubrimos que mantener la promesa resulta muy duro. Así le ocurrió a Jo. ¿Cómo iba a consolar a sus padres si su corazón moría de añoranza por su hermana? ¿Cómo alegrar a otros si toda la luz, calidez y belleza de su universo parecían haberse ido con Beth cuando dejó este mundo? ¿Y cómo iba a equipararse a Beth y ser útil y dichosa sirviendo a otros con la certeza de que se hace el bien como única recompensa? Jo se esforzaba mucho por cumplir con sus obligaciones, pero en secreto se rebelaba contra ellas porque le parecía injusto renunciar a las pocas alegrías que le quedaban, que su carga se volviese aún más pesada y que la vida fuese cada vez más dura. Era como si algunas personas consiguiesen siempre lo mejor, y otras, lo peor. No era justo, ella se esmeraba más que Amy por ser buena pero, lejos de premiarla por ello, la vida le pagaba con más decepciones, problemas y trabajo duro.

¡Pobre Jo! Aquellos fueron días duros. Cuando pensaba en que pasaría toda su vida en aquella casa, ahora silenciosa, entregada al cuidado de otros, con pocos o ningún gusto que darse y cada vez más obligaciones, se desesperaba. No puedo hacerlo. No estoy hecha para vivir así. Si no viene alguien a ayudarme, sé que escaparé y cometeré una locura, se decía cuando sus primeros esfuerzos fracasaron y se sumió en ese profundo desánimo que aqueja a quienes, a pesar de hacer gala de la mejor voluntad y fortaleza, han de hacer frente a lo inevitable.

Pero sí hubo quien acudió a ayudarla, aunque Jo no reconoció a sus ángeles, pues adoptaron formas conocidas y utilizaron hechizos sencillos más propios de los pobres seres humanos. A menudo, despertaba en plena noche pensando que Beth la llamaba; cuando veía la cama vacía, lloraba con la amargura que dan las penas que no cesan, y exclamaba: «¡Oh, Beth, vuelve, vuelve!», estirando los brazos. Pero su llamada no era en vano, porque su madre acudía a consolarla, tan rápida en oír su llanto como lo era antes para captar el más leve suspiro de su hermana. No solo la confortaba con palabras, sino con su dulce abrazo, con sus lágrimas, que eran mudo testimonio de un dolor mayor aún que el de Jo, con suspiros rotos más elocuentes que cualquier plegaria, porque al lógico dolor sumaban la resignación esperanzada. ¡Menudos momentos aquellos en los que un corazón hablaba a otro en el silencio de la noche y la aflicción se transformaba en una bendición que alejaba el sufrimiento y reforzaba el amor! Al sentir eso, bajo el protector abrazo de su madre, la carga de Jo se hacía más llevadera; el deber, más dulce, y la vida, más soportable.

Y del mismo modo que su corazón herido pudo encontrar consuelo así, su atormentada mente logró la ayuda necesaria. Un día, fue al estudio, se inclinó sobre la cabeza gris de su padre, que la recibió con una sonrisa serena, y dijo muy humildemente:

—Padre, háblame como lo hacías con Beth. Lo necesito mucho más, porque yo lo hago todo mal.

—Querida, será un gran consuelo para mí —repuso él con voz quebrada, y abrazó a su hija como si también él necesitase ayuda y no temiese pedirla.

Jo se sentó en la silla de Beth, que estaba junto a su padre, y relató sus problemas, el resentimiento que sentía por la pérdida de su hermana, cómo sus infructuosos esfuerzos la descorazonaban, la falta de fe que oscurecía su vida y todos los tristes desconciertos que conforman eso que llamamos «desesperación». Se confió a él por completo, y él le brindó la ayuda que necesitaba, y así fue como ambos se consolaron el uno al otro. Habían llegado a ese momento en que podían conversar no solo como un padre y una hija, sino como un hombre y una mujer contentos de ayudarse con su compasión mutua así como con su mutuo amor. Vivían momentos de felicidad y reflexión en el estudio, que Jo llamaba «la iglesia de un solo miembro», de donde salía llena de coraje, habiendo recuperado la alegría y con el ánimo más sumiso, ya que los padres que habían enseñado a una hija a morir sin miedo intentaban ahora enseñar a otra a aceptar la vida sin abatimiento ni desconfianza, y a utilizar las oportunidades que se le brindaban con gratitud y energía.

Las obligaciones y los entretenimientos sanos y humildes también fueron de mucha ayuda para Jo, que aprendió a valorarlos poco a poco. Las escobas y paños ya no eran tan desagradables como antes, puesto que Beth los había usado, y era como si algo de su espíritu de ama de casa hubiese quedado impregnado en la pequeña fregona y el viejo cepillo que nadie se había atrevido a tirar. Cuando los empleaba, Jo se descubría cantando como Beth solía hacer, imitando su estilo al ordenar y dar un repaso aquí y allá para que todo estuviese limpio y bonito, que, aunque ella no lo supiera, es el primer paso para lograr un hogar feliz. Una vez, Hannah le dio un apretón en la mano, en señal de aprobación, y comentó:

—¡Qué buena eres, criatura! Se ve que te has propuesto que no echemos tanto en falta a nuestra querida corderita, en la medida en que tú puedas evitarlo. Aunque no digamos demasiado, nos damos cuenta. ¡Que el Señor te bendiga por tus esfuerzos! Estoy segura de que así será.

Un día, mientras cosía con Meg, Jo observó lo cambiada que estaba su hermana. Hablaba sin parar de lo mucho que estaba aprendiendo sobre los instintos, pensamientos y sentimientos de una buena mujer, de cuán feliz era con su marido y sus hijos, y de lo mucho que todo el mundo la había ayudado.

—Al final va a resultar que el matrimonio es algo bueno. Me pregunto si a mí me sentaría la mitad de bien que a ti. De ser así, debería probarlo de estar aún a tiempo —dijo Jo mientras construía una cometa para Demi en su desordenado dormitorio.

—Simplemente has de dejar que aflore la mujer tierna que hay en ti, Jo. Eres como un erizo de castaña; por fuera, estás llena de pinchos, pero por dentro eres pura seda y tienes reservado un fruto dulce para quien llegue hasta él. Tarde o temprano, el amor hará que abras tu corazón, y entonces la parte áspera de ti desaparecerá.

—Son las heladas las que abren los erizos de las castañas, señora, y para que caigan al suelo hay que sacudir mucho el árbol. A los chicos les encanta ir de árbol en árbol, y a mí no me interesa que me sacudan para que caiga —repuso Jo mientras acababa de montar una cometa que difícilmente podría alzar el vuelo, por mucho viento que hiciese, pues Daisy estaba pegada a ella.

Meg sonrió, contenta de ver que Jo recuperaba su antiguo sentido del humor, pero sentía que debía insistir para convencerla con todos los argumentos a su alcance. Aquellas charlas de hermanas no cayeron en saco roto, sobre todo porque Meg disponía de dos argumentos de peso, los niños, a los que Jo adoraba tiernamente. Algunos corazones se abren con la tristeza y el de Jo estaba listo para caer del erizo... Solo hacía falta un poco de sol para que la castaña estuviese madura y lista para que un hombre, no un niño impaciente, se acercase y, con ternura, desprendiese la castaña del erizo y gozase de un fruto dulce y en su sazón. De haber sabido que aquello ocurriría, la joven se hubiese cerrado más que nunca y hubiese sacado todos sus pinchos pero, por fortuna, en aquellos momentos no pensaba en su persona, de modo que, cuando se dieron las circunstancias, cayó mansamente del árbol.

De haber sido la protagonista de un libro de contenido moral, en ese momento de su vida Jo se hubiese transformado en santa, hubiese renunciado al mundo y se hubiese dedicado a recorrer los caminos haciendo el bien, con un sencillo sombrero y los bolsillos llenos de panfletos. Pero lo cierto es que Jo no era una protagonista de novela, sino una joven real, que luchaba por salir adelante en la vida, como hacen cientos de mujeres, y actuó conforme a su naturaleza, sintiéndose enfadada, triste, lánguida o animada según los casos. Está muy bien decir que vamos a ser buenos, pero eso no se consigue de inmediato, hay que hacer un gran esfuerzo, un esfuerzo en el que es precisa la ayuda de otros, para situarnos en el buen camino. Jo ponía de su parte, estaba aprendiendo a cumplir con sus obligaciones y a sentirse mal cuando las descuidaba, pero llegar a realizar su trabajo con alegría..., ¡eso ya era otro cantar! Antaño solía decir que esperaba hacer algo espléndido en la vida, por muy duro que resultase, y ahora podía ver cumplido su deseo, porque ¿qué podía haber más hermoso que dedicar la vida al cuidado de los padres y crear para ellos un hogar feliz como ellos habían hecho antes por ella? Y si las dificultades no hacían sino aumentar el mérito, ¿qué podía resultarle más difícil a una joven ambiciosa y trabajadora que el renunciar a sus esperanzas, planes y deseos para volcarse amorosamente en el cuidado de los demás?

La divina providencia le había tomado la palabra y le había encomendado una labor. No era como ella había imaginado, pero mejor, porque así suponía un reto mayor. Pero ¿saldría airosa? Decidió intentarlo y, en un primer momento, encontró las ayudas antes citadas. Pero todavía habría de recibir otra que aceptó no como premio sino como consuelo, al igual que en *El progreso del peregrino* Cristiano acepta el refugio que le presta el cenador mientras sube por la colina llamada Dificultad.

—¿Por qué no vuelves a escribir? Eso te hacía feliz —le comentó su madre al verla un tanto abatida.

—No tengo ánimo para escribir y, aunque lo tuviera, mis obras no interesan a nadie.

—A nosotros sí. Escribe algo para nosotros y olvídate del resto del mundo. Pruébalo, querida. Estoy segura de que te hará bien y a nosotros nos agradará mucho.

—No creo que pueda —repuso Jo, que sin embargo volvió a su despacho y repasó sus manuscritos inacabados.

Cuando, una hora después, la madre asomó la cabeza, encontró a Jo escribiendo a toda prisa, muy concentrada, con el delantal negro puesto. La señora March sonrió y se alejó, muy contenta al observar el éxito de su consejo. Sin saber cómo, Jo escribió una historia que llegaba directa al corazón de los lectores. Una vez que toda la familia hubo reído y llorado con la lectura, su padre envió el texto —en contra de la opinión de Jo— a una de las revistas más conocidas del país y, para gran sorpresa de la autora, no solo le pagaron por publicar su historia sino que le pidieron que escribiese más. Tras la publicación, varias personas importantes escribieron cartas para elogiar la calidad de la obra, los periódicos se hicieron eco y todo el mundo, conocidos y extraños, pudo admirarla. A Jo le parecía que un texto tan breve no merecía un éxito tan grande y estaba más sorprendida que cuando recibió tantas críticas como alabanzas por su primera novela.

—No lo entiendo. ¿Qué puede haber en una historia tan corta y sencilla para que la gente la alabe de este modo? —preguntó con auténtica perplejidad.

—Es una obra sincera, Jo, ese es su secreto, y el humor y el *pathos* le dan vida. Creo que al fin has encontrado tu estilo. Has escrito sin pensar en la fama o el dinero y has puesto tu corazón en el texto, hija mía. Tú ya has probado lo amargo, ahora viene lo dulce. Sigue esforzándote y alégrate de tu éxito como lo hacemos nosotros.

—Sí hay algo bueno o verdadero en lo que escribo, el mérito no es mío. Os lo debo todo a ti, a mamá y a Beth —afirmó Jo, a la que las palabras de su padre habían emocionado más que todas las buenas críticas del mundo.

Así fue como el amor y el dolor enseñaron a Jo a escribir nuevas historias que ella enviaba para hacer nuevos amigos. Tan humildes viajeras encontraban siempre una generosa acogida y mandaban a su madre prendas de amor, como hijas cumplidoras que hubiesen encontrado la buena fortuna sin esperarlo.

Cuando Amy y Laurie escribieron para anunciar su compromiso, la señora March temió que a Jo le costase alegrarse de la noticia, pero enseguida su miedo desapareció porque, aunque Jo se puso seria al principio, lo encajó con mucha tranquilidad, leyó dos veces la carta y dijo esperar y desear lo mejor para «los niños». La carta la habían escrito prácticamente a dúo y se echaban flores el uno al otro, era encantadora y la noticia resultaba tan buena que nadie hizo objeción alguna.

—¿Te gusta la idea, mamá? —preguntó Jo cuando terminaron de leer aquellas hojas escritas con letra apretada y se miraron la una a la otra.

—Sí, lo esperaba desde que Amy escribió para contarnos que había rechazado a Fred. Estaba segura de que, puesto que ya había superado lo que tú llamas «el espíritu mercenario», vendría algo mejor. Y algunas cosas en sus cartas me hacían sospechar que el amor y Laurie terminarían por conquistarla.

—Qué aguda eres, mamá, y qué bien guardado lo tenías. No me habías dicho ni una palabra.

—En lo que respecta a sus hijas, las madres han de tener una mirada aguda y una lengua discreta. No quería decirte nada para que no se te ocurriese escribirles y felicitarlos antes de que fuese oficial.

—Ya no soy la cabeza loca de antes, mamá, puedes confiar en mí. ¡Soy formal y sensata, la confidente ideal para cualquiera!

—Es verdad, querida, y tendría que habértelo contado todo, pero temía que te apenase saber que Teddy se había enamorado de otra mujer.

—Por favor, mamá... ¿De verdad creías que podía ser tan tonta y egoísta después de haberle rechazado en el mejor momento?

—Sé que cuando le rechazaste fuiste sincera, Jo, pero en los últimos tiempos había llegado a sospechar que, si volvía y pedía nuevamente tu mano, tu respuesta sería distinta. Perdóname, querida, no puedo evitar ver que te sientes sola y el anhelo de afecto que percibo en tus ojos me duele. Por eso imaginé que nuestro muchacho podría llenar ese vacío si lo intentaba de nuevo.

—No, madre, es mejor así. Me alegro mucho de que Amy se haya enamorado de él, pero tienes razón en una cosa: me siento sola y tal vez si Teddy hubiese insistido le habría aceptado, no porque le ame, sino porque ahora valoro más el ser amada que cuando él se marchó.

—Me alegro de que así sea, Jo, porque eso indica que estás creciendo. Somos muchos los que te queremos.

Cuentas con el cariño de tus padres, de tus hermanas y sus parejas, de tus amigos y de los niños; confórmate con eso mientras esperas que llegue el gran amor.

—No hay amor más grande que el de una madre, pero no me molesta confesarte, Marmee, que anhelo probar otras clases de amor. Es curioso... cuanto más trato de conformarme con el afecto que recibo, más me parece necesitar. No imaginaba que un corazón podía albergar tanto amor... quiero decir, que podría ser tan elástico y no terminar de llenarse nunca. No lo entiendo, a mí me solía bastar con el amor de los míos.

—Pues yo sí lo entiendo. —Y la señora March sonrió con picardía mientras Jo volvía a coger la carta y releía lo que Amy decía de Laurie.

> Es tan hermoso sentirse amada como Laurie me ama. No es un hombre romántico, no habla demasiado de ello, pero lo veo y siento en todas sus palabras y gestos, y me siento tan feliz y honrada que no parezco la misma persona. No sabía lo bueno, generoso y tierno que era hasta ahora que me ha abierto su corazón, y he visto que está lleno de esperanzas y propósitos nobles. Saber que es para mí me llena de orgullo. Dice que, ahora que sabe que yo voy a estar a su lado, siente que su viaje será próspero y estará lleno de amor. Rezo para que así sea y para estar a la altura de lo que él espera de mí, porque amo a mi galante capitán con toda la fuerza de mí alma y mi corazón y no le dejaré nunca mientras Dios quiera que sigamos juntos. ¡Oh, madre, nunca imaginé que el mundo podría parecerse tanto al cielo cuando dos personas se aman y viven la una para la otra!

—¡Y esto dicho por nuestra fría, reservada y mundana Amy! En verdad el amor obra milagros. ¡Qué felices deben de ser! —Y Jo dobló con cuidado las hojas, como quien termina de leer una historia de amor que le ha mantenido en vilo hasta el final y ha de volver al día a día de nuevo.

Como llovía y no podía salir a pasear, Jo subió al desván. Se sentía intranquila y el viejo anhelo volvía a rondarla, no con la amargura de antaño, pero se preguntaba, con paciente pesar, cómo era posible que una hermana consiguiese todo cuanto se proponía y la otra no obtuviese nada. Sabía que eso no era del todo cierto y procuraba alejar ese pensamiento, pero el anhelo de afecto que había surgido espontáneamente en ella era cada más intenso y la felicidad de Amy había avivado su deseo de amar a alguien con «toda la fuerza de su alma y su corazón, alguien de quien no se separaría nunca mientras Dios lo permitiese».

Allí arriba, en aquel desván en el que divagaba la inquieta Jo, había cuatro baúles de madera dispuestos en fila. Cada uno tenía escrito el nombre de su dueña y contenía recuerdos de una infancia y adolescencia que ya todas habían dejado atrás. Jo se los quedó mirando, fue hacia el suyo, lo abrió, apoyó la barbilla en el borde y contempló con expresión ausente su caótico contenido, hasta que unos antiguos cuadernos de notas le llamaron la atención. Los cogió y, al revisarlos, revivió el grato invierno que había pasado en casa de la señora Kirke. Primero sonrió, luego se quedó pensativa y, por último, triste. Y al encontrar una breve nota del profesor, le temblaron los labios, los cuadernos cayeron de su regazo al suelo, y se sentó a leer las palabras de su amigo, que, de pronto, parecían adquirir un nuevo sentido y le llegaron al corazón: «Espérame, amiga mía, puede que tarde, pero sin duda llegaré».

—¡Ojalá fuese cierto! Mi querido Fritz, siempre tan dulce y paciente conmigo. No le valoré como merecía cuando le tuve cerca y, ahora que todo el mundo se va y me siento tan sola, ¡me gustaría tanto verle!

Sujetando fuertemente aquella nota como si fuese una

promesa por cumplir, Jo descansó la cabeza en una bolsa de retales y lloró como si pretendiese competir con la lluvia que repiqueteaba en el tejado.

¿Por qué lloraba? ¿Se compadecía de sí misma, se sentía sola o estaba desanimada? ¿O sería acaso por el despertar de un sentimiento que había esperado pacientemente, al igual que quien lo inspiraba, que llegase su momento? ¿Quién podría decirlo?

43
Sorpresas

Anochecía y Jo estaba sola, tumbada en el viejo sofá, contemplando el fuego pensativa. Así era como le gustaba pasar la hora del ocaso, sin que nadie la molestara, descansando la cabeza sobre el pequeño cojín rojo de Beth, ideando historias, soñando despierta o recordando con ternura a una hermana que seguía tan presente como siempre. Tenía el semblante cansado, serio y bastante triste porque al día siguiente era su cumpleaños y pensaba en lo rápido que se habían ido los años, lo mayor que se estaba haciendo y lo poco que había logrado. A punto de cumplir los veinticinco, y con tan poco que mostrar. Jo no estaba en lo cierto en eso, tenía mucho que mostrar y, con el tiempo, llegaría no solo a verlo, sino a sentirse agradecida por ello.

A este paso, acabaré convertida en una solterona. Una solterona casada con la pluma que, en lugar de hijos, tendrá obras y tal vez, dentro de veinte años, un pequeño fragmento de gloria, cuando, como el pobre Johnson, ya sea demasiado vieja para disfrutarla o compartirla y no la necesite. Bueno, no tengo por qué ser una santa amargada ni una pecadora egoísta, supongo que las solteronas pueden vivir a gusto cuando se acostumbran a la idea, pero... Jo suspiró ante un panorama tan poco halagüeño.

Rara vez lo es y, desde la perspectiva de quien cumple veinticinco años, los treinta pueden parecer el fin de todo, pero la verdad no es tan mala como amenaza y es posible seguir feliz cuando se tiene un buen respaldo. A los veinticinco, las jóvenes empiezan a comentar la posibilidad de quedarse solteras pero, en secreto, piensan que eso no les ocurrirá jamás. A los treinta, no dicen nada pero aceptan las circunstancias en silencio y, si son inteligentes, se consuelan pensando que tienen por delante veinte años de felicidad en los que aprender a envejecer con elegancia. No os riais de las solteronas, jovencitas, porque suelen ser muy sensibles y ocultan trágicas historias de amor en corazones que laten quedamente bajo sobrios vestidos, y su silente renuncia a la juventud, la ambición y el amor vuelve sus apagados rostros especialmente hermosos a los ojos de Dios. Hay que entender incluso a las hermanas tristes y amargadas, porque no han conocido el aspecto dulce de la vida, y verlas con compasión, no con desdén; vosotras, jovencitas en la flor de la vida, recordad que la flor se marchitará, que la tez no permanecerá eternamente tersa y sonrosada, que en el cabello castaño aparecerán hebras plateadas y que, llegado un punto, la ternura y el respeto os parecerán tan valiosos como hoy lo son el amor y la admiración.

Caballeros, me refiero a vosotros, muchachos, sed educados con las solteronas, por pobres, poco atractivas y estiradas que sean, porque la única caballerosidad que merece la pena tener es aquella que nos lleva a respetar a nuestros, mayores, proteger al débil y servir a las mujeres, sin importar su clase social, edad o color de piel. Recordad que las buenas tías, además de sermonear y preocuparse por todo, os han cuidado y mimado, a menudo sin que nadie se lo agradeciera, os han salvado de más de un aprieto, os han dado «propinas» en la medida de sus pequeños presupuestos; sus viejos y pacientes dedos han dado muchas puntadas y sus ancianos pies, muchos pasos por vosotros, de modo que no olvidéis tener con ellas, en justa gratitud, esas atenciones que toda mujer espera recibir a lo largo de su vida. Vuestra actitud no pasará inadvertida a las jóvenes de ojos vivos y os valorarán más por ello. Y si la muerte, que es el único poder que puede separar a una madre de su hijo, os roba la vuestra, a buen seguro os quedará el abrazo, tierno, cálido y maternal, de una tía soltera que habrá reservado siempre un lugar privilegiado en su solitario corazón para «el mejor sobrino del mundo».

Jo se debió de quedar dormida (como imagino que le habrá ocurrido al lector tras este pequeño sermón), ya que de pronto se encontró de frente con el fantasma de Laurie. Era un fantasma de carne y hueso, y estaba inclinado sobre ella, mirándola con aquella cara que solía poner cuando sentía algo y no quería que se le notase. Ella se quedó mirándole fijamente, perpleja y sin decir una sola palabra, hasta que él se encorvó y le dio un beso. Entonces, supo que era él, se levantó de golpe y exclamó con gran alegría:

—¡Teddy! ¡Mi Teddy!

—Querida Jo, entonces, ¿te alegras de verme?

—¿Alegrarme? ¡Válgame el cielo, no hay palabras para describir lo contenta que estoy! ¿Dónde está Amy?

—Se ha quedado con tu madre en casa de Meg, donde paramos de camino, y no he podido arrancar a mi esposa de allí.

—¿Tu qué? —exclamó Jo, pues Laurie había pronunciado aquellas dos palabras con un orgullo y una satisfacción que le delataban.

—¡Oh, vaya, qué diantre! Bueno, ya lo he dicho... —Y adoptó un aire culpable que hizo que Jo se le echara encima.

—¿Os habéis casado?

—Sí, pero prometo no volver a hacerlo. —Y se arrodilló y juntó las manos como si fuese un penitente, pero con la expresión pícara y alegre del que se siente un triunfador.

—¿De veras estáis casados?

—Eso creo, gracias.

—¡Por favor! ¿Qué otra barbaridad vas a cometer a continuación? —Jo se dejó caer en el sofá, ahogando un grito.

—Bueno, esa es una forma de felicitarnos muy original, aunque propia de ti —repuso Laurie, que seguía arrodillado pero radiante de satisfacción.

—¿Qué esperabas después de dejarme sin aliento? Te cuelas sin hacer ruido, como un ladrón, ¡y me das una noticia así, como si nada! Levántate, no seas ridículo, y cuéntamelo todo.

—No diré nada a menos que me dejes ocupar mi lugar de siempre y prometas no construir una barricada con los cojines.

Jo se rio porque hacía mucho tiempo que no hacía eso, dio unas palmadas en el sofá para invitarle a sentarse y dijo en tono cordial:

—El viejo cojín está en el desván, ya no es necesario. Ven aquí y confiésalo todo, Teddy.

—Cómo me alegra que me llames Teddy. Eres la única que lo hace. —Y Laurie se sentó muy contento.

—¿Cómo te llama Amy?

—Mi señor.

—Eso es muy propio de ella. Bueno, de verdad pareces un señor. —Por la forma en que le miró, estaba claro que Jo encontraba a su muchacho más apuesto que nunca.

El cojín había desaparecido, pero aun así había una barricada entre ellos. Era un muro lógico, creado por efecto del tiempo, la ausencia y los cambios en sus corazones. Ambos lo sintieron y, por un instante, se miraron el uno al otro como si una barrera invisible proyectase una pequeña sombra sobre ellos. Sin embargo, la distancia se disipó de inmediato cuando Laurie comentó, con fingida dignidad:

—Dime, ¿a que parezco un hombre casado, un auténtico cabeza de familia?

—En absoluto, y no creo que logres parecerlo nunca. Aunque has crecido y eres más fuerte, no has dejado de ser el pícaro de siempre.

—Venga, Jo, deberías tratarme con más respeto —empezó Laurie, que lo estaba pasando en grande.

—¿Cómo? Si pensar que te has casado y has sentado la cabeza me hace tanta gracia que no consigo ponerme seria —repuso Jo sonriendo con una alegría tan contagiosa que ambos se echaron a reír, tras lo que pudieron, al fin, mantener una buena charla, a la vieja usanza.

—No salgas a buscar a Amy con este frío, porque ya vienen todos hacia aquí. ¡Yo no podía esperar! Quería ser el primero en darte la gran noticia y ver tu reacción.

—¡Cómo no! ¡Pero has echado a perder la historia empezando por el final! En fin, ahora cuéntamelo todo, desde el principio. ¿Cómo empezó? Estoy ansiosa por saberlo.

—Bueno, accedí para complacer a Amy —dijo Laurie, con una risita maliciosa que hizo que Jo exclamase:

—¡Primera mentira! Seguro que fue Amy la que accedió para complacerte a ti. Siga, caballero, pero diga la verdad, si es posible.

—Vaya, empieza a reaccionar, es un gusto verla así, ¿no te parece? —dijo Laurie mirando a la chimenea como si mantuviese una conversación con el fuego, y este respondió aumentando su brillo e intensidad como si le diese la razón—. Verás, como somos uno, da igual quién accediera a qué. Teníamos previsto volver a casa con los Carrol, hace un mes, pero de pronto cambiamos de idea y decidimos quedarnos a pasar el invierno en París. Sin embargo, mi abuelo tenía ganas de volver a casa y, puesto que había ido a Europa para acompañarme a mí, sentí que no podía dejarle marchar solo. Tampoco me quería separar de Amy pero, como la señora Carrol cree a pies juntillas en las carabinas a la antigua usanza inglesa y todas esas tonterías, no permitía que Amy me acompañase. Así que zanjé el asunto diciendo: «Casémonos, así podremos hacer lo que nos plazca».

—Por supuesto, siempre consigues lo que quieres.

—No siempre. —Al decir esto, algo en la voz de Laurie hizo que Jo se precipitara a cambiar de tema.

—¿Y cómo lograste que la tía diese su consentimiento?

—No fue fácil, pero entre los dos conseguimos convencerla porque teníamos muchas razones a favor. No había tiempo para escribir y pedir permiso, pero sabíamos que a todos os encantaba la idea y que ya la habíais aceptado... Así que no era más que un trámite, como dice mi esposa.

—¡Hay que ver lo orgulloso que está de esas dos palabras y lo mucho que le gusta pronunciarlas! —apuntó Jo dirigiéndose a su vez al fuego, encantada de ver que los ojos de su amigo, que en su último encuentro estaban tristes y apagados, brillaban de felicidad.

—No me lo tengas en cuenta. Es una mujer tan fascinante que no puedo sino estar orgulloso de ella. Bueno, como te decía, ya que el tío y la tía se erigieron en defensores del decoro y nosotros estábamos tan perdidamente enamorados que no éramos capaces de pensar en nada más, decidimos que casarnos simplificaría mucho la cuestión. Así que lo hicimos.

—Pero ¿cuándo, dónde, cómo? —preguntó Jo dando rienda suelta a una incontrolable y febril curiosidad femenina.

—Hace seis semanas, en el consulado de Estados Unidos en París. Fue una boda muy discreta, claro está, porque, a pesar de nuestra felicidad, tuvimos muy presente a nuestra querida Beth.

Al oírle decir esto, Jo le tomó la mano y Laurie acarició el pequeño cojín rojo que tantos recuerdos le traía.

—¿Por qué no nos informasteis de inmediato? —preguntó Jo en voz más baja, tras un momento de silencio.

—Queríamos daros una sorpresa. Pensábamos venir directamente a casa, pero mi querido abuelo, una vez casados, dijo que necesitaba un mes para dejarlo todo listo antes de partir y propuso que fuésemos a pasar la luna de miel a donde quisiéramos. En una ocasión, Amy había comentado que Valrosa era un lugar ideal para una luna de miel, así que fuimos allí y pasamos los días más felices de nuestra vida. Imagínatelo, ¡amor entre las rosas!

A Jo le pareció que Laurie se olvidaba de que hablaba con ella y se alegró, porque el hecho de que le contase con tanta naturalidad y libertad esas cosas indicaba claramente que había olvidado y perdonado lo ocurrido entre ambos. Hizo ademán de separar la mano de la de Laurie pero, como si adivinase su intención, él la sujetó con firmeza y dijo, con una seriedad y una madurez desconocidas en el joven:

—Jo, querida, quiero decirte algo y, después, olvidaremos el asunto para siempre. Como te comenté en la carta en la que refería lo amable que era Amy conmigo, nunca dejaré de amarte, pero mi amor ha cambiado y he comprendido que es mejor así. Amy y tú habéis intercambiado los puestos que ocupabais en mi corazón, eso es todo. Creo que era mi destino y hubiese llegado a él de cualquier modo, aunque fuese dejando pasar el tiempo como tú pretendías. Pero, como la paciencia no es mi fuerte, se me rompió el corazón. Era muy joven, pasional e impulsivo. Me costó mucho comprender mi error. Y en verdad era un error, como tú me advertías, Jo, pero no me di cuenta hasta después de haberme puesto en ridículo. He de confesar que, en un momento dado, estaba muy confundido y no podía determinar a quién quería más, si a ti o a Amy, y traté de quereros a las dos igual, pero no me fue posible. Cuando me reuní con Amy en Suiza, las dudas se disiparon de golpe. Cada una pasó a ocupar el lugar que le correspondía y entendí que había dejado de amarte a ti antes de enamorarme de Amy y que podía quereros de forma distinta, a ti como a una hermana y a ella como a mi esposa. Te pido que creas en mi palabra y volvamos a ser los amigos que éramos en los viejos tiempos, cuando nos conocimos.

—Te creo, de verdad, pero nunca podremos volver a ser los niños que fuimos, Teddy, los buenos y viejos tiempos nunca volverán y no podemos esperar que eso ocurra. Ahora somos un hombre y una mujer con obligaciones, el tiempo de jugar terminó y debemos dejar atrás la fiesta y las travesuras. Estoy segura de que sientes lo que dices, veo que has cambiado y tú verás que yo tampoco soy la misma. Echaré de menos a mi joven amigo, pero querré tanto o más al hombre en el que te has convertido y te admiraré porque harás lo posible por ser quien yo creía que podrías ser. No podemos seguir actuando como compañeros de juegos, pero sí ser un hermano y una hermana que se quieren y se ayudan toda la vida. ¿No te parece, Laurie?

Él no dijo nada, pero tomó la mano que ella le tendía y bajó la mirada unos segundos, sintiendo que de la sepultura de una pasión juvenil surgía ahora una hermosa y sólida amistad que sería una bendición para ambos. Jo, que no quería que la vuelta a casa se tiñese de tristeza, apuntó con voz alegre:

—Me cuesta creer que estéis casados y vayáis a formar un hogar. Parece que fue ayer cuando le ataba el delantal a Amy y te tiraba del pelo cuando te burlabas de nosotras. ¡Válgame el cielo, el tiempo vuela!

—Puesto que uno de nosotros es mayor que tú, no tienes por qué hablar como una abuela. Como dice Peggotty, el aya de David Copperfield, soy un «muchacho bastante crecidito» y, cuando veas a Amy, convendrás conmigo en que es una niña muy precoz —dijo Laurie, divertido al ver que Jo adoptaba un aire maternal.

—Puede que tengas más años que yo, pero, en lo relativo a sentimientos, yo soy mucho más madura, Teddy. Las mujeres siempre lo somos. Y este último año ha sido tan duro que me siento como si hubiese cumplido los cuarenta.

—¡Pobre Jo! Te hemos dejado cargar sola con todo, mientras nosotros nos divertíamos. Estás más vieja; ahí veo una arruga, y allá otra. Cuando no sonríes, tienes la mirada triste, y al tocar el cojín, hace un segundo, he notado que estaba empapado con tu llanto. Es mucho lo que has tenido que sobrellevar, y lo has hecho sola. ¡Soy un animal egoísta! —Laurie se tiró del cabello, con aire arrepentido.

Jo dio la vuelta al cojín que la había delatado y, fingiendo un ánimo que no tenía, dijo:

—No es así; cuento con la ayuda de papá y mamá, y los niños son un auténtico consuelo. Por otro lado, saber que tanto tú como Amy estabais bien y dichosos hizo que la pena fuese más llevadera. A veces me siento sola, pero creo que me hará bien y...

—Ya no te sentirás sola nunca más —la interrumpió Laurie, y le pasó el brazo por encima del hombro, como para protegerla de todo mal—. Amy y yo no podemos vivir sin ti, así que tendrás que venir a casa y recordarnos que debemos ser buenos y compartirlo todo, como hacíamos nosotros, y dejar que te mimemos. Así podremos disfrutar de la bendición y la felicidad que proporciona una amistad como la nuestra.

—Si no he de ser un estorbo, me encantaría. Me siento mucho mejor ahora porque, contigo cerca, mis males desaparecen. Siempre me consuelas, Teddy. —Jo descansó la cabeza sobre su hombro, como había hecho tiempo atrás, cuando Beth estaba enferma y Laurie le ofreció su apoyo.

Él la miró y se preguntó si estaría recordando aquel instante, pero Jo sonreía como si, en verdad, todas sus preocupaciones se hubiesen esfumado con su llegada.

—Sigues siendo la misma, Jo. Puedes llorar en un instante y, al minuto siguiente, estar riendo. ¿A qué viene esa cara de pícara, abuelita?

—Me preguntaba cómo os llevaríais tú y Amy.

—Como dos ángeles.

—Claro, eso de entrada. Pero... ¿quién manda?

—No tengo reparo en reconocer que, por ahora, manda ella. O, por lo menos, dejo que lo crea. Eso la hace feliz, ¿sabes? Con el tiempo, nos iremos turnando, porque dicen que el matrimonio divide los derechos y multiplica las obligaciones.

—Si sigues como ahora, Amy llevará la voz cantante hasta el fin de tus días.

—Bueno, lo hace con tanta sutileza que no creo que me incomode nunca. Es la clase de mujer que sabe cómo llevar a un hombre. De hecho, me agrada que así sea, porque te enreda con la suavidad de un ovillo de seda y consigue que sientas que es ella quien te hace un favor.

—¡Quién iba a pensar que te vería convertido en un calzonazos y disfrutando de ello! —exclamó Jo alzando las manos.

Ante tal insinuación, Laurie se encogió de hombros y sonrió con sorna masculina mientras apostillaba, con aire digno:

—Amy está demasiado bien educada para hacer algo así, y yo no soy la clase de hombre que se somete a su mujer. Mi esposa y yo nos respetamos demasiado el uno al otro para tiranizarnos o pelearnos.

A Jo le gustó oír aquello, y la recién adquirida dignidad de su amigo le pareció entrañable, pero ver que su muchacho se había convertido demasiado rápido en hombre le provocaba una mezcla de pesar y alegría.

—No me cabe duda. Amy y tú nunca peleabais como hacíamos nosotros. Ella es el sol y yo, el viento de la fábula. Y el sol sabe cómo llevar a un hombre, ¿recuerdas?

—Te aseguro que ella, además de brillar, puede sacarte los colores. —Laurie se echó a reír—. ¡Si hubieses visto el sermón que me soltó en Niza! Te aseguro que fue mil veces peor que tus sarcasmos. Fue una provocación en toda regla. Ya te lo contaré en otra ocasión. Ella no lo hará nunca, porque, después de decir que me despreciaba y que se avergonzaba de mí, resulta que se enamora de tan mal partido y se casa con el inútil.

—¡Menuda bajeza! Bueno, si te trata mal, ven a decírmelo y yo saldré en tu defensa.

—Parece que necesito ayuda, ¿verdad? —dijo Laurie, y se levantó y puso una pose divertida, que cambió de pronto al oír a Amy preguntar:

—¿Dónde está mi querida Jo?

La familia en pleno llegó y todos se dieron abrazos y besos una y otra vez y, tras varios intentos fallidos, los tres viajeros se sentaron y los demás los estudiaron en medio de una alegría generalizada. El señor Laurence, más sano y robusto que nunca, era sin duda el que más había mejorado con el viaje. Había perdido en gran medida su dureza, y su tradicional cortesía era aún más exquisita, por lo que resultaba especialmente encantador. Era maravilloso verle sonreír ante «mis niños», como llamaba a la joven pareja; era aún mejor ver cómo el afectuoso y filial trato que Amy le dispensaba le tenía totalmente robado su anciano corazón, pero sin duda lo mejor de todo era observar cómo Laurie revoloteaba feliz, alrededor de ambos, disfrutando de tan hermoso cuadro.

Cuando Meg vio a Amy, comprendió que el vestido que ella llevaba no tenía para nada un toque parisino..., que la señora Moffat quedaría totalmente eclipsada en presencia de la señora Laurence y que su «señoría» se había convertido en una dama fina y elegante. Al ver a los dos enamorados juntos, Jo pensó: ¡Qué buena pareja hacen! Yo tenía razón, Laurie ha encontrado una joven hermosa y educada que encajará en su hogar mucho mejor que la vieja y desgarbada Jo y que, en lugar de un tormento, será motivo de orgullo. La señora March y su esposo sonreían y asentían felices al comprobar que la prosperidad de su hija menor no sería solo material, sino que contaba con la mayor riqueza de todas: amor, confianza y felicidad.

El rostro de Amy irradiaba ese dulce brillo que nace de un corazón en paz, su voz poseía una ternura distinta y su aspecto, antaño frío y cursi, denotaba una dignidad femenina e irresistible. Había abandonado toda afectación, y la amable dulzura que presidía todos sus gestos contribuía a aumentar su encanto más que su belleza recién adquirida o su antigua elegancia, porque era la prueba inequívoca de que se había convertido en una auténtica dama, tal y como siempre había soñado.

—El amor ha transformado a nuestra pequeña —susurró la madre.

—Siempre ha tenido un buen espejo en el que mirarse, querida —murmuró el señor March observando amorosamente el rostro ajado y el cabello gris de su esposa.

Daisy no podía apartar los ojos de su hermosa tía y se pegó a la maravillosa dama como un perro faldero. Demi se tomó su tiempo antes de mostrarse incondicional de la pareja mediante la inmediata aceptación del soborno que sus tíos le ofrecieron: una tentadora familia de osos de madera procedente de Berna. Laurie, que sabía cómo ganarse su favor con un sencillo movimiento, le dijo:

—Jovencito, cuando tuve el honor de conocerte, me golpeaste en el rostro; ¡ahora exijo una compensación de caballeros! —Dicho esto, el alto tío procedió a sacudir y despeinar a su pequeño sobrino de una manera que dañó su dignidad filosófica casi tanto como hizo las delicias de su alma de niño.

—¡Válgame Dios, si va toda de seda, de pies a cabeza! ¡Qué gracia verla así, tan arreglada! ¡Y que todo el mundo llame «señora Laurence» a mi pequeña Amy! —musitó la vieja Hannah, que aprovechaba mientras ponía la mesa para entrometerse abiertamente y echar vistazos a los recién llegados.

¡Y había que verlos! ¡Cómo hablaban! Primero uno, después el otro, y al final los tres a la vez, tratando de resumir las anécdotas de tres años de viaje en media hora. Por fortuna, llegó la hora de la cena y pudieron hacer una pausa y sosegarse, ya que, de haber seguido a aquel ritmo, habrían terminado roncos y agotados. Qué feliz procesión formaban al entrar en el comedor. El señor March acompañaba orgulloso a la «señora Laurence» y la señora March caminaba dichosa del brazo de «su hijo». El anciano caballero, que se apoyaba en Jo, le susurró al oído: «Ahora, tendrás que ser mi niña», y lanzó una mirada hacia el rincón vacío, junto a la chimenea; con labios temblorosos, Jo murmuró: «Intentaré estar a la altura, señor».

Los gemelos iban detrás, dando brincos la mar de felices, porque, como todo el mundo estaba pendiente de los recién llegados, los dejaban divertirse a sus anchas, y ellos no dudaron en sacar el máximo partido a las circunstancias. Bebieron un poco de té a escondidas, se hincharon de pan de jengibre ad líbitum, comieron sendas magdalenas y, en el colmo del atrevimiento, escondieron un tentador pastelillo de mermelada en sus bolsillitos, donde se pegó y desmigajó traicioneramente, lo que les enseñó que la naturaleza humana y los pastelillos son ¡igualmente delicados! Abrumados por el peso de la culpa por los pastelillos sustraídos, y temerosos de que la aguda mirada de la tía Dodo, como llamaban a Jo, descubriese el botín oculto tras la fina tela de batista y lana, los jóvenes pecadores no se despegaron de su abuelo, que no llevaba las gafas puestas. Amy, que iba de mano en mano, como la comida, volvió al salón del brazo del abuelo de Laurie y, como el resto se emparejó, Jo se quedó sola, circunstancia que aprovechó para quedar rezagada y charlar con Hannah, que, ilusionada, le había preguntado:

—¿Crees que la señorita Amy irá en su propio carruaje y comerá en la hermosa vajilla de plata que guardan en la casa?

—Si usase un carruaje tirado por seis caballos blancos, comiese en platos de oro y llevase diamantes y vestidos de encaje todos los días, no me sorprendería. Para Teddy, nada es lo suficientemente bueno para su esposa —contestó Jo muy satisfecha.

—¡No se puede pedir más! ¿Qué querrás para desayunar, picadillo o pescado? —preguntó Hannah, que mezclaba sabiamente poesía y prosa.

—Me es igual. —Y Jo cerró la puerta sintiendo que la comida no era un tema adecuado para el momento. Se quedó mirando cómo todos iban a la planta de arriba y, cuando vio desaparecer los pantalones de cuadros escoceses de Demi, al llegar este al último escalón, la embargó un repentino sentimiento de soledad, tan intenso que miró alrededor, con los ojos llenos de lágrimas, en busca de algo a lo que asirse, ahora que hasta Teddy la había abandonado. De haber sabido qué regalo de cumpleaños la esperaba, no se habría dicho: Ya lloraré cuando me acueste, ahora no puedo estar deprimida. Se secó las lágrimas con la mano —pues una de sus costumbres masculinas consistía en no recordar nunca dónde tenía el pañuelo— y cuando, no sin esfuerzo, consiguió esbozar una sonrisa, alguien llamó a la puerta principal.

La abrió con hospitalaria prontitud y se sobresaltó como si hubiese recibido la visita de un fantasma. Frente a ella había un caballero robusto, con barba, cuya sonrisa lo iluminaba todo, como el sol de medianoche.

—¡Señor Bhaer! ¡Qué alegría verle! —exclamó Jo, que lo abrazó con fuerza, como si con ello pudiese evitar que la noche se lo tragase.

—Lo mismo digo, señorita March. Disculpe, creo que he interrumpido su fiesta... —El profesor hizo una pausa al oír voces y música de baile procedentes de la planta superior.

—No, no es una fiesta, es una reunión familiar. Estamos celebrando que mi hermano y mi hermana han vuelto de su viaje. Entre y súmese a nosotros.

Como hombre educado que era, el señor Bhaer hubiese preferido marcharse y regresar en otro momento, pero le fue imposible ya que Jo cerró la puerta y le despojó de su sombrero. Tal vez la expresión del rostro de la joven hizo el resto, porque esta no pudo disimular la alegría que le produjo aquel encuentro y la mostró con una franqueza que al solitario caballero, que no esperaba tan grata bienvenida, le pareció irresistible.

—Si no es molestia, me encantará saludarlos. ¿Ha estado enferma, querida?

La pregunta pilló a Jo desprevenida mientras colgaba el abrigo en el perchero, y al señor Bhaer no se le escapó el cambio que produjo en el semblante de la joven.

—No, enferma no. Me he sentido cansada y triste, han ocurrido muchas cosas desde que hablamos por última vez.

—¡Ah, sí, estoy al corriente! Me sentí muy triste por usted cuando me enteré. —Y le estrechó la mano tan afectuosamente que Jo pensó que no había consuelo comparable al de aquella mirada dulce y aquel cálido apretón de manos.

—Papá, mamá, este es mi amigo, el profesor Bhaer —dijo ella sin poder disimular su orgullo y alegría. A buen seguro, de haber podido, le habría anunciado con trompetas y haciendo una reverencia en la puerta.

Si a nuestro caballero le quedaba alguna duda sobre la pertinencia de su visita, se disipó de inmediato al observar lo bien que lo recibía la familia. Todos le trataron con exquisita amabilidad, primero por cortesía hacia Jo, pero enseguida lo hicieron por gusto. No podía ser de otro modo, puesto que el señor Bhaer llevaba el talismán que abre todos los corazones, y aquellas personas sencillas le acogieron con más calidez y amabilidad porque era pobre, ya que la pobreza enriquece a quienes la trascienden y es un pasaporte seguro para ganar la hospitalidad de los espíritus bienintencionados. El señor Bhaer se sentó y miró alrededor sintiéndose como un viajero que llama a la puerta de unos desconocidos y estos le acogen como a uno de ellos. Los niños fueron hacia él, atraídos como las moscas a la miel, se sentaron en sus rodillas y se dedicaron a revisar sus bolsillos, tirarle de la barba y estudiar su reloj de bolsillo con audacia infantil. Las mujeres intercambiaron mudas señales de aprobación. El señor March sintió que había encontrado un igual y conversó animadamente con su nuevo huésped, mientras John escuchaba en silencio, muy atento, y el señor Laurence se resistía a retirarse.

Si no hubiese estado tan ocupada, a Jo le habría hecho gracia el comportamiento de Laurie, pues este sintió una incomodidad que, más que a los celos, obedecía al recelo, y se mantuvo distante al principio, observando al recién llegado con la circunspección de un hermano. Sin embargo, la desconfianza no duró demasiado, el señor Bhaer le cautivó a pesar suyo y, sin darse cuenta, se unió a la agradable charla. El señor Bhaer rara vez se dirigía a Laurie, pero le miraba con frecuencia con cierta pena, como si, al ver a aquel joven en la flor de la vida, pensase con nostalgia en su juventud perdida. Luego miraba a Jo con una intención tan transparente que, de haberle visto ella, habría respondido de inmediato a su muda pregunta. Pero Jo, consciente de que una mirada podría delatar sus sentimientos, no quitaba ojo del calcetín que estaba confeccionando en su mejor estilo de solterona modelo.

De vez en cuando, le echaba un cauteloso vistazo que calmaba su ansia como el agua mitiga la sed del esforzado caminante, porque todo cuanto veía eran buenos presagios. El señor Bhaer había perdido su aire distraído y se mostraba apasionado, totalmente centrado en el momento presente, y parecía mucho más joven y apuesto que de costumbre. Curiosamente, Jo no lo comparó con Laurie, como solía hacer con los hombres a los que conocía, para detrimento de la mayoría. El señor Bhaer parecía muy inspirado, aunque las costumbres funerarias de los antiguos —el tema del que estaban hablando— no resultase precisamente muy alegre. Cuando Jo vio que Teddy se apasionaba con la conversación y su padre escuchaba con atención, sintió una gran satisfacción y se dijo: ¡Cómo disfrutaría pudiendo hablar cada día con un hombre como este! Por último, el señor Bhaer vestía un traje negro que le daba el aspecto de un auténtico caballero. Se había recortado la poblada barba y llevaba el cabello muy bien peinado, aunque no le duró mucho, ya que, con la pasión de la charla, se lo alborotó y volvió a tener el divertido aspecto de costumbre, que Jo prefería porque pensaba que le favorecía mucho más. ¡Pobre Jo! Allí sentada, tricotando, no dejaba de alabar a aquel hombre sencillo y no había detalle que se le escapase, ni siquiera el hecho de que el señor Bhaer llevaba gemelos de oro en sus inmaculados puños.

Mi querido amigo no se habría vestido con más cuidado si hubiese ido a una petición de mano, pensó Jo. De pronto, le asaltó una sospecha que la hizo sonrojarse de tal manera que dejó caer la labor y se agachó a recogerla para poder ocultar su rostro.

Sin embargo, la maniobra no le dio tan buen resultado como esperaba porque, aunque estaba hablando de cómo se prendía fuego en una pira funeraria, el señor Bhaer soltó metafóricamente la antorcha y se agachó a recoger el pequeño ovillo azul. Y, cómo no, se dieron un golpe en la cabeza, vieron las estrellas y ambos se incorporaron ruborizados y sonrientes, sin haber recuperado el ovillo, y volvieron a sus asientos deseando no haberse levantado.

Como Hannah se encargó de acostar a los niños y el señor Laurence se fue a casa a descansar, la velada se alargó sin problemas. Sentados alrededor de la chimenea, todos charlaron animadamente, sin ver el tiempo pasar, hasta que Meg, convencida de que Daisy se había caído de la cama y de que Demi se había prendido fuego al camisón al jugar con unas cerillas, decidió que era hora de regresar a casa.

—Ahora que volvemos a estar todos reunidos, deberíamos cantar como hacíamos en los viejos tiempos —propuso Jo, convencida de que cantar sería una forma segura y agradable de dar salida a la jubilosa emoción que sentía.

No estaban todos, pero nadie juzgó incorrectas o irrespetuosas esas palabras, puesto que Beth parecía estar allí —una presencia serena—, invisible, pero más querida que nunca, pues la muerte no podía romper los lazos familiares que el amor había vuelto indisolubles. La pequeña silla seguía en su lugar, el pulcro cesto que guardaba la labor que la joven dejó inacabada cuando la aguja se volvió demasiado pesada para sus dedos continuaba en el estante, y su amado instrumento, que casi nunca sonaba ya, seguía donde siempre. Y, por encima de todo eso, el rostro de Beth, sereno y sonriente como en los buenos tiempos, parecía observarlos y decir: «¡Sed felices, sigo aquí!».

—Amy, toca algo para que vean cuánto has aprendido —propuso Laurie, con el comprensible orgullo de un maestro que desea ver lucirse a su pupila.

Amy suspiró, miró con lágrimas en los ojos el taburete y dijo:

—Esta noche no, querido. Hoy no puedo tocar nada.

Sin embargo, mostró algo mejor que su habilidad o su brillantez al piano, ya que cantó las canciones que solía entonar Beth con una dulzura que ningún maestro puede enseñar y que llega al corazón de quienes la escuchan con una fuerza que solo la inspiración puede dar. La sala estaba en silencio, y a Amy se le quebró la voz al pronunciar la última frase de la canción favorita de Beth, que decía: «No existe dolor terreno que el cielo no pueda curar». Después, abrazó a su esposo, que estaba detrás de ella, y sintió que su regreso al hogar no era tan perfecto sin el beso de su hermana Beth.

—Y ahora, para terminar, el señor Bhaer nos cantará una canción —dijo Jo para evitar que aquel silencio lleno de dolor se prolongara.

El señor Bhaer se aclaró la garganta, dio un paso hacia Jo y repuso:

—Si usted la canta conmigo. Nos sale muy bien juntos.

Tal afirmación era una mentira piadosa, puesto que Jo tenía la gracia musical de un grillo. No obstante, habría aceptado hasta cantar una ópera si él se lo hubiese pedido. Así pues, se puso a gorjear sin prestar atención ni al tono ni al compás, pero no se notó mucho porque el señor Bhaer, como buen alemán, cantaba alto y bien, de modo que Jo se limitó a tararear para oír aquella voz melodiosa que parecía cantar exclusivamente para ella. La canción hablaba de una tierra lejana a la que el protagonista ansiaba ir con su amada, y Jo, emocionada, deseó contestar a tan dulce invitación que partiría feliz con él a esa tierra desconocida cuando él quisiese.

La canción fue del agrado de todos y el intérprete, tímido, recibió las alabanzas del público. Momentos después, al ver que Amy se ponía el gorro para salir, el señor Bhaer olvidó sus buenos modales y la miró boquiabierto. No entendía qué ocurría, porque Jo se la había presentado como su hermana y nadie se había referido a la joven como la señora Laurence. Sin embargo, cuando Laurie declaró: «Mi esposa y yo estaremos encantados de recibirle en nuestra casa, donde siempre será bienvenido», el profesor comprendió todo de golpe y mostró tal satisfacción que Laurie se dijo que era el hombre más agradecido que conocía.

—Yo también he de irme, pero volveré pronto, si me lo permite, querida señora. He de atender un asunto en la ciudad que me retendrá aquí varios días.

El profesor hablaba a la señora March, pero miraba a Jo. La hija consintió con la mirada y la señora March lo hizo con palabras, pues, contrariamente a lo que pensaba la señora Moffat, no era ajena a los intereses de sus hijas.

—Parece un hombre inteligente —comentó el señor March, con plácida satisfacción, desde la alfombrilla, una vez que el último de los huéspedes se hubo marchado.

—Estoy segura de que es un buen hombre —añadió la señora March mostrando su decidido apoyo al profesor, mientras daba cuerda al reloj.

—Sabía que os caería bien —fue todo lo que dijo Jo al despedirse para ir a la cama.

Se preguntaba qué asunto había traído al señor Bhaer a la ciudad y, al final, concluyó que le habrían otorgado algún premio al que él, por su modestia, habría preferido no referirse.

Si le hubiese podido ver la cara mientras, ya de vuelta

en su habitación, contemplaba el retrato de una joven severa y rígida, con una buena mata de pelo, que parecía tener la mirada perdida en un oscuro futuro, habría imaginado de qué se trataba. Y si le hubiese visto besar el retrato antes de apagar la luz, no le habría quedado ninguna duda.

44
Señor y señora

—Por favor, mamá, ¿podría prestarme a mi esposa media hora? El equipaje ya ha llegado y, aunque he estado revolviendo entre las galas parisinas de Amy, no encuentro lo que busco —dijo Laurie al día siguiente, cuando fue a buscar a su esposa y la encontró sentada en las rodillas de su madre, como si volviese a ser una niña.

—Por supuesto. Ve, querida. Había olvidado que ahora tienes otro hogar. —Y la señora March apretó la blanca mano que llevaba el anillo de casada como si pidiera perdón por su codicia maternal.

—No habría venido a buscarla de haber podido evitarlo, pero ya no sé vivir sin mi mujercita, soy como un...

—Una veleta sin viento —apuntó con una sonrisa Jo, que desde que Teddy había regresado a casa volvía a ser la muchacha desvergonzada de siempre.

—Exactamente, porque Amy me tiene mirando al oeste la mayor parte del tiempo y solo me deja girar de vez en cuando hacia el sur. Desde que me he casado no sé qué es el viento del este ni he visto el del norte. Aun así, sigo sano y tranquilo... No, ¿querida?

—Por ahora, hemos tenido buen tiempo, pero no sé

cuánto durará. De todos modos, las tormentas no me asustan porque estoy aprendiendo a guiar mi barco. Iré a casa, querido, y te ayudaré a buscar tu sacabotas, que imagino es lo que has estado rebuscando entre mis cosas. Madre, los hombres son unos inútiles —dijo Amy, con ese tono de joven recién casada que entusiasmaba a su esposo.

—¿Qué pensáis hacer una vez instalados? —preguntó Jo, mientras abrochaba el abrigo de Amy como hacía con su delantal cuando era pequeña.

—Tenemos planes pero no queremos decir nada todavía porque estamos ultimándolos. Eso sí, no vamos a quedarnos ociosos. Yo trabajaré en el negocio con una entrega que satisfará a mi abuelo y le demostraré que no soy un niño malcriado. Necesito algo que me dé estabilidad, estoy harto de vagar sin rumbo; voy a trabajar como un hombre.

—¿Y Amy qué hará? —inquirió la señora March, contenta de que Laurie hubiese tomado tal decisión y hablase de ella con tanto entusiasmo.

—Después de cumplir con todas las formalidades sociales, sorprenderá a todos con la organización de elegantes encuentros en nuestra casa a los que acudirá la flor y nata de la sociedad y que tendrán una influencia benéfica sobre el mundo en su conjunto. ¿Lo he explicado bien, madame Récamier? —preguntó Laurie mientras miraba a Amy con socarronería.

—El tiempo dirá. Ve a casa, impertinente, y no te burles de mí delante de mi familia —contestó Amy, convencida de que en un hogar, antes de una dama de sociedad que organiza reuniones, debe haber una buena esposa.

—¡Qué felices parecen juntos! —comentó el señor March, al que le costaba reanudar la lectura de Aristóteles después de que la pareja se marchara.

—Sí, y creo que durará —añadió la señora March, con

el alivio de un capitán que ha llevado el barco sano y salvo al puerto.

—Seguro que sí. Amy será muy feliz —dijo Jo con un suspiro. Después, al ver que el profesor Bhaer abría la puerta del jardín con impaciencia, su rostro se iluminó con una sonrisa.

Más tarde, ese mismo día, después de encontrar el sacabotas, Laurie dijo de improviso a su esposa, que estaba organizando sus nuevos tesoros artísticos:

—Señora Laurence...

—Sí, mi señor.

—¡Ese hombre pretende casarse con nuestra Jo!

—Eso espero; ¿tú no, querido?

—Bueno, amor mío, me parece estupendo en todos los sentidos, pero me gustaría que fuese algo más joven y mucho más rico.

—Venga, Laurie, no seas tan quisquilloso y tan práctico. Si se aman, ¿qué importan los años que tenga o lo pobre que sea? Una mujer nunca debería casarse por dinero... —Amy se interrumpió al oírse decir eso y miró a su esposo, que repuso con maliciosa seriedad:

—Estoy de acuerdo. Sin embargo, he oído a algunas jovencitas encantadoras decir en ocasiones que esa es su intención. Si la memoria no me falla, en algún momento tú pensaste que tenías la obligación de casarte con un hombre rico. Tal vez esa sea la razón por la que te has unido a un inútil como yo...

—¡Oh, querido, no digas eso! Cuando te di el «sí» había olvidado que eras rico. Me hubiese casado contigo aunque no tuvieses un centavo y, a veces, me gustaría que fueses pobre para poderte demostrar lo mucho que te amo. —Dicho esto, Amy, que era muy digna en público y muy cariñosa en privado, dio sobradas muestras de la veracidad de sus palabras—. Supongo que ya no creerás que soy una persona tan interesada como pude ser en otro momento, ¿verdad? Si me dijeses que no crees que remaría contigo en el mismo bote aunque no tuvieses de qué vivir, me partirías el corazón.

—No soy tonto, querida. ¿Cómo iba a no creerte cuando rechazaste a un hombre más rico por mí y no permites que te compre la mitad de lo que mereces? Hoy en día, a muchas chicas las educan para que se casen por dinero, pobrecillas, y creen que es su única salida. Pero, aunque en algún momento temí por ti, has estado a la altura de las enseñanzas que recibiste y no me has decepcionado. Precisamente ayer se lo comenté a mamá, y ella se puso más contenta y estuvo más agradecida que si le hubiese regalado un millón para obras de caridad. Señora Laurence, no me está escuchando... —Laurie se interrumpió porque, aunque Amy le miraba, parecía ausente.

—Sí te escucho, pero estoy admirando el hoyuelo que se te forma en la barbilla. No quiero que te vuelvas vanidoso, pero estoy más orgullosa de mi esposo por lo guapo que es que por todo el dinero que tiene. No te rías, pero tu nariz me gusta muchísimo... —Y al decir eso, Amy acarició la perfecta nariz de Laurie con satisfacción de artista.

Laurie había recibido muchos elogios a lo largo de su vida, pero ninguno le había complacido tanto, como bien demostró, aunque se rio del peculiar gusto de su esposa mientras ella decía:

—Querido, ¿puedo hacerte una pregunta?

—Por supuesto.

—Si Jo se casa con el señor Bhaer, ¿te molestará?

—Oh, ya veo, de modo que ese es el problema, ¿no es cierto? Pensaba que mi hoyuelo no te acababa de convencer... Te aseguro que el día en que Jo se case bailaré feliz en el convite, ya que me siento el hombre más afortunado de la Tierra. ¿Lo dudas, *mon amie*?

Amy le miró satisfecha, el último rastro de celos desapareció para siempre y le dio las gracias llena de amor y confianza.

—Me gustaría hacer algo por nuestro magnífico y viejo profesor. ¿Y si nos inventamos que un pariente lejano suyo acaba de morir en Alemania dejándole una pequeña fortuna? —comentó Laurie cuando empezaron a caminar por la sala cogidos del brazo, como les gustaba hacer para recordar sus paseos por el jardín del castillo.

—Jo lo descubriría y desbarataría el plan. Ella le quiere como es y ayer me comentó que la pobreza le parecía algo hermoso.

—Que Dios la bendiga, no creo que piense lo mismo cuando esté casada con un hombre de letras y tenga que mantener a sus pequeños profesores y profesoras. No nos meteremos ahora, pero buscaremos la ocasión y los ayudaremos aunque no lo quieran. Yo le debo a Jo parte de mi educación y, como es de bien nacidos pagar las deudas, lo haré de forma indirecta.

—Qué hermoso es poder ayudar a los demás, ¿no te parece? Ese ha sido siempre mi sueño, estar en condiciones de dar sin pedir nada a cambio, ahora, gracias a ti, mi sueño se ha hecho realidad.

—Haremos mucho bien, ya lo verás. Me gustaría ayudar a una clase de pobres en particular. Los mendigos reciben ayuda, pero los caballeros pobres no, porque no la piden y nadie se atreve a ofrecerles caridad. Sin embargo, existen mil maneras de ayudarlos con delicadeza, sin ofenderlos. He de confesar que prefiero ayudar a un caballero venido a menos que a un pobre que me dé coba. Quizá no esté bien, pero es lo que pienso, aunque resulte más difícil

—Porque hay que ser un caballero para hacerlo —añadió el otro miembro de la sociedad de ayuda al necesitado.

—Gracias, no creo merecer ese calificativo. Sin embargo, cuando estaba dando tumbos por el mundo, conocí a muchos jóvenes con talento que tenían que hacer toda clase de sacrificios y soportar privaciones para poder cumplir sus sueños. La mayoría de ellos eran muchachos estupendos, que trabajaban como héroes, pobres y sin amigos, pero con un coraje, una paciencia y una ambición que hacían que me avergonzara de mí mismo y sintiese ganas de echarles una mano. A esa clase de gente da gusto ayudarlos, porque tienen talento, y es un honor servirlos e impedir que se detengan o se retrasen por falta de medios. Es un consuelo poder animarlos y brindarles ayuda para que no desesperen.

—Tienes razón, pero hay otra clase de personas que no piden ayuda y sufren en silencio. Sé de qué hablo porque lo he vivido, antes de que me convirtieses en una princesa. Laurie, las jóvenes con ambición lo pasan francamente mal y, a menudo, ven escapar oportunidades preciosas porque les falta la ayuda en el momento preciso. La gente se ha portado muy bien conmigo y, cuando veo a una joven luchar como nosotras teníamos que hacerlo, siento ganas de tenderle una mano y ayudarla como hicieron conmigo.

—¡Y lo harás, querida, porque eres un ángel! —exclamó Laurie, que, en un arrebato filantrópico, decidió crear y apoyar una institución para ayudar a las jóvenes con intereses artísticos—. Los ricos no tienen derecho a quedarse cruzados de brazos, disfrutando de su dinero o acumulando más para que otros lo malgasten. En lugar de dejar herencias millonarias al morir, es mucho más inteligente utilizar el dinero sabiamente en vida y disfrutar haciendo felices a los demás. Lo pasaremos bien, querida, pero ayudaremos a que otros tengan una vida mejor. ¿Querrás ser como Tabita y vaciar el cesto de la comodidad para llenarlo de buenas obras?

—Sin duda, y tú, querido, ¿querrás ser como san Martín y compartir tu capa con los pobres?

—Trato hecho. Haremos lo que podamos.

La joven pareja selló su pacto con un apretón de manos y siguieron su paseo, felices, convencidos de que su hogar sería mejor si ayudaban a otros a iluminar el suyo, que sus pies pisarían más rectamente el sendero de flores que tenían ante ellos si despejaban el duro camino que otros debían recorrer y seguros de que sus corazones permanecerían unidos por un amor que no les impedía recordar a aquellos que no eran tan afortunados como ellos.

45
Daisy y Demi

No podría considerar cumplida mi humilde labor de cronista de la familia March si no dedicase, por lo menos, un capítulo a sus dos miembros más preciosos e importantes. Daisy y Demi habían alcanzado ya cierta madurez, pues, en estos tiempos en que todo va tan rápido, los niños de tres o cuatro años hacen valer sus derechos y consiguen lo que quieren, lo que no siempre es el caso de muchos de sus mayores. Dudo que hayan existido dos gemelos más consentidos que los hermanos Brooke. Bien es cierto que eran unos niños extraordinarios, como evidencia el hecho de que a los ocho meses caminaran, a los doce hablaran con fluidez y a los dos años comieran en la mesa y se comportasen con una propiedad que embobaba a todo el que los veía. A los tres años, Daisy pidió una aguja y confeccionó una bolsa con cuatro puntadas, se dedicó a hacer labores domésticas en el aparador y usaba una cocina microscópica de juguete con una gracia que hacía que a Hannah se le llenasen los ojos de lágrimas de orgullo. Mientras, Demi aprendía a escribir con su abuelo, que inventó un nuevo método para enseñar el alfabeto formando las letras con las piernas y los brazos, con lo que conseguía unir saber y gimnasia. El niño dio tempranas muestras de tener talento para la mecánica, para alegría de su padre y entretenimiento de su madre, puesto que su afán por imitar todas las máquinas que veía hacía que su dormitorio fuese un auténtico caos, en el que instaló una misteriosa estructura creada con cuerdas, sillas, pinzas de ropa y bobinas que hacían girar unas ruedas constantemente. También había colgado un cesto del respaldo de una silla grande y trataba en vano de izar en él a su demasiado confiada hermana, que, con femenina entrega, soportaba coscorrones en la cabecita, hasta que su madre acudía en su rescate y el joven inventor protestaba airado.

A pesar de tener caracteres muy distintos, los dos hermanos se llevaban extraordinariamente bien y rara vez se peleaban más de tres veces al día. Por supuesto, Demi, que tiranizaba a Daisy a su antojo, la defendía galantemente si otra persona la agredía, y Daisy, que aceptaba de buen grado ser galeote, adoraba a su hermano, al que consideraba el ser más perfecto del mundo. Daisy era una niña rechoncha, adorable y sonrosada que se ganaba el corazón de todos. Era una de esas criaturas encantadoras que parecen hechas para recibir besos y mimos, para que las adoren y cuiden como pequeños dioses y para lucir en los días de fiesta. Era tan virtuosa y dulce que, de no ser por alguna que otra travesura, hubiese parecido más angelical que humana. Vivía en un mundo de color de rosa y cada mañana, al despertar, corría a la ventana en camisón, la abría y, lloviese o hiciese sol, exclamaba siempre: «¡Qué día tan bonito!». Era amiga de todo el mundo y besaba a los desconocidos con tanta confianza que los solteros empedernidos se ablandaban y los amantes de los niños se convertían en fieles devotos de su persona.

«Yo quiero a todo el mundo», anunció en una ocasión abriendo los brazos, con una cuchara en una mano y una taza en la otra, como si quisiese estrechar y alimentar al mundo entero.

Al verla crecer, su madre comprendió que el Dovecote conocería la misma bendición que su anterior hogar, la de albergar a un ser sereno y cariñoso, y rogó no volver a sufrir una pérdida como la de su hermana, que le había hecho darse cuenta de que habían vivido con un ángel sin saberlo. El abuelo a menudo se confundía y la llamaba «Beth», y la abuela la cuidaba con incansable entrega, como si tratase de compensar algún error pasado que solo ella podía ver.

Demi, como yanqui que era, todo lo preguntaba y todo lo quería saber, y se molestaba mucho cuando no recibía una respuesta satisfactoria a su sempiterno «¿Por qué?».

Para dicha de su abuelo, que mantenía conversaciones socráticas con él, Demi tenía cierta predisposición hacia la filosofía y, a menudo, tan precoz pupilo ponía en apuros a su profesor.

—¿Qué mueve mis piernas, abuelo? —preguntó el joven filósofo contemplando esa parte de su anatomía con aire meditabundo, una noche, mientras descansaba después de cometer varias travesuras.

—Tu mente, Demi —contestó el sabio acariciando la dorada cabecita respetuosamente.

—¿Qué es la mente?

—Es lo que hace que tu cuerpo se mueva, del mismo modo que la cuerda del reloj lo mantiene en marcha, tal y como te mostré.

—Ábreme, quiero ver cómo funciono.

—Yo no puedo hacer eso, del mismo modo que tú no podías abrir solo mi reloj. Dios se encarga de darte cuerda y seguirás funcionando hasta que Él te pare.

—¿De veras? —Demi abrió aún más sus ojos marrones, más brillantes que nunca ante aquella revelación—. Entonces, ¿Él me da cuerda como si fuese un reloj?

—Sí, pero no te puedo mostrar cómo lo hace, porque siempre ocurre cuando no podemos verlo.

Demi se palpó la espalda buscando semejanzas con un reloj y comentó muy serio:

—Supongo que Dios me da cuerda mientras duermo.

A eso siguió una detallada explicación por parte del abuelo que Demi escuchó con suma atención y que llevó a la abuela, algo angustiada, a preguntar:

—Querido, ¿crees oportuno hablar de estas cosas con un niño? Dudo que las entienda y solo conseguirás que haga preguntas cada vez más difíciles de contestar.

—Si tiene edad para plantear la pregunta, tiene edad para escuchar la respuesta. Yo no le meto ideas en la cabeza, me limito a ayudarle a desarrollar las que ya tiene. Estos niños son más inteligentes que nosotros y no me cabe la menor duda de que el muchacho entiende todo lo que le digo. Veamos, Demi, ¿dónde se encuentra tu mente?

Si el niño hubiese respondido, como Alcibíades: «Por todos los dioses, Sócrates, no tengo idea», su abuelo no se hubiese sorprendido. Sin embargo, cuando el niño, tras permanecer unos segundos apoyado en una sola pierna, como una cigüeña meditabunda, contestó muy seguro de sí: «En mi estómago», el anciano caballero se echó a reír con la abuela y dio por terminada la clase de metafísica.

La madre hubiese tenido motivos para angustiarse de no haber dejado claro Demi que, además de un filósofo en ciernes, era un muchacho de carne y hueso. A menudo, tras una conversación que hacía a Hannah profetizar, con un mal presentimiento: «Este niño no durará mucho en este mundo», él iba y tranquilizaba a su madre cometiendo alguna de las travesuras con las que los pequeños y queridos granujas entretienen y hacen las delicias de sus padres.

Meg impuso varias normas de conducta e hizo lo posible por mantenerlas, pero ¿qué madre está preparada para las artimañas, ingeniosas salidas y tranquila audacia de hombres y mujeres en miniatura que actúan como los taimados ladronzuelos de *Oliver Twist*?

—Demi, no comas más pasas o te pondrás malo —dice la madre a la personita que se ofrece a ayudar en la cocina con tenaz regularidad los días en los que está previsto preparar pudin de pasas.

—Me gusta estar malo.

—No te quiero aquí, así que ve a ayudar a Daisy con las empanadas.

Se va de mala gana pero, como sus errores pesan sobre su conciencia, al cabo de un rato, cuando encuentra una nueva oportunidad de enmendarlos, consigue engatusar a su madre.

—Ahora, como te has portado muy bien, puedes pedirme lo que quieras —comenta Meg acompañando a su ayudante escaleras arriba, con el pudin a salvo en la cocina.

—¿De verdad, mamá? —pregunta Demi, al que se le acaba de ocurrir una idea brillante.

—Sí, de verdad; puedes pedir lo que sea —contesta la madre, ajena al riesgo, imaginando que tendrá que cantar la canción de los tres gatitos media docena de veces o salir a comprar un centavo de magdalenas haga el tiempo que haga. Pero Demi la acorrala con una estudiada respuesta:

—Entonces, deja que coma todas las pasas que quiera.

La tía Dodo era la confidente y compañera de juegos favorita de ambos niños y, una vez reunidos, el trío ponía la casa patas arriba. La tía Amy era poco más que un nombre para ellos, y la tía Beth se fue diluyendo plácidamente en el recuerdo, pero la tía Dodo era una realidad cotidiana de la que disfrutaban al máximo, algo que ella agradecía sobremanera. Sin embargo, con la llegada del señor Bhaer, Jo descuidó a sus compañeros de juegos, lo que sumió a los pequeños en un profundo abatimiento y desolación. Daisy, a la que le encantaba ir por ahí repartiendo besos, perdió a su mejor cliente y cayó en la bancarrota, y Demi, con su infantil intuición, comprendió de inmediato que la tía Dodo prefería jugar con «el hombre de la barba» antes que con él, pero, aunque se sintió dolido, ocultó su disgusto puesto que no podía insultar a un rival que tenía una mina de chocolate en el bolsillo del chaleco y un reloj que sus ardientes admiradores podían sacar del estuche y agitar a placer.

No faltará quien considere sobornos esas pequeñas libertades, pero Demi no lo veía con esos ojos y seguía siendo condescendiente y afable con el hombre de la barba; Daisy, por su parte, le hizo entrega de su afecto en la tercera visita y pasó a considerar sus hombros como su trono; sus brazos, como su refugio, y sus regalos, como tesoros de valor incalculable.

A menudo, los caballeros suelen fingir una repentina admiración por los jóvenes parientes de las damas a las que tratan de conquistar, pero esa falsa amistad no es del agrado de los pequeños y no convence a nadie. Los sentimientos del señor Bhaer eran sinceros a la par que eficaces, porque la honradez es la mejor consejera tanto en el amor como ante la ley. Al señor Bhaer, en verdad, le gustaban los niños y era especialmente entretenido ver el contraste entre su adusto y viril rostro y la alegre expresión de los pequeños. El negocio que le había llevado allí le retuvo varios días, pero no le impedía acudir a casa de los March casi todas las tardes para ver... Bueno, puesto que siempre preguntaba por el señor March, hemos de suponer que él era la razón de sus visitas. Nuestro excelente padre vivía engañado pensando que, en efecto, él era el objeto de tanta atención y disfrutaba mucho de las largas charlas con aquel hombre inteligente, hasta que su nieto, más observador que él, le abrió súbitamente los ojos.

Una tarde, cuando el señor Bhaer llegó, se detuvo en el umbral del estudio, atónito ante el espectáculo que encontró. El señor March estaba tumbado en el suelo, con sus respetables piernas en alto, y a su lado, igualmente tendido, Demi se esforzaba por imitar su postura con sus piernecitas, cubiertas con medias rojas. Ambos estaban tan absortos en su actividad que no se percataron de la presencia de espectadores, hasta que el señor Bhaer soltó una sonora carcajada y Jo exclamó escandalizada:

—¡Papá, papá! ¡El profesor está aquí!

Las piernas negras descendieron y se alzó una cabeza de cabellos canos que saludó con imperturbable dignidad:

—Buenas tardes, señor Bhaer. Le ruego que me disculpe un instante, estamos terminando una clase. Ahora, Demi, forma la letra y dime cuál es.

—La conozco. —Y tras varios esfuerzos convulsos, las piernas rojas adoptaron la forma de un compás y el inteligente pupilo exclamó triunfal—: ¡Es una uve, abuelo, una uve!

—Este niño es un genio —comentó Jo entre risas mientras su padre se levantaba y su sobrino trataba de hacer el pino para mostrar su alegría ante el fin de la clase.

—¿Qué has hecho hoy, *bübchen*? —preguntó el señor Bhaer, ayudando al gimnasta a ponerse en pie.

—Hemos ido a visitar a la pequeña Mary.

—Y una vez allí, ¿qué has hecho?

—La he besado —reconoció Demi con su natural franqueza.

—¡Caramba! Eso sí que es empezar pronto. ¿Y qué ha dicho la pequeña Mary? —inquirió el señor Bhaer, convertido en confesor del joven pecador, que, sentado sobre sus rodillas, revisaba el contenido del bolsillo de su chaleco.

—¡Oh, le ha gustado, me ha besado y a mí me ha gustado! A los niños les gustan las niñas, ¿no? —dijo Demi con la boca llena y cara de satisfacción.

—Eres un joven muy precoz. ¿Quién te ha metido eso

en la cabeza? —intervino Jo, que disfrutaba con aquellas inocentes revelaciones tanto como el profesor.

—No está en mi cabeza, está en mi boca —contestó el pequeño Demi, y sacó la lengua para mostrar un trozo de chocolate, pensando que su tía no se refería a las ideas sino a los dulces.

—Deberías guardar un poco para tu pequeña amiga. Dulces para las dulces. —Dicho esto, el señor Bhaer ofreció un poco de chocolate a Jo, que se preguntó si no sería el néctar que bebían los dioses.

Demi los vio sonreír e, impresionado, preguntó:

—Profesor, ¿a los niños grandes les gustan las niñas grandes?

Como, al igual que el presidente Washington, el señor Bhaer era incapaz de mentir, dio una respuesta imprecisa; dijo que creía que sí, pero en un tono que hizo que el señor March dejase de cepillarse la chaqueta, mirase a Jo, que desvió la vista, y se dejase caer sobre el sofá, abrumado por la idea, a un tiempo dulce y amarga, que su precoz nieto había puesto en su mente.

Demi nunca entendió por qué cuando su tía Dodo le sorprendió escondido en la despensa, media hora después, en lugar de reñirle, le abrazó tan fuerte que casi le dejó sin respiración, y el hecho de que a tan extraña y novedosa actitud se sumase el que le premiase con una rebanada de pan con mermelada se convirtió en un misterio insondable para él.

46
Bajo el paraguas

Mientras Laurie y Amy daban sus paseos conyugales por alfombras de terciopelo, ponían en orden su casa y planeaban un futuro lleno de bendiciones, el señor Bhaer y Jo disfrutaban de paseos distintos por caminos embarrados y campos empapados.

Siempre salgo a dar un paseo al atardecer, y no veo por qué debería dejar de hacerlo solo por haberme encontrado varias veces al profesor, se dijo Jo, la segunda o tercera vez. Porque, aunque se podía ir a casa de Meg por dos caminos, siempre se topaba con él, a la ida o la vuelta, tomase el que tomase. Él siempre iba a buen paso y parecía no verla hasta que ella estaba muy cerca; entonces, la miraba como si sus miopes ojos no le hubiesen permitido reconocerla hasta ese instante. Si ella se dirigía a casa de Meg, él, casualmente, llevaba un regalo para los niños; si ella iba de vuelta a casa, él había salido a dar un paseo por el río y pensaba pasar a verlos, salvo, claro está, que estuviesen cansados de sus frecuentes visitas.

Dadas las circunstancias, ¿qué otra cosa podía hacer salvo saludar e invitarle a entrar? Si estaba harta de sus visitas, lo disimulaba muy bien, ya que siempre se preocupaba de que hubiese café a la hora de la cena porque «a Friedrich..., al señor Bhaer, quiero decir, no le gusta el té».

En la segunda semana, todos estaban perfectamente al tanto de lo que ocurría, pero fingían ceguera ante los cambios operados en la expresión de Jo. Nadie preguntaba por qué cantaba mientras trabajaba, se retocaba el peinado tres veces al día o volvía radiante de los paseos vespertinos. Era como si ninguno de ellos sospechase que el señor Bhaer charlaba de filosofía con el padre mientras le daba a la hija lecciones de amor.

Como Jo no sabía abrir su corazón de una manera decorosa, trataba a toda costa de frenar sus sentimientos y, al no conseguirlo, vivía en un constante estado de inquietud. Temía que los demás se riesen de ella si se enamoraba después de haber defendido con tanto denuedo su independencia. A quien más temía era a Laurie, que sin embargo, desde que Amy llevaba las riendas, no había vuelto a llamar al señor Bhaer «viejo estupendo», no comentaba nada sobre el hecho de que Jo cuidase más su aspecto ni se mostraba sorprendido cuando encontraba al profesor cenando en casa de los March casi todas las noches. No obstante, en secreto el joven se sentía jubiloso y esperaba con ilusión el momento en que pudiera entregar a Jo un plato con el dibujo de un oso y un bordón en campo de gules como adecuado blasón.

Durante dos semanas, el profesor acudió a la casa de los March con una puntualidad de enamorado y, después, estuvo tres días sin dar señales de vida, lo que preocupó a todos. Jo al principio se inquietó, pero luego —cosas del amor— se mostró muy enfadada.

Es indignante. Se ha ido como vino, sin avisar. No es que me deba nada, claro está, pero lo más indicado era que pasase a despedirse de nosotros, como un caballero, se dijo, y miró con expresión desesperada hacia la puerta mientras se preparaba para ir a dar el acostumbrado paseo, en una tarde gris.

—Querida, coge el paraguas, parece que va a llover —indicó la madre, que, aunque se dio cuenta de que llevaba puesto el sombrero nuevo, prefirió no hacer comentarios al respecto.

—Sí, mamá. ¿Necesitas algo de la ciudad? Voy a acercarme a comprar papel —explicó Jo, que se había vuelto hacia el espejo para colocarse bien el lazo debajo de la barbilla y no tener que mirar a su madre.

—Sí, tráeme algodón de bordar, un paquete de agujas del número nueve y dos metros de cinta estrecha de color malva. ¿Llevas unas buenas botas y algo de abrigo?

—Sí —contestó Jo, ausente.

—Si por casualidad te encuentras con el señor Bhaer, invítale a cenar, tengo muchas ganas de ver a este buen hombre —añadió la señora March.

Jo oyó sus palabras, pero no dijo nada. Dio un beso a su madre y salió muy apurada, pensando con gratitud, a pesar del mal de amores que la aquejaba: ¡Qué buena es conmigo! ¿Qué hacen las jóvenes que no tienen una madre como la mía para sacarlas de apuros?

Las mercerías no se encontraban junto a los bancos, los despachos y los almacenes al por mayor en torno a los que se congregaban los caballeros. Sin embargo, antes de ir a cumplir los encargos, Jo se dio una vuelta por esa zona de la ciudad; remoloneó como si esperase a alguien, se detuvo a mirar la maquinaria de ingeniería expuesta en un escaparate y las muestras de lana que había en otro, con un interés impropio de una dama; caminó entre los barriles, exponiéndose a ser aplastada por los fardos que caían y sufriendo los codazos poco educados de hombres muy atareados que parecían preguntarse de dónde demonios había salido. Al sentir una gota de lluvia en la mejilla, dejó de pensar en sus frustradas esperanzas y se concentró en evitar que el agua le estropease el sombrero, y se dijo que, si como mujer enamorada era demasiado tarde para resguardar su corazón, por lo menos sí estaba a tiempo de salvar su atuendo. Recordó el paraguas que, con las prisas, había dejado en casa, pero de nada servía ya lamentarse; si no pedía uno prestado, acabaría empapada. Miró primero el cielo encapotado, después, el lazo carmesí, que ya tenía motas negras, la calle llena de barro y, por último, volvió la vista atrás, a un lejano y mugriento almacén en cuya puerta se leía «Hoffmann, Swartz & Co.», y se reprendió a sí misma con dureza: ¡Me está bien empleado! ¿Quién me mandaba ponerme mis mejores galas y salir a dar vueltas con la esperanza de encontrarme con el profesor? ¡Qué vergüenza, Jo! Ahora, no debes ir ahí a pedir prestado un paraguas ni a preguntar a sus amigos si saben dónde se encuentra. Lo que tienes que hacer es aguantar el chaparrón y comprar lo que te han encargado aunque llueva, y si te buscas la muerte o se estropea el sombrero, lo tendrás bien merecido. ¡Venga!

En ese instante, cruzó corriendo la calle tan impetuosamente que a punto estuvo de atropellarla un camión y se dio de bruces con un imponente y elegante caballero que protestó con un «Señorita, por favor» y puso cara de sentirse muy ofendido. Desmoralizada, Jo se arregló el traje, cubrió con su pañuelo los adorados lazos y, dando la espalda a la tentación, apresuró el paso, mientras notaba cómo el bajo de la falda se empapaba y oía el ruido metálico de los paraguas que entrechocaban por encima de su cabeza. De pronto, le llamó la atención que un desvencijado paraguas azul permaneciese quieto sobre su desprotegido sombrero y, al levantar la vista, se encontró con la mirada del señor Bhaer.

—Yo diría que conozco a esta dama resuelta que avanza valientemente entre los carruajes y cruza a toda prisa las calles llenas de barro. ¿Qué la trae por aquí, querida?

—He venido de compras.

El señor Bhaer sonrió al ver una fábrica de encurtidos en una acera y una peletería en la otra, pero, educadamente, no dijo nada salvo:

—Veo que no tiene paraguas, ¿me permite que la acompañe y le lleve los paquetes?

—Sí, gracias.

Jo, que tenía las mejillas tan rojas como el lazo del sombrero, se preguntó qué pensaría de ella, pero, al cabo de un minuto, eso había dejado de preocuparla, puesto que estaba caminando del brazo de su profesor; parecía que el sol había vuelto a salir y tuviera un brillo más intenso de lo habitual, que el mundo cobraba sentido de nuevo y que había una mujer plenamente feliz mojándose los pies en un día de lluvia.

—Pensamos que se había marchado —explicó Jo, apresuradamente, consciente de que él la estaba mirando; como el sombrero no le tapaba el rostro, temía que su alegría le pareciese al profesor poco recatada.

—¿Cree que podría marcharme sin despedirme de quienes han sido tan sumamente amables conmigo? —preguntó con un deje de reproche en la voz que hizo que Jo sintiera que le había insultado, por lo que añadió enseguida:

—No, no lo creo. Sabía que tenía asuntos que atender, pero todos le echábamos de menos... Sobre todo papá y mamá.

—¿Y usted?

—A mí siempre me es grato verle, señor.

En su afán por que su voz no delatase la emoción, Jo había adoptado un tono bastante frío y eso, unido a la gélida formalidad de llamarle «señor», dejó al profesor helado e hizo que se le borrase la sonrisa del rostro.

—Se lo agradezco —dijo, muy serio—; iré a verlos antes de irme.

—Entonces, ¿se marcha ya?

—Ya no tengo ningún asunto pendiente aquí. He terminado.

—Espero que haya sido provechoso —comentó Jo, decepcionada por lo tajante de la respuesta.

—Supongo que podría verse así, porque me permitirá ganarme el pan y ayudar a mis sobrinos.

—¡Cuéntemelo, por favor! Todo lo que tiene que ver con... los niños me interesa mucho —pidió ella con impaciencia.

—Es usted muy amable, se lo contaré con mucho gusto. Mis amigos me han conseguido un puesto en una escuela, donde podré enseñar como en casa y ganar lo bastante para ofrecer una buena vida a Franz y Emil. Les estoy muy agradecido por ello. ¿No le parece que hay motivo?

—Por supuesto. Me alegra mucho que pueda trabajar en lo que le gusta y poder ver con más frecuencia a los niños y a usted... —Jo se escudó en los niños para disimular una satisfacción que no alcanzaba a ocultar.

—Mucho me temo que no nos veremos con frecuencia, pues el puesto de trabajo es en el oeste.

—¿Tan lejos? —Jo dejó caer su falda como si ya no le importase lo que pudiese ocurrirles ni a su ropa ni a su persona.

Aunque el señor Bhaer sabía muchos idiomas, aún no había aprendido a leer el de la mujer. Dado que creía conocer muy bien a Jo, no sabía cómo interpretar los vertiginosos cambios de voz, expresión y actitud de la joven, que, en media hora, había pasado por media docena de estados de ánimo distintos. Al verle, había parecido sorprenderse, aunque era fácil sospechar que había ido allí, precisamente, para encontrarse con él. Cuando luego él le ofreció su brazo, la expresión con la que lo aceptó le alegró el corazón pero, al preguntarle si le había echado de menos, obtuvo una respuesta tan educada y fría que le robó toda esperanza. Después, casi aplaudió al conocerla buena nueva de su trabajo. ¿Realmente se alegraba por los niños? Y, al enterarse del destino, exclamó «¿tan lejos?» con un tono desesperado que lo subió a una cumbre de ilusión, de la que sin embargo cayó al minuto siguiente, cuando ella apuntó, como si verdaderamente fuese su única preocupación:

—Aquí es donde venía a comprar. ¿Querrá entrar conmigo? No tardaré.

Jo, que estaba muy orgullosa de su talento para las compras, quería impresionar a su acompañante mostrándole la pulcritud y eficacia con que cumplía los encargos. Sin embargo, con lo nerviosa que estaba, todo le salió al revés. Volcó las agujas, recordó que la tela de algodón era para bordar cuando ya le habían cortado otra pieza y, desorientada, pretendía comprar cinta de color malva en el mostrador del percal. El señor Bhaer, que aguardaba en un rincón, observó cómo se sonrojaba y metía la pata y, al ver su turbación, la suya perdió fuerza ya que comprendió que con las mujeres, al igual que con los sueños, todo puede ocurrir al revés de lo que uno espera.

Cuando salieron de la tienda, el profesor se puso el paquete debajo del brazo, con aire dichoso, y fue pisando los charcos como si lo estuviese pasando en grande.

—¿Qué le parece si compramos algo para los niños y luego vamos a su encantadora casa para organizar una fiesta de despedida esta noche? —preguntó tras detenerse ante un escaparate lleno de fruta y flores.

—¿Qué quiere que compremos? —preguntó Jo, haciendo caso omiso de la segunda parte de la propuesta. Entraron y ella aspiró la mezcla de aromas con fingida calma.

—¿Qué le parece si llevamos naranjas e higos? —preguntó el señor Bhaer con aire paternal.

—Si los hay, los comerán.

—¿Les gustan las nueces?

—Tanto como a una ardilla.

—Llevemos también mosto de Hamburgo. ¿Se puede brindar por la patria con eso?

Jo frunció el entrecejo ante tamaño dispendio y se preguntó por qué no comprar un capazo de dátiles, un barril de pasas y un saco de almendras y acabar de una vez. Mientras tanto, el señor Bhaer le confiscó el monedero, sacó el suyo y compró uvas, un tiesto de margaritas rosas y miel en una bonita damajuana. Después, metió como pudo los paquetes en los bolsillos, que se deformaron, le hizo entrega de las flores, abrió el viejo paraguas y siguieron su camino.

—Señorita March, le he de pedir un gran favor —empezó el profesor después de recorrer, mojándose, media calle.

—Sí, señor. —El corazón de Jo empezó a palpitar con fuerza, tan ansiosa estaba por oír lo que le tenía que pedir.

—Disculpe que se lo diga así, bajo la lluvia, pero el tiempo apremia.

—Sí, señor. —Jo apretó tan fuerte el tiesto de flores que a punto estuvo de romperlo.

—Me gustaría comprarle un vestido a la pequeña Tina y no me atrevo a hacerlo solo, soy demasiado estúpido. ¿Le importaría acompañarme y ayudarme a elegirlo?

—Claro, señor. —Jo se tranquilizó y se enfrió de inmediato, como si hubiese entrado en el interior de una nevera.

—Y tal vez también un chal para la madre de Tina, es pobre y está enferma y su marido no se encuentra bien. ¿No le parece que es buena idea regalarle un chal grueso que la abrigue?

—Lo haré encantada, señor Bhaer —dijo Jo, y añadió para sus adentros: Más vale que me dé prisa, el profesor cada vez resulta más encantador. Y entró en la tienda con tal decisión que daba gusto verla.

El señor Bhaer dejó que ella lo eligiese todo. Jo escogió un hermoso vestido para Tina y pidió que le mostrasen unos cuantos chales. El dependiente, un hombre casado, se esmeró en atender a aquella pareja que parecía estar haciendo compras para su familia.

—A la señora le gustará más este. Es un artículo de excelente calidad, el color es precioso y resulta discreto y elegante —explicó sacando un cómodo chal gris y poniéndoselo a Jo sobre los hombros.

—¿Qué le parece, señor Bhaer? —preguntó ella de espaldas a él, agradecida de poder ocultar su rostro.

—Muy bien, nos lo llevamos —contestó el profesor, y mientras lo pagaba, sonriendo para sus adentros, Jo echó otro vistazo a la tienda, como si fuese una consumada cazadora de ofertas—. Ahora, ¿le parece que vayamos a casa? —preguntó deleitándose en cada palabra.

—Sí, es tarde y estoy muy cansada. —La voz de Jo denotaba más pesar de lo que ella creía. El sol ya no lucía y el mundo parecía más triste y lleno de barro que nunca; por primera vez, se percató de que tenía los pies helados, le dolía la cabeza y su corazón estaba aún más frío y dolorido. El señor Bhaer se marcharía lejos; su único interés hacia ella era en calidad de amigo. Se había confundido y, cuanto antes acabara aquello, mejor. Con esa idea en la mente, hizo un gesto para detener a un ómnibus y, en su precipitación, el tiesto de las margaritas cayó al suelo, con el consiguiente daño.

—Este no es nuestro ómnibus —apuntó el profesor, que, tras hacer una seña al conductor para que se alejase, se agachó a recoger las pobres flores.

—Le ruego que me disculpe, no me he fijado en el número. Da igual, sigamos caminando, ya me he acostumbrado a arrastrar la falda por el barro —comentó Jo, avergonzada, y pestañeó con fuerza para contener el llanto.

Aunque volvió el rostro, el señor Bhaer alcanzó a ver las lágrimas rodar por sus mejillas. Y esa visión debió de conmoverle mucho porque, de pronto, se inclinó hacia ella y preguntó en un tono que hablaba por sí solo:

—Querida, ¿por qué llora?

De no haber sido Jo nueva en estas lides, habría respondido que no estaba llorando, que le había entrado algo en el ojo o cualquier otra de las excusas típicamente femeninas para estos casos. Pero la pobre, dando pocas muestras de dignidad, dejó escapar un sonoro sollozo y contestó:

—Porque se va lejos.

—¡Dios mío, qué alegría! —exclamó el señor Bhaer, que, a pesar de los paquetes y del paraguas, alcanzó a dar una palmada—. Jo, vine aquí a declararle mi amor, pero quería asegurarme de que me consideraba algo más que un amigo. ¿Es así? ¿Tiene un rincón en su corazón para el viejo Fritz? —añadió de un tirón.

—¡Oh, sí! —contestó Jo, y él se mostró muy satisfecho cuando ella le estrechó el brazo y le miró con una expresión que no dejaba lugar a dudas sobre lo feliz que la haría recorrer el camino de la vida junto a él, aunque no tuviesen más techo que aquel viejo paraguas, si era él quien lo llevaba.

Ciertamente, la situación no era la más propicia para una declaración porque, aun de haber querido hacerlo, el señor Bhaer no podía arrodillarse por culpa del barro, y tampoco podía tenderle la mano a Jo —salvo en sentido figurado—, pues tenía ambas ocupadas. Además, estando en plena calle, no podía permitirse grandes muestras de afecto, aunque a punto estuvo de hacerlo. Así, la única forma en que podía expresar la felicidad que le embargaba era mirarla, y lo hacía con una expresión que embellecía hasta tal punto su rostro que parecía que de cada gota que brillaba en su barba surgiese un pequeño arco iris. De no haber amado ya a Jo, dudo mucho que se hubiese enamorado de ella en aquel instante, pues no tenía, precisamente, un aspecto muy agradable: la falda estaba en un estado deplorable, sus botas de goma estaban salpicadas de barro hasta los tobillos y la lluvia le había estropeado el sombrero. Por fortuna, al señor Bhaer le parecía la mujer más bella sobre la Tierra, y ella se dijo que él parecía un auténtico Júpiter, a pesar de que tenía el ala del sombrero caída por culpa del agua, que le mojaba también los hombros (porque el paraguas solo cubría a Jo), y no había dedo de sus guantes que no estuviese roto.

Quienes pasaban a su lado probablemente los tomaran por un par de locos inofensivos, porque se olvidaron del ómnibus y caminaron entre el barro como si dieran un agradable paseo, a pesar de que empezaba a anochecer y la niebla se espesaba. No les preocupaba lo que pensaran los demás, ya que para ellos había llegado ese momento de felicidad que solo se conoce una vez en la vida. Un instante mágico que proporciona juventud al viejo, belleza a la persona corriente, riqueza al pobre, y que da al corazón humano una muestra de lo que se siente estando en el cielo. El profesor se sentía como si hubiese conquistado un reino y no pudiese esperar mayor bendición, y Jo, que avanzaba a duras penas a su lado, se decía que por fin había encontrado su lugar, junto al profesor, y se asombraba de haber pretendido elegir otro destino. Como no podía ser menos, ella fue la primera en hablar, aunque de forma ininteligible, porque lo que dijo tras su impetuoso «¡Oh, sí!» no tenía demasiado sentido.

—Friedrich, ¿por qué no...?

—¡Dios mío, nadie me llamaba así desde que Minna murió! —exclamó el profesor; tras detenerse en medio de un charco para mirarla agradecido y encantado.

—Siempre que pienso en usted, le llamo así. No volveré a hacerlo si no le gusta.

—¿Gustarme? No encuentro palabras para decirte lo mucho que me agrada. Y, por favor, no me trates de usted.

—¿«Tú» no es demasiado cercano? —preguntó Jo, aunque le parecía un monosílabo adorable.

—Cercano, claro. El «usted» resulta demasiado frío para hablar de amor, y tú, querida mía, significas mucho para mí —explicó el señor Bhaer, que parecía más un estudiante enamorado que un profesor.

—Si es así, ¿por qué has esperado tanto para decírmelo? —preguntó Jo tímidamente.

—Ahora puedo abrirte mi corazón, querida, y lo haré con gusto porque sé que estará en buenas manos. Verás, querida Jo (¡ah, cómo me gusta ese divertido diminutivo!), estuve a punto de decirte algo cuando nos despedimos en Nueva York, pero pensé que preferías a tu apuesto amigo y opté por callar. ¿Me habrías respondido igual de haber hablado entonces?

—No lo sé. Tal vez no, porque en aquel momento no tenía corazón.

—Eso no es cierto. Estaba dormido, a la espera de que el príncipe encantado fuese al bosque a rescatarlo. Bueno, *Die erste Liebe ist die beste*, pero las cosas son como son.

—Es verdad, el primer amor es el mejor, y en ese sentido puedes estar tranquilo, pues no he tenido otro. Teddy era mi amigo y no tardó en superar su encaprichamiento —explicó Jo, ansiosa por sacar al profesor de su error.

—¡Bien! Eso me hace muy feliz. Asegúrate de darme todo tu amor, porque lo he aguardado largo tiempo y, como tendrás ocasión de comprobar, me he vuelto más insaciable, querida profesora.

—Me gusta —repuso Jo, encantada con su nuevo apodo—. Ahora dime, ¿qué te trajo, al fin, cuando más te necesitaba?

—Esto. —Y el señor Bhaer sacó del bolsillo de su chaleco un papel gastado.

Al desdoblarlo y ver de qué se trataba, Jo se ruborizó, ya que era un texto que había escrito con la intención de enviarlo a un periódico para su publicación.

—¿Cómo pudo este texto hacerte venir? —preguntó sin entender a qué se refería.

—Lo encontré por casualidad. Reconocí las iniciales y los nombres y hubo una frase que me llamó mucho la atención. Léelo, yo me encargo de que no te mojes.

Jo obedeció y leyó por encima aquel texto al que había dado por título:

En el desván

Cuatro baúles en fila, hoy cubiertos de polvo y gastados por el paso del tiempo, que antaño hicieron suyos y llenaron unas niñas, ahora en la flor de la vida. Cuatro llavecitas cuelgan de cintas desvaídas que en el pasado, cuando sus orgullosas propietarias cerraban los cerrojos, eran de colores vivos y alegres. Bajo las tapas, con los nombres grabados con trazos infantiles, quedan recuerdos de las niñas que subían al desván a jugar y a oír el dulce repiqueteo de la lluvia de verano sobre el tejado.

El primer baúl es el de Meg. En su interior, amorosamente doblados, están los recuerdos de una vida tranquila. Un traje de novia, un zapatito, un mechón de un bebé. No hay juguetes en este baúl, porque se los ha llevado todos para seguir jugando, ya de mayor, a otro juego, el de madre feliz que canta nanas en voz baja, mientras la lluvia de verano repiquetea sobre el tejado.

El baúl de Jo tiene la tapa rayada y gastada, y dentro conserva una variopinta mezcla de muñecas, libros de texto usados, pájaros y bestias que callan para siempre. Botines procedentes de la tierra de las hadas, que solo pueden pisar los pies de los niños. Sueños de un futuro que nunca se alcanzó, dulces recuerdos, poemas, historias y cartas a medio hacer. Diarios de una niña testaruda, trazas de una mujer que envejeció antes de tiempo, pensando en aquella frase que dice «Hazte digno del amor, y este vendrá», mientras la lluvia de verano repiquetea sobre el tejado.

Sobre el baúl de mi Beth nunca se acumula el polvo porque a él acuden con frecuencia muchas manos. La muerte la canonizó santa. La volvió menos humana y más divina a nuestros ojos, y conservamos con dulce duelo sus recuerdos, que son como reliquias en un sepulcro hogareño. La campana de plata, que rara vez suena, el último gorro que llevó... Y las canciones que cantaba sin una sola queja, desde su cárcel de dolor, se mezclan para siempre con el sonido de la lluvia de verano que repiquetea sobre el tejado.

En la tapa del último baúl se ve a un apuesto caballero en cuyo escudo, escrito en letras doradas y azules, se lee el nombre de «Amy». Ese caballero, entonces inventado, es ahora real. En el interior del baúl, hay redecillas que sujetaron el cabello de su dueña, zapatos que han bailado hasta el final, flores secas conservadas con cuidado, abanicos gastados, alegres tarjetas de enamorados, adornos que han cumplido su servicio. Esperanzas, temores y vergüenzas infantiles. Armas de una joven soltera que ahora conoce un hechizo más auténtico y oye el sonido de las campanas de su boda mientras la lluvia de verano repiquetea sobre el tejado.

Cuatro pequeños baúles en fila, cubiertos de polvo y gastados por el paso del tiempo. Cuatro mujeres que han aprendido a trabajar y a amar. Cuatro hermanas, separadas por el tiempo; ninguna de ellas falta, aunque una se marchó antes que el resto, pues el amor inmortal la hace más presente que nunca. Cuando a las cuatro les llegue la hora de abrir sus baúles ante el Señor, espero que rebosen de horas de dicha, actos de bondad y vidas llenas de valor. Que sus almas se eleven felices y que, tras la lluvia, luzca un sol eterno.

—No es un gran texto; cuando lo escribí, estaba muy melancólica porque me sentía sola y había estado llorando. Nunca pensé que llegaría a tus manos —dijo Jo mientras rompía la hoja que el profesor había atesorado tanto tiempo.

No importa, ya ha cumplido su propósito y encontraré textos mejores cuando me deje leer el cuaderno marrón en el que guarda todos sus secretos, se dijo el señor Bhaer viendo volar los fragmentos con una sonrisa.

—Sí —repuso—, cuando lo leí me dije: «Está triste, se siente sola y el amor podría consolarla». Y yo tenía el corazón lleno de amor para ti, así que me animé a venir a ver si no te parecía un regalo demasiado pobre. En verdad es poco en proporción a lo que yo esperaba recibir.

—Y, cuando viniste, comprendiste que no era poco sino el regalo más valioso y el que más necesitaba —murmuró Jo.

—Al principio, no me atreví a considerarlo así, a pesar de lo bien que me recibiste. Pero, al cabo de un tiempo, empecé a albergar esperanzas. Y, llegado un momento, me dije que tenía que conseguirte o moriría. ¡Y lo haría! —exclamó el señor Bhaer con un gesto desafiante, como si la niebla que los cercaba fuese una barrera que tuviese que franquear o derribar valientemente.

A Jo le pareció maravilloso y decidió que debía ser digna de su caballero, aunque este no hubiese venido a lomos de un corcel con una brillante armadura.

—¿Y por qué no acudiste antes? —preguntó, incapaz de comedirse ahora que podía hacer preguntas personales que sabía que él respondería amablemente.

—Fue duro, pero no quería venir a sacarte de tu adorable casa hasta tener la posibilidad de ofrecerte un hogar y tuve que esperar y trabajar de firme. ¿Cómo podría pedirte que lo dejases todo por un hombre pobre y viejo como yo, cuya única fortuna es lo poco que sabe?

—Me gusta que seas pobre. ¡No soportaría a un marido rico! —repuso Jo, y añadió en un tono más dulce—: La pobreza no me asusta; la he conocido durante el tiempo suficiente para perderle el miedo y me siento feliz trabajando para mis seres queridos. Yo no te veo viejo, nunca me lo has parecido, y no podría dejar de amarte aunque tuvieses setenta años.

Al profesor estas palabras le conmovieron tanto que, de haber podido coger su pañuelo, hubiese echado mano de él. Pero, como no le era posible, fue Jo quien le secó las lágrimas y, mientras le liberaba de un par de bultos, dijo entre risas:

—Puede que sea una mujer de carácter, pero ahora nadie podría decir que estoy fuera de lugar, pues se supone que las mujeres hemos venido a secar lágrimas y soportar cargas. Friedrich, deja que lleve mi parte y colabore en el sustento de la casa. Hazte a la idea o no aceptaré ser tu esposa —añadió decidida mientras él protestaba.

—Ya veremos. Jo, ¿tendrás paciencia para esperar un tiempo? Debo marcharme y cumplir con este trabajo. Primero he de ayudar a mis sobrinos, porque no puedo faltar a la palabra que le di a Minna, ni siquiera por ti. ¿Podrás perdonarme y esperar?

—Sí, porque el amor que nos tenemos hará más fácil la espera. Yo también tengo obligaciones y un trabajo que hacer. Y, al igual que tú, no podría ser feliz si descuidase mis deberes. Así que no hay lugar para la prisa o la impaciencia. Ve al oeste y cumple con tu deber; yo cumpliré con el mío aquí. Seamos felices, esperemos lo mejor y dejemos que Dios decida nuestro futuro.

—¡Ah, querida, me das tanta esperanza y valor y, a

cambio, yo no te puedo entregar más que mi corazón y estas manos vacías! —exclamó el profesor, abrumado.

Estaba visto que Jo nunca aprendería a comportarse como una dama porque, en cuanto le oyó decir eso, de pie, en las escaleras, colocó sus manos entre las de él y murmuró con dulzura:

—Ahora ya no están vacías.

A continuación, se inclinó y besó a su Friedrich bajo el paraguas. Era una falta de decoro, pero lo hubiese hecho aunque la bandada de gorriones que había sobre el seto hubiesen sido personas, puesto que ya había ido demasiado lejos y lo único que la preocupaba era su felicidad. Y esta llegó de un modo muy sencillo, pues, en un momento decisivo en sus vidas, Jo dio la espalda a la noche, a la tormenta y a la soledad, fue hacia la luz, la calidez y la paz del hogar donde los esperaban con un alegre «Bienvenidos a casa», dejó entrar al amor y cerró la puerta tras de sí.

47
La cosecha

Durante el primer año, Jo y su profesor trabajaron, esperaron y se amaron; se reunieron en contadas ocasiones y se escribieron cartas tan voluminosas que, a decir de Laurie, provocaron un alza en el precio del papel. El segundo año tuvo un inicio más triste porque la perspectiva no parecía mejorar y, además, la tía March murió repentinamente. Cuando la pena empezaba a menguar —porque, a pesar de su afilada lengua, querían a la anciana—, descubrieron un motivo de celebración: Jo había heredado la casa de Plumfield, lo que prometía toda clase de perspectivas halagüeñas.

—Es una propiedad vieja, pero conseguirás una buena suma por ella, porque imagino que querrás venderla, ¿no? —preguntó Laurie cuando, semanas después, se reunieron todos para comentar el asunto.

—No, no pienso hacerlo —contestó Jo, decidida, mientras acariciaba al gordo perro de la tía March, que había adoptado por respeto a la memoria de su antigua ama.

—¿No pretenderás vivir allí?

—Pues sí.

—Querida, es una casa enorme y necesitarás dinero

para mantenerla en buen estado. Solo el jardín y el huerto requieren del trabajo de dos o tres hombres, y me parece que ese no es el fuerte de Bhaer, ¿me equivoco?

—Si se lo pido, hará lo que pueda por aprender.

—¿Y qué esperas, vivir de lo que cultivéis? Puede que suene idílico pero es un trabajo duro y desesperante.

—La cosecha que tendremos será muy provechosa —dijo Jo entre risas.

—Vaya, ¿y puedo saber de qué estupenda cosecha me habla, señora?

—¡Niños! Quiero abrir una escuela... una escuela que sea como un hogar en el que aprendan a ser buenos y felices. Yo los cuidaré y Fritz les dará clase.

—¡Qué idea tan estupenda! ¿No os parece que es un plan perfecto para ella? —preguntó Laurie al resto de la familia, que estaba tan sorprendida como él.

—Me gusta —dijo la señora March, rotunda.

—A mí también —convino su esposo, que celebraba la posibilidad de aplicar el método socrático a la educación de los jóvenes.

—Jo tendrá demasiado trabajo —argumentó Meg acariciando la cabeza de su absorbente hijo.

—Ella puede hacerlo y se sentirá feliz. Es una idea espléndida. ¡Cuéntanoslo todo! —exclamó el señor Laurence, que ansiaba echar una mano a la pareja pero sabía que ellos no aceptarían su ayuda.

—Sabía que contaría con su apoyo, señor. Amy también está a favor, lo veo en sus ojos, aunque, prudentemente, prefiere pensarlo bien antes de dar su opinión. Bueno, querida familia —prosiguió Jo, más en serio—, tened en cuenta que no se trata de una idea que se me acabe de ocurrir, sino de un plan largamente elaborado. Antes de conocer a Fritz, ya solía pensar que, cuando me hiciese rica y nadie me necesitase en casa, alquilaría una vivienda grande y acogería a unos cuantos niños abandonados que no tuviesen madre, para cuidarlos y hacerles la vida agradable antes de que fuese demasiado tarde para ellos. He visto a muchos arruinar su vida por no conseguir ayuda en el momento oportuno; me encantaría hacer algo por ellos. Yo sabría ver sus necesidades y comprendería sus problemas. ¡Oh, me gustaría tanto ser como una madre para ellos!

La señora March tendió la mano a Jo, que la aceptó con una sonrisa y lágrimas en los ojos y prosiguió con un entusiasmo que no le habían visto en mucho tiempo.

—En una ocasión, le expliqué mi idea a Fritz y dijo que era exactamente lo que él quería hacer, y acordamos que lo haríamos cuando nos volviésemos ricos. ¡Que Dios le bendiga! Lleva haciéndolo toda la vida, me refiero a ayudar a niños pobres, no a hacerse rico. Eso nunca lo será porque no es capaz de retener el dinero en su bolsillo el tiempo suficiente para que aumente. Pero ahora, gracias a mi vieja tía, que me quería más de lo que merecía, soy rica... O cuando menos, me siento como si lo fuera, y si la escuela funciona bien podremos vivir en Plumfield sin apuros. El lugar es perfecto para los niños, la casa es grande y los muebles son sencillos y resistentes. Dentro, hay sitio para muchos y, fuera, les sobrará espacio para jugar. Podrían ayudarnos con el jardín y el huerto. Es un trabajo saludable, ¿no? Fritz les enseñará y dará clases a su modo, y papá podría echarle una mano. Yo me encargaré de darles de comer, cuidarlos, mimarlos y reñirlos, y mamá será mi ayudante. Siempre he querido tener muchos niños y nunca he tenido suficientes. Ahora podré llenar la casa y divertirme con ellos. ¡Imaginad qué lujo! Plumfield mío y un montón de niños libres disfrutándolo a sus anchas junto a mí.

Mientras Jo hacía gestos con la mano y dejaba escapar un suspiro de felicidad, en la familia se desataba una tormenta de carcajadas. El señor Laurence rio tanto que pensaron que iba a sufrir una apoplejía.

—No le veo la gracia —dijo ella, muy seria, cuando pudieron oírla—. Me parece muy normal que un profesor quiera abrir una escuela y que yo prefiera vivir en una casa de mi propiedad.

—Se está dando aires —dijo Laurie, que pensaba que la idea no era más que una buena broma—. ¿Puedo preguntar cómo pensáis mantener el colegio? Si todos los estudiantes son pequeños granujas, mucho me temo que la cosecha no será muy provechosa desde el punto de vista material, señora Bhaer.

—Vamos, Teddy, ¡no seas aguafiestas! Por supuesto, también tendré alumnos ricos, tal vez incluso empiece solo con ellos. Después, cuando ya haya arrancado, acogeré a dos o tres granujas para disfrutar. Con frecuencia, los hijos de los ricos necesitan tanto apoyo y atención como los de los pobres. He visto a muchos niños desgraciados al cuidado exclusivo de los criados, y a otros tímidos obligados a sobresalir, lo que es una crueldad. Algunos son traviesos porque no los saben educar o no los atienden, y otros han perdido a su madre. Además, la mayoría tiene problemas durante la edad del pavo, que es cuando más paciencia y ternura necesitan. Los mayores se ríen de ellos o los incordian, los mantienen fuera de su vista y esperan que, de sopetón, pasen de ser unos niños preciosos a unos jóvenes educados. Estos pobrecillos valientes rara vez protestan, pero lo sienten. Lo he vivido de cerca y sé de qué hablo. Me interesan mucho estos jovencitos y quiero mostrarles que, a pesar de la torpeza de sus pies y sus brazos y el desorden de sus ideas, yo veo al muchacho afectuoso, honrado y bienintencionado que llevan dentro. Y tengo experiencia, ¿acaso no he educado a un joven que ahora es la honra de esta familia?

—Yo doy fe de que lo intentaste —dijo Laurie mirándola con gratitud.

—Y el éxito ha superado con creces mis expectativas; mírate, un hombre industrioso, estable y sensato, que invierte su dinero en hacer el bien a los demás y, en lugar de apilar dólares, suma ayudas a los más necesitados. Pero no eres simplemente un hombre industrioso, aprecias las cosas buenas y hermosas, las disfrutas y te gusta compartirlas con los demás, como hacíamos antaño. Estoy orgullosa de ti, Teddy, porque cada año eres mejor que el anterior y todos nos damos cuenta, aunque no quieras que te lo digamos. Sí, cuando tenga a mi grupo de niños, te señalaré y diré: «Caballeros, ese es el modelo a seguir».

El pobre Laurie no sabía dónde mirar, pues, a pesar de ser un hombre hecho y derecho, se sintió de nuevo como un niño vergonzoso cuando aquella ráfaga de elogios hizo que todos se volvieran hacia él y le mirasen con aprobación.

—Bueno, Jo, me parece que exageras —dijo, en el mismo tono que empleaba cuando era un muchacho—. El mérito es tuyo y no sé cómo darte las gracias, salvo, tal vez, esmerándome por no decepcionarte. He de decir que en los últimos tiempos me sentí algo abandonado, pero encontré la mejor de las ayudas, así que, si he logrado algo, el mérito es de ellos dos. —Y, al decir esto, puso dulcemente una mano sobre la cabeza cana de su abuelo y la otra en la de Amy, que nunca estaban demasiado lejos de él.

—¡Sin duda la familia es lo más hermoso del mundo! —exclamó Jo, que se sentía más animada de lo normal—. Cuando tenga la mía, confío en que será tan dichosa como las tres que tan bien conozco y tanto quiero. Si John y Fritz estuviesen aquí, esto sería el cielo en la Tierra —añadió más serena. Y aquella noche, cuando se retiró a su habitación, tras una velada de consejos familiares, esperanzas y planes, su corazón estaba tan pletórico que, para calmarse, se arrodilló junto a la cama vacía que estaba junto a la suya y, llena de ternura, evocó el recuerdo de Beth.

Aquel fue un año sorprendente en el que todo pareció

ocurrir a un ritmo extrañamente rápido y de la mejor de las maneras. Sin apenas darse cuenta, Jo se encontró casada e instalada en Plumfield. Después, una familia de seis o siete muchachos surgió de la nada, como una seta, y floreció de manera sorprendente. Eran niños pobres y ricos; el señor Laurence les remitía continuamente niños indigentes con historias emotivas, rogaba a los Bhaer que se hiciesen cargo de ellos y se ofrecía a costear su manutención. De ese modo, el astuto anciano sorteaba el orgullo de Jo y la ponía en contacto con la clase de muchachos con los que ella tanto disfrutaba.

Por supuesto, al principio el trabajo se le hizo un poco cuesta arriba y Jo cometió más de un error; pero el inteligente profesor la supo guiar hacia aguas más tranquilas y, al final, conquistaron el corazón de hasta el más granuja. ¡Cómo disfrutaba Jo con sus muchachos libres, y cómo hubiese sufrido la pobre tía March de haber visto a Tom, Dick y Harry invadir el sagrado recinto, ordenado y pulcro, de Plumfield! Al fin y al cabo, había cierta justicia poética en la situación, ya que la vieja dama había atemorizado a los jóvenes de la comarca y, ahora, los desterrados disfrutaban de los ciruelos prohibidos, armaban jaleo en el patio con sus profanas botas sin que nadie los riñese y jugaban al críquet en el amplio campo en el que «la irritable vaca con un cuerno roto» solía recibir a embestidas a los mozalbetes que se acercaban. Aquello se convirtió en un paraíso para muchachos y Laurie propuso que le llamasen «Jardín de Infancia Bhaer» en honor a su maestro y para describir mejor a sus habitantes.

Nunca fue una escuela de moda ni sirvió para que el profesor amasase una fortuna, pero fue exactamente lo que Jo esperaba, «un hogar feliz para muchachos que necesitaban formación, atención y ternura». Pronto, todas las habitaciones estuvieron llenas, cada tiesto del jardín tuvo dueño y se creó un equipo de mantenimiento para el granero y el establo —estaba permitido tener animales domésticos—, y tres veces al día Jo sonreía a Fritz desde la cabecera de una larga mesa a la que se sentaban jóvenes que tenían siempre una mirada afectuosa, una palabra confiada y un corazón lleno de amorosa gratitud hacia «mamá Bhaer». Al fin tenía tantos niños como quería y no se cansaba de ellos, a pesar de que no eran unos angelitos y algunos daban al profesor y la profesora más de un quebradero de cabeza. Pero su fe en que aun el más travieso, descarado y provocador albergaba bondad en su corazón les proporcionaba paciencia y habilidad para, con el tiempo, salir airosos, porque ningún muchacho se podía resistir a la benevolente presencia de papá Bhaer, que los iluminaba constantemente como un sol, ni al sempiterno perdón de mamá Bhaer. Jo valoraba mucho la amistad de los muchachos, las palabras de arrepentimiento que musitaban entre lágrimas después de hacer una barrabasada, las graciosas o emotivas confidencias en las que le participaban sus ilusiones, esperanzas y planes, incluso sus penas, que solo compartían con ella y con las que se ganaban su simpatía. Había muchachos torpes y vergonzosos, sosos y divertidos, muchachos que ceceaban y otros que tartamudeaban, alguno que cojeaba y un alegre cuarterón al que no aceptaban en ningún otro lugar y que acogieron en el Jardín de Infancia Bhaer, a pesar de que ciertas personas predijeron que su admisión supondría la ruina del colegio.

Sí, Jo era una mujer muy feliz allí, a pesar del duro trabajo, de los muchos nervios y del perpetuo estruendo. Disfrutaba de verdad y el aplauso de sus muchachos le producía mucha mayor satisfacción que cualquier elogio. Ahora solo contaba historias a su pequeño grupo de admiradores. Con el paso de los años, Jo tuvo dos hijos que aumentaron su felicidad. Al primero le llamaron Rob, en honor a su abuelo, y el segundo, Teddy, era un niño despreocupado que había heredado la naturaleza noble de su padre y el espíritu animoso de su madre. Que pudieran criarse bien en aquella vorágine de muchachos era un misterio para su abuela y sus tías, pero el caso es que ambos florecieron como dientes de león en primavera, y sus rudas niñeras los querían y cuidaban estupendamente.

De las muchas fiestas que celebraban en Plumfield, una de las más entrañables era la de la recogida de la manzana, porque todos, los March, los Laurence, los Brooke y los Bhaer, se reunían y pasaban el día juntos. Cinco años después de la boda de Jo, organizaron una de esas fiestas. Era un apacible día de octubre y el aire tenía un frescor estimulante que animaba los sentidos y hacía que la sangre fluyese más rápido por las venas. El viejo huerto estaba vestido de gala; los muros, llenos de musgo, estaban rematados con varas de oro y asteres, los saltamontes daban enérgicos brincos sobre la marchita hierba y los grillos cantaban como gaiteros en un día de feria. Las ardillas estaban muy ocupadas con su pequeña cosecha, los pájaros piaban su despedida desde los alisos del camino y los árboles estaban listos para dejar caer una lluvia de manzanas rojas o amarillas al primer golpe de vara. No faltaba nadie, todos reían y cantaban, trepaban por los troncos y caían; todos dijeron no recordar otro día más feliz ni un marco mejor para celebrarlo, y todos se dedicaron a disfrutar del momento en libertad, como si la pena y la preocupación se hubiesen borrado del mundo.

El señor March paseaba plácidamente, citando a Tusser, Cowley y Columella mientras charlaba con el señor Laurence y saboreaba una dulce sidra. El profesor iba arriba y abajo por los verdes pasillos como un robusto caballero teutón, con un palo por lanza, seguido por los muchachos, que formaban una auténtica compañía con ganchos y escaleras y hacían maravillas tanto recogiendo del suelo como haciendo caer los frutos de los árboles.

Laurie se dedicó a los más pequeños, paseó a su hijita en un cesto, levantó a Daisy para que viera los nidos de los pájaros y cuidó de que el aventurero Rob no se partiese el cuello. La señora March y Meg, sentadas entre las montañas de manzanas cual Pomonas, clasificaban los frutos que llegaban sin parar. Mientras tanto, Amy dibujaba, con una hermosa y maternal expresión en el rostro, a los distintos grupos y vigilaba al caballero pálido que estaba sentado junto a ella, con su muleta al lado y cara de adoración.

Aquel día, Jo estaba a sus anchas y corría con el vestido recogido, el sombrero en cualquier lugar menos en la cabeza y su hijo bajo el brazo, dispuesto a vivir cualquier aventura. El pequeño Teddy parecía protegido por un hechizo, ya que nunca le ocurría nada malo. Jo no se angustiaba si le veía trepar por un árbol con un muchacho, galopar sobre una rama o comer las amargas bayas rojas que le daba su indulgente papá, que, como buen alemán, creía a pies juntillas que el estómago de un niño puede digerir cualquier cosa, desde col en vinagre hasta botones, uñas o sus propios zapatos. Sabía que el pequeño Ted volvería, sonrosado y sin un rasguño, sucio y tranquilo, y siempre le recibía afectuosamente, porque Jo quería mucho a sus hijos.

A las cuatro, hicieron una pausa. Los cestos permanecieron vacíos mientras los recolectores descansaban y comparaban sus cosechas y sus magulladuras. Entonces, Jo y Meg, ayudadas por un destacamento de los muchachos mayores, montaron la mesa sobre la hierba, porque un día de júbilo como aquel siempre terminaba con una gran merienda. En aquellas ocasiones, la tierra se inundaba, literalmente, de leche y miel, ya que no obligaban a los chicos a sentarse a la mesa y estos podían comer como les venía en gana y disfrutar de la libertad que tan esencial es para un alma joven; para sacar el máximo partido a una situación tan poco frecuente, algunos probaban a beber leche haciendo el pino, otros jugaban a la pídola y comían pastel entre salto y salto; sembraban galletas a voleo por todo el campo y las empanadas de manzana acababan posadas sobre las ramas de los árboles como una nueva clase de pájaro. Las niñas organizaron su propia merienda y Ted picoteaba de los platos a su antojo.

Cuando ya nadie era capaz de comer más, el profesor propuso el primero de los brindis, que solían hacer en tales circunstancias:

—¡Dios bendiga a la tía March! —El brindis era sincero, pues el bueno de Bhaer no olvidaba lo mucho que debía a la anciana, y bebió en silencio, junto a los muchachos, que habían aprendido a respetar y mantener viva la memoria de la tía—. ¡Y ahora, por los sesenta años de la abuela!

Como era de esperar, todos respondieron entusiasmados y, una vez iniciada la ronda de vítores, fue difícil pararla. Brindaron a la salud de todos, desde la del señor Laurence, que era considerado el mecenas del grupo, hasta la de un conejillo de Indias que se había acercado a buscar a su joven dueño. Por ser el mayor de los nietos, Demi fue el encargado de entregar a la reina del día los regalos, que eran tantos que tuvieron que usar una carretilla para acercarlos. Algunos estaban mal hechos, pero lo que para otra persona hubiesen sido defectos, para la abuela eran virtudes, porque le encantaba recibir regalos de sus nietos. Para la señora March, cada puntada que Daisy había dado pacientemente al hacer la bastilla de su pañuelo era mejor que el más delicado de los bordados. La caja de zapatos que había hecho Demi era una obra de arte, aunque la tapa no cerrase bien; el escabel de Rob tenía unas patas inestables y se movía mucho, pero la abuela lo encontró muy blandito. Y ninguna página del suntuoso libro que la hija de Amy le entregó tenía más valor para la señora March que aquella en la que la niña había escrito en titubeante caligrafía: «Para mi querida abuela, de su pequeña Beth».

Mientras duró esta ceremonia, los muchachos desaparecieron misteriosamente, y después de que la señora March tratase de dar las gracias a sus nietos y rompiese a llorar, y mientras Teddy le secaba las lágrimas con su delantal, el profesor empezó a cantar. Poco a poco, se fueron sumando voces que llegaban, como un eco, de las copas de los árboles, hasta formar un coro invisible que entonaba una canción compuesta por Laurie a la que Jo había puesto letra, y que el profesor había ensayado con los muchachos para lograr un efecto espectacular. Aquello era una novedad y fue todo un éxito. La señora March no salía de su asombro y se empeñó en estrechar la mano de todos aquellos pájaros sin alas, desde los altos Franz y Emil hasta el pequeño cuarterón, que era el que tenía la voz más dulce.

Al terminar, los muchachos fueron a divertirse otro poco y dejaron a la señora March y a sus hijas charlando a la sombra de los árboles.

—No creo que nunca vuelva a sentirme desgraciada, ya que he visto cumplirse mi mayor deseo —dijo la señora Bhaer, apartando la mano de Teddy del jarro de la leche que el pequeño agitaba con pasión.

—Sin embargo, tu vida es muy distinta de la que imaginaste hace tiempo. ¿Recuerdas nuestros castillos en el aire? —preguntó Amy, que sonrió al ver a Laurie y a John jugar a críquet con los chicos.

—¡Mis queridos muchachos! Me alegra ver que se olvidan del trabajo y se divierten por un día —comentó Jo, que ahora siempre hablaba en tono maternal sobre todo el mundo—. Sí, los recuerdo, pero la vida que quería entonces ahora me parece egoísta, solitaria y fría. No he perdido la esperanza de escribir un buen libro algún día, pero puedo esperar y estoy segura de que será para mejor, porque podré inspirarme en escenas como esta —añadió señalando desde los alegres muchachos que se veían a lo lejos hasta su padre, que caminaba del brazo del profesor, embebidos en una conversación de la que ambos disfrutaban, y, por último, a su madre, sentada como una reina en su trono, rodeada de sus hijas, con sus nietos en el regazo y a sus pies, como si aquel rostro que nunca envejecería para ellos les aportase consuelo y dicha.

—Mi sueño es el que mejor se ha cumplido. Yo aspiraba a tener grandes lujos pero, en el fondo de mi corazón, sabía que podría ser feliz en una casa pequeña, con un hombre como John y mis queridos hijos. Gracias a Dios, tengo todo eso y soy la mujer más dichosa del mundo. —Meg descansó la mano sobre la cabeza de su hijo mayor, con una expresión llena de ternura y de satisfacción.

—Mi sueño es muy distinto del que había imaginado, pero no lo cambiaría por nada, aunque, al igual que Jo, no renuncio por completo a mi afición artística ni me quiero limitar a ayudar a otros a cumplir sus sueños creativos. He empezado a trabajar en una escultura de nuestra hija y Laurie dice que es mi mejor obra hasta la fecha. Yo estoy de acuerdo con él y tengo pensado hacerla en mármol para que, pase lo que pase, conserve siempre la imagen de mi angelito.

Mientras Amy hablaba, un lagrimón cayó sobre el cabello dorado de la niña, que dormía en sus brazos, pues su amada hija era un ser frágil y el miedo a perderla era la única sombra que enturbiaba la afortunada vida de Amy. Aquella cruz había hecho mucho bien a los padres, porque la pareja estaba más unida no solo por el amor, sino también por el dolor. Amy era cada vez más dulce, profunda y tierna, y Laurie se había vuelto más serio, fuerte y firme; ambos estaban aprendiendo que la belleza, la juventud, la fortuna e incluso el amor no evitan que los más bendecidos conozcan la preocupación y el pesar, la pérdida y la aflicción, porque:

En toda vida, hay días de lluvia,
días oscuros y días tristes y grises.

—Está mejorando, querida, estoy segura de ello. No pierdas la esperanza ni la alegría —repuso la señora March cuando la amorosa Daisy se inclinó desde su regazo para acercar su sonrosada mejilla a la de su pálida prima.

—No desfalleceré mientras te tenga a ti para animarme, mamá, y a Laurie para llevar más de la mitad de la carga —afirmó Amy con cariño—. Ante mí, nunca da muestras de preocupación, es atento y paciente conmigo, y afectuoso con Beth. Es mi mayor apoyo y consuelo. ¡Le quiero mucho! Así que, a pesar de mi cruz, puedo decir, al igual que Meg, que soy una mujer feliz.

—No es preciso que yo diga nada, porque salta a la vista que soy mucho más feliz de lo que merezco —aseguró Jo, y miró a su bondadoso marido y a sus mofletudos hijos, que daban volteretas por el césped, detrás de ella—. Fritz está encaneciendo y engordando, y yo me estoy volviendo más delgada que una sombra y tengo más de treinta años. No seremos ricos jamás y Plumfield podría ser pasto de las llamas una noche de estas, porque el incorregible Tommy Bangs sigue fumando cigarrillos en la cama, aunque se ha quemado la ropa en tres ocasiones ya. Pero, a pesar de estos hechos tan poco románticos, no me puedo quejar de nada y mi vida nunca había sido tan pistonuda. Perdonad la expresión pero, como vivo rodeada de muchachos, no puedo evitar utilizar alguna de sus palabras de vez en cuando.

—Sí, Jo, creo que tendrás una buena cosecha —dijo la señora March espantando con la mano un gran grillo negro que miraba a Teddy desconcertado.

—Ni la mitad de buena que la tuya, mamá. Aquí está la prueba. Nunca te agradeceremos lo bastante tu paciencia a la hora de sembrar y dejarnos madurar —comentó Jo, con la amorosa impetuosidad que jamás lograría controlar.

—Espero que, cada año, haya más trigo y menos paja —murmuró Amy.

—Es un buen haz, querida Marmee, pero sé que en tu corazón tienes lugar para todos —añadió Meg con ternura.

Emocionada, la señora March estiró los brazos como si quisiera acercar a su pecho a sus hijas y a sus nietos, y dijo, con una expresión y una voz llenas de amor, gratitud y humildad de madre:

—¡Oh, mis niñas, por mucho que viváis, nunca seréis más felices que hoy!